BASTEI LÜBBE

Über den Autor:

Stephan Russbült wurde 1966 in Rendsburg in Schleswig-Holstein geboren. Er absolvierte eine Lehre als Großhandelskaufmann, studierte dann BWL und arbeitet heute als leitender Angestellter. Aus seiner langjährigen Begeisterung für Fantasy-Rollenspiele erwuchs auch seine Leidenschaft, Geschichten zu Papier zu bringen. Seine bezaubernde Reihe um die Oger ist insgesamt auf drei Teile ausgelegt. Stephan Russbült lebt mit seiner Frau und seinen beiden Kindern in Breiholz, nahe dem Nord-Ostsee-Kanal.

Stephan Russbült

DIE OGER

BASTEI LÜBBE

BASTEI LÜBBE TASCHENBUCH
Band 28 521

1. Auflage: September 2008

Vollständige Paperbackausgabe

Bastei Lübbe Taschenbücher in der Verlagsgruppe Lübbe

Originalausgabe

Titelillustration: Oleg Korsch, Agentur Uwe Luserke
Textredaktion: Natalja Schmidt
Lektorat: Ruggero Leò
Umschlaggestaltung: Tanja Østlyngen
Satz: Urban SatzKonzept, Düsseldorf
Gesetzt aus der Goudy Old Style
Druck und Verarbeitung: CPI – Ebner & Spiegel, Ulm
Printed in Germany
ISBN: 978-3-404-28521-1

Sie finden uns im Internet unter
www.luebbe.de
Bitte beachten Sie auch: www.lesejury.de

Der Preis dieses Bandes versteht sich einschließlich
der gesetzlichen Mehrwertsteuer.

Ich widme dieses Buch meiner Frau Dörte.
Wo du bist, ist mein Zuhause.

Danksagung

Sich eine Geschichte auszudenken und sie auf Papier zu bringen ist eine Sache, sie zu einem Buch werden zu lassen eine andere. Im Alleingang ist dies kaum möglich, deshalb möchte ich an dieser Stelle all denen meinen Dank aussprechen, die dabei geholfen haben.

Zuerst zu nennen wären meine Agentinnen Natalja Schmidt und Julia Abrahams. Ihrer Unterstützung und Mitarbeit habe ich es zu verdanken, dass »Die Oger« veröffentlicht werden konnten.

Zu einer Veröffentlichung gehört natürlich auch ein Verlag. Im Team von Lübbe möchte ich mich insbesondere bei Ruggero Leò bedanken, der von der Geschichte und der Art meines Erzählens so überzeugt war, dass er »Die Oger« ermöglichte.

Weiterhin möchte ich mich bei meinen Testlesern Dirk, Doris und Hilde bedanken, die mit Kritik, Anregung und Lob nicht zurückgehalten haben, und meinem Bruder Peter, der mich vor rund zwanzig Jahren zum Rollenspiel gebracht hat. Ganz besonderer Dank gilt Dörte, die mich außerdem noch aus den Wirrungen der Rechtschreibreform befreit hat.

Zuletzt möchte ich noch einige Freunde erwähnen, die lieber unerkannt bleiben wollen, wie z. B. Matthias B. und Dirk H., die mit ihren Charakteristika dazu beigetragen haben, einigen meiner Protagonisten Leben einzuhauchen.

Stephan Russbült, Mai 2008

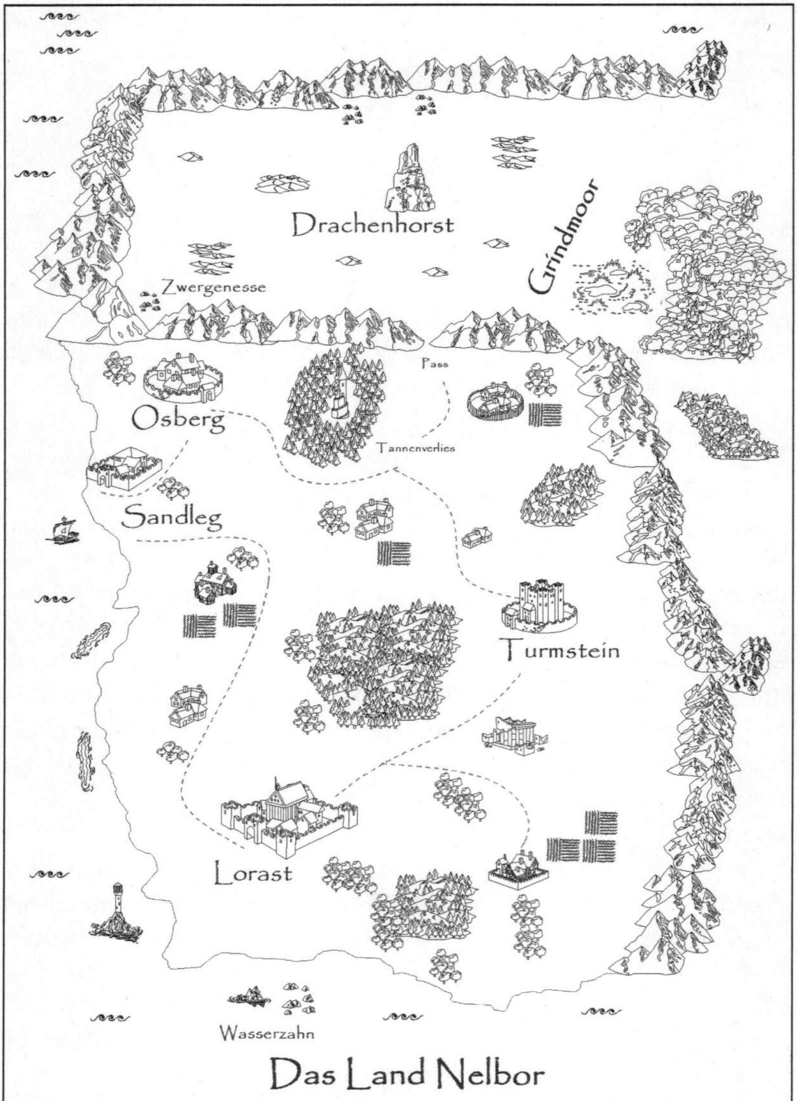
Drachenhorst
Grindmoor
Zwergenesse
Pass
Osberg
Tannenverlies
Sandleg
Turmstein
Lorast
Wasserzahn
Das Land Nelbor

Prolog

Auszug aus der Enzyklopaedia Mystica

Aufzeichnungen des Hofmagiers und Gelehrten der Universität zu Turmstein, Rodasan Libricus

Über die Rassen Nelbors

Oger:

Die Oger sind eine Rasse von riesenhaften Barbaren mit menschenähnlichem Aussehen. Ihre geistigen Fähigkeiten sind äußerst beschränkt, und ihr Umgang miteinander ist derb und oft gewalttätig. Oger sind grobschlächtig, scheuen das Wasser und die körperliche Reinigung und verhalten sich gegenüber allen anderen Rassen sehr feindselig. Ihre Kleidung ist auf das Nötigste beschränkt und lässt auf ein mangelndes Schamgefühl schließen. Zum Zweck der Vermehrung bilden männliche und weibliche Oger meist in vorgeschrittenem Alter eine kurzfristige Partnerschaft, die mit der Geburt des Nachwuchses endet. Durch ihre körperlichen Attribute – sie sind bis zu zehn Fuß groß und wiegen mehr als achthundert Pfund – sind sie äußerst gefährlich. Die Bekämpfung von einzelnen Exemplaren in der Nähe von Siedlungen sollte nur durch gut ausgebildete Krieger erfolgen. Ihre Bewaffnung besteht meist aus simplen Waffen wie Keulen, deren Wirkung man dennoch nicht unterschätzen sollte, da sie mit ungeheurer Wucht geführt werden.

Oger jagen alles, was für sie als Nahrung verwertbar sein könnte. Sie stehlen Vieh und Haustiere, vergreifen sich aber auch an Kornspeichern, wenn sie Hunger leiden. Entgegen allen Gerüchten konnte bislang nicht bestätigt werden, dass Oger ihresgleichen verspeisen oder je einen Menschen zum Zweck des Verzehrs getötet haben.

Die meisten Oger beherrschen unsere Sprache nur bruchstückhaft, und eine Verständigung mit ihnen ist nur schwer möglich.

Weibliche Oger sind recht selten und äußerst scheu. Sie verschanzen sich hoch oben in den Bergen und hüten die Jungen, bis diese ausgewachsen sind, was ungefähr nach fünf Jahren der Fall ist.

Viele Oger sind recht behäbig. Durch ihre unkontrollierte Nahrungsaufnahme und ihre ausgeprägte Abneigung gegen jede Art von überflüssiger Bewegung leiden sie oft unter Fettleibigkeit.

Versuche, sie in Gefangenschaft zu einfacher körperlicher Arbeit anzuleiten, sind bislang gescheitert.

Sie huldigen dem Gott Tabal, wie andere bösartige Völker auch.

Nachtrag:

Einige Jahre später sollte diese Charakterisierung vollständig überarbeitet werden. Noch später entschloss man sich, den Text über Oger komplett aus den Büchern zu streichen und lieber über Rassen zu berichten, die es nicht als Sport betrachteten, Gelehrte über Stadtmauern zu werfen.

I
Jäger und Gejagte

»Trödel nicht so rum. Was machst du da eigentlich?«

»Ich suche Spuren, damit wir nicht in eine Falle laufen.«

»Bist du besoffen? Die Füße dieses Viehs sind so groß wie Schweinetröge, man kann seine Spuren gar nicht übersehen. Außerdem, hast du schon mal gehört, dass eins von diesen Biestern jemandem eine Falle gestellt hat?«

Der kleinere der beiden Männer zuckte mit den Schultern und zog verlegen mit seinem Fuß Linien am Boden.

Der andere schüttelte den Kopf und wandte sich ab, um die Verfolgung fortzusetzen. »Los, komm schon, du Schwachkopf«, brummte er und setzte sich in Bewegung.

Es war früher Nachmittag, und die Sonne stand an einem strahlend blauen Himmel. Dennoch ließ die Kühle dieses Herbsttages erahnen, dass ein strenger Winter bevorstand.

Die Spur, der die beiden Jäger folgten, verlief auf einem Wildpfad. Der Wald wurde hier immer dichter, und die Laubbäume wichen großen Nadelbäumen, die dem Wald den Namen Tannenverlies eingebracht hatten. Nach einer weiteren Meile erreichten die Tannen eine Höhe von bis zu vierzig Schritt und standen so dicht zusammen, dass kaum noch Tageslicht auf den Waldboden fiel.

Die beiden Gefährten waren bereits seit vier Stunden auf der Spur ihrer Beute, und langsam machte sich ihre Erschöpfung bemerkbar. Sie machten Rast, um sich mit Wasser und einigen Bissen Dörrfleisch zu stärken.

»Häng deinen Bogen an eine Astgabel. Wir holen ihn auf dem Rückweg wieder ab. Er wird uns hier im Dickicht nur stören«, sagte der größere der beiden Jäger, der das Kommando hatte.

»Meinst du nicht, es wäre besser, ihn aus der Entfernung zu erledigen, als sich zu nah an ihn heranzuwagen?«

»Nein, denn mein Plan war es ja, ihn ins Dickicht zu treiben, damit seine Bewegungsfreiheit eingeschränkt ist und wir leichtes Spiel haben. Aber wenn du einen besseren Vorschlag hast, dann nur heraus damit. Allerdings hört dir sowieso keiner zu. Besser wäre es noch, du würdest das Maul ganz halten, denn sonst muss ich Trebor sagen, dass du es leider nicht geschafft hast.«

»Warum hat er wohl das Schaf von Meister Trebor mitnehmen wollen?«, fragte der kleinere Jäger nach einiger Zeit. »Und was soll ich bitte schön nicht geschafft haben?«

»Die Rückkehr, du Schwachkopf«, kam prompt die Antwort, gefolgt von einer hart geschlagenen Geraden.

Der kleine Mann klappte zusammen. Seine Beine sackten weg und vollführten eine Drehung, sodass er beinahe im Schneidersitz landete. Er hob die Hände vor sein Gesicht und drückte die Nasenflügel zusammen, aus denen langsam Blut sickerte. Die routinierte Geste bewies, dass dies nicht die erste schlagfertige Antwort auf eine nicht allzu kluge Frage gewesen war, die er bekommen hatte.

Sein Begleiter stand einfach da und richtete seine Kleidung. Nach wenigen Augenblicken erhob sich der jüngere wieder. Seine Nase hörte rasch auf zu bluten. Gerade wollte er seinen Gefährten an die Schulter tippen und ihn fragen, ob er vielleicht einen Lappen hätte, doch er hielt in der Bewegung inne und nahm schließlich seinen Ärmel und ein bisschen Spucke zu Hilfe, um sein Gesicht zu säubern. Schweigend setzten sie ihren Weg fort.

Nachdem sie noch eine Weile gelaufen waren, brach der Anführer das Schweigen seinerseits und fragte: »Tut es noch weh? Du musst einfach disziplinierter werden, wenn du so ein Vieh jagen willst. Das ist hier kein Picknick. Jeder Fehler kann tödlich sein.«

»Ja«, lautete die knappe Antwort.

Der größere Mann blickte sich um und nickte seinem Kollegen aufmunternd zu. »Hier ist ein gutes Versteck für die Bögen.«

Sie hingen beide ihre Langbögen an einen Ast und folgten in leicht gebückter Haltung weiter der Spur ihrer Beute. Die Fußabdrücke waren im Waldboden gut zu erkennen, aber auch die abgebrochenen Zweige waren ein unübersehbarer Wegweiser. Das Sonnenlicht drang nur noch schemenhaft durch das Geäst und verschlechterte die Sicht der Verfolger enorm.

»Kann er eigentlich im Dunkeln sehen?«

»Ja, sicher«, erwiderte der Anführer gereizt, »er kann nur nichts erkennen, weil alles schwarz ist.«

Die Bäume in diesem Teil des Waldes waren gigantisch. Viele waren über fünfzig Schritt hoch und maßen fast zwei Schritt im Durchmesser. Hier konnten die Männer wieder aufrecht gehen und mussten nur ab und zu einigen Ästen ausweichen.

Als der Anführer sich wieder nach vorn wandte, traf ihn ein zurückschnellender Ast von der Dicke eines kräftigen Oberarms am Kopf. Sein halb geöffneter Mund erleichterte es dem Ast, eine hübsche Zahl Vorderzähne auszuschlagen und ihn zu Boden zu werfen. Hinter dem Stamm schnellte ein riesiger Arm hervor und packte den noch auf den Beinen stehenden kleineren Mann am Gürtel und schlug ihn mit voller Kraft gegen den Baum.

Er hatte dem Aufprall nichts entgegenzusetzen. Die Luft wurde ihm aus den Lungen gepresst, und ein furchtbares Krachen der Knochen war zu vernehmen. Er sank ebenfalls zu Boden.

Jetzt wurden die Äste des Baumes zur Seite gedrückt, und der Oberkörper einer riesigen menschenähnlichen Kreatur kam zum Vorschein. Das Geschöpf war ungefähr neun Fuß groß. Sein Kopf war etwas nach vorn gestreckt, und die Gliedmaßen schienen zu lang für seinen mächtigen Körper zu sein. Insgesamt machte es einen kämpferischen und auf jeden Fall brutalen Eindruck. Das breite Kinn und die vorgeschobenen Augenbrauenwülste ließen das Wesen nicht allzu intelligent aussehen.

Mit einem Schritt stand es über seinen beiden Verfolgern und beendete den Kampf mit einem nachlässig ausgeführten Vorhand- und einem Rückhandschlag.

Das Letzte, was die beiden Männer hörten, war: »Bin kein Vieh – bin Mogda ... bin Oger.«

2
Das Duell

Ohne eine Verschnaufpause einzulegen, machte Mogda sich daran, seine beiden kürzlich verstorbenen Widersacher zu untersuchen. Er vermutete bei ihnen zwar nichts zu essen, aber er wusste, dass Menschen meist kleine Metallplättchen oder lustige bunte Steine bei sich trugen, mit denen er bei den Orks gute Tauschgeschäfte machen konnte. Er verstand zwar nicht, warum die Orks sich so darüber freuten, aber wer begriff schon, was einem Ork gefiel? Mit den Waffen der Menschen konnte er hingegen nicht viel anfangen, dafür waren sie einfach zu zierlich und zerbrachen viel zu leicht in seinen Fäusten.

Nachdem er seine Untersuchung beendet hatte, warf er sich den kleineren Mann über die Schulter, und den anderen zog er einfach am Fußgelenk hinter sich her. Ihm war klar, dass der Rückweg dadurch deutlich länger dauern würde, besonders in diesem Dickicht. Aber er hoffte darauf, dass die beiden Toten dem alten Mann im Turm so viel Angst einjagten, dass er flüchten würde, und Mogda sich in Ruhe seine Schafe schnappen konnte.

Er musste die Schafe unbedingt haben, denn der kommende Winter würde sicher noch härter werden, als der im letzten Jahr. Langes Jagen gefiel ihm nicht, denn es war schwierig, sich an ein Reh auf Keulenreichweite heranzupirschen, wenn man fast fünfhundert Pfund wog, im Schleichen eine Niete war und roch wie eine Herde Orks nach einer wilden Hetzjagd. Da war das Mitnehmen von Vieh aus irgendwelchen Pferchen oder Scheunen doch viel bequemer … wenn man nicht auf solche störrischen Einsiedler wie den Alten im Turm traf, die den Tod eines Schafes gleich mit dem Tod eines Ogers vergelten wollten. Mogda blieb jedoch keine Wahl, er musste zu dem Turm zurückkehren, um sich Nahrung zu beschaffen. Ein harter Winter, nichts zu essen und keine passende Höhle konnten auch für einen Oger das Ende bedeuten.

Tatsächlich war der Rückweg mit den beiden Toten mühselig. Ihre

Ausrüstung scheuerte an seinem nackten Oberkörper. Er wunderte sich, wie er es schon oft getan hatte, über die Gewohnheiten der Menschen. Sie zogen sich unbequeme Metallrüstungen an, die sie im Kampf mehr einschränkten als schützten. Und was diesen Schild anging … Er mochte vielleicht die Sonne abhalten oder einem Koboldpfeil trotzen, aber einer Ogerkeule würde er sicher nicht widerstehen. Im Gegenteil, Mogda hatte immer das Gefühl, wenn er den Schild in der Mitte traf, wurden die Leute dahinter noch ein Stück weiter wegkatapultiert. Und Menschen so wie dieser hier, der seinen Schild auch noch polierte, waren für ihn so etwas wie laufende Zielscheiben. Durch den Schild hatte er seine beiden Verfolger im Wald schon frühzeitig bemerkt. Und wenn der Schild sie nicht verraten hätte, dann sicher ihr dauerndes Gerede. Er hatte zwar in seinem Leben noch nicht so viele Menschen bekämpft und hielt sich, wenn möglich, auch von ihren Siedlungen fern, aber alle Menschen, die er gesehen und beobachtet hatte, redeten die ganze Zeit. Von einem, den er letztes Jahr erschlagen hatte, war er sogar während des ganzen Kampfes beschimpft worden, was zugegebenermaßen nicht sehr lang gewesen war. Aber zumindest kannte Mogda jetzt den Ausdruck »warzengesichtiges Monster«. Und schließlich hatte er trotzdem das Pferd bekommen, das der Mensch nicht hatte hergeben wollen.

Für ihn war ein Pferd ein Vorrat von zwei Wochen, obwohl er Schafe lieber mochte.

Der Oger war noch zehn Schritt vom Rand der Lichtung entfernt. Die Sonne hatte eine blutrote Farbe angenommen und verschwand gerade hinter den Baumwipfeln. Der Turm, den Mogda beobachtete, warf einen langen Schatten in seine Richtung, den er nutzen würde, um sich dem Gebäude zu nähern. Er wartete noch ein paar Minuten, dann wurde im Inneren des Turms ein Licht entzündet.

Das war genau der richtige Moment. Mogda stand auf. Er hatte noch immer den einen Menschen geschultert, und den anderen zog er hinter sich her. Mogda wollte dem Alten die Toten in seine Behausung werfen und sich dann mit zwei Schafen auf den Weg in die Berge machen. Den Alten zu töten, empfand er als unnütz.

Das Gras der Lichtung war von den Schafen gleichmäßig kurz

gefressen. Die Tiere grasten im Moment auf der anderen Seite des Turms. Mogda wollte ihnen lieber aus dem Weg gehen, weil er wusste, wie Tiere auf ihn reagierten. Sie würden ihn durch ihr ängstliches Blöken bestimmt verraten, und den Alten vielleicht dazu veranlassen, etwas Unbedachtes zu tun.

Mogda schritt den kleinen Pfad entlang, direkt auf die Tür des zwölf Schritt hohen Steinturms zu. Kurz bevor er den Eingang erreichte, hörte er die Stimme des Alten: »Na, habt ihr ihm eine Lektion erteilt? Ich hatte schon befürchtet, dass er euch abgehängt hat und vor euch zurückkommt, um sich doch noch ein paar Schafe zu holen. Was ist? Kommt rein und macht euch sauber.«

Der Alte hatte wohl das Scheppern der Rüstungen gehört und vermutete nun, dass seine Kameraden heimkehrten. Auf gewisse Weise stimmte das ja auch, nur brachten sie noch einen Überraschungsgast mit.

Mogda wollte die Tür nicht unbedingt auftreten, da sein Gleichgewicht von dem Körper über seiner Schulter beeinträchtigt wurde. Also bückte er sich leicht nach vorn und drückte den kleinen Türgriff nach unten, der durch den Druck der Ogerhand ein wenig an Form verlor. Er schob die Tür auf und sah den Alten, der ihm den Rücken zuwandte und in einem Topf rührte, der über dem Feuer im Kamin hing.

»Wie ist es, habt ihr nach der erfolgreichen Jagd ein wenig Hunger? ... Dann setzt euch«, brummelte der Mann.

»Eher nicht«, knurrte Mogda.

Meister Trebor fuhr herum und ließ dabei den Löffel in die Suppe fallen. Der Anblick des geduckt in der Tür stehenden Ogers erschreckte ihn so sehr, dass er zurückwich und sich dabei die linke Hand an dem großen, gusseisernen Topf verbrannte. Auf seiner Miene wechselten sich Erstaunen, Schmerz und Wut ab. Dann hob er die Arme wie ein Gefangener, der sich ergeben will, und murmelte dabei einige unverständliche, leicht melancholisch klingende Worte. Aus seinen Fingerspitzen zuckten kleine hellblaue Blitze hervor, die sich einen Schritt vor ihm zu bündeln begannen und in einem ansehnlichen Blitzstrahl weitergeleitet wurden. Der Blitz zuckte unmissverständlich auf Mogda zu, der nur mit offenem Mund dastand und staunte.

Der Oger hatte zwar schon oft von Menschen gehört, die zaubern konnten, war aber noch nie einem begegnet. Er hatte keine Ahnung, was man alles mit Zaubern bewirken konnte, aber dieser hier ließ nur einen Schluss zu: Schmerzen und Tod. Dennoch wurde der Spruch so schnell gewirkt, dass er keine Zeit hatte, um zu reagieren. So stand er nur da und gaffte, doppelt so groß und nur halb so intelligent wie Trebor ... wenn überhaupt.

Der Blitz traf Mogda in der Körpermitte. Doch anstatt den Oger zu grillen, wurde er von dem funkelnden Schild des Toten reflektiert und zurück in den Raum geworfen. Er schlug knapp neben Meister Trebor in den Suppenkessel ein. Die Suppe stieg daraus auf wie ein Geysir und regnete auf den Magier nieder, der verzweifelt zu schreien begann. Das Gebrüll ging aber rasch im ohrenbetäubenden Krachen des nochmals abgelenkten Blitzes unter. Der Lichtstrahl fuhr senkrecht unter die metallene Wendeltreppe, lief zickzackförmig im Geländer nach unten, entlud sich am Treppenpfosten und durchquerte den Raum. Grollend raste der Blitz eine Handbreit über den Tisch hinweg und entzündete umherstehende Phiolen und Tiegel, um dann noch einmal an einer Metallkiste abgelenkt zu werden. Kurz darauf fand der Energiestrom sein Ziel. Meister Trebor streckte sich, als ob eine riesige unsichtbare Hand ihn um die Taille gepackt hatte und ihn zerdrückte. Kleine Blitze teilten sich und tanzten zwischen seinen Gliedmaßen hin und her. Die heiße Suppe auf seinem Körper verdampfte in Sekundenschnelle und hüllte ihn in eine für Mogdas Nase nicht unappetitliche Dampfwolke. Dann fiel der Magier zu Boden, und Ruhe kehrte ein.

Der Oger starrte durch die offen stehende Tür. Er musste das Bild erst einen Augenblick auf sich wirken lassen, um zu begreifen, was geschehen war. Sein Blick wanderte immer wieder den Irrweg des Blitzes ab.

Nach einer Weile hob er die Mundwinkel und entblößte seine Hauer. Das Schmunzeln wurde schnell zu einem Prusten und dann zu einem schallenden Gelächter, was seinem Gesicht nicht unbedingt ein freundlicheres Aussehen verlieh. Diese überschwängliche Freude rührte zum einen daher, dass der Blitz ihn nicht getötet hatte, zum anderen aus dem Begreifen der Tatsache, auf welch komplizierte Art und Weise der alte Mann sich selbst gerichtet hatte.

Mogda ging geduckt durch die Türöffnung und löschte mit bloßer Hand erst einmal die entstandenen Feuer auf dem Tisch. Ihm fiel auf, dass sich die Härchen auf seinen Armen aufgestellt hatten und einen lustigen Tanz vollführten, wenn er mit der Hand in einigem Abstand darüberstrich. Genauer gesagt benahm sich seine komplette Körperbehaarung merkwürdig. Er fuhr mit der Hand über seine Stirn und stellte fest, dass sich sein Kopfhaar, das zu vielen Zöpfen geflochten war, eigenartig buschig anfühlte. Außerdem kribbelte es in seinen Fingern bei jeder Berührung.

Die kühle Abendbrise drang in den Raum und verwehte den Geruch nach angebranntem Eintopf, der noch in der Luft hing. Mogda begann damit, den Turm zu durchsuchen. Die meisten Dinge auf dem Tisch waren zerstört oder in den Augen eines Ogers nutzlos. Die Wände waren bis zur dritten Etage voll mit Büchern, die für Mogda keinen Wert besaßen. Sonst gab es kaum Einrichtungsgegenstände, nur ein Bett und zwei Stühle, die Mogda auch nicht gebrauchen konnte, da er keine Kinder hatte.

Plötzlich fiel ihm ein Funkeln ins Auge, ausgehend vom Hals des Magiers. Er beugte sich über den schwelenden Körper und zog den Kragen des dunkelblauen Umhangs zur Seite. Darunter kam eine stabile Kette mit einem hellblauen Stein als Anhänger zum Vorschein. Der Stein war groß und glitzerte verführerisch. Mogda zog dem Magier die Kette über den Kopf. Die würde er behalten und sich umhängen. Der Alte war zwar nicht gerade ein Drache, und auch sonst kein weithin gefürchtetes Untier, aber immerhin ein Zauberer, den er besiegt hatte und dessen Schatz ihm nun rechtmäßig zustand. Er freute sich über seine Beute, aber auch darüber, dass niemand dem Kampf beigewohnt hatte. Sonst wäre der Spott doch wieder auf seine Kosten gegangen.

Mogda hielt das Schmuckstück vor seine Augen, um abzuschätzen, ob die Kette über seinen Kopf passte. Er versuchte es, und mit ein wenig Anstrenung bekam er sie über den Kopf. Als die Kette endlich über sein Kinn rutschte, und der blaue Stein seine Brust berührte, fühlte Mogda plötzlich einen brennenden Schmerz in seinem Schädel. Das Stechen war schier unaushaltbar. Er trommelte mit den Fäusten auf den Boden und zuckte unkontrolliert mit den Beinen, unfähig, auch nur eine koordinierte Bewegung auszuführen. Sein Brüllen hätte selbst einem erzürnten Bären alle Ehre gemacht. Die Schmerzen wurden so unerträglich, dass Mogda sich zusammenkrümmte, die Sinne verlor und ohnmächtig am Boden liegen blieb, während der blaue Stein im Schein des Kaminfeuers funkelte.

3
Osberg bei Nacht

Zur selben Zeit, dreihundert Meilen westlich ...

Malerisch lag die kleine Stadt Osberg in den Ausläufern des mächtigen Bergwall-Gebirges. Die untergehende Sonne ließ die Steinmauern der Häuser in hellem Rot erglühen. Nördlich ragte der Berg Zwergenesse hinter der Stadt auf und warf die letzten Strahlen der Sonne zurück ins Tal. Im Inneren des Berges waren die Zwerge seit mehr als zweihundert Jahren damit beschäftigt, verschiedene Metalle aus dem Gestein zu brechen und für die Weiterverarbeitung im ganzen Land vorzubereiten. Zwar gab es in ganz Nelbor seit dreißig Jahren keine Kriege mehr, doch Metall wurde natürlich nach wie vor gebraucht. Im letzten Krieg hatten sich die Bürger Nelbors gegen einen Trollfürsten zur Wehr setzen müssen, der es geschafft hatte, neun der elf Trollclans unter seinen Befehl zu bringen und mit dieser nicht unerheblichen Streitmacht plündernd, raubend und mordend durch die Lande gezogen war.

Drei Jahre dauerte der Krieg an, aus dem die Menschen, Elfen und Zwerge schließlich als Gewinner hervorgingen. Man sagte, Grind der Trollfürst, habe damals nicht auf eigene Faust gehandelt, sondern sei nur eine Marionette eines mächtigen Dämons gewesen. Dieses Gerücht ging dann aber nach dem Fall von Grind im allgemeinen Freudentaumel unter, denn niemand hatte auch nur die geringste Lust verspürt, irgendwelchen Gerüchten von finsteren Hintermännern nachzugehen. Jeder war froh, diese übermächtigen Ungeheuer aus den Bergen endlich zurück ins Ödland hinter dem Bergwall verscheucht zu haben.

Osberg hatte seitdem kaum mehr Schutz nötig gehabt. Die hundertzwanzig Gardisten waren mehr freundliche Helfer in der Not und als Schlichter für kleine Streitigkeiten bekannt. Es kam zwar ab und zu vor, dass einzelne, aus ihrem Clan ausgestoßene Trolle ihre letzte Chance darin sahen, einen Händler anzugreifen, doch dieses Problem lösten die Wachen meist schon aus großer Distanz mit ihren Langbögen oder Armbrüsten.

In den Abendstunden herrschte in der Stadt kaum weniger Betrieb als tagsüber. Obwohl es in der herbstlichen Dämmerung schon recht kühl wurde, herrschte in den Gassen noch geschäftiges Treiben.

Eine kleine Gruppe Zwerge war soeben dabei, drei große Bierfässer auf einen Karren zu hieven. Die roten Gesichter der Zwerge, ihre unbeholfenen Bewegungen und ihr lautstarkes Gegröle ließen vermuten, dass es vor nicht allzu langer Zeit noch vier Fässer gewesen waren.

Ihnen gegenüber standen zwei junge Damen, die für die kalte Jahreszeit deutlich zu leicht bekleidet waren und sich kichernd mit einem Gardisten unterhielten. Vermutlich war ihre Frage nach einer Wegbeschreibung nur vorgeschoben.

Eine alte Frau überquerte die gepflasterte Straße zwischen den mehrstöckigen Fachwerkhäusern und nahm von den Zwergen kopfschüttelnd Notiz. Ein Zwerg pfiff hinter der Alten her, die jedoch entweder nichts hörte oder nichts hören wollte. Ein anderer Zwerg stieß dem Pfeifer unsanft in den Rücken und sagte laut zu ihm: »So ist es richtig, wenn das Wild zu schnell wird, muss man sich am Aas vergreifen.«

Diese Bemerkung löste allgemeine Heiterkeit unter den Bärtigen aus. Ein Träger, der allein ein Fass geschultert hatte, wurde unter ihm begraben und zappelte hilflos mit Armen und Beinen. Den Übrigen standen die Tränen in den Augen, und sie mussten sich am Karren festhalten.

Bei den Bürgern Osbergs waren die derben Späße der Zwerge wohlbekannt, und niemand nahm Anstoß daran. Sie konnten nämlich auch sehr hilfsbereit sein, und außerdem ließen sie bei ihren Besuchen viel Gold in der Stadt. Ein Sprichwort in Osberg lautete: »Ein Zwerg bringt den Tod, zwei bringen Geld und drei bringen Stimmung.«

Die alte Frau hatte die andere Straßenseite erreicht und drehte sich langsam und auf ihren Stock gestützt zu den Zwergen um. Sie sah den Zwerg unter dem Bierfass mit einem festen Blick an und begann zu lächeln, sodass ihre lückenhaften Zahnreihen sichtbar wurden. Dann senkte sie den Blick wieder, und wie von Geisterhand gezogen, sprang plötzlich der Zapfen aus dem Fass heraus, und das wohlschmeckende Gebräu ergoss sich über den darunter liegenden Zwerg. Jetzt gab es kein Halten mehr bei den bärtigen Trägern. Jeder zückte seinen Holzbecher, den er am Hosenbund befestigt hatte und sorgte dafür, dass so wenig Gerstensaft wie möglich im Rinnstein versickerte. Die Feier war in vollem Gange. Die alte Frau setzte unbemerkt ihren Weg fort, und man hörte nur ein leises Kichern unter ihrer Kapuze hervordringen.

Ihre Enkelin Cindiel, die am anderen Ende der Straße stand, hörte jedoch überdies noch ein gemurmeltes »Kind, es ist schon spät, bleib nicht mehr zu lange draußen.«

Das Mädchen hörte die Stimme zwar nicht mit ihren Ohren, dafür war das Flüstern in ihrem Kopf umso deutlicher. Cindiels Großmutter war bewandert in der Hexenkunst, und ihre Enkelin lernte von ihr. Hexerei hatte ihren Ursprung in der Natur und den Gefühlen, im Gegensatz zur arkanen Zauberei, die sich auf Wissenschaft, Formeln und Ingredienzien stützte. Die arkane Zauberei bot mehr Möglichkeiten und war auch sicherer in der Anwendung. Deshalb gab es auch kaum noch Menschen, die Hexerei ausübten. Zauberei wurde an großen Magierschulen unterrichtet. Hexerei wurde von Generation zu Generation weitergegeben. Manchmal wurde dabei auch eine Generation übersprungen, wie in Cindiels Fall. Ihre Eltern waren früh an einer Krankheit gestorben, welche die Atmung aussetzen ließ. Nun kümmerte sich die Großmutter seit vier Jahren um das Mädchen und gab ihm jeden Tag ein wenig ihres Wissens weiter.

Cindiel liebte es, abends in den Gassen umherzulaufen und sich das bunte Treiben anzusehen. Tagsüber waren fast alle Handwerker und Kaufleute damit beschäftigt, sich ihren Lebensunterhalt zu verdienen, aber abends waren die Leute wesentlich ausgelassener.

Das Mädchen mochte die beleuchteten Fenster in den Häuserfronten und stellte sich gern vor, was dahinter gerade wohl geschehen mochte. Sie beobachtete oft den Rauch, der sich aus den Schornsteinen den Sternen entgegenkräuselte, und am liebsten betrachtete sie die Passanten und Nachtschwärmer, die die Straßen Osbergs nach Sonnenuntergang bevölkerten. Cindiel hätte dem bunten Treiben auf der Straße stundenlang zusehen können, aber gerade hatte sie ein bestimmtes Ziel, und deswegen eilte sie weiter ins Zentrum der Stadt.

Fünf Minuten, drei Seitengassen und zwei Betrunkene später erreichte sie ihr Ziel, die Taverne Kupfergrotte. Diese Taverne war in einem dreistöckigen Fachwerkhaus mit einem spitzen Schindeldach untergebracht. Die Fenster waren mit Fensterläden verschlossen, und nur ein kleiner Spalt dazwischen gewährte einen Blick auf den gut gefüllten Innenraum. Jedes Mal, wenn die Tür sich öffnete, wurde eine Dunstwolke aus Tabakrauch, Essensdüften und schwerem Parfüm auf die Straße geweht, und man konnte kurz das unentwegte Stimmengewirr vernehmen. Über der Tür hing ein hölzernes Schild, das von einer Laterne beleuchtet wurde, und auf dem man eine verbogene Münze erkennen konnte.

Allerdings wollte Cindiel nicht in der Taverne einkehren, sondern sie suchte jemanden, den sie darin vermutete. Sie musste nicht sonderlich lang Ausschau halten. Als zwei jüngere Männer die Treppenstufen zur Straße hinabstiegen, gaben sie den Blick auf einen älteren Mann in zerlumpter Kleidung frei, der auf der zweiten Stufe hockte und zu schlafen schien.

Cindiel näherte sich ihm im Schatten der Häuserwand, und wenn sie nicht ein kleines, blondes Mädchen mit Zöpfen gewesen wäre, hätte man denken können, es handelte sich bei ihr um einen Meuchelmörder auf dem Weg zu seinem Opfer.

Als sie noch zwei Schritt von dem Alten entfernt war, hob dieser ruckartig den Kopf und sagte: »Hüte dich vor zerlumpten Männern, die vor Tavernen rumlungern. Denn sie riechen schlecht, sind hässlich und arm, haben Hunger und Durst, und das Schlimmste von allem ist, sie sind alt ...«

»Darauf werde ich achten«, sagte Cindiel, »Hast du heute schon so einen gesehen, Hagrim?« Sie lächelte unschuldig, und ein breites Grinsen erschien auf dem Gesicht des Alten.

Hagrim mochte so um die fünfzig sein, aber sein Erscheinungsbild ließ ihn um zehn Jahre älter wirken. Er rasierte sich regelmäßig, und zwar einmal die Woche. Genauso hielt er es mit dem Waschen. Die Haare des Alten waren schulterlang und grau meliert. Von der Statur her hätte er ein ehemaliges Mitglied der Stadtwache sein können. Von der Kleidung hingegen hätte man annehmen können, sie sei ihm in der dritten Generation vererbt worden. Nicht, weil sie aus der Mode gekommen war, wenn es für grauschwarze Umhänge und graue Leinenhosen überhaupt eine Mode gegeben hätte, nein, es war eher ihr mottenzerfressenes Aussehen. Dies alles schreckte Cindiel aber nicht ab, denn das Besondere an Hagrim waren seine Geschichten und seine Erzählkunst.

Das Mädchen warf Hagrim zwei Silbermünzen zu, die klimpernd auf der Treppenstufe landeten. »Du wolltest mir noch die Geschichte mit dem Oger und dem Barden zu Ende erzählen«, sagte sie.

»Das tue ich auch, sobald diese beiden kleinen Silberlinge mir den Einlass ins Paradies erkauft haben und ich sie gegen ein Glas des wunderbaren Traubensaftes eingetauscht habe, um meine trockene Zunge zu lockern. Ich bin gleich wieder da, Prinzessin.«

»Bitte vergiss nicht, aus dem Himmelreich wiederzukehren, wie vorletztes Mal ...«, sagte sie kichernd.

Er drehte sich um, schaute ihr tief in die Augen und sagte mit gespielter Ernsthaftigkeit: »Für eine begrenzte Zeit ist der Himmel das Paradies, für die Ewigkeit ist er die Hölle.« Dann öffnete er die Tür und verschwand kurz darauf im Dunstschleier.

Es dauerte eine ganze Weile, bis er wieder herauskam. »Entschuldige, Prinzessin, aber ich war nicht der einzig Durstige im verheißenen Land.«

Cindiel schaute erwartungsvoll zu ihm auf, als er sich neben sie auf die Treppenstufe setzte.

Er nahm einen großzügigen Schluck aus seinem Rotweinbecher und schloss dabei genießerisch die Augen.

»Nun gut«, begann er dann, »wo waren wir stehen geblieben?«

»An der Stelle, wo der Barde nach einem Grund suchte, um den Oger zu überzeugen, ihn nicht zu töten«, antwortete Cindiel rasch.

»Ach ja ... nun gut ... also: Der Barde sah den Oger genau an, und er bemerkte die Traurigkeit in dieser Bestie. ›Oger, ich sehe die Unzufriedenheit und die Trauer in deinen Augen, und ich weiß, wie ich deinem Leben einen Sinn geben kann.‹ Der Oger schaute zu dem kleinen Menschen hinab, und brummte: ›Wie du machen mich mit Glück? Du Zaubermensch?‹

›In gewissem Sinne schon, ich kann andere Wesen mit meinem Können verzaubern?‹

›Dann tun.‹

›Ich werde ein Lied über dich und dein Volk schreiben, damit ihr nie in Vergessenheit geratet. Somit werdet ihr praktisch unsterblich sein.‹

›Können nicht sterben?‹

›Eure Seele kann nicht getötet werden.‹

›Ja, machen jetzt gleich.‹

Der Barde stimmte eine raue Melodie an und begann, dazu einen Text zu dichten. Er komponierte bis zum Morgengrauen, dann war er endlich fertig. Der Barde trug sein Lied schließlich dem Oger vor, und dieser war sehr angetan von der Ballade. Plötzlich tauchte am Horizont ein Ritter auf, welcher der Spur des Ogers gefolgt war, um ihn zu töten. Der Oger sprang auf und rannte dem Ritter entgegen und schrie dabei: ›Ich unsterblich!‹

Und das waren auch die letzten Worte in seinem Leben.

Na Prinzessin, und was ist die Moral der Geschichte?«, fragte Hagrim.

»Ich würde sagen«, antwortete sie, »strebe nicht nach Unsterblichkeit, sonst ereilt dich der Tod noch früher als gedacht.«

»Gut überlegt, gut formuliert, aber dennoch falsch.« Der alte Geschichtenerzähler grinste. »Die Moral lautet eigentlich:

Wenn du einen Oger triffst,
schreib ihm keine Lieder,
schlag ihn lieber nieder!«

Die beiden begannen aus vollem Hals zu lachen, und Cindiel knuffte den Alten in die Seite.

»Für die zwei Silberlinge möchte ich aber noch eine Geschichte hören, diese war so schnell vorbei«, sagte sie und schob dabei schmollend die Unterlippe nach vorn.

»Gut, lass mich einen Augenblick nachdenken und einen Schluck trinken.«

Unerwartet wurden Rufe aus einer Seitengasse laut. Diese steigerten sich rasch zu Hilfeschreien, und immer mehr Leute bogen in die Gasse ab, um dem möglichen Spektakel beizuwohnen. Nach kurzer Zeit hörte man auch das Schlagen eines Schwertknaufs auf einen Schildrücken. Dies war das Warnsignal der Stadtwachen.

Cindiel und Hagrim schauten sich verwundert an, erhoben sich und liefen mit einigen anderen Schaulustigen in die kleine Häusergasse. Vierzig bis fünfzig Personen standen bereits im Dunkeln beieinander. Der Blick auf die Ursache des Auflaufs war durch die Menschenmenge verdeckt.

»Lasst mich durch, ich bin Heiler«, sagte Hagrim und zog Cindiel an der Hand hinter sich her, als er sich einen Weg durch die Menge bahnte. Er wusste, dass dieser kleine Schwindel nur bei Nacht funktionierte. Bei Tageslicht hätte ihm eine solche Behauptung höchstens eine Menge Gelächter eingebracht.

In der Mitte der Gasse lag ein Zwerg reglos auf dem Bauch. Hagrim beugte sich über ihn, packte seine Schulter und drehte ihn auf den Rücken. Den Zuschauern bot sich ein grauenvoller Anblick. Der Zwerg hatte die Augen weit aufgerissen, und ein kleines Rinnsal aus Blut trat daraus hervor. Weiterhin blutete er aus Nase, Mund und Ohren. Sein halb offen stehender Mund gab den Blick auf seine dick angeschwollene, blau verfärbte Zunge frei. Urplötzlich spuckte der Zwerg eine kleine Fontäne halb geronnen Blutes in Hagrims Antlitz, krümmte sich mit schmerzverzerrtem Gesicht zusammen und hauchte ein letztes Wort, den Kopf dem Pflaster entgegengestreckt. »Krakenmann.«

Hagrims Blick hob sich von dem Toten, und er starrte durch die Beine eines etwas hilflos dastehenden Gardisten direkt auf einen geöffneten Kanalisationsschacht.

Cindiel erkannte in dem Toten einen der Zwerge wieder, die in ihrer Straße das Bier verladen hatten.

»Komm«, sagte Hagrim leise, »ich bring dich nach Hause, Prinzessin.«

4
Das Erwachen

Mogda war wach. Er lag auf dem Boden und stützte den Kopf auf den Unterarm. Sein Schädel schmerzte, und sein Körper fühlte sich verspannt an. Seine Augen waren noch geschlossen, und er verspürte auch nicht den Wunsch, sie zu öffnen. Er döste noch einen Augenblick vor sich hin und genoss dabei die Wärme auf seiner Haut. Aus einiger Entfernung konnte er Vogelgezwitscher hören. Mogda mochte Vögel, denn es waren die einzigen Tiere, die nicht Reißaus nahmen, wenn er durch die Gegend stampfte. Dies lag wahrscheinlich daran, dass sie meist in zehn Fuß Höhe auf irgendwelchen Bäumen saßen und er auf sie nicht den Eindruck machte, ein besonders geschickter Kletterer zu sein, der sich mit Heißhunger auf einen ein zehntel Pfund schweren Vogel stürzte.

Mogda drehte sich um, ohne die Augen zu öffnen, und ließ sich die Sonne auf das Gesicht scheinen. Fast fühlte er sich wie in der sorglosen Zeit seiner Jugend, als seine Mutter noch für ihn gesorgt hatte. Ogerfrauen ließen es sich nicht nehmen, ihre Nachkommen allein aufzuziehen. Deswegen bildeten Oger auch keine Clans. Deshalb, und aus dem Grund, dass sie nicht besonders gesellig waren und sich auch wenig zu erzählen hatten. *Als ich noch bei meiner Mutter lebte, roch es auch immer so gut in ihrer Höhle ... nach Braten ... Braten? ...* Dieser Geruch stammte nicht von einem Braten, sondern von ... einem gerösteten Magier.

Mogda schreckte hoch und schaute sich verwirrt um. Jetzt fiel es ihm wieder ein. Er war im Turm zusammengebrochen, nachdem er den Magier getötet hatte ... nein, der Magier hatte sich selbst geröstet. Und Mogda hatte das Bewusstsein verloren, nachdem er die Kette umgelegt hatte.

Er schaute an seiner Brust herunter, konnte aber das Amulett nicht sehen. Er blickte sich nach allen Seiten um, aber auch auf dem Fußboden konnte er nichts entdecken. Stirnrunzelnd fuhr er sich mit einer Hand durch die Haare. Mittellange Kette, blauer Stein, und das Ding war bestimmt wertvoll. *So etwas würde niemand stehlen und mich in aller Ruhe weiterschlafen lassen. Ein gut gezielter Dolchstoß würde doch sicherstellen, dass ich dem Dieb später keinen Ärger mache*, dachte er. Mogda fand keine einleuchtende Erklärung für das Verschwinden der Kette, und er hatte auch keine Lust, sich den ganzen Tag damit herumzuplagen. Viel wichtiger war es, das ganze Vieh in Sicherheit zu bringen und sich eine geeignete Höhle für den Winter zu suchen, um nicht von rachedurstigen Hüttenbauern zur Rechenschaft gezogen zu werden.

Er eilte aus dem Turm und lief zur Rückseite, um sich seinen Winterproviant genauer anzuschauen. In einem kleinen Pferch tummelten sich fünf Schafe und drei Schweine sowie unzählige Hühner, die durch einzelne Zäune voneinander getrennt waren. An jedem Gatter waren verschiedene Tröge angebracht, die sich in Größe und Form voneinander unterschieden.

Die Hühnerkäfige waren mit Weidenruten abgedichtet, damit sie nicht heraushüpften, und kleinere Raubtiere nicht hineinkonnten. *Was für ein Aufwand für ein bisschen Essen*, dachte Mogda. Obwohl? Er hatte sich mal an eine Händlerkarawane angeschlichen und sie aus dem Dickicht heraus beobachtet. Die Hüttenbauer ordneten ihr Essen auf kleinen Metallschilden an, und begannen dies dann mit ganz kleinen Waffen zu zerlegen und sich in den Mund zu schieben. Sie hatten sichtlich Vergnügen daran, auf diese Art und Weise ihre Mahlzeit zu verspeisen. Mogda hingegen kam es eher auf die Menge der Nahrung an.

Alle Tiere zu töten, war sicher keine gute Idee. Sie würden im Laufe der nächsten Tage verrotten, und den Geschmack von Aas konnte selbst ein Ogermagen nicht gut verkraften. Um alle Viecher lebendig zu einem geeigneten Winterquartier zu treiben, fehlte ihm die Geduld, da die Tiere beim Anblick eines Ogers alle in Panik davonlaufen würden. Was für eine verzwickte Situation. Mogda entschloss sich, das Problem erst einmal etwas zu verkleinern und ein Schaf zu töten, um seinen momentanen Hunger zu stillen.

Er hob einen Hammel aus dem Pferch und drückte ihn sich vor die Brust. Er wollte vermeiden, dass die anderen Tiere den Tod des Schafes mit ansahen. Nicht, weil er so feinfühlig war, sondern weil er vermeiden wollte, dass sie angesichts ihres unvermeidlichen Schicksals alle in Panik gerieten und ihn verrieten. Verrieten? An wen sollten sie ihn schon verraten? Er war ja völlig allein. Dennoch ging er um den Turm herum und hielt das Tier dabei mit der Rechten am Hals fest. Mit der anderen Hand griff er über den Schädel und wollte gerade eine ruckartige Drehbewegung machen, um dem Hammel einen schnellen Tod zu bescheren, als er bemerkte, dass das Tier sich an seinem Hals an etwas festgebissen hatte. *Der Anhänger*, fuhr es ihm durch den Kopf. Mogda wollte nicht weiter an dem Schaf zerren, da er befürchtete, das Tier könne ihn verschlucken oder auf jeden Fall die Kette zerreißen. Er wusste, dass er die Kette nicht reparieren konnte, dafür waren seine Hände einfach zu groß.

Er stand nur da und wusste nicht, was er machen sollte. Er versuchte, das Maul des Schafes zu öffnen. Mit einer Hand packte er die Schnauze und drückte leicht auf die Seiten des Kiefers. So, hatte seine Mutter ihm damals gezeigt, solle man Wölfe packen, die sich verbissen hatten und nicht locker ließen. Nichts passierte. Wenn er stärker zupacken würde, käme die Kette vielleicht zu Schaden. *Schafe sind eben keine Wölfe*, dachte er niedergeschlagen. Dann würde er das Tier eben vor sich hertragen, bis es sich beruhigte und den Stein freigab.

Er lief knapp eine Stunde durch die Gegend, bis ihm klar wurde, dass das Schaf mehr Ausdauer besaß als er. Kein Wunder, denn es ging ja auch um dessen Leben. Er setzte sich vor dem Turm ins Gras und hoffte, er könne es mit etwas Futter dazu bringen, loszulassen. Seine Hoffnung wurde enttäuscht.

Er legte sich auf den Rücken und hielt die Luft an. Wenn das Schaf denken würde, er sei tot, dann würde es gewiss loslassen. Das Schaf stand mit gesenktem Kopf auf seiner Brust, und für einen Unbeteiligten musste es so aussehen, als ob sich dieses Huftier gerade einen Oger geschlagen hatte, um damit seine Jungen zu füttern. Mogda war die Situation außerordentlich peinlich.

Das fehlte noch, dass dieses Vieh ihn dazu brachte, sich durch Luftanhalten selbst umzubringen. Er griff nach den Vorderläufen des Tieres, um ihm zu zeigen, wer hier der Jäger und wer die Beute war. Plötzlich keilte der Hammel aus und traf Mogda mit seinen Hufen kurz unterhalb seines Lederwamses. Er schrie auf. Dann krümmte er sich und rollte zur Seite. Er griff zum Schutz und um festzustellen, ob etwas verletzt war, unter seine Hose. Noch halb benommen stellte er fest, dass anscheinend nichts in Mitleidenschaft gezogen worden war bis auf ... das Schaf. Es lag zwischen seinen angewinkelten Beinen und hatte den Kopf in einer recht ungewöhnlichen Stellung nach hinten gelegt. Zu weit nach hinten.

Mogda hockte sich auf die Knie und betrachtete das Tier. »Siehst du«, brummte er, »beide haben wir nachgedacht, und doch wurde das Problem durch Gewalt gelöst. Ist eben doch der beste Weg.«

Der Oger stutzte. Ihm kamen seine Gedanken irgendwie fremd vor. Er griff sich an die Brust, und stellte fest, dass der Anhänger noch unversehrt um seinen Hals hing. Er konnte ihn nur nicht sehen, weil die Kette zu stramm saß und sein vorstehendes Kinn ihm den Blick darauf verwehrte.

Nachdem er sich erhoben hatte, schleifte er das tote Tier hinter sich her in den Turm. Er würde Feuer machen und dann erst einmal essen. Wenn er nicht in außerordentlicher Eile war, briet er sein Fleisch immer. Nicht wie diese ungehobelten Orks, die alles roh in sich hineinschlangen und meist sogar darauf verzichteten, das Fell abzuziehen. *Wie wilde Tiere*, dachte er. Aber was sollte man auch anderes vermuten bei solchen Kriegstreibern, die nur aufs Töten aus waren. Sie waren sofort zu begeistern, wenn es darum ging, die Hüttenbauer anzugreifen und ihre Siedlungen niederzubrennen. Vielleicht, weil die Hüttenbauer so viel klüger waren als sie.

Mogda überlegte sich, ob die Orks ihn auch töten würden, wenn er mit einer kleinen Forke bewaffnet dieses Schaf essen würde. Vielleicht würden sie sogar denken, dass er jetzt in dem Turm wohnte, und das würde sicher den Hass der Orks schüren. Moment mal ... im Turm wohnen? War das nicht eine ausgezeichnete Idee?

Der Turm war groß genug, die Höhe vollkommen ausreichend, da keine Zwischendecke eingezogen war. Es konnte nicht hineinregnen, und er hätte das Problem mit den Tieren auch gleich gelöst. Hervorragend.

Mogda sah sich um. Die Möbel konnte man durchaus auch zu anderen Zwecken verwenden als etwa zum Sitzen. Jeder Einrichtungsgegenstand, der von einem Oger nicht mal als Fußbank benutzt werden konnte, wurde zu Feuerholz gemacht. Somit verschwanden aus dem

Raum ein Schaukelstuhl, eine kleine Trittleiter, die schon am Vorabend zu Bruch gegangen war, sowie etliche Gegenstände, deren Nutzen Mogda nicht erkennen konnte. Das Holz reichte zwar nicht aus, um den Winter über damit zu heizen, aber er wohnte ja mitten im Wald und konnte sich jederzeit etwas Feuerholz schlagen. Sogleich begann er mit bloßen Händen die Möbelstücke zu zerkleinern und im Kamin aufzuschichten. Meister Trebor lag noch immer neben der Feuerstelle und strafte Mogda mit einem vorwurfsvollen starren Blick, der wohl kaum daher rührte, dass sein Mobiliar gerade zu Bruch ging. Die beiden anderen Toten teilten sich einen Platz draußen vor der Tür.

Mogda war nicht besonders empfindsam, doch die vielen Leichen in und vor seinem neuen Zuhause mussten verschwinden. Wenn zufällig jemand vorbeikam und sie sah, konnte diese Aufmerksamkeit nur Ärger nach sich ziehen. Er wusste, dass die Hüttenbauer ihre Toten begruben, meist einzeln und an dafür vorgesehenen Plätzen, mit kleinen Steintafeln, die sie oben auf das Grab setzten und mit Schriftzeichen verzierten. Sie gaben sich immer viel Mühe dabei und brachten manchmal sogar Geschenke vorbei und legten sie auf die Grabstätte. Wobei Mogda nie verstanden hatte, ob sie den Toten damit eine Freude machen oder sie ärgern wollten, weil die Verstorbenen ja an die Geschenke nicht herankamen.

Er würde auf keinen Fall in dem wurzeldurchzogenen Waldboden drei Löcher graben. Ein großes musste reichen. Die drei waren schließlich befreundet und lebten zusammen, somit konnten sie auch zusammen in einem Grab liegen.

Mogda ging nach draußen, nahm sich eine Schaufel, die neben der Tür lehnte, und begab sich zum nördlichen Teil der Lichtung. Er schaufelte mit nur einer Hand, weil das Werkzeug viel zu klein für seine Statur war. Die Arbeit ging dennoch schnell voran, denn der Boden war trocken und somit sehr leicht. Die Wurzeln der Bäume erstrecken sich mehr in die Tiefe als in die Breite und leisteten kaum Widerstand. Mogda ragte jedoch noch immer zur Hälfte aus dem Loch, als er seine Arbeit beendete. Er stieg schwerfällig über den Rand und warf die Schaufel mit einem angewiderten Blick zurück in die Grube.

Der frische Wind kühlte den Oger ein wenig ab. Diese Art von körperlicher Betätigung fiel ihm trotz seiner gut ausgeprägten Muskeln schwer, da sie ungewohnt war. Er entschied sich, dass für die nächsten Leichen das Unterholz als Versteck reichen musste.

Mit einem Seufzer machte sich Mogda auf den Rückweg zum Turm, packte den toten Magier am Fuß und zog ihn hinter sich her. Die anderen beiden hielt er ebenso an der anderen Hand und schleifte sie quer über die Lichtung zum Grab. Mogda warf die Körper hinein und begann kniend, die Erde mit den Händen zurückzuschaufeln. Löcher zu füllen ging wesentlich schneller als sie auszuheben. Nach wenigen Minuten ragte bereits ein kleiner Hügel auf. Halb zufrieden stellte Mogda fest, dass jetzt nur noch eine Steinplatte fehlte. Dann würde er das Gefühl haben, alles im Sinne der Hüttenbauer gemacht zu haben. Aber woher sollte er so eine Steintafel nehmen? Ihm fiel ein, dass die Fußbodenplatten im Turm eine ähnliche Form besaßen. Wenn er eine lockern könnte, würde es wohl reichen, sie aufrecht auf das Grab zu setzen, Zeichen hin oder her.

Von der Arbeit müde und hungrig geworden, schlenderte er wieder zum Turm. Doch mit den Platten war leider nichts zu machen, die Fugen waren zu eng, als dass Mogda mit den Fingern eine Platte hätte lockern können. Ohne entsprechendes Werkzeug war sein Vorhaben unmöglich. Vielleicht mit der Schaufel ... Mogda setzte sich verärgert auf den Boden. Die verflixte Schaufel hatte er ebenfalls begraben!

Er lehnte sich mit dem Rücken an die Turmwand und betrachtete die Wandregale, die mit Büchern angefüllt waren. *Das da sieht genauso aus wie eine Steintafel*, dachte er und fixierte einen dicken Folianten mit Ledereinband. Nicht lange grübeln, das nehme ich einfach. Der alte Mann mochte doch anscheinend Bücher. Er nahm den Band aus dem Regal und machte sich ein weiteres Mal auf den Weg zum Grab. Dort angekommen, steckte er das Buch in die lose Erde und befestigte es mit einigen kleinen Steinen. Stolz betrachtete er seine Arbeit. *Sieht echt aus*, dachte er, kleiner Sandhügel mit Steintafel und sogar einer Inschrift: Bestien Nelbors.

Bestien Nelbors? Mogda wich einige Schritte zurück, als ob das Buch nach ihm geschnappt hätte. Sein eben noch zufriedener Gesichtsausdruck wurde von Furcht überschattet ... nein, von Grauen. Das konnte nicht sein. Er konnte nicht lesen. Alles, was Oger an Nachrichten irgendwo hinterließen, waren einfache Zeichnungen.

Lesen war in ihrer Welt unnütz. Erstens gab es keine Ogerbücher, zweitens hätten sie nicht satt gemacht, und drittens gab es Wichtigeres, wie zum Beispiel ... ach, egal.

Mogdas Augen verengten sich, und er starrte noch einmal auf den Bucheinband. Bestien Nelbors. Klein darunter geschrieben stand: Reiseberichte des Meisters Trebor aus vergangenen Tagen.

Er verstand tatsächlich, was dort geschrieben stand. *Ob es wohl ein Zauberbuch ist?*, überlegte er. *Vielleicht ein Buch, das der alte Mann geschrieben hat, damit jeder es lesen kann, egal ob Hüttenbauer, Oger, Orks oder andere Kreaturen. Oder kann ich plötzlich jedes Buch lesen? Hat der Blitz mich klüger gemacht? Oder vielleicht das Haus des Magiers? Oder ... der stechende Schmerz ... die Bewusstlosigkeit. Ein Zauber würde auch meine merkwürdigen Gedanken erklären.*

Vorsichtig näherte er sich dem rätselhaften Buch wieder. So behutsam, als wenn er sich am Einband verbrennen könnte, griff er danach. Er nahm es hoch und klappte es langsam mit einem Finger auf. Aufgrund der Größe seines Fingers und seiner Unsicherheit im Umgang mit Schriftstücken landete er auf Seite achtundvierzig. Er blieb verhältnismäßig ruhig, als er bemerkte, dass selbst die Zahl ihm eine gewisse Vorstellung davon gab, was sie zu bedeuten hatte. Unsicher betrachtete er die Worte, die auf das leicht bräunliche Papier geschrieben waren. Reiseroute, Hügelkette, Bergrücken, beschwerlicher Weg, strahlender Sonnenschein, und so weiter und so weiter. Alle diese Worte konnte er lesen, und er verstand sie auch. Er sah sich eine Zeichnung auf einer anderen Seite an. Sie zeigte einen Ausschnitt aus einer Landkarte. Darüber stand: Ausläufer des Tals von Flechtenberg.

Auf der Karte waren Häuser, Brücken, Wege, Wälder, Flüsse und vieles mehr eingezeichnet. Mogda war begeistert von dem Detailreichtum und der Beschriftung. Die Karte war zur besseren Übersicht in mehreren Farben dargestellt. Er blätterte ein paar Dutzend Seiten weiter und stieß wieder auf eine Zeichnung, diesmal auf die Darstellung eines Orks.

Links daneben stand: humanoide Gestalt, gedrungener Körperbau, sechs Fuß groß, sehr kräftig, wenig Intelligenz, grünliche Körperfärbung, lebt in Rudeln, gefährlich.

Mogda stimmte den kurzen Stichworten von Herzen zu. Zwar würde er Orks eher hinterhältig als gefährlich nennen, aber in Bezug auf Menschen würde das wohl zutreffen. Er klappte das Buch zu und eilte zurück in seine neue Behausung. Nach einigen Schritten blieb er stehen, drehte sich um und sagte: »Wenn ich es nicht mehr brauche, bring ich es zurück.« Dann ging er weiter.

Als er vor der riesigen, halbrunden Bücherwand stand, war er vollkommen sprachlos. Er konnte jeden Titel in dieser Bibliothek lesen. Dort stand nicht ein einziges Buch, welches ihm seine Geheimnisse nicht preisgegeben hätte. Er fragte sich, was es wohl alles so Wichtiges geben könnte, dass man damit so viele Bücher füllen wollte. Niemand könnte das alles lesen, geschweige denn behalten. Und wer hatte so viel Zeit, das alles aufzuschreiben? Es blieb ihm ein Rätsel. Er selbst musste ständig auf der Suche nach Nahrung sein, wenn das Schicksal es nicht so gut mit ihm meinte wie im Moment. Wenn er dann ausreichend Essen hatte, war er wieder auf der Flucht vor den rechtmäßigen Besitzern des Essens. Dann musste er die Nahrung zubereiten. Danach war er meist müde und machte ein Schläfchen. Wenn er aufwachte, knurrte höchstwahrscheinlich sein Magen wieder. Und so ging es Tag für Tag. Bis auf ein paar kleine Pausen hätte er also keine Zeit zum Schreiben und Lesen. Moment mal, zum Schreiben? Konnte er vielleicht auch schreiben? Er schaute auf die Erde und suchte bei den heruntergefallenen Utensilien nach Schreibwerkzeugen. Alles, was er fand, war ein kleiner, schon bis zur Hälfte abgenutzter Kohlestift, der nicht einmal groß genug war, um sich die Fingernägel damit zu reinigen. Zumindest keine Ogerfingernägel.

Aber im verloschenen Kaminfeuer fand er einen verkohlten Holzscheit, den er in die rechte Hand nahm und vor einem freien Stück Mauer an den Stein setzte. *Was sollte ich denn schreiben?* Grimmig senkte er den Blick und klemmte konzentriert die Zunge zwischen die Lippen.

MOGDA WAR HIER.

Es war ganz einfach. Er musste sich nur an die gelesenen Wörter erinnern und sie nachmalen. Seinen Namen hatte er einfach nur nach den Lauten geschrieben, die auch in anderen Worten vorkamen, zum Beispiel in *mogeln* und *davon*.

Mogda war begeistert. Er war bestimmt der schlaueste Oger seiner Familie, oder vielleicht war er sogar der schlauste Oger überhaupt. Was könnte er nur alles machen mit seinen neuen Fertigkeiten. Er könnte ... er könnte ... doch plötzlich war sein Kopf wie leergefegt. Er könnte noch nicht mal einem anderen Oger etwas schreiben, da diese ja alle nicht lesen konnten, und wem sollte er schon eine Nachricht zukommen lassen?

Egal, erst mal musste er jetzt dringend etwas essen, und das Schaf würde sicherlich nicht besser werden, wenn es noch lange in der Sonne herumlag. Er legte etwas Reisig aus einem Korb in den Kamin. Dann löste er zwei abgeflachte Flintsteine, die so groß waren wie die Teller der Hüttenbauer, von seinem Ledergürtel und entfachte damit in geübter Weise ein kleines Feuer. Am späten Nachmittag hatte er sein Mahl beendet, und es wurde Zeit für ein kleines Verdauungsschläfchen. Er kauerte sich auf das Bett, von dem nur noch die Matratze übrig geblieben war und schlief kurze Zeit später erschöpft ein.

Mogda erwachte erst am nächsten Morgen. Dies war für ihn aber nicht ungewöhnlich und auch für sonst keinen Oger, den er kannte. Ausgeruht und zufrieden nahm er sich vor, die Bücher näher in Augenschein zu nehmen. Sie zogen ihn so tief in den Bann, dass er jede freie Minute darin las. Er hatte meist mehrere Bände gleichzeitig aufgeschlagen, da in vielen Verweise zu finden waren, die auf andere der Fibeln und Folianten hinwiesen. Er verzettelte sich so sehr dabei, dass es ihm unmöglich war, ein Werk komplett durchzulesen.

Nach etlichen Tagen des Stöberns machte ihn das Lesen unzufrieden und übellaunig, und er begann, die Bücher wieder in die Regale zu stellen, um ein anderes Mal weiterzumachen. Vielleicht würde das mehr bringen. Wenn man ein Wild nicht einholen konnte, dann suchte man sich am besten ein anderes. Er hatte gerade die letzten Bände in die Regale gelegt, als er von draußen das Schnauben eines Pferdes hörte.

Mogda schossen alle möglichen Vermutungen durch den Kopf, vom entlaufenen Ackergaul über ein Einhorn bis hin zu einem Ritter mit gesatteltem Streitross. Wobei ihm die letzte Möglichkeit zwar nicht am unwahrscheinlichsten, aber am unerfreulichsten erschien. Ein gut ausgebildeter Reiter mit entsprechender Bewaffnung konnte einem Oger schlimm zusetzen. Mogda positionierte sich an der Wand zwischen zwei Fenstern und schaute vorsichtig hinaus. Mit Erleichterung stellte er fest, dass ein älterer Bauer mit einem Karren voll Brennholz, gezogen von einem alten Ross, und fünf Kühen im Schlepptau, aus westlicher Richtung auf den Turm zutrottete. *Der kommt mir gerade recht*, dachte Mogda, *somit muss ich mich nicht um Brennholz kümmern, und der Proviant bis zum Frühlingsanfang ist auch gesichert.*

Der Alte hatte anscheinend alle Zeit der Welt. Er brauchte schon drei Anläufe, um den Wagen so hinzustellen, dass er zufrieden war. Dann überprüfte er akribisch die Verzurrungen der Kühe, begutachtete den Wagen, fütterte schließlich sein Ross und tätschelte ihm liebevoll den Hals. Mogda hatte einem Pferd noch nie so viel Zuneigung geschenkt, für gewöhnlich sprach man ja auch nicht mit seinem Essen. Der Oger hoffte, dass der Bauer das rund fünfzig Schritt entfernte Grab nicht bemerkte oder es nicht als solches erkannte.

Langsam kam der Alte auf den Turm zu, den Blick immer auf den Boden gerichtet. Seine Bewegungen machten einen müden Eindruck. Er erreichte die Tür, klopfte kurz an und kam gleich herein, ohne auf eine Antwort zu warten.

Schneller als der Mann seinen Blick schweifen lassen konnte, griff Mogda seinen Nacken, hob ihn daran hoch, und drückte ihm mit zwei Fingern der anderen Hand den Mund zu. Er drehte den Alten zu sich, wie ein Puppenspieler eine Handpuppe bewegt. Der Bauer blieb nicht lang genug bei Bewusstsein, um das volle Ausmaß seiner Schwierigkeiten begreifen zu können.

Mogda wollte den Alten nicht töten. Er konnte sich ohnehin alles nehmen, ohne dass der Bauer es hätte vereiteln können. Er legte den Alten behutsam auf den Boden und rollte ihn, vom Hals abwärts, in den Teppich, der unter dem Tisch lag. Mogda hatte bis jetzt nicht erkannt, wofür man einen Teppich brauchen konnte, doch jetzt erfüllte er seinen Zweck. Er zog das Teppich-Paket hinüber zu einer kleinen Vitrine, die mit Büchern gefüllt war, und stellte sie auf die beiden überhängenden Enden des Teppichs. Der Alte atmete ruhig und beständig. Wenn er aufwachte, konnte er sich erst einmal von dem Schreck erholen, ohne gleich in Panik zu flüchten.

Mogda kümmerte sich unterdessen erst einmal um die mitgebrachten Geschenke. Es war gar nicht so einfach, die Tiere davon zu überzeugen, dass sie nicht in unmittelbarer Gefahr schwebten. Aber ohne hastige Bewegungen zu vollführen, gelang es Mogda, die Kühe hinter den Turm zu bringen und dort am Gatter festzumachen. Ganz anders verhielt sich das Pferd. Trotz seines vermutlich hohen Alters wurde es recht munter, als Mogda auf das Tier zuging. Nach einer Weile des Beobachtens schlug Mogda dem Pferd unerwartet mit einer schnellen Abwärtsbewegung auf den Schädel. Das Tier brach bewusstlos zusammen. Er zog es an allen vier Hufen hinter sich her, um es dann neben den Kühen festzuzurren. Den Karren mit Feuerholz deponierte er gleich neben der Eingangstür. So würde er sich im Winter den Weg nach draußen sparen. Er drehte sich noch einmal um die eigene Achse, um zu überprüfen, ob alles unverdächtig aussah, falls noch mehr Besucher eintreffen sollten. Mit einem zufriedenen Nicken betrat er wieder den Turm.

Sichtlich verwundert, aber kaum beunruhigt, sah er sich dem alten Bauern gegenüber. Dieser hatte es anscheinend geschafft, sich selbst aus dem Teppich zu befreien, und stand nun mit einem Holzscheit bewaffnet neben dem Kamin. Mogda drehte sich kurz um und schloss die Tür, um sich dann seinem Angreifer zu stellen. Dieser machte keine Anstalten, ihn zu attackieren, was Mogda nicht verwunderte. So standen sie sich für zwei, drei Augenblicke gegenüber, der Bauer trotz leichter Gicht angespannt und kampfeslustig, Mogda eher gelangweilt.

»Was ist?«, fragte Mogda, »warten wir jetzt, bis einer von uns an Altersschwäche stirbt, oder hungern wir uns gegenseitig aus?«

»Du ... du ... du sprichst«, stammelte der Alte.

»Du, du, du auch, aber du stotterst ganz furchtbar«, entgegnete Mogda, in einem für einen Oger ungewöhnlich ironischen Tonfall. »Ich dachte immer, dass Menschen genau nachdenken, bevor sie handeln. Das, was du da gerade versuchst, ist Selbstmord, aber wenn du keinen anderen Ausweg siehst, kann ich dir helfen. Ansonsten schmeiß endlich den blöden Scheit weg, oder ich zeige dir, was Oger so tun, die nicht sprechen!« Den letzten Satz schrie er beinahe heraus.

Der Bauer war sichtlich erstaunt und stand vor Angst stocksteif da. Aber er ließ den Holzscheit mit offen stehendem Mund zu Boden fallen.

»Setz dich da hin und beantworte mir ein paar Fragen«, sagte Mogda wieder in einem ruhigeren Ton. »Bist du allein gekommen?«

Der Alte nickte.

»Wirst du zu Hause von jemandem wieder zurückerwartet?«

Der Bauer schüttelte traurig den Kopf.

»Kannst du lesen und schreiben?«

Die Frage irritierte den Alten zwar offenkundig, aber er nickte trotzdem.

»Bist du schlau für einen Menschen?«

Der Alte zuckte mit den Schultern und schaute sein gegenüber nun endgültig verständnislos an.

»Meine Güte, du bist ja richtig geschwätzig. Du wärst genau der Richtige für die Jagd auf Oger.«

Der alte Mann warf Mogda einen erschrockenen Blick zu.

»Das war nur ein Witz. Hast du auch solchen Hunger?«, fragte Mogda schließlich.

»Bitte friss mich nicht«, sagte der Alte mit jammervoller Stimme und hielt sich die Hände vors Gesicht.

»Wie kommst du bitte schön auf die Idee, dass Oger Menschen fressen? Oger essen Tiere, genau wie ihr. Und nur, weil ihr mit Werkzeugen esst, heißt es nicht, dass alle anderen fressen. Ich habe in einem Buch gelesen, dass nur Tiere fressen. Habe ich dich übrigens schon gefragt, ob du kochen kannst?«

»Ja, das kann ich. Ich bin bekannt für meine Lammpfanne«, entgegnete der Alte in einem euphorischen Ton, der darauf schließen ließ, dass er noch immer befürchtete, sonst selbst als Mahlzeit zu enden.

»Wie ist denn eigentlich dein Name?«, fragte der Oger.

»Ich heiße Usil.«

»Ich bin Mogda«, sagte Mogda höflich. »Dann auf ans Werk, Usil. Uns steht ein langer Winter bevor.«

5
Unter der Erde

Der Ork hastete durch die spärlich beleuchteten unterirdischen Tunnel.

Die Gänge waren kreisrund, wie von einem riesigen Wurm ins Erdreich gefressen. Die Wände waren lehmartig, glitschig, und sie verschlangen alle Trittgeräusche. Dieses Labyrinth aus Tunneln verlief viele hundert Schritt in alle Richtungen und verzweigte sich wie das Geäst eines alten Baumes. Wer hier die Orientierung verlor, war hoffnungslos gefangen. Einen Ausstieg an die Oberfläche gab es nicht. Das Höhlensystem lag unter dem großen Grindmoor, seine Bewohner und deren Gäste konnten nur mittels Magie hierher gelangen. Und Magie war es auch, die einen Besucher hier gefangen hielt.

Der Ork fühlte sich in diesen Gängen nicht besonders wohl. Für gewöhnlich lebte er zwar unter der Erde, doch bestanden seine Tunnel stets aus purem Gestein und waren von Stützbalken gesichert. Allein der Gedanke daran, dass sich über ihm ein riesiges Moorgebiet befand und es keinen Fluchtweg gab, bereitete ihm Unbehagen.

Seine Aufgabe war nicht weniger unangenehm. Er sollte zum Meister kommen und neue Befehle entgegennehmen. Er wusste zwar nicht, als was er den Meister bezeichnen sollte, aber er wusste, dass es nicht gut war, in dessen Gegenwart auch nur darüber nachzudenken.

Die Rüstung, die der Ork trug, war hier eher hinderlich als nützlich. Der Helm schränkte die ohnehin schon schlechte Sicht zusätzlich ein, der Panzer erschwerte das Laufen in den Gängen und die Kettenstiefel fanden auf dem Lehmboden kaum Halt. Dennoch, es gab keinen Platz, wo er die Rüstung hätte aufbewahren können, und sie verlieh ihm ein Gefühl von Sicherheit.

Er hoffte, dass er den Meister bei guter Laune antreffen würde. Wenn man während des Gesprächs auch nur ein wenig geistesabwesend wirkte, oder ein bisschen begriffsstutzig, dann wurde dies hart bestraft, was nicht selten mit dem Tod endete.

Ihm war nicht genau klar, was die Meister vorhatten, aber es musste etwas sehr Großes sein. Orks aus dem ganzen Land wurden in verschiedenen Heerlagern zusammengerufen. Nur den Meistern war es vorbehalten, mit dem mächtigen Gott Tabal zu sprechen und seinen Willen durchzusetzen. Alle folgten dem Ruf Tabals: Meister, Orks, Oger, Trolle und Goblins. Angeblich sogar einige Drachen.

Der Ork folgte dem Gang noch eine Weile und kam dann an eine Abzweigung, die nach zwanzig Schritt an einer Tür aus altem Wurzelholz endete. Als er um die Ecke bog, stockte ihm der Atem. Ein Ork lag verkrümmt und regungslos vor der Tür. Das konnte nur eins bedeuten: Der Meister hatte schlechte Laune. Er näherte sich dem Toten und drehte ihn auf den Rücken. Aus seinen Augen, dem Mund, der Nase und den Ohren sickerte das grünliche Blut, das seinesgleichen durch die Adern rann. Die Augen waren weit aufgerissen und in unterschiedliche Richtungen verdreht. Er schluckte schwer.

»Was kramst du da draußen rum, du Missgeburt?«, drang die tiefe Stimme des Meisters, der seine Anwesenheit wohl bemerkt hatte, durch die Tür.

»Ich eile, Meister«, gab der Ork dienstbeflissen zurück. Dann öffnete er die Tür, trat ein und schloss sie wieder hinter sich.

»Ihr habt gerufen?«, sagte der Ork mit gefasster Stimme.

»Ihr habt gerufen, *Meister!*«, hallte es zurück. »Ja, das habe ich. Aber anscheinend nicht laut genug, sonst hätte es nicht so lange gedauert.«

Der Ork stand mit gesenktem Blick in der kleinen Kammer. Kerzen erhellten den Raum. Vor ihm befand sich ein massiver, aus Wurzelholz gefertigter Schreibtisch, der mit allerlei Karten, Schreibwerkzeug und anderen Utensilien, die ihm nichts sagten, bedeckt war. Dahinter stand ein ebenso gearbeiteter Sessel mit Fellüberzug. An den Wänden waren etliche Regale aufgereiht, die mit Büchern gefüllt waren. Hinter dem Sessel stand der Meister mit dem Rücken zu ihm. Man konnte schemenhaft seine schlanke, humanoide und sieben Fuß große Gestalt erkennen. Er trug einen langen schwarzen Mantel, der bis zum Boden reichte. Die Ärmel fielen ein Stück über seine Hände und verdeckten seine Finger. Der Kragen des Mantels ragte etwa einen

Fuß hoch über seinen Nacken und verbarg seinen gesamten Kopf. Von der Mitte der Wirbelsäule bis zum Hals wirkte sein Rücken eigenartig verwachsen. Durch den langen Ornat schien es fast so, als hätte der Meister einen Buckel, jedoch war seine Haltung aufrecht, wenn auch steif.

Der Ork wagte es nicht, näher zu treten und behielt seinen Platz nahe am Ausgang. Er war der irrtümlichen Meinung, je mehr Abstand zwischen ihm und dem Meister läge, desto besser für ihn. Orks waren zwar nicht imstande zu schwitzen, obwohl sie unentwegt so rochen, doch er merkte, wie ihm die Anspannung das überflüssige Wasser seines Körpers in die Augen drückte. Eine kleine Träne löste sich von seinem Augenlid und kullerte ihm über das Gesicht.

»Sieh zu mir her, wenn ich mit dir spreche«, dröhnte der Meister, mit einer Stimme, die klang, als würde sie in einer riesigen Grotte nachhallen. »Du befehligst ab sofort einen Trupp von dreihundert Mann. Du wirst mit deinen Leuten Richtung Westen ziehen und dich bis auf fünf Meilen der Stadt Osberg nähern. Dort wartest du auf einen anderen Meister, der dir weitere Befehle geben wird.«

Der Ork hatte den Blick halb gehoben und stierte mit nach oben verdrehten Augen auf den Rücken des Meisters, denn dieser hatte sich ihm noch immer nicht zugewandt.

»Wir, wir können doch nicht mit, mit äh ... dreihundert Mann die Stadt ... a ... a ... angreifen«, stammelte der Ork.

Der Meister drehte sich ruckartig um. Er hatte eine braunschwarze Hautfarbe, die leicht glänzte, sich jedoch schlagartig veränderte, als er sich den Kerzen zuwandte. Innerhalb weniger Sekunden wies sie eine rötliche Färbung auf. Aus seinem Gesicht traten fast ein Dutzend bis zur Taille herabhängende fingerdicke Nesselstränge hervor. Seine obere Kopfhälfte war gewölbt, als ob sich das Gehirn einen Weg daraus hervorbahnen wollte. Die kreisrunden, übergroßen Augen leuchteten gräulich und standen weit auseinander. Seine spinnenartigen Hände umklammerten die Lehne des Sessels und hinterließen dabei ein schwach schabendes Geräusch. Die Gestalt sah aus wie eine Kreuzung aus Kalmar, Mensch und Albtraum. Und was am schlimmsten war: Ihre Stimme klang ärgerlich.

»Du verfluchte Missgeburt! Erstens beginnst und endest du mit ›Meister‹ wenn du mit mir sprichst! Zweitens habe ich nicht gesagt, dass ihr die Stadt angreifen sollt. Ihr sollt vor ihren Toren bleiben und auf neue Befehle warten. Und drittens mag ich es nicht besonders, von so einem stotternden, schwachgeistigen, hässlichen, stinkenden Wurm wie dir angesprochen zu werden. Du solltest besser einfach nur meine Befehle ausführen. Und nimm lieber noch ein Dutzend Oger mit, die euch helfen die Beute zu schleppen. Ihr werdet in drei Wochen dort erwartet. Nun beeil dich und kriech aus meinen Augen.«

»Ja, Meister. Wie Ihr wünscht, Meister. Sofort, Meister.« Der Ork machte auf der Stelle kehrt und eilte hinaus. Durch die Tür hörte er noch den gebrüllten Befehl: »Und besorg mir eine neue Wache für die Tür, die alte ist nicht mehr zu gebrauchen.«

»Unverzüglich, Meister«, antwortete der Ork. *Irgendwann mach ich dir einen Knoten in die dämlichen Tentakel, Fischgesicht*, dachte er.

Unvermittelt fuhr dem Ork ein stechender Schmerz durchs linke Auge. Eine lange Schnittwunde bahnte sich zwei Finger breit über der Braue bis zum Ansatz des Wangenknochens ihren Weg. Wie von einer unsichtbaren Klinge geführt, nahm sie dem Ork die Hälfte seiner Sehkraft. Er presste sich die Hand vor das Gesicht und stieß einen quiekenden Schrei aus. Grünes Blut drang unter seiner Hand hervor.

Noch einmal ertönte die Stimme aus dem Zimmer.

»Es heißt Teudraeda, nicht Fischgesicht.«

6
Nächtlicher Überfall

»Woher willst du wissen, dass es unter der Stadt keine Monster gibt? Du warst ja noch nie dort«, beharrte Cindiel.

»Ich habe dir doch gesagt, dass es dort keine Untiere gibt. Die Stadtwachen sind hinuntergeklettert, haben nach Spuren gesucht und nichts gefunden. Außerdem, wenn ich über einem Einstieg stehe und mir die Düfte von dort in die Nase steigen, weiß ich, dass dort nichts lebt, jedenfalls nichts, was eine Nase hat«, antwortete Hagrim ebenso beharrlich.

»Vielleicht lebt dort aber ein Monster ohne Nase, ein Käfer oder ein Fisch«, drängte Cindiel weiter.

»Ich habe schon viele Insekten gesehen, aber noch keines, das einem Tritt standhalten würde. Und wenn es dort Fische gäbe, hätten wir hier sicherlich auch Fischer«, gab Hagrim besserwisserisch zurück.

Dieses Gespräch hatte in den letzten drei Monaten schon oft in der einen oder anderen Form stattgefunden, aber für Cindiels Geschmack zu keinem befriedigenden Ergebnis geführt.

Die Bürger von Osberg hatten den Vorfall mit dem toten Zwerg recht schnell vergessen. In der ersten Woche mieden sie noch die kleine dunkle Gasse, aber in der darauffolgenden tummelten sich hier schon wieder Schwarzmarkthändler und Frauen von verhandelbarer Moral. Selbst die Markierungen, die die Stadtwachen am Ort des Geschehens hinterlassen hatten, überstanden den ersten Regenguss nicht. In den Berichten der Wachen war nur ein kleiner Vermerk zu lesen, in dem stand: Zwerg von einem unbekannten Täter in der Trunkgasse niedergeschlagen. Tot. Täter entkam durch Kanalisation. Spurensuche erfolglos (Familienfehde).

Der komplette Vorfall geriet einfach in Vergessenheit, nur Cindiel konnte ihn nicht ganz aus ihren Gedanken verbannen.

»Es könnte doch sein, dass ein wahnsinniger Mörder dort unten haust, der wahllos Leute umbringt und dann wieder in der Kanalisation verschwindet oder ...?«

»Na ja ...«, entgegnete Hagrim, »sein Wahnsinn hält sich dann aber noch in Grenzen. Er hat schließlich in den zwölf Wochen seit dem Vorfall niemanden mehr getötet. Aber wenn das so ist, dann werden sie ihn bestimmt bald fangen.«

»Wieso?«

»Wenn er seine Sachen zum Lüften raushängt, werden sie ihn wegen mangelnder Körperpflege verhaften«, lästerte Hagrim.

»Meinst du, es gibt eine Belohnung, wenn man den Mörder findet?«, fragte Cindiel mit finsterer Miene.

»Warum, hast du einen Verdacht?«

»Ja, sicherlich. So wie du riechst, ist das ein stichhaltiger Beweis.« Bei dem Wort »stichhaltig« piekste Cindiel Hagrim in die Seite.

»Los komm, Prinzessin, lass uns zum Marktplatz gehen, dort findet gleich ein Puppenspiel statt. Die Gaukler sind schon heute Nachmittag angereist und haben eine Vorstellung gegeben. Sie soll wirklich brillant gewesen sein. Heute Abend findet eine kostenlose Aufführung für arme Kinder und alte übelriechende Geschichtenerzähler statt, die ihr Geld immer versaufen. Wahrscheinlich sind wir die einzigen beiden Zuschauer.«

»Ein Puppentheater! Meinst du nicht, dass wir schon etwas zu alt dafür sind?«, fragte Cindiel.

»Niemals!«, kam die überzeugte Antwort von Hagrim, der dabei eine Bewegung machte, als wenn er ein Schwert zog. Er nahm Cindiel bei der Hand und marschierte in großen Schritten los.

Sie hatten gerade zwei Querstraßen hinter sich gelassen, als es zu schneien begann. Die spärlich herabfallenden Flocken tanzten vor den Straßenbeleuchtungen. Der Winter beugte sich zwar eigentlich bereits dem beginnenden Frühling, aber so weit im Norden konnte sich die kalte Luft des Abends noch immer durchsetzen. Cindiel lächelte. Der Schnee bedeutete Geborgenheit. Sie hatte immer das Gefühl, er legte sich auf die Dächer der Stadt und beschützte die Bewohner, vor was auch immer. Außerdem war sie ein Kind, und alle Kinder mochten Schnee. Hagrim ging es ähnlich, aber er dachte mehr daran, seinen Tee mit einem Schluck Rum würzen zu können. Die Leute waren bei so einem Wetter eher bereit, einem armen Geschichtenerzähler ein Glas zu spendieren. Vielleicht verpflichtete die kalte Jahreszeit die Menschen zu einer gewissen Fürsorge untereinander. Davon unabhängig schmeckte Hagrim jede Flüssigkeit mit etwas Alkohol wesentlich besser. Sie wärmte den Körper und die Seele im Winter und machte die Hitze, den Staub und die Trockenheit im Sommer besser erträglich.

Als sie auf dem Marktplatz ankamen sahen sie, dass bereits eine riesige Traube von Kindern die kleine Bühne der Schausteller umringte. Es wurde gedrängelt und geschubst, jeder versuchte einen besseren Platz zu ergattern, um den besten Blick zu haben.

Hagrim und Cindiel blieben weiter hinten stehen. Auf der vier Schritt langen und drei Schritt hohen Puppenbühne war noch nichts zu sehen. Ein roter Vorhang verwehrte den Blick auf die Kulissen. Cindiel zeigte Hagrim einen Mann, der seitlich in den Aufbauten der Bühne verschwand. Er war dunkel gekleidet, seine Sachen lagen eng am Körper an. Sein Gesicht war mit Ruß geschwärzt, und er trug dunkle Handschuhe.

Die Anspannung bei den Kindern stieg weiter. Es wurde gegrölt, gesungen und gelacht. Hinter dem Vorhang wurden zwei Laternen entzündet, die durch den schweren Stoff den Eindruck von zwei am Himmel stehenden Sonnen erweckten. Schlagartig kehrte Ruhe unter den Zuschauern ein, und sie starrten gebannt zur Bühne. Leise Flötenmusik erklang hinter dem Vorhang, der sich langsam öffnete. Die detailreiche Kulisse einer Landschaft teilte die Szene mit einer heroisch aussehenden Ritterpuppe.

»Nun, ihr kleinen Bürger von Osberg, ist es so weit«, sprach die Puppe. »Ein Freund von Kindern und Bewunderer meiner Kunst hat diesen Abend möglich gemacht. Alle, die sonst nicht die Möglichkeit haben, einem solchen Schauspiel beizuwohnen, sind herzlich eingeladen, den Abenteuern des Ritters Golderich im Kampf gegen den Drachen beizuwohnen.« Als der Name des Ritters fiel, verbeugte sich die kleine Figur in Richtung des Publikums und wurde mit tosendem Beifall begrüßt. Während des Schauspiels, das ungefähr eine Stunde in Anspruch nahm, glaubte Cindiel zweimal kurz am anderen Ende des Marktplatzes die schwer gerüstete Silhouette eines Mannes zu erkennen, die in den angrenzenden Gassen verschwand. Doch das Theaterspiel zog sie so sehr in seinen Bann, dass sie keine Zeit fand, Hagrim darauf aufmerksam zu machen. In ihren Augen hätte das Stück nicht besser sein können. Nachdem der Held den Drachen getötet hatte, wurde an beiden Seiten der Bühne ein Feuerwerk entfacht. Hoch aufsteigende Raketen erleuchteten den Himmel. Jede von ihnen wurde von einem begeisterten »Ooh« oder »Aah« der Zuschauer begleitet. An den Seitenverkleidungen der Schaustellerbude drehten sich große Funkenschlangen, die die begeisterten Gesichter der Zuschauer in gleißendes Licht tauchten. Knallkörper und Heuler sorgten zusätzlich für eine entsprechende Geräuschkulisse.

Es war ein Fest für die Sinne, und niemand wagte es auch nur beiläufig seinen Blick abzuwenden, aus Angst, etwas zu verpassen.

Die anfänglichen Schreie einzelner Kinder wurden zuerst als Begeisterungsrufe wahrgenommen. Bald jedoch wurde aus dem Jubel allgemeine Panik. Ein einzelnes Wort durchschnitt das Stimmengewirr immer wieder. »ORKS!«

Die Menschenmenge bewegte sich wie eine wogende Welle, und immer wieder versuchten kleine Gruppen aus dem Gewirr auszubrechen und in die nahe gelegenen Seitengassen zu flüchten. Kurz vor dem Eintauchen in die Dunkelheit der Gassen zerbarsten die Grüppchen und suchten nun wieder Schutz in der Masse. Cindiel, die in der Nähe eines Seitenausgangs im Süden stand, hörte hinter sich das schleifende Geräusch eines sich öffnenden Kanalisationsdeckels. Aus der Tiefe tauchte ein Ork aus dem Untergrund auf, der gleich darauf im Schatten der Häuser verschwand. Cindiel hatte noch nie zuvor in ihrem Leben einen Ork gesehen, doch aus den Erzählungen von Hagrim und den Berichten ihrer Großmutter wusste sie, was dort vor ihr aus der Kanalisation gestiegen war. Die Orks schienen leicht gerüstet zu sein. Sie bewegten sich sehr schnell und äußerst gewandt, und nicht plump und langsam wie in den Schilderungen aus den Trollkriegen.

Die Bewegung der Massen geriet nun vollkommen außer Kontrolle, die Menschen wurden wild durcheinandergescheucht, als ob mehrere Hunde eine Herde Schafe in einem abgesperrten Gatter hetzten. Die Orks griffen sich einzelne Kinder aus der Menge und stopften diese in den geöffneten Kanalschacht.

Die Anzahl der Feinde wuchs mit jedem Augenblick. Auf dem Marktplatz befanden sich im Angesicht des zurückliegenden Spektakels nur etwa drei Dutzend Erwachsene, davon eine Hand voll Stadtwachen, doch dieser Übermacht an Feinden hatten sie einfach nichts entgegenzusetzen. Zwei Orks sprangen aus dem Schatten in Cindiels Richtung. Hagrim drängte sich vor sie und schob das Mädchen mit der linken Hand hinter seinen Rücken. Er zog einen alten Krummdolch, den er von seinen Wanderschaften mitgebracht hatte, obwohl ihm bewusst war, dass dieses gute Stück eher zum Schälen von Obst oder zum Öffnen von Siegelbriefen zu gebrauchen war.

Zwei Orks waren mit wenigen Schritten heran. Sie waren beide mit kleinen stachelbesetzten Keulen bewaffnet, die gut geeignet waren, um in der Enge der Straßen und Gassen zu kämpfen. Große Waffen und schwere Rüstungen eigneten sich eher für eine Schlacht auf offenem Feld.

Das wussten selbst Orks.

Dem ersten Schlag wich Hagrim behände seitlich aus, während er unter dem zweiten hinwegtauchen musste. Cindiel stand vor Panik wie gelähmt hinter ihm und hatte Glück, dass der Angriff gegen Hagrims Kopf ausgeführt wurde, sonst hätte die Attacke sie getroffen, anstatt ins Leere zu gehen. Der kniende Geschichtenerzähler vollführte einen weiten sichelförmigen Stoß gegen den Oberschenkel eines Orks und grub die Klinge tief ins Fleisch seines Angreifers. Diesem sackten daraufhin die Beine weg, und nun sahen sie sich Auge in Auge gegenüber. Eine Kopfnuss von Hagrim brachte den Ork vollkommen aus dem Gleichgewicht, und er fiel rückwärts um. Hagrim drehte sich auf Fuß und Knie gestützt nach links, um den von oben geführten Schlag des zweiten Angreifers zu blocken: eines Orks, dem ein langer, kaum verheilter Schnitt im Gesicht ein noch unheimlicheres Aussehen gab, als es seine Rasse ohnehin schon besaß. Der Angriff traf ihn knapp unterhalb des Handgelenks und brach Elle und Speiche. Mit einem Schmerzensschrei ließ Hagrim die Waffe fallen und umklammerte den Arm. Der Ork wollte gerade zu einem letzten Schlag ausholen, um den nun unbewaffneten Mann niederzustrecken, als er sich plötzlich schmerzerfüllt an die linke Gesichtshälfte griff und den Handballen gegen die notdürftig vernähte Wunde am Auge presste.

Hagrim drehte sich verblüfft und mit schmerzverzerrtem Gesichtsausdruck zu Cindiel um. Sie stand nur da und starrte wie in Trance auf den sich vor Schmerz windenden Ork. Tränen liefen ihr über das

Gesicht, aber ihre Miene zeigte keine Trauer und keine Angst. Hagrim wusste, dass sie des Zauberns mächtig war, aber nicht, wie weit ihre Fähigkeiten reichten. Er hatte gelesen, dass Hexenkünste nur Veränderungen erwirken konnten, aber nichts Neues hervorbringen. Das passte!

So wie es aussah, verstärkte Cindiel den bereits vorhandenen Schmerz des Orks.

Es gab keine Zeit zu verlieren. Irgendwann würde der Zauber nachlassen, und sie wären der Rache des Ungeheuers schutzlos ausgeliefert. Hagrim packte Cindiel mit der unverletzten Hand und zog sie ins Dunkel der Gasse. Nur fünfzig Schritt, dann wären sie im Straßengewirr untergetaucht und könnten in den Hausnischen Schutz suchen.

Das Glück war ihnen nicht hold. Nach der Hälfte der Strecke löste sich eine riesenhafte Gestalt aus dem Schatten. Zwar war sie unbewaffnet, aber ihre Größe und ihr Gewicht ließen darauf schließen, dass sie einen Menschen mit nur einem Faustschlag töten konnte.

»Ausgeburten Tabals«, entfuhr es Hagrim. Es kam ihm einen Augenblick lang unwirklich vor, dass es einem Trupp Orks und einigen Ogern gelungen sein sollte, unbemerkt in die Stadt zu gelangen. Wäre ihre Situation nicht so verzweifelt gewesen, hätte er sicher bei der Vorstellung gelacht, dass vor dem Stadttor zweihundert Orks und eine Hand voll Oger standen und zu den Wachen sagten: »Heute Puppentheater, wir auch da!«

Doch der Anblick eines Ogers, der zur Hälfte aus der Straße aufragte, beantwortete die Frage, wie die Angreifer in die Stadt gelangen konnten. Die Einfassung des Kanaldeckels umrahmte den Bauch des Ungetüms. Bei dem Versuch, aus dem unterirdischen Labyrinth zu steigen, hatte dieser Prachtbursche wohl die halbe Straße aufgerissen und konnte sich seines unfreiwilligen Korsetts nun nicht mehr entledigen – ein im Angesicht des Todes dennoch armseliger Anblick.

Hagrim blickte kurz über die Schulter, um zu sehen, ob die Möglichkeit eines Rückzugs bestand. Leider war der Ork schon wieder auf den Beinen und machte Anstalten seinem Kumpan zu Hilfe zu eilen, wenn dieser überhaupt welche brauchte. Es gab kein Entrinnen. Die Flucht nach vorn schien ihm noch am ehesten geeignet, um einigermaßen heil aus der Sache herauszukommen. Er stieß Cindiel an und deutete auf die rechte Seite der Gasse, auf der ein wenig mehr Platz zu sein schien.

»Du rechts, ich links«, raunte er ihr zu.

Cindiel stand noch immer fassungslos da, dennoch nickte sie. Hagrim zupfte sie kurz am Ärmel, und dann liefen sie los. Einige Schritte vor dem Oger suchten sie nach der lebenswichtigen Lücke ... und fanden sie schließlich auch.

Der Oger hingegen machte keine Anstalten, auf sie zuzugehen. Er beugte sich nach vorn, stützte sich auf ein Knie und breitete die Arme aus. Die Reichweite seiner Arme war enorm. Er konnte die vier Meter auseinanderstehenden Wände der Gasse mit den Fingerspitzen berühren. Cindiel machte einen Schlenker und versuchte durch den toten Winkel unter seinem Ellenbogen zu laufen. Hagrim stürmte dicht an die Wand gepresst vor. Doch die schnelle Reaktion des Ogers machte jede Flucht unmöglich. Cindiel wurde vom Herabschnellen eines Armes zu Boden gedrückt und kurz darauf von der massigen Hand an der Taille gepackt und in die Luft gehoben. Hagrim hatte nicht so viel Glück. Die Hand des Ogers umfasste seinen Kopf, riss ihn nach hinten, und dann wurde er in einer kreisenden Bewegung von der linken Seite der Gasse mit voller Wucht zur rechten geschleudert. Er durchschlug die Läden eines geschlossenen Fensters. Das Brechen mehrerer Knochen war deutlich zu hören, und Hagrims Körper erschlaffte und sank zu Boden.

Cindiel hatte kurzzeitig das Bewusstsein verloren und bekam von dem recht einseitigen Kampf nichts mit.

Als sie langsam wieder zu sich kam, fühlte sich ihr Körper an, als ob sie unter großer Anstrengung eine schwere Last getragen hätte. Ihre Beine waren taub, die Schultern schmerzten, und ihr Magen hatte sich verkrampft.

Langsam öffnete sie die Augen. Sie hing zirka einen Schritt über dem Boden. Ihr Blick war auf die Straße gerichtet, und sie bewegte sich schnell vorwärts. Als sie den riesigen Fuß, der öfter durch ihr Blickfeld wanderte, sah, fiel ihr wieder ein, was geschehen war. Der Oger trug sie fort. Er hatte sie am Hosenbund gepackt und schleppte sie umher, wie ein Kind, das eine Puppe beim Aufräumen achtlos durch die Gegend trägt.

Cindiel schrie und zappelte mit den Armen und Beinen, um sich aus der Gewalt des Ogers zu befreien, obwohl sie ahnte, wie hoffnungslos dieses Unterfangen war. Mittlerweile war ihr Verstand wieder so klar, dass sie die Hilferufe und Schreie der anderen Kinder hören konnte.

Abermals wurde sie von Panik übermannt. Sie ließ sich im Griff des Ogers hängen und starrte auf die Pflastersteine, die an ihr vorüberzogen.

Nach kurzer Zeit endete ihr Weg an einem geöffneten Schacht, der in die Kanalisation führte. Von unten war schwacher Fackelschein zu erkennen. Zwei gigantische Hände, die mehr Haare auf dem Handrücken besaßen als manch alter Mensch auf dem Kopf, griffen aus dem Loch und packten sie abermals an der Taille, um sie dann in halber Höhe zu drehen und knöcheltief ins Abwasser zu stellen. Ihr Blick tastete sich ängstlich an der vor ihr stehenden Gestalt hinauf.

Der im Fackelschein stehende Oger maß bestimmt zehn Fuß oder mehr. Er musste gebückt stehen, um nicht mit dem Kopf gegen die Tunneldecke zu stoßen. Seine unnatürliche Haltung ließ die Muskeln an seinem Körper anschwellen. Er trug eine stachelbesetzte Rüstung in mattem Schwarz. Es war keine von diesen Ritterrüstungen, wie Cindiel sie vom Anblick der Garde her kannte, sondern eher ein aus Ketten und Metallplatten zusammengesetzter Schutz. Gesicht, Hals und Schultern des Ogers waren mit dunklen Ornamenten bemalt, was seinem Charisma nicht unbedingt zugutekam.

Er hob die massige Hand in die Höhe und hielt sie so, als ob er eine Handpuppe führen wolle. Dann klappte er die Finger auf und öffnete den Mund extrem weit. Man konnte in dem vorgestreckten Kiefer eine beeindruckende Anzahl von Zähnen sehen, die im Gegensatz zum sonstigen Erscheinungsbild des Ogers sehr gepflegt aussahen. Dennoch ließ der betäubende Mundgeruch auf ein weitgehend fehlendes Interesse an Körperpflege schließen.

Wie hypnotisiert öffnete Cindiel den Mund und starrte den Oger an. Mit der anderen Hand riss der Oger ihr den Ärmel des Hemdes ab und stopfte ihr den Stofffetzen, zwar vorsichtig aber mit Nachdruck in den Mund. Dann legte er einen Finger auf die Lippen und bedeutete ihr, ruhig zu sein.

Cindiels Panik ging in lähmende Furcht über. Sie konnte im Tunnel hinter dem Oger eine Reihe von Silhouetten erkennen, die trotz des Fackelscheins von ihren eigenen Schatten wieder ins Dunkel getaucht wurden. Das Geräusch von klirrenden, schweren Metallketten war zu hören, und dazu gesellte sich wimmerndes Kinderweinen. Der Eingang zur Kanalisation wurde vom Schacht aus zugezogen und verdunkelte den Schein der Straßenlaternen vollends. Ein Ork ließ sich von oben fallen und landete mit leicht angewinkelten Beinen in einer Wasserfontäne genau zwischen dem Oger und Cindiel.

Sein Blick fiel rachelüstern auf das kleine Mädchen. Mit seinem verbliebenen Auge starrte er sie hasserfüllt an und holte zum Schlag mit seiner stachelbesetzten Keule aus. Diese traf allerdings den hinter ihm stehenden Oger unter dem Kinn, der daraufhin mit seinem Kopf gegen die Tunneldecke prallte. Der Oger griff blitzschnell zu und hielt den Ork am Handgelenk fest. Dann hob er ihn zwei Fuß über den Boden in die Luft, drehte ihn zu sich und grummelte: »Er gesagt, nicht töten Kinder, keine Spuren lassen unter Erde. Wenn du noch mal schlagen mich, ich tragen toten Ork. Du verstanden, Einauge?« Dann ließ er ihn wieder los.

Einauge hatte seine Fassung wiedererlangt, dennoch schrie er: »Du Haufen stinkender Trollmist, wag es nicht noch mal, mich anzufassen. Ich habe hier das Sagen. Die Meister haben mich zum Truppführer ernannt, und du tust genau das, was ich befehle. Wenn ich dich hätte treffen wollen, dann hätte ich dich getötet, du stinkende Missgeburt. Und außerdem bin ich für dich Truppführer Ursadan und nicht Einauge. Hast du das verstanden, Rator?«

Der Oger blickte unbeeindruckt zu dem nur halb so großen Ork hinab und sagte in einem gleichmütigen Ton: »Jawohl, Truppführer Urseldran, wenn du mich richtig triffst, dann wirst du tot.« Dabei nickte er ein wenig mitleidig, verzog aber sonst keine Miene.

Urseldran? Ursadan stampfte empört mit dem Fuß auf. Wasser spritzte auf, und er ging an dem Oger vorbei weiter in den Tunnel hinein. Dabei schrie er Anweisungen für den Aufbruch.

Rator kniete sich vor Cindiel hin und zog eine Kette heran, an der eine Handfessel befestigt war. Diese machte er teilnahmslos an ihrem Handgelenk fest. Cindiel bemerkte, dass anscheinend das andere Ende der Kette am Fußgelenk des Ogers befestigt war. Von der Spitze des Gefangenentrupps wurden Befehle gerufen, und die Kolonne setzte sich langsam in Bewegung.

Cindiel kam an fünf weiteren Kindern vorbei, die alle an derselben Kette am Fuß von Rator hingen. Es waren vier Jungen und ein Mädchen. Alle ungefähr zwei bis vier Jahre jünger als sie selbst. Sie kannte keines der Kinder, was wohl daran lag, dass sie sich normalerweise in der Gesellschaft von Erwachsenen wohler fühlte. Wieder durchflutete sie ein neuer Schauer der Angst. *Was ist wohl aus Hagrim geworden? Ob er noch lebt? Wenn ja, hat er sicher die Wachen alarmiert, und es werden schon Suchtrupps zusammengestellt. Irgendjemand wird uns bestimmt befreien. Ganz sicher. Irgendjemand.*

Wenn Cindiel ihrem Orientierungssinn vertrauen konnte, gingen sie geradewegs nach Norden. Sie konnte den Anfang des Trupps nicht sehen und wusste nur, dass sie das Schlusslicht bildete.

Nach etwa einer halben Stunde Fußmarsch in der Kanalisation machte der Trupp halt. Cindiel hörte das Schlagen von schweren Hämmern gegen Stein und Eisen. Nach kurzer Zeit verstummten die Schläge, und der Trupp setzte sich wieder in Bewegung. Hundert Schritt weiter konnte sie den Ausgang der Kanalisation erkennen und die dahinter liegenden Berge, die vom Mondlicht beschienen wurden. Kurz bevor sie das Ende des Tunnels erreichten, kamen sie an einem Seitengang vorbei. Cindiel warf einen flüchtigen Blick hinein und erkannte im Fackelschein eine hagere Gestalt mit einem langen, kostbar aussehenden Mantel. Als sich die Gestalt umdrehte, um weiter dem Gang zu folgen, meinte Cindiel, so etwas wie sich windende Gliedmaßen am Kopf des Wesens zu erkennen. Erschrocken blickte sie wieder nach vorn.

Kurz darauf gelangten sie ins Freie, wo ihr schlagartig bewusst wurde, dass eine Rettungsaktion nicht so einfach zu bewerkstelligen sein würde.

Ihre Häscher bestanden aus ungefähr zwei- bis dreihundert Orks und nicht weniger als fünfzehn Ogern. Ihre Gefangenen waren ausnahmslos Kinder, ungefähr hundertfünfzig an der Zahl. Durch die Verkettung der Kinder mit den Ogern bildeten sich kleine Gruppen, die ungeordnet zwischen den Orks hockten, die mit rauen Stimmen Befehle erteilten. Eine Dreiergruppe von Orks näherte sich dem Pulk, bei dem sich Cindiel befand. Einer der Orks sprach mit Rator, während die anderen beiden sie aufmerksam beobachteten. »Du gehst als Nachhut, denn du hast die wenigsten Kinder. Pass auf, dass keiner zurückfällt. Wenn eins der Kinder umkommt, weißt du, was zu tun ist … Proviant und so.«

Rator nickte.

Sie machten sich wieder auf den Weg und marschierten geradewegs auf das Gebirge zu. Es hatte aufgehört zu schneien, und der Trupp hinterließ eine gut sichtbare Spur. Wenn Hilfe kam, würde es zumindest keine Probleme geben, sie zu finden. *Wenn* Hilfe kam.

7
Der Aufbruch

Usil war ein recht guter Koch, wie Mogda bemerkte. Der Alte musste sich schon seit vielen Jahren selbst versorgen, da seine Frau schon vor langer Zeit gestorben war. Kinder hatten sie keine. Usil lebte auf einem kleinen Hof am südlichen Rand des Tannenverlieses. Er verdiente sich seinen Lebensunterhalt, indem er Wintervorräte wie Brennholz, Dörrfleisch und Salz verkaufte. Usils Hof war, wie er selbst erzählte, nicht mehr besonders in Schuss, dennoch fühlte er sich dort wohl. Er hatte sein ganzes Leben auf dem Hof verbracht. Der anfängliche Gedanke, sein Heim vielleicht nie wiederzusehen, trübte seine Stimmung in den ersten Tagen, und er sprach so gut wie überhaupt nicht mit seinem Gastgeber, obwohl ihm viele Fragen durch den Kopf schossen. Usil war aber nicht der Einzige, der nach Antworten suchte.

Dies war der erste Winter in Mogdas Leben, der nicht an seinen Reserven zehrte. Er war angenehm überrascht, wie man den Geschmack von Fleisch mit einigen Kräutern und etwas Salz verfeinern konnte. Die reichhaltigen Vorräte und die vorzüglichen Kochkünste Usils hatten dazu beigetragen, dass seine Hose auch ohne zusätzliche Sicherung hielt, mehr noch, sie schnürte ihn sogar schon in der Taille ein.

Im Laufe der ersten Wochen wich Usils Angst und Misstrauen gegenüber Mogda allmählich, und er gewöhnte sich an den Anblick des riesenhaften Wesens.

»Kannst du mir sagen, wofür so viele Bücher gut sind?«, brummte der Oger eines Tages, während sie beide noch vor ihren Tellern saßen und auf den Boden starrten.

»Die Bücher enthalten das gesammelte Wissen von Leuten, die es wichtig fanden, anderen von ihren Kenntnissen zu berichten«, erklärte Usil. »Anstatt dieses Wissen immer und immer weiter zu erzählen, kamen sie auf die Idee, es aufzuschreiben. Somit konnten auch Leute davon erfahren, die sie gar nicht kannten. Es hält sich ewig, und nichts geht verloren. Aber nicht alle besitzen so viele Bücher wie Meister Trebor.«

Unsicher blickte Usil von seinem Teller hoch.« Kann ich dich auch etwas fragen, ohne dass du mich gleich erschlägst?«

»Alles, aber nicht wie viel ich wiege«, grinste Mogda, fasste sich dabei an den Wams und zeigte Usil, wie eng dieser saß. Das Lächeln des Ogers schien Usil nicht gerade zu beruhigen. »Ich hab in den Büchern gelesen, dass Menschen, besonders Menschenfrauen, auf ihr Gewicht achten, um den Männern besser zu gefallen. Bei uns kümmern sich die Männer um ihr eigenes Gewicht, um den Frauen zu gefallen. Viel Gewicht, viele Frauen«, führte Mogda noch an, um Missverständnissen vorzubeugen.

»Wo ist Meister Trebor?«, entfuhr es Usil.

»Er musste noch, äh ... Er wollte noch ... Er hatte einen Geistesblitz und ist dann verreist«, kam Mogdas stockende Erwiderung.

»Kommt er wieder?«

»Das wollen wir nicht hoffen«, entgegnete Mogda trocken.

»Ich hatte bisher noch nie einen Oger gesehen«, sagte Usil. »Die Leute erzählen sich zwar viel über euch, das sind aber alles nur Geschichten vom Hörensagen.«

»So?«, fragte Mogda interessiert. »Was erzählen denn die Leute so über uns Oger?«

»Das möchtest du sicherlich nicht wissen.«

»Raus damit, sonst muss ich ... jemand anderen fragen.«

»Na gut, aber es ist wie gesagt nur Hörensagen und auf keinen Fall meine eigene Meinung, hörst du?«

Mogda nickte verständnisvoll, und Usil holte tief Luft, um seine Gedanken zu ordnen und sich die Sätze zurechtzulegen.

»Die Leute sagen, dass ihr Menschen nur so aus Spaß tötet, ohne irgendeinen Grund. Das, was euch an Intelligenz fehlt, hat euch euer Gott an Stärke gegeben. Ihr rottet euch mit den Orks zusammen, um das Land zu erobern und alle anderen Bewohner zu töten.

Auf euren Kriegszügen esst ihr eure toten Feinde. Ihr seid von Natur aus böse. Man sollte euch töten, wo man euch findet. Ihr fresst sogar ... entschuldigung ... esst sogar eure eigenen Jungen. Im Krieg werdet ihr von den Heerführern der Orks in Ketten gelegt, damit ihr im Blutrausch nicht die eigenen Leute tötet. Ihr seid so hinterhältig, dass ...«

Mogda beendete die Aufzählung mit einer abrupten Handbewegung. Sein Gegenüber hatte sich in Fahrt geredet, und er wollte nicht das gerade entstandene Vertrauen durch eine übereilte Handlung wie Kopfabreißen zerstören. Mogda musste erst einmal schlucken, um seinen aufsteigenden Zorn zu zügeln. Doch es gelang ihm relativ schnell, sich wieder zu beruhigen. Vor einigen Wochen noch hätte er dieser armseligen Gestalt einfach die Gliedmaßen ausgerissen, wie man kleine Äste von einem Stamm reißt.

»Nun hör mal gut zu«, fuhr Mogda fort, »du wirst wohl noch einige Zeit mit mir hier verbringen. Du wirst mir einiges über dich erzählen, und ich werde dir etwas von mir erzählen. Ich hoffe, dass du dann ein anderes Bild von mir bekommst und dann ein paar Dinge richtigstellen kannst. Und außerdem«, ohne es zu wollen begann er nun doch zu schreien, »fressen wir unsere Jungen nicht, sonst gäbe es mich wohl kaum.«

Usil zuckte ängstlich zusammen und zog den Kopf ein.

»Eine Frage habe ich noch«, stieß er eingeschüchtert hervor. »Warum bist du so schlau?«

Mogda stieß mit einem Finger gegen das Amulett um seinen Hals. »Ein Geschenk von Meister Trebor.«

»Hast du in den Büchern etwas über die wahren Kräfte des Amuletts gefunden?«, fragte Usil.

»Nein, bis jetzt nicht, ich hatte noch nicht genug Zeit, mich durch all die Bücher zu wühlen, und du warst bis jetzt nicht sonderlich gesprächig. Es wäre gut, wenn du mir helfen könntest.«

Usil musterte seinen Gesprächspartner ebenso misstrauisch wie neugierig. Schließlich nickte er bedächtig.

Die Wochen vergingen, und Mogda und Usil tauschten allerlei Wissen aus, doch das Rätsel des magischen Anhängers konnten sie nicht lösen. Die Zeit des Frühlings kam immer näher.

Die beiden hatten sich zwar nicht gerade angefreundet, aber während des Winters hatten sie gelernt, sich gegenseitig zu akzeptieren.

Mogda hatte in den vergangenen Wochen viel dazugelernt. Er hatte sich viel mit der Welt und ihren Bewohnern beschäftigt. Er wusste nun einiges über die Entstehung von Nelbor und dessen Geschichte.

Mit Usil gab es zwar eine Menge Missverständnisse, bei deren Klärung es auch nicht immer leise zuging, aber es kam nie zum Äußersten, worüber Usil ausgesprochen glücklich war.

Eines Abends stocherte der Oger nachdenklich mit einem Ast in der Glut des Feuers herum.

»Du meinst wirklich, die Welt ist rund? Und wenn ich an einem Punkt loslaufe und immer weiter und weiter gehe, dann komme ich irgendwann an derselben Stelle wieder an? Warum fallen wir dann nicht herunter, wenn wir auf der halben Strecke sind?«

»Weil die Götter es so wollen?«, antwortete Usil mit einer Gegenfrage.

»Findest du, das klingt besser als ›die Welt ist eine Scheibe?‹?«

»Besser nicht, aber richtiger«, antwortete Usil geduldig.

»Oder kennst du jemanden, der vom Rand der Welt gefallen ist?«

»Natürlich nicht, die sind ja alle tot.«

Mogda hatte erstaunlich wenig Probleme, das Gelernte in sich aufzunehmen. Ein wenig mehr Schwierigkeiten bereitete es ihm jedoch, die Informationen zu akzeptieren. Aber am meisten machte es ihm zu schaffen, mit all seinem neuen Wissen zu leben. Er sah nun so manche Dinge aus einer ganz anderen Sicht, denn Dinge, die er zuvor einfach als gegeben angesehen hatte, musste er nun hinterfragen. Seine ganze Einstellung zum Leben hatte sich geändert. Er machte sich immer öfter darüber Sorgen, ob das neu dazugewonnene Wissen und die Veränderung seiner Verhaltensweise aus ihm ein anderes Wesen machten, oder ob er noch immer ein Oger war. Er war seit jeher ein Oger gewesen, und eigentlich wollte er es auch bleiben. Er spürte tief in sich eine Angst, die langsam aufstieg und ihm ab und zu die Luft zum Atmen nahm. Aber bis jetzt schaffte er es immer wieder, sie zu unterdrücken.

Der Winter nahm sein Ende, und langsam schaffte es die Sonne, sich gegen die eisige Kälte zu behaupten. Die ersten feinen Triebe an den Bäumen zeigten ihr zaghaftes Grün, und der Wald erwachte aus seinem Winterschlaf. Mogda und Usil hatten die wohlige Wärme des Turms nur selten verlassen, um Proviant oder Brennholz zu holen.

»Es wird Zeit, dass wir uns aufmachen und jeder seiner Wege zieht.

Ich habe das Gefühl, mich zu sehr zu verändern und jemand zu werden, der ich nicht sein will und nicht sein kann«, sagte Mogda gedankenverloren, während er sich vor dem Feuer die Füße wärmte.

»Das kann ich gut verstehen«, erwiderte Usil, »aber warte bitte, bis ich weg bin, bevor du zu deinen alten Oger-Gewohnheiten zurückkehrst, da ich befürchte, dass du dich sonst nicht mehr daran erinnern wirst, mich laufen zu lassen.«

»Ein Versprechen war für mich immer ein Versprechen, daran hat sich nichts geändert. Du hast mir geholfen, und dafür schenke ich dir die Freiheit. Ich verspreche dir, dass du nächste Woche wieder zu Hause bist, und ich hoffe, du siehst uns Oger jetzt mit anderen Augen. Ich würde mir wünschen, dass du auch anderen von unserer Begegnung … Hast du das auch gehört?«, unterbrach Mogda sich erschrocken.

»Was?«

»Da draußen ist jemand. Und es ist kein Mensch.«

Mogda bewegte sich in gebückter Haltung zum Fenster, wobei das in etwa so sinnvoll war, wie ein Mensch der einen Zwerg imitiert. Er schaute einen Augenblick verstohlen hinaus und sagte dann in schon beunruhigend gelassener Weise: »Es wäre besser, du versteckst dich.«

»Meinst du nicht, die da draußen sind darauf gefasst, dass sie hier einen Menschen antreffen und eher verwundert, dich zu sehen?«, entgegnete Usil.

»Kann schon sein«, sagte Mogda weiterhin ruhig, ohne den Blick vom Fenster abzuwenden, »aber es ist mir lieber, ich verblüffe den Trupp Orks mit meiner Anwesenheit, als dass sie dich töten.«

Er erhob sich, ging zur Tür, öffnete sie und begab sich nach draußen. Beim Hinausgehen nahm er sich eine kurze Deichsel mit zwei Ketten von der Wand, die früher wohl für die Feldarbeit genutzt worden war, aber jetzt nur noch zur Dekoration diente, und steckte sie sich hinten in die Hose.

Dreißig Orks kamen durch das Dickicht im Norden auf die Lichtung zu. Im Schlepptau führten sie zehn Oger bei sich, die mit Fußketten aneinandergefesselt waren. Ihren Bewegungen nach zu urteilen waren sie schon seit vielen Tagen unterwegs und hatten seitdem nur wenig gerastet. Der Trupp Orks war voll gerüstet und machte dennoch einen jämmerlichen Eindruck. Die Disziplinlosigkeit, mit der sie marschierten, ließ eher auf eine Herde Rindviecher schließen als auf bewaffnete Soldaten. Mogda wusste, dass sie im Kampf nicht gut organisiert waren, es sei denn, sie hatten einen guten Heerführer, der mit fester Hand durchgriff. Sie hielten geradewegs auf ihn zu und waren augenscheinlich nicht allzu überrascht, einen Oger in einem Turm anzutreffen.

Der Anführer gab beiläufig einige Anweisungen weiter. Der Trupp teilte sich auf. Ein Dutzend Orks blieb am Rand der Lichtung bei den Ogern stehen und bereitete sich auf eine kurze Rast vor. Die restlichen Orks kamen auf Mogda zu, ohne sich besonders zu beeilen oder besonders feindselig zu wirken.

Zehn Schritt vor ihm kamen sie zum Stehen.

»Tabal fordert seine Schulden bei dir ein, Oger. Wir ziehen erneut in den Krieg, und ihr leistet euren Kriegsdienst wie immer«, sagte der Anführer grob.

»Sagt wer?«, fragte Mogda trocken.

»Bist du taub? Tabal, das hab ich doch gesagt«, lautete die gereizte Antwort.

»Na so was, Tabal spricht mit dir?«

»Nein, die Meister haben mich geschickt, ich soll euch nach Norden ins Gebirge bringen, wenn nötig mit Gewalt.«

Mogda grinste. »Du meinst, du könntest mir etwas antun?«

»Du dämliches Vieh, ich bin der Bruder von Ursadan, dem Helden von Osberg. Wenn du dich weigerst mitzukommen, gebe ich den Befehl, dich zu töten. Du wirst dem Ruf von Tabal folgen und deine Schuld bezahlen«, brach es zornig aus dem Ork hervor.

»Erstens kenne ich deinen Bruder nicht, aber da er wohl ein Held ist, bin ich froh, dass es wenigstens einer aus der Familie zu etwas gebracht hat.

Zweitens weiß ich nichts von einer Schuld, die ich bezahlen müsste, und drittens werde ich nicht gern von irgendwelchen Speichelleckern herumkommandiert, die mit wilden Geschichten im Gepäck durch die Landschaft streifen und sich wichtigtun.«

Das war zu viel für die Eitelkeit des Anführers. Er fuchtelte mit der orkischen Doppelaxt in der Luft herum und schrie: »Tötet den Verräter.«

Das ging aber schnell, dachte Mogda, während er zusah, wie die Orks eine breite Angriffslinie bildeten und langsam vorrückten. Sie bewegten sich zwar zielgerichtet auf ihn zu, allerdings nicht so entschlossen, dass man hätte behaupten können, sie wollten unbedingt angreifen. Selbst Orks hingen an ihrem armseligen Leben.

Mogda griff sich in die Hose und zog das Kettenstück daraus hervor. Bei diesem Anblick geriet der Angriff der Orks ins Stocken. Der Oger stand breitbeinig da und hielt ein Stück Kette fest, an dem noch ein Stück gebogenes Holz hing und daran wiederum ein weiteres Stück Kette.

»Willst du uns für die Feldarbeit einspannen?«, fragte der Anführer mit einem Lachen, das verächtlich klingen sollte, aber einen verdächtig ängstlichen Unterton besaß.

»Nein, ich werde euch einfach umpflügen.«

Die ersten drei Orks stürmten auf Mogda zu. In einem weiten Bogen schlug er mit der Deichsel zu. Der erste Ork wurde von der Kette mitten im Gesicht getroffen und verlor neben seiner Orientierung auch noch einige Zähne. Grünliches Blut strömte von seiner Unterlippe. Der zweite wich eher erschrocken als elegant zurück, während der dritte mit einer Vorwärtsrolle die Entfernung zwischen sich und dem Oger überbrückte. Mogda versuchte, ihn mit dem Fuß zu treten, verfehlte aber sein Ziel. Der Ork zog sein Krummschwert über Mogdas Fußspann und hinterließ eine klaffende, schmerzhafte Wunde. Mogda verzog keine Miene, wickelte sich das Kettenende um das Gelenk und bekam somit das Deichselholz in die Hand. Mit diesem traf er den Ork auf der Brust und warf ihn zu Boden. Das Brustbein, einige Rippen und die Wirbelsäule barsten, der Ork stöhnte und spuckte Blut, während er sich zusammenrollte und schließlich starb.

Schon kamen der Anführer und zwei weitere Krieger heran. Mogda blockte einen Schlag, der recht halbherzig ausgeführt wurde und riss den Ork mit einem Tritt von den Füßen. Er wollte gerade nachsetzen, als der Anführer ihn mit der Doppelaxt am Oberarm streifte. Die Verletzung war zwar nicht gefährlich, ließ aber Mogdas Angriff ins Leere gehen. Ein kleiner Ork griff ihn an, doch die Attacke verfehlte ihn knapp unter der Achsel. Der Ork konnte die Wucht des Schlages nicht abfangen und prallte gegen den massigen Körper des Ogers. Mogda packte ihn am Hals. Dann hob er ihn über den Kopf, machte einen Ausfallschritt und ging in die Hocke. Er wuchtete sich den Körper seines Gegners rücklings aufs Knie und brach ihm das Rückgrat so leicht wie der Wind einen dünnen Zweig. Der Anführer kam wieder heran und zielte auf Mogdas Oberschenkel.

Der Schlag verfing sich in der Kette, die Mogda ihm entgegenschleuderte. Die Waffen verkeilten sich ineinander, und Mogda ließ den Ork, der seine Waffe nicht kampflos verlieren wollte, wie ein Pferd am Zügel um sich herumkreisen. Ein weiterer Angreifer mit einer langen Pike traf den Oger seitlich an der Hüfte, verlor seine Waffe aber, als er mit dem herumgewirbelten Anführer zusammenstieß. Beide stürzten zu Boden. Augenblicklich war Mogda über ihnen. Einem Ork trat er mit voller Wucht seitlich gegen den Kopf und Hals. Helm und Schulterschutz verformten sich so stark, dass der Schädel zerdrückt wurde und die Arme in einer unnatürlichen Stellung liegen blieben. Dem Anführer drückte Mogda seinen Fuß in den Steiß, legte die Deichsel unter seinen Hals, nahm die beiden Kettenenden in die Hand und riss sie nach oben.

Er sah dem Ork-Anführer bei seinem Ableben nicht zu, aber die gurgelnden Geräusche sprachen für sich. Die anderen Orks hatten sich zwanzig Schritt zurückgezogen und beobachteten das Gemetzel mit wachsendem Entsetzen. Mogda ließ die Deichsel fallen, in der Gewissheit, seinen Standpunkt klargemacht zu haben.

»Niemand nennt mich ungestraft ein Vieh«, brüllte er seinen eingeschüchterten Widersachern entgegen.

Stille legte sich über den Kampfplatz. Selbst die Orks und Oger, die noch am Rande der Lichtung warteten, verhielten sich ruhig.

»Ich hoffe, ihr habt noch einen Ersatz für den hier, damit ihr sicher wieder nach Hause kommt«, grollte er und zeigte auf den vor ihm liegenden Anführer.

»Aber du wirst uns begleiten!«, rief eine Stimme hinter ihm. »Sonst machen wir aus diesem hier Proviant für den Rückweg.«

Zwei Orks hatten Usil im Turm aufgespürt und stießen ihn nun vor sich in den Dreck. Mogda schätzte die Entfernung ab, kam aber zu dem Schluss, dass Usil bei einem Angriff unweigerlich sterben würde. Mogda senkte das Haupt. Er brauchte ein wenig Zeit, um die Situation zu überdenken. Das Versprechen, das er Usil gegeben hatte, wog schwer. Er hatte nicht vor, dieses Band zu zerreißen, obwohl es ihm vor der Zeit im Turm unwirklich vorgekommen wäre, eine irgendwie geartete Verbindung mit einem Menschen einzugehen.

»Wenn ihr ihn unbeschadet laufen lasst, folge ich euch. Das schwöre ich bei Tabals Zorn. Falls ihr ihm aber etwas antut, schwöre ich genauso, dass ich euren ganzen Trupp ausrotten werde und mich dann auf die Suche nach euren Familien mache, um mich auch an diesen zu rächen«, protzte er herum und hoffte, die Orks damit ein wenig einzuschüchtern, da er wusste, dass ihr Wort nicht viel galt.

Die Situation entspannte sich etwas. Usil wurde weiterhin von den beiden Orks bewacht, während drei andere vorsichtig auf Mogda zukamen, um ihm eine Fußfessel umzulegen. »Warum die Fessel?«, fragte Mogda, obwohl er die Antwort schon kannte.

»Deswegen«, antwortete einer und zeigte auf den toten Anführer.

»Das ist kein Schutz für euch, nur eine leichte Behinderung für mich«, knurrte Mogda abermals drohend. Er betrachtete seine Verletzungen. Sie schienen nicht so schwer zu sein, dass er sie verbinden musste. Usil schaute zu ihm hinüber und nickte ihm freundschaftlich zu. Einer der Orks trat dem Alten in den Rücken und fauchte ihn an. Usil krabbelte auf allen vieren nach vorn, richtete sich auf und lief in südlicher Richtung davon. Am Waldrand drehte er sich um und erhob die Hand zum Gruß.

Die Kriegsmeute machte sich aufbruchbereit. Mogda wurde als Schlusslicht bei den anderen Ogern eingereiht. Sie marschierten in nördlicher Richtung, ohne auf Pfade oder Wege zu achten. Ein einzelner Oger bildete die Vorhut. Er war mit einer übergroßen Machete ausgestattet und bahnte sich und den anderen den Weg durch das schier undurchdringliche Gestrüpp. Er war der Einzige, der keine Fesseln trug. Anscheinend vertrauten die Orks ihm, und außerdem schien er zu wissen, wo es langging, denn ohne eine direkte Anweisung zu bekommen, arbeitete er sich um größere Hindernisse herum, um dann wieder die alte Richtung einzuschlagen.

Die Orks fürchteten anscheinend keine Verfolger und unternahmen dementsprechend wenig, um ihre Spuren zu verwischen. Die Oger gingen in Reih und Glied wie eine Herde Schafe, die zur Schlachtbank geführt wurde. Unterwegs wechselten sie kaum ein Wort, nur die kurzen und knappen Anweisungen der Orks durchbrachen ab und zu die Stille. Sie legten trotz der Unwägbarkeiten ein recht hohes Tempo an den Tag und marschierten bis zum Sonnenuntergang. Sie hatten ungefähr sechzig Meilen zurückgelegt und waren auf halbem Wege zu den

Ausläufern des Bergwalls vorgedrungen. Westlich von ihnen lag das Tannenverlies, das seinen tiefschwarzen Schatten schon seit Stunden auf ihren Weg warf.

Oger und Orks schlugen zwei getrennte Lager auf, die dreißig Schritt auseinanderlagen. Die Orks versammelten sich gleich um ihren neuen Anführer. Soweit Mogda verstand, hieß er Sogrum. Sogrum schien ein Ork von der Sorte zu sein, dem niemand gern den Rücken zukehrte, was bei Orks eine recht weit verbreitete Eigenschaft war. Ihm war es wohl auch zu verdanken, dass seine Kameraden Mogda nicht getötet hatten, als er mit dem alten Anführer kämpfte. Sogrum hatte anscheinend seine Chance darin gesehen, durch Nichtstun zu einem guten Posten zu kommen.

Mogda saß stumm am Feuer und schaute nachdenklich in die Glut. Der lange Marsch war für ihn nicht wirklich anstrengend gewesen, denn er hatte den Winter ohne Schwierigkeiten überstanden. Aber dieser Winter hatte andere Spuren hinterlassen. Mogda hatte seine Sorglosigkeit verloren, und seine jetzigen Reisebegleiter machten die Lage für ihn nicht gerade einfacher.

»Warum du gekämpft?«, riss eine Stimme Mogda aus den Gedanken.

Sein Blick fiel zur Seite, und im schwachen Schein des Feuers konnte er den Oger erkennen, der auf der Reise direkt vor ihm gelaufen war. Zum ersten Mal nahm Mogda ihn richtig wahr, da er während des Marsches zu sehr mit seinen Gedanken beschäftigt gewesen war.

»Du krank?«, drang wieder die Stimme des Ogers zu ihm durch.

»Nein, nicht krank, aber so was Ähnliches ... nachdenklich«, antwortete Mogda halb flüsternd.

»Oh ja«, antwortete sein Gegenüber verständnisvoll, »ich auch schon gemacht. Nicht gut.«

Mogda nickte beiläufig, und der andere tat es ihm nach, als wenn sie für ein gemeinsames Problem nun eine Lösung gefunden hätten.

»Mein Name Grutzmal, aber nennen mich Matscha.«

»Hallo Matscha, ich bin Mogda.«

Wieder saßen sie beide nickend am Feuer. Der äußeren Erscheinung nach war Matscha ein ganz gewöhnlicher Oger, aber bei genauerer Betrachtung gab es einige Eigenheiten, die höchstens eine liebende Mutter schönreden konnte. Sein linkes Auge saß ein wenig zu tief und hatte leichte Schwierigkeiten zu fokussieren. Seine Nase war eingedrückt und besaß Ähnlichkeit mit einem Stück Obst, das vom langen Liegen Druckstellen bekommen hatte. Ihm fehlten einige Vorderzähne, und ein Fuß war seitlich verdreht und behinderte ihn beim Laufen. Vermutlich hatten diese Merkmale ihm seinen Spitznamen eingebracht.

»Warum du gekämpft?«, wiederholte Matscha seine Frage.

»Ich weiß nicht genau«, begann Mogda, »ich glaube, es hat mich geärgert, mich von einem blöden Ork herumkommandieren zu lassen. Ich hatte noch eine Menge zu tun, und ich musste ...«, er machte eine bedeutungsschwere Pause, »... meinen Weg finden.«

»Hattest du verlaufen?«, fragte Matscha verständnislos.

»So etwas Ähnliches.«

»Lebst du bei Hüttenbauer?«, fasste Matscha nach.

»Wie kommst du darauf?«, fragte Mogda verblüfft.

»Weil du anders reden, wie einer von ihnen. Oder bist du Zauberoger, aus Wasserzahn?«

»Die gibt's nicht«, antwortete Mogda seufzend.

»Wohl!«, gab Matscha knapp und beleidigt zurück.

Mogda erkannte, dass ein Gedankenaustausch mit dem anderen Oger rasch an seine Grenzen stoßen würde.

Sie saßen noch eine Weile stumm nebeneinander und beschlossen dann wortlos, sich zur Ruhe zu begeben. Es war nicht einfach, in der Nähe der Orks einzuschlafen, da diese sich lautstark bemühten, sich bei dem neuen Anführer beliebt zu machen. Sie keiften sich gegenseitig an, und jeder hatte immer wieder eine neue Heldentat anzuführen, um in der Gunst von Sogrum zu steigen.

Mogda konnte aus dem Gerede heraushören, dass sie über das Gebirge reisen würden, um dann zum Drachenhorst zu gelangen, wo sie einen Meister treffen sollten. Das Drachengebirge war eigentlich als Reiseroute tabu, zumindest, wenn man keine Weggefährten hatte, da man nie wusste, ob so ein Drache nicht doch Hunger verspürte. Mogda hatte noch nie einen Drachen gesehen und hoffte, dass sich das auch so bald nicht ändern würde. Er hatte in den Büchern gelesen, dass es früher verschiedene Arten von Drachen gegeben hatte, die auf unterschiedliche Weise lebten. Einige im Eis, andere in Vulkanen und wiederum andere im Wasser. Sie unterschieden sich im Aussehen und in der Art ihres Odems, vor allem aber in ihrem Wesen. Einige waren gut, andere böse. Die Drachen, die es zurzeit noch gab, hatten angeblich alle rotbraune Schuppen, lebten in Höhlen und neigten dazu, Feuer zu speien, wenn man sie reizte. Mogda wollte auf keinen Fall herausfinden, ob alles, was in den Büchern stand, stimmte.

Er grübelte noch einen Augenblick über den Sinn und Zweck dieser Reise nach, schlief dann aber, in seinen Gedanken versunken, darüber ein.

Beim Aufwachen am nächsten Morgen trieben ihm sehnsuchtsvolle Gedanken durch den Kopf. Er lag verkrümmt auf dem feuchtkalten Boden, die Gliedmaßen steif von der Kühle der Nacht, und der Lammkeulenbraten aus seinem Traum, an dem er die Nacht über geschnuppert und geknabbert hatte, entpuppte sich als Matschas Fuß samt Ledersandale. Die aufsteigende Übelkeit sowie die Geräuschkulisse der lärmenden Orks ließen ihn hochschrecken. Matscha hatte offensichtlich von den ungewollten Annäherungsversuchen Mogdas nichts mitbekommen, oder er hatte diese in seine eigenen Träume eingebaut. Bei der Vorstellung daran verkrampfte sich Mogdas Magen erneut. Er musste dringend etwas trinken und etwas essen. Matscha machte noch keine Anstalten aufzuwachen, und auch die anderen Oger brauchten wohl noch etwas Zeit, um auf die Beine zu kommen.

Matscha lag mit dem Rücken auf dem Boden und hatte Arme und Beine weit von sich gestreckt. Auf seinen Lippen lag ein leichtes Lächeln, was seinen Gesichtsausdruck allerseits nicht unbedingt intelligenter erscheinen ließ. Mogda verdrehte die Augen. Er benötigte dringend etwas Abstand, geistig wie auch körperlich. Er besah sich die Kette. Er hatte im Winter etwas von Kraft- und Hebelwirkung gelesen, und dies schien der richtige Moment, um auszuprobieren, ob in dem Buch die Wahrheit gestanden hatte. Er nahm die grob geschmiedete Kette in die Hand und begann, mehrere Glieder gegeneinander zu verdrehen, bis sie sich ineinander verkanteten. Er nahm das Ende und verbog es über einem Felsen, langsam, aber mit aller Kraft, die er aufwenden konnte. Die Kette brach nicht. Unzufrieden lockerte er die Kettenglieder wieder, mit der enttäuschenden Feststellung, dass nicht alles stimmen musste, was geschrieben stand.

Er warf das Ende voller Verachtung zu Boden und stellte verblüfft fest, dass ein Ring komplett aufgebogen war. Erstaunt nahm er das lose Ende auf und schwenkte es vor seinem Gesicht hin und her, mit einem zunehmend zufriedeneren Ausdruck. Hebelwirkung schien tatsächlich eine gute Sache zu sein.

Er stand auf und ging auf das kleine Wasserloch zu, an dem noch Reste vom abendlichen Mahl lagen. Ein Schluck kühles Wasser und ein Bissen Fleisch wären jetzt genau das Richtige, um die Auswirkungen der unruhigen Nachtruhe zu vertreiben. Er hockte sich an den Tümpel und begann zu essen. Er spuckte die Knochensplitter zur Seite, mit der trüben Gewissheit, dass egal, was die Orks erlegten, sie nie eine anständige Mahlzeit bekommen würden, bis sie ihr Ziel erreicht hatten. Er beugte sich gerade vor, um mit der hohlen Hand ein wenig Wasser zu schöpfen, als er in der spiegelnden Oberfläche zwei Orks hinter sich erkannte, die mit langen Speeren auf seinen Rücken zielten. Mogda tat so, als ob er sie nicht bemerkte. Seine Hand glitt langsam ins Wasser und ertastete den Bodengrund. Er bewegte sich so vorsichtig, dass das Spiegelbild nur einen Augenblick lang etwas verschwommen und unscharf wurde, aber gleich darauf wieder klar. Er konnte erkennen, wie die Orks sich hinter ihm darüber amüsierten, dass sie sich so erfolgreich angeschlichen hatten. Sie hatten anscheinend die Anweisung bekommen, ihn nicht zu töten, sondern ihm nur einen Denkzettel zu verpassen. Mogda hatte gefunden, wonach er suchte. Er hielt nun unter Wasser einen orkschädelgroßen Stein in der Hand. Soweit er erkennen konnte, nickten sich die Orks zu, um ihren Angriff zu beginnen. Dies war der Augenblick, auf den er gewartet hatte. Ohne sich umzuwenden, schlug er nach hinten und traf einen Ork mit dem Fels genau an der Schläfe. Der ansatzlose Schlag, der den ersten Ork tödlich traf, und das viele aufgespritzte Wasser ließen den zweiten vor Schreck derart erstarren, dass ihm die Waffe aus der Hand fiel. Noch immer auf Knien drehte sich Mogda um und ergriff den Speer.

Anstatt klein beizugeben, zog der Ork einen langen Krummdolch und stand nun breitbeinig vor Mogda.

»Dafür werde ich dir die Füße abschneiden, und du musst den Rest des Weges hinter uns herkriechen, und alle werden über dich lachen«, drohte der Ork.

»Nur schade, dass du nicht dabei sein wirst«, entgegnete Mogda trocken.

Der Ork stürmte mit erhobenem Dolch auf ihn zu. Mogda holte zu einem harten Schlag aus und traf den Arm des Orks so heftig, dass dieser herumgedreht und mit dem Rücken zu ihm stand. Mogda griff in die Verschnürung des Brustpanzers und hob den Ork mit einem Arm hoch über den Kopf.

»Das reicht«, schrie Sogrum plötzlich, natürlich aus sicherer Entfernung. An seiner Seite standen sechs Krieger mit gespannten Armbrüsten.

»Lass ihn runter! Ich habe dem Meister versprochen, alle Oger zum Kriegsdienst zu bringen, und das werde ich auch tun. Es wird dir nichts nützen, wenn du dich dagegen sträubst.«

»Das tue ich auch gar nicht«, entgegnete Mogda und ließ den an seinem Arm zappelnden Ork genau auf die Spitze des aufrecht neben ihm stehenden Speers niedersinken. Die Spitze bohrte sich durch seinen Rücken und trat seitlich am Brustharnisch wieder aus. Ein gurgelndes Geräusch kam aus seinem Mund, gefolgt von einem Schwall grünen Blutes. Der tote Körper rutschte langsam am Schaft des Speeres zu Boden. Sogrums Begleiter sahen ihn fragend an, aber der neue Anführer schüttelte bloß den Kopf.

»Ich dachte mir nur, wenn ich jeden Tag einen von euch töte, dann sind wir auf dem Rest der Reise ein wenig unter uns und du kannst mir von dem Ziel dieser Expedition erzählen«, verkündete Mogda.

»Schluss jetzt mit dem Unsinn«, brüllte Sogrum, »unser Ziel ist der Drachenhorst, und mehr weiß ich auch nicht. Wenn du noch einen von meinen Leuten angreifst, werde ich dich töten lassen und mir einen anderen Oger suchen.«

»Suchen lassen«, gab Mogda abfällig zurück und bewegte sich dabei auf seine Kameraden zu.

Alle starrten ihn an, aber keiner sprach ein Wort mit ihm. Zwei Orks machten sich daran, seine Fesseln zu erneuern, wobei es den Anschein hatte, dass ihnen bei dem Gedanken, ihm zu nahe zu kommen, nicht ganz wohl zumute war. Schweigend machten sie sich wieder auf den Weg, während Mogda sich noch einmal umschaute und die beiden toten Orks betrachtete.

»Ich hab doch gesagt, dass du hier bleibst«, grummelte er in Richtung des Tümpels und des toten Orks. Die ersten Sonnenstrahlen und die frische Luft trugen einiges dazu bei, dass Mogda wieder neue Kraft schöpfte. Seine Verletzungen behinderten ihn kaum noch. Sie legten eine weite Strecke zurück bevor sie eine erste Pause einlegten. Anscheinend wollte Sogrum an den Kräften der Oger zehren und sie somit gefügiger machen. Den Orks machte das hohe Tempo nicht besonders viel zu schaffen, sie waren geübte Läufer und sehr ausdauernd. Die Oger dagegen waren ihnen zwar an Kraft weit überlegen, aber ihr schwerfälliger Körperbau und ihre Behäbigkeit ließen sie schnell ermüden.

Matscha schien besonders unter der schnellen Gangart zu leiden. Durch die verdrehte Haltung seines verkrüppelten Fußes hinterließ die Kette einen blutigen Striemen um sein Gelenk. Mogda schloss dichter zu ihm auf, um die Kette zwischen ihren Beinen zu entlasten, und Matscha warf ihm aus seinen ungleichen Augen einen dankbaren Blick zu.

Am Abend hatten sie die Ausläufer der Berge erreicht und konnten den Pass sehen, der sie am nächsten Tag über den Bergwall führen würde. Von hier aus waren es noch einmal zwei bis drei Tage strammer Fußmarsch, um zum Drachenhorst zu gelangen.

Die Orkspäher erlegten rasch alles Wild, dessen sie habhaft werden konnten, um den Proviant für diesen Tag sicherzustellen. Frisches Tauwasser rann von den Spitzen des Felsmassivs in sich schlängelnden Bächen zu ihnen herab ins Lager. Der Ort war für ein Lager gut gewählt; die Orks schienen die Reiseroute genau geplant zu haben.

Mogda kannte sich in dieser Gegend aus. Hier hatte er schon viele Winter verbracht und im Schutz der Berghöhlen auf den Frühling gewartet. Viele Tiere hatten es ihm gleichgetan und ihn bei der Kälte mit dem nötigen Proviant versorgt. Wasser gab es in rauen Mengen, und abgestorbene Bäume lieferten das benötigte Brennholz. Letzten Winter hätte es genauso sein sollen, aber das verhängnisvolle Treffen mit den Menschen hatte all seine Pläne verändert.

Alle anderen hatten schon an ihren Lagerfeuern Platz genommen, nur Mogda stand als Einziger noch und ließ seinen Blick über die Berge und Wälder schweifen. Er war sich nicht ganz schlüssig, ob das Schicksal es nun gut oder schlecht mit ihm meinte. Auf jeden Fall hatte es aber irgendetwas mit ihm vor, und vielleicht lag es an ihm, etwas Gutes oder etwas Schlechtes daraus zu machen.

Er setzte sich und blickte in die Runde. Ihm fiel auf, dass das Verhalten der Oger sich grundlegend von dem der Orks unterschied. Die Orks saßen da und genossen die Gesellschaft, bildeten kleine Gruppen, spornten sich gegenseitig zu Höchstleistungen im Trinken und Essen an und lachten gemeinsam miteinander oder übereinander. Sie waren einfach gesellig, wenn auch nur untereinander.

Im Gegensatz dazu saßen die Oger alle schweigend auf ihrem Platz und machten keinerlei Anstalten, gesellig zu sein. Es herrschte noch nicht einmal so etwas wie Fressneid. Sie schienen sich gegenseitig völlig egal zu sein. Mogdas Blick fiel auf Matscha, der damit beschäftigt war, von einer Fleischkeule abzubeißen, und mit der freien Hand die wunde Stelle an seinem Fußgelenk zu massieren.

»Du musst die Fußfessel irgendwie fixieren.«

»Klar, frag gleich ob Ork mir schönes Bild draufmalt oder tust du«, kam die herablassende Antwort von Matscha, dem einige Fleischstücke beim Sprechen aus dem Mund fielen.

»Nicht verzieren. Ich sagte fixieren.«

»Ah ... so ... gut ... fixieren ... und was heißt?«

»Das heißt, du solltest etwas Weiches um den Knöchel wickeln und die Fußfessel fest darüberziehen, sodass sie nicht scheuert beim Gehen. Dann kann die wunde Stelle abheilen und verschorfen.«

»Woher du weißt wie geht?«, fragte Matscha mit vor Erstaunen weit aufgerissenen Augen.

»Ich habe davon gelesen.«

»Wie lesen?«

»In dem Turm, bei dem ihr mich getroffen habt, da waren ganz viele Bücher, und ich hab dort den Winter verbracht und gelesen.«

Verwundert neigte Matscha den Kopf zur Seite. Sein Mund stand offen. »Du wirklich Buch gelesen und begreift?«

»Ja, sogar mehrere Bücher, es war ein langer Winter«, sagte Mogda nicht ganz ohne Stolz.

»Gibt ja nicht«, sagte Matscha entgeistert.

»Wohl.«

»Auch schreiben?«

»Ja, schreiben und lesen gehören anscheinend zusammen. Wer ein Wort lesen kann, kann es auch nachschreiben.«

»Zeigen!«

»Wie? Ich habe keinen Stift, und hier ist nur felsiger Untergrund.«

»Sag Zeichen auf.«

»Zeichen aufsagen? Ach, du meinst buchstabieren. Und was soll ich dir buchstabieren?«

»Matscha.«

»M A T S C H A«, buchstabierte Mogda.

Ein begeistertes Lächeln legte sich über Matschas Züge, wobei Mogda vermutete, dass der Oger ebenso reagiert hätte, wenn er eine völlig andere Buchstabenkombination gewählt hätte.

»Was macht ihr da?«, wandte sich ein anderer Oger an sie.

»Mogda lesen und schreiben«, sprudelte es aus Matscha heraus.

»Ach so«, sagte der dritte Oger beruhigt. »Ich mal mit Bruder gegangen zu Zauberogern in Wasserzahn, die auch alle lesen und schreiben, die sogar mit Magie und so.«

»Die Arkan-Oger gib es nicht, sie sind nur eine Legende«, entgegnete Mogda.

»Wohl, ich sie ja gesehen. Und du gar nicht lesen und schreiben.«

»Wohl.«

Am nächsten Tag erklommen sie den Pass. Der Aufstieg war nicht besonders beschwerlich. Es lag kein Schnee mehr, und der Boden bestand aus festem Fels. Diesmal waren es die Oger, die besser mit der Kletterpartie zurechtkamen. Ihre langen Gliedmaßen und ihre ungeheure Kraft ermöglichten es ihnen, alle Arten von Hindernissen zu überschreiten, während die Orks ständig stolperten und abrutschten.

Der Ausblick von der Spitze des Passes war beeindruckend. Hier schien die Welt sich zu teilen. Nach Süden hin sah man das dunkle Grün des Tannenverlieses und die satten Wiesen. Dazwischen glänzten die Oberflächen von verschiedenen Seen und Tümpeln im Sonnenlicht. Im Norden jedoch sah man nur Sand und Fels. So weit das Auge reichte, gab es keine Vegetation und kein Wasser. Am Horizont ließ sich gerade eben noch der Drachenhorst ausmachen, und obwohl es noch nicht besonders warm war, flimmerte die Luft in einiger Entfernung über dem rötlichen Boden.

Sie hatten ihre Vorräte am Vortag aufgefrischt und alle Behältnisse, die sie finden konnten, mit Wasser gefüllt.

Matscha hatte einen von seiner Hose gelösten Stofffetzen um sein

Gelenk gewickelt und musste feststellen, dass Mogdas Vorschlag ausgesprochen gut funktionierte.

Die nächsten drei Tage marschierten sie stumm vor sich hin. Alle wollten ihre Kräfte schonen, und bei dem kargen Anblick, den ihre Umgebung bot, verging jedem die Lust auf eine Unterhaltung.

Einen halben Tag vor ihrer Ankunft sah Mogda westlich von ihnen einen weiteren Trupp auftauchen, der auch auf den Drachenhorst zuhielt. Er schien zahlenmäßig ungefähr doppelt so groß zu sein wie ihr eigener.

Am frühen Abend erreichten sie ihr Ziel. Der Drachenhorst bestand aus einem Hauptgebirge und drei einzelnen Bergen um ihn herum, die alle in einer Talsenke standen. Es waren riesige Felsen von ungefähr sechs- bis achthundert Schritt Höhe. Noch beeindruckender als ihre Höhe war aber, dass sie durchweg aus rostbraunem Gestein bestanden und so spitz aufragten wie die Zähne eines Drachen.

Mogda traute seinen Augen nicht, als er in das Tal hinabblickte. In der Senke hatte sich ein ganzes Heer aus Orks und Ogern sowie einigen Trollen niedergelassen. Es mussten Tausende sein, die hier lagerten.

»Mogda?«, fragte Matscha vorsichtig. »Wie Krieg schreiben?«

»KRIEG.«

8
Falsche Fährten

»Das darf doch alles nicht wahr sein!«

Lord Felton schlug mit der Faust auf seinen Schreibtisch. Die Wucht des Schlages ließ den halb gefüllten Weinkelch umkippen, und der Inhalt ergoss sich über einen Wust von Pergamenten. Sofort war einer der Diener heran und versuchte, die Papiere zu retten. Lord Felton stieß ihn brüsk beiseite und fegte mit dem Arm alles über den Tischrand.

»Alles Humbug und Ammenmärchen! Hunderte von Aussagen irgendwelcher Wichtigtuer, und die Hälfte davon war wahrscheinlich noch besoffen. Es kann doch nicht sein, dass jeder etwas anderes gesehen hat. So viele Orks können doch nicht ungesehen durch die Kanalisation in die Stadt kommen, unsere Kinder mitnehmen und genauso wieder verschwinden, wie sie gekommen sind.«

Lord Felton schloss die Augen und vergrub das Gesicht in den Händen. Er atmete erschöpft aus.

»Eure Lordschaft«, meldete sich der Mann, der bis jetzt wortlos dagestanden und die Szene beobachtet hatte. »Ich kann Euch versichern, dass die Befragung ordentlich durchgeführt wurde, und dass alle Aussagen, die zweifelhaften Charakter besaßen, von mir eigenhändig aussortiert wurden. Die Berichte, die Ihr dort vor Euren Füßen habt, sind von anständigen Bürgern, von denen viele selbst ihre Kinder verloren haben.«

»Die Kinder sind nicht verloren, Barrasch. Sie sind entführt worden, und wir werden sie zurückholen ... jedes einzelne«, entgegnete der Lord mit Nachdruck.

»Die Spur der Orks verliert sich unten am Fluss. Wie soll es jetzt weitergehen, Mylord?«, wollte Barrasch wissen.

»Du stellst noch einmal einen Trupp Spurenleser zusammen und umrundest die Stadt in immer größer werdenden Kreisen, bis ihr etwas findet. Irgendwo müssen doch Spuren sein. Man kann sie nicht alle verwischen, nicht von so vielen Orks.«

Lord Felton machte eine kleine Pause und sah Barrasch dabei tief in die Augen. Er versuchte, seine Unsicherheit zu überspielen, doch in seinen Augen spiegelte sich die Hoffnungslosigkeit.

»Beeilt euch, denn die Zeit ist gegen uns. Wenn es zu regnen beginnt, sind alle Spuren dahin. Ach ja, noch etwas: Veranlasse bitte, dass man die alte Wahrsagerin vom Marktplatz zu mir bringt.«

»Eure Lordschaft?«, kam es zögerlich von Barrasch.

»Ja, was?«

»Sie wartet bereits draußen in der Eingangshalle. Ihr habt schon heute Morgen nach ihr schicken lassen.«

»Ach ja? ... Dann lasst sie endlich herein, wir wollen keine Zeit verlieren.«

Barrasch machte auf der Stelle kehrt und eilte mit großen Schritten durch den Saal. Er ließ die Tür offen stehen und beauftragte einen Diener, die alte Frau zu holen.

Lord Felton setzte sich an den Schreibtisch und sah, wie die Alte in Begleitung eines Dieners den langen Gang zum Sitzungssaal hinaufbegleitet wurde. Trotz ihres hohen Alters ging sie recht zügig und sicher. Sie stützte sich zwar auf einen Stock, doch dieser schien eher symbolischen Wert für sie zu haben. Lord Felton hatte schon viele Geschichten über die alte Gerba gehört, doch in einer Stadt wie dieser rankten sich oft die wunderlichsten Gerüchte über Personen, die ein wenig anders waren als andere. Auf den ersten Blick schien sie sich nicht von anderen alten Menschen zu unterscheiden, doch wenn man ihr gegenüberstand, sah man die Kraft und Willensstärke in ihren Augen. Der Ausdruck ihrer Augen konnte einen dazu bringen, verlegen auf den Boden zu schauen und sich schuldig zu fühlen ... für was auch immer. Egal ob Bauer, Händler oder Adliger, alle spürten sie es, dieses Gefühl, das sonst nur Kinder empfanden, wenn sie von ihren Eltern zur Rede gestellt wurden.

Sie schien auf ihr Äußeres nicht besonders viel Wert zu legen. Sie trug einen langen Umhang mit einer Kapuze, der abgenutzt, aber sauber war. Die Schuhe waren solide gearbeitet, doch war ihre beste Zeit schon lange vorbei. Sie trug keinen sichtbaren Schmuck. Die langen weißgrauen Haare hingen strähnig herunter und hatten eine gründliche Säuberung genauso nötig wie ihre Hände und Fingernägel.

»Mylord, die alte Gerba ist hier. Soll ich sie hereinbringen?«, fragte der Diener. Lord Felton nickte nur.

»Gerba oder Frau Gerba. Das ›alte‹ kannst du ruhig weglassen, Jungchen. Ich sag ja auch nicht, *hässlicher Diener*«, berichtigte Gerba, drückte sich an dem Diener vorbei und schritt, ohne ihn weiter zu beachten, auf Lord Felton zu.

»Ihr habt mich rufen lassen, Eure Lordschaft? Ich nehme nicht an, dass Ihr einen Liebeszauber braucht, um Eurer Ehe neues Leben zu verleihen oder derartige andere Kinkerlitzchen, wie Ihr meine Kunst vor nicht allzu langer Zeit genannt habt?«

»Setzt Euch doch erst einmal, ehrenwerte Frau Gerba«, ergriff Lord Felton überaus freundlich das Wort. »Kann ich Euch eine Erfrischung bringen lassen, etwas Tee oder Gebäck?«

»Haltet ein! Erstens: Wir sollten in einem Ton miteinander sprechen, der mir nicht die Übelkeit im Hals hochsteigen lässt. Zweitens: ja, etwas Tee wäre nett, und anstatt des Gebäcks nehme ich die Köpfe dieser hinterhältigen Tabalsbrut, wenn es nicht zu viele Umstände bereitet, und ...«

»Nun gut, ich habe verstanden, Schluss mit den Floskeln«, unterbrach der Lord sie, während er den Diener mit einer Geste anwies, den Tee zu bringen. »Ihr wisst, was geschehen ist? Meine Leute haben jeden befragt, der etwas gesehen hatte, aber jeder berichtet etwas anderes. Es gibt keine Spur, weder von den Kindern noch von den Entführern.«

»Entführer? Wir wollen doch wohl nicht die Geschöpfe Tabals mit einfachen Straßenräubern und Bettlern vergleichen«, fuhr Gerba aufgeregt dazwischen.

»Nein, natürlich nicht. Aber wie ich sehe, sind die Einblicke in die Hintergründe dieser Schandtat Euch nicht ganz fremd. Habt Ihr mit Euren Fähigkeiten irgendetwas in Erfahrung bringen können?«

»Meine Fähigkeiten, wie Ihr sie neuerdings nennt, sind kein Spiegel, in den man hineinschaut, und Zukunft oder Vergangenheit sieht, wie es einem beliebt. Wenn man etwas sieht, ist es eher so, als ob man Bruchstücke von zufälligen Begebenheiten erblickt, die sich auf der Oberfläche eines Gewässers widerspiegeln. Die Kunst besteht darin, sie richtig zu deuten.«

»Und, habt Ihr etwas gesehen, was sich zu deuten lohnt?«

»Ich habe viele Dinge gesehen, nur habe ich noch keinen Zusammenhang zwischen ihnen gefunden. Es sind sehr viele Spuren, nur scheinen sie alle von verschiedenen Personen zu stammen. Wenn es einen offensichtlichen Pfad geben würde, hätten Eure Leute ihn gewiss auch schon gefunden.«

»Wir waren doch übereingekommen, nicht in Rätseln zu sprechen, oder? Ich kann verstehen, dass Euch die ganze Sache recht egal ist, Ihr seid alt und ...«

»Seid still, überheblicher Geldeintreiber des Königs!«, fuhr Gerba ihn an. »Meine Enkelin ist bei dem Überfall entführt worden, genauso wie alle anderen Kinder, und ich mache mir dieselben Sorgen wie alle anderen auch. Wenn Ihr mich noch einmal respektlos unterbrecht oder beleidigt, werde ich mich darum kümmern, dass Eure Frau Euch wieder hingebungsvoll liebt. Wollt Ihr das?«

»Nein, natürlich ...«, er machte eine Pause, um seine Verwirrung abzuschütteln, »... werde ich Euch nicht mehr unterbrechen. Bitte lasst uns gemeinsam Nutzen aus unserem Wissen ziehen. Ich bin am Ende meiner Weisheit und ...«

»... am Ende meiner Kraft«, beendete Gerba seinen Satz. »Gut«, fuhr sie dann fort, »ich sage Euch, was ich weiß. Orks und Oger haben die Kinder entführt. Sie handelten aber nicht aus eigenem Antrieb, sondern sie wurden dazu ausgeschickt. Die Kinder werden nach Norden gebracht, wohin genau kann ich nicht sehen. Den Kleinen geht es verhältnismäßig gut, aber sie sind erschöpft und haben Angst. Die Geschöpfe Tabals sind auf unterirdischen Wegen in die Stadt gekommen, und so flüchteten sie auch wieder. Den Weg haben sie aber nicht allein ausgekundschaftet, sondern er wurde ihnen gezeigt, und zwar von jemandem aus der Stadt. Genau dieser Jemand beeinflusst auch die Gedanken von Zeugen und gaukelt ihnen vor, etwas anderes gesehen zu haben. Dieser Jemand lebt unter uns.

Das ist alles, was ich sehen konnte. Und kommt nicht auf den Gedanken, jetzt jede Kleinigkeit zu hinterfragen. Wenn ich sage, das ist alles, dann ist das auch alles. Wenn ich versuchen würde, weitere Erklärungen zu finden, würde sich meine eigene Fantasie mit dem Gesehenen und dem Gehörten vermischen und ein Trugbild erschaffen.«

»Was ich gehört habe, ist vollkommen ausreichend. Ich werde einen Trupp zusammenstellen, der die Verfolgung aufnimmt. Wenn wir erst einmal wissen, wo sie sich aufhalten, können wir Pläne für die Befreiung schmieden. Würdet Ihr mich jetzt bitte entschuldigen?«

Lord Felton sprang von seinem Stuhl auf und verließ den Raum in großer Eile, ohne sich auch nur andeutungsweise zu verabschieden.

»Hauptsache, Ihr schmiedet keine eigenen Fesseln«, brummte die Gerba, ohne dass Lord Felton sie hätte hören können. »Danke, ich finde allein hinaus.«

9
Kleine Bündnisse

Der Tross war seit fünf Tagen unterwegs, und die Strecke, die sie an einem Tag hinter sich ließen, war nicht länger als die, die ein Ruderer bei Gegenströmung im offenen Meer zurücklegen würde.

Die meisten Kinder hatten mittlerweile aufgehört zu weinen. Die Strapazen des Marsches hatten ihnen sämtliche Kräfte geraubt.

Sie hatten allein drei Tage gebraucht, um zum Fuß der Zwergenesse vorzudringen. Dann waren sie, anstatt westlich weiterzuziehen und im Schutz des Bergmassives zu wandern, direkt ins Gebirge gezogen. Bis zur Baumgrenze war der Anstieg zwar beschwerlich, aber durch das anspornende Tempo und die Zugkraft der Oger waren sie nicht viel langsamer als auf ebener Strecke. Doch nun befanden sie sich mitten im Felsmassiv. Überall fielen tiefe Spalten ab, Felsvorsprünge ragten über ihren Köpfen hervor, und der Untergrund ließ bei keinem Schritt sicheren Halt vermuten. Jeder Schritt konnte hier den unvermeidlichen Tod bedeuten, besonders, wenn einer der Oger einen Fehler machte. Häufig kletterten die gewaltigen Wesen einfach los und zogen ihre Last an Kindern einfach mit in die Höhe.

Man konnte nicht behaupten, dass sie sich feindselig ihren Gefangenen gegenüber verhielten, eher gleichgültig. Sie achteten dennoch darauf, dass den Kindern keine größeren Verletzungen zustießen. Das Schicksal schien Menschen und Oger miteinander verkettet zu haben, obwohl die riesigen Humanoiden sich jederzeit ihrer Fesseln entledigen konnten, im Gegensatz zu den Kindern. Die Knebel in den Mündern der Kinder wurden nur zu den Essenszeiten entfernt und danach sofort wieder angelegt. Die Orks gaben nur kurze Befehle, und die Oger sprachen ohnehin nicht. Die so herrschende Stille nutzte Cindiel dazu, ihrer Großmutter kurze Mitteilungen zu senden. Sie konnte nicht auf die dieselbe Art in Gedanken mit ihr sprechen, wie es die Magier beherrschten, sondern sie musste sich darauf beschränken, Gefühle zu übermitteln. Gerba würde dadurch erkennen, dass ihre Enkelin am Leben war, und das war das Wichtigste. Bei der letzten Rast war es ihr sogar gelungen, einen Zauberspruch zu murmeln, der die Gemüter etwas beruhigte, damit Nirma, das kleine Mädchen hinter ihr, nicht die ganze Zeit beim Essen weinte.

Bei der nächsten Rast ließen es die örtlichen Gegebenheiten nicht zu, dass sie alle an einem Platz ausruhten. Sie saßen verstreut auf einer Länge von über fünfhundert und einem Höhenunterschied von zirka dreihundert Schritt. Noch während sie auf kleine Plateaus und Felsvorsprünge verteilt waren, kam von oben das dumpfe Hornsignal, das eine Rast verkündete.

Rator, Cindiel und die fünf anderen Kinder saßen allein auf dem untersten Plateau. Rator hatte sich erlaubt, den Kindern während der Pausen in den Bergen die Knebel aus dem Mund zu nehmen, damit sie ruhig atmen konnten und sich an die dünner werdende Luft gewöhnten. Es würde niemandem helfen, wenn eins der Kinder vor Erschöpfung zusammenbrach.

»Rator, weißt du, wo sie uns hinbringen?«, fragte Cindiel vorsichtig.

Rator drehte sich halb erschrocken und halb erzürnt zu Cindiel um. Er musterte sie einen Augenblick und wandte sich wieder ab. Noch bevor Cindiel nachsetzen konnte, brummte Rator in verblüffend guter Aussprache: »Wir bringen euch zum Gipfel, dort ihr werdet abgeholt.«

»Abgeholt? Von wem?«

Wieder vergingen einige Augenblicke. Rator brauchte anscheinend etwas Zeit, um sich die Wörter in Gedanken zurechtzulegen. Das Sprechen fiel ihm offenbar schwerer als das Klettern.

»Das sie mir nicht gesagt. Sei still jetzt.«

Cindiel wollte die neu entdeckte Redseligkeit des Ogers nicht zu sehr strapazieren und hakte deswegen nicht weiter nach. Einige Minuten später ertönte das Signal zum Aufbruch. Die Reise zum Gipfel konnte weitergehen.

Die Schneegrenze war nicht mehr weit entfernt. Rator wusste jedoch, dass die Entfernung in den Bergen relativ war. Es kam weniger darauf an, wie weit etwas entfernt schien, mehr jedoch, wie der Weg dahin beschaffen war.

Er war schon oft durch dieses Gebirge gezogen, meist in Begleitung seiner Kriegskameraden, jenes gute Dutzend, die ihn auch diesmal begleitete. Orks zählten nicht dazu. Nicht, dass sie nicht auf der gleichen Seite wie die Oger standen, aber Orks waren in Rators Augen eher dazu da, das Schlachtfeld auszufüllen. Ihre Kriegskunst, wenn man diese überhaupt so nennen konnte, bestand hauptsächlich darin, durch schiere Masse zu siegen. Dennoch war immer einer der Orks ihr Truppführer. Warum das so war, wussten nur die Meister oder Tabal selbst. Rator wollte und konnte diese Hierarchie nicht hinterfragen. Da die Orks oft in den Schlachten, Scharmützeln und Überfällen fielen oder von den Meistern wegen Unfähigkeit getötet wurden, merkte er sich kaum ihre Namen. Seit vielen Jahren stand er nun schon im Dienst der Meister, die den Willen Tabals verkündeten.

In der ganzen Zeit hatte er keine Anerkennung erfahren, wurde aber auch niemals zur Rechenschaft gezogen. Der einzige Hinweis darauf, dass er richtig handelte, war, lebendig aus der Schlacht zu gehen. Rator wollte auch weder Lob noch eine Beförderung, das Einzige, wonach er strebte, war eine Aufgabe, etwas Sinnvolles tun. Er hasste es, nur so durch die Lande zu streifen und nur darauf bedacht zu sein, etwas zu Essen zu finden, oder sich eine Unterkunft für den Winter zu suchen. Er war ein Kampfoger. Der Zorn Tabals auf dem Schlachtfeld. Einer der fürchterlichsten und beeindruckendsten Kämpfer, die es gab. Und dennoch redete er mit kleinen Mädchen.

Wieso hab ich ihr nicht gleich den Lappen wieder in den Mund gestopft?, fragte er sich. Es galt, niemals mit dem Feind zu reden.

Den Feind ja … aber ist die Kleine denn überhaupt ein Feind?

Nein, sie waren nur Gefangene. Nur Orks würden Kinder als Feinde betrachten. Orks haben keine Achtung, nicht vor ihresgleichen, nicht vor Kindern, vor niemandem. Tabal mag es, wenn man sich auf dem Schlachtfeld einer Herausforderung stellt. Kinder waren keine Herausforderung. Na ja, für Orks vielleicht schon.

Die Kletterpartie wurde immer beschwerlicher. Es ging nun fast fünfzig Schritt senkrecht in die Höhe. Der Fels war nass vom Tauwasser, das sich vom Gipfel bis ins Tal in kleinen Bächen seinen Weg suchte. Die Oger kletterten, und die Kinder hingen von ihnen herab wie Perlen an einer Schnur. Sie hatten bereits gelernt, nicht in Panik zu verfallen und sich beim Klettern auf die Kraft und Geschicklichkeit der Oger zu verlassen.

Sie befanden sich nun in einem natürlichen Passstück, das vom Schmelzwasser ausgewaschen wurde. Der Weg führte sie direkt zum schneebedeckten Gipfel hinauf. Sechs oder sieben Stunden strammer Fußmarsch, und sie hätten es geschafft. Der Gipfel war ein riesiges Plateau. Groß genug, um eine ganze Armee auf ihm zu beherbergen. Von dort aus hatte man einen guten Überblick auf die umliegenden Lande. Im Süden lagen die saftigen Wiesen Nelbors, westlich konnte man auf das Meer blicken, im Norden erstreckte sich die rote Ödnis mit dem Drachenhorst als Zentrum, und der Blick nach Osten wurde von der beeindruckenden Zwergenesse beherrscht. Der Weg über oder durch die Esse konnte nur mit dem Wohlwollen der Zwerge bestritten werden. Es war das nördlichste Bollwerk der Einwohner von Nelbor. Die Zwerge lebten sehr zurückgezogen im Inneren des Berges, wo sie nach Metallen und Edelsteinen suchten. Sie entsandten nur selten Patrouillen, doch ihnen zu begegnen, bedeutete meist große Verluste.

Der Weg, auf dem sie sich jetzt befanden, gehörte nicht mehr zur Zwergenesse und schloss daher aus, auf das Kleine Volk zu stoßen.

Das Signal für eine neue Rast ertönte.

Diesmal lagerten sie mit drei Ogern und rund zwei Dutzend Kindern am Hang des Bergpasses. Vom oberen Teil kam ein Ork heruntergelaufen. In der Hand hielt er einen großen Schlüsselring. Er beachtete die anderen Grüppchen nicht, sondern hielt direkt auf Rator und seine zwei Begleiter zu. Unten angekommen bedeutete er Rator, den Fuß auf einen Felsen zu stellen, um die Fußfesseln zu lösen.

»Ihr macht den Eingang zum Proviantversteck frei. Hier oben können wir nicht jagen. Wir nehmen uns etwas vom Gebunkerten. Holt drei Kisten Dörrfleisch heraus und gebt es dann nach oben weiter. Nehmt euch auch was, aber schlagt euch nicht die Bäuche voll«, ermahnte der Ork.

Rator nickte kurz und blickte sich zu seinen Kameraden um. Der Ork machte sich wieder an den Aufstieg. Anscheinend erachtete er die Hilfe des Orks als unnötig, und wie sich herausstellte, wäre er auch kaum eine Hilfe gewesen. Die Oger näherten sich einem Felsbrocken von der Größe eines ausgewachsenen Menschen. Es war schwer zu sagen, was so ein Stein wohl wiegen mochte, aber selbst mit einem

Karren und vier guten Zugpferden wäre er wohl nicht zu transportieren gewesen. Die Oger stellten sich von drei Seiten her an den Felsen. Beim Zupacken überkreuzten sich ihre Arme weit. Rator, der in der Mitte stand, spannte seine Muskeln an, bis die gemalten Zeichen auf seinem Oberkörper eine blasse Farbe annahmen. Er entlastete das Gewicht des Steines, während die anderen anfingen, den Felsen vom Hang wegzudrehen.

Ein tiefes Grollen entstand, als sich der Stein bewegte. Die anderen beiden hatten ihre Füße in den Hang gestemmt und drehten mit der ganzen Kraft ihrer Körper. Stück für Stück gab der Felsen den Blick auf eine Nische frei, die von Schmelzwasser in den Berg gespült worden war. Die Höhle, die dahinter lag, war fast so groß wie eine kleine Blockhütte. In ihr stapelten sich Fässer, Säcke und zahllose Kisten, die mit groben Zeichen beschriftet waren. Jeder der Oger nahm eine Kiste heraus und stellte sie vor der Höhle ab.

Als die Höhle wieder verschlossen war, bekam jedes der Kinder ein Stück Dörrfleisch und etwas Wasser aus einem Rinnsaal, das sich den Pfad herabschlängelte. Rator brachte die Kisten ein Stück den Hang hinauf, zu einer anderen Gruppe. Dann trottete er zurück, während die anderen ihre Fußketten wieder anlegten. Rator ließ sich neben den Kindern nieder. Von der Kraftanstrengung vor wenigen Minuten war Rator nichts anzumerken.

»Du nichts?«, fragte einer der Oger.

»Nein, Dürrfleisch zu salzig und schmeckt wie Orkschuhe.«

»Dörrfleisch«, berichtigte Cindiel Rator kleinlaut.

»Nein, auch nicht«, gab Rator kopfschüttelnd zurück.

»Nein, es heißt nicht Dürrfleisch, sondern Dörrfleisch«, sagte sie schulmeisterlich.

»Schmeckt dir?«, fragte Rator ein wenig aufbrausend.

»Nein, zu salzig«, erwiderte Cindiel.

»Dann doch egal wie Name«, beendete Rator die Unterhaltung schroff.

»Wie Orksandalen«, hörte er hinter sich Cindiel flüstern, als er sich schon von ihr abgewandt hatte. Er musste grinsen.

Rator ließ seine Fußfessel gerade wieder einrasten, als das Signal zum Aufbruch kam.

Doch diesmal war es anders. Der Wind hatte sich leicht gedreht und trug das tiefe Hornsignal zwischen den Passwänden hoch bis zum Gipfel. Mehrere leise Echos stimmten in den dumpfen Ton mit ein und überlagerten ihn. Ein gewaltiges tiefes Grollen löste das langsam verklingende Hornsignal ab. Rators Blick lag gebannt auf dem Gipfel. Kurz unterhalb der Bergspitze löste sich ein kleiner schneebedeckter Vorsprung, der sich seinen Weg unaufhaltsam nach unten bahnte und immer mehr Eis und Schnee mit sich riss. Wenn man die Lawine aus der Entfernung sah, hätte man sich an dem Anblick voller Ehrfurcht erfreuen können. Den Ogern, Orks und Kindern war dies aber nicht vergönnt, denn die Lawine rollte direkt auf sie zu und würde sich von nichts aufhalten lassen. Rator blickte von der Lawine zu seiner gerade angelegten Fußfessel, von da zu den Kindern und wieder zurück zur Lawine und murmelte dann einen saftigen Fluch, der sich nur einem Kriegsoger erschloss.

»Zur Höhle«, fauchte er, während er seinen Kumpan neben ihm am Brustpanzer vorwärtszerrte. Die drei Oger hasteten mit den Kindern im Schlepptau auf den Felsblock zu, hinter dem sich das geheime Proviantlager befand. Sie begannen sogleich wieder mit dem Verrücken des Steines. Einige der Kinder umfassten den Felsen ebenfalls, obwohl ihre Bemühungen angesichts der gewaltigen Ogerkräfte natürlich sinnlos waren. Das Grollen der sich nähernden Schneemassen verschluckte sämtliche Hilferufe und Panikschreie. Rator und seine zwei Kameraden arbeiteten weiter, scheinbar ohne sich um die herandonnernde Lawine zu kümmern.

Die Orks hingegen strömten in alle Richtungen auseinander und versuchten, Deckung zu finden, egal wie wenig Schutz sie versprach. Cindiel sah, wie sich einige von ihnen einfach nur hinsetzten und den Kopf zwischen die Beine klemmten.

Die Kinder konnten auf ihr Schicksal nicht viel Einfluss nehmen. Sie waren mit den Ogern fest verbunden und mussten ihren Bewegungen folgen. Wer zu langsam war, stürzte und wurde von der massigen Kraft der großen Wesen einfach mitgerissen, wobei sie meist die anderen Kinder auch zu Fall brachten. Die Lawine wurde immer schneller und riss immer mehr Geröll und einzelne Bäume mit sich. Die Sicht auf den Gipfel wurde von den heranwallenden Schneemassen vollständig verdeckt, und es konnte sich nur noch um Augenblicke handeln, bis der weiße Tod den Anfang des Passes erreichte und seine ersten Opfer forderte.

Cindiel drehte sich weg, um nicht mit ansehen zu müssen, was jetzt folgte.

Währenddessen gelang es Rator und den anderen beiden Ogern, den Felsbrocken zu bewegen und den Hohlraum freizulegen. Der Oger rechts von Rator zögerte keinen Augenblick, drängte die Kinder hinein und folgte ihnen. Rator, Cindiel und die anderen taten es ihm gleich. Der donnernde Lärm der Lawine wurde ohrenbetäubend laut und übertönte alle Schreie und Rufe. Der letzte Oger stieß die Kinder beiseite und hechtete in den Schutz der Lagerstätte. Die Lawine schickte eine weiße Schneewolke voran, die ihnen die Sicht nahm und den Atem raubte.

Die Temperatur sank innerhalb von Augenblicken wieder auf den Gefrierpunkt. Einen Atemzug später brach die volle Gewalt der Natur über sie herein. Der große Felsblock wurde einfach von den Schneemassen umgestoßen und versperrte halb den Höhleneingang. Die noch freie Hälfte des Eingangs wurde mit Schnee und Felstrümmern verschüttet. Der Oger, der sich zuletzt in Sicherheit gebracht hatte, steckte von den Oberschenkeln abwärts in den Trümmern fest und hatte das Bewusstsein verloren. Der Schnee um sein rechtes Bein färbte sich blutrot. Von den Kindern, die an ihn gekettet waren, fehlte jede Spur. Dann schwand das letzte bisschen Licht, das noch durch Spalten im Eingang gefallen war.

Die übrigen in der Höhle Verbliebenen konnten sich zwar vor der Lawine retten, wurden aber von ihr verschüttet. Niemand wusste, welche Massen an Schnee und Geröll ihnen den Weg in die Freiheit versperrten. Einige Zeit lang rührte sich im Inneren der Kaverne nichts. Ab und zu hörte man Schluchzen, unterdrücktes Weinen oder leises Stöhnen, aber niemand sagte etwas.

Unerwartet füllte sich die Lagerstätte mit bläulichem Licht. Ein Licht, das keine Schatten warf und keine Wärme verbreitete.

»Nein, kein Feuer! Feuer nimmt Luft«, stöhnte Rator, der sich verwirrt umsah, um die Quelle des Lichtes auszumachen.

»Es ist kein Feuer, es ist geschwächte Dunkelheit«, erklärte Cindiel. »Das ist ein Zauber. Er verbraucht keine Luft. Nur das Feuer einer Flamme verbraucht die Luft.«

»Du machst das Licht? Licht aus deinem Kopf?« Rator schien mehr darüber verwundert zu sein, dass Cindiel zaubern konnte, als darüber, dass es so einen Zauber überhaupt gab.

»Ja, aber nicht aus meinem Kopf, sondern aus meinem Herzen.«

»Kann Zauber auch befreien?«

»Ich weiß nicht. Ich glaube aber nicht. Ich bin nur eine Schülerin. Meine Zauber sind nicht so stark. Ich kann Dinge nur leicht verändern«, versuchte Cindiel zu erklären.

Cindiel war plötzlich unsicher, ob es überhaupt richtig war, ihre Fähigkeiten gegenüber ihren Entführern preiszugeben. Aber so, wie es im Moment aussah, mussten sie zusammenhalten und einander vertrauen. Die größte Gefahr ging zurzeit von der Kälte aus. So eingesperrt, ohne sich ausreichend bewegen zu können, und mit der unzureichenden Kleidung würden sie innerhalb kurzer Zeit die ersten Erfrierungen erleiden.

Rator lehnte sich nach vorn und stützte sich dabei auf den Armen ab, während sein Oberkörper über mehrere verängstigte Kinder hinwegragte. Er tastete vorsichtig nach dem Oger, der halb im Ausgang eingeklemmt war und steckte ihm den kleinen Finger in den Mund.

»Ah, verdammt!« Rator riss den Finger zurück. »Lebt! Kruzmak, hilf wegziehen.«

Kruzmak, der andere Oger, brauchte einen Augenblick, um zu sich zu kommen. Er hatte die ganze Zeit über nur dagesessen und hielt die Augen geschlossen. Dennoch kam er nach einem Augenblick Rator zu Hilfe.

Kruzmak räumte einige kleinere Felsbrocken beiseite. Als er einen größeren Brocken etwas entlastet hatte, gab er Rator das Kommando, den Eingeklemmten herauszuziehen. Rator und Kruzmak drehten den Verletzten herum und lehnten ihn aufrecht gegen die Wand. Nun konnte Cindiel das Ausmaß seiner Verletzung erkennen. Die Kette mit den Kindern, die von der Lawine mitgerissen wurden, hatte seinen Fuß kurz oberhalb des Knöchels abgerissen.

»Sieht nicht gut aus.« Cindiel drängte ihren Kopf zwischen Rator und Kruzmak hindurch.

»Ja, wollte immer Frau haben und kleine Oger machen, aber zu hässlich. Ging zu dienen Meistern von Tabal.« In Rators Stimme lag durchaus Mitgefühl für dieses Schicksal.

»Nein, das meine ich doch gar nicht«, erklärte Cindiel ungeduldig. »Ich meine die Wunde.«

Rator blickte zu ihr herab. »Gibt bei Hüttenbauern schöne Wunden?«

»Äh, wie? Nein, so ist das nicht gemeint.«

»Besser du still, spart Kräfte, statt andauernd Dinge sagen, die nicht so gemeint. Megor sterben. Das einfacher, ohne jemanden, der immer spricht und doch sagt nichts.«

»Ich wollte nur sagen, dass die Wunde schlimm aussieht«, rechtfertigte sich Cindiel. »Ich kann ihm vielleicht helfen.«

»Wie du helfen? Du seine Frau werden?«, fragte Kruzmak spöttisch. Das war das erste Mal, dass er während dieser Reise mehr als nur ein Wort von sich gab.

»Ihr könntet ihm den Unterschenkel abbinden, und ich werde über einen Zauber seinen Körper so weit beruhigen, als wäre er im Winterschlaf. Dann könnte er überleben, wenn man uns schnell genug findet.«

»Falsche kleine Hexe«, fuhr Rator dazwischen. »Wenn finden, dann sie ihn töten. Er kein Krieger mehr, er nutzlos. Nutzlose Kriegsoger überflüssig wie Worte, die nichts sagen.«

»Aber er könnte aufhören zu kämpfen und einfach nur in Frieden leben«, meinte Cindiel trotzig. Rators Blick zeigte deutlich seine Missachtung.

»In Frieden leben? In Frieden leben heißt weglaufen. Wenn Hüttenbauer ihn finden, sie ihn abschlachten wie Rind. Dann sie feiern wie nach Drachenkampf. Haben aber nur getötet hilflosen Oger. So sieht Frieden aus, kleine Hexe.«

»Bei uns Hüttenbauern, wie du uns nennst, versuchen wir einem Sterbenden zu helfen, und wir geben den Leuten die Gelegenheit, selbst zu entscheiden, wie sie den Rest ihres Lebens verbringen wollen.« Rator blickte zu Kruzmak, der mit den Achseln zuckte. Gemeinsam starrten sie auf den blutenden Stumpf.

»Gut, wir helfen. Zeit wird zeigen, ob richtig war.«

Rator begann, den Stumpf mit einem Lederband und einem Messergriff abzubinden. Cindiel legte die Hand auf Megors Bein und wirkte ihren Zauber. Schon nach kurzer Zeit verebbte der Blutstrom. Megor atmete flach, aber ruhig. Nun konnte man nur noch abwarten und hoffen.

Keiner wagte es, zu sprechen. Sie lauschten in die Stille, in der

Hoffnung, ein Geräusch zu vernehmen, das ihnen Rettung verhieß.

Aber nichts war zu hören. Die Welt schien umhüllt vom ewigen Eis, das jede Bewegung hatte erstarren lassen.

Ein leises Schluchzen drang durch die Stille. Das kleine Mädchen neben Cindiel war die Erste, die die Hoffnung verlor. Cindiel nahm sie in den Arm, um sie zu trösten. »Rebecca, du brauchst nicht zu weinen. Schon bald werden sie kommen und uns befreien. Sie sind bestimmt schon auf der Suche nach uns.«

Rebecca schaute auf. Tränen rannen über ihr Gesicht und tropften von ihren Wangen in den Schnee, ohne dass auch nur eine Spur von ihnen zurückblieb.

»Meine Mutter hat immer gesagt, wenn ich draußen im Schnee gespielt habe, soll ich nicht so lange an einem Fleck sitzen und mich mehr bewegen, sonst frieren meine Füße am Boden fest ... und dann kommen nachts die Eistrolle und nehmen mich mit in ihr Schloss, wo ich auf immer und ewig in den Hallen als Eisfigur stehen muss ... Cindiel?«

»Ja, was denn?«

»Ich spüre meine Beine nicht mehr.«

Cindiel schob Rebeccas Hose ein Stück hoch und fühlte ihre Wade.

Sie wandte sich Rator zu, blickte ihn an und sagte gedankenverloren: »Eiskalt.«

»Kannst du helfen?«, erkundigte sich Rator.

»Ja, das kann ich, aber sie wird nicht die Einzige bleiben, und ich weiß nicht, ob ich allen helfen kann. Ich könnte eure Hilfe gebrauchen.«

»Unsere Hilfe? Wie wir helfen?«

»Ihr könntet die Kinder auf den Schoß nehmen, damit sie nicht auf dem kalten Schnee sitzen müssen. Dann wärme ich nur dich und Kruzmak, und ihr wärmt uns Kinder.«

»Niemals!«

»Warum nicht?«

»Ihr Gefangene und Kinder von Hüttenbauern. Wenn herauskommt, alle lachen über uns.«

»Ich schwöre dir«, sagte Cindiel feierlich, »dass niemand je davon erfährt!«

»Kruzmak, was denkst du?«, fragte Rator.

»Du weißt, Kruzmak nie denken. Machen, was Rator denkt.«

Kruzmak hob die Hand und löste den Stachelhandschuh. Der Handschuh war eine Art Lederriemen, der um den Handrücken und den Daumen führte. Auf der Oberseite waren fünf lange Stacheln ins Leder genietet worden. Eine Nahkampfwaffe, die oft eher überflüssig war, da ein Faustschlag des Kolosses normalerweise schon ausreichte, jemanden ins Jenseits zu schicken.

Kruzmak ließ den Handschuh in den Schnee fallen und sagte: »Eistrolle ohne Schlösser.« Er drehte den Handrücken Cindiel und Rator zu. Deutlich konnte man die Erfrierungen darauf erkennen, die das Metall hinterlassen hatte.

»Wir machen«, sagte Rator entschlossen.

»Es wäre auch gut, wenn ihr die Rüstungen ablegen würdet. Das Metall leitet die Kälte in eure Körper.«

»Wir nehmen Kinder, aber Rüstung bleibt. Wir hier nicht nackt mit spielenden Kindern auf Bauch und singen Lieder.« Die ehrliche Entrüstung in seinem Ton zeigte Cindiel, dass sie ihn in diesem Punkt nicht umstimmen würde.

Die Kinder verloren rasch die Angst vor den Ogern. Für Rators Geschmack anscheinend zu schnell. Er zog ein grimmiges Gesicht, aber als Cindiels Zauber zu wirken begann, hatte er Mühe, das Unbehagen in seinem Ausdruck aufrechtzuerhalten.

Regelmäßig überprüfte Cindiel Megors Zustand, konnte aber keine Veränderung feststellen.

Nach etlichen Stunden waren die meisten eingeschlafen. Nur Rator und Cindiel waren noch wach.

»Warum hilfst du?«, fragte Rator leise und blickte auf Cindiel, die gerade Megors Atmung prüfte. »Wir haben euch entführt. Du nicht denken, wir böse?«

Seine Aussprache ließ darauf schließen, dass er länger über diese Frage nachgedacht hatte.

»Nein, ich glaube, dass ihr viel Böses getan habt, aber das heißt nicht, dass ihr von Grund auf böse seid. Menschen ziehen auch in den Krieg und töten andere, aber sie sind deshalb nicht immer schlecht. Ein guter Freund von mir hat immer gesagt, ob gut oder böse, das hängt vom Betrachter ab. Verstehst du?«

»Nein, glaube nicht.« Der Oger wirkte ein wenig verstört.

»Ganz einfach. Wir sitzen hier zusammen und helfen uns gegenseitig. Das habt ihr aus freien Stücken so entschieden. Die Situation hat dies möglich gemacht, obwohl wir uns eigentlich nicht mögen. Wenn wir jetzt aber auf dem Schlachtfeld wären, würdest du mich töten. Stimmt's?«

»Nein, niemals kämpfen Oger gegen Kinder.« Rator sah empört aus.

»Ich meine ja auch nicht mich persönlich, sondern allgemein Menschen.«

Ein Augenblick des Schweigens folgte.

»Ja, jetzt ich verstehe. Du meinst, was gerade ist. Wir helfen gegenseitig, gegen Kälte. Wenn aber nicht Kälte, sondern Luft knapp, dann wir euch töten, und mehr Luft haben.«

Cindiel fasste schlagartig den Entschluss, das Gespräch zu beenden.

Megor stöhnte auf. Cindiel hatte zwar Mitleid mit ihm, aber die Ablenkung und das somit hoffentlich beendete Gespräch erleichterte sie ein wenig. Megor öffnete die Augen und wurde von Krämpfen geschüttelt. Seine Stirn war schweißnass.

»Was ist mit ihm?«, fragte Rator.

»Ich weiß nicht, vielleicht hat er innere Blutungen.«

Megor öffnete den Mund, und ein kleines Rinnsal Blut lief an seinem Mundwinkel herunter. Dann wurden seine Augen starr.

Plötzlich stieß die Spitze eines Speers seitlich an seinem Brustharnisch von hinten durch ihn durch.

»Nein.« Rators Gebrüll ließ die Übrigen aufschrecken. Einige der Kinder begannen augenblicklich zu weinen. Orientierungslos starrten sie auf Megor. Rator griff nach der Spitze des Speers und riss ihn mit aller Gewalt an sich. Kurz bevor er auf seinen Brustschutz prallte, stieß er den Speer mit seiner ganzen Wut und Körperkraft zurück. Endlich hörten die Eingeschlossenen von draußen wieder Geräusche, auch wenn es sich nur um einen Ork handelte, dem der stumpfe Teil eines Speers durch den Bauch getrieben wurde. Draußen wurden Rufe laut. Anscheinend stachen die Überlebenden der Lawine von außen mit ihren Speeren in die Schneemassen, auf der Suche nach dem Höhleneingang. Dabei waren sie versehentlich auf Megor gestoßen. Rator durchbrach den letzten Rest Schnee, der den Blick auf die Freiheit versperrte. Vollkommen erschrocken und fassungslos standen die Orks da und sahen, wie Rator unter der Schneedecke hervorbrach, den aufgespießten Ork umklammerte und ihm das Genick brach. Dann sank er erschöpft im Schnee nieder. Sie waren gerettet, wenn auch nicht alle.

Von den dreihundert Orks lebten noch hundertsiebzig, vier Oger waren umgekommen ... und die Hälfte der Kinder. Sie hatten noch Glück gehabt, die Lawine hatte einen Großteil ihrer Wucht schon verloren, bevor sie am Steilhang angekommen und schließlich verebbt war.

Die Orks hatten sich schnell neu formiert und trieben die anderen zum weiteren Aufstieg auf den Gipfel an. Ursadan, der Ork-Anführer, gönnte ihnen keine weitere Pause. Bei ihm war sich Cindiel sicher, dass er von Grund auf böse war. Sie erreichten den Gipfel unter den gegebenen Umständen recht schnell. Vor ihnen lag ein riesiges Plateau, das gleichmäßig von Schnee bedeckt war und absolut unberührt aussah. Ein Ausblick, für den sich die Gipfelbesteigung unter anderen Umständen wirklich gelohnt hätte. Sie marschierten durch die Schneelandschaft und schlugen schließlich ihr Lager auf.

»Was passiert jetzt mit uns?«, fragte Cindiel erschöpft.

»Dort.« Rator zeigte nach Nordosten in Richtung Horizont.

In einiger Entfernung konnte man, so vermutete Cindiel, einen Schwarm Vögel erkennen. Es musste sich um große Vögel handeln, denn sie schlugen nur langsam mit den Flügeln ... und sie trugen etwas auf ihren Rücken.

»Ich stehe in Schuld bei dir. Du hast einen Gefallen gut bei Rator. Du hast uns das Leben gerettet.« Rator hatte den ganzen restlichen Aufstieg über an diesen Sätzen gebastelt. Und er meinte sie auch so.

10
Drachen

»Das ist das Dümmste, was ich je gehört und gesehen habe. Mit Drachen auf Drachenjagd gehen.« Mogda konnte sich gar nicht wieder beruhigen. Matscha zog es deshalb vor, etwas hinter den anderen herzulaufen, um nicht so viel Aufsehen zu erregen.

»So etwas Dummes, schon allein das Wort Drachenjagd ist doch schon dämlich. Man jagt keine Drachen. Man wird von Drachen gejagt. Wer hat sich diesen Mist nur einfallen lassen?«

»Meister«, unterbrach ihn Matscha. »Du doch gesehen. Ich finde toll, wie sie geflogen auf Drachen.«

»Drachen, dass ich nicht lache! Das sind doch keine richtigen Drachen, das sind eher ... Hühnchen.«

»Was ist Hühnchen, Mogda?«

»Hühnchen sind kleine Vögel, die die Hüttenbauer in Käfigen halten, um ihre Eier zu essen. Wenn sie keine Eier mehr legen, werden sie geschlachtet. Die Hühnchen sind immer die Verlierer, und diesmal sind wir die Hühnchen.«

»Du gesagt, kleine Drachen sind Hühnchen, wenn keine Eier mehr legen.«

»Nein, das war nur sinnbildlich. Ich wollte sagen, dass wir den Kampf bestimmt verlieren werden.«

»Dann sag doch einfach! Und sag nicht Hühnchen und Eier und solcher Kram, wo keiner mit auskennt.«

»Ich werde es mir merken.« Mogda rollte mit den Augen. »Trotzdem, man kann doch nicht mit den Lindwürmern Drachen jagen. Wie sollen sie denn die Drachen daran hindern zu fliegen, bis wir sie am Boden gefesselt haben?« Mogda lachte auf. »Wenn das klappt, werde ich der nächste Ogerkönig.«

»Wir keinen Ogerkönig haben.«

»Das weiß ich, das war auch nur so ein ... ach, vergiss es.«

Nicht weit vor ihnen lag einer der Eingänge zum Drachenhorst. Rund um den Berg mochte es Dutzende davon geben. Jeder von ihnen maß fünf Schritt in der Höhe und zehn Schritt in der Breite.

Mogda und Matscha hatten wieder zur restlichen Gruppe aufgeschlossen, die aus dreißig Orks, sechs Ogern und drei Lindwürmern bestand. Insgesamt gab es von diesen Gruppen acht. Jede von ihnen wurde zu einem anderen Eingang geschickt und hatte den Auftrag, jeweils einen Drachen zu töten, der sich im Berg verschanzte.

Die Lindwürmer waren drachenähnliche Wesen. Sie besaßen dunkle Schuppen, einen echsenartigen Kopf und an ihrem Schwanzende befand sich ein riesiger Stachel wie der eines Skorpions. Diese Flugechsen waren nur acht Schritt lang, während ein ausgewachsener Drache bis zu dreißig Schritt maß. Der größte Unterschied aber war, dass Drachen magische Wesen waren und mit überragender Intelligenz ausgestattet, während Lindwürmer nur dumme Echsen mit Flügeln waren.

Die Orks waren mit schweren Wurzelbögen bewaffnet, mit denen sie Ankerpfeile verschossen, die sie sonst zum Erstürmen von Festungsmauern verwendeten. Die Oger trugen alle lange Hellebarden. Der Tunnel, in den sie blickten, sah aus, als ob er nur selten benutzt wurde. Das mochte aber nichts heißen. Beim Betreten des Berges stieg Mogda ein Geruch von Schwefel in die Nase.

Einige der Orks entzündeten Fackeln, die dem rötlichen Gestein des Tunnelsystems ein unwirkliches, fast lebendig wirkendes Aussehen verliehen. Mogda hatte in einigen Büchern Zeichnungen vom Inneren des Körpers gesehen, an die er sich nun erinnerte. Eigentlich benötigten Orks kein Licht, um sich unter der Erde zurechtzufinden, denn dies war ihr natürlicher Lebensraum. Doch anscheinend fühlten sie sich besser, wenn sie eine Fackel in Händen hielten, was an dem Ruf liegen mochte, der den Drachen vorauseilte.

Nach einer Weile des planvollen Umherirrens bemerkte Mogda, dass die Geräusche, die sie verursachten, sich vor ihnen im Tunnelsystem brachen und hinter ihnen aus einzelnen Gängen als Echo wieder auftraten. Ihr Vorankommen geriet ins Stocken, und einen Augenblick später verharrten sie vollkommen. Mogda ging diese ganze Mission ohnehin gegen den Strich, aber jetzt auch noch hier zu stehen und auf ihren Untergang zu warten, das war zu viel. Er drängte sich an mehreren Ogern und einem Lindwurm vorbei, zu dem alle möglichst Abstand hielten. An der Spitze der Gruppe standen zwei Orks, die eine Karte hielten und sich über deren Verwendung stritten. Als sie dann die Karte erst einmal um fünfundvierzig Grad drehten und kurz darauf noch zweimal, verlor er die Geduld. Er schritt die Reihe von Wartenden entlang und hielt auf die Spitze zu. Niemand hinderte ihn oder sprach ihn an. Er erntete nur verwunderte Blicke. Als er im Rücken der beiden Orks stand und mit seinem Körper den Lichtschein der Fackeln verdeckte, drehten sich diese verwundert um.

»Ein Hüttenbauer hat mal zu mir gesagt«, begann Mogda, »nach dem zu streben, was unerreichbar ist, kann die Träume erhalten oder aber die Seele zerstören. In diesem Fall ist es so, dass ihr hier träumt und dabei auf meiner Seele herumtrampelt. Muss es denn gleich so etwas Schwieriges sein wie Kartenlesen?«

»Zurück mit dir ans Ende des Trupps. Was hast du hier zu suchen, dämlicher Oger?«

»Erstens freut es mich zu hören, dass ihr noch wisst, wo das Ende der Gruppe ist, und zweitens sehe ich nur euch beide, die etwas suchen, und das scheint mir der Weg zu sein.«

Mogda beugte seinen Kopf etwas herunter und flüsterte den beiden zu: »Wenn ihr mir nicht sofort sagt, wo Norden ist, schlage ich eure Köpfe so fest zusammen, dass ihr beide in Zukunft durch dieselben Nasenlöcher atmen werdet. Und glaubt mir, niemand von eurer Sippe wird euch zu Hilfe kommen. Die sind alle wild auf eure Posten. Jeder von ihnen möchte gern die Gruppe anführen, die die Drachen getötet hat. Also?«

Die Orks schauten sich verunsichert an und zeigten dann beide in den rechten Gang.

»Geht doch.« Mogda nahm die Karte, drehte sie zweimal und tippte mit dem Finger auf den Buchstaben N. »Das, was aussieht wie ein Blitz, ist das Zeichen für Norden.«

Er überließ den beiden Orks die Karte und machte sich auf den Rückweg. Hinten angekommen starrte Matscha ihn mit großen Augen an.

»Und?«

»Ich habe uns nur vor dem Hungertod bewahrt.«

Langsam setzten sie sich wieder in Bewegung. Keiner wagte es zu sprechen. Jeder versuchte, irgendwelche verräterischen Geräusche zu erahnen, um nicht in einen Hinterhalt zu geraten. Die Drachen konnten unmöglich den Aufmarsch des ganzen Heeres übersehen oder überhört haben. Kein Wesen, egal wie dumm es war, würde in seiner Höhle sitzen bleiben und darauf warten, abgeschlachtet zu werden, und Drachen waren alles andere als dumm.

Wieder kam der Trupp zum Stillstand. Von vorn kam einer der Ork-Truppführer und wandte sich an Mogda.

»Wir sind jetzt fast da. Die große Höhle liegt etwa hundert Schritt im Norden. Wir teilen uns jetzt wie geplant auf und kommen von Osten her in einen Tunnel, der zwanzig Schritt hoch in der Höhle endet. Dort nehmen wir Stellung und schießen mit den Ankerpfeilen. Die Lindwürmer fliegen vom Süden in die Kammer und versuchen, die Drachen am Aufsteigen zu hindern. Du und deine Oger, ihr kommt von Westen mit den Hellebarden. In Ordnung?«

»Ja sicher, und danach werden wir dann alle als kleine Aschehäufchen gen Norden aus der Höhle gefegt.«

Der Ork runzelte die Stirn und wollte etwas erwidern, aber Mogda kam ihm zuvor.

»Nein, nein, war nur ein Scherz. Ich entwickle in der letzten Zeit einen recht eigenwilligen Humor, und das scheint sich durch die Tatsache, dass ich nur noch ein paar Augenblicke zu leben habe, noch etwas zu verstärken. Wir machen es wie besprochen ... äh befohlen, meine ich.«

»Scherze kann ich nicht gebrauchen, kämpf lieber statt lustig zu sein«, knurrte der Ork im Befehlston.

»Gut, ich werde mir den Humor abgewöhnen. Hoffentlich reicht die Zeit dazu noch aus«, brummelte Mogda, ohne dass der Ork, der schon wieder kehrtgemacht hatte, ihn hören konnte.

Sie teilten sich wie besprochen auf.

Mogda ging an der Spitze, und die anderen fünf Oger folgten ihm.

»Du Mogda?«

»Ja, Matscha, was ist?«

»Du nicht stolz?«

»Stolz. Stolz worauf?«

»Anführer sein.«

»Ich bin nicht euer Anführer, ich bin das Appetithäppchen eines Drachen.«

Matscha schien enttäuscht von der Antwort.

»Sie dich Anführer gemacht, weil du Klügster bist. Mit dir wir schaffen.«

So viel blindes Vertrauen machte Mogda sprachlos.

»Hör mal, ich bin ein ganz normaler Oger, der einen Unfall hatte und jetzt leider so viel Verstand besitzt, dass er einen guten Plan von einem schlechten unterscheiden kann, bevor er stirbt. Aber ich bin leider nicht schlau genug, um vorher auszusteigen. Wie klug jemand ist, kannst du daran erkennen, wie weit er von dieser Höhle hier entfernt ist. Je weiter weg, desto schlauer.«

»Dann ja Trolle am schlausten«, erklärte Matscha mit vor Erstaunen weit aufgerissenen Augen.

»Wieso Trolle?«, fragte Mogda verwirrt.

»Im Süden ist Halbinsel mit Trollen, die am weitesten weg.«

»Na ja, äh ... ich würde sagen, die äh ... hatten einfach nur Glück.«

Je mehr Mogda darüber redete, und je länger er über die Situation nachdachte, desto hirnloser und verrückter erschien ihm der Plan, die Drachen anzugreifen. Es ergab einfach keinen Sinn. Was wollte jemand mit diesem kargen Berg mitten in der Wüste? Hier gab es nichts, für das es sich zu kämpfen lohnte, und erst recht nichts, für das es sich zu sterben lohnte. Hunderte von Meilen öde rötliche Steppe, auf der nichts wuchs. Es gab kein Wasser, keine Pflanzen und somit auch kein Wild, von dem man sich ernähren konnte. Auf jeden Fall keins, das sich freiwillig essen ließ. Was es auch war, es war anscheinend wichtig genug, um ein gewisses Risiko zu rechtfertigen: Tabals Horden aufzureiben oder einzuäschern. Trotz all seiner pessimistischen Kommentare hielt sich Mogdas Angst in Grenzen. Vielmehr wurde er von der Neugier auf die Drachen angetrieben und davon, das Wissen aus den Büchern mit der Wirklichkeit zu vergleichen. Sie legten noch eine kleine Strecke im Tunnel zurück und kamen dann an eine Biegung, von deren anderer Seite Helligkeit zu ihnen drang.

»Dort«, sagte Mogda leise und zeigte auf das Licht. Noch konnten sie das Innere der Höhle nicht sehen. Mogda bedeutete seinen Kameraden mit einer Handbewegung, in die Hocke zu gehen und auf das Signal der Orks zu warten, die Halle zu stürmen. Niemand sagte etwas, kein Geklapper von Rüstungen oder Waffen war zu hören. Es war totenstill. In Gedanken malte Mogda sich aus, die Höhle zu stürmen, und schon im Eingang vom Odem des Drachen zu Asche verbrannt, von Säure zersetzt, von Gas erstickt, von Eis eingefroren, von Blitzen gegrillt oder von Magie getötet zu werden. Das Ende dieses Tagtraumes veränderte sich, aber das Resultat blieb immer dasselbe.

Sie warteten eine kleine Ewigkeit. Jedenfalls war es lang genug, um die unfreundlichen Träume noch etwas auszuschmücken, wodurch sie nicht unbedingt angenehmer wurden.

Ein Brandpfeil fand seinen Weg ins Tunnelende und blieb nur fünf Schritt vor Mogda im Boden stecken. Gleichzeitig ertönte ein Horn.

Das war das Zeichen zum Angriff.

Noch immer erstaunt darüber, kein Schreien, Fauchen oder Kreischen zu hören, stürmten sie ins Drachenlager.

Niemand, der nicht dabei war, hätte sich das Szenario vorstellen können, das ihnen dann geboten wurde.

Das Innere des Berges war fast gänzlich ausgehöhlt. In tausend Fuß Höhe gab es einen Durchbruch, durch den das Sonnenlicht einfiel und die Höhle in einem matten Rot schimmern ließ. Ungefähr alle hundert Fuß hoch und in verschiedene Himmelsrichtungen versetzt, waren Einbuchtungen zu sehen, gesäumt von kleinen Plateaus, die anscheinend als Lagerstätten der Drachen dienten. Mogda und die anderen fünf Oger befanden sich auf dem dritten Plateau von unten. Soweit sie erkennen konnten, wurden die Angriffe genau zeitgleich koordiniert. Insgesamt mussten sich bis zu zehn Drachen hier aufhalten, die in diesem Moment von kleinen Einheiten aus Ogern, Orks und Lindwürmern attackiert wurden. Mogda hatte noch immer die Bilder der geflügelten Bestien im Kopf, die sich feuerspeiend auf ihre Widersacher stürzten, als sie geradewegs auf ein am Boden zusammengerolltes, rotes, geflügeltes, schlafendes Etwas zurannten. Die Orks waren schnell gewesen: Ungefähr dreißig Seile waren schon über die Bestie gespannt. Offenbar hatte dieser Drache in einer Art Schlaf oder Ruhestarre gelegen. Die Enterhaken waren mehr oder weniger gut zwischen den Felsen verankert. Die anderen Enden der Seile reichten jeweils bis zum Plateau unter ihnen, wo die Orks damit beschäftigt waren sie zu befestigen. Mogda und seine Mannen stürmten mit vorgehaltenen Hellebarden in breiter Front auf den Drachen zu. Ihre letzten Schritte wurden von tosendem Kriegsgeschrei begleitet, das sich in Echos immer weiter in die Höhe schraubte.

Mit ganzer Kraft hieb Mogda die Hellebarde gegen den Hals des Drachen. Nichts von dem, was er sich in seinen schlimmsten Träumen ausgemalt hatte, trat auch nur annähernd ein. Die Spitze der Waffe traf eine der rötlich braunen Schuppen, mit denen das Untier bedeckt war, schrammte ein wenig seitwärts ab und kam dann im Zwischenraum der Schuppen zum Stillstand. Die Waffe durchbohrte die Haut nicht, sie verletzte sie nicht, sie hinterließ nicht einmal einen einzigen Kratzer. Das Gewebe dahinter wich vom Stoß nicht mehr zurück, als ein straff bespanntes Kissen, gegen das ein Kind einen Stein warf. Beim Nachsetzen wagte Mogda einen Blick die Reihe herunter auf seine Kameraden, die augenscheinlich mit denselben Problemen zu kämpfen hatten. Mogda wollte gerade den Fuß an den Hals des Drachen setzen, um so mehr Druck ausüben zu können, als er aus dem Augenwinkel erkennen konnte, wie der Drache langsam erwachte.

Aus seinen Nüstern schoss ein Atemhauch, der ein wenig rötlichen Sand aufwirbelte. Die Augen öffneten sich, und die Pupillen fokussierten sich langsam. Der Drache brauchte einen Moment, um sich zu orientieren.

Mogda geriet in Panik.

»Er erwacht!«, schrie er aus vollem Halse, um seine Mitstreiter zu warnen.

Für eine Entschuldigung gegenüber dem Drachen war es zu spät. Ohnehin hätte die Behauptung, sie hätten sich, nur verlaufen, die Anwesenheit eines ganzen Heeres unglaubwürdig wirken lassen. Außerdem empfand Mogda es als unwahrscheinlich, dass sich Drachen mit ihrem Futter unterhielten. Sein Trupp musste diesen Angriff durchführen, so oder so. Mogda wandte sich unbehaglich dem Kopf des Ungetüms zu. Unbehaglich deswegen, weil er wusste, dass aus dem Maul des Drachen der Odem kam, und das war auch genau die Stelle, in die ein Oger aufrecht hineinpasste, um gefressen zu werden. Mit beängstigender Entschlossenheit zielte Mogda auf das Auge. Der noch etwas benommen wirkende Drache überraschte ihn durch eine ruckartige Aufwärtsbewegung des Kopfes, die Mogdas Angriff vereitelte. Die Spitze seiner Hellebarde drang in den Boden ein.

Dann überschlugen sich die Ereignisse.

Die Schwanzspitze des Drachen peitschte seitlich unter seinem

Körper heraus und fand noch genug Bewegungsspielraum, um zwei Oger von den Füßen zu heben. Sie landeten halb benommen und mit einigen gebrochenen Rippen zwischen den gespannten Tauen. Mit der vorderen rechten Kralle packte das gigantische Wesen die Spitze von Matschas Hellebarde und stützte seinen Körper darauf ab. Matscha versuchte, sie ihm zu entreißen, ohne den Schaft zu zerbrechen, doch unter dem Gewicht des Drachen hätte er auch an einem Baum rütteln können. Zwei Lindwürmer stießen aus der Luft frontal auf den Drachenkopf zu, während sich der dritte daranmachte, einen Flügel des Untiers zu bearbeiten, der unter den Seilen einen Weg in die Freiheit gefunden hatte. Panisch versuchte das geschuppte Wesen, die Möchtegerndrachen abzuschütteln. Unterdessen stach Mogda wieder mit der Waffe nach dem Drachen. Dessen Körper blähte sich auf, und kurz darauf stieß er einen Feuerstrahl aus seinem Maul. Der eine Lindwurm konnte dem Strahl ausweichen, der andere hingegen wurde voll getroffen. Ein gewaltiger Feuerball hüllte das Tier ein. Es kreischte entsetzlich im Todeskampf. Das Feuer um den Lindwurm hielt sich nicht lange, da es keine weitere Nahrung fand. Mit vollkommen zerfetzten und versengten Flügeln, zwischen denen man die filigranen Knochen sehen konnte, stürzte er tot zu Boden. Der Drache versuchte, sich nach oben zu drücken und spannte dabei die Seile um sich so stark an, dass einige der Anker losrissen und wie Geschosse auf die Angreifer zugeflogen kamen. Ein Anker knallte gegen Mogdas Schulter, und ein weiterer Oger wurde am Hinterkopf getroffen und taumelte ziellos umher.

Der Drache fauchte. Nicht etwa so, als ob er in ernster Gefahr wäre, eher wie jemand, der sich gestört fühlte und wollte, dass der andere ihn zufriedenließ, da er sonst mit ernsten Konsequenzen rechnen müsste.

Der andere Lindwurm saß mittlerweile auf dem Kopf des Drachen und malträtierte dessen Nüstern, während der Drache versuchte, mit wilden Bewegungen nach ihm zu schnappen. Die Oger, soweit noch einsatzfähig, hieben ohne Unterlass auf die Bestie ein. Die Ergebnisse ihres Angriffs waren allerdings nicht sehr ermutigend.

Mogda konnte sehen, dass sie dringend eine andere Strategie brauchten. Aber welche?

Der Lindwurm, der den Flügel bearbeitete, erzielte unterdessen einen kleinen Teilerfolg. Eine Kralle am Ende des Drachenflügels brach ab und bereitete dem Gegner anscheinend große Schmerzen. Der Drache bäumte sich mit aller Gewalt auf und schaffte es, sich aus den Seilen zu lösen. Der Kopf schnellte herum und durchtrennte den Hals des Lindwurms mit nur einem einzigen Biss. Kopf und Körper fielen getrennt voneinander zu Boden. Der Drache stellte sich auf die Hinterbeine, fauchte diesmal etwas erzürnter und trieb den nächsten Odem zwanzig Schritt hoch, direkt in den Tunnel, in dem sich eine andere Gruppe Orks aufhielt. Die Unterseite seines Körpers war farblich ein wenig matter und die Schuppen kleiner und dünner als die auf seinem Rücken. Leider war diese Beobachtung nur möglich, wenn man vor einem aufgebrachten fünfzehn Schritt hohen roten Drachen stand, der im Begriff war, wahllos alles zu töten, das sich in seiner Reichweite befand. Eine Pranke fuhr auf Mogda herab. Er rollte sich seitlich weg und entkam nur um Haaresbreite den mächtigen Klauen. Aus der Hocke heraus vollführte er einen weit ausholenden Schlag und ritzte mit der Pike der Hellebarde eine kleine Wunde in die Bauchdecke des Drachen.

»Ihr müsst ihn an der Unterseite treffen, dort ist er verwundbar«, schrie Mogda wild, als er verstand, was er eben getan hatte.

Doch das Kommando kam zu spät. Mit einem Satz erhob sich der Drache in die Lüfte. Sofort stießen aus den anderen Kampfgruppen die Lindwürmer auf ihn herab und bedrängten ihn, jedoch ohne großen Erfolg. Mogda sah einen Drachen an ihrem Plateau vorbei in die Tiefe stürzen. Das Tier hatte mehrere Hellebarden in seinem Rachen stecken. Ihr Gegner tanzte unterdessen hundert Fuß über ihnen mit den Lindwürmern und war für sie unerreichbar. Die Lindwürmer hatten kaum eine Chance gegen ihren übermächtigen Gegner. Sie wurden im Flug von den Luftverwirbelungen seiner Flügel hin und her geschleudert.

Mogda nahm drei Seile wahr, die zwischen dem Flügelansatz und dem Hals des Drachen herunterhingen und über den Boden schleiften. An einem Ende befanden sich noch die Ankerhaken, die laut klirrend auf dem Fels tanzten.

Das war die Lösung.

»Schnappt euch die Seilenden und zieht sie durch die Ösen der Ankerhaken. Los, beeilt euch!«

Mogda stürmte vor und griff dabei nach einem Seil, dann zog er daran, um den dazugehörigen Haken ausfindig zu machen. Die anderen Oger standen da und beobachteten sein Tun, ohne es jedoch nachvollziehen zu können.

»Setzt euch in Bewegung, ihr Trottel«, schrie er sie an.

Es dauerte zwar einen Moment, doch dann folgten sie seinem Beispiel. Bei jeder Handbewegung rief er ihnen zu, was er machte, um sicherzustellen, dass sein Plan funktionierte. Matscha und ein anderer Oger folgten seinen Anweisungen bis ins kleinste Detail, ohne offenbar auch nur den geringsten Sinn in den eigenen Handlungen zu erkennen. Im Kampf verließen sie sich nur auf ihre Stärke. So etwas wie Taktik oder Strategie war ihnen fremd.

»Jetzt zieht an den Enden und lasst uns die Seile an dem Felsblock dort verzurren.« Er zeigte auf einen riesigen Felsen am Rand des Plateaus. Auf dem Weg dorthin zogen sich die Haken in die Höhe und bildeten eine Schlaufe um den Hals des Drachen, die sich immer weiter zuzog.

»Befestigt die Seile so, dass sie nicht abrutschen können«, befahl er.

»Ihr da, helft uns!«

Die anderen drei Oger, die noch einsatzfähig waren, standen in der Mitte und reckten ihre Waffen in die Höhe, ohne auch nur zu begreifen, dass sie von diesem Kampf ausgeschlossen waren, solange sich der Drache in der Luft befand. Bei keinem von ihnen handelte es sich um Kriegsoger, und so waren sie mit der sich schnell verändernden Situation im Kampf schlicht überfordert. In einem normalen Gefecht mit meist körperlich unterlegenen Gegnern reagierten sie mehr, als dass sie agierten. In einem Kampf wie diesem kamen sie meist ums Leben.

Die Seile waren befestigt. Mogda stemmte sich gegen den Felsen.

»Und jetzt drückt!«, schrie er, während er gleichzeitig sein ganzes Gewicht auf das Seil legte. Das war etwas, was Oger am besten konnten. Einfache Handbewegungen mit viel Kraft ausführen. Die sechs Oger zusammen brachten es fertig, den Stein aus seiner Position zu befreien und ihn zum äußersten Rand des Plateaus zu bewegen.

»Stopp! Habt ihr eure Waffen? Wenn der Drache gleich wieder landet, stecht ihm in die Unterseite, da ist er verwundbar«, wies Mogda die anderen an.

Es genügte nur noch ein kleiner Schubs, und schon stürzte der Felsbrocken in die Tiefe. Sie rannten los. Dorthin, wo der Drache vermutlich niedergehen würde. Dieser war gerade dabei, einen Lindwurm im Maul hin und her zu schleudern, als sich die Schlinge um seinen Hals zusammenzog. Das Gewicht des Felsens und seine Ruckartigkeit ließen den Kopf des Drachen zurückschnellen und brachten ihn ins Trudeln. Er stürzte ab.

»Runter! Waffen aufstellen!«, waren die letzten Kommandos, die Mogda geben konnte, bevor sie von dem massigen Körper des Drachen begraben wurden.

Ein Eimer übelriechendes Wasser und die Worte »Aufstehen, keine Zeit zum Ausruhen« ließen Mogda wieder langsam zu sich kommen.

»Was ist passiert?«, fragte er die leicht verschwommene Silhouette Matschas.

»Wir gewonnen! Wir Drachen aufgespießt.« Matscha klang recht euphorisch, und das deutete darauf hin, dass er den Kampf unversehrt überstanden hatte.

»Was ist mit den anderen?«, wollte Mogda wissen.

»Alle Drachen tot.«

»Nein, mit unserer Truppe.«

»Äh, ja, zwei vielleicht tot«

»Was heißt vielleicht?« Mogda richtete sich in der Pfütze stinkenden Wassers auf.

Matscha deutete auf den Drachenkadaver. Er klatsche die Hände vertikal zusammen und öffnete Handballen und Daumen langsam wieder.

Die Oger wurden dazu abgestellt, die Kadaver der Drachen aus der Höhle zu schaffen. Es bedurfte zehn oder mehr Oger, die Leichname zu bewegen. Fuß um Fuß wurden sie an die Ränder der Plateaus gehievt und in die Tiefe gestürzt. Am Grund der Höhle waren die Tunnel wesentlich breiter und der Weg ins Freie um einiges kürzer. Nachdem alle Drachen unten lagen, begannen die Oger mithilfe der Seile und Ankerhaken, über die Plateaus zum Grund der Höhle zu klettern. So, wie die Drachen dalagen, hatten sie nichts Anmutiges mehr. Nichts von ihrer Magie war übrig. Sie waren einfach nur die sterblichen Überreste einer einst herrschenden Rasse, die zum falschen Zeitpunkt ein Nickerchen gemacht hatten. Mogda hatte das Gefühl, dass dieser Augenblick nicht so spurlos an ihnen vorübergehen würde. Dieser Kampf würde nicht vergessen werden. Nicht wie eine Auseinandersetzung mit einem Bauern um ein Stück Vieh oder eine sinnlose Schlacht um ein Stück Land und erst recht nicht wie das Erschlagen eines Ork-Truppführers im Handgemenge. Diese Schlacht würde in Erinnerung bleiben. Für immer.

Mogda trat einem der Drachen auf den Vorderlauf, griff nach einem Zeh und brach sich eine Kralle ab.

»Du zerstückeln, für besser tragen?«, fragte ihn ein Oger, der etwas ratlos dastand.

»Nein, das ist ein Andenken.«

»Wofür?«

»Damit es mich immer daran erinnert, was heute geschehen ist.«

»Du meinst, wir gut gekämpft.«

»Nicht ganz. Ich habe mal ein Sprichwort gehört«, sagte Mogda, um nicht wieder in Diskussionen zu geraten, die sich um die Fähigkeit des Lesens drehten. »Wer eine Schlacht plant, ist Heerführer. Wer in einer Schlacht kämpft, ist Krieger. Aber wer die Toten begräbt, ist Sieger. Und wir Oger begraben die Drachen, also sind wir es auch, die sie besiegt haben. Nicht irgendein Orkhauptmann oder jemand mit Tentakeln im Gesicht. Wir waren es.«

»Ja, wir Helden«, rief plötzlich ein anderer aus, nachdem ein Augenblick des Schweigens vergangen war. »Los, alle Drandenken holen!«

Wie ein Lauffeuer verbreiteten sich die Jubelschreie. Jeder machte sich daran, ein kleines Souvenir zu ergattern. Der Anblick der geplünderten Drachen, den die Oger hinterließen, war dann allerdings alles andere als heroisch.

Sie benötigten einen kompletten Tag, alle Drachen ins Freie zu bringen und unter Felsen zu begraben. Der Kampf hatte sie geschwächt, und die Arbeit war ermüdend, aber ihre Hochstimmung blieb. Andere Oger wurden dazu abgestellt, Lager für Orks in den Höhlen zu errichten, und wiederum andere mussten Löcher in den Fels treiben, wo sie die Drachen in die Tiefe gestürzt hatten. Die meisten Orks begnügten sich damit, sich auszuruhen, ihre Wunden zu versorgen und sich gegenseitig auf die Schultern zu klopfen. Am Abend des dritten Tages waren alle Aufgaben erledigt. Oger und Orks kampierten zusammen auf den Plateaus. Viele Orks wurden in den zahlreichen Tunnelsystemen untergebracht. Zudem wurden kleinere Höhlen als Unterkünfte für die Meister und Orkgeneräle hergerichtet. Es hieß, am Grund der Höhle, wo jetzt drei Schritt tiefe Löcher den Boden übersäten, entstand ein Kerker für die Gefangenen der Orks: Hüttenbauer.

Mogda, Matscha, einige andere Oger und jede Menge Orks hatten ihr Quartier auf einem Plateau kurz unterhalb des Durchbruches in der Höhlendecke aufgeschlagen. Mogda starrte nach oben in den Nachthimmel. Er war froh darüber, einen Platz ergattert zu haben, der ihm ein Gefühl von Freiheit gab. Hier spürte man den Wind genauso wie den Regen oder die Sonne. Es war eine kleine persönliche Freiheit in einem riesigen Gefängnis. Er sah den Mond, der leuchtend am Himmel stand und ähnlich gefärbt war wie der Felsen, den er tagsüber bewohnte, oder die Erde, die sich hunderte von Meilen in alle Richtungen um ihr neues Zuhause erstreckte. Einen kurzen Augenblick flackerte das Mondlicht, fast wie eine Kerzenflamme, die im Wind tanzte. Ein Kreischen, das er seit Kurzem nur zu gut kannte, durchbrach die Stille. Lindwürmer kamen! Und sie waren nicht allein.

11
Die Verfolgung

Das kleine Heer unter der Führung von Lord Felton erreichte schließlich den Fuß der Berge. Es war sechshundert Mann stark, gut ausgerüstet und seit Tagen unterwegs, ohne auch nur die geringste Chance zu haben, die Orks einzuholen. Zweihundert Mann Kavallerie, hundert Bogenschützen und dreihundert Fußsoldaten waren einfach nicht für einen raschen Vorstoß geeignet. Die Fußsoldaten in ihren schweren Rüstungen mussten regelmäßig rasten, und die sechs Proviantkarren, die bis oben hin beladen waren, konnten nur im flachen Gelände bewegt werden. Für die Querfeldeinfahrt waren sie nicht zu gebrauchen. Orks dagegen waren dafür bekannt, auch unter widrigen Umständen ein hohes Tempo vorzulegen.

Lord Felton hatte auf die Prunkrüstung verzichtet, die er bei offiziellen Gelegenheiten in Osberg trug, und hatte stattdessen die schlichtere Rüstung der Stadtwachen angelegt. Nur der dunkle Vollhelm mit der roten Feder unterschied ihn von den einfachen Soldaten.

»Nie und nimmer werde ich unsere Leute ins Gebirge führen. Die Aussicht, mit Soldaten, die für einen Stellungskrieg ausgerüstet und trainiert sind, im Gebirge gegen Orks und Oger anzutreten, ist wenig verlockend.«

»Das ist die richtige Entscheidung, Eure Lordschaft.«

Barrasch war eigentlich *Hauptmann* Barrasch, aber er legte auf seinen Titel keinen Wert, da er der Meinung war, jeder Soldat sollte sich nicht hinter seinem Rang verstecken, sondern ihn immer wieder aufs Neue beweisen. Anstatt einer Standardrüstung trug er einen schwarz mattierten Kettenpanzer mit vielen ausgebesserten Stellen. Der Panzer war nicht so schwer wie die Rüstung der anderen und erlaubte es, sich im Kampf schnell zu bewegen, bot seinem Träger jedoch auch weniger Schutz. Jemand, der mit solch einer Rüstung in den Krieg zog, war von seinen Fähigkeiten überzeugt. Lord Felton achtete die Fähigkeiten von Barrasch hoch. Noch höher schätzte er allerdings dessen Meinung als Berater. Jemand mit Barraschs Erfahrung war für jeden Herrscher eine Bereicherung.

»Meiner Meinung nach ist es eine Falle, Lord Felton. Es gibt sonst keinen Grund für die Orks, in die Berge zu ziehen. Durch ihre Gewandtheit sind sie uns so oder so überlegen, selbst mit den Kindern im Schlepp. Die Oger würden uns unter Gesteinsbrocken begraben, ohne dass wir uns zur Wehr setzen könnten. Ich glaube, sie ziehen im Schutz der Berge weiter gen Osten, bis sie zum Eingang der Steppe gelangen. Was dann geschieht, kann ich nicht sagen, aber ich weiß, dass sie im Norden des Gebirges nicht hinabsteigen können, und sich dort einzunisten, ergäbe auch keinen Sinn.«

Felton und Barrasch ritten an der Spitze des Zuges. Für einen Heerführer und seinen Berater war dies zwar normal, wenn die Truppen auf den Weg zum Schlachtfeld geführt wurden, doch bei einer Verfolgung sandte man normalerweise Späher voraus. Die Gefahr, in einen Hinterhalt zu geraten und dadurch die Anführer zu verlieren, war zu groß. In diesem Fall jedoch spielte das Tempo, mit dem sich der Trupp bewegte, eine große Rolle. Das Vorausreiten, Zurückreiten und Meldungmachen nahm einfach zu viel Zeit in Anspruch, die sie nicht hatten. Barrasch hielt es für unwahrscheinlich, dass sie in einen Hinterhalt geraten würden. Ihre eigene Truppstärke war zu groß. Orks waren zwar gute Kämpfer, aber feige. Nur eine große zahlenmäßige Überlegenheit stärkte ihren Mut.

Nach einer kurzen Rast gab Lord Felton die neuen Befehle bekannt. Das Heer bewegte sich nun ostwärts am Fuße des Gebirges entlang.

Nach zwei weiteren Marschtagen ließ Felton das Heer anhalten.

»Ich hab ein schlechtes Gefühl, Barrasch. Was, wenn wir nicht den richtigen Weg eingeschlagen haben? Was, wenn die Orks doch eine Möglichkeit gefunden haben, das Gebirge zu überqueren und jetzt die rote Steppe durchwandern?«

»Selbst dann, Mylord, würden wir ihnen nicht folgen können«, antwortete Barrasch ruhig. »Nur weil die Orks einen Weg gefunden haben, heißt es nicht, dass er auch für uns passierbar ist. Sechshundert Mann sind zwar kein riesiges Heer, aber durch ein Nadelöhr passen sie nun einmal nicht. Die Taktik, die wir verfolgen, ist angemessen. Wir sollten vermeiden, sie zu ändern, solange keine Notwendigkeit dazu besteht.«

»Wahrscheinlich hast du wie immer Recht, Barrasch.«

»Das hoffe ich, Mylord.«

Es war am späten Nachmittag, der Wind hatte etwas aufgefrischt, als Barrasch sein Pferd plötzlich zum Stehen brachte. Lord Felton ließ seinen Hengst noch ein wenig weitertrotten, drehte sich aber im Sattel um. Die Truppen reagierten sofort auf das Signal ihres Hauptmanns und blieben hinter ihm stehen. Felton wendete sein Pferd und ritt zurück.

»Was ist los?«, fragte er Barrasch, der gebannt und regungslos einen Punkt in den Bergen fixierte.

»Wir sind richtig«, antwortete er, ohne den Blick abzuwenden.

»Was gibt es?«

Barrasch deutet auf einen Punkt zwischen zwei großen Felsformationen.

»Ich kann nichts erkennen«, sagte Lord Felton. Er kniff die Augen zusammen und versuchte, in der Ferne etwas auszumachen.

»Ein Oger.«

»Ja, ein Oger. Und?«

»Kein normaler Oger, Mylord. Ein Kriegsoger in voller Montur. Er beobachtet uns.« Barrasch hatte seinen Blick immer noch nicht abgewendet, um nicht Gefahr zu laufen, den Oger aus den Augen zu verlieren.«

»Ich kenne die Gewohnheiten von Ogern nicht. Ist es denn ungewöhnlich, dass sie sich zum Schutz vor einer ganzen Armee in die Berge flüchten?«, wollte Lord Felton wissen und hob fragend eine Augenbraue.

»Für normale Oger vielleicht nicht«, erklärte Barrasch. »Dieses Exemplar ist aber kein normaler Oger. Er wurde für den Kampf ausgebildet.«

»Von wem ausgebildet?«

»Das weiß man nicht. Vielleicht von einem bösen Zauberer, einem verrückten Herrscher, einem Dämon oder vom Gott Tabal persönlich.«

»Barrasch, du hörst dich schon an wie die alte Hexe in Osberg. Findest du nicht, dass deine Fantasie mit dir durchgeht?«

»Das hoffe ich, Mylord. Ich habe in alten Aufzeichnungen von Schlachten gelesen, dass diese Oger im Kampf kaum aufzuhalten sind. Angeblich können sie selbst nach tödlichen Verwundungen noch minutenlang weiterkämpfen. Sie mähen alles und jeden nieder, der sich ihnen in den Weg stellt. Sie sind dazu geboren, zu kämpfen. Eine hoffnungslose Übermacht ist für sie nur eine Herausforderung. Es heißt, sie träumen von der endlosen Schlacht, an deren Ende ihr Gott Tabal steht und sie in seine Armee der Unauslöschlichen aufnimmt.«

»Sein Ende kann er sofort haben«, sagte Felton unbeeindruckt.

Barrasch hatte seinen Schilderungen nichts hinzuzufügen. Er stellte sich in die Steigbügel seines Pferdes, um den Truppen zu zeigen, dass es weiterging. Lord Felton ritt diesmal allein an der Spitze. Ab und zu neigte er den Kopf zur Seite, in der Hoffnung, doch noch einen genaueren Blick auf diese seltsame Kreatur werfen zu können, von der Barrasch gesprochen hatte. »So ein Unfug, ein Oger, ausgebildet und furchtlos, eine Art Ritter Tabals. Alle Kreaturen Tabals sind Feiglinge«, murmelte Lord Felton, für niemand anderen hörbar, in sein Visier.

Etwas, das auch niemand hörte, waren die zwei Worte, die der Oger oben in den Felsen murmelte: »Zu wenige.«

Zwei weitere Tage vergingen, ohne dass sie den Feind wieder zu Gesicht bekamen. Barrasch und Lord Felton redeten wenig miteinander und wenn, dann nur das Allernötigste. Jeder von ihnen wartete darauf, dass sich die Theorien des anderen zerschlugen. Aber noch wichtiger als Recht zu bekommen schien ihnen, endlich einem greifbaren Gegner gegenüberzustehen. Kurz bevor Lord Felton den Befehl zum Rasten geben wollte, kehrte ein Späher aus dem Norden des Gebirges zurück. Er berichtete von einem Feuer, fünf Meilen voraus. Ein großes Feuer, das auf ein Lager schließen ließ. Keines, wie es von ein paar Jägern gemacht würde oder von einer kleineren Karawane. Ein Feuer, groß genug, um zu zeigen: Wir haben keine Angst.

Barrasch und zwei Späher wurden abgestellt, um das Lager auszukundschaften.

»Lord Felton, das Lager ist ein Heerlager. Menschen aus Turmstein«, berichtete der Berater bei seiner Rückkehr. »Sie sind fast vierhundert Mann stark. Ich konnte nicht erkennen, unter wessen Führung sie stehen, aber es scheinen reguläre Truppen zu sein.« Barrasch blickte Lord Felton an und wartete auf eine Reaktion. Aber es kam keine. Lord Felton saß einfach nur da und starrte zu Boden. Dann blickte er auf und sah seinem Hauptmann starr ins Gesicht. »Und?«

»Außerdem haben wir Spuren gefunden, nördlich von ihnen, Orkspuren, und Spuren von Kinderfüßen.«

»Anscheinend ist Osberg nicht die einzige Stadt, die überfallen wurde«, murmelte Lord Felton, ohne eine Gemütsregung zu zeigen. Die scheinbare Kühle, die er oft an den Tag legte, überraschte Barrasch immer wieder aufs Neue. Die Entscheidungen, die sein Herr dann aber traf, zeugten von seiner Besonnenheit.

»Haben sie euch bemerkt?«

Barrasch neigte den Kopf zur Seite und verzog die Mundwinkel.

»Haben sie vielleicht Späher ausgesandt?«, erkundigte sich Lord Felton.

»Ja, drei Stück«, entgegnete Barrasch. »Blind wie die Maulwürfe, taub wie Würmer und so laut wie eine Herde Rindviecher. Sie kommen aus dem Landesinneren. Sie kennen den Gegner nicht. Sie sind schlecht ausgebildet und undiszipliniert.«

»Ja, da hast du Recht, aber momentan scheinen sie doch das gleiche Ziel zu verfolgen.«

»Ein ähnliches Ziel«, berichtigte Barrasch.

»Wir werden morgen Kontakt zu ihnen aufnehmen. Ich hoffe, wir können uns gegenseitig unterstützen. Das Land ist vereint unter König Wigold, und wir leben in Frieden. Was sollte schon passieren?«

»Nichts, Mylord«, antwortete Barrasch mit Überlegenheit in der Stimme.

Lord Felton ließ einige zusätzliche Wachen aufstellen, um sicherzustellen, dass sie nachts nicht überrascht wurden. Von den Truppen Turmsteins ging zwar keine Gefahr aus, aber Vorsicht hatte schließlich noch nie geschadet.

Die Nacht verlief ohne Vorfälle. Dennoch spürte man die Anspannung innerhalb der Truppe, besonders in den höheren Rängen. Beim Zusammentreffen zweier verschiedener Truppen kam es darauf an, das übliche Protokoll genauestens einzuhalten. Sonst gab es schnell Missverständnisse, diese führten zu Fehlverhalten, und schon war die Lage eskaliert.

Zwei Jahre zuvor hatte sich ein kleiner Aufklärungstrupp aus Lorast unter der Führung von Lord Bennit einem stationierten Heer aus Turmstein im Galopp genähert, ohne sich vorher zu erkennen zu geben. Alle zwölf Reiter wurden von Bogenschützen niedergemetzelt, bevor sie auch nur dreihundert Fuß ans Lager herankamen. Später wurden die Tatsachen dann ein wenig anders wiedergegeben. Mit den daraus entstandenen Aussagen baute man ein komplettes Lügengerüst auf, auf dem eine blutige Fehde entstand, die mehr als zweitausend Männer das Leben kostete. Und alles nur, weil eine Fahne nicht in den Boden gesteckt worden war.

Zwei Stunden vor Sonnenaufgang ließ Lord Felton sich vom Wachhabenden wecken. Er wollte sich vor dem Aufbruch des Heeres aus Turmstein mit dem anderen Befehlshaber in Verbindung setzen. Er hoffte nur, dass es sich nicht um einen Morgenmuffel handelte. Ihm war es zuwider, sich mit unfreundlichen, respektlosen und seiner Ansicht nach inkompetenten Persönlichkeiten von Rang und Namen zu unterhalten, die auch noch schlechte Laune hatten.

Sie näherten sich dem Heer von Westen. Ein Platz auf einer kleinen Anhöhe sollte ihnen für den ersten Kontakt dienen. Sie erreichten ihren Zielort eine halbe Stunde vor Sonnenaufgang. Es waren nur wenige Vorbereitungen zu treffen, diese aber mussten mit Sorgfalt ausgeführt werden. Lord Felton stieß die Erkennungsflagge von Osberg gut sichtbar in den Boden. Barrasch legte sich ein großes, mit Silberbeschlägen verziertes Signalhorn um den Hals.

Zwei weitere Offiziere kümmerten sich um die Pferde. Als die Sonne hinter den Bergen emporstieg und die Ebene dahinter mit rötlichem Licht beschien, konnten sie erkennen, wie die Truppen aus Turmstein sich für den Aufbruch vorbereiteten. Lord Felton gab ein Zeichen, das Barrasch dazu veranlasste, ein lang anhaltendes Signal zu geben. Ohne auch nur einen der Soldaten zu erkennen, die fast eine Meile entfernt lagerten, wussten sie, dass nun alle Augen auf sie gerichtet waren. Unruhe brach im Lager aus. Feuer wurden hastig gelöscht, was zu einer enormen Rauchentwicklung führte, die die genaue Position der Truppen genauso gut verriet wie das Feuer selbst.

»Nutzlose Stümper«, murmelte Barrasch ärgerlich, der gerade dabei war, das Horn wieder zu verstauen. »Was nun, Eure Lordschaft?«

»Wir warten noch einen Augenblick. Sie werden uns erst beobachten. Dann wird sich einer verantwortlich fühlen, den leitenden Offizier zu verständigen, den er aber zunächst nicht finden kann. Nach einer Weile des ziellosen Umherirrens wird er ihn dann ausfindig machen. Die kurze Panikattacke des leitenden Offiziers wird von Ratlosigkeit abgelöst. Nachdem seine Berater ihm dann das formelle Vorgehen erklärt haben, er aber aus Unsicherheit dreimal nachfragen musste, wird fast eine Stunde vergangen sein.«

»Ihr kennt Euch gut aus mit den Gepflogenheiten in Turmstein, Lord Felton.«

»Kein Wunder, ich habe die ersten zwölf Jahre meines Lebens dort verbracht.«

Die zeitliche Voraussage, die Lord Felton abgab, war so präzise, dass Barrasch seiner Bewunderung mit einem militärischen Gruß Ausdruck verlieh.

Wie es das Reglement vorschrieb, näherten sich vier Reiter bis auf eine Entfernung von fünfhundert Schritt. Dann steckten auch sie ihre Fahne in den Boden und gaben ein Signal. Nun lösten sich aus den beiden Vierergruppen die Heerführer und trafen sich in der Mitte, um ihre Verhandlungen aufzunehmen.

Lord Felton sah sich einem Jüngling um die zwanzig gegenüber. Er hatte einen blassen Teint, dünnes, hellbraunes Haar und eine Nase, die an einen Vogelschnabel erinnerte. Seine Augen blickten ausdruckslos, sein Mund verriet Überheblichkeit. Sein Körperbau zeigte Lord Felton, dass der Junge weder besonderen Gefallen am Kampf noch am Essen fand. Er saß auf seinem Pferd wie jemand, der Gelassenheit ausdrücken wollte, hinterließ dabei aber nur den Eindruck, dass ihm das Gesäß vom Reiten wehtat.

»Ich bin Lord Felton aus Osberg.«

»Mein Name ist Hauptmann Tribert von Sigurt aus Turmstein. Jüngster Truppenbefehlshaber in der Militärgeschichte des Landes. Jahrgangsbester auf der Militärakademie. Mein Vater ist Lord Sigurt aus Turmstein.«

Lord Felton musste schlucken, um nicht laut aufzuschreien. Wenn die Verfolgung der Orks nicht so wichtig gewesen wäre, hätte er auf der Stelle kehrtgemacht, wäre zurück nach Osberg gezogen und hätte sich sinnlos betrunken. Er konnte es nicht fassen, wie jemand so einer Witzfigur das Leben von Soldaten anvertrauen konnte und ihn dann auch noch auf eine Mission mit echten Feinden schickte.

»Ich freue mich, Euch kennen zu lernen, Hauptmann.«

»Danke. Darf ich fragen, was Ihr so weit entfernt von Osberg sucht, Lord Felton?«

»Wir sind von der Heimat nicht weiter entfernt, als Ihr von Turmstein. Aber ja, natürlich. Wir verfolgen ein kleines Heer von Orks, die Kinder aus Osberg entführt haben.«

»Oh, das ist eine schlimme Sache.« Hauptmann Sigurt versuchte vergebens, verblüfft zu wirken. »Habt Ihr eine Vorstellung davon, warum sie die Kinder entführt haben, und wohin sie gegangen sind?«

»Nein, Ihr denn?« Lord Felton neigte den Kopf zur Seite.

»Äh ... ich? Wieso? Was haben wir damit zu tun?«

»Ich hoffe gar nichts. Aber die Tatsachen sprechen dafür, dass Ihr Euch in einer ähnlichen Situation befindet.«

»Welche Tatsachen?« Hauptmann Sigurt versuchte jetzt, zur Verblüffung noch ein wenig Empörung beizusteuern.

»Hauptmann Sigurt, wir sollten mit dem Versteckspielen aufhören und versuchen, unser Problem gemeinsam zu lösen. Ich befürchte, uns läuft sonst die Zeit davon.«

»Gut, aber die Truppen aus Turmstein befehlige weiterhin ich. Ich hoffe, Ihr könnt Euch damit abfinden.«

Wie sich nach einer Zeit der umständlichen Gesprächsführung herausstellte, gab es zwar viele Übereinstimmungen zwischen den beiden Überfällen, aber somit auch nur wenig Neuigkeiten. In Turmstein waren auf die gleiche Weise hundertzwanzig Kinder entführt worden, ebenfalls von Orks und Ogern. Sie zogen Richtung Norden, waren aber bis jetzt noch nicht wieder gesichtet worden. Sicher war nur, dass es ein anderer Trupp war.

Die beiden Befehlshaber entschlossen sich gemeinsam mit ihren Truppen bis zum Nordpass zu marschieren, um dort die Lage zu erkunden und ihr weiteres Vorgehen zu planen.

Am Abend stellte sich heraus, dass Sigurt kein besonders geselliger Mensch war. Er kauerte über einem Stapel Karten und arbeitete die ganze Nacht an vermeintlichen Strategien. Strategien, die zu kompliziert waren, um praktischen Nutzen zu erbringen.

Am Nachmittag des nächsten Tages erreichten die Truppen die Passhöhe. Ein gutes Stück vorher stoppten sie, und es wurden vier Späher losgeschickt, um den Pass und das Land dahinter zu erkunden.

Sie konnten es sich nicht erlauben, in einen Hinterhalt zu geraten. Zwei Truppen mit voneinander unabhängigen Befehlshabern wären eine gute Beute. Eine Koordination im Kampf wäre so gut wie undenkbar und die Niederlage vorherbestimmt.

Die Späher kehrten schnell zurück. Zu schnell.

Aufgeregt berichteten sie von einem Heer, das auf der anderen Seite des Passes lagerte. Vierhundert Orks und hundert Oger. Die Bewaffnung schien zusammengewürfelt – sie besaßen kaum Bögen oder Armbrüste, die es ihnen ermöglichen würden, einen Angriff der Reiterei zu stoppen. Aber das Bemerkenswerteste war, wie die Truppen geordnet am Hang in Stellung gegangen waren und auf halber Strecke zwischen ihnen eine Fahne im Boden steckte, bei der sich ein Ork und drei Oger eingefunden hatten. Die Fahne trug das Zeichen Tabals, eine brennende Burg. Kaum, dass der Bericht beendet war, ertönte ein Signalhorn. Schwer und dumpf lag der Ton in der Luft und schien kein Ende zu nehmen.

Nach einem Moment der Ratlosigkeit kamen Lord Felton und Hauptmann Sigurt mit ihren Beratern zusammen, um ihr weiteres Vorgehen abzusprechen.

»Wie kann es sein, dass sie unsere militärischen Gepflogenheiten kennen und selbst nutzen?«, platzte es aus Hauptmann Sigurt heraus. »Oder ist das nur ein Zufall?«

Barrasch hockte sich hin und sammelte einige Steine und kleine Äste zusammen. »Ein Ork in einem Kleid ist ein Zufall, fünfhundert mit Rüstungen und Waffen bedeuten Krieg.« Er verteilte die Steine auf dem Boden, um ihre Stellungen zu markieren. »Sie wollen also mit uns reden. Wir sollten sie noch ein wenig hinhalten. Dann werde ich mich mit zwei Spähern und einigen Bogenschützen an die Abordnung heranschleichen und versuchen, die Oger auszuschalten und den Ork gefangen zu nehmen. Dann können wir mehr Informationen aus ihm herausholen.«

»Auf keinen Fall«, zischte Sigurt, der mit seinem Fuß die Steine beiseitestieß. »Sie haben in allen militärischen Ehren um eine Audienz gebeten. Wir werden uns nicht wie Barbaren verhalten. Wir kommen ihrer Aufforderung natürlich nach.«

»Wir kommen was nach?«, fragte Lord Felton verdutzt.

»Ihrem Gesuch, sich mit uns zu treffen.«

»Meint Ihr nicht, es ist eher eine Falle, um die Heerführer auszuschalten?«

»Das Risiko müssen wir eingehen.«

Barrasch stutzte. »Entschuldigt, dass ich Euch wieder verbessere. Aus dem dritten Stock eines Gasthauses in einen fahrenden Heuwagen zu springen ist ein Risiko, aber ohne Heuwagen ist es Selbstmord.«

Sigurt grinste. »Sich Ehre und Anstand zu bewahren, bedarf Kraft und Mut. Beides scheint nicht zu Euren Stärken zu gehören.«

Lord Felton musste diese Auseinandersetzung zwischen den beiden dringend beenden. Er hatte keine Lust, sich bei Lord Sigurt für die Blessuren seines Sohnes zu entschuldigen.

»Ganz ruhig. Ich habe einen Vorschlag zu machen. Die Späher haben berichtet, dass der Ork kein Rangabzeichen trägt.«

»Na und?«, fuhr Sigurt dazwischen. »Trotzdem halten wir den Kodex ein.«

»Ja natürlich, aber wir sind nur dazu verpflichtet, einen ranggleichen Soldaten zu schicken. Nehmt einfach einen vertrauenswürdigen Zwischenhändler aus Euren Reihen und stellt ihm drei gut bewaffnete Kämpfer zur Seite.«

Nach kurzem Nachdenken nickte Sigurt zum Zeichen, dass er einverstanden war. Er unterstrich aber nochmals, dieser List nur aus Sorge um seine Truppe zuzustimmen und nicht aus Feigheit.

Obwohl allen diese Lösung gut erschien, machten der Unterhändler und die drei Soldaten keinen allzu erfreuten Eindruck.

Sie wurden auf Pferden der anderen Abordnung entgegengesandt. Dies machte ihren Auftritt im Schatten der Oger ein wenig pompöser und würde bei einem schnellen Rückzug helfen.

Barrasch, Felton und Sigurt beobachteten die Szenerie von der Passhöhe aus. Sie hatten Deckung hinter einigen Felsbrocken gefunden. Barrasch holte einen kleinen, flach geschliffenen und durchsichtigen Stein aus einer Holzschatulle. Angespannt kniff er ein Auge zusammen, und mit dem anderen blickte er durch das Kleinod.

»Oh, Ihr habt einen Sehstein von den Zwergen bekommen«, rief Sigurt entzückt aus. »Ich hab schon viel von der Edelsteinkunst der Zwerge gehört. Ob Ihr mir wohl gestatten würdet, mich selbst einmal davon zu überzeugen?«

Wortlos überließ Barrasch ihm den Stein.

Sigurt machte in der Hocke kehrt und lehnte sich mit dem Rücken gegen den Felsen. Nun starrte er nach Süden in die grünen Täler Nelbors.

»Hauptmann Sigurt«, Barrasch tippte ihm auf die Schulter, »der Stein ist wahrhaft ein Meisterwerk, um Dinge zu vergrößern, aber man kann damit nicht um die Ecke sehen. Ihr schaut in die falsche Richtung.«

»Das weiß ich wohl. Ich wollte ihn nur erst einmal ausprobieren. Vielleicht hätte ich Turmstein erkennen können.«

»Das wird Euch nicht gelingen. Es kann nur Dinge vergrößern, die man sieht. Turmstein ist zu weit weg.«

Sigurt drehte sich wieder um und versuchte die Szene unten am Pass einzufangen. Ohne den Stein war das Zusammentreffen kaum auszumachen. Die Gestalten waren nur kleine schwarze Punkte auf dem Geröllpfad.

»Hoffentlich verhalten sich die vier auch korrekt«, brummte Sigurt. »Sie haben schließlich keine fundierte Ausbildung genossen wie ich.«

Barrasch und Felton rollten mit den Augen.

»Oh nein«, schrie Sigurt, stand auf und ließ den Stein fallen. »Diese ehrlosen Kreaturen Tabals! Dafür werden sie büßen.«

»Was ist passiert?«, schrie Lord Felton, während Barrasch nach dem Edelstein im Geröll suchte.

»Sie haben sie getötet. Ach, was sage ich … hingemetzelt.« Ohne noch eingreifen zu können, gab Hauptmann Sigurt das Signal zum Angriff seiner Reiterei, die sich gleich darauf in Bewegung setzte.

»Nicht, Hauptmann – was macht Ihr? Ihr schickt noch mehr Männer ins Verderben.«

»Ihr könnt hier ruhig hocken bleiben wie ein altes Waschweib. Meine Truppen werden diese Kreaturen auseinandertreiben wie Vieh.«

Lord Felton schüttelte den Kopf. »Nein, sie werden Eure Truppen schlachten wie Vieh. Ich kann meine Männer nicht sinnlos in den Tod schicken.«

Barrasch fand den Stein gerade in dem Augenblick wieder, als die rund hundertzwanzig Reiter an ihnen vorbei ins Tal galoppierten.

Er wischte das Kleinod ab und sah hindurch.

»Der Unterhändler konnte flüchten. Er rennt gerade den Reitern entgegen«, kommentierte er. »Der Ork und die drei Oger schlagen noch immer auf die Überreste der Pferde und Soldaten ein. Ihr Heer teilt sich. Die Oger rücken weiter vor. Sie sind bewaffnet mit … äh, was ist das … äh … o Gott, sie haben Bolas.«

»Was sind denn nun schon wieder Bolas?«, fragte Hauptmann Sigurt gereizt.

Während Barrasch weiter beobachtete, erklärte Lord Felton: »Bolas sind kleine Gewichte mit einer Schnur dazwischen. Wenn man sie wirft, wickeln sie sich um den Hals des Opfers und strangulieren es, oder sie wickeln sich um die Beine und bringen es zu Fall.«

»Meine Reiter lassen sich doch nicht durch Steinschleudern aufhalten.«

»Doch«, sagte Barrasch, »wenn jeder dieser Steine dreißig Pfund schwer und mit einer fünf Schritt langen Eisenkette verbunden ist.«

Barrasch fuhr mit seinen Schilderungen fort, während Hauptmann Sigurt missmutig an seinem Brustpanzer zupfte.

»Die Reiter sind bis auf zweihundert Schritt heran. Die linke Flanke bricht etwas aus. Schwieriges Gelände. Die Oger schwingen die Bolas.«

Barrasch riss den Stein vom Auge. »Bei den Göttern, gebt das Signal zum Rückzug. Wir haben schwere Verluste im ganzen Trupp.«

»Sie … sie können es immer noch schaffen«, stotterte Sigurt.

Barrasch riss der Geduldsfaden. Er packte den Hauptmann am Kragen und schüttelte ihn. »Eure Reiter können gar nichts mehr schaffen. Mit der ersten Angriffswelle habt Ihr die Hälfte der Leute verloren. Die, die nicht von den Ketten mitgerissen und von den Nachfolgenden zertrampelt wurden, liegen unter den eigenen Pferden begraben. Die restlichen Reiter sind wild im Tal verstreut und versuchen, ihre Pferde unter Kontrolle zu halten. Wenn die Oger nachsetzen, bevor Ihr den Rückzug befehlt, verbringt Ihr die nächsten Wochen damit, Kondolenzschreiben aufzusetzen.«

Sigurt hob zitternd das Horn. Die Angst stand ihm ins Gesicht geschrieben. Er setzte das Horn an, aber der einzige Ton, den er aus dem Instrument lösen konnte, hörte sich an wie der Brunftschrei eines altersschwachen Hirsches. Barrasch entriss ihm das Horn und blies das Signal zum Rückzug.

Von hundertzwanzig Reitern schafften fünfzig die Flucht. Was mit den anderen geschah, konnte man nur erahnen. Das Abschlachten der Übrigen mithilfe des Sehsteins zu beobachten, überstieg ihre Kräfte. Außerdem musste der geordnete Rückzug befohlen werden.

Sie zogen sich fünf Meilen ins Hinterland zurück und ließen dort die Verwundeten notdürftig versorgen. Die Moral der Männer ließ keinen Gegenangriff zu, und auch keiner der Offiziere war dazu bereit, noch mehr Männer zu opfern.

Lord Felton ging zwischen den schweigend dasitzenden Offizieren auf und ab. »Ich konnte keine Kinder entdecken. Anscheinend haben sie sie weiter in die rote Steppe geführt. Wir brauchen mehr Soldaten und bessere Ausrüstung für so einen Vormarsch. Es wird das Beste sein, wir informieren König Wigold und holen uns seine Unterstützung. Zusammen mit den anderen Heeren der Lords und den Königstruppen sollte es uns gelingen, die Kinder zu befreien und die Kreaturen Tabals endgültig zu ihrem Schöpfer zu befördern. Höre ich andere Vorschläge?«

Lord Felton blickte in die Runde. Wo er hinsah, fand er stumme Zustimmung. Nur Hauptmann Sigurt hatte den Kopf zwischen seinen Händen vergraben, und eine Träne floss zwischen seinen Fingern hindurch.

12
Einzelhaft

»Du da, mitkommen!«

Obwohl Cindiel genau wusste, dass sie gemeint war, blickte sie sich ratlos nach beiden Seiten um. Die anderen Kinder saßen alle schweigend da und hielten den Blick zu Boden gesenkt. Außer ihr fühlte sich niemand angesprochen. Dann tippte sie sich mit dem Zeigefinger auf die Brust und schaute den Ork fragend an.

»Mach schon!«, befahl er.

Eigentlich konnte es nicht mehr viel schlimmer werden. Sie war entführt und beinahe von einer Lawine überrollt worden, und war nun eingesperrt in einem Berg, dicht an dicht gepfercht in einer feuchten Höhle. Was also sollte noch passieren? Sie stand auf und klopfte sich den roten Staub von der Kleidung. Cindiel ging voraus. In kurzen Abständen stieß der Ork ihr in den Rücken, um sie voranzutreiben und ihr die Richtung zu weisen. Vor allen Dingen tat er es aber, weil er es konnte. Mehrfach überlegte sich Cindiel, vielleicht einen Zauber einzusetzen, der ihn auf den Boden der Tatsachen zurückrief. Er war schließlich nur ein Ork mit wenig Verstand, der Befehle von anderen Orks ausführte. Unter allen Orks, die sie bisher gesehen hatte, gab es keinen, der nicht ziemlich minderbemittelt war. Wussten diese Kreaturen überhaupt, mit welcher Raffinesse und welchem Geschick ihre Feinde vorgehen konnten? Oder waren die Orks vielleicht gar nicht die führenden Köpfe? Cindiel fiel wieder die Gestalt ein, die sie in der Kanalisation unter Osberg gesehen hatte. Wie auch immer, sie entschloss sich, nichts zu tun, da auch ein Fausthieb von einem dummen Ork sehr wehtun konnte.

Nach einem schier endlosen Marsch durch das Tunnellabyrinth und mehreren blauen Flecken auf ihrem Rücken gelangten sie endlich ans Ziel.

Sie fand sich vor einem Ork wieder, der sich in einem Durchbruch zu einer großen Höhle positioniert hatte. Er stand breitbeinig da, die Arme in die Hüften gestützt, und trug ein aufgesetztes Lächeln zur Schau. Wenn es ein Lächeln war, denn die Narbe quer über seinem linken Auge machte es schwer, seinen Gesichtsausdruck zu deuten.

»Hallo, Kleine. Ich hoffe, du erinnerst dich noch an mich? Du hast mich in Osberg schmerzlich auf meine Verletzung hingewiesen. Ich wollte mich dafür erkenntlich zeigen. Du musst ab sofort nicht mehr mit den anderen in der kalten Höhle sitzen. Du bekommst ein Einzelzimmer.«

Cindiel erinnerte sich. Der Ork war dabei gewesen, als Hagrim angegriffen wurde. Er war der, der das Kommando hatte. Sie nannten ihn Ursadan. Anscheinend war er nicht ganz so beschränkt wie die anderen Orks. Dafür war er aber noch brutaler.

»Buuh«, stieß er aus und sprang wie ein Frosch auf Cindiel zu.

Er blieb kurz vor ihr mit eingeknickten Beinen stehen. Mädchen und Ork standen sich Auge in Auge gegenüber. Cindiel versuchte, möglichst keine Reaktion zu zeigen. Dennoch merkte sie, wie ihr die Tränen in die Augen schossen. Ein schwerer Schlag mit der Rechten traf sie am Kopf. Ihre Sinne schwanden, und sie sah nur noch das hämisch grinsende Gesicht von Ursadan. Diesmal grinste er zweifellos ...

Als Cindiel erwachte, schmerzte ihr Kiefer grauenvoll. Ihre Arme waren schwer wie Blei. Und in ihrem linken Fußknöchel brannte ein stechender Schmerz. Sie tastete vorsichtig ihr Bein ab. Schemenhaft erkannte sie langsam ihre Umgebung. Um sie herum war es dunkel und feucht, nur wenig Sonnenlicht schien von weit oben zu ihr herunter.

Offenbar hatte sie sich geirrt, als sie dachte, es könne nicht schlimmer werden.

Nun erst erkannte sie das ganze Ausmaß ihrer Situation. Sie lag in einem Erdloch, und ihr Bein war an einen Felsblock gekettet. Das Loch hatte drei Schritt Durchmesser und war ungefähr fünf Schritt tief und befand sich in einer riesigen Höhle. An den Seitenwänden ragten Plateaus in die Höhle hinein, die besetzt waren mit den Lagern der Orks. Sie hockte hier genau unter den Augen ihrer Peiniger. Ihre

Kehle schnürte sich zu, ihr Mund wurde trocken und ihre Augen feucht.

»Großmutter, ich weiß nicht, ob du mich hören kannst«, flüsterte sie. »Sooft ich konnte, habe ich Zeichen gesetzt. Ich hoffe, du hast sie erhalten. Sie müssen kommen und uns retten. Großmutter, sag ihnen, sie müssen zum Drachenberg. Hast du verstanden, zum Drachenberg! Beeilt euch, ich habe Hunger und Durst. Und ich habe Angst.«

Cindiel wusste, dass ihre telepathischen Kräfte nicht ausreichten, um richtige Botschaften zu senden, aber ihre Großmutter konnte hoffentlich ihren Gemütszustand daraus deuten und die Richtung, aus der die Nachricht kam. Vielleicht erreichten sie wenigstens Bruchstücke.

Ein Brocken Fleisch, so groß wie eine Katze, klatschte an die Felswand des Loches, blieb einen Augenblick hängen und fiel dann mit einem schmatzenden Geräusch zu Boden.

»Wenn du trinken willst, scharr eine Mulde aus. Sie läuft in etwa einer Stunde voll.«

»Das Fleisch ist roh und das Wasser ganz schmutzig«, antwortete Cindiel der Stimme, die aus einem anderen Loch zu kommen schien.

»Oh, Verzeihung, Prinzessin. Ich habe diese Schenke erst gerade eröffnet und mir fehlen noch einige Sachen. Feuer, Becher, Teller, Essforken und Messer, lustige bunte Tücher für die Tische – ach ja, und Tische hab ich auch noch nicht – Bierfässer ...«

»Schon gut. Danke«, unterbrach ihn Cindiel. »Es ist sehr nett von dir, dass du das bisschen, was du hast, mit mir teilst. Ich heiße Cindiel. Und du?«

»Mein Name ist Mogda.«

»Danke Mogda. Ich werde mich revanchieren, wenn ich mein Essen bekomme.«

»Brauchst du nicht, gib mir einfach etwas von deinem ab, wenn du was bekommst.«

»Äh, ja, oder so.«

Cindiel stupste angewidert das Fleisch an und rümpfte dabei die Nase. »Na ja, tot ist es zumindest.«

»Zum Glück«, hallte die kräftige Stimme wieder zu ihr.

»Was ist das für Fleisch?«

»Totes eben.«

»Ich meine, von was für einem Tier?«

»Drachenfleisch«, kam die trockene Antwort.

»Ich habe mich doch schon entschuldigt. Sei nicht eingeschnappt«, versuchte Cindiel ihren Mitgefangenen zu besänftigen.

Die Antwort ließ auf sich warten und fiel auch nicht wie erwartet aus. Cindiel hörte ein Krachen. Es hörte sich an, als ob man Feuerholz zerbrach. Kurz darauf flog ein Knochen in hohem Bogen zu ihr ins Loch. Sie beugte sich vornüber, um ihn genauer zu betrachten. Es sah aus wie eine einzelne Kralle von einem Huhn. Nur viel, viel größer. Cindiel stockte der Atem.

»Bei den Göttern, wir sitzen hier und essen echte Drachen! Wenn die anderen zurückkommen, wird ihnen das sicher nicht gefallen.«

»Die werden keine Probleme machen«, antwortete Mogda gelassen. »Die anderen Drachen werden auch gerade gegessen.«

»Du meinst, die Orks haben alle Drachen getötet?«

»Die Orks?«, lachte Mogda höhnisch. »Die Orks haben nur Rückendeckung gegeben. Wie ... äh, wie ... immer meine ich. Die Oger haben sie vernichtet.«

»Wieso haben sie das getan?«

»Ich habe keine Ahnung«, sagte Mogda aufrichtig.

»Schnauze da unten«, schrie ein Ork, der am Rand der Grube auftauchte und wütend ein paar kleine Steine mit dem Fuß zu Cindiel hinuntertrat. »Sonst lass ich die Löcher zur Hälfte mit Wasser füllen.«

Er drehte sich um und setzte seinen Patrouillengang fort. Dabei stieß er einige orkische Verwünschungen aus.

Stunden vergingen, in denen Cindiel lieber schwieg. Die Vorstellung, was die Orks ihr alles antun könnten, lähmte sie. Sie musste sich eingestehen, dass sie verzweifelt war. Kein Wunder, denn eigentlich war sie nur ein kleines Mädchen, das Angst hatte und auf Rettung wartete.

»Was meinst du, Prinzessin«, drang Mogdas flüsternde Stimme zu ihr, »wenn sie die Gruben mit Wasser auffüllen, ob sie es vorher etwas warm machen können, und uns ein paar von diesen duftenden Klötzen geben, mit denen man sich abreibt?«

Cindiel musste lachen. Sie hielt die Hand vor den Mund, um nicht wieder eine Wache anzulocken.

»Mogda, warum nennst du mich immer Prinzessin?«, fragte Cindiel leise, nachdem sie sich wieder beruhigt hatte.

»Ich hab letztens ein Buch gelesen, da war eine junge Prinzessin, die hat den ganzen Tag genörgelt, bis sie so leben musste, wie eine einfache Magd. Als sie wieder Prinzessin wurde, erkannte sie erst, wie gut sie es vorher gehabt hatte.«

»Die Geschichte von der vertauschten Prinzessin.«

»Ja, so hieß das Buch«, gab Mogda erstaunt zurück.

»Das ist ein Kinderbuch. Wann hast du es gelesen?«

»Im letzten Winter«, gab Mogda stolz zurück. »Eine schöne Geschichte.«

Cindiel schien ein wenig verwirrt.

»Woher kommst du, Mogda?«

»Ich komme aus dem, äh ... aus dem nördlichsten Ende des, äh ... Südwestens.«

»Na, da ist es ja kein Wunder, dass wir uns nicht kennen. Ich komme nämlich aus dem südlichen Anfang des Nordostens«, kicherte sie.

»Wieso fragt du?« Mogda schien ein bisschen verunsichert.

»Weil du dich so komisch ausdrückst.«

»Und zwar?«

»Du sagst zu einer Gabel Essforke. Du weißt nicht, was revanchieren heißt und liest Kinderbücher. Deine Stimme hört sich aber an, als ob du ein alter Mann wärst. Ist an dir noch irgendetwas, das ich wissen müsste?«

»Ich habe Gewichtsprobleme. Und jetzt sei ruhig, sonst gibt es wieder Ärger. Wir reden morgen weiter.«

Cindiel war todmüde, trotzdem konnte sie nicht schlafen. Die Hoffnungslosigkeit ihrer Situation ließ ihr keine Ruhe. Sie musste herausfinden, wozu die ganzen Kinder hier hergebracht wurden. Einer der Orks hatte von anderen Kindern in anderen Höhlen geredet, als man sie zum Berg brachte. Vielleicht hatten sie noch viel mehr Kinder in ihrer Gewalt?

Aber was wollten sie mit so vielen kleinen Gefangenen?

Kinder waren für Orkzwecke zu nichts gut. Um sie in irgendwelchen Minen arbeiten zu lassen, waren die meisten zu klein.

Hagrim sagte immer, mit Kindern gibt es nur Ärger, sie können sich nicht selbst ernähren, sie können sich nicht verteidigen, sie wollen ständig unterhalten werden und wenn sie ihren Willen nicht bekommen und anfangen zu schreien, stürmen alle Erwachsenen heran und wollen dich am liebsten lynchen …

Alle Erwachsenen stürmen heran. Das war es! Sie haben die Kinder entführt, um die Erwachsenen zu ködern. Wenn man ein Heer zur Befreiung aufgestellt hatte, würden Freiwillige über Freiwillige kommen. Ganz Osberg wäre auf den Beinen. Nein, nicht nur ganz Osberg. Wenn aus anderen Städten auch Kinder entführt wurden, kämen Tausende, ja Zehntausende.

Die Orks mussten etwas in der Hinterhand haben. Etwas, das ihnen die Sicherheit gab, die Schlacht zu gewinnen. Dieser Ort wurde nicht zufällig ausgewählt. Sie musste herausfinden, was es war. Aber wie? Solange sie hier gefangen war, hatte sie keine Möglichkeit, an mehr Informationen heranzukommen. Und selbst wenn sie eine Ahnung hätte, wie sollte sie die Menschen warnen? Sie musste hier heraus und sicher nach Osberg gelangen. Raus aus dem Loch, weg von dem Berg, quer durch die Wüste und über die Berge zurück nach Osberg. Alles allein.

Ein zwölfjähriges Mädchen.

Nein, natürlich nicht allein. Mogda würde ihr bestimmt helfen. Er würde auch ihre Warnung beim Lord bekräftigen können. Die Leute von Osberg würden vielleicht Augen machen. Ein kleines Mädchen und ein alter Mann retten eine ganze Stadt. Cindiels Gedanken überschlugen sich. Sie malte sich alles ganz genau aus. Legte sich jedes Wort für die Lordschaft zurecht und nahm in Gedanken auch schon huldvoll den Dank der Stadt entgegen. Doch bis sie ihr prachtvolles Festgewand anlegen konnte, gab es noch eine kleine Schwierigkeit: Wie kam sie aus dem Loch heraus?

Cindiel saß da und beobachtete alles, was um sie herum geschah. Nicht, dass gerade viel los war. Im Gegenteil, die meisten schliefen noch. Hier und da brannte noch ein Feuer auf den Plateaus. In regelmäßigen Abständen kam die Wache vorbei. Viermal der gleiche Ork, dann lösten sie sich ab. Der Abstand zwischen den Patrouillengängen blieb gleichmäßig. Anscheinend war es immer die gleiche Strecke. Das war zwar alles sehr aufschlussreich, änderte aber nichts an ihrem Problem.

Die Sonne hatte begonnen das Loch in der Höhlendecke über ihr rot einzufärben. Cindiel hatte die ganze Nacht kaum ein Auge zugetan. So wie es sich anhörte, gab es aber auch Leute, denen der Schlaf über alles ging. Aus der Richtung, in der sie Mogda vermutete, drang eine Geräuschkombination aus Schnarchen und Schmatzen an sie heran. Wenn sie es nicht besser gewusst hätte, hätte sie vermutet, dass dort eine komplette Bauernfamilie mitsamt Vieh schlief.

Cindiel nahm einen kleinen Kieselstein auf und warf ihn in die Richtung von Mogdas Loch. Sie hörte, wie der Stein durch das Geröll kullerte. Ein neuer Versuch. Diesmal landete der Stein mit einem dumpfen »Plock«. Kurz darauf gab es ein knirschendes Geräusch, als ob man einen Stein unter einem Mühlrad zerquetscht. Dann einen Hustenanfall und zum Schluss ein kräftiges Ausspucken.

»Verflixte Krabbelviecher.«

»Mogda, bist du wach?«, fragte Cindiel mit gedämpfter Stimme.

»Ja, mir ist irgend so ein Käfer in den Mund gefallen. Schmeckt grässlich.«

»Mogda, wir müssen fliehen. Wir müssen unsere Leute warnen.«

»Fliehen? Wohin fliehen, und wen müssen wir warnen?«

»Mogda, komm zu dir. Wir müssen natürlich nach Hause fliehen und die Menschen warnen. Die Menschen aus Osberg und aus deiner Stadt.«

Nichts rührte sich. Mogda war verstummt. Cindiel wusste nicht, wie sie das zu deuten hatte.

»Mogda, was ist?«

»Es ist bestimmt besser, du gehst allein. Zusammen fallen wir zu sehr auf.«

»Wie? Allein komme ich niemals hier weg. Du musst mir helfen.«

»Tut mir leid, Cindiel, ich kann nicht. Ich muss hier bleiben.«

»Das meinst du nicht im Ernst. Was um der Götter willen hält dich hier?«

»Genau das«, antwortete Mogda mit verbittertem Tonfall.

»Wie, die Götter haben zu dir gesagt, du sollst hier in einem Erdloch sitzen bleiben?«

»Ja, so ähnlich. Sie haben bloß nicht mit mir gesprochen, sondern zu jemand anderem.«

»Ah, nun verstehe ich. Die Priester haben dich hier hergeschickt, um uns zu retten. Du willst nicht nur mich mitnehmen, sondern alle Kinder.«

»Also, es waren nicht wirklich Priester«, druckste Mogda herum.

»Wieso, wer denn dann?«

»Dieselben, die uns hier gefangen halten. Nicht die Orks, sondern deren Herren.«

»Moment, Moment. Warte mal«, stammelte Cindiel. »Du folgst den Weisungen der Götter, die du von Leuten bekommen hast, die dich hier eingesperrt haben und verhungern lassen wollen. Du willst mir im Ernst erzählen, dass du glaubst, was sie dir sagen.«

»So ähnlich«, sagte Mogda etwas verlegen. »Und die anderen ...«

»Die anderen?«, unterbrach ihn Cindiel. »Wie viele seid ihr denn?«

Ein drohender Schatten beugte sich über das Mädchen. Das Ungewöhnliche an dem Schatten war, dass er Mundgeruch und einen feuchten Atem hatte. Mogdas Kopf ragte von dem benachbarten Loch über die Kante und strahlte Cindiel aus zwei Fuß Entfernung direkt an.

»Ungefähr tausend«, sagte er mit einem verschmitzten Lächeln.

Cindiel sog drei-, viermal hintereinander Luft ein und presste die Lippen aufeinander, um nicht loszuschreien.

»Du ... du bist ein Oger«, stotterte sie.

»Pscht, sag es aber keinem weiter.«

Mogda verschwand wieder in seinem Erdloch. Cindiel war außerstande noch einen klaren Gedanken zu fassen. Sie saß einfach nur da und starrte zu der Stelle, an der sie eben noch ein Oger angelächelt hatte.

Stunden vergingen. Keiner sprach ein Wort.

»Ah, da sind ja meine Lieblingsgefangenen.« Die Orkwache hatte gewechselt. Es war wieder der Ork, der es nicht unterlassen konnte, Steine auf sie zu werfen oder sie einfach nur zu bespucken.

»Na, Kleine, hast du schon Hunger? Ich ja. Vielleicht sehen wir uns ja beim Essen.« Er fuhr sich mit der Zunge über die Oberlippe.

»Und du, Fettsack? Das hast du nun davon. Erst sich weigern mitzukommen und dann auch noch einem Menschen beistehen. Hat aber alles nichts geholfen. Die Späher haben ihn eine Meile weiter doch zu fassen bekommen.« Er machte eine Geste, indem er mit dem Finger über seinen Hals fuhr und die Zunge schräg aus dem Mund hängen ließ.

»Du lügst«, brummte Mogda.

»Und was ist das?«, erwiderte der Ork und präsentierte einen einfachen Dolch, der in einer Lederscheide steckte, die an seinem Hosenbund befestigt war.

»Du hast was vergessen«, sagte Mogda und senkte den Blick.

»Na!«

Mogda sprang auf und riss dem Ork die Beine weg. Er stürzte rücklings auf den schmalen Grat, der zwischen den Erdlöchern verlief. Mogda kletterte aus dem Loch und saß nun neben ihm. Den einen Unterarm fest auf die Kehle gedrückt, den anderen über die Oberschenkel gepresst, starrte Mogda den Ork hasserfüllt an.

»Du hast vergessen, dass ich ständig Orks töte. Beim nächsten Mal buddelt ihr besser tiefere Gefängnisse.«

Mogda drückte zu. Der Rücken des Orks dehnte sich über den Felsen. Seine Augen wanderten verzweifelt umher. Mit den Beinen trat er unkontrolliert gegen den Felsen. Seine Arme umklammerten Mogdas kräftigen Unterarm, ohne auch nur die Spur einer Entlastung zu erzeugen. Mogda wendete immer mehr Kraft auf. Ein Krachen war zu hören, gefolgt von zweimaligem lauten Knacken. Der Oberkörper hing schlaff in Cindiels Gefängnis, während die Beine noch auf Mogdas Seite waren. Der Ork starrte mit seinen toten Augen auf Cindiel. Grünes Blut lief unter seinem Lederhemd hervor in sein Gesicht. An der Seite stach eine Rippe aus seinem Brustkorb heraus.

»Sieh nicht hin, das ist nichts für eine kleine Prinzessin. Ich glaube übrigens, wir sollten doch einen Ausflug machen.«

»Hilf mir hoch. Wir haben höchstens vier Stunden. Dann wechselt die Wache wieder. Kennst du den Weg zum Ausgang?« Cindiel schien sich mächtig zusammenzureißen, um ihre Angst zu unterdrücken.

Mogda deutete auf eins der unteren Plateaus. »Von dort bin ich gekommen.«

»Nun gut, dann ändern wir den Plan«, sagte Cindiel. »Im Moment ist dort oben zu viel los. Hier unten können wir uns erst einmal im Geröll verstecken. Sie können uns von oben nicht sehen, dafür ist es zu dunkel hier. Wir warten, bis sie sich schlafen legen, dann flüchten wir.«

»Ist das dein bester Plan? Ich hoffe du weißt, was du tust«, sagte Mogda.

»Zumindest kommt er nicht aus einem Kinderbuch ... Ach übrigens, Mogda ... danke.«

13
Befehlsverweigerung

Ursadan war stolz auf sich. Er hatte es geschafft. Er hatte die Aufgaben der Meister erledigt, und sie waren zufrieden mit ihm. Sie hatten ihm zwar ein Augenlicht genommen, aber sein Werdegang innerhalb der Orktruppen war beispiellos. Ab und zu schmerzte die Wunde im Gesicht noch. Ihm fiel auf, dass man ihm durch sein brutales Aussehen nun noch mehr Respekt zollte. Dazu mochte natürlich auch seine neue Stellung als Major beitragen. Überall, wo er auftauchte, verstummten die Orks, und seine Untergebenen blickten ihn erschrocken an, voller Angst, einen Fehler begangen zu haben. Er konnte ihnen nach Lust und Laune Befehle erteilen, egal, ob sie sinnvoll schienen oder nicht. So konnte man die Zeit zwischen den Kämpfen angenehm überbrücken. Und in der Schlacht selbst konnte Ursadan Orks, die er nicht ausstehen konnte, einfach in todbringende Situationen schicken. Gefährliche Gegner hingegen überließ er anderen, und Gegner, die Ruhm einbrachten, tötete er selbst.

Die Stellung als Major gefiel ihm ausnehmend gut, bis auf die unangenehme Aufgabe, schlechte Nachrichten und Verfehlungen zu melden. Und genau dies stand ihm gerade bevor.

Ähnlich wie in der Anlage unter dem Grindmoor gab es hier ein Labyrinthsystem, und die Kammern der Meister befanden sich unterhalb des Berges am Ende von toten Gängen. Es waren vielleicht ein Dutzend oder mehr, aber Ursadan ging immer den gleichen Gang entlang, zum selben Zimmer. Und er sprach immer mit demselben Meister. Er nannte ihn nur Meister, da der richtige Name seines Herrn nicht auszusprechen war. Der Meister hatte ihm einmal erklärt, dass die, die seinen Namen benutzten, mit ihm redeten, ohne ihre Lippen zu bewegen. Ursadans Vorstellung davon reichte nicht weiter als das Bildnis eines Orks, der mit geschlossenem Mund versuchte, Wörter zu formen. Von Gedankenübertragung hatte er noch nie gehört.

Er stand vor der schweren Eichentür und sah an seiner Uniform herunter. Schlechte Nachrichten waren das eine, Disziplinlosigkeit etwas anderes. Er ballte die Faust und wollte gerade anklopfen, da verließ ihn der Mut. Er öffnete die Finger und strich vorsichtig über die Bronzebeschläge der Tür, so als ob er sie reinigen wollte.

»Was ist, Ursadan?«, drang die krächzende Stimme des Meisters aus der Kammer zu ihm. »Sind deine Hände schon zu zart geworden, um an eine Tür zu klopfen? Wenn das so ist, habe ich eine Reihe an Möglichkeiten, aus dir wieder einen harten Kerl zu machen.«

Ursadans Hände verkrampften sich unwillkürlich bei diesen Worten. Er presste sie vor die Brust, wie jemand, der sich an kochendem Wasser verbrüht hatte. Aber er musste seine Angst unterdrücken. Schon allein seine Unentschlossenheit konnte den Meister erzürnen. Und das wollte er auf jeden Fall vermeiden. Laut klopfte er gegen die Tür.

»Komm schon herein, du Larve.«

Ursadan betrat die Kammer, schloss die Tür und blieb, wie gehabt, kurz dahinter stehen.

»Was gibt es zu berichten?«, fragte der Meister von seinem thronartigen Sitz aus. Der Raum war fast identisch mit der Kammer unter dem Grindmoor. Nur waren die Wände hier aus massivem Fels und nicht aus Lehm.

»Meister, zwei Gefangene sind geflüchtet und haben ihre Wache erschlagen.«

»Sie haben was?«

»Eine Wache erschlagen«, wiederholte Ursadan etwas verlegen.

»Korrigiere mich, Major. Ist es nicht so, dass die Gefangenen, unsere Gefangenen, alles kleine Kinder sind? Wen hast du denn zur Wache eingeteilt? Vielleicht einen geistig zurückgebliebenen Kriegsveteran, dessen von Krankheit zerfressener Geist von Suizidgedanken geplagt wurde?«

Ursadan gab sich alle Mühe, die Worte des Meisters zu verstehen, was ihm aber nur teilweise gelang. Schließlich suchte er sein Heil in einer raschen Antwort, von der er nur hoffen konnte, dass sie richtig war.

»Nein, Meister.«

»Nein, was?«

»Wir hatten auch einen Oger gefangen genommen«, erklärte Ursadan.

»Was hatte er verbrochen?«

»Er war ungehorsam, und er hat einen meiner Brüder getötet.«

»Tsk, tsk. Ungehorsam darf nicht geduldet werden«, gab der Meister zurück. »Und der andere Oger?«

Ursadan benötigte einen Augenblick, um zu schalten. »Der andere Gefangene war kein Oger, sondern ein Menschenmädchen.«

»Bitte sag jetzt nicht, dass du die Kleine mit den Zauberkräften meinst.« Dem Meister stand Enttäuschung ins Gesicht geschrieben.

»Doch, Meister.«

»Dann finde und töte sie. Schick die Kriegsoger aus. Sie sollen jeden Gang und jede Höhle untersuchen. Ich lasse die Lindwürmer um den Berg kreisen, falls sie schon ins Freie gelangt sind. Die Kleine darf nicht entkommen. Hast du mich verstanden?«

»Ja, Meister«, entgegnete Ursadan und blickte zu Boden. Mit dem Fuß stieß er kleine Steine vor sich her. Er stand da, wie ein Kind, das seine verpatzte Arbeit nicht zeigen wollte.

»Was gibt es noch? Ist dir irgendetwas unklar?«

»Nein, Meister. Ich habe nur Probleme mit der Befehlskette der Kriegsoger. Sie denken, sie unterstehen meinen Befehlen nicht.«

»Das stimmt auch, du Gewürm. Sie unterstehen meinen Befehlen. Und dies ist ein Befehl von mir. Aber ich sehe schon, du strebst erneut nach Höherem.«

Der Meister stand auf und öffnete eine Schublade in seinem Wurzelholzschreibtisch. Er holte einen Dolch hervor, der aus purem Silber gefertigt zu sein schien. Die Form ähnelte einem Drachenzahn.

»Wenn sie an deinen Worten zweifeln, stellen sie meine Autorität in Frage. Zeig ihnen den Dolch und sie werden wissen, dass deine Anweisungen von mir stammen. Den Dolch übergibst du ihnen. Das ist wichtig.«

»Danke Meister«, sagte Ursadan demütig.

Er beeilte sich, die Kammer zu verlassen und möglichst viel Abstand zwischen sich und den Meister zu bringen. Im Moment wäre es sicher nicht sonderlich gut, wenn jemand seine Gedanken las. Zwei Wegbiegungen später stand er da und betrachtete den Dolch in seiner Hand. Er war zirka einen Fuß lang und auf dem Griff und der Schneide waren Runen eingraviert. Abgesehen von der ungewöhnlichen Form war er schlecht ausbalanciert und zu schwer. Die Waffe war vollkommen ungeeignet für einen Kampf und außerdem war noch nicht einmal die passende Scheide dabei.

Ursadan wäre es lieber gewesen, die Befehlsgewalt über die Kriegsoger zu bekommen, als sie vorübergehend mit Geschenken zu besänftigen. Die Oger hätten ihm helfen können, alle Streitigkeiten innerhalb des Orkheers zu bereinigen. Mit ihnen hätte er seine Machtstellung verteidigen und ausbauen können. Es wäre nur eine Frage der Zeit gewesen, bis man ihn zum Oberst oder sogar zum General gemacht hätte. Ursadan seufzte angesichts all dieser verpassten Möglichkeiten.

Die Kriegsoger lagerten auf einem Plateau in halber Höhe. Sie hatten die ganze Lagerstätte für sich allein. Niemand anders wollte mit diesen Kreaturen in näheren Kontakt kommen. Insgesamt musste es um die fünfhundert von ihnen geben. Ursadan kannte aber nur die zwölf, die mit ihm von Zeit zu Zeit auf Mission gingen. Rator war ihr Anführer, und er war ihm ein ständiger Dorn im Auge. Doch diesmal würde es anders laufen, schwor sich Ursadan.

Bevor er auf das Plateau hinaustrat, steckte er den Dolch hinten in den Bund seines Schienenpanzers. Er würde diesen aufgeblasenen Fleischbergen schon zeigen, wer hier das Sagen hatte.

»Hier sieht es aus wie in einer stinkenden Trollhöhle«, schrie er, als er ins Lager trat.

Rator stemmte seinen massigen Oberkörper von seinem provisorischen Lagerplatz hoch und sah Ursadan geringschätzig an. Dann blickte er im Lager umher.

»Du Recht, Urselkrank. Wir essen, dann du hier sauber putzen.«

Das löste einen wahren Heiterkeitssturm aus. Ein Oger, der gerade zum Trinken angesetzt hatte, prustete eine Fontäne aus Mund und Nasenlöchern. Ein anderer griff vor Lachen aus Versehen in die heiße Glut des nächtlichen Feuers, was die anderen zu noch mehr Gegröle veranlasste.

»Schnauze, ihr verkommener Haufen von Nichtstuern! Ich habe eine Aufgabe für euch, die sofort erledigt werden muss. Das ist ein Befehl«, schrie Ursadan, der es hasste, wenn man seinen Namen falsch aussprach.

Langsam kamen die Oger wieder zur Ruhe. Ursadan spürte dennoch die tiefe Verachtung, die sie für ihn empfanden. Er musste ihnen unbedingt Respekt beibringen.

»Zwei Gefangene sind geflüchtet. Ihr müsst sie finden und töten. Sie sind wahrscheinlich noch hier.«

»Wir sollen machen, für zwei Kinder? Warum nehmen nicht Orks?«

»Weil es keine Kinder sind. Der eine ist ein Oger, und die andere ist die kleine Hexe, mit der du unter der Lawine begraben wurdest.«

Rator starrte ihn unbeeindruckt an.

»Wir nicht töten Oger. Wir nicht töten Kinder. Du machen lieber selbst, wenn du trauen, Urmeldann.«

Das war genug des Spotts. Ursadan stürmte laut schreiend auf Rator zu. Rator blieb unbeteiligt auf seinem Lager sitzen und nahm noch nicht einmal eine abwehrende Haltung ein. Ein unbewaffneter Ork konnte einem Oger genauso viel anhaben wie eine Mücke einem Panzerschuh. Als Ursadan ihn erreicht hatte, stoppte er ruckartig ab und trat dem Oger mit dem Fuß vor die Brust. Rator fing den Tritt mit einer Hand ab und lächelte. Der Ork zückte den Dolch, den er vom Meister bekommen hatte und rammte ihn mit den Worten »Jetzt ist es ein Befehl von den Meistern selbst« in den Oberschenkel seines Gegners. Rators Lächeln hielt an, doch in seinen Augen konnte man Entsetzen erkennen. Entsetzen darüber, dass er jetzt dazu gezwungen war, den Orkmajor zu töten, um vor seinen Leuten nicht das Gesicht zu verlieren.

Aber es geschah nichts. Die anderen Oger waren starr vor Schreck. Rator und Ursadan blickten sich entgeistert an. Die Hände des Ogers verkrampften sich. Auf seinem Handrücken traten die Adern hervor und verfärbten sich schwarz. Die schwarzen Linien krochen wie Schlingpflanzen immer weiter seinen Körper hinauf und bedeckten ihn nach kurzer Zeit vollständig. Seine Atmung wurde flacher, aber die Spannung wich nicht aus seinem Körper. Er saß da wie versteinert.

»Tabals Dolch«, rief einer der Oger, der näher gekommen war.

»Er werden wie Fels. Tabals Fluch!«

Ursadan stand noch immer regungslos da. Er wusste, er hatte einen Fehler gemacht. Doch die Oger waren selber schuld, sie hätten ihn nicht herausfordern dürfen.

»Ja, so ist es. Wer sich gegen den Willen Tabals stellt, wird seine Rache zu spüren bekommen. Ihr habt eure Befehle. Nun seht zu, dass ihr nicht genauso endet.«

Er ließ den Dolch stecken und verließ fluchtartig das Lager.

Die Oger standen da und blickten auf ihren Anführer. Rator war kaum wiederzuerkennen. Die schwarz verfärbten Adern und der ausdruckslose Blick ließen ihn einer Statue gleichen, seine Haut sah aus wie ein Mosaik aus geädertem Stein.

»Du meinen, ist Dolch von Tabal?«, fragte ein Oger.

»Sicher«, antwortete ein anderer, »du nicht sehen, was gemacht aus ihm?«

»Kruzmak, was du denken?«

Kruzmak, der mit Rator zusammen unter der Lawine gefangen gewesen war und mit angesehen hatte, wie Megor starb, begann, seine Ausrüstung einzusammeln.

»Schlechte Zeit zum Denken. Megor tot in Lawine, Rator versteinert von Tabal. Ich gehen los und suchen kleine Hexe. Einer bleiben hier bei Rator und dem Dolch, andere kommen mit.«

Kruzmak hatte das Kommando übernommen. Er war seit Jahren der beste Freund von Rator. Außerdem war keiner in der Stimmung einen Kampf um die Führung auszufechten. Die anderen Oger folgten seinem Beispiel und schnallten ihre Ausrüstung um.

Als sie ihr Lager verließen, drehte sich Kruzmak noch einmal um und sah zu Rator hinüber. »Wir bald wieder da. Entweder bringen mit Hilfe oder Willen von Tabal.«

Sie waren zu neunt und teilten sich in drei Gruppen auf. Kruzmak, Druk und Brakbar begannen mit der Suche unten bei den Gefängnissen, während die anderen die zahllosen Gänge durchkämmten.

Die drei betraten die Haupthöhle. Nicht weit von ihnen stand ein Ork, gelangweilt auf seine schwere Doppelaxt gelehnt. Hier unten war wenig von der hektischen Betriebsamkeit, die auf den Plateaus herrschte, zu spüren. Das Licht, das durch die Höhlendecke fiel, hatte hier unten kaum noch Kraft. Es roch muffig, und trotz der vielen Ein- und Ausgänge stand die feuchte Luft in der Kaverne.

Der Ork bemerke die Oger erst, als sie bereits fast vor ihm standen.

»Was habt ihr hier zu suchen? Hier darf niemand ohne ausdrücklichen Befehl rein.«

»Wir haben Befehl. Befehl von Major Ursadan.«

»Ah, dann hat er euch geschickt, um die Gefangenen zu suchen.«

Der Ork erhielt keine Antwort. Kruzmak und die anderen gingen einfach an ihm vorbei. Sie hielten direkt auf die Gruben zu, in denen die Gefangenen saßen.

»Wo andere Gefangene?«, rief Kruzmak dem Ork zu.

»Wir haben keine weiteren Gefangenen«, antwortete der Ork mit einer Selbstverständlichkeit, die keine weiteren Fragen duldete.

Leider besaß Kruzmak die Gabe nicht, etwas aus dem Unterton seines Gesprächspartners herauszuhören.

»Keine weiteren Gefangenen? Ihr habt entkommen lassen alle? Wozu du noch hier, wenn keine Gefangenen?«

»Ich habe meine Befehle«, rechtfertigte sich der Ork.

Brakbar sprang in eine der Gruben am Rand. Kruzmak sah zu ihm herunter und fragte: »Spuren?«

»Ja, hier Oger und dort Mädchen.« Er legte den Arm lässig über den Steg in die Nachbargrube.

»Sie gegessen Drachenfleisch roh und Wasser aus Pfütze getrunken. Mädchen an Stein gekettet, Oger nicht.«

Kruzmak wandte sich wieder dem Ork zu. »Wie habt ihr Oger festgemacht?«

»Der Oger war nicht angekettet. Er saß nur so da. Wir haben hier keine Ketten, die Oger nicht zerreißen könnten.«

»Gut ich wissen«, brummte er dem Ork entgegen.

Kruzmak rief die anderen beiden zu sich und entfernte sich ein Stück von der Orkwache.

»Dummköpfe, geben Oger nicht zu essen, nur Fleisch von Bestie und faules Wasser. Kein Wunder, sie geflüchtet. Ich spüre, beide noch in Halle. Wenn Oger klug, hier verstecken bis Nacht und dann durch Tunnel gehen. Wir müssen haben jetzt, wir brauchen Mädchen. Ich zeige, sie vertrauen können, dann kommen mit uns.«

»Der Ork wird melden«, warf Brakbar ein. »Ich werde ablenken.«

»Warten!«, rief Kruzmak ihm hinterher

Brakbar ging mit ruhigen Schritten auf den Ork zu. Er umkreiste ihn zweimal und blieb dann hinter ihm stehen. Der Ork behielt Brakbar verunsichert im Auge und wandte sich ihm gleich zu.

»Du toten Ork kennen?«, fragte Brakbar.

»Nicht besonders gut.«

»Du schöne Axt.«

»Ja, hab ich einem Zwerg abgenommen, den wir für die Trolle in den Bergen gefangen haben.«

»Nicht zu klein für dich?«

»Nein, die Zwerge führen sie mit zwei Händen aber ich kann noch einen Schild tragen.«

»Gutes Metall das ist.«

»Ja, das beste. Man muss es so gut wie nie nachschleifen. Und es hat schon viel mitgemacht, wenn du weißt, was ich meine.«

»Ja, du guter Kämpfer. Für mich zu klein deine Waffe.«

»Du bräuchtest zwei von den Dingern, aber dann wärst du unschlagbar.«

»Darf ich halten Axt?«

Der Ork war ein wenig skeptisch. »Klar doch. Wir sind ja schließlich so was wie ... äh, Brüder.«

Er gab Brakbar die Axt. Sie war eindeutig zu klein für ihn. Er balancierte sie aufrecht auf einem Finger und tänzelte damit umher, bis er sicher war, die Aufmerksamkeit des Orks gebannt zu haben.

Er ließ die Axt in die Hand zurückgleiten und vollführte einen kraftvollen Schlag diagonal auf den Hals des Orks zu. Die Axt trat mit voller Wucht in die Schulter ein und kam erst in der Mitte des Brustbeines zum Halten. Der Ork hatte seinen Gesichtsausdruck kaum verändert. Seine Augen zuckten weiter hin und her, als ob er noch immer den Oger beobachtete. Er brach zusammen, ohne einen Laut von sich zu geben.

»Du gesagt, du nur ablenken«, rief Kruzmak Brakbar entsetzt zu.

»Er hat gesagt wir Brüder«, rechtfertigte dieser sich

»Und?«

»Ich hasse Bruder. Nun kleine Hexe sehen, wir Freunde, weil Ork getötet.«

»Oder denkt, du dummer Oger«, winkte Kruzmak ab.

»Ich noch mehr gute Idee«, versuchte Brakbar sein Vorgehen weiter zu rechtfertigen. »Ich gesehen im Krieg. Wenn Menschen wollen nicht mehr Krieg, dann zeigen weißen Stoff und wedeln damit. Wie Fahne.«

»Du hast Fahne? Und Stoff?«, tat Kruzmak die neue Idee mit einem Kopfschütteln ab.

Brakbar drehte sich um und lief zum Ausgang. »Dauern nur kurze Zeit«, rief er, während er verschwand.

Kruzmak und Druk machten sich daran, den toten Ork in eine der Gruben zu werfen und ihn mit einigen Felsbrocken zu bedecken.

Dann setzten sie sich an den Rand und ließen ihre Beine in das provisorische Grab baumeln. Sie verließen sich auf Brakbar und seine Art, die Dinge anzugehen. Die Aufgaben von Kriegsogern waren meist anders gelagert. Sie befassten sich eigentlich stets mit Problemen, die nicht gelöst, sondern getötet werden mussten.

Zur allgemeinen Verblüffung war Brakbar binnen weniger Augenblicke wieder da. Er trug stolz einen Langspeer vor sich, auf dem er ein weißes Tuch gespießt hatte. Er lief zu ihnen und schwang fröhlich die Fahne, die in seinen massigen Händen eher wie ein Wimpel aussah. Auf dem weißen Tuch war deutlich ein großer dunkelgrünlicher Fleck zu sehen, der verdächtig nach Orkblut aussah. Kruzmak saß immer noch an seinem Platz und zupfte an einer Ecke der Fahne, die Brakbar schwenkte.

»Woher du hast?«, fragte Kruzmak ärgerlich

»War ein Unfall«, erklärte Brakbar achselzuckend.

»Ich nicht glaube, dass funktioniert.«

»Wohl.« Brakbar deutete auf einen Felsen, der nicht weit von ihnen im Schatten eines Plateaus beiseitegerollt wurde. Aus dem Geröllhaufen kam die massige Gestalt eines Ogers hervor. Mit einer Hand hob er ein kleines Mädchen über die Steine hinweg.

»Kleine Hexe?«, fragte Druk.

Kruzmak nickte. »Ja, das Cindiel, sie wird helfen.«

Cindiel und Mogda näherten sich langsam. Die Angst, dass es sich um eine Falle handeln könnte, ließ sie immer wieder in der Bewegung innehalten.

»Cindiel, du helfen, Rator in Schwierigkeiten. Er von Tabal verflucht«, erklärte Kruzmak aufgeregt.

»Wer ist Rator?«, fragte Mogda und sah zu Cindiel runter. »Und woher kennen die dich?«

Die Geschichte war zu kompliziert und zu lang, um sie jetzt und gleich zu erzählen. Deshalb entschloss sich Cindiel, eine Antwort zu geben, die sie schon oft von ihrer Großmutter gehört hatte, wenn sie sich ausschweifende Erklärungen sparen wollte.

»Ich hatte auch schon ein Leben, bevor wir uns getroffen haben.«

Verwirrt starrte Mogda sie an.

14
Leichte Beute

»Barrasch, wenn dein Trupp ihn in zwei Tagen noch nicht gefunden hat, kehrt ihr um und kommt zurück nach Osberg. Hast du mich verstanden? Übertriebener Ehrgeiz ist uns gerade nicht von Nutzen.«

»Natürlich Eure Lordschaft, zwei Tage, nicht mehr.«

Der Hauptmann saß auf seinem Hengst und blickte zu Lord Felton hinunter. Barrasch und sein Herr hatten sich darauf geeinigt, erst ein wenig mehr Informationen zu sammeln, bevor sie den König verständigten.

Der Hauptmann hatte sich bereit erklärt, mit zehn Kämpfern in die Berge zu ziehen und zu versuchen, den Kriegsoger, den sie auf dem Hinweg gesehen hatten, gefangen zu nehmen. Die Idee war von Barrasch selbst gekommen, der im gleichen Zuge jedoch eingeräumt hatte, einen Kriegsoger zu fangen, sei so gut wie unmöglich. Aber gerade das reizte ihn an dieser Aufgabe. Er war gespannt darauf, einen dieser Kolosse im Kampf beobachten zu können und vielleicht das Unmögliche wahr zu machen.

Er hatte sich drei Fährtenleser und neun seiner besten Soldaten ausgesucht. Barrasch hatte darauf geachtet, dass keiner der Männer zu alt war für die Strapazen. Außerdem legte er Wert darauf, dass alle freiwillig mitkamen und keine Familien hatten. Er wollte nicht daran schuld sein, Frauen ihre Männer genommen zu haben und Kindern ihre Väter. Ein Oger war zwar nicht unbezwingbar, aber das Risiko, selbst jemanden im Kampf zu verlieren war hoch. Besonders, wenn es sich um einen Kriegsoger handelte, den Soldaten Tabals.

Zwei seiner Männer, Milget und Lasan, hatte er zusätzlich mit Armbrüsten ausgestattet. Barrasch setzte auf die Durchschlagskraft dieser Waffen. Langbögen waren zwar gut für einen Stellungskrieg gegen leicht gerüstete Feinde, doch um einen Oger zu stoppen bedurfte es mehr.

Jeder einzelne von ihnen lag Barrasch am Herzen. Die meisten hatte er durch ihre Ausbildung begleitet und ihren Werdegang innerhalb der Truppe aufmerksam beobachtet. Für ihn waren sie so etwas wie seine Familie. Sein besonderes Augenmerk richtete sich auf die beiden Zwillinge Hauk und Berlok. Nicht nur, dass die beiden zu den besten Schwertkämpfern der Truppe gehörten, sie waren so etwas wie die Maskottchen der Stadtwachen. Ihre fröhliche humorvolle Art machte sie zu beliebten Ansprechpartnern und geschickten Schlichtern von Streitigkeiten. Barrasch empfand sie als Lichtblick in dem meist trüben Alltag auf Osbergs Straßen.

Sie wollten mit den Pferden so weit ins Gebirge vordringen, wie es den Tieren möglich war. Zusätzlich hatten sie noch zwei Maultiere, die vor den großen Gefängniswagen gespannt waren. In ihm wollten sie ihre Beute zurück in die Stadt bringen. Die Zeit, um jemanden in den Bergen zu verfolgen, war günstig. Das trockene Wetter sorgte für sicheren Halt auf den Felsen, und es bestand keine Gefahr durch aufsteigenden Nebel. Ein Oger hatte so gut wie keine Chance, sich im Bergmassiv zu bewegen, ohne dass man ihn aus tausend Schritt Entfernung ausmachen konnte.

Barrasch wusste, dass der Oger sich noch dort oben aufhielt. Er sollte den Rückzug der Truppen beobachten und dann Meldung erstatten – wem auch immer. Bei so vielen Tagen des Wartens musste er ein Lager errichtet haben. Wenn der Oger gezwungen war, zu jagen, hatte er sicherlich reichlich Spuren hinterlassen, denen man folgen konnte.

Sie kamen zunächst schneller voran als erwartet, und nur zwei Mal mussten sie den schweren Gefängniswagen per Hand drehen, weil er auf dem schmalen Pfad nicht wenden konnte. Am frühen Nachmittag erreichten sie einen Platz, der sonst anscheinend von Jägern als Basislager genutzt wurde. Von dort aus wurde der Weg ins Gebirge rauer, und ein weiteres Vorankommen mit den Pferden war nicht möglich. Nach Süden lag das Lager an einem Hang, der rund zwanzig Schritt in die Tiefe führte. Eine alte Feuerstelle, die mittig gelegen war, wurde von Felssteinen umsäumt. In ihr hatte schon seit Wochen kein Feuer mehr gebrannt. Zwischen einigen Felsen fand ein Späher die Reste einiger gehäuteter Tiere.

Barrasch stocherte mit einem Ast in den Knochen und Fellresten umher. »So wie es aussieht, trauen sich nicht einmal die Aasfresser in die Nähe der Kriegsoger. Ich bin ja schon froh, dass hier nur Tierreste liegen. Die Jäger haben vermutlich rechtzeitig das Weite gesucht.«

»Und hoffentlich auch gefunden«, gab der Späher zurück.

Barrasch ging zurück zur Feuerstelle. »Wir schlagen hier ein Lager auf und lassen die Pferde und den Wagen zurück. Die Zwillinge halten hier Wache, und die Späher begleiten uns auf der Jagd. Ihr werdet nach Spuren im Umkreis von hundert Schritt um uns herum suchen. Hundert Schritt und keiner mehr. Ist das klar?«

Allgemeines Gemurmel brach los.

»Ruhe! Wir veranstalten keinen Wettkampf. Ein Oger ist kein Wildschwein. Einer von euch allein hätte nicht die geringste Chance gegen ihn. Also bleiben wir zusammen. Packt jetzt eure Ausrüstung zusammen. Nehmt nur Sachen mit, die ihr zur Jagd benötigt. Der Rest bleibt im Lager. Wir werden zum Einbruch der Nacht wieder hierher zurückkehren. Hat noch jemand Fragen?«

Einer der Zwillinge meldete sich. »Warum müssen wir immer im Lager bleiben, wenn mal was los ist?«

»Hauk, wann hast du das letzte Mal in den Spiegel geschaut?«

»Vor knapp einer Woche, Hauptmann.«

»Und, hast du dich gefürchtet?«

»Nein, Herr Hauptmann.«

»Siehst du, die Pferde fürchten sich auch nicht, sie haben sich an eure Gesichter gewöhnt. So ein Oger könnte aber vor lauter Panik in die Tiefe stürzen.«

»Aber ich finde, ich sehe besser aus als Berlok.«

»Ihr seht beide gleich aus. Als die Hebamme euch geholt hat, wollte sie euch zuerst Tod und Verderben taufen. Aber eure Mutter war dagegen.«

Lautes Gelächter brach los. Selbst Hauk und Berlok lachten mit. Die Zwillinge waren nicht unbedingt hässlich, aber sie legten nicht besonders viel Wert auf Hygiene. Ihre Kleidung war schmutzig, sie rochen streng und hatten langes, ungepflegtes Haar. Aber abgesehen davon waren sie erstklassige Schwertkämpfer, wenn sie ihr Temperament im Griff hatten.

Barrasch hob die Arme. »So Leute, genug jetzt. Beruhigt euch wieder. In einer halben Stunde geht es los.«

Alle machten sich augenblicklich daran, ihre Ausrüstung zusammenzusuchen und anzulegen. Die Soldaten respektierten und mochten ihren Hauptmann. In ihren Augen war er ein Mann, der von keinem etwas verlangte, das er nicht auch selbst tun würde.

Wenig später kamen wieder alle zusammen. Barrasch blickte in die Runde.

»Hört mir gut zu. Wir werden versuchen, den Oger gefangen zu nehmen. Das bedeutet aber nicht, dass ihr euch fertigmachen lasst, ohne euch zu wehren. Wenn ihr arg in Bedrängnis geratet, kämpft um euer Leben. Er wird sicherlich kein Pardon kennen und jede Gelegenheit nutzen, euch zu töten. Wenn es möglich ist, schlagt auf seine Beine. So versuchen wir, ihn gefangen zu nehmen.«

Barrasch sah jedem einzelnen seiner Leute ins Gesicht, um ihre Entschlossenheit zu prüfen.

»Dann los.«

Der Aufstieg ging nur langsam voran. Immer wieder mussten sie Halt machen, um die Kletterausrüstung an die Nachfolgenden weiterzugeben. Sie hatten nur eine begrenzte Anzahl von Seilen und Gurten, die sie dazu zwangen, untereinander zu tauschen. Nach zwei Stunden hatten sie die Stelle erreicht, wo nach Barraschs Aussage der Oger seinen Beobachtungsposten vor einigen Tagen eingenommen hatte. Auf einem Felsen fand einer der Späher eine Anzahl von waagerechten und senkrechten Strichen. Nicht weit davon entfernt hatte jemand Essensreste und einen leeren Wasserschlauch wenig sorgfältig verscharrt.

Barrasch sah sich die Fundstücke an.

»Hier hat er gewartet. Und wie es aussieht, hat er lange gewartet. In welche Richtung ist er verschwunden?« Er sah den Späher fragend an.

Der Mann wischte einige lose Steine im Geröll beiseite und pustete danach den Staub weg. Dieses Ritual wiederholte er noch einige Male. Dann sah er schräg nach oben ins Gebirge. Er kniff die Augen zusammen und fixierte einen Punkt rund tausend Schritt entfernt. Barrasch reichte ihm wortlos den Vergrößerungsstein. Der Späher wusste, wie er ihn zu halten hatte.

»Tausend Schritt in dieser Richtung befindet sich eine Höhle im Fels, Herr Hauptmann. In die Richtung ist er gegangen.«

Der Späher gab Barrasch den Stein zurück, woraufhin er den Höhleneingang selbst in Augenschein nahm.

»Wenn er dort seine Höhle hatte, warum hat er uns nicht von dort aus beobachtet, ohne sich zu verraten?«

»Vielleicht wollte er gesehen werden«, vermutete der Späher.

»Wie auch immer. Bis zur Höhle dringen wir noch vor. Wenn wir dort nichts finden, kehren wir ins Lager zurück.«

»Und wenn wir ihn finden?«, hakte der Späher nach.

»Wenn er in der Höhle ist, könnten wir ihn ausräuchern. Das würde uns viel Arbeit ersparen. Dann wird er in Ketten gelegt und ab ins Lager mit ihm.«

»Das hört sich einfach an.«

»Ja, aber wahrscheinlich wird es nicht so einfach werden.« Barrasch zuckte mit den Achseln und verzog die Mundwinkel. Sie mussten erst einmal herausfinden, wo der Oger sich befand, bevor er herausfand, dass sie hinter ihm her waren.

Der Weg zur Höhle war für alle eine Strapaze. Sie mussten in gebückter Haltung zwischen den Felsen hindurchschleichen und darauf achten, dass ihre Ausrüstung nicht zu viel Lärm machte. Barrasch wusste, dass das vorzeitige Aufschrecken des Ogers Leben kosten konnte.

Kurz vor der Höhle verharrten sie und blieben in der Deckung der Felsen. Nichts rührte sich im Inneren. Einer der Späher schaute vorsichtig über den Fels und gab kurze Zeit später das Zeichen zum Vorrücken. Fast gleichzeitig sprangen alle auf, rannten geduckt zum Höhleneingang und postierten sich links und rechts davon. Noch immer kam keine Reaktion aus dem Inneren. Zwei Späher betraten dicht an den Fels gepresst die Höhle. Die anderen folgten in gebührendem Abstand. Die Kaverne war natürlichen Ursprungs und verlief leicht gekrümmt nach unten. Kein Laut drang aus dem Inneren. Die Luft roch nach kaltem Rauch. Im matten Licht der Dämmerung waren allenfalls noch Konturen zu erkennen. Die Späher hockten auf dem Felsboden und starrten in die Dunkelheit. Barrasch näherte sich ihnen und ging ebenfalls in die Hocke.

»Was ist?«, flüsterte er.

»Wir sind uns sicher, dass die Höhle da vorn endet und niemand hier ist.«

»Woher wollt ihr das wissen?«, fragte Barrasch. Normalerweise hinterfragte er die Aussagen seiner Späher nicht. Doch diesmal ging es nicht um Spuren im Wald oder verlassene Banditenlager. Dies war eine Höhle, in der ein Gegner sein konnte, der ihnen überlegen war. Eine Fackel zu entzünden, ihren Standort preiszugeben und höchstwahrscheinlich den Moment der Überraschung zu verpatzen, konnte schlimm enden.

Der Späher klopfte einmal leise mit einem Stein auf den Felsen.

»Das Hallgeräusch ist zu kurz für eine große Höhle oder ein langes Tunnelsystem. Wenn der Oger aber in zwanzig oder dreißig Schritt Entfernung wäre, könnten wir seinen Atem hören und ihn riechen.«

»Gut, das reicht mir. Entzündet eine Fackel.«

Man hörte das Zusammenschlagen von Feuersteinen, und kurz darauf wurde die Höhle von Fackelschein erleuchtet.

Sie sahen in das Innere. Es war nicht größer als eine Schankstube. Hier gab es nichts, was auf das Lager eines Ogers oder sonst einer Kreatur hingedeutet hätte. Und genau das war es, was die Kaverne so merkwürdig erschienen ließ. So ein Unterschlupf würde nie lange ungenutzt bleiben, ob von Bären, anderen wilden Tieren, Jägern oder den Geschöpfen Tabals. Einer der Soldaten stieß einen kurzen Pfiff aus und deutete mit dem Kopf auf einen Geröllhaufen in der Ecke. Mit gezogenen Schwertern näherten sie sich ihm. Drei der Soldaten begannen, die Gesteinsbrocken vorsichtig abzutragen.

»Da ist jemand drunter«, rief einer. »Schnell, helft mir.«

Im Nu wurden die Steine beiseitegeräumt. Zum Vorschein kam der Körper eines Zwerges, der offensichtlich tot war. Seine Beine waren augenscheinlich mehrfach gebrochen, genauso wie sein linker Arm und der Hals. Der Zwerg war über und über mit Ruß bedeckt von den Überbleibseln eines Lagerfeuers, das ebenfalls hier begraben worden war. Barraschs Männer wichen zurück, während er selbst bei dem Zwerg hocken blieb.

»Das ist kein Krieger. Er scheint eher Minenarbeiter gewesen zu sein. An seinem Fußknöchel ist der Rest einer Kette befestigt. Sie wurde durchtrennt. So wie es aussieht, hatte der Oger mehrere Zwerge in seiner Gewalt und ist jetzt mit ihnen weiter im Gebirge unterwegs.«

Barrasch schaute seine Männer an.

»Ergibt das irgendeinen Sinn? Ein Oger mit einer Schar Zwerge, weitere Orks und Oger mit unseren Kindern?«

Niemand wusste darauf eine Antwort. Barrasch entschied sich, den Oger nicht weiter zu verfolgen und ins Lager zurückzukehren. Die Zwerge, wenn sie noch lebten, waren auf sich allein gestellt.

Es war dunkel geworden, und sie hatten die Hälfte der Strecke zum Lager geschafft, als sie das Feuer bemerkten, das von dort zu kommen schien. Hauk und Berlok waren nicht dumm genug, um ein Lagerfeuer in Feindesgebiet zu entzünden, und außerdem war es dafür auch zu groß.

»Bei den Göttern! Wir müssen ihnen helfen. Beeilt euch«, wies Barrasch die Männer an.

Die Dunkelheit erschwerte ihr Vorankommen. Dennoch erreichten sie das Lager innerhalb kürzester Zeit. Sie waren dicht zusammengeblieben, und in dieser Formation stürmten sie auch den Platz. Ein fast unglaubliches Schauspiel bot sich ihnen. Der Gefängniswagen stand in Flammen. Die Maultiere, die sie davorgespannt hatten, lagen tot daneben. Eins der Tiere war schon halb verkohlt. Wohl die Hälfte der Pferde hatte sich losgerissen und Reißaus genommen. Eins von ihnen hing tot in zehn Fuß Höhe von einem Felsen. Die anderen standen mit weit aufgerissenen Augen und vor Panik zitternd am Abhang. Sämtliche Ausrüstungsgegenstände waren quer durch das Lager verteilt. Am Feuer saß ein Oger auf dem Wasserfass des Gefängniswagens und hatte Hauk und Berlok auf seinem Schoß sitzen. Er hielt die beiden Kämpfer am Genick fest und bewegte ihre Körper so, als ob er sich angeregt mit ihnen unterhalten würde. Hauk hatte eine tiefe Wunde in der Brust, die ihn sofort getötet haben musste. Berloks Rüstung war voller Blut, das bis auf die Beinschienen lief. Sein Hals war so weit durchtrennt, dass der Kopf nur noch durch den Griff des Ogers gehalten wurde.

Barrasch und seine Krieger standen mit gezogenen Waffen und den Armbrüsten im Anschlag da. Der Oger rückte auf dem Fass herum und drehte die Körper von Hauk und Berlok so, dass sie auf ihre Kameraden blickten.

»Hilfe, Hilfe!«, sagte der Oger mit piepsiger Stimme und bewegte Hauk dabei so, als ob er sprechen würde.

»Dafür werden wir dich töten, nachdem du uns alles gesagt hast, was du weißt«, sagte Barrasch, in der Absicht, seine Leute daran zu erinnern, dass sie die Bestie lebend brauchten.

Unbeeindruckt stand der Oger auf und ließ die Körper der beiden Toten in den Staub fallen. Neben ihm lehnte noch immer seine gewaltige Doppelaxt am Fass. Er war mindestens doppelt so groß wie ein Mensch und trug eine mit Stacheln besetzte Nietenrüstung. Sein Oberkörper und sein Gesicht waren mit dunklen Ornamenten bemalt. Sein filziger Haarschopf war zu einem Zopf geflochten.

»Zu wenige«, war alles, was er sagte, als er seine Axt in die Höhe hob.

Hinter dem brennenden Gefängniswagen tauchten zwei weitere Oger auf. Sie stürmten auf die Soldaten zu. Die Armbrustbolzen zischten durch die Luft. Die beiden heranstürmenden Oger wurden von den Bolzen getroffen, aber die Geschosse konnten ihren Ansturm nicht aufhalten. Jeweils drei Mann bekämpften eins der ungeheuren Wesen. Barrasch konnte aus dem Augenwinkel sehen, wie unter einem einzigen Axthieb gleich zwei seiner Kameraden hingemetzelt wurden und der dritte sich nur notdürftig verteidigen konnte, ohne den Oger auch nur in Bedrängnis zu bringen. Er selbst kämpfte mit den beiden Spähern gegen den Oger, dem er Rache geschworen hatte. Erneut schwirrten Bolzen durch die Luft. Einer der Späher hatte dem Oger sein Schwert unter die Achsel gestoßen. Aber anstatt durch die Verwundung zurückzuweichen, ergriff er den Mann mit der freien Hand am Unterarm und schleuderte ihn wie eine Puppe zehn Schritt weit in den brennenden Wagen, wo er schreiend auftraf.

Die Männer waren hoffnungslos unterlegen. Milget hatte seine Armbrust bereits wieder geladen und sandte das Geschoss auf Barraschs Gegner. Der Armbrustbolzen traf den Oger direkt ins Auge. Jeder Mensch wäre davon augenblicklich tot zusammengebrochen. Der Oger jedoch brüllte nur auf und versuchte, etwas Abstand zwischen sich und seine Angreifer zu bringen, um den Bolzen zu entfernen. Der andere Späher wurde mit einem achtlosen Fußtritt gegen die Felsen geschleudert und blieb regungslos liegen. Barrasch sah sich um. Außer ihm standen nur noch die beiden Armbrustschützen Milget und Lasan, die versuchten, noch einmal ihre Waffen zu spannen, bevor ihre Gegner auf Kampfdistanz heran waren.

Barrasch nahm sein Breitschwert in beide Hände und stürmte auf den taumelnden, halb blinden Oger zu. Dieser hatte die Orientierung noch nicht zurückgewonnen. Mit einem weit ausholenden Schlag durchschnitt er beide Kniekehlen des Monstrums. Mit einem schmerzerfüllten Brüllen drehte sich der Oger um und wollte zu einem Schlag ausholen, als er durch die neue Verwundung abermals ins Taumeln geriet. Barrasch nahm erneut Anlauf und stieß sich von einem Felsen ab. Im Sprung rammte er dem Oger das Schwert tief in die Schulter. Dieser packte ihn, riss ihn an sich und stolperte rückwärts. Das Gleichgewicht verlierend, stürzten sie beide zusammen den Abhang hinunter. Im Fallen presste der Oger Barrasch die letzte Luft aus dem Körper und ließ seine Rippen zerbersten.

15
Die Flucht

Angeführt von Kruzmak bahnten sich die Oger ihren Weg durch die Tunnelsysteme des Berges nach oben. Die Orks, die ihnen entgegenkamen, drückten sich gegen die Felswände oder änderten spontan die Richtung, als ob sie etwas Wichtiges vergessen hätten. Bei den Kriegsogern konnte man nie wissen. Sie waren bei der Auswahl ihrer zukünftigen Opfer nicht besonders wählerisch. Der Tod eines einfachen Orks würde für sie ohne Folgen bleiben. Ihre Kampfeskraft war im Krieg einfach zu wertvoll, um sie durch die Bestrafung einer Lappalie aufs Spiel zu setzen. Außerdem waren sie direkt den Meistern unterstellt und deshalb nur ihnen Rechenschaft schuldig.

Ihre Jagdtrophäen trugen sie für jeden gut sichtbar am Körper. Brakbar hielt ein kleines Mädchen an den Fußknöcheln. Ihr blutverschmiertes, langes blondes Haar schleifte über den Boden. Die beiden Oger hinter ihm trugen den Körper eines weiteren Ogers, der wie ein erlegtes Wild mit Armen und Beinen, an einen Pfahl gebunden war. Sein Oberkörper und sein Hals waren ebenfalls blutüberströmt.

Kurz bevor sie ihren Lagerplatz erreichten, schnappte sich Kruzmak einen der Orks, indem er ihn einfach am Hals packte. Der Ork, der eine Patrouille anführte, erstarrte vor Angst.

»Du weißt Ursadan?«, hauchte er ihm ins Gesicht.

Der Ork versuchte unter dem Würgegriff zu nicken.

»Du kannst melden, die Flüchtigen beide tot. Du verstanden?«

Kruzmak entließ ihn aus seinem Griff. Der Ork brauchte einen Moment, um sich wieder zu fangen. Er atmete tief ein und aus und massierte sich dann den Hals.

Um vor den anderen sein Gesicht nicht völlig zu verlieren, kehrte er ein wenig militärisches Gehabe hervor. Er baute sich vor Kruzmak auf und legte seine Hand auf den Schwertgriff.

»Na, dann lass mal sehen, was ihr da habt.«

Er ging auf Brakbar zu und warf ihm einen anerkennenden Blick zu.

»Das habt ihr gut gemacht. Sind beide tot?«

Er zog urplötzlich einen Dolch aus seinem Gürtel und wollte ihn in die Seite des kleinen Mädchens rammen, um sich zu vergewissern.

Brakbar war schneller. Er drehte sich beiseite, sodass der Stich seinen Oberschenkel traf. Mit der freien Hand versetzte er dem Ork einen Fausthieb gegen die Brust, sodass dieser einige Schritt zurückgestoßen wurde und auf seinem Hintern landete.

Der Dolch steckte noch immer in Brakbars Bein. Sofort stand Kruzmak über dem Ork und hob ihn an der Rüstung hoch.

»Was das soll?«, schnauzte er ihn an.

»Ich wollte nur sehen, ob sie wirklich tot sind«, wimmerte der Ork.

»Du so tun, wie getötet selbst und dann bei Ursadan Belohnung holen.«

»Nein, nein, das ist nicht wahr. Lass mich runter. Ich werde Ursadan erzählen, dass ihr beide Gefangenen getötet habt.«

»Gut, dann beeilen«, sagte Kruzmak, während er ihn wieder zu Boden gleiten ließ.

Der Ork wandte sich seinen Leuten zu und übergab das Kommando einem anderen. Mit einigen nervösen Blicken auf die Oger machte er sich auf den Weg, Meldung zu machen.

Kruzmak, Brakbar und die anderen sieben begaben sich mit ihrer Beute in ihr Lager.

»Ihr beiden Wache«, wies Kruzmak zwei Oger an, die sich am Eingang postierten. »Wenn kommen jemand, wegschicken. Wenn nicht gehen, töten.«

Brakbar legte das kleine Mädchen behutsam auf den steinigen Boden.

Er beugte sich über sie und flüsterte: »Sind in Sicherheit.«

Cindiel öffnete die Augen. Ihr war ein wenig schwindelig davon, kopfüber getragen zu werden und der Geruch des frischen Blutes in ihrem Haar verursachte ihr leichte Übelkeit. Mogda hatte den Transport besser überstanden. Er rieb sich die Hand- und Fußgelenke, setzte sich dann aber sogleich auf einen nahen Felsen und begann, das Blut von seinem Oberkörper abzuwischen. Cindiel taumelte und musste sich an Brakbars Knie festhalten, um nicht zu stürzen.

»Geht gleich wieder«, sagte sie zu ihm, als er sie unterstützend am Arm packte. »Wo ist Rator?«

Brakbar deutete auf einen Haufen von Felsen, die weggeräumt worden waren, als die Oger ihr Lager errichteten.

Cindiel stutzte. Sie verstand nicht ganz. Im ersten Moment sah sie nur einen Steinhaufen, auf dem sich Mogda niedergelassen hatte. Dann erst erkannte sie ihn. Rator saß direkt neben Mogda und verschmolz beinahe mit den Felsen. Seine Adern hatten sich blauschwarz verfärbt, und seine Haut wirkte fahl. Zusammen mit der Rüstung, der Körperbemalung und der starren Haltung war er vom Gestein kaum mehr zu unterscheiden.

»Um der Götter willen, was ist mit ihm passiert?« Cindiel taumelte, noch immer etwas benommen, auf ihn zu. Dem Anschein nach hatte Mogda den Kriegsoger noch gar nicht wahrgenommen und fühlte sich deshalb angesprochen.

»Nein, nein, Prinzessin. Keine Angst, das ist doch nicht mein Blut. Mir geht's gut«, rief er ihr mit einer beruhigenden Handbewegung zu. Dann bemerkte er seinen Irrtum. Er blickte zur Seite. Dann sprang er angewidert auf, wie jemand, der ohne es zu merken einen Aussätzigen berührt hatte.

»Ich hoffe, das ist nicht ansteckend«, stotterte er, während sich Cindiel vor Rator auf den Boden kniete.

»Das Tabals Fluch, für Verluste am Pass«, drang Kruzmaks Stimme zu ihnen.

Cindiel untersuchte Rator. Egal, was mit ihm geschehen war, er lebte. Aber seine Atmung ging nur sehr schwach, genauso wie sein Puls. Seine Lebenszeichen erinnerten sie eher an ein Tier im Winterschlaf oder einen Bewusstlosen. Nur die Verfärbungen und die verkrampfte Haltung irritierten sie.

Und da war noch etwas, was nicht zu einem Fluch oder einer Krankheit passte. Aus seinem Oberschenkel ragte der Griff eines verzierten Dolches. Die Klinge saß bis zum Heft im Fleisch, doch kein einziger Tropfen Blut drang aus der Wunde.

»Mogda, komm her, du musst mir helfen«, sagte sie.

Mogda wurde von Zweifeln geplagt. Die Unschlüssigkeit stand ihm auf die Stirn geschrieben. Entweder es war wirklich Tabals Fluch oder aber eine Krankheit. In beiden Fällen wäre es ihm lieber, Rator nicht zu nahe zu kommen. Wer würde sich schon gegen den Willen eines Gottes stellen oder sich freiwillig mit einer derart grauenvollen Krankheit anstecken? Er auf jeden Fall nicht.

»Mogda, was ist los?«, rief Cindiel energisch. »Komm schon!«

»Kann ich nicht lieber Wasser oder feuchte Tücher bringen?«, fragte er.

»Das ist doch keine Geburt. Wir müssen ihn flach hinlegen. Sein Körper muss sich entspannen.«

»Na gut, aber nur hinlegen«, stimmte Mogda besorgt zu.

Mogda hatte seine Mühe, den noch um einiges schwereren Oger vom Felsen zu ziehen. Cindiels ständige Ermahnungen, vorsichtig zu sein, erleichterten die Sache nicht gerade, und von den anderen war niemand bereit zu helfen. Aber schließlich gelang es ihm. Cindiel war zufrieden, und er wischte sich den Schweiß von der Stirn.

»Sieh dir das an.« Das Mädchen winkte Mogda zu sich und deutete mit der anderen Hand auf den Dolch.

»Findest du nicht, wir sollten ihn rausziehen? Vielleicht gehört er jemand anderem?«, sagte Mogda ironisch.

»Nein, beim Entfernen könnte man ihn noch mehr verletzen. Das machen wir erst später.«

»Wir machen hier gar nichts. Wenn du was machst, machst du es allein. Und was heißt später? Wartest du, bis er tot ist?«

Kruzmak näherte sich von hinten.

»Du besser auf Hexe hören.«

»Warum hilfst du ihr nicht einfach?«, fragte Mogda herablassend.

»Wenn Rator tot, dann Tabals Wille. Tabals Wille auch, dass ihr tot ... wenn Rator leben, dann ihr auch leben.«

Es war doch immer wieder erstaunlich, wie wenig Worte es wirklich brauchte, um einen Standpunkt unmissverständlich klarzumachen. Eifrig hockte sich Mogda neben Cindiel.

»Na los, ans Werk. Was können wir tun?«

Cindiel zeigte erneut auf den Dolch.

»Was meinst du, was diese Schmiere dort am Wundrand ist?«

Mogda beugte sich etwas näher herunter und schnupperte.

»Weiß nicht. Entweder geronnenes Blut oder Waffenfett.«

»Wenn du Recht hast, werden wir beide sterben«, erwiderte Cindiel, die Kruzmaks Drohung auch verstanden hatte.

»Dann bist du jetzt dran mit raten«, flüsterte Mogda.

»Ich glaube, dass es eine Art Gift ist. Ein Pflanzengift. Deswegen sieht es auch so harzig aus. Ich kenne einige Pilzarten, bei denen die Vergiftungserscheinungen fast gleich sind.«

Mogdas Zweifel bezüglich Krankheiten oder Götterfluch schwanden zwar nicht vollends, rückten aber etwas in den Hintergrund. Sein aufkeimender Optimismus verflog jedoch in dem Augenblick wieder, als Cindiel zugeben musste, dass sie nicht in der Lage war, Vergiftungen zu heilen.

Die beiden hockten noch immer über Rator und grübelten, was zu tun sei.

»Du, Prinzessin, diese Pilzvergiftungen, wie geht die Sache aus?«

Cindiel drehte ihren Kopf und sah Mogda an.

Zuerst bekommt man Krämpfe, dann tritt die Lähmung ein. Nach ungefähr zwei Tagen fällt man ins Koma ... Nach einer Woche ist man tot.«

Bedrücktes Schweigen breitete sich aus. Beide starrten auf den regungslos daliegenden Körper.

Mogda machte sich nichts vor. Wenn nicht innerhalb der nächsten Stunden bei Rator eine Besserung eintrat, würden die anderen sie töten. Er selbst war zwar kein Schwächling für einen Oger, aber mit den ausgebildeten Kämpfern konnte er es nicht aufnehmen. Seine einzige Hoffnung war dieses kleine Mädchen.

»Cindiel, ich will dir nichts vormachen. Wenn nicht bald etwas passiert, werden sie uns beide töten. Außerdem kann ich hier nicht mehr lange neben dir bleiben.«

»Wieso, hast du noch andere Termine?«, fragte Cindiel spöttisch.

»Nein, mir tun die Knie weh.«

Das brachte das Mädchen zum Kichern.

»Ich habe gelesen, dass wenn Menschen sterben, ihr Leben vor ihren Augen abläuft. Was bedeutet das?«

Cindiel überlegte einen Augenblick.

»Angeblich sieht man dann, was man in seinem Leben alles erreicht hat, die schönen Momente, die Menschen, die man geliebt hat, seine ganzen Erinnerungen eben. Das passiert alles viel schneller als in Wirklichkeit, es dauert nur eine Sekunde.« Cindiel hatte Mühe, ihre Angst zu verbergen. Tränen traten in ihre Augen.

»... es geht alles viel schneller als sonst«, wiederholte sie gedankenverloren.

Ihr kam eine Idee. Sie hatte schon einmal beobachtet, wie ihre Großmutter eine junge Frau von einer Krankheit heilte, indem sie ihre Körperprozesse beschleunigt hatte. Wenn der Körper selbst genug Kräfte entwickelte, um die Krankheit zu bekämpfen, verkürzte sie sich dadurch und somit auch die Dauer des Leidens. Ihre Großmutter hatte sie damals noch gewarnt dies nur zu versuchen, wenn der Körper stark genug war, von selbst zu genesen, sonst würde man unweigerlich durch einen solchen Zauber den vorzeitigen Tod hervorrufen. Wenn sie nun versuchen würde, den Spruch der Giftverlangsamung umzudrehen und dessen Wirkung zu beschleunigen, könnte das Gift innerhalb kürzester Zeit seine Wirkung verlieren. Könnte ... andernfalls müsste Mogda sich keine Sorgen mehr um seine Knie machen.

»Mogda, du musst mir helfen. Wenn ich den Zauber spreche, hältst du seine Arme und Beine fest, falls er Krämpfe bekommt.«

»Krämpfe?«, fragte Mogda verwirrt.

Cindiel legte ihre Hände auf die Brust und die Stirn von Rator.

»Ja, zumindest hoffe ich das. Fertig?«

»Ja ... äh ... Nein. Warte mal. Du meinst, wenn der Junge hier Krämpfe bekommt, soll ich ihn festhalten. Bist du verrückt? Der würde mir ja sogar im bewusstlosen Zustand das Genick brechen. Hast du keinen besseren Vorschlag?«

»Doch«, sagte Cindiel trocken, »dann werden dir eben die anderen den Hals brechen.«

»Kann losgehen.«

Cindiel begann mit ihrem Singsang. Ihre Hände berührten ununterbrochen Rators Körper. Die Anstrengung ließ ihr kleine Schweißperlen über die Stirn rinnen. Rators Augenlider verfärbten sich dunkel, genauso wie die Haut unter den Fingernägeln. Mogda konnte es nicht fassen, obwohl der Kriegsoger schon verkrampft war, spannten sich seine Muskeln immer weiter an. Der ganze Körper bebte. Ein kleines Lederband um seinen Hals hielt dem Druck einfach nicht mehr stand und zerriss. Zuerst begann die Verfärbung aus seinen Fingern zu weichen, ebenso wie aus seinen Füßen. Cindiel hatte ihren Zauber beendet und stand auf. Vorsichtig bewegte sie sich einige Schritt nach hinten.

»Was ist los?«, rief Mogda. »Geh nicht weg, hilf mir. Stell ihn irgendwie ruhig.«

Rators Beinwunde begann zu bluten. Seine Arme und Beine zuckten unkontrolliert. Mogda suchte Hilfe bei den anderen Ogern, die sich in gebührendem Abstand im Halbkreis um Rator postiert hatten. Sie machten keine Anstalten einzugreifen.

Mogda nahm seinen ganzen Körper zu Hilfe, um Rator ruhigzuhalten. Es reichte nicht. Rator stemmte Arme und Beine gegen Mogda und mit einem Ruck schleuderte er ihn beiseite. Er bäumte den Oberkörper auf und sackte kurz danach in sich zusammen. Mogda war zwar gegen einen Felsen geprallt, hatte aber keine größeren Verletzungen davongetragen.

Cindiel stürmte auf Rator zu, während die anderen noch immer stillschweigend um ihn herumstanden.

»Hat er es geschafft?«, fragte Mogda, der sich die Schulter selbst massierte.

Das Mädchen nickte bedächtig. »Er ist nur bewusstlos und muss sich ein wenig ausruhen.«

»Ich auch«, stammelte Mogda.

Die umstehenden Oger entspannten sich. Sie brachten Rator hinter den Felshaufen, wo er sich ausruhen konnte. Cindiel und Mogda blieben bei ihm. Sie alle hatten eine Pause nötig. Mogda dachte an die Ereignisse der letzten Zeit und wie sich alles verändert hatte, seitdem das Amulett ihn ... verändert hatte. Das Amulett ... Er trug es schon wie selbstverständlich. Zu Anfang hatte er noch jede neue Erkenntnis, die er erworben hatte, direkt mit dem Schmuckstück in Verbindung gebracht. Er hatte sich ständig gefragt, ob das neue Wissen, das er erlangte, ihm gebührte oder nur der magischen Wirkung zuzurechnen war. Er hatte sich dabei ertappt, Dinge in Frage zu stellen, die er früher für selbstverständlich gehalten hatte. Aber er konnte nicht umhin, immer darüber nachzugrübeln, ob er selber diese Frage stellte oder das Amulett. Vielleicht wollte es ihn verunsichern oder sogar in die Irre führen?

Cindiel bemerkte, wie Mogda an dem Amulett um seinen Hals herumfingerte.

»Schönes Schmuckstück«, sagte sie. »Es ist magisch, hat man dir das gesagt, als man es dir gab?«

»Nein, sein Vorbesitzer war sehr schweigsam«, erklärte Mogda verlegen.

»Warum hat er es dir gegeben, und was bewirkt es?«

»Das war ein Geistesblitz von ihm. Und soweit ich weiß, bewirkt es bei mir, dass ich intelligenter geworden bin. Ich konnte plötzlich lesen und schreiben. Ich begriff Dinge, die in Büchern standen, die Menschen geschrieben hatten. Ich machte mir Gedanken über Sachen, von denen ich vorher noch nicht einmal wusste, dass es sie gibt.«

»Das ist aber ein besonderes Geschenk von deinem Freund. Sehr großzügig von ihm, es dir zu überlassen. Ihm muss viel an dir liegen.«

»Ja, er hat mich sogar bei sich wohnen lassen. Ich hab auf seine Tiere aufgepasst und das Haus sauber gehalten. Somit hatte er den ganzen Tag Zeit, im Garten zu liegen.«

»Du wirst ihm sicher fehlen«, sagte Cindiel ein wenig traurig.

»Ach, das glaube ich nicht. Ihn war es egal, was um ihn herum passierte, Hauptsache man ließ ihn in Ruhe.«

»Ein komischer Kauz.«

»Das kann man wohl sagen.«

Mogda war froh darüber, dass dieses Gespräch so glimpflich ablief. Er wollte das Vertrauen, das Cindiel zu ihm gefasst hatte, nicht zerstören, denn vielleicht würden sie noch mehr Zeit miteinander verbringen müssen. Und da wäre es eher hinderlich gewesen, ihr allzu genau das schattige Gartenplätzchen des Magiers zu beschreiben.

Kruzmak kam unerwartet hinter den Felsen hervor. Mogda hatte ihn nicht kommen hören und wusste auch nicht, ob er das Gespräch vielleicht mit angehört hatte. Er stand nur da und blickte abwechselnd zu Mogda und dann zu Cindiel. Er suchte anscheinend nach den richtigen Worten.

»Wenn Rator wieder wach, er wissen was tun. Wir helfen bei Flucht. Ich gegeben Wort.«

Cindiel nickte nur. Mogda konnte nicht fassen, was er da hörte. Sie wollten ihnen helfen zu flüchten? Das hörte sich nicht an, als ob sie mitkommen würden.

»Ihr könnt nicht hier bleiben. Ihr müsst mit uns kommen. Rator sollte getötet werden, und unten bei den Gefängnissen liegt ein massakrierter Ork, den sie früher oder später finden werden. Und irgendwann werden sie auch herausfinden, dass ihr uns bei der Flucht geholfen habt, anstatt uns zu töten.«

»Unser Weg nicht Flucht. Tabal bestimmen Weg. Jetzt schlafen, wenn Rator wach, dann besprechen Plan.«

Mogdas Sorge um das Wohlergehen der Kriegsoger war nicht ganz uneigennützig. Der kurz zuvor geschmiedete Fluchtplan schien ihm durch den Rückhalt dieser Oger um einiges vertrauenswürdiger. Bei einem Zwischenfall würden sie gute Dienste leisten. Er kannte die Geschichten über diese sagenumwobenen Kämpfer.

Egal was Kruzmak sagte und egal wie müde sie waren, schlafen konnten sie nicht. Die Angst, doch noch entdeckt zu werden, war zu groß. Cindiel kümmerte sich von Zeit zu Zeit um Rator, und Mogda saß da und überlegte, wie ihr weiteres Vorgehen aussah. Cindiel würde einfach in ihren Heimatort zurückkehren und ihr Leben weiterleben. Für Mogda sah die Sache schon schwieriger aus. Nicht nur seine Flucht, auch seine neuen Fähigkeiten würden dafür sorgen, dass er nirgendwo akzeptiert werden würde. Nicht nur das, sondern man würde ihn gnadenlos jagen. Kraft und Intelligenz waren eine Kombination, die von den meisten als Bedrohung angesehen wurde.

Mogda war es leid geworden, darüber nachzudenken, wie sein weiteres Leben verlaufen würde. Er kam zu dem Schluss, sich die Gegenwart nicht durch die Sorgen um die Zukunft verderben zu lassen.

... Gegenwart, Sorge, Zukunft? O Gott Tabal, nun wurde er vollends wahnsinnig. Das konnten doch nicht seine Gedanken sein. Nie und nimmer. Die Zubereitung von Ziegenfleisch, das Fangen einer Kuh, die nicht ihm gehörte, einen Unterschlupf für den Winter suchen – das waren seine Sorgen. Gedanken mussten sich um etwas Handfestes drehen, um Probleme, die man anfassen und lösen konnte. Aber doch nicht um solche wehleidigen, trübseligen Hirngespinste.

Jetzt fiel es ihm wieder ein, dies mit der Gegenwart und Zukunft hatte er in einem Buch gelesen. In einer Sammlung von Weisheiten. Eigentlich hatte er das Buch gar nicht gemocht, es wurde darin so wenig Wissen vermittelt. Doch einiges war ihm noch in Erinnerung geblieben wie: »Nur in einem ruhigen Teich spiegeln sich die Sterne.« Eine vollkommen überflüssige Entdeckung, wie er dachte. Wenn man die Sterne sehen will, schaut man ja nicht in einen Teich, sondern in den Himmel. Ein anderer lautete: »Hast du eine Kuh, und dein Nachbar hat nichts, dann tausche die Kuh gegen zwei Schafe und gib eines der Tiere deinem Nachbarn.« Das war seiner Meinung nach auch nicht so schlau, es sei denn, man wollte, dass beide Nachbarn über den Winter verhungerten.

»Cindiel, ich muss dringend etwas essen, ich habe schon Wahnvorstellungen«, platzte es aus ihm heraus. Die beste Möglichkeit, seine Grübeleien abzustellen lag für ihn darin, zu reden und gleichzeitig zu essen. Das passte ganz gut, denn zumindest eines davon war sowieso seine Lieblingsbeschäftigung, abgesehen von schlafen.

»Ja«, antwortete Cindiel, »das ist eine gute Idee. Rator kommt langsam wieder zu sich. Er wird bestimmt auch Hunger haben, und er muss unbedingt etwas trinken.« Cindiel hatte in der Zwischenzeit Rators Wunde gesäubert. Der Dolch steckte aber trotzdem noch in seinem Bein. Sie wollte ihn erst entfernen, wenn Rator wieder zu sich gekommen war.

Mogda war aufgestanden und hatte sich zu den anderen Ogern gesellt, um etwas zu essen und trinken zu besorgen. Sie wechselten nur wenige Worte, denn ihnen war Mogda unheimlich. Er sah zwar aus wie ein Oger, aber er redete wie ein Mensch.

Als er mit mehreren Stücken gebratenem Fleisch und einem Wasserschlauch von der Größe eines Schafes wiederkam, blinzelte Rator mit den Augen und stöhnte leise.

»Er kommt zu sich, Mogda. Hilf mir, ihn aufzurichten.«

Mogda zog den schweren Oger unter großer Anstrengung ein wenig zurück und lehnte ihn mit dem Oberkörper gegen die Felsen. Cindiel wischte ihm mit einem feuchten Tuch das Gesicht ab. Mit halb zusammengekniffenen Augen blickte Rator sich um. Die anderen hatten sich wieder um ihn versammelt.

»Du in schlechter Gesellschaft, Prinzessin«, flüsterte Rator angestrengt.

Mogda reichte den Wasserschlauch und half ihm, daraus zu trinken, weil seine eigene Kraft dafür noch nicht ausreichte.

»Wie geht es dir?«, fragte Cindiel.

»Schmerzen, wie nach Kampf mit tausend Trollen.«

Kruzmak trat vor und bückte sich.

»Meister dich bestraft mit Tabals Fluch. Du aus Stein. Kleine Hexe dich gerettet.«

Rator blickte auf sein Bein. Voller Entsetzen starrte er den Griff des Dolches an, der aus seinem Fleisch ragte.

»Warum immer noch in Bein?«, fragte er verwirrt.

»Wir hatten niemanden, der dich festhalten konnte«, erklärte Cindiel. »Du hättest bestimmt um dich geschlagen, und dich vielleicht noch mehr verletzt.«

»Oder jemand anderen«, warf Mogda ein.

Rator saß schweigend da und starrte nach wie vor auf den Dolch. Plötzlich ergriff er das Heft und zog die Klinge gerade nach oben aus der Wunde. Jetzt erst sah man die Größe der Waffe.

Für einen Menschen wäre sie eher ein Kurzschwert gewesen, aber in der Ogerhand sah sie aus wie ein kleines Messer. Rator verzog keine Miene, als er die Klinge aus seinem Bein zog. Cindiel machte sich gleich daran, die Blutung zu stillen, während der Oger den Dolch in der Hand hielt und ihn betrachtete.

»Ich nicht leben dürfen«, brummte er.

»Wieso, was ist passiert?«, fragte sie ängstlich.

»Tabals Strafe.«

»Was für ein Unsinn, Tabal wollte dich nicht bestrafen«, sagte sie.

»Du nicht wissen, du andere Götter.«

»Da hast du Recht. Ich möchte auch keinen Gott haben, dem so etwas zuzutrauen ist. Aber davon mal ganz abgesehen, habe ich gehört, dass dir Ursadan dies angetan hat und nicht Tabal.«

»Ursadan mit Werkzeug Tabals. Das dasselbe.«

»Ich muss dich enttäuschen«, setzte sie zu einer Erklärung an. »Ursadan hat dich verletzt, aber nicht mit Tabals Dolch.«

Alle Augen ruhten auf ihr.

»Dieser Dolch mag ja magisch sein und zusätzlich noch vergiftet, aber er ist auf keinen Fall ein Artefakt. Niemals könnte ich als kleine Schülerin einer alten Hexe die Wirkung einer wirklich mächtigen Waffe aufheben und damit den Willen eines Gottes brechen. Diese Waffe hat nichts Göttliches. Ich bin damit vertraut, die Quellen eines Zaubers zu erkennen. Bei diesem Dolch handelt es sich um Magie mittlerer Stärke. Nicht mehr und nicht weniger.«

Rator zerrte an seinem Gürtel und löste einen kleinen Lederbeutel. Er öffnete ihn vorsichtig. Zum Vorschein kam ein leuchtender Kristall.

»Das Splitter aus Herz von Tabal«, verkündete Rator stolz.

Mogda riss Mund und Augen weit auf. Auch die anderen Oger betrachteten den Kristall mit Ehrfurcht.

Cindiel betrachtete den Splitter, ohne ihn zu berühren.

»Das ist noch unwahrscheinlicher. So einen Leuchtestein hat jeder Schüler in der Magierschule. So etwas machen sie um den Adepten zu zeigen, wie man einen Zauber dauerhaft hält.«

»Du lügen«, schrie Rator empört los. »Beweisen!«

Er packte sie grob am Arm und zog sie zu sich rüber. Cindiel standen die Tränen in den Augen. Sie wusste nicht, was sie verkehrt gemacht hatte. Eigentlich müssten die Oger sich doch freuen, nicht den Zorn ihres Gottes geweckt zu haben. Stattdessen schienen sie eher die Kontrolle über sich zu verlieren und in Raserei zu verfallen.

»Ich mache das nur, wenn du mir versprichst, mir nicht wehzutun.«

Rator ließ sie wieder los.

»Natürlich nicht. Verdanke dir Leben.«

Cindiel versuchte, den Ausdruck in seinen Augen zu deuten. Es war zwecklos, zu viele Gefühle spiegelten sich darin wider. Sie fuhr mit der Hand über den Stein. Augenblicklich erlosch das Licht.

Die Oger hielten den Atem an. Entsetzen stand in ihre Gesichter geschrieben. Sie nahm den Kristall aus dem Beutel, legte ihn auf einen der Felsen in der Nähe und schlug mit einem Stein auf ihn ein. Der Kristall zersplitterte in tausend Stücke. Vorsichtig blinzelten die Oger durch die Finger, die sie sich zum Schutz vor die Augen gehalten hatten.

»Hab ich doch gesagt, es ist nur ein magisches Spielzeug.«

Rator und die anderen hockten um den zersplitterten Kristall herum. Sie saßen da wie kleine Kinder, die das erste Mal ein totes Tier aus der Nähe betrachten. Einer strich mit seinen Fingern über die Überbleibsel. Rator schaute Hilfe suchend in die Runde. Er klaubte die Splitter zusammen, so gut er konnte, und schob sie in den Lederbeutel. Dann griff er sich den Dolch, stand auf und ging zu seiner alten Lagerstätte. Die anderen folgten ihm wortlos.

»Was hab ich denn getan?«, fragte Cindiel, als sie sich zu Mogda umdrehte, der noch immer auf den Stein blickte. »Was passiert denn jetzt? Sind sie böse auf mich? Ich wollte doch nur helfen.«

»Nein, sie sind nicht böse auf dich. Bloß, du hast ihnen etwas gezeigt, das ihre vergangenen Taten unnütz erscheinen lässt. Sie werden eine Weile brauchen, um sich zu beraten, und ich hoffe, das Ergebnis wird nicht in einem Gemetzel enden. Wir brauchen ihre Hilfe, um von hier zu entkommen.«

»Ich verstehe immer noch nicht«, gestand Cindiel.

»Das ist eine lange Geschichte«, erklärte Mogda. »Vor langer Zeit, als die Oger noch in Gemeinschaften lebten, gab es immer wieder Clankriege zwischen ihnen. Die meisten Ältesten waren der Meinung, die Oger sollten in Frieden mit den anderen Völkern leben, auch wenn sie nicht Tabal dienten. Aber es gab auch solche, die darauf pochten, alle anderen zu unterjochen oder zu töten. Nach einer blutigen Fehde zerbrach die Gemeinschaft der Ältesten. Sie verließen ihre Stämme und suchten um Tabals willen nach der Wahrheit. Es hieß, sie fanden weit ab von ihrer Heimat die Erleuchtung und bekamen von ihrem Gott magische Kräfte verliehen. Sie kehrten aber niemals zurück zu ihren Stämmen. Innerhalb der Clans gab es keinen Zusammenhalt mehr. Immer mehr Oger zogen aus, um allein ihr Leben zu fristen. Wir wurden zu Einzelgängern, die durch die Lande zogen und sich das nahmen, was sie brauchten. Irgendwann hieß es, ein Oger namens Dogrim hätte die Ältesten ausfindig gemacht und mit ihnen gesprochen. Die Ältesten oder Arkan-Oger, wie sie sich nun nannten, hätten ihm befohlen, andere Oger um sich zu scharen und nach den Zeichen Tabals Ausschau zu halten und sich ihnen zu unterwerfen. Wieder einige Jahre später umfasste die neue Gemeinschaft bereits fast tausend Oger. Diese trafen auf ein Wesen, das ihnen erklärte, es empfange die direkten Anweisungen Tabals. Als Beweis dafür überreichte er ihnen eine magische Klinge mit dem Zeichen ihres Gottes. Er sagte ihnen, dass Tabal sie in seine Dienste genommen habe und ihnen dafür die Artefakte der Macht gab. Sobald sie alle Artefakte zusammenhätten, würde Tabal persönlich auf dem Schachtfeld erscheinen und alle seine Völker miteinander vereinen.

Der Dolch und der Kristall, den du als Spielzeug entlarvt hast, gehörten zu diesen angeblichen Artefakten.«

»Ah, jetzt verstehe ich. Rator und die anderen gehören zu dieser Gemeinschaft. Und jetzt befürchtest du, dass sie sich für die Lügen rächen wollen«, folgerte Cindiel.

»Das ist nicht ganz so einfach, wie du denkst«, berichtigte Mogda sie. »Zuerst kommt jetzt die Frage, welche Teile der Geschichte nicht stimmen. Gibt es vielleicht gar keine Arkan-Oger und hat Dogrim gelogen? Oder haben sie vielleicht die Zeichen nur nicht richtig gedeutet und sind erst einem späteren Schwindel zum Opfer gefallen?«

»Aber diese Meister haben euch so oder so ausgenutzt, und dafür sollten sie büßen.«

»Die Wesen, die wir als Meister kennen, von denen habe ich in den Büchern der Menschen auch etwas gelesen. Ihr nennt sie *Nesselschrecken*, sie selbst sich *Teudraeden*. Sie haben enorme magische Kräfte und verständigen sich über ihre Gedanken miteinander. Wir können uns nicht so einfach an ihnen rächen. Nicht, ohne dass viele von uns dabei sterben werden.«

»Und was machen wir nun?«, fragte Cindiel.

Mogda sah zu den Ogern, die leise miteinander sprachen. »Wir warten, wie ihre Entscheidung ausfällt und hoffen, dass wir in ihren Plänen einen Platz gefunden haben.«

Er mochte die Art, wie seinesgleichen untereinander beratschlagte. Hier fiel nicht ein Wort zu viel. Niemand unterbrach den anderen. Alles ging nur langsam voran. Jeder überlegte, bevor er sprach. Es war nicht so, dass es keine Streitereien gab, aber diese waren meist anderer Natur und endeten damit, dass einer zu Boden ging. Jede Art von Austausch war auf das Wesentliche beschränkt.

Als schließlich eine Entscheidung gefällt wurde, erkannte Mogda an ihren Gesichtern, dass nicht jeder damit zufrieden war. Er wusste aber auch, jeder von ihnen würde sich an die Entscheidung halten.

Rator kam herüber und wandte sich an Cindiel, während die anderen anscheinend die weitere Vorgehensweise besprachen.

Hoffnungsvoll blickte Cindiel zu ihm auf.

»Du mir schon zwei Mal Leben gerettet. Sitzen tief in Schuld bei dir. Wir helfen bei Flucht.«

Erleichterung zeichnete sich auf Cindiels Zügen ab.

»Ich danke euch. Ich bin mir sicher, dass das der richtige Weg ist«, sagte sie.

Rator beugte sich zu ihr herunter. »Unser Weg vielleicht manchmal falsch, aber wenn wir gehen, Weg wird sehr breit.«

Cindiel grinste. »Aus dir wird bestimmt noch mal ein Philosoph.«

»Aber erst, wenn zu alt zum Kämpfen.«

Er blickte sich um. Kruzmak bestätigte ihm mit einem Kopfnicken, dass seine Kameraden bereit waren.

»Cindiel, ihr hier warten, bis wir kommen wieder. Kruzmak und ich machen Ablenkung für Orks. Dann Weg frei ... und breit.«

Die Kriegsoger verließen ihr Lager und verschwanden im Tunnelsystem. Cindiel und Mogda versteckten sich wieder hinter dem Felshaufen.

»Was sie wohl vorhaben?«, fragte Cindiel.

»Ich weiß es auch nicht genau. Aber sie verstehen unter Ablenkung ganz sicher nicht dasselbe wie wir. Es wird nichts mit Qualm aus der Küche oder dergleichen zu tun haben. Ich schätze ihr Ablenkungsmanöver ein wenig ... äh ... spektakulärer ein. Etwas im Ausmaß von brennenden Städten, Flutkatastrophen oder Vulkanausbrüchen. Egal, was es ist, es wird laut und hässlich, und es verschafft uns hoffentlich genug Zeit, um von hier wegzukommen.«

Die beiden saßen hinter den Felsen und starrten vom Plateau aus in die riesige Höhle auf die Lager an der gegenüberliegenden Seite. Die Entfernung war zu groß und die Höhle zu schlecht ausgeleuchtet, um viel erkennen zu können. Ihr Atem wurde immer flacher, und ihre Bewegungen verharrten, damit ihnen auch das kleinste Geräusch nicht entging.

Einige Zeit verging, und Cindiel wollte sich gerade an Mogda wenden, als eine brennende Fackel an ihrem Plateau vorbei in die Tiefe fiel. Kurz darauf hallten die ersten Schreie von oben herab. Es waren weniger Kampfgeräusche als Panikschreie. Dann stürzte auch schon der erste Ork an ihrem Ausguck vorbei in den Tod. Kurz darauf folgten ihm zwei weitere schreiend in die Tiefe.

Die Schreie und der Lärm wurden immer lauter. Immer mehr Sachen wurden von oben heruntergeworfen. Einige von ihnen brannten, andere waren nur zertrümmert. In immer kürzeren Abständen sausten Orks von einem der oberen Plateaus an ihnen vorbei. Mogda hatte nicht mitgezählt, aber es mussten schon um die dreißig gewesen sein, die sein Blickfeld kurzzeitig kreuzten. Dann verstummten die Schreie. Sie wurden abgelöst durch das Gebrüll aufgebrachter Orks, die durch die Tunnelsysteme liefen. Sie rannten nach oben.

»Sie machen ihrem Ruf alle Ehre«, sagte Mogda beeindruckt.

Cindiel antwortete ihm nicht. Aber in ihren Augen konnte er so etwas wie Mitleid erkennen. Ihm war unklar, wie man mit diesen Kreaturen Erbarmen haben konnte. Orks hatten nie Mitleid. Mit niemandem, nicht einmal mit ihresgleichen.

Sie hörten Rators Stimme von draußen.

»Ein Drache. Verstärkung holen. Warten oben.«

Ein guter Plan, dachte Mogda. In Erwartung, gegen so eine Bestie zu kämpfen, würden sich oben immer mehr Orks versammeln, dann aber noch eine Weile ausharren, um Mut zu schöpfen. Sobald sie dann das Lager stürmten und feststellten, dass es keinen Drachen gab, würden sie sich schon weit weg vom Geschehen befinden.

In den Gängen wurde es wieder ruhiger. Kurze Zeit später trat Brakbar in den Eingang.

»Können los.«

Cindiel und Mogda liefen an ihm vorbei in einen Gang, in dem sie Rator stehen sahen. Anscheinend hatten die Oger keine eigenen Verluste zu beklagen. Brakbar stand noch immer am Lager und tastete seinen Körper ab.

Mogda drehte sich zu ihm um. »Was ist mit dir?«

»Keine Wunde«, sagte Brakbar fassungslos. »Warum weglaufen? Wir töten alle. Ich keine Angst.«

»Wir fliehen nicht aus Angst, sondern um nicht entdeckt zu werden«, erklärte Mogda vorsichtig.

»Was du schon wissen? Hab gesehen, du immer üben verstecken. Brakbar aber besser kämpfen.«

»Nun komm schon! Zum Kämpfen wird es noch reichlich Gelegenheit geben. Aber erst später«, forderte Mogda ihn auf.

»Gut, Rator hat bestimmt. Orks keine Gegner, Ausbildung schlecht.« Wohl oder übel folgte er den anderen.

Nur wenige Orks kreuzten ihren Weg. Sie hatten allerhand damit zu tun, lange Stangen und Seile nach oben zu schaffen und sie beachteten die Oger kaum. Neugierige Blicke erwiderte Rator mit drohender Miene, und so wurden keine Fragen gestellt.

Es war bereits Nacht geworden, als sie den Ausgang erreichten. Die Dunkelheit würde ihre Flucht decken. Sie traten nach draußen, und Rator zeigte im Schein der letzten Fackel im Eingang nach Süden.

»Drei Mal nachts laufen. Dann am Gebirge.«

Mogda nahm Cindiel und setzte sie sich auf den Nacken.

»Das ist vielleicht nicht bequem, aber besser als selber laufen«, erklärte er ihr.

Hinter ihnen im Eingang gab es einen scheppernden Laut. Brakbar trat in den Fackelschein. Mit einer Hand hielt er einen leblosen Ork fest, den er über den Boden schleifte.

»Hat Brakbar angegriffen«, sagte er empört.

Rator und Mogda schüttelten gemeinsam fassungslos die Köpfe.

Rator erstickte die Fackeln, und die Dunkelheit umhüllte sie. Mogda hielt Cindiels Beine fest.

»Keine Angst, Prinzessin, ich werde dich schon nicht fallen lassen.«

»Sie werden uns bestimmt jagen«, sagte sie ängstlich.

»Möglich, aber es wird eine Zeit dauern, bis sie jemanden finden, der mit vollem Einsatz hinter einem Dutzend Oger herläuft, um sie zu stellen. Orks sind dumm, aber nicht lebensmüde, habe ich mal gehört.«

»Gut zu wissen. Dann kann's losgehen!«, sagte sie mit bemüht fester Stimme.

Zwölf Oger und ein kleines Mädchen verschwanden in der Nacht.

16
Kausalität

Ursadan hasste es, nicht beachtet zu werden. Einfach nur dazustehen und abzuwarten war für ihn die reinste Folter. Folter an sich war für ihn zwar etwas Positives, denn es förderte die Disziplin, aber die Folter des Wartens förderte in seinen Augen gar nichts, bis auf den Wunsch, selbst jemanden foltern zu wollen, wenn dies hier vorbei war.

Der Meister schien sehr beschäftigt zu sein. Er hatte Ursadan den Rücken zugewandt und war dabei, in einem großen ledergebunden Buch irgendetwas nachzuschlagen. Zwischendurch zerstampfte er immer wieder neue Ingredienzien in einem schwarzen Steinmörser. Ursadan konnte nicht umhin, immer wieder auf die Hände des Meisters zu achten. Seine langen, schwarzvioletten Finger ähnelten den Beinen einer Spinne. Es waren keine Hände, die eine Waffe führten. Sie waren auch nicht dazu geschaffen, körperliche Gewalt anzuwenden. Aber dennoch durfte man sie nicht unterschätzen. Ursadan hielt nicht viel von Magie. Er verstand auch nichts davon. Eine richtige Waffe in der Hand war ihm da schon viel lieber. Er wusste aber, dass Magie sehr mächtig sein konnte. Sie konnte viele Feinde auf einen Streich töten. Sie konnte aber auch jemanden verhexen, ihn Sachen sehen lassen, die gar nicht da waren, ihn Dinge tun lassen, die er verabscheute, oder sogar seine Gedanken lesen.

Das Experiment des Meisters schien zu funktionieren. Nicht, dass man den Effekt erkennen konnte – auf etwas wie leuchtendes Feuer, bunten Qualm oder irgendeine andere Art von Schauspiel musste Ursadan verzichten. Der Meister tänzelte auch nicht herum wie ein verliebter Jüngling, trällerte ein Lied oder lächelte. Wobei das Letztere durch die Anatomie seines Kopfes ohnehin unmöglich gewesen wäre. Es war allein die Tatsache, dass er nicht mit Gegenständen um sich warf oder sie tief in die Arbeitsplatte bohrte, die Ursadan dazu veranlasste an ein geglücktes Experiment zu glauben … und zu hoffen.

Es war schlecht, seinen Bericht abzugeben, wenn der Meister ungehalten war.

»So, und nun zu dir, Ursadan.« Der Meister hielt drei Phiolen vor seine Brust und stellte sie dann auf seinem Schreibtisch ab, während er sich setzte. Die Phiolen schienen vor Ursadans Augen zu verschwimmen. Sie erweckten den Eindruck, sie seien nicht aus festem Glas, sondern ebenso aus Flüssigkeit wie ihr Inhalt. Ursadan konnte seinen Blick nicht davon abwenden.

»Ich sehe, dass du wissen möchtest, um welche Art Zauberei es sich bei diesen kleinen Phiolen handelt. Ich kann dir nur eins dazu sagen.«

Ursadan blickte auf und schaute den Meister erwartungsvoll an.

»Du wirst es nie erfahren.«

Ursadan versuchte, seine Gefühle unter Kontrolle zu behalten. Diese Art von Spott hätte jedem anderen den Tod beschert. Aber er wusste, dass die Meister ihm mit ihrer Magie weit überlegen waren. Er würde noch nicht einmal das Schwert aus der Scheide ziehen können, ohne wie ein totes Stück Fleisch zu Boden zu fallen.

»Nun, Ursadan, ich vermute du bist gekommen, um einen Bericht abzugeben. Einen Bericht, der die Erfüllung der Aufgaben enthält, die ich dir gestellt habe.«

»Meister, so ist es. Wir haben den verräterischen Oger und diese kleine Hexe gestellt und getötet«, berichtete er.

»Mit *wir* meinst du sicherlich dich und deinen Haufen unzivilisierter Möchtegernkrieger, oder meinst du meine Eliteoger?«

»Die Oger waren es, Herr, wie Ihr befohlen habt. Meine Leute waren mit anderen Aufgaben betreut.«

Ursadan stattete seinen Bericht ab. Sein Hauptaugenmerk legte er dabei auf die gute Ausbildung seiner Truppen und auf den ausgezeichneten Informationsfluss.

Der Meister unterbrach ihn abrupt mit einer harschen Geste.

»Dein Geschwafel verläuft in eine Richtung, die mir nicht gefällt, Ursadan. Mir ist nicht klar, ob du diese Ereignisse selbst in Zusammenhang bringen kannst. Kannst du?«

Ursadan war verwirrt. Der einzige Zusammenhang, den er erkennen konnte, war die Tatsache, dass sich alles hier beim Drachenhorst abgespielt hatte.

»Nein, Meister«, antwortete er mit Überzeugung in der Stimme.

»Nun ja, Ursadan, es freut mich immer wieder zu sehen, dass deine Intelligenz vollkommen mit deinem Aussehen harmoniert. Unterbrich mich bitte, wenn dir etwas merkwürdig oder von mir falsch interpretiert vorkommen sollte.«

Ursadan senkte ergeben den Kopf.

»Also«, begann der Meister, »du hast die kleine tote Hexe und den Oger gar nicht selbst gesehen.«

Ursadan nickte.

»Die Kriegsoger sind verschwunden.«

Ursadan nickte erneut.

»Zur selben Zeit fand man zwei tote Orkwachen in den Tunneln.«

Nicken.

»Du berichtest mir, Rator und die kleine Hexe kannten sich vom Vorfall am Pass.«

Nicken.

»Kurz darauf wurden auf einer der oberen Plattformen zwanzig weitere Orks von einem vermeintlichen Drachen getötet, den niemand gesehen hat.«

Ursadan nickte.

»Und nun sag, erkennst du einen Zusammenhang?«

Ursadan schüttelte unglücklich den Kopf.

»Es ist für mich immer wieder erstaunlich zu sehen, wie ihr Orks es schafft, euer Nervensystem vollkommen zu umgehen und dabei trotzdem noch Luft zu bekommen. Ich werde dir die Situation schildern: Rator und die Hexe haben sich zusammengetan, haben das Ablenkungsmanöver inszeniert und sind gemeinsam geflüchtet. Nur der Grund dafür ist mir unklar. Den werden wir aber herausfinden, sobald wir sie gefasst haben.«

Ursadan blickte verwirrt, aber verständnisvoll.

»Soll ich einen Trupp Orks aussenden, um sie gefangen zu nehmen?«

Die Begeisterung des Meisters hielt sich in Grenzen.

»Ursadan, hast du schon mal eine Gruppe Ratten gesehen, die ein Rudel Wölfe angreifen?«

»Nein, Meister.«

»Siehst du, deswegen werde ich lieber einen hungrigen Bären aussenden, um das Problem zu lösen.«

»Bären fressen auch keine Wölfe, Meister.«

Es war ihm vielleicht nicht klar, aber die Geduld des Meisters so zu strapazieren, konnte lebensgefährlich sein. Der Meister hatte aber Nachsehen mit ihm.

»Die Menschen begründen Dinge gerne mit dem Zusammenspiel von Ursache und Wirkung. Sie beschreiben, wie eine bestimmte Ursache eine dazugehörige Wirkung auslöst, und dann wiederum diese Wirkung zu einer Ursache für einen weiteren Vorgang wird. Nach der Philosophie der Menschen ist dies ein Muster, das niemals endet. Die Menschen liegen damit aber falsch, und weißt du auch, warum?«

Ursadan schüttelte den Kopf, nicht nur, weil er die Frage nicht verstand, sondern weil das ganze Gespräch anfing, ihn zu überfordern.

»Ich will es dir sagen. Sobald eine Ursache die Wirkung in mir auslöst, mich zu ärgern, töte ich die Ursache, und damit endet die Kette. Verschwinde jetzt, bevor ich mich über dich ärgere. Ich werde die Sache selbst in die Hand nehmen.«

Das brauchte man ihm nicht zweimal sagen. Ursadan verließ fluchtartig den Raum.

17
Stimmen aus der Tiefe

Osbergs Kerker zählte zwar nicht zu den architektonischen Wundern von Nelbor, dennoch war er ziemlich einzigartig. Anstatt wie andere Gebäude dieser Art unterirdisch zu verlaufen, ragte das Gefängnis in Osberg hoch über die Stadtmauern hinaus. Ein acht Schritt breiter und fast dreißig Schritt hoher Turm stand inmitten der Garnison. Der einzige Zugang zum Kerker befand sich auf halber Höhe und konnte nur von der Stadtmauer aus erreicht werden. Um möglichen Ausbruchsversuchen vorzubeugen, lagen die Wachzimmer genau unterhalb und oberhalb des Einganges. So konnte niemand unbemerkt herausschlüpfen, und jeder Eindringling konnte von zwei Seiten aus effektiv bekämpft werden.

Ständig hielten zwölf Mann Wache, die in regelmäßigen Abständen wechselte.

Der Kerker war auch nicht, wie in anderen Städten, hoffnungslos überfüllt. Durch Osbergs Lage gab es nur wenig Reisende und somit auch wenig unbekannte Gesichter. Man war davon abgekommen, ortsansässige Leute durch einen Aufenthalt im Kerker zu bestrafen, denn es hatte sich als viel effektiver erwiesen, Geldbußen zu verhängen.

Aber eine Ähnlichkeit gab es doch mit allen übrigen Gefängnissen der Welt: Je tiefer man im Verlies steckte, desto schwerwiegender war das Verbrechen.

Momentan gab es nur zwölf Insassen, von denen zwei das Erdgeschoss bewohnten.

Der eine war Limmeney Slickway, genannt Slick, ein junger Bursche, der trotz mehrmaliger Bestrafung noch nicht zu der Einsicht gelangt war, dass man das Eigentum anderer Leute achten müsse. Beim letzten Einbruch hatte er den Fehler begangen, auch das Leben anderer nicht zu verschonen. Man hatte ihn zum Tode verurteilt. Die

Hinrichtung sollte in zwei Wochen stattfinden. Slick empfand keine Reue. Es war ihm egal, was andere über ihn dachten oder was mit ihm passierte. Trotzdem hatte er seit zwei Nächten nicht schlafen können. Der Grund dafür war nicht das schlechte Essen oder die Kette um seinen Fuß. Es war vielmehr sein Zellengenosse, wenn man das Wesen denn als solchen bezeichnen konnte. Durch die schmalen Mauerschlitze fiel nur wenig Licht, deshalb war die Kreatur nur schemenhaft zu erkennen.

Dennoch wusste Slick aus Erzählungen, wie ein Oger aussah.

Mit der Vorstellung am Galgen einen schnellen, sauberen Tod zu finden, konnte er umgehen, aber der Gedanke, von dieser Kreatur bei lebendigem Leib in Stücke gerissen zu werden, versetzte ihn in Panik.

Tarbur mochte die Hüttenbauer nicht. Mal ganz abgesehen davon, dass sie ihn hier gefangen hielten, waren die meisten von ihnen in seinen Augen ehrlos. Sie waren nicht in der Lage, sich selbst zu versorgen oder zu schützen. Nur das Zusammenleben in großen Gemeinschaften sicherte ihren Fortbestand. Sie waren für ihn wie Ungeziefer. Nur wenige von ihnen waren imstande gewesen, ihn im Kampf zu beeindrucken. Die meisten hatten auch keine Gelegenheit dazu bekommen. Auf den Krieger, der ihn gefangen genommen hatte, traf dies jedoch nicht zu. Selten hatte er jemanden beobachtet, der mit so viel Mut und Geschick gegen ihn ins Gefecht ging. Obwohl der Krieger alle seine Mitstreiter innerhalb weniger Augenblicke verloren hatte, dachte er gar nicht an Flucht. Im Gegenteil, er war sogar bereit gewesen, sein eigenes Leben zu opfern, nur um ihn zu besiegen. So kam es, dass sie zusammen einen Abhang hinunterstürzten. Beim Aufprall verlor Tarbur zunächst ein Auge, und dann das Bewusstsein; dabei rettete er unbeabsichtigt dem Krieger das Leben, da dieser auf ihm landete anstatt auf den Felsen. Tarburs Kampfgefährten gingen anscheinend davon aus, dass sie beide den Sturz nicht überlebt haben konnten und zogen ohne ihn weiter. Wenig später wurden sie von einem Trupp der Hüttenbauer gefunden. Dem Krieger wurde geholfen, und Tarburs Wunden wurden notdürftig genäht und seine klaffende Augenhöhle verbunden.

Erst gestern hatte er den Krieger wiedergesehen. Er kam mit vier weiteren Soldaten in den Kerker, stand nur da und sah ihn an. Er sagte kein einziges Wort. So wie es aussah, waren seine Wunden verheilt.

Tarbur konnte spüren, dass zwischen ihnen so etwas wie Respekt bestand. Wenn Tabal es wollte, würden sie sich eines Tages wieder auf dem Schlachtfeld gegenüberstehen. Dann würde sich entscheiden, wer von ihnen der bessere Kämpfer war. Der Name seines Feindes war Hauptmann Barrasch.

Tarbur wusste, dass sie ihn hier gefangen hielten, um an Informationen zu kommen. Er würde ihnen aber keine geben, egal ob sie ihn foltern oder töten würden. Er hatte einen Eid geschworen, und den musste er erfüllen. Tabal würde nur die ehrenhaften Krieger an seiner Seite akzeptieren. Der kleine Mann, der mit ihm hier gefangen war, besaß keine Ehre. Tarbur empfand es als Schmach, mit ihm dasselbe Los zu teilen. Sie waren so unterschiedlich, wie es nur sein konnte. Er hatte eine unbewaffnete Frau aus seinem Volk feige getötet. Sein eigenes Leben schien ihm nichts wert zu sein. Er spuckte die Soldaten an und beschimpfte sie mit Worten, die Tarbur nicht verstand. An ihrer Stelle hätte er ihn sofort getötet.

Tarburs Nacken tat weh, und die Augenhöhle schmerzte. Die Decke des Kerkers war nicht hoch genug, als dass er aufrecht hätte stehen können. Er musste den Kopf seitlich nach unten beugen, um die Beine durchdrücken zu können. Er hatte seit zwei Tagen nichts zu essen bekommen. Sein Magen förderte erstaunliche Geräusche zutage. Ab und zu spannte er seine Muskeln an, um in Bewegung zu bleiben. Es war schwer, gegen die Feuchtigkeit und die Kälte anzukommen, wenn der Körper nichts zu verdauen hatte.

Slick bekam regelmäßig zu essen und zu trinken. Die Wächter lösten ihn dann von seinen Ketten und ließen ihn in Ruhe. Danach durfte er sich einen Augenblick bewegen. Zu dritt stiegen sie mit ihm die Treppen nach oben und brachten ihn anschließend wieder zurück. Dann ketteten sie ihn wieder an.

Vielleicht fanden sich einfach nicht genug Wachen, um mit Tarbur ebenso verfahren zu können. Niemals würden sie ihn auch nur einen Schritt ohne Ketten laufen lassen. Ein unbewaffneter Hüttenbauer stellte für sie keine Gefahr da. Bei einem Oger sah die Sache anders aus. Außerdem wollte er die Treppen auch gar nicht hochlaufen. Der Weg hier herunter, über die schmale Wendeltreppe, war schon schwierig genug gewesen. Er hatte sich wie ein Wurm gefühlt, der sich einen Weg durch die Erde bahnte.

Eine Flucht war so gut wie unmöglich. Auf dem Weg in den Kerker war er von Soldaten umringt gewesen. Alle waren schwer bewaffnet und schienen nur darauf zu lauern, Rache für ihre Kameraden zu nehmen. Nun, da er hier angekettet war, hatte sich die Lage nicht verbessert. Es waren zwar keine Soldaten in der Nähe, aber die Schmiede von Osberg verstanden ihr Handwerk. Tarbur versuchte erst gar nicht, an den massiven Gliedern der Kette zu reißen. Sie würden seiner Kraft standhalten. Und selbst wenn es ihm gelingen würde, sich zu befreien, einen Ausweg aus der Stadt gab es für ihn nicht. Sie würden ihn noch innerhalb des Kasernenhofes töten. Seine beste Aussicht bestand einzig und allein darin, keine zu haben.

Im Moment konzentrierte er sich nur auf zwei Sachen: Er wollte etwas zu essen, und er wollte sehen, wenn sie Slick zur Hinrichtung führten. Der Hass auf diesen ihm unbekannten Hüttenbauer steigerte sich ständig. Er wusste nicht, warum das so war, aber er wusste, Hass allein kann einen am Leben halten.

Der Sonne nach zu urteilen, würde es noch Stunden dauern, bis sich die Wachen das nächste Mal blicken ließen. Wieder würde Slick sein Essen bekommen und seine Runde drehen. Mit etwas Glück bekäme er auch etwas, aber die Chancen standen schlecht, denn sie wollten ihn weichmachen, damit er ihnen half. Also würde er weiter hungern.

Slick wimmerte wieder ein wenig vor sich hin. Die schweren Eisenketten und das dauernde Stehen machten ihm zu schaffen. Bald hätte er es geschafft. Dann würde er zu seinem Gott gehen, wenn der ihn habe wollte. Die Götter der Hüttenbauer waren schwer zu durchschauen. So wie es aussah, konnte jeder zu ihnen kommen, egal ob Verbrecher, Held oder Feigling. Tabal war da nicht so, er gewährte nur den tapfersten Einlass in seine Hallen. Das war gut so, denn Tarbur wollte das ewige Reich lieber nicht mit Jammerlappen teilen.

Slick war endlich still. Ein Lichtstrahl fiel durch den schmalen Belüftungsschacht genau auf ihn. Er hatte nicht nur aufgehört zu jammern, er hatte auch aufgehört zu stehen. Er hing leblos in seinen Ketten, was sein ganzes Erscheinungsbild noch jämmerlicher erscheinen ließ. Tarbur fasste es nicht, Slick konnte unmöglich tot sein. Niemand hatte ihm etwas getan. Er hatte gegessen, getrunken und schien bei bester Gesundheit.

Ein vertrauter Geruch stieg Tarbur in die Nase. Es war kein wirklicher Duft wie von Essen oder Feuer. Vielmehr war es ein Hauch, der die anderen Düfte einhüllte und einen fahlen Unterton dazulegte. Tarbur blickte sich im Raum um. Ein Wechselspiel aus Licht und Schatten zeigte sich ihm, aber niemand war zu sehen. Seine Lippen formten ein einziges Wort.

»Meister.«

Die Antwort ließ einen Moment auf sich warten.

»Du bist ein schlauer Kopf, Tarbur, und zusätzlich noch ein Glückspilz.«

Die Stimme schien aus dem Boden zu kommen. Tarbur blickte umher. Er kannte jeden Stein und jede Fuge in diesem Gemäuer, aber die kleine Lücke zur Entwässerung musste er übersehen haben. Anscheinend verbarg sich der Meister in der Kanalisation. Seine Stimme hallte unwirklich nach, was ihr einen noch düstereren Klang verlieh. Noch bedrohlicher, als sie sowieso schon war.

»Wie geht es dir, Tarbur?«, fragte die Stimme.

Er wusste, dass der Meister sich eigentlich nicht dafür interessierte.

»Wir nicht allein, Meister.«

»Ach, du meinst den Menschen? Mach dir um ihn keine Sorgen. Er wird noch ein Weilchen schlafen.«

»Meister, ich nicht würdig, Euch zu empfangen.«

»Auch darüber solltest du dir keine Gedanken machen. Die momentane Situation ist hervorragend. Besser hätte es gar nicht kommen können. Hör mir gut zu, du bist hier drin für mich wesentlich mehr wert als auf dem Schlachtfeld.«

Tarbur stöhnte auf bei dem Gedanken, nicht in die große Schlacht ziehen zu können.

»Ich nicht verstehen, Meister.«

»Du sollst auch gar nichts verstehen. Höre einfach zu. Sie haben vor dir und deinesgleichen noch nicht genug Angst. Sie werden kommen und dich noch ein wenig weichklopfen, um sicherzugehen, dass du ihnen die gewünschten Informationen gibst.«

»Ich nichts sagen, Herr.«

»Halt endlich die Klappe«, fuhr der Meister ihn an. »Du wirst ihnen die Informationen geben, die sie haben wollen. Aber zuerst wirst du noch einige von ihnen umbringen, damit sie eure Macht erkennen.«

»Meister, ich angekettet.«

»Wenn du nicht auf der Stelle ruhig bist, werde ich dafür sorgen, dass sie dich zusammen mit Slick an einem Schiffstampen aufhängen.

Tarbur verstummte. Er wusste zwar nicht, was ein Schiffstampen war, aber die Vorstellung erhängt zu werden, ließ ihn erschauern. Wenn man starb, dann nur durch eine Waffe und am besten noch mit dem Blut der Feinde an den Händen. Zu ersticken war wenig ehrenhaft.

»Du wirst es ihnen schwermachen, die Informationen zu bekommen, aber sie bekommen sie. Sag ihnen, wie viele ihr seid, und dass ihr keine Angst vor ihnen habt. Euer Heer wartet in der Roten Wüste. Wenn sie fragen, warum ihr die Kinder entführt habt, sag, sie seien Proviant für den Winter. Das wird sie rasend machen. Es gibt nur eins, was du ihnen verschweigen musst. Sag ihnen nichts von uns. Sie dürfen nicht wissen, dass wir Meister euch führen. Hast du alles verstanden?«

Tarbur überlegte, ob er das Schweigen brechen und antworten durfte.

»Ja, Meister.«

Mit einem leisen Klicken öffnete sich an seinem rechten Handgelenk das Schloss der Handfesseln.

Tarbur wusste, was Magie alles vermochte. Die Macht der Meister beruhte auf ihr.

Tarbur hielt es für besser, seine halbe Freiheit nicht gleich preiszugeben. Er löste die Handfessel nicht und blieb bei seiner unbequemen Haltung.

Slick kam wieder zu sich. Er gab irgendein Kauderwelsch von sich, stellte sich wieder auf seine Beine und schüttelte das Haupt, wie jemand, der einen Schlag auf den Kopf bekommen hatte. Von seinen Handgelenken lief Blut herunter. Das ohnmächtige Hängen in den Ketten hatte seine Spuren hinterlassen.

»Was glotzt du so, du hässliches Monster? Dachtest wohl, ich kann nicht einschlafen in deiner Gegenwart? Weit gefehlt. Ich habe keine Angst vor dir. Wie es aussieht, lassen sie dich hier verhungern. Wenn es so weit ist, werde ich mich auf deinem toten Körper erleichtern. Danach hab ich mein Zimmer endlich wieder für mich. Ich hoffe, du verreckst qualvoll, du Missgeburt.«

Tarbur musste mit Gewalt den Wunsch unterdrücken, sich doch von der Wand zu lösen und dem Hüttenbauer mit der bloßen Hand die Gliedmaßen einzeln auszureißen. Es machte den Anschein, als ob Slick dachte, Oger würden die Sprache der Hüttenbauer nicht verstehen. Er nahm sich vor, ihm im geeigneten Augenblick zu beweisen, wie falsch er damit lag.

Es vergingen noch zwei weitere Stunden, in denen weder Slick noch Tarbur ein Wort sagten. Die Sonne näherte sich dem Horizont und warf ihr rötliches Licht an die Decke des Kerkers. Tarbur hörte, wie die Durchgangsluken zum Kerkergewölbe geöffnet wurden. Slicks Essen kam.

Die Schritte der Soldaten hallten durch den Schacht der Wendeltreppe. In einer der Stufen war eine Metallschiene eingearbeitet, um die Traglast der Treppe zu erhöhen. Wenn jemand darauf trat, knirschte der Stein darunter. Tarbur zählte mit.

Fünf Soldaten. Zu viel, um einfach nur Slicks Essen zu bringen. Sie kamen, um ihren Lieblingsgefangenen zu begaffen. Vielleicht wollten sie ihm auch ein paar Fragen stellen. Tarbur wusste als Einziger, dass sie kamen, um zu sterben. Ein grober Schlüssel wurde im Schloss gedreht und ein schwerer Metallriegel knarrend zurückgeschoben.

Vier Soldaten in Begleitung von Hauptmann Barrasch betraten das Gewölbe. Barrasch humpelte noch ein wenig, eine Erinnerung an den Sturz mit dem Oger. Der letzte der Soldaten schloss die Tür wieder hinter sich ab.

Obwohl sie Slick das Essen brachten, würdigten sie ihn keines Blickes. Alle Augen richteten sich auf Tarbur, der jedoch keine Reaktion zeigte.

»Hier, Slick, dein Futter. Teil es dir gut ein. Es gibt erst morgen Abend wieder was«, sagte einer der Soldaten und löste ihm die Handfessel auf einer Seite.

»Ihr sollt alle elendig krepieren, für das, was ihr mir antut«, bekam er zur Antwort.

Slick konnte in diesem Moment nicht wissen, wie Recht er damit behalten würde.

Drei der Soldaten hatten Speere, einer war mit einem Sklavenfänger bewaffnet, einer langen Stange mit einem sichelförmigen Ende. Diese Waffe war eine schlechte Wahl, um sie gegen einen Oger einzusetzen. Sie wurde dazu verwendet, Gegner auf Abstand zu halten. Man musste allerdings darauf achten, dass der Gegner etwa gleich stark war wie man selbst. Der Mann mit dem Fänger sah jedoch nicht so aus, als ob er Ogerkräfte besaß.

Halbkreisförmig hatten sie sich um ihn gruppiert. Hauptmann Barrasch trug sein Breitschwert an der Hüfte. Im Gegensatz zu den anderen wirkte er angespannt. Man hatte ihm die Aufgabe übertragen, die gesuchten Informationen aus dem Oger herauszuholen. Tarbur schätzte die Entfernung ab. Acht Fuß die Kette, fünf Fuß je Arm, das waren ... egal, auf jeden Fall genug. Nun musste nur noch der richtige Moment kommen.

»Das schmeckt grauenvoll. Ihr Schweine bringt mir immer nur die Abfälle«, schrie Slick und warf einem der Wachsoldaten seinen Teller in den Rücken.

»Dafür wirst du büßen, Slick.« Der Soldat drehte sich um, und auch zwei andere waren kurzzeitig abgelenkt.

Das war der Augenblick, auf den Tarbur gewartet hatte. Er ballte die Fäuste und spannte die Unterarme an. Wie von selbst fiel das Eisen der rechten Hand zu Boden. Tarbur sprang vor. Die Kettenglieder des losen Endes zogen sich klirrend durch den Mittelring an der Wand, bis die offene Handschelle sie stoppte. Die zwei Schritte reichten. Tarbur packte den ersten Soldaten im Nacken und schleuderte ihn rückwärts gegen die Wand. Erst jetzt begriffen die anderen, was geschah. Die sperrigen Stangenwaffen waren in dem kleinen Gewölbe nur schwer zu handhaben. Tarbur ergriff die Spitze eines auf ihn gerichteten Speers und entriss ihn seinem Gegenüber. Der Soldat stolperte auf ihn zu und stürzte vor ihm zu Boden. Mit einem kraftvollen Tritt in den Nacken brach er dem Mann das Genick. Barrasch zog sein Schwert und wich vor einem schwungvoll ausgeführten Schlag auf seinen Kopf zurück. Der Mann mit dem Fänger zielte auf Tarburs freien Arm, um ihn wieder an die Mauer zu fesseln, jedoch ohne Erfolg. Der letzte stach mit dem Speer zu und traf Tarbur an der Innenseite seines Oberschenkels. Der Oger drehte das Bein weg und entriss dem Soldaten damit seine Waffe. Mit einer kurz ausgeführten Parade und der Haltung eines Degenkämpfers durchbohrte er seine Kehle. Der Soldat fiel auf die Knie und hielt sich den Hals, um die Blutung zu stoppen. Immer mehr Blut rann zwischen seinen Fingern hindurch und tropfte auf den Boden. Der Wachmann mit dem Fänger hatte aufgehört, Tarbur zu bedrängen und presste sich in die Mauerecke neben der Tür.

»Ha, Ha!«, rief Slick, »damit habt ihr wohl nicht gerechnet, ihr Bauernpack.« Er hatte die Verwirrung genutzt, um eine der Wachen zu überwältigen. Seine Hände zogen an der Kette, die er um den Hals des Mannes gewickelt hatte. Mit dem Knie drückte er von hinten gegen die Wirbelsäule seines Gegners. Es bestand kein Zweifel, dass er den Mann mit einem Ruck hätte töten können.

»Ihr kettet mich jetzt sofort los, und dann werde ich mich aus dem Staub machen, sonst ...«

Man konnte Slick viel vorwerfen, aber eines beherrschte er. Er konnte hervorragend eine veränderte Situation zu seinem Vorteil nutzen. Nur leider war der Zeitpunkt äußerst schlecht gewählt. So wie es aussah, hatte im Moment niemand die rechte Geduld, sich mit ihm auseinanderzusetzen. Barrasch stand da und verfolgte jede Bewegung von Tarbur. Eine Unachtsamkeit, und er würde vorstürmen, um ihn anzugreifen. Tarbur war noch immer bewaffnet. Der Speer in seinem Oberschenkel war abgebrochen und damit unbrauchbar. Den anderen hielt er fest umklammert und wurfbereit. Der Mann mit dem Sklavenfänger stand noch immer in der Ecke und rührte sich nicht. Er hatte die Stangenwaffe vor sich gehalten und schien hinter ihr Schutz zu suchen. Die Situation war verfahren. Niemand war in der Lage, den ersten Schritt zu tun, ohne seinen Vorteil, sein Druckmittel oder sein Leben zu verlieren.

Die meisten im Raum waren erfahrene Kämpfer und wussten, wie man in solch einer Situation handelt: mit Ruhe und Konzentration. Nur Slick war es anscheinend nicht gegeben, noch länger zu warten.

»He, Oger, du solltest irgendwelche Forderungen stellen. In ein paar Minuten wird es hier nur so von Wachen wimmeln. Dann werden sie dich einfach mit ihren Armbrüsten niederstrecken.«

Niemand reagierte.

»Oh Mann, du bist wirklich zu blöd, hm?«

Tarbur drehte sich zu ihm.

»Ich will dein Essen.«

Slick schien verunsichert zu sein, als er hörte, dass Tarburs Wortschatz doch über Grunzlaute hinausging. »Kein Problem«, meinte er zögerlich. »Die werden mich laufen lassen, und dann kannst du meine Ration haben.«

»Nein«, antwortete Tarbur.

»Wie nein?« Slick verschanzte sich weiter hinter seinem Gefangenen.

»Zuerst ich dich töten, dann essen.«

Tarbur holte aus und schleuderte den Speer auf den Soldaten vor Slick. Er durchbohrte mühelos die leichte Rüstung und trat am Rücken wieder aus. Der Speer traf Slick genau ins Herz und warf ihn zurück gegen die Wand. Es lag so viel Kraft in dem Wurf, dass die Speerspitze auch durch ihn drang und erst in den Mauerfugen knirschend zum Stillstand kam.

Die ängstliche Starre des Soldaten am Kerkereingang verflog. Er riss die kleine Sichtluke in der Tür auf, schrie nach Verstärkung, während er eilig aufschloss und dann hinausrannte. Tarbur und Barrasch waren allein im Kerker. Noch immer blickten sie einander an.

»Warum hast du das getan?«, fragte Barrasch. »Slick hätte dir vielleicht helfen können, zu entkommen.« Barrasch glaubte zwar nicht daran, da sie Slick, egal ob mit oder ohne Geisel, niemals freigelassen hätten, aber die Tat schien ihm dennoch unbegreiflich.

»Slick ohne Ehre. Tabal hätte nicht gewollt Hilfe von Feigling.«

Tarbur ging zurück an die Wand, nahm die Handfessel auf und schloss sie wieder um sein Gelenk. Erst als das Klicken des Schlosses zu hören war, atmete Barrasch erleichtert auf.

Die Verstärkung rückte an. Barrasch steckte sein Schwert in die Scheide und verließ den Raum. Vor der Tür gab er den heraneilenden Soldaten Entwarnung.

Eine flüsternde Stimme drang aus der Kanalisation in den Kerker.

»Gut gemacht. Nur weiter so.«

18
Alte Freunde

Es war die dritte Nacht auf der Flucht. Mogda konnte sich nur schwer daran gewöhnen, nachts zu reisen und tagsüber zu schlafen. Cindiel erging es ähnlich. Rator und seinen Trupp hingegen schien es nicht zu kümmern. Sie liefen die ganze Nacht, machten kaum Halt, und tagsüber hatten sie ständig vier Wachen aufgestellt. Sobald sie Zeit hatten, sich auszuruhen, kümmerten sie sich zuerst um ihre Ausrüstung und schärften ihre Waffen, anstatt zu schlafen. Sie waren ganz und gar Krieger, und alles was sie taten, erledigten sie auf militärische Art und Weise. Sie aßen zur selben Zeit, sie tranken zur selben Zeit. Beim Laufen hielten sie eine strenge Reihenfolge ein. Im Gegensatz zu den umherstreunenden Ogern, die als Einzelgänger lebten, bildeten sie eine verschworene Einheit.

Mogda konnte es nicht genau erklären, aber seit ihrem Aufbruch letzte Nacht schienen die Kriegsoger angespannt zu sein. Wann immer es sich ergab, prüften sie die Windrichtung, tasteten den Boden ab und überprüften die Laufrichtung anhand der Sterne. Außerdem hatten sie das Tempo erhöht.

Zwei Stunden noch, dann würde es endlich hell werden, und er und Cindiel bekämen ihre wohlverdiente Pause. Cindiel saß wie gewohnt auf seinen Schultern. Das Gewicht des Mädchens war für ihn keine Belastung. Er war es aus der Vergangenheit gewohnt, mit geschultertem Gepäck zu reisen, und Schafe und Ziegen waren weitaus unkooperativer beim Transport.

Während sie liefen, sagte sie kein Wort. Die ewigen Erschütterungen machten es schwer zu reden, und Mogda begrüßte diesen Umstand. Die kühle Luft der Nacht erfrischte ihn auf angenehme Weise. Der Untergrund der Roten Wüste war eben und fest. Man musste nicht auf jeden Schritt achten. Die Gefahr, über ein Hindernis zu stürzen, war äußerst gering. Hier gab es nur einige Tierskelette und vereinzelte Sträucher, und beides konnte einen Oger nicht zu Fall bringen.

Kurz vor Sonnenaufgang stoppte der Trupp. Mogda ließ Cindiel von den Schultern gleiten und löste sein Paket mit der Wachsdecke. In den Tagen zuvor hatten sie Erdlöcher gegraben und die Planen darüber gespannt. Die Wärmeentwicklung darunter war nur schwer zu ertragen, aber für den Vorteil einer perfekten Tarnung nahm man vieles in Kauf. In diesem Abschnitt des Landes würde ein Oger auffallen, wie ein Segelschiff an einem stillen Horizont.

»Kein Lager«, unterbrach Rator Mogdas Vorbereitungen.

»Wieso, dieser Platz ist genau sogut wie jeder andere«, konterte Mogda.

»Nein! Laufen weiter bis Nelbor. Fünf Meilen vor uns Orkarmee.«

»Wir könnten hier rasten und das Heer morgen Nacht umgehen.«

»Keine Zeit für Rast. Verfolger kommen näher.«

»Verfolger?«, fragte Mogda verdutzt. Ihm war unverständlich, wie Rator zu der Annahme kam, sie würden verfolgt werden. Seit ihrer Flucht hatten sie kein einziges Lebenszeichen gesehen. Keine Signalhörner waren zu hören, ebenso kein Feuer oder Rauch zu entdecken. Wer sollte also verrückt genug sein, hinter ihnen herzulaufen?

»Wer verfolgt uns?«

»Weiß nicht und wollen auch nicht wissen.«

»Orks vielleicht?«, hakte Mogda nach.

»Nein, langsamer als Orks.«

»Dann haben wir es doch gar nicht so eilig. Wir sind allemal schneller.«

»Verfolger nicht schnell, aber nie Rast. Nicht nachts, nicht tags.«

»Rator, ich will dir nicht sagen, wie du uns führen sollst, aber du willst mir ernsthaft erzählen, uns verfolgt jemand, der nie schläft, nicht isst und ständig in Bewegung bleibt?«

»Du schnell begriffen.«

»Na, den würde ich mir gern mal ansehen«, sagte Mogda und zog spöttisch eine Augenbraue hoch.

»Ich nicht«, entgegnete Rator humorlos. »Du können warten hier.« Er drehte sich um und ließ Mogda einfach stehen.

Mogda rollte seine Plane wieder zusammen und gönnte sich noch einen Schluck Wasser. Danach kramte er in einer Tasche und zog ein

Stück Dörrfleisch heraus. Die Provianttasche war ein Geschenk von Kruzmak und hatte, wie er sagte, einem toten Kameraden gehört. Nach einem gierigen Bissen hielt er Cindiel den Rest hin. Sie schüttelte nur den Kopf, worauf Mogda achselzuckend das übrige Stück auch noch verschlang.

Er hielt ihr die Hand hin und half ihr auf seine Schultern. Sie sah erschöpft aus. Aber er konnte es nicht ändern: Wenn Rator sagte, sie mussten weiter, ging es nicht anders. Er wusste, was zu tun war. Ohne ihn hätten sie die Wüste nie verlassen können.

Cindiel tätschelte seinen Kopf als Zeichen dafür, dass sie bereit zum Aufbruch war.

Mogda wunderte sich über das Vertrauen, das ihnen dieses Kind entgegenbrachte. Vor einigen Wochen wäre sie noch vor jedem Oger schreiend davongelaufen. Die Situation, in der sie sich befand, ließ ihr zwar nur wenige Möglichkeiten, aber die Selbstverständlichkeit, mit der sie ihnen gegenübertrat, war verblüffend. Er hatte damals ein ähnliches Verhalten bei Usil festgestellt. Menschen hatten die erstaunliche Gabe, schnell Vertrauen zu anderen aufzubauen. Genauso schnell konnten sie es aber auch wieder verlieren.

Der Morgen dämmerte endlich, und sie rannten auf eine Hügelkette zu. Die Anhöhen bildeten bereits die südlichen Ausläufer des Gebirges, dessen Gipfel gerade von den ersten Sonnenstrahlen beschienen wurden. Der Pass lag etwa fünf Meilen vor ihnen, und dahinter lag Nelbor. Wenn sie es bis dorthin schafften, waren sie erst mal in Sicherheit. Die Orks würden sie nicht ins Land der Menschen verfolgen.

Nelbor – eigentlich das Land, das er seine Heimat nannte, aber in Sicherheit war er dort auch nicht. Die Menschen akzeptierten ihn und seinesgleichen nicht. Sie hatten Angst vor Ogern. Angst, weil Oger größer, stärker und anders waren. Eigentlich gab es so etwas wie eine Heimat für ihn nicht. Es gab nur Orte, an denen sie ihn weniger hetzten als an den anderen. Und anstatt sich ruhig zu verhalten und nicht aufzufallen, um irgendwo in Ruhe zu leben, schaffte er es immer wieder, sich noch mehr Feinde zu machen.

Was machte er hier eigentlich? War er vollkommen wahnsinnig? Sie hatten sich entschieden, durch die eigenen Truppen zu brechen, zu desertieren, um in ein Land zu reisen, das auf ihn und seine Freunde die größte Treibjagd aller Zeiten in Gang setzten würde. Ein Oger mit

Verstand, in Begleitung des zu Fleisch gewordenen Krieges würde in Nelbor nicht allzu viel Jubel hervorrufen. Jeder, aber auch jeder, der sich einen Namen machen wollte oder nach der Belohnung gierte, würde sie jagen. Und das alles für ein kleines Mädchen und einen Gott, der seinen Willen nicht klar genug geäußert hatte. Mogda erinnerte sich wieder an einen Spruch aus dem Buch des Philosophen. Erst durch Weisheit schafft man sich selbst die Möglichkeit, verschiedene Wege zur Selbstfindung zu beschreiten. Was für ein Unsinn. Dieses Amulett hatte ihn dazu gebracht, einen Weg zu gehen, der immer schmaler wurde, keine Abzweigungen hatte und höchstwahrscheinlich eine Sackgasse war. Und zu allem Überfluss wurde er jetzt auch noch von etwas verfolgt, das ihn töten wollte, und das diese abergläubischen Kriegsoger offenbar für unbesiegbar hielten.

Rator gab das Zeichen zum Halten. Sie befanden sich direkt vor der ersten Hügelkette. Er schickte Brakbar vor, um die Lage auszukundschaften. Vor ihnen lag die zweite Armee unter dem Banner Tabals – oder waren sie vielleicht nur zum Nutzen der Meister hier? Alle wie sie da waren, wurden sie um die göttliche Fügung betrogen. Ausgenutzt durch ihren eigenen Glauben.

Rator und Kruzmak kamen auf Mogda zu.

»Mogda, du guter Kämpfer?«, fragte Rator.

»Kommt darauf an«, erwiderte er. »Im Zweikampf mit Schafen bin ich ganz brauchbar.« Es wäre ihm lächerlich vorgekommen, seine eigenen Kampfkünste vor diesen erfahrenen Kriegern anzupreisen. Wenn es hart auf hart käme, würde er ihnen ohnehin keine große Hilfe sein.

»Das genug«, bekam er jedoch verblüffenderweise zur Antwort. »Orks zwar nicht unbewaffnet, aber genauso unkordiert.«

»Unkoordiniert«, verbesserte Cindiel ihn unwillkürlich.

Rator schaute zu ihr auf.

»Du wollen sein Truppführer?«

Cindiel nahm Deckung hinter Mogdas massigem Nacken.

»Tut mir leid«, wisperte sie eingeschüchtert.

Kruzmak überreichte Mogda eine langstielige Axt. In ihren Schaft waren unzählige Kerben eingraviert. Die Schneide war frisch geschliffen.

»Auch von totem Freund«, erklärte er. »Du führen in einer Hand. Immer laufen und schwingen. Nicht wie in Zweikampf.«

Mogda nickte.

Rator übergab ihm dazu noch einen Lederstriemen.

»Binden kleine Hexe fest. Wenn runterfällt, dann ...«

»Ich weiß«, unterbrach Cindiel ihn, »dann lasst ihr mich zurück.«

»Falsch, kleine Hexe. Dann drehen um und haben ewige Schlacht. Wird dauern bis Herbst, bis alle getötet.« Rator versuchte zu lächeln, aber es gelang ihm nicht ganz. Der Verrat an seinen Meistern machte ihm nach wie vor zu schaffen.

Brakbar kehrte zurück und berichtete. Sie mussten über zwei weitere Anhöhen steigen, dann würden sie auf die ersten Orks treffen. Östlich der Hauptarmee lagerten nur einige Orkrotten. Unter allen Umständen mussten sie den Kontakt mit anderen Ogern vermeiden. Ein Kampf mit ihnen wäre verheerend. Rator gab Anweisung, sich zu einem Keil zu formieren. Mogda sollte in zweiter Reihe, direkt hinter ihm bleiben. Sie würden nur kämpfen, wenn jemand versuchte, sie aufzuhalten. Unnötiges Töten würde ihnen nur mehr Gegner verschaffen.

Cindiel hatte sich das Lederband um den Rücken geworfen und vor Mogdas Hals zusammengeknotet.

»Kann es losgehen, Prinzessin?«, fragte Mogda. »Zerr nicht so viel am Riemen. Wenn meine Ohren blau anlaufen, solltest du den Knoten lockern.«

Wieder tätschelte sie seinen Kopf. Anscheinend verschlug ihr die Anspannung die Sprache.

Sie setzten sich in Bewegung. Wie geplant hielten sie östlich auf den Pass zu. Beim Ansturm auf den zweiten Hügel erhöhte Rator das Tempo. Die Oger an den Seiten hielten ihre langstieligen Äxte bereit. Rator hatte sich entschlossen, als Frontmann zwei davon zu tragen. Oben auf der Anhöhe hatte Mogda das erste Mal die Möglichkeit, sich einen Eindruck von ihrer Situation zu verschaffen.

Sie war nicht besonders erbaulich. Abgesehen davon, dass sie zu zwölft einem Heer von über tausend Orks und mindestens zweihundert Ogern gegenüberstanden, zweifelte er stark daran, dass es ihnen möglich sein würde, das Tempo bis zum Pass durchzuhalten. Falls das Heer von ihrer Flucht noch nicht informiert war, bestünde zumindest die Möglichkeit, sie zu überrumpeln und einfach hindurchzuschlüpfen.

Wenn sie allerdings bereits Bescheid wussten, hoffte er, dass sie schlechte Armbrustschützen waren. Von Westen her näherten sich kleine Gruppierungen von Kriegern der Hauptarmee. Die Meister zogen immer mehr Truppen zusammen, und niemand außer ihnen wusste, wie groß die Streitmacht werden würde.

In vollem Lauf näherten sie sich dem ersten Lagerplatz des Orks. Sie rasteten zirka dreihundert Schritt vom Hauptlager und waren noch damit beschäftigt ihre Ausrüstung aufzusammeln. Ohne Kriegsgeschrei, ohne Signalhörner und Trommeln stießen sie in Keilformation direkt in die Orks hinein. Ihre Gegner waren vollkommen unvorbereitet. Die meisten hatten nicht einmal die Möglichkeit, ihre Waffen zu ziehen. Einige rollten sich beiseite, um nicht unter die stampfenden Füße der Kriegsoger zu geraten. Die Orks, die umgeworfen wurden, stießen zornige Schreie aus. Insgesamt verlief der Vormarsch unblutig. Die zweite und dritte Rotte lagen nur wenige Schritte auseinander. Fünfzig Orks waren hier versammelt. Mogda nahm sich die Zeit und beobachtete die Reaktionen im Hauptheer. Bis jetzt hatte dort niemand etwas bemerkt. So wie es aussah, eilten sie der Nachricht ihrer Fahnenflucht voraus.

Das nächste Lager war besser vorbereitet: Sie konnten die aufgebrachten Rufe schon von Weitem hören. Schwertklingen funkelten in der aufgehenden Morgensonne. Niemand wagte es, sich den heranstürmenden Ogern direkt in den Weg zu stellen. Aber die Hoffnung, auch durch dieses Lager ohne Kampf zu ziehen, würde sich nicht erfüllen. Die Gefahr von einem seitlich ausgeführten Schwertstreich verletzt zu werden, weil man die Drohung nicht ernst genug genommen hatte, war zu groß. Mit vor der Brust gekreuzten Waffen stürmte Rator auf die Orks zu. Die anderen folgten ihm. Kurz vor dem Zusammenstoß riss er die Arme auseinander und trieb eine tiefe Bresche in die Gegner. Zwei Orks taumelten tödlich getroffen zurück. Nun bestand kein Zweifel mehr über ihre Absichten. Die Keilformation zeigte ihre Wirkung. Niemand wagte es, sich ihnen direkt in den Weg zu stellen. Die Aussichten, vielleicht den ersten oder zweiten Oger am Vormarsch zu hindern, wurden getrübt durch die Gewissheit, von den nachfolgenden niedergemetzelt zu werden. Die Orks wollte nicht für etwas sterben, das sie nicht einmal verstanden.

Bis auf vereinzelte, nachlässig ausgeführte Versuche die Flanken zu attackieren, trafen die Oger auf keine Gegenwehr. Die Orks setzten ihre Armbrüste so dilettantisch ein, dass sie keine Bedrohung darstellten. Der Durchbruch dauerte nur wenige Augenblicke und ließ vier tote Orks und eine unwesentliche Wunde an Brakbars Bein zurück. Nach wenigen Augenblicken waren sie schon wieder hinter der nächsten Hügelkette verschwunden. Jetzt ertönten die ersten Signalhörner. Viel zu spät, um eine Verfolgung zu organisieren. Rator verlangsamte das Tempo wieder. Er drehte den Kopf und stellte mit ruhiger Miene fest, dass es unter ihnen keine Verluste gegeben hatte.

In gemäßigtem Lauf näherten sie sich dem Übergang nach Nelbor und erreichten erschöpft, aber zufrieden, die andere Seite des Passes.

Rator stellte zwei seiner Leute ab, die ihn rechtzeitig vor möglichen Verfolgern warnen sollten. Der Rest ihres Trupps gönnte sich eine kleine Rast.

»Na, das war doch einfach«, schnaufte Mogda. »So werden sie den Krieg nie gewinnen.«

»War nicht einfach, war gute Planung und gute Zeit«, unterbrach Rator ihn. »Orks zähe Gegner. Wenn vorbereiten, dann sehr schwer Kampf. Du auch guter Krieger.«

»Ich hab doch gar keinen erwischt.«

»War nicht Ziel. Ziel war durchkommen.«

Mogda fasste das als Kompliment auf.

Cindiel erfrischte sich derweilen mit Wasser.

»Wie geht es jetzt weiter?«, fragte sie und blickte in die Runde.

Rator übernahm das Antworten.

»Werden bringen zu nächster Siedlung. Von dort aus du selber heimfinden. Wir reisen weiter. Gehen nach Süden, suchen Zauberoger. Finden heraus Wahrheit.«

Mogda sah ihn erstaunt an. Er war überrascht, dass Rator so konkrete Vorstellungen hatte und überlegte, ob er in diese Pläne mit einbezogen war, und wenn ja, ob er das überhaupt wollte. Doch bevor er die Einzelheiten mit Rator klären konnte, fiel Cindiel ihm ins Wort.

»Das ist nicht euer Ernst. Was denkt ihr, wie ihr Nelbor durchqueren wollt? Sobald sie euch entdecken, werden sie euch jagen.«

»Dann wir verstecken«, entgegnete Rator.

»Verstecken?«, rief Cindiel aus. »Habt ihr euch schon mal selbst angeschaut? Wo wollt ihr euch verstecken? Ihr erregt mehr Aufmerksamkeit als ein Wolf in einer Ziegenherde. Wenn ihr auf eigene Faust durchs Land reist, werdet ihr eine Blutspur hinter euch herziehen. Und es wird nicht nur fremdes Blut sein.«

Die Oger schienen ein wenig erschrocken durch das energische Auftreten des Mädchens. Nur Rator konnte man ansehen, wie ihm das Blut in den Adern hochkochte. Er war es nicht gewohnt, dass man seine Entscheidungen anzweifelte. Leider machte es seine begrenzte Wortwahl nicht unbedingt leichter, Gegenargumente zu finden.

»Du nur Kind, du nicht kennen Tabals Willen. Wir machen, wie entschieden.«

Der häufige Umgang mit Erwachsenen hatte Cindiel gelehrt, dass man mit Trotzigkeit nicht viel erreicht. Es bedurfte schon handfester Argumente. Und was Argumente und verdrehte Weisheiten anging, hatte sie mit Hagrim einen der besten Lehrer gehabt.

»Da hast du Recht, ich bin nur ein Kind. Aber was den Willen eures Gottes angeht, scheint mir, bist du auch kein echter Experte. Wer hat denn jahrelang geglaubt, ihm zu dienen? Aber in Wirklichkeit wart ihr nur Handlanger dieser Meister. Ihr kennt den Willen Tabals genauso wenig wie ich. Und solange das so ist, könnt ihr jede Hilfe gebrauchen, die ihr bekommen könnt.«

Rator war anzusehen, dass er weniger damit beschäftigt war, Cindiels Worte zu überdenken, als vielmehr seinen Körper unter Kontrolle zu halten. Mogda wusste, wenn man einen Oger in die Enge trieb, egal ob körperlich oder geistig, dann würde er versuchen auszubrechen, und zwar mit Gewalt. Er wollte nicht, dass Cindiel in der Nähe war, wenn Rator explodierte.

Mogda suchte nach dem schmalen Pfad, der beiden gerecht würde. Die Zeit drängte. Um die Situation erst einmal zu entschärfen, sagte er: »Ich habe die Lösung ...«

Zunächst einmal hatte er damit die volle Aufmerksamkeit aller, aber dennoch keine Ahnung, wie diese Lösung eigentlich aussehen sollte.

»Wir müssen mit Logik und Intuition vorgehen«, fuhr Mogda vorsichtig fort.

»Wer das sein?«, unterbrach Rator ihn barsch.

Cindiel drehte sich zu ihm und rollte verächtlich mit den Augen.

Mogdas Gedanken überschlugen sich. Logik und Intuition, wo hatte er diese beiden Begriffe nur her? Und was noch wichtiger war, in welchem Zusammenhang standen sie? Logik war ... das Gegenteil von Intuition. Was für ein Schlamassel. Ihm musste irgendetwas einfallen. Etwas, das sich gut anhörte. Das nicht klang wie das Gefasel eines betrunkenen Ogers.

»Hört doch mal zu«, fing er an. »Es ist doch kein Zufall, dass wir uns alle getroffen haben. Ich bin mir sicher, Tabal hat uns zusammengeführt. Nur wenn wir einander vertrauen und zusammenarbeiten, können wir es schaffen. Cindiel hat es schließlich fertig gebracht, mit ihrem Zauber die Lügen der Meister aufzudecken. Sie kennt sich hier in Nelbor gut aus und kann uns den besten Weg zeigen, um gefahrlos zu den Arkan-Ogern zu gelangen. Wenn wir es bis dahin geschafft haben, können wir sehen, wie es weitergeht. Wir sollten Cindiel unbedingt bis zu ihrer Stadt bringen. Von dort aus müssen wir nur der Küste bis nach Wasserzahn folgen. Das ist lange nicht so gefährlich, wie mitten durchs Land zu reisen. Ich finde, wir schulden das unserer kleinen Prinzessin. Und wenn das nicht Tabals Wille ist, werden wir es schon merken«, schloss er etwas vage.

Rator ließ diese Ansprache noch einen Augenblick auf sich wirken. Die vielen Wörter verwirrten ihn. Hatte er sich nun durchgesetzt oder nicht? Er wollte nach Wasserzahn. Sie würden nur Cindiel erst nach Osberg bringen und dann an der Küste entlangreisen. Der Weg war gut gewählt.

»Du endlich fertig. Wenn genauso gut mit Axt wie mit Worte, dann Krieg schon gewonnen.«

Mogda zwinkerte Cindiel zu.

Rator stand auf. Die anderen taten es ihm gleich.

»So, kann losgehen. Wo wohnen jetzt Intition und Logi?«

Mogda klopfte Rator freundschaftlich auf die Schulter.

»Das erkläre ich dir unterwegs.«

Die Reise nach Osberg würde vier Tage dauern. Sie entschlossen sich, nicht direkt am Gebirge vorbeizuziehen, sondern ein Stück südlicher, denn in den Bergen gab es überall Späher der Meister. Je länger sie unentdeckt blieben, desto besser wäre es für sie. Mogda kannte sich in diesem Gebiet Nelbors gut aus. Das Tannenverlies hatte ihm schon öfter als Unterschlupf gedient.

Er erinnerte sich an den letzten Winter und an die Begegnung mit Usil. Südlich vom Tannenverlies, sagte er damals, sei sein Hof. Mogda hoffte, ihn wohlauf dort anzutreffen.

Sie reisten abseits der Wege, um kein Aufsehen zu erregen. Den Rest ihrer Tarnung übernahm die Nacht. Tagsüber ruhten sie sich aus. Man konnte Cindiel ansehen, wie sie die gezwungenen Pausen nur schwer ertragen konnte, obwohl sie körperlich erschöpft war. Sie wollte endlich nach Hause. Sie wollte ihre Großmutter sehen, sie wollte wissen, ob Hagrim noch lebte, und sie wollte mithelfen, die anderen Kinder zu befreien.

Am Ende der zweiten Nacht hatten sie den südlichen Rand des Tannenverlieses erreicht. Hoch oben, in einer der Baumkronen, verkündete eine Eule ihre erfolgreiche Jagd und hielt jeden Widersacher dazu an, ihr fernzubleiben. Der Waldboden setzte sich aus einer dicken Schicht vermodernder Tannennadeln zusammen und federte jeden Schritt weich ab. Die Luft war erfüllt vom Geruch der Pilze und Flechten, vermengt mit dem Duft des süßlichen Baumharzes. Sanft bewegte der Wind die schweren Äste und trieb das flüsternde Geräusch der Bäume vor sich her.

Der Geruch des Waldes ließ Mogda neue Kraft schöpfen. Das war die wirkliche Freiheit. Es war nicht das Gefühl, alles zu tun oder lassen zu können, wonach einem der Sinn stand. Vielmehr ging es darum, ein Teil von einem Ort zu sein, an dem man sich wohl fühlte. Wo es andere Lebewesen gab, die sich nicht darum scherten, was er gerade machte. Er wollte einfach nur in Ruhe gelassen werden.

Mogda hielt Ausschau nach dem Hof von Usil. Er musste hier irgendwo sein. Bald würden sie sich einen Unterschlupf suchen müssen, dann wäre die Chance, sich um den Verbleib von Usil zu kümmern, vertan. Ein Hof konnte doch nicht so klein sein. Weite Felder, Zäune, und Gatter machten doch immer auf ein Gehöft in der Nähe aufmerksam. Selbst wenn Usil doch von den Orks getötet worden war, hätte man den Hof nicht abgerissen. Irgendjemand hätte ihn übernommen. Es war auch kein einziger Laut eines Farmtieres zu hören. Mogda kannte die Geräusche nur allzu gut, die sie machten, wenn sie gemolken, gefüttert oder nicht weggetragen werden wollten. Hier gab es nichts, außer unberührter Natur.

Ein schwaches Licht fiel durch die Bäume. Es blinkte nur kurz im Vorbeigehen auf, aber es war da.

»Wartet, da ist was«, verkündete Mogda den anderen. Er und Cindiel trennten sich von der Gruppe und verschwanden im Unterholz. Sie näherten sich dem Lichtschein. Mogda versuchte, bei jedem

Schritt den Untergrund erst vorsichtig zu ertasten. Ein abgebrochener Ast oder eine morsche Baumwurzel konnte ihn schon verraten. In der Vergangenheit hatte das Zusammenspiel seiner Füße mit dem Untergrund schon oft zu unliebsamer Aufmerksamkeit geführt.

Es war nicht mehr weit. Hinter einem Busch ging er in Stellung und schob die Äste beiseite, um besser sehen zu können. Auf einer kleinen Lichtung stand ein halb verfallenes Haus. Vor der Tür hatte jemand eine Laterne entzündet. Zwei Pferde waren vor einen Karren gespannt, der mit Rüben voll beladen war. Die Pferde schnaubten unruhig, doch es konnte unmöglich sein, dass sie den Oger witterten. Sie standen gegen den Wind.

Das Haus ähnelte eher einer verlassenen Baumfällerhütte. Links und rechts neben dem Haupthaus, wenn man es überhaupt so nennen konnte, standen zwei Schuppen. Der eine diente vermutlich als Stall, von dem anderen vermutete Mogda, dass es sich um eine Art Heuschober handelte.

Die Tür öffnete sich knarrend, und ein alter Mann kam heraus. Er wuchtete sich beschwerlich auf den Wagen.

»Kommt ihr beiden, wir haben einen weiten Weg«, rief er den Pferden zu, nahm die Zügel in die Hand und fuhr los.

»Usil, du lebst«, flüsterte Mogda.

»Ein alter Freund?«, fragte Cindiel leise.

»Nein, nur ein ... doch, ein Freund.«

»Es sieht aus, als ob er nach Osberg fährt, um seine Waren zu verkaufen. Vielleicht könnten wir in seiner alten Scheune rasten. Was meinst du?«

Mogda nickte. »Er lebt allein hier und wird frühestens in drei Tagen wieder da sein. Komm, wir schlagen es den anderen vor. Lass uns nur warten, bis er außer Sicht ist.«

Mogda war sich nicht ganz sicher, wie die anderen auf Menschen reagierten, und auch Usils Verhalten war schwer vorauszuahnen, wenn er auf einen ganzen Trupp Oger stieß. Usil war ein guter Mann, und von ihm ging auch keine Gefahr aus. Doch es war ungefährlicher für ihn, nichts von diesem Besuch zu wissen. Vielleicht gab es noch einmal eine andere Gelegenheit, sich mit dem Alten zu treffen.

Cindiel und Mogda machten sich auf den Weg zurück zu den anderen.

Zwar war die Begeisterung der übrigen Oger eher verhalten, dennoch lockte die Aussicht, sich im Schutz einer Scheune auszuruhen. Abgesehen davon konnte es ganz nützlich sein, die Vorräte wieder etwas aufzufrischen. Sie folgten dem Weg, der sich westlich dem Haus näherte, um keine verräterischen Spuren in den Äckern rund um den Hof zu hinterlassen. Auch ohne viel Wissen über Landwirtschaft konnte Mogda doch erkennen, dass Usil nicht zu den Großbauern gehörte. Die Felder rund um das Haus glichen eher einem Garten zur Selbstversorgung. Die Gebäude waren vermutlich noch von vor der Zeit des Trollkrieges erbaut worden, und hatten seitdem nur die notdürftigsten Reparaturen erfahren. Das Dach wies bereits eine beängstigende Neigung auf, passte sich aber hervorragend den halb abgerissenen Fensterläden an. Moose und Flechten, die sich ihren Weg durch die alten Bretter bahnten, spiegelten den Eindruck wider, die Natur hole sich das zurück, was ihr gehörte.

Mogda und Cindiel näherten sich noch einmal dem Haus, als die anderen sich ihre Lagerplätze in der Scheune zurechtmachten. Die Tür stand halb offen. Anscheinend hatte Usil keine Angst vor Räubern, oder er besaß nichts, das sich zu stehlen lohnte. Beim Betreten der Hütte sah Mogda rasch, dass wohl die zweite Annahme richtig war. Er konnte in der Hütte nicht aufrecht stehen und ließ sich auf die Knie nieder, um nicht Gefahr zu laufen, die Hütte aus Versehen einzureißen. Der ganze Innenraum bestand nur aus einem einzigen Zimmer. Und das war auch noch sehr spärlich eingerichtet, selbst für die Vorstellungen eines Ogers. Neben einem einfachen Bett, einem Tisch und einer Kochstelle befand sich nur noch ein schlichtes Regal an der Wand.

»Vielleicht liebt er es übersichtlich«, vermutete Mogda zögerlich.

Cindiel erwiderte nichts. Sie kannte zwar Armut, aber diese Trostlosigkeit gab es in der Stadt nicht. Jemand, der nichts hatte, lebte zwar auf der Straße, nahm aber am Leben dennoch teil und war ein Teil der Stadt. Mogda fiel ein Buch auf, das im Bett lag und halb von dem klammen, zerfledderten Kopfkissen überdeckt wurde. Er erkannte es gleich wieder. Auf dem Ledereinband stand: »Gorondier Adulib – gesammelte philosophische Weisheiten«.

Das war das Buch, in dem Mogda im letzten Winter häufig gelesen hatte.

Er schlug den Einband auf und blätterte zu einer der ersten Seiten.

Dort stand von einem unbekannten Schreiberling nur ein einziges Zitat: »Nicht glauben heißt wissen.« Mogda wollte damals einige Bemerkungen dazuschreiben, aber aufgrund seiner motorischen Fähigkeiten und den furchtbar kleinen Stiften hatte es nur für ein paar Fragmente gereicht. »Nicht wissen gleich Glauben?« »Mit Wissen kein Glauben.« Es war ihm damals nicht aufgefallen, dass es einen Unterschied zwischen etwas glauben und dem Glauben an sich gab. Er schloss das Buch und legte es auf den Tisch.

Dann zog er den Dolch von dem toten Ork hervor, der behauptet hatte, Usil getötet zu haben, und legte ihn auf das Buch. Dazu warf er noch einige Münzen und ein paar Edelsteine, die er auch nicht viel rechtmäßiger erworben hatte.

»Kannst du ihm was von mir aufschreiben, Cindiel? Meine Schrift ist nicht so besonders leserlich.«

»Mach es selbst, er wird es trotzdem zu schätzen wissen«, antwortete sie verständnisvoll.

Mogda nahm den Dolch zwischen die Finger und ritzte einige Worte in den Tisch.

VON EINEM FREUND.

Die Scheune war eine hervorragende Unterkunft. Rator stellte jeweils nur eine Wache alle zwei Stunden auf. Die Ruhe tat allen gut.

Kurz nach Sonnenuntergang begannen sie, ihre Ausrüstung zu packen. Mogda war wie jedes Mal spät dran. Er konnte nicht verstehen, wie die anderen es schafften, immer rechtzeitig aufzustehen. Nicht, dass derjenige, der Wache hielt, die anderen weckte. Sie wachten von ganz allein auf. Er hatte sich auch schon oft vorgenommen, zu einer bestimmten Zeit aufzuwachen, aber alle bisherigen Versuche waren kläglich gescheitert. Sein Körper nahm sich einfach den Schlaf, den er brauchte. Und er brauchte viel Schlaf. So kam es nun wie jeden Abend, dass er erst erwachte, wenn einer der anderen ihm den Wasserschlauch entriss, den er als Kopfkissen benutzte. Es war immer dasselbe: Seiner Unterlage beraubt, knallte Mogda mit dem Kopf auf den Boden, und die anderen krümmten sich vor Lachen. Ihm selbst war der Spaß daran schon lange vergangen.

Cindiel steckte sich noch ein paar Rüben ein, die sie zwar den anderen auch angeboten hatte, aber dabei nicht auf allzu viel Zuspruch gestoßen war.

Ein dumpfes Grollen ließ jede Bewegung erstarren: Kruzmak, der gerade Wache hielt, hatte einmal kurz geknurrt – das Zeichen für drohende Gefahr, das die Aufmerksamkeit der anderen bannte. Augenblicklich stellten alle ihre Aktivitäten ein und schauten zum Scheunentor. Rator war mit zwei Schritten heran und blickte durch einen Spalt zwischen den Brettern.

»Ein Oger.«

Mogdas Neugier übermannte ihn. Er suchte ein loses Brett und lugte ebenfalls durch die Ritze.

Es war nur ein Umriss, der sich im Dunkeln abzeichnete, dennoch kam Mogda diese Gestalt seltsam vertraut vor. Die Hilflosigkeit, mit der sie dastand, und die Unentschlossenheit, mit der sie sich bewegte, waren ihm nur allzu vertraut. Den Ausschlag gab aber die Haltung – hängende Schultern, ein schräg gestellter Kopf und ein Bein ungesund nach innen verdreht.

»Ich kenne ihn. Wir waren zusammen, als wir zum Drachenhorst zogen.«

»Dort!« Rator zeigte auf eine Stelle im Feld neben dem Oger. »Feind uns eingeholt.«

Kruzmak sah genauer hin. »Sein mindestens acht. Wenn er bewegen, sie töten ihn.«

Jetzt erkannte auch Mogda die sich bewegenden Sandhaufen im Feld.

»Wir können ihn da nicht so stehen lassen. Wir müssen ihn warnen.«

»Idee schlecht«, sagte Rator. »Das da Sandläufer.«

»Na und, es sind nur acht«, wandte Mogda ein.

»Das richtig, aber Sandläufer nur wie Flöhe.«

»Wie, wie Flöhe? Du meinst, sie leben auf einem anderen Tier?«

»Kein Tier, ein Dämon. Ist Schattenwurm. Zum Töten geschickt vom Meister.«

Mogda musste dem anderen Oger einfach helfen. Er brach ein weiteres Brett aus der Wand, steckte seinen Kopf hindurch und rief: »Du darfst dich nicht bewegen.«

Die Anweisung hatte nicht den gewünschten Erfolg. Der Oger setzte sich in Gang und lief auf die Scheune zu.

»Mogda? Matscha hier. M-A-T-S-C-H-A«, rief er.

Die Sandhügel bewegten sich sternförmig auf ihn zu. Rator stieß das Tor auf, griff seine Axt und gab das Kommando zum Angriff. Damit hatte Matscha nicht gerechnet. Er stoppte ruckartig und blieb wie angewurzelt stehen. Einige Schritte vor ihm stieß eine Kreatur aus der Erde, die entfernt an einen Tausendfüßer erinnerte. Nur war sie etwa vier Fuß lang und besaß messerscharfe Zangen. Einen Augenblick später taten es ihm weitere gleich. Rator und Kruzmak waren fast heran. Der erste Schlag traf, verwundete die Kreatur jedoch nicht. Ein dicker Panzer schützte sie. Die Sandläufer stießen einen schrillen Ton aus, der jedem anderen Lebewesen durch Mark und Bein fuhr.

Cindiel hielt sich die Ohren zu, während die anderen aus der Scheune stürmten. Mogda ergriff das Mädchen und setzte es sich unsanft auf die Schultern.

»Schnell, wir flüchten. Sie rufen Schattenwurm«, brüllte Rator.

Das war ein Kommando, das selten von Ogern gegeben wurde, und umso eindringlicher wirkte es. Nur Matscha schien nicht zu begreifen, was um ihn herum vorging. Kruzmak packte ihn am Arm und versuchte ihn mitzureißen. Ein Sandläufer stieß direkt unter ihm hervor und bohrte seine Zangen tief in seinen Fuß. Kruzmak schrie auf. Das weckte selbst Matscha aus seiner Starre. Rator rollte sich über die Schulter ab und führte einen schwungvollen Axthieb, den er dicht neben Kruzmaks Fuß in den Sand setzte. Die brachiale Gewalt des Schlages trennte dem Rieseninsekt den Kopf vom Rumpf. Kruzmak bekam seinen Fuß frei und lief los, wobei er das Bein nachzog. Sie rannten in westlicher Richtung über die Felder, um in den Bäumen Schutz zu suchen. Sie blickten nicht zurück. Ein lieblos angelegter Zaun wurde einfach niedergetrampelt, genauso wie einige kleine Obstbäume, die ihnen im Weg waren. Sie liefen und liefen.

Erst nach zwei Stunden unermüdlicher Flucht verlangsamten sie ihr Tempo und hofften, genügend Abstand zwischen sich und ihre Verfolger gebracht zu haben.

Noch ganz außer Atem fragte Mogda: »Was waren das für Wesen?«

»Die Sandläufer nur Späher«, erklärte Rator. »Sie zeigen Ziel für Schattenwurm. Riesiger Wurm stößt aus Erde und verschluckt Feinde. Jagt so lange, bis hat Beute.«

»Halt, halt, halt«, unterbrach Cindiel ihn. »Das Wesen, von dem ihr sprecht, nennen sie bei uns ›Blutrach‹. Der Wurm kann von Magiern beschworen werden und wird mit den Opfern seiner Feinde gefüttert. Dann sucht er den Mörder so lange, bis er ihn gefressen hat und tötet alle, die sich ihm in den Weg stellen.«

»Bei uns heißt Schattenwurm«, entgegnete Rator.

»Das ist aber nur eine Geschichte, so ein Wesen gibt es in Wirklichkeit nicht.«

Mogda schaute sie mitleidig an. »Wenn alles, was ihr Menschen als Geschichten abtut, und alles was ihr als wahr erachtet stimmen würde, wären wir sicher nicht hier und würden dich nach Hause begleiten.«

»Wir besser weiter, bevor Geschichte von Hüttenbauern beißt uns Hintern ab«, ermahnte Kruzmak.

Sie machten sich auf, um noch einen Teil der Wegstrecke hinter sich zu lassen.

Sie mussten den Abstand zu den Sandläufern vergrößern, um tagsüber rasten zu können. Was aber alle noch viel mehr beschäftigte, war die Frage, auf wen von ihnen der Schattenwurm angesetzt war.

Mogda war froh, dass Cindiel bei ihm war und nicht bei einem der anderen. Die Wahrscheinlichkeit, dass sie gerade den toten Ork vom Gefängnis wählten, war sehr gering.

Er musste ständig zu Matscha hinübersehen. Warum war er ihnen gefolgt? Suchte er nur Anschluss, oder war er auf sie angesetzt worden? Er wunderte sich, dass sich kein anderer diese Frage zu stellen schien. Sie sahen den verkrüppelten Oger nicht als Bedrohung an.

»Matscha, warum bist du hinter uns hergelaufen?«

Er schien ein wenig verlegen und suchte, so wie es aussah, nach den richtigen Worten.

Mogda fiel auf, dass Brakbar, der neben Matscha lief, eine Hand an die Axt legte. Anscheinend interessierte es doch noch jemanden, warum er ihnen gefolgt war. Mogda hoffte, Matscha werde die richtige Antwort geben.

»Ich auf Lagerplatz unter euch. Ich hören Reise zu Wasserzahn. Reise zu Zauberoger. Matscha wollen immer schon sehen Zauberoger. Bitte nicht lassen Matscha allein.«

Brakbar ließ die Hand wieder sinken.

19
Zwei Oger

Es war nur eine Ansammlung Felsen; von Inseln konnte man kaum sprechen. Die kleinsten boten nicht einmal genug Platz für eine Hütte, und selbst auf der größten wäre kaum eine Siedlung untergekommen. Dies war aber nicht der Grund, warum die Inseln unbewohnt waren. Zum einen war der Fels vulkanischen Ursprungs und damit wie ein riesiger poröser Stein mit messerscharfen Kanten. Es gab so gut wie keine Vegetation, kein Süßwasser und auch Tiere siedelten sich hier nicht an.

Zum anderen rankten sich zahlreiche geheimnisvolle Geschichten um diesen Ort. Seefahrer berichteten von Schreien, die in den Nächten zu hören waren, von monströsen Bestien, die im Inneren der Inseln hausten und von einem Zauber, der diesen Ort in Nebel hüllte, auf ihm ein Licht erstrahlen ließ und dann Schiffe anlockte, um sie am Riff zerschellen zu lassen.

Die Wahrheit aber war, dass die Menschen die Inseln mieden, weil es hier nichts für sie zu holen gab.

Meistens ist es dann nur ein Zufall, dass so ein Ort trotzdem ein Geheimnis birgt. Aber es kommt vor.

Der kleine rostbraune Käfer hatte es schwer auf diesem Untergrund. Oft lag sein chitingepanzerter Körper hilflos in einer der geplatzten Steinblasen der Vulkanschlacke. Aber immer wieder schaffte er es, mit einem seiner sechs Beine neuen Halt zu finden und sich aus dieser misslichen Lage zu befreien. Es handelte sich um einen Lavakäfer. Im Landesinneren fand man ihn nur sehr selten, aber hier an der Südküste, wo es überall erkaltete Schlacke gab, kam er recht häufig vor. Der Lavakäfer hatte eine Eigenart. Wenn er sich bedroht fühlte, konnte er zwei verschiedene Flüssigkeiten in seinem Körper mischen und diese versprühen. Das Ergebnis war eine brodelnde Substanz, die dem Gegner mehr oder weniger starke Verbrennungen zufügte. Ein sehr wirksamer Abwehrmechanismus, um nicht gefressen zu werden. Der Grund dafür, dass die Käfer hier lebten, war einfach: Ihre Verteidigung brauchte Schwefel. Da der Schwefel hier unten am Felsen vom Salzwasser ausgewaschen wurde, musste der Käfer hinaufklettern, zu einer Stelle, an der Vulkandampf austrat. Nach einem für einen Käfer recht langen Marsch fand er endlich, wonach er suchte. Doch der Schwefel war kristallisiert, und der Lavakäfer fand keinen Halt darauf. Er rutschte immer tiefer in die Spalte. Er stürzte wie in einer Sanduhr durch den Trichter in eine Höhle. Mit einem kaum hörbaren Geräusch landete er auf einem Tisch, der anscheinend ein Überbleibsel eines gesunkenen Schiffes war. Auf der Platte waren die Intarsienbuchstaben des Schiffsnamen eingearbeitet: »Gischtkrone II«.

»Na, was haben wir denn da? Sieh dir das an, Truganost. Schon wieder einer dieser Lavakäfer. Wenn das so weitergeht, dann können wir eines Tages einen Handel mit Lichtzaubern aufmachen. Vielleicht wollen die Zwerge in der Zwergenesse ihre Tunnel damit beleuchten. Dann wären wir die ersten reichen Oger. Was hältst du davon?«

Das Sonnenlicht fiel durch den schmalen Schacht in der Höhlendecke genau auf die Gesichter zweier Oger. Sonnenlicht war hier unten seltener als Lavakäfer im Innenland. Durch den langen schmalen Schacht musste die Sonne in einem ganz bestimmten Winkel stehen, damit das Licht bis zum Boden fiel.

Bis auf die bleiche Gesichtsfarbe hatten die beiden so gut wie keine erkennbaren Gemeinsamkeiten. Der eine hatte ein langes schmales Gesicht und eine Hakennase. Sein Haaransatz beschränkte sich auf ein kleines rundes Stück auf der Mitte seines Schädels. Der Haarzopf reichte ihm weit bis über die Schulter und war schlohweiß. Seine Augen funkelten grünlich und voller Energie.

Der andere hatte einen kantigen, vollkommen kahlen Kopf. Sein ganzes Aussehen strahlte nur eines aus: Brutalität. Was ein wenig Sanftmut in sein Aussehen brachte, war lediglich die Tatsache, dass er fest schlief.

Der Langhaarige schob den Lavakäfer vorsichtig mit dem Zeigefinger über den Tisch. Er schnippte ihn über den Rand in eine Schüssel hinein. Der Käfer gesellte sich zu einigen Kieselsteinen und einer Vogelfeder.

»Siehst du, tat doch gar nicht weh«, sagte er beruhigend zu dem Insekt.

»Du kannst sagen, was du willst, Truganost, es lohnt sich doch immer wieder hier herzukommen und die Augen aufzuhalten. Noch zwei, drei weitere Ingredienzien, und ich habe wieder alles zusammen.«

Truganost, wie der eine Oger den anderen nannte, schlief weiter.

Der Langhaarige stellte die Schüssel auf dem Tisch ab und blickte nach oben. Er versuchte, die letzten Sonnenstrahlen mit dem Gesicht einzufangen. Er genoss sichtlich die Wärme, die sie hinterließen.

»Etwas sagt mir, dass es nicht mehr lange dauern wird, bis sich die Prophezeiung erfüllt. Er wird hier herkommen, und er wird andere mitbringen. Wir müssen sie dann auf den rechten Weg bringen. Sie sind bereit, die Wahrheit zu erfahren. Doch wo der Weg enden wird, ist ihnen überlassen. Glaubst du nicht auch?«

Truganost schlief.

Die Sonne hatte ihren Weg fortgesetzt. Das Licht in der Höhle schwand. Die Gesichter der Oger waren nur noch als Silhouetten zu erkennen.

»Sie haben noch einen langen Weg vor sich, aber sie werden es schaffen. Es ist schon komisch, mit anzusehen, wie die Dinge sich in so kurzer Zeit ändern. Seit ewiger Zeit sitzen wir nun hier unten und warten auf ein Zeichen. Und kaum ist einer von uns tatsächlich gezeichnet worden, überschlagen sich auch schon die Ereignisse. Bist du nicht auch ein wenig aufgeregt? Schließlich wird es dein großer Tag werden.«

Sein Gegenüber gab noch immer keinen Ton von sich.

20
Verrat

Seit mehreren Tagen hatte Tarbur den Kerker wieder für sich allein. Gestern hatte ihn der Schmied von Osberg besucht, um die Ketten zu überprüfen. Aber auch er konnte sich die rätselhafte Befreiung nicht erklären. Man schob den Fehler auf ein Versagen des Metalls und tauschte die Ketten aus. Der Schmied war Tarbur von Anfang an sympathisch. Ein groß gewachsener Mann mit Glatze und Übergewicht. Er verbreitete einen Dunst von Schweiß, Kohle und glühendem Metall um sich herum. Wenn es nicht anatomisch zu schwierig gewesen wäre, hätte man vermuten können, dass einer seiner Urahnen ein Oger war. Er scheute Tarbur nicht, und er zeigte auch keine Angst, als er sich ihm nähern musste.

Tarburs Mahlzeiten kamen wie versprochen. Zu seiner Verblüffung waren die Portionen seinem Körpergewicht angepasst worden. Tag für Tag kam Hauptmann Barrasch hier herunter und befragte ihn. Und so, wie es der Meister verlangte, gab Tarbur ihm stückchenweise die Informationen, die er haben sollte. Ohne die Zustimmung des Meisters hätte er nicht eine dieser Fragen beantwortet. Er wäre lieber gestorben, statt irgendwelche Geheimnisse auszuplaudern. Hauptmann Barrasch schien mit den Informationen zufrieden. Jedes Mal, wenn Barrasch wieder ging, um die neuen Erkenntnisse weiterzuberichten, gab der Meister Anweisungen für die nächste Befragung. Tarbur war unklar, warum der Meister so viel Wissen preisgeben wollte, aber er würde sicherlich einen Grund dafür haben. Es gab nur zwei Dinge, die Tarbur nicht ausplaudern durfte. Zum einen alles, was die Meister betraf, und zum anderen, was den Verbleib der Zwerge anging. Das war nicht allzu schwer für ihn, denn über die Meister wussten die Hüttenbauer nichts, und über den Verbleib der Zwerge wusste Tarbur nichts. Barrasch fragte ihn einmal, ob es Hintermänner gab, die für den Krieg verantwortlich waren. Daraufhin antwortete er, der Gott Tabal hätte den Kampf all seinen Untertanen befohlen. Barrasch ließ die Frage auf sich beruhen, da er wohl auch keine andere Antwort erwartet hatte. Die Zwerge interessierten ihn auch nicht besonders. Anscheinend vermuteten die Menschen, dass sie auch im Drachenhorst gefangen gehalten wurden. Gestern Abend, als der Hauptmann wieder ging, sagte er, er bringe heute eine alte Frau mit, die auch einige Fragen hätte, und er solle sich ihr gegenüber ordentlich verhalten, sonst würden die Essenrationen gestrichen. Tarbur war es ganz egal, wer ihn befragte, aber nicht, ob seine Mahlzeiten unpünktlich waren, also stimmte er zu.

Und mal ein anderes Gesicht zu sehen wäre bestimmt eine gute Sache. Trotzdem war Tarbur ein wenig verunsichert, da der Meister sich nicht gemeldet hatte, um ihm neue Anweisungen zu geben. Was, wenn er nicht weiterwusste? Er entschloss sich, in diesem Fall einfach nicht zu antworten.

In den vergangenen Gesprächen war er dazu übergegangen, sein begrenztes Sprachvermögen als Vorwand zu nehmen, um unangenehmen Fragen auszuweichen. War er verunsichert, antwortete er immer wieder mit: »Ja, wir großes Heer, bringen Willen Tabals zu Hüttenbauern.«

Das Essen ließ heute auf sich warten. Die Feuchtigkeit und die Kälte machten ihm nicht viel aus, denn er war es gewohnt im Freien zu schlafen, egal bei welchem Wetter, aber das Warten war zermürbend. Besonders, wenn man Hunger hatte.

Tarbur stieg ein vertrauter Geruch in die Nase. Er kam aus dem kleinen Loch im Boden. Es war der Geruch des Meisters.

Tarbur wartete ab. Der Meister vergewisserte sich immer erst, ob niemand außer ihm im Kerker war. Es verging einige Zeit, aber der Meister ließ nichts von sich hören.

»Meister, seid Ihr da?«, fragte Tarbur unsicher.

Niemand antwortete.

Tarburs Blick fiel auf eine Stelle am Boden, die ihm seltsam vorkam. Der Stein sah aus, als ob er seine gespeicherte Feuchtigkeit ausschwitzte. Seine Oberfläche glänzte, ganz im Gegensatz zu den benachbarten Quadern. Kurz danach begann die Zeichnung des Steines zu verschwimmen. Der Vorgang breitete sich auf die benachbarten Steine aus und nahm Besitz vom umliegenden Boden. Die Fläche wuchs auf eine Größe von zwei Schritt an. Sie war kreisrund. Dann geriet das Phänomen für einen Augenblick ins Stocken.

Tarbur blickte fasziniert auf den Fleck. Er war nicht verunsichert oder gar verängstigt. Dieser Zauber entsprang der Kraft der Meister. Er hatte sie schon oft zaubern sehen, und ihm war aufgefallen, dass sie viel Wert auf Effekte legten. Sein Blick war wie erstarrt. Selbst das Blinzeln versuchte er zu unterdrücken, um auf keinen Fall das Resultat zu verpassen.

Die Steine begannen zu verschwimmen. Es sah aus, als ob man Wachsklötze erhitzt und sie mit einem Stab in einem Topf verrührt. In der Mitte entstand ein Sog, der sich wie ein Wasserstrudel absenkte. Der Trichter wurde immer tiefer. Er begann, seine Form zu ändern. Aus dem Sog bildeten sich Ansätze von Stufen heraus. Plötzlich erstarrte die graubraune Masse. Ein Licht wurde entzündet. Der Meister kam die magisch geformten Stufen herauf. Seine Bewegungen waren so gleichmäßig, dass es aussah, als ob er gleite. Er hatte das typische Gewand der Meister an. Für Tarbur sahen sie alle gleich aus. Sie hatten alle dieselbe Art zu sprechen und anscheinend auch das gleiche Wissen. Sie waren wie eine Person, die an vielen Orten gleichzeitig sein konnte.

Tarbur wollte gerade zu einer Begrüßung ansetzen, als der Meister ihn mit einer raschen Bewegung zum Schweigen anhielt. Der Meister schritt ganz nah an ihn heran und flüsterte: »Es wird Zeit, dass wir gehen. Stell keine Fragen und folge mir. Mach keinen Lärm, wir brauchen einen gewissen Vorsprung.«

Er ging zur Wand hinter Tarbur und streckte den Arm aus. Mit seinem langen, dünnen Zeigefinger fuhr er die Fugen der Mauersteine in einem Radius von einem Fuß um die Kette herum ab. Dann führte er die Fingerspitzen an die Schläfen und schloss die Augen. Die Nesselstränge in seinem Gesicht vibrierten. Mit einem Krachen löste sich das Stück Wand heraus. Ein sauberer Riss in der Fuge erlaubte es Tarbur, diesen zwei Fuß großen Wandausschnitt herauszuziehen. Ihm wäre es lieber gewesen, wenn der Meister die Ketten gelöst hätte. Aber so würde es auch gehen. Tarbur nahm das Mauerstück in beide Hände und folgte dem Meister, der schon wieder auf dem Weg in die Kanalisation war. Kaum hatte er die ersten Schritte in den wenig Wasser führenden Tunneln hinter sich gebracht, als die magische Treppe anfing, sich wieder zu verflüssigen. Die Tunnel waren nicht hoch genug, damit Tarbur darin aufrecht gehen konnte. Seine gebückte

Haltung erschwerte das Tragen der Mauersteine. Er ließ sich aber nichts anmerken und folgte dem Meister stumm.

Der Meister wechselte so häufig die Richtung, dass Tarbur schnell die Orientierung verlor. Sie kamen an mehreren Aufgängen vorbei, die in die Oberstadt führten. Man konnte den Trubel auf den Straßen und das Stampfen von Pferdehufen vernehmen. Mehrfach kreuzten sie größere Hallen, in denen mehrere Tunnel sternförmig aufeinandertrafen. Der Meister schritt zielstrebig von einem Gang in den nächsten. Er kannte sich hier unten offenbar gut aus. Er brauchte kein Licht und keine versteckten Zeichen, um sich zurechtzufinden. Tarbur hätte sich gewünscht, vor ihrem Aufbruch noch etwas gegessen zu haben. Wenn der Meister ihn hier herausgeführt hatte, würde es sicher kaum Zeit zu rasten geben. Tarbur würde möglichst schnell Abstand zwischen sich und die Stadt bringen. Er musste es bis zur Wüste schaffen, erst dort war er in Sicherheit. Er war erleichtert, die große Schlacht doch noch miterleben und Tabal seine Ehre erweisen zu können.

Der Meister bog in einen Tunnel ein, der sich weit hinten in der Dunkelheit verlor. Hier waren keine Abzweigungen zu erkennen, keine Aufgänge in die Stadt. Der Meister hielt an.

»Wir sind am Ziel. Folge dem Tunnel bis ans Ende. Danach bist du in Freiheit«, sagte er ohne Umschweife.

»Meister, die Ketten?«, fragte Tarbur vorsichtig.

»Ach ja, die Ketten«, sagte der Meister, beinahe schon ungeduldig. »Hier, nimm diesen Schlüssel. Öffne sie aber erst, wenn du nach draußen gelangt bist. Deine Flucht darf nicht mit der Kanalisation und mir in Verbindung gebracht werden.«

Der Meister gab ihm den Schlüssel. Tarbur war zwar kein Spezialist, was Schlösser anging, aber dieser alte geschwungene Messingschlüssel machte auf ihn nicht den Eindruck, zu den eisernen Handfesseln zu passen. Das ungeduldige Zischen des Meisters hielt ihn aber davon ab, nachzufragen.

»Los, beeil dich. Wir haben keine Zeit mehr.«

Tarbur trottete los. Irgendetwas stimmte nicht. Der Tunnel kam ihm vor wie eine Sackgasse. Er spürte den bohrenden Blick des Meisters in seinem Rücken. Es gab keine weiteren Anweisungen, keine Verhaltensmaßnahmen für den Notfall und, was das Eigenartigste war, keine Ermahnungen. Tarbur tauchte weiter in die Dunkelheit ein. Das

Gewicht des Steines schien immer schwerer zu werden. Er blieb stehen. Ohne sich umzudrehen, konnte er die Anwesenheit des Meisters noch immer spüren.

»Geh weiter, Tarbur, mach schon.«

Die Worte, die an sein Ohr drangen, waren nicht nur Worte, sie befahlen ihm, zu gehorchen. Sie flüsterten es ihm ein. Sein Geist sträubte sich, aber seine Muskeln führten den Befehl aus. Stockend setzte er einen Fuß vor den anderen. Er bewegte sich wie eine Marionette, die zwar einen eigenen Willen hatte, aber dennoch den Weisungen des Puppenspielers folgen musste.

»Das Wasser.« Das war es! Es floss nicht. Wenn es vor ihm einen Ausgang geben würde, hätte das Wasser in diese Richtung fließen müssen. Das tat es aber nicht.

Es war zu spät. Wieder setzte er einen Fuß vor, aber diesmal fand er keinen Halt. Er trat ins Leere und stürzte kopfüber in ein Auffangbecken, gefüllt mit Abwässern.

Seine langen Arme ermöglichten es ihm, die gegenüberliegende Seite zu packen. Der Stein und die Ketten zogen schwer an ihm. Seine Körperkraft reichte nicht aus, um sich über den Rand in Sicherheit zu bringen. Der Boden war glitschig, und er drohte abzurutschen. Wenn er den Halt erst einmal verloren hatte, würde es für ihn keine Chance geben, wieder an die Oberfläche zu gelangen.

»Meister, helft mir«, presste er unter großer Anstrengung hervor.

Mit letzter Kraft blickte er über die Schulter. Er sah, wie der Meister sich ihm näherte. Der Meister schwebte seitlich der Zisterne zu ihm heran. Sein Blick war eisig, als ob er sich ärgerte, noch einmal gestört worden zu sein. Er hockte sich neben Tarbur und sah diesen erwartungsvoll an. »Sag mir eines, mein Lieber, hast du wirklich geglaubt, wir beten zu den gleichen Göttern?«

Verwunderung, langsames Begreifen und Hoffnungslosigkeit spiegelten sich nacheinander in Tarburs Gesicht wider.

»Werde kommen und dich ausweiden wie Fisch«, stöhnte Tarbur.

»Mag sein, aber nicht in diesem Leben.« Der Meister griff nach hinten und zog einen gekrümmten Dolch aus seinem Gürtel. Ohne eine sichtbare Gefühlsregung stieß er Tarbur die Klinge seitlich in die Schläfe. Tarbur versank im Wasser.

21
Trauer

In Osberg schien das erste Licht des Tagesanbruchs. In den frühen Morgenstunden, nachdem die Straßenlaternen gelöscht wurden, gab es eine Zeit, in der die Stadt in völliger Dunkelheit lag. Doch kurze Zeit später leuchtete hinter den ersten Fassaden wieder Licht. Bäcker gingen ihrem Tagesgeschäft nach, Karawanenführer verstauten ihre Ausrüstung, und eifrige Ladenbesitzer sortierten die Auslagen in ihren Schaufenstern neu. Vom erhöhten Standpunkt der Ost-West Straße aus glichen die Lichter in Osberg einem Sternenbild. Für Cindiel war es mehr als nur das. Noch nie war sie glücklicher gewesen, diese Stadtmauern wieder zu sehen. Endlich heimzukehren, sich in Sicherheit zu fühlen, und diesen ganzen Albtraum vergessen zu können.

Mogda, Rator und die anderen sahen in dieser Stadt nur eines: eine Station auf ihrem Weg, eine Möglichkeit, die Reise mit ein wenig Unterstützung fortzusetzen. Diese Stadt und einige ihrer Bewohner waren vielleicht dazu in der Lage, ihnen zu helfen, die Wahrheit zu finden und unnötiges Blutvergießen zu vermeiden.

Mogda wusste nicht viel über die Städte. Er hatte sich immer von ihnen ferngehalten. Die Stadtmauer machte ein Eindringen für ihn unmöglich. Und selbst wenn er einen Weg hineingefunden hätte, in einer Stadt wie dieser lebten zu viele Menschen auf zu wenig Raum. Die Wahrscheinlichkeit für einen Oger, hier unbemerkt durchzuschlüpfen, lag bei null, und das Risiko lohnte den Aufwand nicht. Es war einfacher, ein Stück Vieh von der Weide zu tragen und dabei in Kauf zu nehmen, von einem wütenden Bauern mit einem uralten Bogen beschossen zu werden.

Zum Glück hatten sie ja auch nicht vor, die Stadt zu betreten, obwohl Mogda den Kriegsogern einen solchen Vorschlag durchaus zugetraut hätte. Als Cindiel ihnen geraten hatte, sich in der Kanalisation zu verstecken, hatte Mogda Rator angesehen, dass der in Hüttenbauern keine echte Gefahr sah. Rator hatte Cindiels Vorschlag aber zugestimmt. Ausschlaggebend dafür war die Tatsache, dass sie von einem uneinschätzbaren Wesen verfolgt wurden. Sie hofften, die Tunnelwände der Kanalisation würden ihnen genug Schutz bieten, falls der Schattenwurm ihnen auch in die Nähe einer Stadt folgen würde.

Die Beharrlichkeit des Wesens ließ Mogda allerdings daran zweifeln, dass es sich von Menschen, Städten oder sonst irgendetwas abhalten lassen würde, sie aufzuspüren. Die Idee sich unter einer Stadt zu verstecken, in der jeder dazu bereit war, sie zu töten, nur um einem Wurm zu entkommen, ließ ihn nicht unbedingt aufatmen. Er ersparte sich alle weiteren Gedanken daran, denn ihr Ziel und ihr Versprechen Cindiel gegenüber ließen ihnen ohnehin keine andere Wahl.

Sie näherten sich der Ostseite der Stadt. Trotz vereinzelter Wachen auf der Stadtmauer blieben sie unentdeckt. Cindiel machte sie auf eine Ansammlung von Felsbrocken aufmerksam. An dieser Seite der Stadt hatte man darauf verzichtet, ein Gitter vor dem Eingang zur Kanalisation anzubringen. Man hatte einfach Findlinge von den nahe gelegenen Feldern vor dem Tunneleingang platziert und damit den Zugang zur Stadt blockiert. Mit der Möglichkeit einer herumirrenden Bande Oger, die mit solchen Felsen normalerweise Steinstoßwettbewerbe abhielten, hatte man hier nicht gerechnet.

Noch vor Sonnenaufgang war der Eingang freigelegt. Sie hatten die Steine an den Seiten der Kanalisation neu aufgestapelt, um keinen Verdacht zu erregen.

Cindiel wollte die Oger in die Kanäle begleiten. Mogda missfiel der Gedanke, sich durch die engen, schmutzigen Tunnel zu zwängen, während über ihnen die Bürger der Stadt ihren täglichen Bedürfnissen nachgingen.

»Warum warten wir nicht hier, und du gehst einfach durch das Stadttor? Du wohnst schließlich in Osberg.«

Cindiel schüttelte entschieden den Kopf.

»Ich habe hier gewohnt, bis ich von euch entführt wurde. Was soll ich bitte schön den Stadtwachen am Tor sagen, wo ich herkomme? Sie werden sicherlich fragen. Wenn sie herausfinden, dass mir die Flucht geglückt ist, bringen sie mich zu Lord Felton, dem ich Rede und Antwort stehen muss. Und selbst wenn sie mich passieren lassen, meine Großmutter wohnt in der Nähe des Tempels, fast im Zentrum der Stadt, bis dorthin erkennt mich sicherlich jemand und stellt Fragen.«

Mogda hatte sich schon wieder abgewandt. Er meinte es nur gut, hauptsächlich zwar mit sich, aber es lohnte nicht, sich Cindiels Redeschwall zu stellen. Trotzdem hörte sie nicht auf zu reden.

»Wir folgen der Kanalisation eine halbe Meile in westlicher Richtung, dann müssten wir fast dort sein. Ich will zuerst mit meiner Großmutter reden, sie wird wissen, was zu tun ist.«

Im Hinterhof des Hauses von Cindiels Großmutter gab es einen Schacht zur Kanalisation. Bis dorthin würden sie gehen. Die Oger würden dort auf sie warten, bis Cindiel mit ihrer Großmutter geredet und Hilfe organisiert hatte. Sie hatte sich alles genau überlegt. Mit etwas Glück könnten Mogda und die anderen in der nächsten Nacht schon weiterreisen. Ihre Großmutter war eine verständnisvolle Frau, die üblicherweise keine Vorurteile besaß. Cindiel hoffte, dass Oger in diese Toleranz eingeschlossen waren.

Bevor sie tiefer in die Kanalisation eindrangen, legten sie noch eine kleine Rast ein. Das Tageslicht sollte ihnen helfen, sich besser hier unten zurechtzufinden. Auch wenn es nur spärlich in die Schächte eindrang, genügte es, sich hier zu orientieren. In der freudigen Erwartung, ihre Großmutter bald wiederzusehen, lief Cindiel ständig hin und her und schaffte es beinahe, Rator damit aus der Fassung zu bringen. Diese Unterbrechung ihrer Reise kurz vor dem Ziel war ein Martyrium für sie. Aber sie war notwendig.

»Warum hier kein Wasser?«, fragte Rator Cindiel, um sie abzulenken.

»Wahrscheinlich haben sie die Sammelbecken geleert, um die Abflüsse durchzuspülen«, erklärte sie. »Das tun sie ab und zu, um den ganzen Dreck rauszuschwemmen. Die Abwässer sammeln sich dann erst wieder in den Becken, bis sie voll sind, und dann steht in den Kanälen auch wieder Wasser. Warum willst du das wissen? Ich glaube nicht, dass sie dir hier unten Arbeit geben würden. Du bist zu groß.«

Mogda konnte sich ein Grinsen nicht verkneifen. Aber er wandte sich ab, damit es keiner sah.

»Wollte auch nicht Arbeit. Bin froh, dass sie gemacht haben«, sagte Rator trocken.

»Wieso?«

»Sonst sie dich weggespült«, lachte er.

Das war seit dem Vorfall im Drachenhorst das erste Mal, dass Rators Anspannung nachließ.

Sein Lachen wirkte ansteckend. Die Erleichterung griff auf die anderen über, die verhalten einstimmten. Selbst Cindiel konnte sich nicht mehr zurückhalten. Sie genoss es, wurde aber dadurch an Hagrim erinnert, mit dem sie früher auch viel Spaß gehabt hatte. Und schon wich die Erleichterung wieder der Sorge um ihre Freunde.

In der Kanalisation führte Cindiel die Gruppe an. Sie kannte sich hier zwar auch nicht besser aus als die Oger, aber die grobe Richtung zum Haus ihrer Großmutter war ihr Orientierung genug. Die Oger folgten ihr schweigsam in gebückter Haltung.

Die Kanalisation war ein dichtes Gitternetz von Tunneln. Ab und an ließ sie sich von einem der Oger hochheben, um einen Blick durch die Löcher der Kanalabdeckungen zu werfen. Sie suchte bekannte Straßenzüge oder Ladengeschäfte. Auf den Straßen herrschte der Trubel des Tages. Karren wurden umhergezogen, Fuhrwerke polterten über das Kopfsteinpflaster und zwischendurch drängten sich geschäftige Leute. Niemand ahnte etwas von den Kolossen, die sich nur wenige Schritt unter ihnen befanden. Die Einzigen, die etwas bemerkt zu haben schienen, waren die Pferde. Man hörte sie scheuen, wenn sie in die Nähe eines Einstiegs kamen. Aber niemand maß dem eine Bedeutung bei. Drohende Gefahren wurden entweder von den Stadtwachen ausgerufen oder sie existierten für die Menschen nicht.

Nach zwei Fehlversuchen hatte Cindiel den richtigen Ausstieg erreicht. Mogda hob das Mädchen dicht unter den Deckel, damit es erkennen konnte, ob jemand auf dem Hinterhof zugegen war. Es war ruhig. Keine Schritte, kein Arbeitslärm waren zu hören. Der Innenhof war von der Straße aus nicht einzusehen. Die Leute, die hier wohnten, hatten keine Geschäfte, und somit wurde der Platz auch nur selten genutzt.

»Es ist alles in Ordnung. Schieb den Deckel beiseite und lass mich raus. Dann verschließt ihr ihn wieder und wartet, bis ich wiederkomme.«

Mogda folgte ihren Anweisungen, und Cindiel kroch nach oben. Als sie sich vergewissert hatte, dass der Einstieg wieder richtig verschlossen war, ging sie auf den Hintereingang des Hauses zu. Es war seltsam, die Fensterläden waren geschlossen, und auch die Tür, die ihre Großmutter immer offen stehen ließ, war verriegelt. Cindiel bückte sich und rollte einige Steine vor der Wand des Hauses beiseite. Da war er, der Schlüssel, den ihre Großmutter für Notfälle hier versteckt hielt. Schloss und Schlüssel waren durch den seltenen Gebrauch schwergängig, aber schließlich entriegelte sich die Tür. Ein seltsam muffiger Geruch schlug Cindiel entgegen. Es roch nach abgestandenem Wasser, nach Algen, wie in der Hafengegend einer Stadt an einem heißen Tag. Es war ein Geruch, der hier nicht hergehörte. Die Wohnung war komplett abgedunkelt. Cindiel begann, die Fensterläden zu öffnen, um den Geruch zu vertreiben und Licht in das Haus zu lassen. Als sie das Innere des Hauses erkennen konnte, erschrak sie. Die Regale waren leer geräumt, die Teppiche aufgerollt und die Möbel zusammengestellt. Hier sah es aus, wie bei jemandem, der ausziehen wollte oder …

»Kleine, wo kommst du denn her?«

Cindiel zuckte zusammen und schaute erschrocken zur Hintertür. Dort stand Frau Mergil, die Nachbarin. Eine überaus beleibte Frau, die die Angewohnheit besaß, nicht nur ständig auf irgendeinem Obststück herumzukauen, sondern auch alle Neuigkeiten der Stadt in sich aufzusaugen wie ein Schwamm. Zum Nachteil ihrer Figur schaffte sie es nur, die Gerüchte wieder unter die Leute zu bringen, nicht aber die angefutterten Pfunde. Sie stand auf der obersten Stufe zum Hauseingang, und es war unklar, ob die gebührende Höflichkeit oder ihre Figur sie daran hinderten, das Haus zu betreten. Eigentlich fand Cindiel Frau Mergil recht sympathisch, wenn auch etwas aufdringlich.

»Was ist hier los, Frau Mergil? Wo ist meine Großmutter?«

»Ach Kind, wo warst du nur? Wir dachten, diese Monster aus dem Norden hätten dich auch entführt. Deine Großmutter hat ja nichts gesagt. Sie ist mir förmlich aus dem Weg gegangen. Immer diese Geheimniskrämerei. Wenn sie sich niemandem anvertraut, dann kann man ihr auch nicht helfen. Vor drei Tagen waren sogar schon die Wachen hier. Ich wusste ja nicht, dass es so schlimm war, sie hat ja nichts gesagt. Ich hab überall herumgefragt, aber keiner wusste, wo du warst. Dann hab ich mir überlegt, am besten packe ich schon mal die Sachen zusammen. So kannst du hier ja nicht weiter wohnen. Was ist denn bloß passiert?«

»Wo ist meine Großmutter?« Cindiel standen die Tränen in den

Augen. Frau Mergil hatte zwar nicht gesagt, dass etwas Schlimmes geschehen war, aber an ihrem ausschweifenden Drumherumreden erkannte sie, dass etwas vorgefallen sein musste.

»Ach Kindchen, es tut mir so leid, dass du es von mir erfahren musst. Deine Großmutter ist gestern Morgen gestorben. Es war ein Verbrechen.«

Tränen rannen Cindiel über das Gesicht. Das konnte nicht sein. Das durfte nicht sein. Ihre Großmutter hatte niemandem etwas getan, und sie besaß nichts, wofür es sich lohnen würde, einen Mord zu begehen. Cindiel konnte es nicht begreifen. Die Trauer schnürte ihr die Kehle zu. Sie wollte nicht vor Frau Mergil die Fassung verlieren und stürmte an ihr vorbei aus dem Haus. Auf dem Hinterhof verließen sie die Kräfte. Sie fiel auf die Knie und schrie ihre Trauer und ihre Wut heraus. Sie hörte, wie Frau Mergil auf sie zukam und versuchte, sie mit beruhigenden Worten zu trösten. Cindiel vergrub ihr Gesicht in den Händen. Immer neue Weinkrämpfe nahmen ihr die Luft zum Sprechen. Sie wollte einfach nur in Ruhe gelassen werden. Frau Mergil wollte sie auf die Beine stellen, aber Cindiel wehrte sich dagegen und konnte sich schließlich losreißen.

»Komm, Kindchen, ich bringe dich zu Priester Gidwick. Da kannst du erst einmal im Waisenhaus bleiben. Die werden für dich sorgen.«

»Nein, ich will nicht ins Waisenhaus, ich bleibe hier«, schniefte Cindiel.

»Das geht nicht. Komm Mädchen, ich bringe dich hin.«

»Großmutter hat mir erzählt, sie habe bei Ihnen Geld hinterlegt, von dem ich leben kann, wenn sie einmal stirbt. Das sollte reichen, bis ich selbst etwas verdiene. Es ist nicht viel, aber ich komme damit über die Runden, hat sie gesagt.«

Frau Mergils Lippen verzogen sich zu einem schmalen Strich in ihrem Gesicht. Ihr Blick wurde hart.

»Nein, Kindchen, das musst du falsch verstanden haben. Ich habe kein Geld von deiner Großmutter bekommen. Im Gegenteil, sie schuldete mir noch etwas. Dafür habe ich mir einiges von ihrem Mobiliar genommen. Und das wird noch nicht mal reichen. Es tut mir leid, aber sie konnte einfach nicht gut mit Geld umgehen. Komm, ich bringe dich jetzt zum Priester.«

Wieder griff sie nach Cindiels Hand, entschlossener diesmal. Cindiel stemmte sich dagegen, doch die Kräfte und ihre Körpermassen waren zu ungleich verteilt.

»Nein, lass mich los. Hilfe!«, schrie sie. Ihre Anspannung nahm zu. Ihre Gedanken fokussierten sich auf die Hand, die sie ergriffen hatte. Sie spürte, wie die Kraft der Magie ihr zu Hilfe eilte.

»Au, du verdammte kleine Hexe«, schrie Frau Mergil auf. »Das ist nun der Dank dafür, dass man hilfsbereit sein will.« Sie holte aus, um Cindiel eine Ohrfeige zu verpassen.

Im selben Moment löste sich der Deckel der Kanalisation wie durch eine Explosion vom Straßenpflaster und schoss fast zehn Schritt in die Höhe. Er landete mit ohrenbetäubendem Lärm nicht weit von Frau Mergil entfernt, die schreiend in ihr Haus flüchtete.

»Du bist ja gefährlicher als diese Monster aus den Bergen. Das werde ich alles den Stadtwachen melden. Die werden dich schon zur Vernunft bringen«, rief sie durch einen Spalt in der Tür.

Der Krach des aufschlagenden Deckels hatte Cindiels Konzentration gestört. Der Zauber war verloren. Vielleicht war es auch besser so. Sie starrte auf den Einstieg. Niemand war zu sehen. Der Deckel war zu schwer, um ihn zu bewegen. Sie schlurfte auf das offene Loch im Pflaster zu und schaute hinunter. Ein spärlicher Haarschopf und zwei Augen starrten sie aus der Tiefe an. Kruzmak.

»Alles gut?«, fragte er.

»Nein.« Sie schüttelte energisch den Kopf. »Meine Großmutter ist gestorben, und ich glaube, dass das kein Zufall ist. Ich werde noch etwas Zeit brauchen, um mehr herauszufinden. Es ist besser, wenn ihr euch etwas weiter zurückzieht, falls die Wachen kommen und den Einstieg untersuchen. Heute Abend bin ich zurück.«

Cindiel ging zurück ins Haus. Neben einigen Andenken nahm sie noch das alte Zauberbuch ihrer Großmutter mit, das in einem Wandzwischenraum versteckt war. In dem Buch waren neben einigen Zauberformeln und Ritualen wichtige Regeln für die Anwendung der Magie enthalten. Im hinteren Teil standen alle üblichen Ingredienzien, die man für Zaubersprüche verwendete. Hier und da hatte ihre Großmutter einige Anmerkungen dazugeschrieben. Zwischen den Seiten des Buches ragte ein Zettel hervor. Hier hatte ihre Großmutter die Formeln für einen Wahrheitszauber und die nötigen Zutaten aufgeschrieben. Auf der Rückseite hatte sie sich weitere Notizen gemacht.

»Wohin bringt ihr die Zwerge? Wer befehligt euch? Was ist mit den Kindern geschehen? Warum greift ihr nicht an? Trolle?«

Ein Satz war wieder ausgestrichen.

»Hast du Cindiel gesehen?«

Der Zettel war nicht alt. Er musste irgendetwas mit dem Mord an ihrer Großmutter zu tun haben. Sie steckte ihn wieder zurück zwischen die Seiten.

Cindiel hoffte, dass ihr das Buch die Möglichkeit geben würde, ihre Fähigkeiten noch weiter auszubauen, denn die würde sie brauchen.

Das bisschen Gold aus dem Keramiktopf und einige andere Wertgegenstände waren verschwunden. Frau Mergil hatte anscheinend alles Wertvolle in ihren Besitz übergehen lassen.

Bepackt mit einem kleinen Beutel verließ Cindiel das Haus ihrer Großmutter durch die Vordertür. Sie hatte sich vorgenommen, mit weiteren Nachbarn zu sprechen, um mehr über die Tat herauszufinden. Außerdem musste sie wissen, was mit Hagrim geschehen war, und was man unternahm, um die Kinder zu befreien. Eine Vorstellung darüber, wie sie den Ogern helfen konnte, hatte sie auch schon im Hinterkopf.

Bis zum späten Abend dauerte es, sich mit allen Nachbarn zu unterhalten. Zu den meisten musste sie mehrfach gehen, da sie gerade beschäftigt oder nicht da waren. Die Taverne, in der sich Hagrim öfter aufgehalten hatte, öffnete erst nach Sonnenuntergang. Dies war ihre letzte Station. Als sie die Kupfergrotte betrat, war schon allerhand los. Eine Schankmaid kam mit vier vollen Krügen Bier vorbei, die sie einer Gruppe Zwerge bringen wollte.

»Na, Kleine, wen suchst du denn?«

Cindiel zeigte wortlos auf den Wirt. Meister Ostmir war ein schlanker Mann um die vierzig, mit betont gepflegtem Aussehen. Sein Äußeres unterschied ihn von den meisten anderen Gastwirten in der Stadt. Aber was ihn wirklich einzigartig machte, war die Tatsache, dass er das Lieblingsgetränk jedes Gastes servierte, bevor er es bestellte, egal, ob er den Gast kannte oder nicht. Wenn er falschlag, ging das Getränk auf Rechnung des Hauses. Dies kam aber nur sehr selten vor. Bei den meisten gemeldeten Fehleinschätzungen wollte der Zecher nur ein Freigetränk ergattern.

Cindiel ging zur Theke und setzte sich auf einen Hocker. Meister Ostmir hatte beide Hände voll zu tun, also saß sie da und beobachtete ihn bei der Arbeit. Hinter dem Tresen hing eine verwirrende Anzahl von alkoholischen Getränken in Flaschen und Fässern. Ganz beiläufig stellte der Wirt Cindiel ein großes Glas Trapugasaft hin und eilte dann an die andere Seite, um einer Bedienung die leeren Gläser abzunehmen. Kurz danach kam er zurück und stützte sich vor Cindiel mit den Ellenbogen auf die Theke.

»Nicht besonders einfallsreich, aber sehr lecker«, sagte er auf das Glas zeigend.

»Trapugasaft ist wirklich mein Lieblingsgetränk, aber ich kann ihn nicht zahlen.«

»Das macht nichts, du bist ja auch nicht hergekommen, um etwas zu trinken, oder?«

»Nein, ich suche jemanden. Hagrim, den Geschichtenerzähler.«

»Hat es was mit einer Vaterschaft zu tun? Nein? Ach, das geht mich ja auch nichts an. Hagrim war schon lange nicht mehr hier. Bei diesem Überfall von den Orks, hat er schreckliche Narben im Gesicht davongetragen. Die Leute haben begonnen, ihm aus dem Weg zu gehen. Was soll ich sagen, ein Geschichtenerzähler, vor dem die Leute sich fürchten, hat nur wenig Kundschaft. Es heißt, er lebt jetzt bei den Aussätzigen.«

Cindiel war zwar erleichtert zu hören, dass ihr Freund noch lebte, zugleich aber auch erschüttert über seinen Verbleib.

»Wo finde ich diese Aussätzigen?«

»Gar nicht. Das ist kein Platz für ein kleines Mädchen. Lass Hagrim noch ein wenig Zeit, dann wird er sich bestimmt bei dir melden. Es ist schwer für jemanden, mit solchen Narben zu leben. Aber mit der Zeit wird er sich daran gewöhnen.«

Meister Ostmir hatte Recht. Hagrim hatte bestimmt bereits genug Schwierigkeiten. Ihn jetzt noch mit ihren zu belasten, wäre nicht richtig.

»Eines noch, Meister Ostmir. Kennt ihr einen Kapitän in Sandleg, der Passagiere befördert?«

»Ja, natürlich. Wende dich an Kapitän Londor. Er befördert alles, wofür er bezahlt wird. Aber Obacht: Eine Passage ist nicht billig, und er lässt sich nicht durch dein kindliches Aussehen erweichen.«

»Danke, Meister Ostmir, ich werde ihn aufsuchen, vielleicht schaffen es meine Freunde, seinen Preis ein wenig zu drücken.«

»Na, da kann ich nur hoffen, dass deine Freunde harte Brocken sind. Grüß Londor schön von mir.«

Cindiel trank aus, verabschiedete sich und verließ die Kupfergrotte.

Die Stimmung in den nächtlichen Straßen kam ihr äußerst bedrückt vor. Die fröhliche Heiterkeit war verschwunden. Die Nachricht von einem möglicherweise bevorstehenden Krieg hatte sich selbst bis zum letzten Trunkenbold herumgesprochen. Niemand war erpicht darauf, gegen die Horden Tabals zu kämpfen. Die letzten Trollkriege hatten ihre Spuren hinterlassen. Cindiel wurde das Gefühl nicht los, ein drohender Schatten verfolge sie. Es war kein Schatten, der von einer Person geworfen wurde, sondern ein Schatten, der Unheil verkündete. Einer, der an einem hing wie Rauch in der Kleidung.

Sie beeilte sich auf dem Rückweg zu dem Kanal, in dem die Oger warteten. Der Deckel lag noch immer unbeachtet auf dem Hinterhof. Anscheinend hatte Frau Mergil doch nicht genug Mut gefasst, um die Stadtwachen einzuschalten, oder das schlechte Gewissen plagte sie. Cindiel stieg in den dunklen Schacht. Ein Lichtschein verriet, dass die Oger nur eine Tunnelbiegung entfernt warteten.

Cindiel erzählte ihnen, was sie herausgefunden hatte. Die Trauer um den Tod ihrer Großmutter brachte sie zwischenzeitlich immer wieder dazu, in Tränen auszubrechen. Mogda und die anderen konnten zwar den Schmerz nachvollziehen, aber keiner von ihnen wusste, wie man die Kinder der Hüttenbauer am besten tröstete. Sie starrten deshalb die meiste Zeit bedrückt zu Boden.

Sie erzählte von Frau Mergil, die sie um ihr Hab und Gut gebracht hatte. Von einem Händler in der Nähe erfuhr sie, dass man einen Oger in den Bergen gefangen genommen und im Kerker eingesperrt hatte. Aufgrund der Notizen im Zauberbuch vermutete sie, dass ihre Großmutter ihn mit Hilfe von Magie verhören sollte. Dazu kam es aber nicht, weil sie vorher überfallen worden war. Der Täter hatte unerkannt flüchten können. Dem Oger wurde die Flucht ermöglicht, und seitdem ward er nicht wieder gesehen.

»Und jetzt werde ich eben mit euch nach Wasserzahn zu den Arkan-Ogern reisen«, schloss sie schniefend ihren Bericht.

»Du kannst nicht mitkommen«, sagte Mogda beschwichtigend. »Das ist viel zu gefährlich. Es könnte sein, dass wir wieder in Kämpfe verwickelt werden. Du bist noch ein Kind.«

»Ja, aber immerhin ein Menschenkind. Wie wollt ihr denn an Bord des Schiffes kommen? Denkt ihr, man kauft einfach eine Fahrkarte und fährt los?« Sie sprach mit tiefer Stimme, um einen Oger nachzuahmen. »Hallo, wir sind ein Dutzend Oger auf Wanderschaft und würden gern eine Schiffsrundfahrt buchen, wenn an Bord Jungfrauen gereicht werden.«

»Was sind Jungfrauen?«, unterbrach Matscha.

»Etwas, was du nie in deinem Leben sehen wirst«, fauchte ihn Cindiel an und errötete einen Augenblick später. »Ihr schafft es nicht ohne mich. Und ich schaffe es nicht ohne euch. Wenn ihr mich hierlasst, werde ich wahrscheinlich auch umgebracht. Ihr könnt es drehen und wenden, wie ihr wollt, ihr seid jetzt meine Familie.«

Das Gespräch verlief in eine Richtung, der die Oger nicht gewachsen waren. Cindiel bemerkte ihr Zögern, und nutzte es sofort zu ihren Gunsten: »Damit ist wohl alles besprochen.«

Keiner widersprach.

Cindiel schlug das schwere ledergebundene Zauberbuch auf und löste eine der hinteren leeren Seiten heraus.

»Wir müssen Lord Felton eine Nachricht mit den Informationen hinterlassen, die wir unterwegs gesammelt haben. Wir müssen verhindern, dass er das Orkheer angreift, bevor wir wissen, was die Meister planen.«

»Und bevor wir wissen, auf welcher Seite wir stehen«, fügte Mogda hinzu.

Cindiel schrieb alles nieder, was sie wusste. Auch ihre Vermutungen über die Falle, in die die Menschen gelockt werden sollten. Ihre Reisegesellschaft und deren Ziel ließ sie jedoch unerwähnt.

»Was machen mit Papier?«, wollte Rator wissen.

»Wir müssen es jemandem geben, der es zu Lord Felton bringt«, erklärte sie. »Das hört sich zwar nicht schwer an, ist es aber. Wenn ich es den Wachen gebe, besteht die Gefahr, dass sie mich festhalten und mitnehmen. Aber eine andere Möglichkeit sehe ich nicht.«

»Ich schon«, sagte Mogda. »Gib mir den Zettel.«

Cindiel überließ ihm das Papier und schaute ihn fragend an.

»Dauert nur einen Moment.«

Mogda ging zum Ausstieg am Hinterhof und kletterte nach oben. Die anderen sahen ihm fragend nach.

»Er wird schon wissen, was er tut«. In Cindiels Stimme schwang ebenso viel Hoffnung wie Überzeugung mit.

Mogda hatte Glück. Sein Körper passte gerade so eben durch den Ausstieg. Er schritt im Dunkeln über den Innenhof, direkt auf das Haus von Familie Mergil zu. Im Haus war noch Licht. Mogda hockte sich vor die Tür und tippte vorsichtig mit dem Zeigefinger dagegen. Sofort erklang die ärgerliche Stimme Frau Mergils.

»Ja, ja, ich komme schon. Wer hämmert denn so spät nachts noch bei Leuten an die Tür? Wehe, es ist nicht wichtig.«

Frau Mergil riss die Tür auf. In der rechten Hand hielt sie ein Nudelholz. Mogda grinste sie an und hielt ihr den Zettel hin.

»Wichtige Nachricht«, sagte er höflich.

Frau Mergils Reaktion war verblüffend, selbst für einen Oger, der schon viel gesehen hatte. Das Nudelholz fiel polternd zu Boden. Sie versteifte sich und kippte kerzengerade nach hinten über. Wie eine Steinsäule schlug sie hart auf. Ihr Mann kam in den Flur gestürmt. Anscheinend hatte er Mogda im Dunkeln noch nicht gesehen, oder seine Vorstellungskraft reichte nicht aus, um mit der Silhouette des Ogers etwas anfangen zu können.

»Was ist los, Herba? Was ist mit dir?«

Mogda griff zu und packte ihn am Arm.

»Diesen Brief bringst du morgen früh zu Lord Felton. Wenn nicht, komme ich wieder und töte deine Frau, dann deine Kinder, danach die Nachbarn, dann deine Freunde und alle, die du kennst. Zum Schluss töte ich dich. Hast du verstanden?«

Keine Antwort war auch eine Antwort. In seinen entsetzten Augen sah Mogda, dass Herr Mergil den Ernst der Lage erkannt hatte.

Mogda ließ ihn los und starrte ihn an. Herr Mergil gab nur ein Achselzucken zurück, weil er kurzzeitig vergessen hatte, wie man Worte formt.

»Normalerweise bekommt ein Bote eine, wie nennt ihr das noch? Eine Aufwandsentschädigung«, meinte Mogda gelassen.

Herr Mergil eilte den Flur entlang, zurück ins Haus. Mogda hoffte, dass Herrn Mergil etwas an Frau Mergil lag, und er wiederkam. Schon war er zurück. Er hatte einen Lederbeutel in der Hand, zog einige Münzen heraus und gab sie Mogda. Dieser hielt die Hand weiterhin ausgestreckt. Herr Mergil legte noch einige Münzen nach. Mogda verzog enttäuscht die Mundwinkel. Sofort legte Herr Mergil den ganzen Beutel in die riesige Ogerhand.

»Sehr großzügig, das wäre doch nicht nötig gewesen. Vergiss den Brief nicht.« Er verschwand in der Dunkelheit und hörte, wie die Tür hinter ihm verbarrikadiert wurde. Er stieg wieder in die Kanalisation.

»Am besten hat mir das mit den Frauen, den Kindern und den Nachbarn gefallen!« Cindiel strahlte ihn an.

Mogda überreichte ihr den Geldbeutel. »Hier, etwas Reisegeld. Wie geht es jetzt weiter?«

»Die anderen sind schon vorgegangen. Rator meint, wir sollten westlich durch die Kanalisation und am anderen Ende wieder raus, falls uns dieser Schattenwurm verfolgt hat. So können wir ein bisschen Vorsprung bekommen.«

»Gute Idee, dann lass uns nicht trödeln.«

22
Die Konferenz

Lord Felton saß am Ende der Tafel im großen Sitzungssaal. Zu seiner Rechten saß Barrasch, und links von ihm befand sich Priester Gidwick. An den Längsseiten des Tisches reihten sich Beamte, ranghohe Stadtwachen und bekannte Persönlichkeiten der Stadt.

»Meine Herren«, begann Lord Felton, »ich habe diese Unterredung einberufen, weil mir heute Morgen ein Schreiben zugespielt wurde, dessen Herkunft und Inhalt hier untersucht werden sollen. Das Schreiben und dessen Überbringer geben Anlass zur Beunruhigung. Hier werden detaillierte Kenntnisse über die Vorgehensweise der Truppen Tabals in unsere Hände gespielt. Es gilt nun zu prüfen, ob diese Informationen der Wahrheit entsprechen oder uns in die Irre führen sollen. Wenn die Aussagen, die hier mitgeteilt werden, richtig sind, müssen wir unverzüglich handeln. Das Überleben Nelbors hängt davon ab.«

Lord Felton verlas das Schriftstück, und anschließend herrschte Totenstille im Raum. Erst nachdem alle beschlossen hatten, auch wirklich ihren Ohren zu trauen, wich das bedrückende Schweigen einer Flutwelle von gemurmelten Unterhaltungen.

»Meine Herren, meine Herren!«, verschaffte sich Lord Felton wieder Gehör. »Wir wollen die Sache doch ein wenig ruhiger angehen lassen. Ich kann Euch versichern, wir haben das Schreiben schon im Voraus überprüft und wissen deshalb, dass einige dieser Informationen der Wahrheit entsprechen. Bestätigen kann ich, so leid es mir auch tut, den Tod einiger Kinder in den Bergen, der durch eine Lawine verursacht wurde. Wie es genau dazu kam, kann ich nicht sagen. Weiterhin wissen wir, dass ein Mädchen namens Cindiel aus der Gefangenschaft geflüchtet ist und hier in der Stadt war. Sie ist die Enkelin der alten Gerba, die vor einigen Tagen auf seltsame Weise ums Leben gekommen ist. Das Mädchen ist seitdem nicht wieder aufgetaucht. Außerdem stimmen die Gerüchte, dass dieses Schreiben von einem

Diener Tabals überbracht wurde. Es handelte sich hierbei um einen Oger, der aber keinerlei Menschen in der Stadt verletzt oder getötet hat. Ich würde vorschlagen, wenn einer von Euch etwas zu sagen hat, dann heraus damit.«

Wie auf Kommando schnellten etliche Arme in die Höhe. Lord Felton schaute sich suchend um. Er suchte nach jemandem, der es ihm ermöglichte durch gezielte Fragestellungen einer Vielzahl der übrigen Wortmeldungen den Wind aus den Segeln zu nehmen. Eigentlich war ihm jeder recht, Hauptsache man ersparte ihm ein Gespräch mit Priester Gidwick. Dieser bleiche, wohl genährte Mann mittleren Alters hatte einige, für Felton unausstehliche Eigenarten. Er war ständig übler Laune und sah in allem und jedem das Schlechte. Seine angespannten Gesichtszüge verrieten viel über seine Einstellung zum Leben. Lord Felton wunderte sich, wie so jemand mit dieser Einstellung den Göttern dienen konnte, um den Menschen zu helfen. Für Gidwick war jeder ein Taugenichts, Dieb oder Schmarotzer. Und wenn keine dieser Titulierungen zu greifen schien, blieb immer noch der Verlierer. Eigentlich hätte Gidwick von den Ereignissen der letzten Wochen besonders betroffen sein müssen, da viele der entführten Kinder aus dem Waisenhaus stammten, aber diese Tatsache schien den meisten Bürgern der Stadt näherzugehen als ihm.

Lord Felton erteilte einem der höheren Wachoffiziere das Wort.

»Wieso hat ein Oger die Nachricht überbracht und nicht das Mädchen selbst?«

»Wir glauben, dass das Mädchen sich mit einem oder mehreren abtrünnigen Ogern zusammengetan hat. Vielleicht hatte sie Angst, dass sie das Schicksal ihrer Großmutter teilen würde, wenn sie sich noch einmal blicken lässt.«

Die Antwort schien eine Erklärung zu sein, wenn auch nicht besonders stichhaltig. Die Hälfte der erhobenen Arme wurden gesenkt, wenn auch nur zögerlich. Nur Gidwick schien in keinerlei Weise zufrieden gestellt. Sein Arm ragte kerzengerade in die Höhe, und sein Gesichtsausdruck zeigte eine beharrliche Sturheit.

Lord Felton wandte sich einem der bessergestellten Kaufleute zu und nickte.

»Wenn wir annehmen, dass es sich bei den Informationen in dem Schreiben um die Wahrheit handelt, wie sollen wir gegen die Bedrohung vorgehen?«

»Im Moment gar nicht. Wir brauchen eine Verzögerungstaktik, um mehr herauszufinden. Wenn wir wissen, warum sie uns in die Wüste locken wollen und wie die Falle aussieht, dann können wir handeln.«

Der Unmut über diese Aussage stand vielen ins Gesicht geschrieben. Den Vormarsch der Truppen zu verzögern, hieße die Kinder länger in den Händen der Bestien zu lassen. Niemand wusste, was mit den Kindern geschah, ob vielleicht das Warten ihr Leid erhöhte oder sie sogar das Leben kosten konnte. Erst nach einem Moment der unbehaglichen Stille begannen erneut die ersten leisen Gespräche zwischen einigen Sitznachbarn.

Anspannung füllte den Raum. Abschätzende Blicke wurden über den Tisch geworfen. Um der allgemeinen gedrückten Stimmung entgegenzuwirken, entschied sich Lord Felton, weitere Fragen zu beantworten. Zu seiner Verblüffung gab es nur zwei Meldungen. Die eine kam von Priester Gidwick, der es demonstrativ unterlassen hatte, den Arm überhaupt zu senken. Die andere Wortmeldung kam von Barrasch. Felton entschloss sich, seine Abneigung gegen Gidwick nicht allzu offenkundig zur Schau zu stellen und erteilte ihm das Wort. Abgesehen davon, dass Lord Felton ihn nicht besonders leiden konnte, musste er zugeben, dass Gidwick, was Manieren und seine rhetorischen Fähigkeiten anging, ein hervorragender Selbstdarsteller war, was vielen seiner Glaubensbrüder abging. Die meisten sahen sich als Sprachrohr der Götter an und glaubten deshalb felsenfest an die eigene Redegewandtheit und Eloquenz. Leider redeten die meisten von ihnen zwar ziemlich viel, hatten aber nichts zu sagen. Ständig erhoben sie den warnenden Zeigefinger und zitierten Passagen aus den Heiligen Schriften, egal, ob sie zum Thema passten oder nicht. Gidwick aber war jemand, der sich eine Meinung bildete und diese dann auch beeindruckend gut verteidigen konnte. Was Felton störte, war die Unumstößlichkeit seiner Meinungen. Das Wort, das er einmal verkündet hatte, stand wie ein Fels in der Brandung.

Lord Felton kannte noch jemanden, der diesen Anspruch erhob. Nur war es für den König nun einmal legitim, immer Recht zu behalten.

»Liebe Mitbürger«, begann Gidwick, während er sich schwerfällig aus seinem Stuhl erhob, »ich muss Lord Felton zustimmen. Die Offensichtlichkeit, mit der diese Kreaturen vorgehen, zeugt von ihrer Überheblichkeit. Die Tatsachen sprechen für sich. Ich stimme Seiner Lordschaft zu, dass diese Bestien etwas im Schilde führen, aber ich traue ihnen keine großen Taktiken zu. Deshalb sage ich, verzögern wir den Kampf nicht durch irgendwelche Untersuchungen, sondern nutzen die Zeit, um unser Heer zu vergrößern und uns mit den Armeen der anderen Länder zusammenzuschließen. Wenn wir mit einer Übermacht, die ihresgleichen sucht, in den Kampf ziehen, nützen ihnen sämtliche Hinterhalte nichts. Wir sollten keine Zeit verschwenden, das sind wir unseren Kindern schuldig. Wir dürfen es nicht länger dulden, dass sich die Schergen Tabals erheben. Sie verstehen nur die Sprache der Gewalt, und deshalb sollten wir ihnen in ihrer eigenen Sprache antworten.«

Gidwicks Rede fand nickende, wenn auch schweigsame Zustimmung. Er setzte sich mit einem kaum verhohlenen, zufriedenen Grinsen wieder auf seinen Platz.

Das Grinsen ärgerte Lord Felton. Obwohl der Mann im Unrecht war, konnte er die Leute für sich gewinnen, und der Priester war sich dessen sehr genau bewusst. Die Menschen folgten nicht der Logik, sondern dem Schein. Die anderen jetzt wieder umzustimmen, benötigte viel Geschick. Felton hoffte sich etwas Zeit verschaffen zu können, indem er Barrasch das Wort erteilte.

Barrasch wirkte ruhig und gelassen, was er nicht allzu häufig ausstrahlte, wenn er gezwungen war, vor einer Reihe höhergestellter Personen zu reden. Wie sein Vorgänger, stand auch er auf.

»Es tut mir leid, aber ich muss unserem Klerus widersprechen. Die Gegner, mit denen wir es zu tun haben, scheinen zwar nicht besonders intelligent zu sein, aber in der strategischen Kriegführung kennen sie sich aus. Sie haben ihr ganzes Leben dem Krieg gewidmet. Nie haben sie etwas anderes getan. Man darf sie auf keinen Fall unterschätzen. Außerdem wird in dem Schreiben darauf hingewiesen, dass sie den Anweisungen der Nesselschrecken gehorchen, was sie noch gefährlicher macht. Solange wir über deren Fähigkeiten nichts wissen, können wir unseren Gegner nicht einschätzen. Sie haben es immerhin geschafft, die Drachen zu besiegen. Außerdem empfinde ich es als rücksichtslos, die Krieger in eine Falle laufen zu lassen. Auch wenn wir über eine Übermacht verfügen, heißt das nicht, dass wir das Leben von anderen einfach so aufs Spiel setzen sollten. Ich weiß, wir sind es den Kindern schuldig, rasch zu handeln, aber dennoch sollten wir diese Schuld nicht mit dem Blut anderer Unschuldiger bezahlen.«

Alle Anwesenden starrten Barrasch erstaunt an. So eine Redegewalt war man von dem Kriegsherrn nicht gewohnt. Lord Felton stemmte sich von seinem Platz hoch und beendete die Sitzung mit einigen abschließenden Worten. Eine Entscheidung sollte erst nach einem Tag Bedenkzeit gefällt werden.

Er wusste, dass viele der Anwesenden sich gern mit ihren Frauen beraten wollten. Die Stadträte verließen den Sitzungssaal, aber nicht ohne noch das eine oder andere Gläschen Wein zu leeren und etwas von dem beeindruckenden Buffet zu kosten, das wie bei jeder Sitzung an der Längsseite des Saales aufgebaut worden war. Barrasch und Felton waren die Einzigen, die Platz behielten. Mit einem zufriedenen Lächeln lehnten sie sich in den Stühlen zurück.

»Das war eine Meisterleistung«, sagte Felton. »Deine Zunge war gelöst wie dein Schwert im Kampf. Du hast dir doch nicht etwa vorher Mut angetrunken, oder?«

»Nur ein kleines Gläschen«, erwiderte Barrasch.

»Wenn es daran lag, würde ich sagen, du solltest jeden Tag eins trinken.«

Beide lachten, nachdem sie sich vergewissert hatten, dass alle anderen außer Hörweite waren.

»Was, wenn sie unserem Vorschlag dennoch nicht zustimmen?«, fragte Barrasch verunsichert.

»Mein lieber Freund Barrasch, dieser Stadtrat wurde ernannt, um mir die Meinungen der Bürger kundzutun. Um ihnen das Gefühl zu geben, ich gehe auf ihre Wünsche ein. Ich bin nicht an ihre Weisungen gebunden. Das Land regiere immer noch ich. Als Erstes müssen wir einen Weg finden den Aufmarsch der Truppen zu verzögern, dann sprechen wir mit einigen Gelehrten über die Nesselschrecken und wie man gegen sie vorgeht. Hoffen wir, dass unsere Entscheidung richtig ist. Wenn nicht, solltest du vor der nächsten Sitzung lieber gleich eine ganze Flasche trinken.«

23
Gleiche Ziele

Unendliche Kälte, die sich mit dem Schmerz in seinem Schädel vermischte, war alles, was Tarbur spürte. Er befand sich wieder in einem Dämmerzustand. Geräusche oder Gerüche hielten ihn von Zeit zu Zeit davon ab, vollends ins Dunkel zu gleiten. Seine Gedanken rasten in seinem Kopf umher, als ob sie die Zeit nutzen wollten, bevor seine Sinne wieder schwanden. Er fühlte sich wie eine Kerze, dessen Flamme man mit einer Glocke erstickte und, kurz bevor sie erlosch, wieder mit Luft versorgte. Wie lange er sich schon in diesem Zustand befand, konnte er nicht sagen. Jedes Mal, wenn er zurück in diese Welt kam, kehrten seine Gedanken wieder an den gleichen Punkt zurück. Der Hass auf den Meister ließ ihn keine Ruhe finden. Doch dieses Mal war es anders, seine Gedanken wurden abgelenkt. Er war nicht allein. Er hörte Stimmen. Sie klangen wie wispernde Laute aus dem Jenseits.

Er spürte eine Erwärmung auf der Haut, nicht heiß, nur angenehm warm. Sein Verstand drängte ihn, genauer auf die Stimmen zu hören. Sie waren so leise.

»Was meinst du, ist er tot?«

»Sieht so aus. Sein Auge ist ganz glasig.«

»Wie lange liegt er hier wohl schon?«

»Drei oder vier Tage, würde ich sagen, nicht länger. Er riecht noch nicht besonders stark.«

»Wir sollten Hagrim holen, der kennt sich mit so was aus. Vielleicht können wir ihn verkaufen.«

Hüttenbauer! So wie es aussah, lag er noch immer in der Kanalisation. Er war nicht ertrunken. Der Zufall musste es ihm ermöglicht haben, nicht hier zu sterben, oder Tabal hatte noch eine Aufgabe für ihn.

Die Stimmen waren verstummt, und auch die Wärme wich langsam von seiner Haut. Er war wieder allein. Es musste ihm gelingen, seine

Sinne wieder zu sammeln. Er konnte nicht so hilflos daliegen, wenn sie zurückkamen. Mit aller Energie versuchte er, seine Gliedmaßen zu bewegen, wieder ein wenig Gefühl für seinen Körper zu bekommen. Wenn er wieder das Bewusstsein verlor, würde er wahrscheinlich nie wieder erwachen. Seine Arme und Beine fühlten sich an wie abgestorben. Ein dumpfes Kribbeln füllte seinen Körper, wo sonst geballte Kraft zu spüren war.

Es gelang ihm schließlich, die Hände zu bewegen. Auch seine Arme gehorchten teilweise seinen Befehlen. Kraftlos wischte er sich mit den Fingern über den Körper. Seine Haut fühlte sich nass und glitschig an. Er betastete vorsichtig sein Gesicht. An seiner Schläfe spürte er die verkrustete Wunde des Dolchstiches. Er tastete weiter. Seine Lippen waren aufgeplatzt, und auf der Wange hatte sich Schorf gebildet.

Die Augen. Was war mit seinem verbliebenen Auge? Sein Lid war offen, doch um ihn herum war es dunkel. Eine andere Dunkelheit. Nicht dasselbe, wie in einer Höhle ohne Licht. Dort gab es immer noch etwas wie Umrisse, Ahnungen oder eine sichtbare Schwärze. Diese Dunkelheit war ein komplettes schwarzes Nichts. Er war blind.

Er kämpfte dagegen an, wieder bewusstlos zu werden. Die Hoffnungslosigkeit drohte ihn zu überwältigen. Es war schlimm genug die Hälfte seines Sehvermögens beim Kampf mit dem Hauptmann der Stadtwachen eingebüßt zu haben. Seine Erfahrung hätte ausgereicht um dieses Defizit auszugleichen. Ein blinder Oger jedoch wäre schon allein unter seinesgleichen verloren. Selbst in geschützter Umgebung wäre sein vorzeitiger Tod so gut wie sicher.

Es war aber nicht die Befürchtung zu sterben, die ihn angestrengt versuchen ließ, wieder auf die Beine zu kommen, es war der Hass auf den Meister und die Möglichkeit, sich für alles zu rächen.

Doch egal, wie er es bewerkstelligte, er konnte sich nicht auf den Beinen halten. Immer wieder knickten sie weg, und ließen ihn seine Hilflosigkeit von Neuem spüren. Die Kraft aus seinen Armen reichte noch immer nicht aus, um sich an den Wänden hochzuziehen. Verbittert und erschöpft sank er wieder in sich zusammen und kauerte sich auf den Grund der Grube.

Wenn ich wenigstens den schweren Steinblock von der Kette lösen könnte, dachte er. Mehrfach drehte er den Fels hin und her. Die Fugen waren sich durch das lange Liegen im Wasser etwas aufgeweicht. Mit seinen Fingernägeln kratzte er die obere Schicht des Mörtels ab. Ständig spülte er Wasser darüber, in der Hoffnung es würde sich noch mehr lösen. Seine Finger ertasteten die Ankerplatte, die das Herausziehen der Kette aus der Wand verhindern sollte. Immer und immer wieder riss er daran, bis sich endlich ein Spalt auftat und den Bolzen aus der Fuge freigab. Er rollte das Stück Mauerwerk erleichtert beiseite.

Stunden vergingen, dann näherten sich wieder Schritte. Er hörte, wie sie unachtsam in die Rinnsäle der Kanalisation traten. Kein geübter Kämpfer würde sich so bewegen. In seinem momentanen Zustand würde es aber auch keinen Kämpfer benötigen, um ihn zu erledigen. Deshalb beschloss Tarbur, sich wieder tot zu stellen.

Die Schritte kamen näher. Es schienen drei Hüttenbauer zu sein. Tarbur hielt den Atem an, um sich nicht zu verraten. Er hörte ein schabendes Geräusch neben seinem Kopf und spürte die Wärme einer Lichtquelle an seinem Gesicht.

»Siehst du es, Hagrim? Was ist das?«

»Bei den Göttern, natürlich sehe ich ihn. Das ist ein Oger.«

»Was macht der hier unten?«

»Tot herumliegen, würde ich sagen. Wenn mich nicht alles täuscht, ist das der, den sie in den Bergen gefangen genommen hatten. Vor ein paar Tagen konnte er flüchten. Nicht allzu weit, wie es scheint.«

»Was meinst du, gibt es eine Belohnung für ihn?«

»Ich weiß nicht, sie haben nichts davon gesagt. Ich glaube, sie haben auch nicht damit gerechnet, dass jemand aus der Stadt ihn tötet.«

»Woran ist er wohl gestorben?«

»Keine Ahnung. Vermutlich nicht an Altersschwäche.«

»Was machen wir jetzt?«

»Am besten schauen wir mal nach, ob er irgendetwas von Wert dabei hat, bevor wir seinen Fund melden.«

»Vielleicht können wir ihn ja verkaufen?«

»Ja natürlich, ich sehe schon den Aushang: Verkaufe kaum benutzten Oger mit kleinen Schönheitsfehlern. Bitte melden in der Kanalisation. Was für ein Plan soll das denn sein?«

Tarbur spürte, wie das Ende eines Seils seinen Oberschenkel berührte. Schweres Atmen war zu hören und das ungeschickte Abstützen von Füßen an der Grubenwand. Jemand sprang neben ihm ins seichte Abwasser.

»Sei bloß vorsichtig, vielleicht hatte er irgendeine Krankheit«, hörte er eine Stimme von oben sagen.

Der Hüttenbauer musste direkt neben ihm stehen.

»Ja, es scheint, er hatte eine Allergie gegen Dolche im Schädel.«

Tarbur spürte, wie jemand mit einem Finger gegen seine Schläfe drückte. Jetzt kam es darauf an, den Hüttenbauer sicher zu packen. Tarbur durfte ihn auf keinen Fall töten oder entkommen lassen. Beides würde bedeuten, dass sie ihn in der Grube niedermetzelten. Er spürte den Atem des Hüttenbauers an seiner Schulter.

Jetzt ging alles sehr schnell. Tarbur packte mit dem einen Arm den Fuß des Mannes und versuchte mit dem anderen, seine Kehle zu greifen. Das hilflose Zappeln des Mannes zeigte ihm, dass seine Aktion geglückt war. Der Hüttenbauer röchelte schwerfällig vor sich hin, während die beiden anderen mit panischem Geschrei zurück in die Kanalisation flüchteten.

Die Geisel erschlaffte in seinen Händen. Tarbur hoffte, dass nur sein Widerstand gebrochen war, und nicht sein Rückgrat.

»Hüttenbauer, wie dein Name?«

Es dauerte einen Augenblick, doch dann drang eine flüsternde Antwort an Tarburs Ohren.

»Hagrim. Ich heiße Hagrim.«

»Hagrim, gut. Du mir helfen.«

Anstatt Einsicht zu zeigen oder sich der Situation zu ergeben, überschüttete Hagrim ihn mit einem Redeschwall.

»Ich, ich hab einen Dolch auf deine Kehle gerichtet. Wenn du mich nicht sofort freilässt, dann ... dann werde ich dich töten. Wir sind zu dritt und du ... du bist allein und verwundet und unbewaffnet. Meine Freunde sind unterwegs und holen die Stadtwachen. Du solltest lieber schnell flüchten. Wenn du mich loslässt, dann zeige ich dir den Ausgang. Hast du gehört?«

Tarbur nahm keine Notiz von den Drohungen. Anscheinend hatte sein Gefangener schon bemerkt, dass er blind war. Hüttenbauer ließen sich die eigenartigsten Geschichten einfallen, um ihr Leben zu retten. Mit gezogenem Dolch hätte er schon in seiner Panik zugestoßen. Die anderen beiden würden noch einige Zeit angsterfüllt umherirren, bevor sie Alarm schlugen.

»Kein Ausgang, ich suche Meister«, sagte er.

»Was für einen Meister?«, fragte Hagrim verwirrt.

»Du gesehen Mann mit schwarzem Umhang in Kanalisation?«

»Nein, aber man erzählt sich von einem Wesen hier unten mit schwarzer Haut, langen dürren Fingern und Tentakeln im Gesicht. Es frisst die Gehirne seiner Opfer. Mehrere von den Bettlern werden schon vermisst.«

»Das der Meister. Wo kann ich finden?«

»Das weiß ich nicht.«

»Wer weiß dann?«

»Die, die ihn gesehen haben, sind aus der Kanalisation geflüchtet und nicht wieder hier heruntergestiegen. Sie haben sich im Tempel in Sicherheit gebracht und wollen erst zurückkommen, wenn dieses Geschöpf tot ist. Priester Gidwick hat ihnen Hilfe angeboten.«

»Du holen diesen Priester.«

»Das geht nicht. Er würde nie in die Kanalisation kommen.«

»Holen den Priester«, wiederholte Tarbur die Anweisung etwas unbeherrschter.

»Gut, gut, ich werde dir helfen«, besänftigte Hagrim ihn. »Wir haben auch alle Angst vor diesem Meister. Wir gehen erst in unser Versteck, dann werden uns die anderen vielleicht helfen.«

»Wenn du Ärger machen, ich dich töten.«

Tarbur war erleichtert zu merken, dass seine Beine ihn wieder trugen. Jetzt musste er sich nur noch ein wenig zusammenreißen, um vor seinem Gefangenen keine Schwäche zu zeigen.

Tarbur ließ Hagrim keine Gelegenheit zur Flucht. Seine Hand war wohlüberlegt im Nacken des Menschen platziert. Er würde jede unüberlegte Bewegung als Fluchtversuch deuten und ihm das Genick brechen. Jede Richtungsänderung deutete Hagrim vorsichtig mit einem Kopfnicken nach links oder rechts an und kommentierte diese zusätzlich. Tarbur zählte währenddessen die Schritte und versuchte, sich die Richtung der Biegungen einzuprägen.

... achtundsiebzig, neunundsiebzig, achtzig, Drehung der Waffenhand.

Die Bewegung tat ihm gut. Er merkte, wie das Blut wieder ungehindert durch seine Gliedmaßen floss und seinen Körper langsam aufwärmte. Anstelle eines stechenden Schmerzes fühlte er nur ein dumpfes Pochen in der Schläfe, und sein Kopf fühlte sich ganz taub an.

Er wusste noch nicht, wie er den Meister finden sollte, geschweige denn töten, aber er wusste, dass er es versuchen würde, egal was es kostete. Sein Leben war ohnehin verwirkt. Was sollte Tabal schon mit einem Krieger, der den Feind nicht einmal sehen konnte?

... sechsundsiebzig, siebenundsiebzig, Drehung der Waffenhand. Noch einmal das Gleiche!

Es musste ihm gelingen, erst einmal zu Kräften zu kommen. Er brauchte Nahrung und eine Waffe. In beiden Fällen war er auf die Hilfe dieses Hüttenbauers angewiesen. Mit etwas Glück wäre er das Bindeglied zwischen ihm und dem Meister. Hass konnte enger verbinden als Freundschaft. Es war nur schwer einzuschätzen, wie sehr die Hüttenbauer den Meister verabscheuten, denn Hagrim würde ihm sicherlich alles Mögliche versprechen, um aus seiner misslichen Lage zu kommen.

... neunundsiebzig, achtzig, Drehung Waffenhand.

»Was hast du gesagt?«, fragte Hagrim verunsichert nach.

»Nicht gesprochen mit dir. Zähle Schritte.«

»Ich wusste gar nicht, dass ihr Oger so klug seid und so weit zählen könnt«, sagte Hagrim in schmeichelndem Tonfall.

»Ja, können sogar rechnen. Wenn noch mal achtzig Schritt und Drehung Waffenhand, ich mache dein Leben Ende.«

Diese Drohung, anhand einer simplen Rechnung, verstand Hagrim sofort. Anstatt abermals abzubiegen und wieder am Ausgangspunkt anzukommen, lief er verängstigt geradeaus.

Tarbur nahm ihm den Versuch, Zeit zu schinden, nicht übel. In seiner Situation hätte er vielleicht das Gleiche versucht. Nur war er nicht an seiner Stelle, und er hatte keine Zeit. Wenn der Meister auch nur die geringste Ahnung hätte, dass er noch lebte, würde er wieder hierherkommen und sein Werk vollenden. In dem Zustand, in dem sich Tarbur gerade befand, gäbe es keinen Zweifel über den Ausgang des Kampfes.

Obwohl Tarbur sich von Schritt zu Schritt mehr erholte und neue Kraft schöpfte, wünschte er doch, sich endlich richtig aufrichten zu können und seinen Gliedmaßen etwas Entspannung zu gönnen. Seine Gedanken kreisten immer wieder um die Frage, woher er eine brauchbare Waffe bekommen könnte. Da er noch immer die Ketten aus dem Kerker trug, stellte er sich vor, sie als Waffe oder wenigstens als Teil einer solchen einzusetzen. Er dachte an Morgensterne, Dreschflegel und Bolas, um diese Ketten einzusetzen. Was ihn an diesen Möglichkeiten störte, war der beengte Raum hier unten. Für all diese Waffen brauchte man genug Bewegungsfreiheit. Gegen einen Meister mit einer falsch gewählten Waffe blind zu kämpfen war eher Selbstmord als Rache. Er hatte nicht vor zu sterben, bevor er auf den toten Körper des Meisters gespuckt hatte.

»Kann ich dir eine Frage stellen?«, unterbrach Hagrim seine Gedanken.

»Ja, frag«, kam die knurrige Antwort zurück.

»Wer garantiert mir, dass du uns nicht alle tötest, wenn ich dich in unser Versteck bringe?«

»Das sehr dumme Tat. Tarbur nie machen.«

»Ah«, atmete Hagrim erleichtert aus. »Und was wäre deiner Meinung nach schlau?«

»Alle töten bis auf einen. Angst gut für Sklaven.«

Hagrims aufkeimende Zuversicht fiel sofort in sich zusammen. Die aussichtslose Lage konnte für einen Mann wie ihn nur eines bedeuten.

»Ich bringe dich nicht weiter. Von mir aus kannst du mich hier sofort töten, aber ich verrate meine Freunde nicht. Sieh doch zu, wie du weiterkommst.«

Hagrim sank auf die Knie und ergab sich seinem Schicksal. Doch anstatt zuzudrücken, ließ Tarbur ihn los.

»Ich nicht töten Freunde. Ich vielleicht schlau, aber auch blind. Brauche eure Hilfe, um Meister zu töten. Er auch euer Feind.«

Hagrim ging im Geist seine Möglichkeiten zur Flucht durch. Der Gang vor ihm war gerade und ohne Abzweigungen. Wenn Tarbur losrannte, würde der Oger ihn einholen, keine Frage.

»Schwöre, dass du keinen meiner Freunde tötest«, verlangte er.

»Ich schwöre auf Grab von toter Bruder.«

Hagrim hoffte, dass dieser Schwur bei Ogern den gleichen Stellenwert wie bei Menschen hatte. Er richtete sich wieder auf und wischte sich die mit Wasser vollgesogene Hose ab.

Schon viele Nächte hatte er im Freien verbracht. Egal ob es stürmte, regnete oder schneite, er hatte immer darauf geachtet, dass seine Kleidung nicht verschmutzt oder nass wurde. Jetzt wusste er wieder, warum. Ein schlechter Tag wurde durch nasse Kleidung noch schlechter. Jede Bewegung erforderte Überwindungskraft. Der kalte, nasse Stoff klebte unangenehm an den Beinen. Zum Glück waren es nur noch zwei Tunnelkreuzungen bis zum Versteck. Hagrim hoffte, seine Gefährten waren klug genug gewesen, nach oben in die Stadt zu fliehen. Was würde er dafür geben jetzt oben auf der Treppe seiner Stammkneipe zu sitzen, sich die Sonne auf den Pelz scheinen zu lassen und sich an einem Glas Rotwein zu erfreuen. Leider ließ seine jetzige Situation nichts davon zu. Das lag nicht nur an der aufdringlichen Gesellschaft von Tarbur. Seit dieser Nacht des Überfalls war alles anders. Niemand wollte, dass er auf der Treppe saß, und niemand würde ihn für eine Geschichte auf ein Gläschen einladen. Erwachsene mieden ihn, und Kinder wurden von ihren Eltern in panischer Furcht zurückgerufen. Dabei hatte er nur schlimme Narben im Gesicht, aber er war verdammt noch mal nicht ansteckend.

Ein Gitter versperrte den Zugang des Seitenarmes der Kanalisation. Hagrim griff eine Stange aus der Mitte des Gitters und schob diese so weit nach oben, bis sie aus der Führung rutschte. Er drehte sich zu Tarbur um und schaute zu ihm hoch.

»Wir haben ein Problem. Der Zugang zu unserem Versteck ist eher etwas für Hunger leidende Bettler und weniger geeignet für, verzeih, Muskelberge.«

Tarbur tastete den offenen Bereich ab und drängte Hagrim hindurch.

»Tarbur viele Tage nicht gegessen, wird gehen.«

Er packte die Eisenstangen mittig und bog sie so weit auseinander, dass ihre Enden oben und unten zusammenstießen. Die Leichtigkeit, mit der er das tat, ließ Hagrim einen Schauer über den Rücken laufen.

»Unglaublich«, stieß er hervor.

»Schlechte Arbeit«, bekam er von Tarbur knapp zur Antwort.

Hinter dem kurzen Gangstück öffnete sich der Tunnel zu einer großen Kammer. Hagrim leuchte mit seiner Laterne Stück für Stück des feuchten Gewölbes ab. Die Decke war hoch genug, damit Tarbur aufrecht stehen konnte. Auf dem Boden waren etliche Schlafstätten eingerichtet. Eine Feuerstelle in der Mitte rauchte wie nach einer überstürzten Löschung noch vor sich hin. In der Südecke stapelten sich einige leere Kisten und Fässer – Überbleibsel von Zufallsgeschenken, wie die Bettler das Entwenden von achtlos abgestellten Waren bezeichneten. Sie stahlen nicht wahllos, sondern nur Dinge, die sie direkt benutzten. Sie nahmen nichts mit, um es zu verkaufen. Weiterhin stahlen sie nur, wenn niemand in der Nähe war. Entweder sie konnten die Sachen unbeobachtet mitnehmen, oder sie ließen die Finger davon. Und sie wendeten niemals Gewalt an – zu Hagrims Erstaunen hob und senkte sich der Deckel eines Fasses, in dem früher Salzheringe eingelagert waren. Aufgrund der drei anderen Fässer, die um einiges größer und auch mit weniger übelriechenden Nahrungsmitteln gefüllt waren, vermutete er, dass diese schon von drei anderen Personen als Versteck genutzt wurden.

»Ihr könnt rauskommen. Er hat versprochen, uns nichts zu tun.«

Die Deckel der Fässer regten sich nicht.

»Habt ihr mich gehört? Er tut euch nichts«, wiederholte Hagrim.

»Woher sollen wir wissen, dass er nicht lügt?«, kam eine Stimme aus dem Fass mit der Aufschrift »Dörrfleisch«.

»Weil er mich noch nicht umgebracht hat und euch auch noch nicht. Außerdem hat er es mir geschworen, auf das Grab seines toten Bruders.« Hagrim schien langsam die Geduld zu verlieren. »Denkt ihr eigentlich, die Fässer bieten euch genügend Schutz?«, fragte er kopfschüttelnd.

Die Deckel wurden zaghaft beiseitegeschoben, und aus den Fässern erhoben sich Hagrims Freunde.

Sie starrten verängstigt zur eindrucksvollen Gestalt Tarburs. Auch seine Gefährten hatten zuvor noch nie einen Oger gesehen.

»Er benötigt unsere Hilfe«, sagte Hagrim. »Er will die Bestie aus der Kanalisation töten. Er sagt, sie ist sein Meister.«

Die Bettler sahen sich gegenseitig an.

»Und was will er dann von uns?«

»Er ist blind, und wir müssen ihn führen. Außerdem braucht er Informationen von Priester Gidwick.«

Wieder sahen sie sich erstaunt an. Es war eine Art Kommunikation der Hilflosigkeit.

»Ich laufe nicht mit einem blinden Monster durch die Kanalisation, um eine sehende Bestie zu finden«, kam die trotzige Antwort.

Hagrim spürte die Anspannung in Tarburs Griff. Man hatte dem

Oger beigebracht, während einer Verhandlung das zu tun, wofür er da war – Eindruck zu schinden und den Mund zu halten. Leider beherrschte er das wesentlich besser, als seine Gefühle im Zaum zu halten. Augenblicklich versuchte Hagrim, die Gemüter zu beruhigen.

»Ich werde ihn führen. Ihr müsst nur den Priester mit einer überzeugenden Geschichte hier herunterlocken. Einer von euch geht los und sagt, dass ich krank bin und nicht laufen kann, dann wird er bestimmt kommen.«

Sie entschlossen sich, Priester Gidwick noch diese Nacht zu holen, denn sie hatten nicht genügend Vorräte, um Tarburs Hunger zu stillen, und keiner von ihnen wusste, was er essen würde, wenn kein Fladenbrot mehr da war.

Sie betrauten Dürck damit, nach dem Priester zu suchen. Er war von allen außer Hagrim am besten geeignet Gidwick eine Geschichte aufzutischen und ihn hier herunterzulocken. Hagrim erklärte, die anderen blieben als Pfand zurück, wobei er darauf achtete, nicht das Wort Geiseln zu benutzen.

Stunden des Wartens vergingen. Keiner sprach mehr als nötig. Tarbur war sich nicht ganz sicher, ob der Hüttenbauer, den sie losgeschickt hatten, auch wiederkommen würde. Der Mensch hatte einen sehr verstörten Eindruck gemacht, als er losgegangen war. Im Grunde genommen war es Tarbur auch egal. Er würde den Meister suchen, ob mit oder ohne Hilfe, und er würde ihn finden.

Müdigkeit überkam ihn. Die drei Freunde von Hagrim kauerten nach wie vor in einer Ecke und versuchten krampfhaft, die Köpfe oben zu halten, um nicht einzunicken. Hagrim schien mehr die Kälte zuzusetzen.

Schritte näherten sich: zwei Personen, die achtlos durch das knöcheltiefe Wasser wateten.

Kurz vor dem Eingang machten sie Halt.

»Hier ist unser Versteck, Priester Gidwick. Soll ich vorgehen?«, erklang Dürcks Stimme.

Die Frage blieb unbeantwortet, stattdessen hörte man ein leises Röcheln und einen Körper, der ins Wasser kippte.

Augenblicklich war Tarbur hellwach. Irgendetwas stimmte nicht. Ob die anderen auch etwas bemerkt hatten, konnte er nicht sagen.

Wieder näherten sich Schritte. Diesmal war es nur eine Person, und sie kam durch den Verbindungsgang. Dann wurde es still.

»Es scheint so, als ob meine Nachlässigkeit mir beinahe zum Verhängnis geworden wäre«, sagte eine Stimme aus der Dunkelheit.

Jetzt wusste Tarbur auch, was seine Sinne so gereizt hatte, es waren nicht nur die Geräusche, es war dieser Geruch. Es roch nach dem Meister.

»Ich sehe mit Freude, dass du mir ein wenig Nahrung zusammengetrieben hast, Tarbur. Dennoch kann ich nicht darüber hinwegsehen, dass du dich beharrlich geweigert hast, zu sterben. Diese Flausen muss ich dir austreiben.«

Wie von einer Geisterhand am Schopf gezogen, wurde einer der Bettler in die Mitte des Raumes geschleift. Er stieß in seiner Panik etliche Fässer und Kisten um. Mit den Händen umklammerte er die eigene Kehle, als ob er eine Schlinge um den Hals lockern wollte. Er wand sich hin und her wie ein Wurm am Haken.

Einer seiner Kameraden wurde gleichzeitig an der hinteren Wand emporgehoben. Er strampelte vergebens mit den Beinen. Sein Kopf wurde immer wieder mit Wucht gegen die Wand geschleudert. Dann sank der Körper langsam wieder zu Boden. Noch immer wurde sein Kopf gegen die Wand gedrückt und hinterließ einen blutigen Streifen am Fels.

Kurze Zeit später lagen beide Männer tot am Boden. Der dritte hatte sich hinter den umgestürzten Fässern verschanzt. Hagrim und Tarbur saßen eng an die Wand gepresst nahe am Eingang. Im Gegensatz zu Hagrim, der vor Angst ganz starr war, konzentrierte sich Tarbur voll auf seine verbliebenen Sinne.

Hagrims letzter noch lebender Gefährte sprang kurz hinter den Fässern auf und warf ein altes Küchenmesser in die Schwärze des Durchgangs. Schon auf halber Strecke stoppte der Dolch in der Luft und fiel einfach zu Boden.

»Dafür wirst du büßen, Hexenpriester«, schrie er.

»Meister kann nur töten, wenn er Gegner sieht«, rief Tarbur in den Raum hinein.

Der Bettler startete eine Salve von Beschimpfungen, von denen etliche selbst Hagrim neu waren.

Tarbur nutzte das Geschrei des Mannes aus, um Hagrim einige Anweisungen zuzuflüstern, von denen dieser nicht sonderlich begeistert war.

Dennoch zog Hagrim eine Flasche Rotwein, die er schon halb geleert hatte, aus der Tasche, entfernte den Korken und nahm einen kräftigen Schluck. Er schloss die Flasche und stand dicht an der Wand auf. Dann holte er tief Luft und schloss kurz die Augen. Er rannte zwei Schritte und sprang kopfüber in die Mitte des Raumes. Im Flug warf er die Flasche, so zielgenau er konnte, in den Durchgang. Das Glas zersplitterte, kurz bevor es den Raum verließ, an einer unsichtbaren Wand. Tarbur schnellte vor und peitschte mit dem langen Kettenende ins Dunkel. Die Kettenglieder schlugen mehrfach Funken an den Felswänden, dann trafen sie irgendetwas in der Schwärze.

Gebannt starrte Hagrim in den Durchgang. Nichts passierte. Sie wurden weder von unsichtbaren Händen angegriffen noch von einer Feuergarbe geröstet.

»Meister weg«, sagte Tarbur.

Hagrim kam wieder auf die Beine, machte zwei Schritte auf seine Laterne zu, hob sie auf und hielt sie in den Gang. Der Meister war verschwunden. Auf dem Boden lag eine abgetrennte, schwarze langfingrige Hand.

»Woher wusstest du das?«, fragte Hagrim erstaunt.

»Konnte hören und riechen«, sagte Tarbur, der weiterhin am Boden hockte.

»Nein, ich meine, dass er verschwinden würde.«

»Ist Schutzzauber von Meister. Wenn schwer verletzt, sie zurück in Sicherheit.«

»Wie sollen wir ihn dann umbringen?«, fragte Hagrim.

»Nicht verletzen, gleich töten.«

24
Sandleg

Seit vier Tagen waren sie fast ununterbrochen auf den Beinen. Zweimal mussten sie ihr Lager vorzeitig abbrechen, weil die Sandläufer ihnen gefährlich nahe kamen.

Durch den Zwischenstopp in Osberg hatte der Schattenwurm anscheinend kurzweilig ihre Spur verloren, holte aber schnell wieder auf. Egal welches Tempo sie vorlegten, ihr unermüdlicher Verfolger ließ sich nicht abhängen. Die einzige Chance zur Flucht, die sie hatten, lag im Wasser. Besser gesagt, in einer Reise *auf* dem Wasser.

Oger waren normalerweise nicht dafür geschaffen, mit Schiffen zu reisen, doch war ihre derzeitige Lage alles andere als normal. Die größte Schwierigkeit bei dieser Reise bestand darin, ein Dutzend Oger auf ein Schiff zu schleusen, und zwar heimlich; wenn nämlich der Kapitän erführe, was für eine Fracht er da transportierte, standen die Chancen gut, dass er vor Schock verfrüht ins Jenseits übertrat.

Mogda fand sich recht schnell damit ab, auf dem Seeweg zu reisen. Bei den anderen brauchte es etwas mehr Überzeugungsarbeit. Sie hatten sich daran gewöhnt, Wasser als ihren natürlichen Feind anzusehen. Es gab für sie keinen Grund, dieses Element zu schätzen. Im Wasser bewegte man sich langsamer, es war kalt, es schmeckte nicht sonderlich, und als Jungoger wurde man von seiner Mutter dazu gezwungen, sich damit zu waschen. Alles in allem gute Gründe, um Wasser hauptsächlich als Strafe anzusehen. Aber ihr unerbittlicher Verfolger und das Versprechen, nicht schwimmen zu müssen, reichte aus, sie zu überzeugen, dieses gewiss unsichere Transportmittel doch zu nutzen, um die Insel Wasserzahn zu erreichen.

Momentan lag die größte Schwierigkeit darin, kein Aufsehen zu erregen. Sie mussten Gehöfte großzügig umgehen und reisenden Händlern ausweichen. Die meilenweiten Umwege kosteten sie viel Zeit und Kraft. Je länger sie sich im Freien aufhielten, desto größer war die

Gefahr, entdeckt zu werden. Ein Trupp Soldaten, der sie jagte, würde ihren Plan auf jeden Fall vereiteln.

Mogda hasste die Vorstellung, mitten im Feindesland gleichzeitig von Orks, Dämonen und Menschen gejagt zu werden, ohne einen handfesten Plan zu haben. Momentan lenkte ihn jedoch Cindiels neue Leidenschaft von seinen Befürchtungen ab. Sie saß die meiste Zeit der Reise auf seinem Nacken und studierte dabei das dicke Zauberbuch ihrer Großmutter. Als Ablage nutzte sie seinen fast kahlen Schädel. Mogda war nicht ganz wohl bei dem Gedanken, jemandem huckepack zu transportieren, der vielleicht gerade versuchte, eine Feuersäule aus dem Nichts hervorzuzaubern. Ihm fiel wieder Meister Trebor ein, der immerhin genau gewusst hatte, was er tat, aber dennoch seinem eigenen Zauber zum Opfer gefallen war. Cindiel musste die Zauber erst noch studieren, und sicher wäre niemand in Nelbor ihr böse, wenn sie versehentlich einen Oger in ein Häufchen Asche verwandelte. Im Gegenteil, sie würde wahrscheinlich als Heldin gefeiert werden.

»Hast du den Wälzer immer noch nicht durch?«, fragte er in der Hoffnung, sie würde mal eine Pause einlegen. Seine Worte kamen langsam und zögerlich, denn er wollte sie keinesfalls erschrecken.

»Du verstehst das nicht«, entgegnete sie und schlug das Buch zu, »das ist ein Hexenalmanach. Man liest ihn nicht einfach durch und stellt ihn wieder zurück ins Regal. Man muss die Formeln spüren und mit ihnen eins werden. Nur dann kann man einen Zauber daraus wirken.«

Mogda erwog kurz, ihr zu raten, sie solle nach einem Zauber suchen, der die Reise verkürzte. Viel Hoffnung hatte er allerdings nicht.

Sandleg lag im Südwesten und war mit Osberg durch eine Handelsstraße verbunden. Sie bewegten sich parallel zu dieser in einem Abstand von einer halben Meile. Somit hatten sie keine Orientierungsschwierigkeiten, blieben aber weit genug abseits, um kein Aufsehen zu erregen. Eine halbe Tagesreise bevor sie Sandleg erreichten, machte Kruzmak einen Trupp Reiter aus, der ihnen entgegenkam. Die Standarte und das Wappen des Königs wiesen sie als Truppe aus Lorast aus. Männer des Königs. Ihre Gardeuniformen und ihre geringe Anzahl von dreißig ließen jedoch darauf schließen, dass es sich nicht um Soldaten handelte. Sie waren vielmehr unterwegs, um eine Mobilmachung zu organisieren. Bei einer bewaffneten Auseinandersetzung versuchte der König stets, möglichst viele Freiwillige zu rekrutieren, um Söldnerlöhne zu sparen.

Die Abordnung ritt in vollem Galopp an ihnen vorbei, ohne auch nur den geringsten Verdacht zu schöpfen. Bei ihrem Tempo war es ohnehin unmöglich, einen Späher vorauszuschicken, der auf drohende Gefahren oder einen Hinterhalt aufmerksam machen sollte.

Mogda und die anderen warteten in sicherer Entfernung zwischen den Bäumen eines kleinen Waldstückes ab und machten sich erst wieder auf den Weg, als keiner der Soldaten mehr in Sicht war.

»Puh, das war knapp«, sagte Cindiel und kletterte wieder auf Mogdas Schultern.

»Nein, knapp ist, wenn Pferdefleisch auf Feuer und Soldaten tot«, gab Brakbar zur Antwort.

Cindiel mochte ihn nicht sonderlich. Er schien noch ein wenig wilder und unbeherrschter zu sein als die anderen aus Rators Truppe. Das Töten war für ihn etwas Selbstverständliches. Ob er dieses Verhalten nur an den Tag legte, weil sie und Mogda dabei waren, vermochte sie nicht zu sagen. Auf jeden Fall gefährdete er jegliche Art von friedlicher Auseinandersetzung allein durch seine Anwesenheit.

Als sie Sandleg schließlich erreichten, richteten sie sich ein kleines Lager oberhalb einer Hügelkette im Schutz einiger Bäume ein, um die Stadt kurz zu beobachten. Es war wichtig zu wissen, wie viele Stadtwachen hier stationiert waren, oder ob man schon begonnen hatte, eine Bürgerwehr aufzustellen, um den Truppen des Königs Unterstützung zu gewähren. Sandleg war nicht sonderlich groß. Trotz seiner rund tausendzweihundert Einwohner wurde das Städtchen von einer zwanzig Fuß hohen Stadtmauer umfasst. Es gab nur ein Tor in Richtung Osberg, das von vier Soldaten bewacht wurde. Die andere Seite lag im Schutz des Meeres. Die U-förmige Bucht war mit einem großzügig angelegten Hafengebiet zugebaut worden. Weit reichten die Ausläufer des Hafens auf ihrem Ständerwerk in die Bucht hinein. Diese Anlage machte die Stadt auch zu etwas Besonderem. Hier wurden Waren aus ganz Nelbor angeboten und verschifft, und hier befand sich auch der einzige Zugang zur Stadt, der für die Oger gangbar war.

Hier würden sie versuchen, bei Nacht hindurchzuschlüpfen, um Kapitän Londor ausfindig zu machen. Wie sie sich in einer Stadt verstecken sollten, in der die meisten Häuser nicht viel höher waren als ein Oger, stellte sie vor eine schwierige Aufgabe. Sie nahmen sich noch die Zeit, einige Vorräte zu vertilgen und etwas auszuruhen, bevor sie sich der Stadt im weiten Bogen vom Wasser her nähern wollten.

Kruzmak hielt unaufgefordert Wache. Sein Hauptaugenmerk lag weniger auf Sandleg als auf dem Hinterland und ihren zurückgelegten Weg. Sobald es ihm möglich war, schaute er zurück, um sich zu vergewissern, dass genügend Abstand zwischen ihnen und dem Schattenwurm war. Die Bedrohung, die von diesem Wesen ausging, war um einiges größer als die Gefahr, entdeckt zu werden oder sich mit schlecht ausgerüsteten Menschen anzulegen. Mogda spürte die Anspannung der anderen. Er selbst kannte das Wesen nicht und musste sich eingestehen, es auch nicht näher kennen lernen zu wollen. Jedoch jagte ihm allein die Vorstellung, von etwas bei lebendigem Leibe verschluckt zu werden, das ohne Vorwarnung aus der Erde hervorbrach, einen Schauer über den Rücken.

»Was meinst du, Cindiel, hinter wem von uns ist der Dämon wohl her?«, fragte Mogda leise, als er sicher war, dass die anderen ihn nicht hören würden.

»Das kann ich dir auch nicht sagen. So wie es aussieht, kommt jeder in Frage. Ich hoffe nur, du bist es nicht – und dazu weit weg, wenn er sich einen anderen holt.«

Cindiels Bemerkung machte ihn sprachlos. Sie kannten sich erst kurze Zeit, dennoch lag dem kleinen Mädchen schon so viel an ihm. Das war erstaunlich. Vielleicht hatte es etwas mit seinen neuen Fähigkeiten zu tun. Die Menschen wollten verstanden werden, egal ob von ihresgleichen oder von einem klugen Oger.

»Keine Angst, Prinzessin, ich passe schon auf mich auf. Wir haben es bis hierhergeschafft, da sollte es doch auch möglich sein, den Rest des Weges zusammen zu beschreiten.«

Cindiel wippte auf seinem Nacken hin und her.

»Mach dir keine Sorgen, Mogda, wenn du doch gefressen wirst, kann ich sicherlich auf Rators Schultern weiterreisen.«

»Auf Rat…?«

Dann erkannte er, dass sie ihn aufzog. Mit einem kurzen Pferdeschnauben trabte er an.

Im Schutz der Dämmerung näherten sie sich Sandleg von der südlichen Küstenseite her. Die Ausläufer der niedrigen Steilküste dienten ihnen als Deckung. Zwischen den herabgestürzten Steinbrocken bahnten sie sich ihren Weg zum Hafen. Auf der äußerst eigentümlichen Stadtmauer fanden sich keine Schießscharten, keine Kontrollgänge, und niemand patrouillierte darauf: einfach nur eine Mauer, die verhindern sollte, das Tor zu umgehen, wenn man nicht klettern konnte. Genauer gesagt, schützte sie nur vor neugierigen Blicken und Tieren, die nicht fliegen konnten. In die Stadt hineinzukommen war leicht, sich in ihr zu bewegen, ohne dass man auffiel, wenn man zwölf Fuß maß, war unmöglich.

Sie fanden einen seichten Übergang zwischen Stadtmauer und Meer. Das hüfttiefe Wasser bereitete den Ogern eher Unbehagen, als dass es sie wirklich behinderte.

Sandleg hatte eine vorgebaute Pier, auf der allerhand Tavernen und Stände aufgestellt waren. Mächtige, in Teer getränkte Stämme, stützten die Plattform mit ihren Hütten und deren Bewohnern.

Auf der Pier tummelten sich hunderte von Leuten, die noch ihren Geschäften nachgingen oder den Sonnenuntergang genossen. Der Lärm aus den Kaschemmen, der durch die halb geöffneten Fenster drang, ließ darauf schließen, dass sie übervoll besetzt waren, und das nicht gerade mit stummen Abstinenzlern.

Die Oger bewegten sich langsam durch die Dämmerung. Sie vermieden jede schnelle Bewegung, um sich nicht durch das plätschernde Geräusch des Wassers zu verraten. Der Leuchtturm, der etwas außerhalb der Bucht auf einem Felsen erbaut worden war, beschien nur die Hafeneinfahrt. Schnell war die Gruppe unentdeckt unter den Planken des Piers verschwunden. Unentwegt rieselte Dreck auf sie nieder oder, schlimmer noch, sie bekamen eine Dusche aus schmutzigem Wasser und Fischresten. Die Sonne war inzwischen untergegangen. Noch immer hatten die Oger mehr Probleme mit dem Wasser unter sich als mit dem Dreck und den vielen Menschen über sich. Ohne Unterlass starrten sie auf die nachtschwarze Wasseroberfläche. Von Zeit zu Zeit wischten sie treibenden Unrat beiseite, in der Hoffnung, auf diese Weise eine drohende Gefahr aus dem nassen Element früher zu bemerken.

Über ihnen tobte das Nachtleben. Neben den lautstarken Verhandlungen von Dirnen mit ihren Kunden, die meist versuchten, durch angebliche Konkurrenzangebote den Preis zu drücken, hörte man hier und da den Versuch, alte Seemannslieder wiederzugeben. Meist erstarben sie genauso schnell, wie sie aufkamen, sei es durch auftretende Textschwächen oder aber durch fehlendes Rhythmusgefühl. Was den Sängern an musischem Talent fehlte, wurde durch alkoholisierte Begeisterung wettgemacht.

Cindiel musste feststellen, dass die Bürger aus Sandleg noch um einiges grobschlächtiger waren als die in ihrer Heimatstadt Osberg. So ein Verhalten, wie es hier an den Tag oder, besser gesagt, an die Nacht gelegt wurde, hätte in Osberg das Einschreiten der Stadtwachen mit anschließender Übernachtung im Kerker zur Folge gehabt. Hier schien es alltäglich zu sein.

»Hey, Londor, erzähl noch mal, wie du den Troll in der schwimmenden Lore aus dem Wasser gezogen hast«, krakeelte die Stimme eines Angetrunkenen direkt über ihnen.

Die Oger erstarrten in der Bewegung und sahen sich fragend an.

»Tabal uns wohlgesonnen«, raunte er Cindiel zu.

»Oder wir hatten einfach nur Glück«, erwiderte sie leise. Cindiel gab Rator ein Zeichen, hier zu warten, bis sie wiederkommen würde. Rator verstand. Die Zeichensprache war ihm geläufiger als das gesprochene Wort. Mogda dirigierte sie zu einem nahe gelegenen Leiteraufgang.

Cindiel mischte sich einfach unter die Leute. Niemandem fiel auf, dass sie aus dem Meer zu kommen schien und auch kein Boot unten im Wasser lag, mit dem sie hätte anlanden können. Die Leute waren mit ihren eigenen Angelegenheiten beschäftigt. Es kümmerte sie nicht, was andere taten, woher sie kamen und wohin sie wollten. Jemand, der nicht aussah, als ob er etwas kaufen würde oder zu verkaufen hatte, existierte für sie gar nicht. Cindiel bahnte sich ihren Weg durch die geschäftigen Bürger Sandlegs, ohne auch nur wahrgenommen zu werden.

Vor einer kleinen Taverne mit dem schönen Namen »Die Fette Krabbe« blieb sie stehen. Das Schild zeigte neben dem Namen ein rundlich gemaltes Krustentier mit Hut und war auf der einen Seite schon aus der Verankerung gerissen. Windschief baumelte es in der leichten Brise. Das ganze Gebäude vermittelte den Eindruck, schon bessere Zeiten gesehen zu haben. Aus dem Inneren drang zusätzlich zum heiteren Gegröle ein beißender Geruch von übersäuerter Fischsuppe, vermengt mit schalem Bier. Beim Berühren der abgenutzten Türklinke durchfuhr es Cindiel wie ein Blitz. Sie musste an ihre Großmutter denken, und wovor sie sie immer gewarnt hatte.

»Cindiel, bleib weg von diesen miesen Spelunken, in denen sich nur Halsabschneider und anderes Gesindel herumtreiben. Wenn du alt genug bist, wirst du spüren, wer Übles im Schilde führt, und diese Orte in weitem Bogen umgehen.«

So wie es aussah, hatte sie dieses Alter noch nicht erreicht, dafür aber die mieseste Spelunke in ganz Nelbor gefunden. Abgesehen davon würde ihre Großmutter es sicherlich auch nicht begrüßen, wenn sie wüsste, dass sie mit einer Horde Oger durchs Land zog, um deren Bestimmung zu finden. Bei dem Gedanken an den Tod ihrer Großmutter überfiel sie erneut Trauer. Sie hoffte, das Richtige zu tun, um ihrer Großmutter keine Schande zu bereiten. Cindiel nahm all ihren Mut zusammen und betrat die Kaschemme.

Währenddessen standen die Oger noch immer hüfttief im kalten Wasser. Mogda betrachtete die Holzplanken, die als Fußboden in der Taverne dienten, von unten. Zwischen jedem Brett lag ein kleiner Spalt, der aufgrund der unregelmäßigen Verarbeitung manchmal kaum sichtbar, manchmal so breit wie zwei Goldmünzen war. Es mochten vielerlei Gründe für diese Bauweise sprechen, wie zum Beispiel die einfache Reinigung des Bodens, die hervorragende Belüftung oder die materialsparende Konstruktion. Das Wichtigste für Mogda jedoch war, den Raum gut beobachten zu können, und das tat er auch mit einiger Hingabe.

»Ich kann sie immer noch nicht sehen«, flüsterte er. »Was, wenn ihr etwas zugestoßen ist?« *Aber was sollte ihr schon auf den zehn Schritten bis zur Tür passieren?*, beruhigte er sich selbst. Aus dem Augenwinkel sah er, wie Rator sich langsam an den unteren Verstrebungen der Taverne bis zu den Knien aus dem Wasser zog. Das Gebälk knarrte qualvoll.

»Tabal könnte machen Wasser wärmer«, entschuldigte er sich kleinlaut und glitt wieder ins nasse Element.

Mogda schaute ihn vorwurfsvoll an, obwohl er ebenfalls fror und nur zu gern aus dem Wasser geklettert wäre.

»Ich hab gelesen, je wärmer das Wasser ist, desto größer sind auch die Fische, die in ihm leben.«

Rator schaute ihn verwirrt an. Er hatte in den letzten Tagen nun schon oft gehört, was Mogda alles gelesen haben wollte. Gerade Matscha machte daraus eine wichtige Sache. Jedem, der es hören wollte oder nicht, erzählte er von Mogdas unglaublicher Fähigkeit. Langsam stieg in ihm das unbestimmte Gefühl hoch, er selbst sei dumm. Zwar war ihm bewusst, dass es intelligentes Leben gab, aber nicht unter Ogern. Ihre Fähigkeiten beschränkten sich auf den Kampf und alles, was damit zu tun hatte. Aber nun gab es einen innerhalb ihrer eigenen Rasse, der offenbar zu weit mehr imstande war. Vielleicht würde es irgendwann eine Zeit geben, in der man nicht mehr kämpfen, sondern nur noch denken musste? Er schüttelte die Gedanken wie einen Kälteschauer von sich ab.

»Wasser warm genug. Fische schon zu groß«, flüsterte er.

»Da ist sie«, rief Mogda aus und presste sich gleich darauf die Hand auf den Mund, weil er viel zu laut gewesen war. Hektisch fuchtelte er mit dem Finger, um den anderen Cindiels Standort anzuzeigen. Was aber auf wenig Interesse stieß, da die meisten noch mit der Deutung von verräterisch aussehenden Bewegungen im Wasser beschäftigt waren.

Cindiel schlängelte sich ängstlich auf den Tresen zu. Sie versuchte nach Kräften, Blickkontakt mit den übrigen Gästen zu vermeiden. Auf dem Tisch, den sie gerade hinter sich gelassen hatte, räkelte sich eine nur noch spärlich bekleidete Frau zur Freude der dort sitzenden Männer.

Die Gespräche, die Cindiel bruchstückweise verfolgen konnte, drehten sich hauptsächlich um allerlei Gassenwissen, wenn sie überhaupt ein Thema hatten, und die Gesangseinlagen hätten ausgereicht, um jede Familienfeier zu einem abrupten Ende zu führen.

Der Wirt, der eher wie ein Geldeintreiber im Rotlichtviertel aussah, und die Schankmaid, die ihm in nichts nachstand, nahmen eine ganze Weile überhaupt keine Notiz von Cindiel. Dann kam der Wirt unvermittelt mit verärgerter Miene und einem Tablett in der Hand auf Cindiel zu.

»Du bist spät dran, Kleine. Ich dachte schon, du hättest genauso Reißaus genommen, wie das andere Mädchen, das man mir letzte Woche versprochen hatte. Es ist doch immer dasselbe mit euch Gören aus dem Waisenhaus. Wenn du dir ein bisschen Geld verdienen willst, solltest du das nächste Mal pünktlicher sein. Es sei denn, du möchtest die Nachfolgerin von Gina werden«, er zeigte auf die halb entblößte Dame, die gerade recht unelegant vom Tisch stürzte, dabei aber wesentlich zur Erheiterung der Gäste beitrug. »Dann ist es natürlich besser, wenn man erst später kommt. Na ja, wenn ich es mir richtig überlege, kann es so spät gar nicht werden, dass sie den Gästen gefällt.«

Anscheinend verwechselte der Wirt Cindiel mit einem anderen Mädchen. Er hielt ihr das Tablett unter die Nase. Auf ihm waren kleine Schälchen mit eingelegten Fischen, die kaum groß genug waren, um sie als Köderfische zu benutzen. Köpfe und Schwänze waren nicht abgetrennt. So klein sie auch waren, verbreiteten sie dennoch einen unangenehm salzigen Geruch. Wer davon aß, dem blieb nichts anderes übrig, als sich hier auch noch ein Getränk zu bestellen. Cindiel entschloss sich, trotz ihres Hungers keinen Fisch zu probieren. Stattdessen machte sie sich an die Arbeit und verteilte die Appetithäppchen. Unauffälliger konnte sie sich hier kaum bewegen und zusätzlich sprang auch noch etwas Geld dabei heraus.

»Los, los, keine Zeit verlieren«, sagte der Wirt barsch.

Sie hatte den Mann, der Käpt'n Londor genannt wurde, schnell gefunden. Er saß in der hinteren Ecke, an einem kleinen Tisch, umringt von zahlreichen Fischern. Londor war kaum älter als vierzig Jahre, hatte mittellanges braunes Haar, eine kräftige Statur und ein ansprechendes Äußeres, welches sich wohltuend von den übrigen Gästen abhob.

Er war eifrig damit beschäftigt, seinen Zuhörern eine überaus dramatische Reisegeschichte zu erzählen. Zusätzlich zu seiner besonders lebendigen Art der Schilderung benutzte er ausdrucksstarke Gesten, um seine Worte zu untermalen. Cindiel konnte nicht umhin, ihn für einen Augenblick zu beobachten. Selbst Hagrim, der seinen Unterhalt mit dem Erzählen von Geschichten verdiente, wäre von diesem Mann beeindruckt gewesen.

Für ein vertrauliches Gespräch unter vier Augen mit ihm stand der Kapitän zu sehr im Mittelpunkt der Unterhaltung. Cindiel entschloss sich, bevor sie wieder eine Standpauke des Wirtes erhielt, die kostenlosen Appetithäppchen weiter an den Tischen zu verteilen. Vielleicht ergab sich zu späterer Stunde, wenn sich die Reihen der Gäste etwas gelichtet hatten, eine bessere Gelegenheit, mit Londor zu sprechen.

Sie hoffte, dass der Fisch, den sie verteilte, diesen Vorgang beschleunigen würde. Zusammen mit dem Auftritt von Gina sollte es nicht allzu lange dauern, bis die ersten Gäste gingen.

Zwei Stunden später war es so weit. Londor saß allein am Tisch und begutachtete das Glas Rotwein, das er genüsslich vor seinen Augen schwenkte. Er würdigte Cindiel, die vor seinem Tisch stehen geblieben war, keines Blickes.

»Kapitän Londor?«

»Egal, was dir deine Mutter erzählt hat, ich bin nicht dein Vater«, entgegnete er, ohne den Blick von seinem Glas abzuwenden.

Cindiel zog einen Stuhl zurück und setzte sich zu ihm. Londor verzog die Mundwinkel und seufzte. »Also gut, wer ist sie?«

»Darum geht es nicht«, setzte Cindiel wieder an. »Ich habe Ihnen ein Geschäft vorzuschlagen.«

Londor setzte das Weinglas ab, sah das Mädchen aber dennoch nicht an.

»Kleine, der Letzte, der versucht hat, mich zu erpressen, ruht auf dem Grund des Hafenbeckens. Ich kann dir versichern, er war wesentlich größer und kräftiger als du. Und er war noch nicht mal so dumm zu behaupten, er sei mit mir verwandt.«

Arroganz war etwas, das Cindiel überhaupt nicht leiden konnte. Es mochte Leute geben, die sich so ein Verhalten leisten konnten. Ihrer Ansicht nach gehörte Kapitän Londor nicht dazu. »Ich hab schon ein Dutzend großer Kerle ins Hafenbecken geschickt, glauben Sie mir. Die waren wirklich groß und stark und hätten mich auf Händen getragen, um ihnen das zu ersparen.«

Londors Reaktion ließ einen Augenblick auf sich warten, so als ob er erst darüber nachdenken musste, ob die Drohung ernst gemeint war oder nicht. Das lauthalse Lachen zeigte Cindiel, wie ernst er sie nahm. Zum ersten Mal stellte Londor Blickkontakt her.

»Nun gut, Mädchen, sag, was du sagen willst, und dann verschwinde.«

Es gab also nur einen Versuch.

»Ich möchte Ihr Schiff mieten. Sie sollen mich und ein Dutzend andere in südliches Gewässer bringen und dort auf einer Insel absetzen.«

Kapitän Londor schüttelte den Kopf, noch während Cindiel sprach.

»Ich kann es mir nicht leisten, Ärger mit den Behörden und dem Waisenhaus zu bekommen. Ihr solltet euch einen anderen Weg suchen.«

Langsam wurde ihr klar, dass der Kapitän ein schwieriger Gesprächspartner war. Cindiel wollte auf keinen Fall zu viel von ihren Plänen preisgeben. Außerdem hatte sie nicht genug Geld, um ihn umstimmen zu können, erst recht nicht, wenn er wusste, wen er wirklich befördern sollte. Es gab nur eine Möglichkeit. Ein Zauber. Sie blickte sich vorsichtig um. Niemand schien ihre Unterhaltung bis jetzt belauscht zu haben, und Londor wartete anscheinend darauf, dass sie verschwand. Cindiels leiser Singsang ging im Stimmengewirr der Nachbartische unter. Unter dem Tisch verstreute sie heimlich einige Ingredienzien, die langsam zu Boden rieselten.

»Kleines«, sagte Londor mitten in Cindiels Zauberformel, »wenn du vorhast, mit dem Herumgeträllere genügend Geld zusammenzubekommen, um dir eine Schiffspassage zu kaufen, würde ich es an einem anderen Tisch versuchen, und dann auch vielleicht lieber mit einer traurigen Geschichte.«

Cindiel hob ihre geballte linke Hand über den Tisch, öffnete die Finger langsam und pustete Kapitän Londor eine mehlige Substanz direkt ins Gesicht.

»Bist du verrückt, du dumme Göre? Nun ist aber Schluss mit dem Unsinn.«

Cindiel stand auf und sah ihrem Gegenüber tief in die Augen. »Du fährst mich und meine Begleiter mit deinem Schiff nach Süden«, sagte sie entschlossen, während sie versuchte, unter dem Staub eine Regung im Gesicht des Kapitäns zu erkennen.

Unerwartet packte Londor sie am Arm und zerrte sie grob von ihrem Platz weg.

»Dann wollen wir doch mal sehen, was die Stadtwachen zu einer entlaufenen Ausreißerin sagen.«

Ein dumpfes Krachen lief durch die Taverne. Der Boden bebte. An einigen Tischen fielen vereinzelte Gläser vom Tisch. Auch Gina gelang es nicht, das Gleichgewicht zu halten, und sie kippte rückwärts mit dem Stuhl in die Gäste. Wenige Augenblicke später wurde das Gebäude erneut erschüttert. Die ersten Gäste wurden von Panik erfasst und verließen laut schreiend die Lokalität. Die nächsten Erschütterungen dauerten länger an und waren um einiges heftiger als die zuvor. Wandteller stürzten zu Boden, Teile des Mobiliars kippten um und rissen andere Sachen mit sich. Ein Bierfass rollte hinter der Theke hervor. Die meisten Gäste stürmten zum Ausgang.

Londor hatte Cindiel losgelassen. Er setzte an, es den anderen gleichzutun, als der Holzboden unter seinen Füßen zu splittern begann und ihn wenige Augenblicke später verschluckte. Die restlichen Anwesenden nahmen keine Notiz von seinem erbärmlichen Geschrei, sie hatten nur ihre eigene Rettung im Sinn. Kurz bevor Londor ins Wasser stürzte, packte ihn jemand am Arm und hob ihn wieder in die Höhe. Er schaute direkt in Mogdas Gesicht.

»Hallo Käpt'n, ich möchte Schiffspassagen kaufen. Zwölf Erwachsene und ein Kind.«

Der Seemann verlor das Bewusstsein.

25
Rache

Der schwache Lichtschein fiel aus dem Seitenkorridor auf die feuchte Tunnelwölbung der Kanalisation. Ein Schatten durchbrach den Lichtkegel kurzzeitig und verschwand dann wieder. Ein zweiter Schatten trat hinzu und tauchte den Gang in völlige Dunkelheit.

»Was?«, hörte man Hagrims genervte Stimme. »Wohin willst du?«

»Ich gehe. Beende Sache mit Meister«, antwortete Tarbur ruhig.

Ein schweres Keuchen war zu hören, wie von jemandem, der es aufgegeben hat, nach Argumenten gegen ein sinnloses Unterfangen zu suchen.

»Was für eine exzellente Idee, Herr Oger. Warum bin ich nicht selbst darauf gekommen? Jetzt suchen wir nur noch einen Mantel und eine Mütze, damit du oben in der Stadt nicht so sehr auffällst. Falls zufällig alle Bürger ihre Hüte bis zur Nase gezogen haben, würde ich meinen, du hast eine gute Chance unerkannt zu bleiben, es sei denn, du trampelst den einen oder anderen zu Tode. Jetzt ist mir auch klar geworden, warum die Geschöpfe Tabals nicht schon lange die Herrschaft über Nelbor errungen haben. Sie paaren Größenwahn und Unvermögen auf unvergleichliche Weise.«

Die grimmige Ironie in den Worten des Hüttenbauers behagte Tarbur nicht sonderlich. Hagrims Glück war nur, dass Tarbur nicht alles verstand, was der Geschichtenerzähler von sich gab. Tarbur verstand nur eines: Ihm blieb nicht mehr viel Zeit, um den Meister zu finden und zu töten. Hagrim war stattdessen nur angespannt und verwirrt, aber nicht bereit, sein Leben für den Rachefeldzug eines Ogers zu lassen.

»Pass auf, mein großer Freund«, versuchte Hagrim Tarbur zu beschwichtigen. »Wir warten noch eine Stunde auf Tirgel. Mal sehen, ob Priester Gidwick oder der Meister, oder wer er sonst ist, schon wieder imstande ist, die Messe zu halten. Dann entscheiden wir, wie es weitergeht. Vielleicht hat er auch schon Hals über Kopf die Stadt verlassen. Wenn nicht, werden wir einen Weg finden, dich zu ihm zu bringen. Schließlich habe ich auch noch eine Rechnung mit ihm offen. Seit Monaten tötet er unsere Leute, und dafür wird er bezahlen.«

Tarbur stimmte zu, obgleich ihm nicht ganz wohl bei dem Gedanken war, hier unten in der Falle zu sitzen und zu hoffen, dass sich der Meister noch nicht wieder erholt hatte. Er kannte die Hinterlist der Nesselschrecken. Er wusste, dass sie andere Leute für ihre Zwecke einspannten und die Drecksarbeit machen ließen. Er wusste das alles, nur konnte er es nicht in die richtigen Worte fassen, um es Hagrim zu erklären. Also setzte er sich wieder und hoffte, die schnelle Zunge des Hüttenbauers würde Recht behalten. Er hockte mit angezogenen Knien an der Steinwand und versuchte, Hagrims Bewegungen zu erahnen. Sein Kopf drehte sich mit jedem Schritt des Geschichtenerzählers weiter.

Hagrim lief wieder nervös in der kleinen Kammer auf und ab. Seine Hose war noch immer klamm und scheuerte bei jedem Schritt.

Sieben Schritt vom einen Ende des Raumes bis zum anderen, zählte Tarbur.

Hagrim fragte sich, wie lange Priester Gidwick wohl schon nicht mehr Priester Gidwick war, oder ob es vielleicht nie einen echten Priester Gidwick gegeben hatte. Er sah zu seinen Füßen herab und bemerkte die Reste der Weinflasche, die er gegen den Nesselschrecken geschleudert hatte. Was für eine Verschwendung. Die Flasche war noch halb voll gewesen. Er hatte sie von Meister Ostmir bekommen, damals, als er sich entschlossen hatte, hierherzuflüchten. Ein Abschiedsgeschenk, wie Ostmir es nannte. Es war genau die Sorte Roter, die Hagrim am liebsten trank. Wieder hatte der Wirt sein Geschick im Erraten von Lieblingsgetränken bewiesen.

Hagrim bückte sich. Mit einem Finger stieß er die Reste des Etiketts an. Das Papier hielt die zerbrochenen Glasstücke noch zusammen. Darunter kam der Flaschenboden zum Vorschein, der noch einen Schluck des edlen Tropfens vor dem Abwasser rettete. Wenn das nicht Schicksal war. Eigentlich hatte sich Hagrim vorgenommen, nach dem Leeren der Flasche freiwillig aus dem Leben zu scheiden. Aber jetzt, wo er sie schon seit Wochen mit sich herumtrug und er sie noch immer nicht getrunken hatte, fasste er den Entschluss, falls er dies hier überleben sollte, sich lieber eine neue zu kaufen.

Glasscherben.

Hagrim setzte sich wieder in Bewegung. Er hoffte, dadurch die Nervosität und das Frösteln zu überwinden. Tirgel könnte sich ruhig ein wenig beeilen. So schwer konnte es doch nicht sein, herauszufinden, ob der Priester wieder im Tempel war. Aus dem Augenwinkel bemerkte er, dass Tarbur ihn mit seinen blinden Augen verfolgte. Jede seiner Bewegungen wurde von dem Oger registriert. Das war ja auch nicht allzu schwer. Hagrim begann den Raum zu umrunden, wobei er sein Tempo ständig veränderte.

Tarburs blinde Augen folgten ihm dennoch. Mit einem weiten, fast ansatzlosen Sprung stellte er den Oger erneut auf eine Prüfung. Auch diese bestand er mit Bravour. Hagrim zog sein Rapier. Tarburs Oberkörper schnellte hervor, und seine Bewegungen stellten sich auf die gezückte Waffe ein.

»Ich bin beeindruckt«, gab Hagrim zu. »Du hast schnell gelernt, dein fehlendes Augenlicht durch andere Sinne zu ersetzten.«

Tarbur lehnte sich wieder zurück an die Wand. »Haben geübt schon vorher. Für Gegner töten im Dunkeln.«

»Da habe ich noch etwas für dich, eine Art Abschlusstest. Warte einen Moment, ich bin gleich so weit.«

Hagrim tastete sich Schritt für Schritt durch den Raum. Er achtete auf jedes Steinchen, das seine Stellung hätte verraten können. Tarbur konzentrierte sich zwar, konnte sein Gegenüber aber nicht mehr ausmachen. Hagrim stand nun seitlich von Tarbur an der Wand und lächelte verschmitzt. Ein dumpfes Geräusch entwich seinem Hinterteil.

Tarbur zuckte zusammen, wusste aber durch den Laut sofort, wo Hagrim stand. Der wiederum sah den Oger nach wie vor mit breitem Lächeln an.

»Siehst du, damit hast du gelernt, dass es dir ohne Augen nicht gegeben ist, eine Situation im Voraus zu erkennen. Du kannst nur reagieren, nicht selbst zuerst handeln.«

Urplötzlich rollte Tarbur sich seitlich ab und ergriff Hagrims Bein.

Er zerrte ihn über seinen Unterkörper und ließ ebenfalls einen Darmwind entweichen. Eine überwältigende Übelkeit ergriff von Hagrim Besitz. Tränen stiegen ihm in die Augen. Endlich stieß Tarbur ihn von sich.

»Du auch gelernt, greife niemals Feind an, der größere Waffe hat.«

Hagrim schüttelte sich, als ob er so den Gestank aus seinen Sachen loswerden könnte. Der Ekel stand ihm ins Gesicht geschrieben. »Was , zum Geier ...«

Mit einer Geste schnitt Tarbur ihm das Wort ab. Jetzt hörte Hagrim es auch. Mindestens drei Personen näherten sich Mit lauten Schritten.

Kurze Zeit später stolperte Tirgel außer Atem in die Kammer. Er hatte zwei weitere Bettler im Schlepptau. Beide standen im gebührenden Abstand hinter ihm und wagten nur einen vorsichtigen Blick um die Ecke.

Tirgel rümpfte die Nase.

»Bei den Göttern, man kann dieses Monster von Priester immer noch riechen.«

Es dauerte einige Zeit, bis Tarbur und Hagrim aufhörten zu lachen. Tirgel stand unterdessen nur da und war sich nicht ganz sicher, ob sie über ihn lachten oder über sich selbst. Er hielt den alten Lumpen, in den er die abgetrennte Hand des Nesselschreckens eingewickelt hatte, fest umklammert.

»Hört mir zu«, rief er, um Hagrim und Tarbur wieder zur Vernunft zu bringen. »Das Monster ist wieder oben in seinem Tempel. Er hat ganz normal die Messe abgehalten. Von seiner Verletzung war nichts zu sehen, er hatte seinen Ornat übergeworfen. Ihm war nichts anzumerken. Aber wisst ihr, was dann passiert ist?«

Er wartete einen Augenblick ab, merkte aber dann, dass seine Frage eher rhetorischen Charakter hatte und keiner Antwort bedurfte. »Er hat den Mommsen-Drillingen das Seelengespräch abgenommen.«

Hagrim traf es wie eine schallende Ohrfeige.

»Die Drillinge«, murmelte er. Er kannte die Familie Mommsen. Sie bestand aus den Drillingen und deren alten, bettlägerigen Vater. Der Rest war tot oder im Kerker der Hauptstadt für fünf oder sechs lebenslängliche Strafen eingesperrt. Die Drillinge waren ganz sicher nicht zum Seelengespräch bei Gidwick, da die Länge der Beichte ein

Lebensalter leicht überstiegen hätte. Die Drillinge, das waren Gortek, Grinslak und Garalt, die berüchtigtsten Totschläger in ganz Osberg. Sie nahmen Aufträge auch für ein geringes Blutgeld an, da sie ganz und gar in ihrer Arbeit aufgingen. Sie bemühten sich nicht gerade, ihre Taten zu verheimlichen oder zu vertuschen, nein, es waren blutige Massaker. Die Drillinge hatten eine Schar von Briganten um sich gesammelt, die sich gegenseitig unterstützten und Alibis gaben, wobei die einfältige Vorgehensweise der Stadtwachen es ihnen nur allzu leicht machte. Jemand, der diese Leute anheuerte, wollte nicht drohen, einschüchtern oder erpressen. Er wollte ein Problem endgültig lösen.

»Wenn das so ist, haben wir keine Zeit zu verlieren«, befahl Hagrim. »Wir müssen raus aus der Kanalisation und Gidwick im Tempel stellen, bevor sie uns aufscheuchen. Tirgel, du läufst los und trommelst alle von uns zusammen, egal ob Bettler, Hausierer, Ansucher oder Vagabund, wir brauchen jeden Mann. Sag ihnen, es geht um die Bestie aus der Kanalisation. Wir treffen uns in einer Stunde am Hinterhof der alten Gerba. Von da aus ist es nicht mehr weit zum Tempel, und wir fallen nicht so auf. Und sag ihnen, sie sollen sich Waffen besorgen.«

Hagrim überlegte, ob er noch etwas vergessen hatte, bis ihm das selbstgefällige Lächeln von Tirgel auffiel, der keine Anstalten machte, sich in Bewegung zu setzen.

»Was ist los, worauf wartest du?«, schnauzte Hagrim ihn an.

»Ich hab schon eine Waffe für deinen neuen Freund besorgt«, sagte Tirgel stolz.

Die beiden verängstigten Bettler standen noch immer geschützt im Durchbruch. Sie reichten einen in Lumpen eingewickelten Gegenstand zu Tirgel durch. Er stellte ihn vor sich ab und entfernte das Tuch. Zum Vorschein kam eine sechs Fuß große Zieraxt aus Ebenholz und Bronze.

»Die haben wir ...«

»Bitte sag es mir lieber nicht«, unterbrach Hagrim ihn. Er schleifte sie zu Tarbur, der vorsichtig Griff und Klinge betastete.

»Das keine richtige Waffe«, grummelte der Oger.

»Vielleicht nicht, aber du sollst ja auch keinen Krieg gewinnen, sondern nur eine Amphibie töten, und dafür dürfte es reichen«, erklärte Hagrim.

Tarbur gab sich damit zufrieden und hoffte, dass die Waffe wenigstens einen Schlag aushielte, ohne dass die Klinge zersprang oder der Griff abbrach.

Es war nicht sonderlich weit bis zum Ausstieg. Um nicht Gefahr zu laufen, mit ihren Häschern zusammenzustoßen, schlichen sie im Dunkeln umher und lauschten in jeden Seitengang. Hagrim erklomm gerade den Schacht nach oben, als im Innenhof Stimmen ertönten. Er verhielt sich ruhig und wartete ab. Kurz darauf rollten mehrere Männer einen schweren Lastkarren auf die Ausstiegsluke.

Einer der Männer betonte, dass das Gewicht reichen würde, um den Ausstieg zu versperren. Dann verschwanden sie wieder in eine Seitengasse. Hagrim lauerte noch einige Augenblicke unter dem Deckel, bis er sicher sein konnte, dass sie alle weg waren, und versuchte dann mehrmals erfolglos, die Luke zu öffnen.

»Hier ist eher Kraft als Geist gefordert. Würdest du ...«

Noch bevor er die Aufforderung beenden konnte, hatte Tarbur schon den Arm ausgestreckt und drückte gegen das Metall. Rumpelnd rollte der Wagen über das Pflaster und kam drei Schritt weiter wieder zum Stillstand.

»Danke.«

Sie kletterten in den Hinterhof, wobei Tarbur mehrere Anläufe brauchte, um sich durch den engen Schacht zu manövrieren. Der Lastkarren bot ihnen genügend Schutz vor den Blicken der Anwohner. Hagrim hockte sich hinter den Wagen und wollte abwarten, bis die Verstärkung eintraf, während sich Tarbur auf der Ladefläche verschanzte. Er zog sich eine gewachste Decke über, die jemand auf dem Wagen hatte liegen lassen, damit ihn auch aus den oberen Etagen der umliegenden Häuser niemand sah. In dieser Position verharrten sie rund eine halbe Stunde völlig lautlos.

Eine kleine Gruppe Männer bewegte sich auf den Hinterhof zu. Ihre Umrisse wurden schemenhaft durch die dahinter liegenden beleuchteten Fenster sichtbar. Viele von ihnen humpelten, oder ihre Bewegung war durch ein anderes Gebrechen eingeschränkt.

»Hagrim, bist du hier?«, ertönte eine Stimme aus der Menge, deren Sprecher jedoch nicht auszumachen war.

Hagrim stand auf und gab sich zu erkennen. Mit einer kleinen Bronzelaterne beschaute er sich die armselige Gruppe von gescheiterten Existenzen. Die Leute, denen Hagrim Kampferfahrung zugetraut hätte, waren aus dem Alter heraus, um sich noch mit jemandem messen zu können. Die jüngeren von ihnen waren nicht grundlos Angehörige dieser Kaste. Die meisten von ihnen waren schon froh, wenn sie sich von einer Taverne zur nächsten bewegen konnten. Hagrim fragte sich, ob sie alle gekommen waren, um ihnen zu helfen, oder ob sie nur dem Schauspiel beiwohnen wollten, einen Oger zu sehen.

»Sind das alle?«, fragte er empört.

»Es tut mir leid.« Tirgel löste sich aus der zweiten Reihe und trat nach vorn. »Ich konnte nicht alle aufspüren, und viele haben gesagt, dass sie damit nichts zu tun haben wollen.«

»Nichts zu tun haben wollen?«, fragte Hagrim verständnislos. »Sie sollen alle umgebracht werden, und sie denken, weil sie nichts damit zu tun haben wollen, werden sie verschont? Ich kann nur hoffen, dass die Drillinge das genauso sehen.«

Die Ersten gingen an Hagrim vorbei, ohne überhaupt begriffen zu haben, worum es ging. Sie drängten einer nach dem anderen auf den Lastkarren zu, unter dessen Plane sie das vermuteten, weswegen sie gekommen waren.

»Ist er da drunter?«, fragte jemand aus dem Pulk.

»Nein, ihr erbärmlichen Kreaturen, da habe ich nur ein kleines kaltes Buffet angerichtet für die, die nachher noch leben«, fauchte Hagrim sie an. »So wie es aussieht, wird wohl ein halber Kanten trockenes Brot und ein Fingerhut Starkbier genügen, um die Niederlage gebührend zu feiern.«

Einer der Bettler lupfte das Wachstuch vorsichtig und legte einen Fuß des Ogers frei. Tarbur richtete sich langsam auf. Das Wachstuch glitt von seinem Oberkörper herunter und legte sich zerknittert auf die Beine. Die Menge wich ängstlich zurück.

»Hüttenbauer geht. Geht zu Frauen«, sagte Tarbur mit dumpfer Stimme. »Ihr sonst sterben. Ihr keine Kämpfer.«

Die Gruppe starrte ihn fassungslos an. Einen Oger zu sehen, der ihnen direkt gegenüberstand und nicht etwas wie »gib Kuh«, sagte und sie danach tötete, veränderte ihr Weltbild.

»Wir können nirgends hin, wir haben kein Zuhause und auch keine Frauen«, ertönte wieder eine nicht genau auszumachende Stimme aus der Gruppe.

Tirgel trat vor und näherte sich unerschrocken dem Karren. Er hielt eine zweigabelige Forke in der Hand.

»Ich habe gesehen, wozu du imstande bist. Wenn du gegen das Ungeheuer kämpfst, dann werden wir dich unterstützen, so gut wir können.«

Tarbur senkte den Kopf. Es machte fast den Anschein, er verbeuge sich vor den Männern.

»Dann möge Gott von Hüttenbauern mit euch sein.« Danach schien alles gesagt, was es zu sagen gab. Die Männer formierten sich um den Karren, und Tarbur versteckte sich wieder auf der kleinen Ladefläche. Solange es ging, sollte der Oger unbemerkt bleiben.

Hagrim war sprachlos. Man hatte ihm zwar beigebracht, dass auf große Worte große Taten folgen würden, aber dass sich dieses Sprichwort auch erweitern ließ auf »großen Wesen mit kleinen Worten folgen kleine Wesen mit großer Dummheit« war ihm neu. Nichtsdestotrotz war er gerührt. Was gab es Besseres, als für seine Freiheit zu sterben? Nun gut, vielleicht in Freiheit zu leben?

Mit stolz geschwellter Brust griff Hagrim nach der Deichsel des Karrens und half mit, ihn über das holprige Kopfsteinpflaster zu ziehen. Der Tempel lag nur zwei Straßen weit entfernt. Vielleicht schafften sie es ungesehen bis dorthin.

Die Straßen waren menschenleer, als ob sich das große Unheil schon im Vorfeld angekündigt hätte und die Bürger Schutz suchend in ihren Häusern blieben. Da und dort bewegte sich ein Vorhang, eine Silhouette huschte am Fenster vorbei, eine Tür wurde eilig geschlossen und verriegelt. Unterwegs kamen sie am Siegesplatz der Trollkriege vorbei. Im Mittelpunkt stand eine überlebensgroße Statue von einem unbekannten Krieger, der den letzten Schlag gegen einen am Boden liegenden Troll vollführte. Doch anstatt eine große Streitaxt in den Händen zu halten, war er momentan damit beschäftigt, so sah es jedenfalls für den Betrachter aus, ein Stück Damenunterrock von seinem Kopf zu ziehen, den jemand dort platziert hatte.

Hagrim sah sich zu Tirgel um, der achselzuckend grinste.

Der Tempel lag direkt vor ihnen, nur noch hundert Schritt entfernt. Die Beleuchtung im Gotteshaus war bis auf die beiden Laternen außen am Eingang und eine kleine Lichtquelle im hinteren Teil des Hauptschiffes gelöscht. Das große Doppelportal mit den reich verzierten Türklopfern war geschlossen.

»Da vorn!« Hagrim deutete auf zwei Personen am Eingang des Tempels, die sich zwischen den gewaltigen Pfeilern aus Marmor aufhielten. Ihre Schatten tanzten in unnatürlicher Länge über die Straße. Hagrim stoppte den Karren, um sich einen Überblick zu verschafften. Zu den zwei Gestalten am Eingang des Tempels gesellten sich drei weitere, finster dreinblickende Schläger. Auf einen von ihnen passte die Beschreibung von Gortek. In einer kleinen Seitengasse, die auch auf dem Tempelplatz endete, wurde soeben die Straßenbeleuchtung zerschlagen. Klirrend zersplitterte das Glas und fiel zu Boden. Mehrere Personen traten in die Scherben. Hagrim hörte gleich heraus, dass es sich um mindestens fünf weitere Schläger handelte. Hundert Schritt hinter ihnen ließ jemand eine Metallstange an der rauen Fassade der Häuser entlangtanzen. Das klingelnde Geräusch kam immer näher.

Hagrim legte den Kopf schräg nach hinten und flüsterte: »Tarbur, es gibt Ärger. Wir könnten deine Hilfe gebrauchen.«

Die Wachsdecke flog schwungvoll über den Rand des Karrens. Tarbur schob sich zur Ladeklappe des Wagens und ließ seine Beine herunterbaumeln. Dann richtete er den Oberkörper auf. Hagrim und zwei weitere Bettler hatten alle Mühe, die Deichsel nach unten gedrückt zu halten. Zu ihrem Glück erhob sich Tarbur sofort. Er stand breitbeinig hinter dem Wagen und hielt die schwere Axt mit einem Arm über seinem Kopf. Die Drohgebärde fruchtete. Ihre Verfolger kamen ins Stocken. Unruhige Stimmen wurden laut.

So wie es aussah, hatten ihre Anführer den Totschlägern bewusst verschwiegen, wer ihre Opfer waren. Um den Preis für ihre Schandtat zu drücken, hatte man ihnen lieber etwas von Bettlern und Minnesängern anstatt von fast vier Schritt großen, schwer bewaffneten Monstern erzählt. Die Tatsache, dass Tarbur blind war, war wohl niemandem aufgefallen und hätte auch nur eine untergeordnete Rolle gespielt.

Sie dürfen sich auf keinen Fall zurückziehen, dachte Hagrim. *Sonst kommen sie später wieder, um sich zu rächen*. Und dann stünden ihnen kein Tarbur mehr zur Seite, und die Bettler würden einer nach dem anderen abgeschlachtet werden. Erst dann würde der Auftrag für die Drillinge beendet sein.

So gern er sich diesem Kampf auch entzogen hätte, es blieb ihm keine andere Wahl. Er riss Tirgel die Holzforke aus der Hand, preschte einige Schritt auf den Tempel zu und schleuderte das Arbeitsgerät mit aller Kraft auf einen der Angreifer. Die Forke flog unruhig und der Schaft vollführte kreisende Bewegungen. Jeder Beobachter ging davon aus, der Angriff wäre zum Scheitern verurteilt. Die Flugbahn, wenn man sie überhaupt so nennen konnte, glich der eines zu weichen Weidenzweiges, der durch die Wucht des Wurfes seine gerade Form einbüßte. Niemand hielt es für nötig, dem Wurfgeschoss überhaupt auszuweichen. Im Gegenteil, der Angriff wurde sogar lauthals verhöhnt bis ... bis sich die zwei Forkenenden fast einen Fuß tief in den Bauch des Mannes bohrten, den Hagrim zuvor als einen der Drillinge erkannt hatte. Er sank auf die Knie, wobei der Schaft den Boden berührte, und schrie schmerzerfüllt um Hilfe. Schlagartig wandelte sich die Situation. Aus den halbherzigen Drohgebärden wurde eine blutige Straßenschlacht, in der es nur ums Überleben ging. Von drei Seiten stürmten die Angreifer auf die Bettler zu. Die wiederum versuchten ihre Gegner möglichst auf Abstand zu halten.

Tarbur stand mit dem Rücken zum Karren und attackierte alles und jeden, der in seinen Wirkungskreis geriet. In der ersten Hitze des Gefechtes versuchten immer wieder vereinzelt Leute an ihm vorbeizuschlüpfen, um die dahinter stehenden, schlecht organisierten Bettler anzugreifen. Sie wurden rasch eines Besseren belehrt. Tarburs Reichweite und seine schnellen Reflexe ließen keinen Durchbruch zu. Mehrfach traf die Breitseite der Axt seine Gegner in Brust oder Rücken. Knochen splitterten, Rippen brachen, und die Wucht der Treffer beförderte die Gegner zu Boden, wo Tarbur sie mit bloßen Füßen endgültig zermalmte. Nach kurzer Zeit wagte es niemand mehr, dem Koloss zu nahe zu kommen, geschweige denn, ihn direkt anzugreifen.

Die anderen hatten es nicht so leicht. Hagrim, der die einzige Waffe besaß, die sich für einen echten Kampf eignete, hatte mehr damit zu tun, seinen Leuten beizustehen, als selbst auszuteilen. Immer wieder beobachtete er, wie das letzte Stück Spieß, Lattenzaun oder Knüppel aus den Händen seiner Freunde geschlagen wurde und sie schutzlos ihrem Gegner ausgeliefert waren. Hagrim versuchte zu helfen, wo es ging. Tirgel wollte gerade den Lastkarren erklimmen, um eine bessere Position zu haben, als ein Angreifer ihm ein Kurzschwert in den Rücken bohrte. Er rutschte von der Kante und landete mit dem

Gesicht auf dem Pflaster, wo er von seinem Gegner weiter mit Fußtritten malträtiert wurde, während dieser schon den nächsten Mann attackierte.

Hagrim stürmte mit Gebrüll auf ihn zu, was die Konzentration des Schurken kurzzeitig störte. Sein Gegenüber blockte den Schlag mit einem Heuballenstecher und verkeilte seine Hand darin. Hagrim war mit zwei schnellen Schritten heran und trennte den Arm des Mannes kurz unterhalb des Ellenbogens ab. Dann vollführte er eine Drehung und ließ die Klinge in seinen Hals gleiten.

Hagrim hockte sich neben Tirgel und drehte ihn auf den Rücken. Blut, mit Speichel vermischt, tropfte aus seinem Mundwinkel. Er röchelte schwer und flüsterte Hagrim zu: »Für die Fr…« Dann verkrampfte er sich und verlor das Bewusstsein. Neben Hagrim stürzte ein weiterer Bettler zu Boden, eine schwere Platzwunde an der Stirn. Sie waren hoffnungslos unterlegen, daran konnte selbst Tarbur nichts ändern. Gellende Schreie übertönten den Kampflärm, und aus dem Hintergrund hörte man das Heranstürmen von gerüsteten Leuten. Der Kampf kam ins Stocken. Die ersten Meuchler verschwanden in der dunklen Seitengasse, aus der sie gekommen waren. Hagrim schaute sich um und machte außer sich und Tarbur vier weitere seiner Leute aus, die noch standen. Er selbst hatte eine klaffende Wunde am Oberschenkel, von der er noch nicht einmal wusste, wer sie ihm zugefügt hatte. Am Ende der Straße sah er einen Trupp Stadtwachen, die auf sie zugestürmt kamen. Sie brüllten ihre üblichen Kommandos »Halt stehen bleiben! Waffen weg! Ergebt euch!« und so weiter. Hagrim wusste nicht genau, wann sich diese Befehle in den Köpfen der Stadtwachen eingebrannt hatten, aber es musste vor seiner Zeit gewesen sein, denn solange er sich erinnerte, hatte noch nie jemand diese Anweisungen befolgt, und das hatte auch er nicht vor.

»Los Männer«, rief er, »wenn wir die Sache jetzt beenden wollen, müssen wir in den Tempel und dieses Ding fertigmachen, sonst wird es uns so lange jagen, bis wir alle tot sind. Lasst die Verwundeten hier liegen, die Wachen werden sich um sie kümmern.« Mit diesen Worten drehte er sich um und humpelte auf den Tempeleingang zu.

Der Mann mit der Forke im Bauch lag noch immer auf den Stufen, aber jetzt war er tot. Die vier Bettler folgten Hagrim wortlos und geleiteten Tarbur sicher in den Tempel. Hinter sich schlossen sie das große Eichenportal und schoben den schweren Riegel davor.

»Da seid ihr ja endlich«, ertönte eine Stimme aus dem Dunkeln. Sie schien hoch oben von der Empore zu kommen, die irgendwo am Ende des Innenraumes lag. Sie drehten sich um und versuchten, in der Dunkelheit irgendwelche Bewegungen auszumachen.

»Ich hatte schon die Befürchtung, ihr wärt aufgehalten worden.«

»Ja, wir mussten uns noch warm machen«, gab Hagrim spöttisch zurück.

»Ich wusste, dass die Drillinge ihrem Ruf nicht gerecht werden. Aber was soll man erwarten, sie sind nur Menschen. Aber wie ich sehe, ist auf meine Kriegsoger Verlass.«

Der Altar wurde von einem dreiarmigen Leuchter erhellt, dessen Licht bizarre Schattenmuster an die Wände malte. Der Meister in Gestalt von Priester Gidwick trat in den Lichtschein. Er hatte sein langes Gebetsgewand übergeworfen.

»Ich frage mich, wie ihr die Segnung durchgeführt habt mit nur einer Hand. Ach übrigens, die andere lag draußen auf dem Straßenpflaster, bis ein räudiger Köter sie sich geschnappt hat und damit weggelaufen ist«, sagte Hagrim voller Ingrimm.

»Ach, das ging schon.« Gidwick streckte die Arme hoch, entblößte seine zwei makellos wirkenden Hände und drehte sie im Kerzenschein.

Er kam langsam im Mittelgang auf sie zu. Tarbur und Hagrim stellten sich ihm entgegen, während die anderen in die Reihen der Bänke links und rechts von ihnen auswichen. Gut zwanzig Schritt trennten sie voneinander. Gidwick legte keine Hast an den Tag. Mit würdevollen, zeremoniellen Bewegungen trat er ihnen entgegen. Der Bettler links von Hagrim brach unerwartet zusammen. Hagrim konnte erkennen, wie Blut aus seinen Augen und seiner Nase rann. Der ehemalige Geschichtenerzähler stierte hasserfüllt zu Gidwick, der sich ihnen lächelnd näherte. Er ließ ihn nicht mehr aus den Augen.

Tarbur stand die ganze Zeit mit gesenktem Blick und scheinbar teilnahmslos daneben. Er machte noch nicht einmal Anstalten, seine Axt für den Kampf zu heben. Hagrim hörte, wie ein zweiter Mann unter ächzendem Stöhnen zusammenbrach und regungslos liegenblieb.

Tarbur konzentrierte sich auf die Geräusche, die zu ihm drangen. Irgendetwas irritierte ihn. Ein Laut, der nicht zu den Geschehnissen passte. Er hörte es wieder. Es war zu kurz und zu leise, um es bestimmen zu können.

Ein rascher Seitenblick offenbarte Hagrim, dass auch die beiden Übrigen nicht mehr imstande waren, ihnen zu helfen. Sie waren einfach lautlos auf den Bänken zusammengebrochen. »Er ist zu mächtig«, flüsterte Hagrim. »Wir können gegen seinen Zauber nicht bestehen.«

»Lass ihn kommen heran«, brummte Tarbur.

»Das tut er sowieso, egal ob ich es zulasse oder nicht.«

Der Meister kam wenige Schritt vor ihnen zum Stehen.

»Es ist eigentlich schade, dass wir so schlecht miteinander auskommen, aber vielleicht sollte der Koch auch mit seinem Essen keine Freundschaft schließen.«

Hagrim machte einen Ausfallschritt und stieß die Spitze seines Rapiers in die Brust von Priester Gidwick. Die Klinge tauchte, wie in Nebel gehüllt, in den Körper ein, fand aber keinen Widerstand. Gidwick reagierte nur mit einem teilnahmslosen Lächeln.

»Deine Klinge vermag mich nicht zu verletzen, du armselige Kreatur. Meine Rasse lebte schon auf dieser Welt, als eure Götter noch nicht einmal wussten, dass sie euch erschaffen würden, und meine Rasse wird auch noch hier sein, wenn ihr alle ausgerottet seid.«

Sie schauten sich tief in die Augen. Es schien, als ob der Meister sichergehen wollte, dass seine Worte auch verstanden wurden.

Dieser Moment reichte aus. Da war wieder das Geräusch! Es klang wie eine zähflüssige Masse, die auf den Marmorfußboden tropfte. Und diesmal konnte Tarbur es auch orten. Mit einem gewaltigen Sprung hechtete er zwischen die Sitzreihen und zertrümmerte dabei etliche Rückenlehnen. Zunächst ließ er die Axt hoch über dem Kopf kreisen, dann schmetterte er sie zu Boden. Drei Fuß über den Fliesen kam sie zur Ruhe. Die Gestalt von Priester Gidwick begann zu flackern und verschwand kurz danach.

Einige Schritt neben ihm erschien der Meister in seiner natürlichen Form. Die Axt war neben seinem Hals eingedrungen, hatte das Schlüsselbein, die Rippen und das Rückgrat durchtrennt und steckte nun im Beckenknochen fest. Eine gelbe Flüssigkeit quoll aus seinem

Körper. Seine Augen waren weit aufgerissen, und die Nesselstränge peitschten unkontrolliert herum. Hagrim konnte seinen Armstumpf erkennen, der zwar verheilt, aber wieder aufgerissen war, und aus diesem sickerten nach und nach einige Tropfen seiner Körperflüssigkeit zu Boden. Dann brach der Meister zusammen.

Aus seiner Hand rollten zwei kleine Phiolen, die, wie es aussah, je nach Richtung und Intensität des Lichteinfalls, ihre Position änderten. Hagrim hob sie auf. Die eine Phiole war leer, die andere noch voll. Hagrim las die Aufschrift, die in schnörkeligen Buchstaben fast wie gemalt schien: TRANSLOKATION.

Jemand hämmerte gegen die Flügeltüren.

»Macht das Tor auf, werft die Waffen weg und ergebt euch!«, brüllte jemand von draußen.

26
Heimlichkeiten

Lord Felton saß allein in seinem geräumigen Arbeitszimmer. Widerwillig arbeitete er einen Stapel Gesuche durch und unterzeichnete sie, so sie seine Zustimmung fanden. Er hatte seiner Dienerschaft befohlen, keine Besucher zu ihm durchzulassen. Normalerweise war er für jede Ablenkung, die ihn von dem Papierkram erlöste, dankbar. Doch heute lag der Fall anders.

Felton zeichnete das letzte Papier ab und schob den Stapel an den Rand des Tisches. Erleichtert atmete er aus. Er stand auf und ging zu einer kleinen Seemannskiste, die unter dem Fenster stand. Vor der Kiste blieb er stehen, verschränkte die Arme auf dem Rücken, und beobachtete das Treiben unten auf dem Marktplatz. Gedankenversunken sah er zu, wie die Händler damit beschäftigt waren, ihre Waren feilzubieten. Die zu überzeugende Kundschaft hatte alle Hände voll zu tun, sich von ihnen nicht einlullen zu lassen. Osberg war eine gemütliche Stadt, wenn man von den Vorkommnissen der letzten Zeit absah. Die entführten Kinder und der drohende Krieg erforderten schon all sein Geschick und seine Aufmerksamkeit. Aber nun kam noch die Sache mit dem Priester hinzu, und das war eindeutig zu viel. Er vermutete zwar, dass die Probleme alle miteinander verstrickt waren, doch wo die Verbindung lag, wusste er nicht. Um diese Art von Informationen zu beschaffen, die nicht direkt in den Aufgabenbereich einer Lordschaft fielen, gab es immerhin Personen, die für eine Gefälligkeit oder ein gutes Wort am Königshof ihre hilfreichen Hände anboten. Genau so jemand war es, der Lord Felton dazu brachte, seine Zeit grübelnd am Fenster zu verbringen.

Er beobachtete einige Zeit einen Händler, der seine Waren von einem Karren aus anbot und unentwegt sein Maultier davon abhalten musste, mit der Auslage des Geschäftes auf den nahen Gemüsestand zuzupreschen. Unvermittelt blendete den Lord ein Lichtstrahl.

»Na endlich. Das wurde auch Zeit«, brummelte er und öffnete den Deckel der Kiste vor sich. Er entledigte sich seines Gewandes und der Schuhe, nahm einen alten, schäbig aussehenden Kapuzenumhang heraus, legte ihn an und schlüpfte in ein Paar schlecht geputzte Lederstiefel. Eiligen Schrittes bewegte er sich auf das sechs Fuß große Ölgemälde mit dem lebensgroßen Porträt der Königsfamilie hinter seinem Schreibtisch zu, packte den Rahmen und zog es wie eine Tür auf. Dahinter verbarg sich ein kleiner, schmaler Gang, der zu einer Treppe nach unten führte. Felton nahm eine Fackel aus der Halterung und entzündete sie an der Siegelkerze auf seinem Schreibtisch. Dann folgte er der Treppe nach unten und zog das Gemälde wieder hinter sich zu.

Der Geheimgang endete außerhalb des Schlosses im nahe gelegenen Friedhof. Genauer gesagt, in der Gruft einer früheren Mätresse seines Urgroßvaters, was Felton irgendwie poetisch erschien. Das Gemäuer war nicht sonderlich groß, aber hier lag auch nur eine einzelne unbekannte Frau, die niemals Besuch bekam, abgesehen von seiner Wenigkeit. Und auch er verneigte sich nur im Vorübergehen. Der efeuüberwucherte Eingang machte sein unbemerktes Kommen und Gehen zu einem Kinderspiel. Mit gesenktem Haupt und verschränkten Armen trottete er zielstrebig über das Friedhofsgelände bis zum Ausgang. Sein Ziel war eine Schenke in der Nähe des Marktplatzes: die Fürstenstube.

Für Felton war weniger dieser Name der Anlass, seine geheimen Treffen hier abzuhalten, als eher die zahlreichen dunklen Ecken im Schankraum. Ganz besonders wichtig aber war es, dass die horrenden Getränkepreise eine Schutz-vor-lästigen-Fragen-Gewähr boten.

Beim Betreten der Schenke musste Lord Felton zu seinem Missfallen feststellen, dass nur der Wirt und ein einziger Gast anwesend waren. Der Mann hinten in der Ecke war zwar die Person, die er erwartete, doch ein so familiäres Treffen fiel weniger auf, wenn um einen herum mehr Alltagsbetrieb herrschte. Den Blick vom Tresen abgewandt, ging er geradewegs auf den Tisch zu und setzte sich wortlos.

»Seid gegrüßt, Eure Lordschaft«, sagte sein Gegenüber mit einem Nicken.

Der Mann war alles in allem äußerst unscheinbar. Sein Haar war mittellang und mittelbraun, er zählte um die dreißig, war nicht besonders kräftig, hatte ein rundes Gesicht und eine Stupsnase. Seine Kleidung schien eher dem Zufall als gründlicher Auswahl zu entstammen.

Er war genau der richtige Mann, um nicht aufzufallen. Bei seiner Beschreibung auf einem Steckbrief wäre die Hälfte aller Männer der Stadt verdächtig gewesen.

»Ihr sollt mich nicht so nennen«, flüsterte Lord Felton. »Was gibt es zu berichten?«

Der Mann beugte sich leicht über den Tisch und verzog die Mundwinkel zu einem breiten Grinsen.

»Die Verdachtsmomente gegen Priester Gidwick verdichten sich. Es scheint doch so zu sein, dass er und dieses Wesen ein und dieselbe Person waren. Von seinen Scharfrichtern fehlt noch immer jede Spur. Die drei Überlebenden sind immer noch nicht ansprechbar, und wenn ich den Heiler richtig verstanden habe, ist ihr Gehirn so stark in Mitleidenschaft gezogen worden, dass sie nie wieder etwas von sich geben werden. Ach, noch etwas: Ich war nicht der Einzige, der sich nach dem Verbleib von diesem Hagrim und dem Oger erkundigt hat. Es gibt da noch ein Zwillingspärchen, die Rache für ihren toten Bruder fordern. Ich glaube, ihre Namen sind Euch hinreichend bekannt.«

Felton zupfte sich an der Nase, um zu kaschieren, dass er mit dem Mann sprach. Sie waren zwar unbeobachtet, aber allein der zufällige Blick eines Passanten konnte ihn in enorme Schwierigkeiten bringen. Es war besser, Vorsicht walten zu lassen.

»Bleib an den beiden dran. Vielleicht haben sie mehr Erfolg als wir.«

Lord Felton zog einen prall gefüllten Beutel aus seinem Umhang und reichte ihn unter dem Tisch weiter.

»Ich hätte da noch eine Kleinigkeit. Heute Morgen sind dreißig Reiter des Königs hier in Osberg eingetroffen. Sie suchen Freiwillige für den Krieg gegen die Kreaturen Tabals. Ich glaube aber, sie sind gar nicht vom König gesandt worden, und es wäre gut, wenn es einen Grund geben würde, dass noch mehr Menschen so denken wie ich. Findet Ihr nicht auch?«

Der kleine Lederbeutel hatte schneller seinen Besitzer gewechselt, als ein Zwerg ein halb volles Glas Starkbier hätte leeren können.

»Ein heikles Unterfangen, aber machbar.«

»Das will ich hoffen, denn die Bezahlung ist auch dementsprechend.«

Der Mann grinste breit und zog eine Augenbraue hoch.

»Meine Frau und die Kinder wissen es zu schätzen, dank Euch nicht hungrig ins Bett zu müssen.«

»Auch ich habe meine Hausaufgaben gemacht. Ihr habt weder Frau noch Kinder. Aber mit dem Geld, welches Ihr bei mir in den letzten Jahren eingeheimst habt, könntet Ihr Euch einen ganzen Harem leisten.«

»Bleibt nur noch die Frage, wer jetzt zuerst geht. Ihr oder ich?«

Lord Felton schob seinen Stuhl zurück und stand auf. Er verließ die Schenke, wie er gekommen war.

Nachdem er unbemerkt wieder seine Gemächer betreten und sich umgezogen hatte, rief er nach einem Diener. Er beauftragte ihn, Hauptmann Barrasch ausfindig zu machen und sofort zu ihm zu bringen.

Wenig später klopfte es an die Tür, und der Hauptmann trat ein. Sichtlich erschöpft bot ihm Lord Felton etwas zu trinken an und bedeutete ihm, Platz zu nehmen.

»Ihr wolltet mich sehen, Eure Lordschaft?«, fragte Barrasch erwartungsvoll.

»Es ist etwas eingetreten, worauf wir sofort reagieren müssen.«

Barrasch wirkte verwirrt.

»Wir sind immer noch in den Untersuchungen ...«

»Ich weiß, ich weiß. Das kann aber warten. Das hier hat oberste Priorität.«

Barrasch nickte nur. Eine ausführlichere Antwort hätte ihn dazu verleiten können, Lord Felton zu widersprechen.

»Also gut. Hör mir zu. Gestern sind dreißig Reiter in die Stadt gekommen. Sie geben sich als Truppen des Königs aus und versuchen, die Bürger der Stadt aufzuwiegeln. Ich möchte, dass du sie überprüfst und notfalls einsperrst, wenn sie sich nicht ausweisen können. Hast du das verstanden?«

Felton verzog keine Miene, doch sein Blick war durchdringend.

»Das kann ich tun, Eure Lordschaft, aber ich habe schon gestern einige von ihnen gesehen. Es sind Königstruppen. Sie tragen Rangabzeichen und reiten Pferde aus dem Königsstall. Ich sah keinen Grund, ihre Identität anzuzweifeln. Außerdem sprechen die Umstände für sie. So wie die Lage aussieht, liegt es doch auf der Hand, dass der König die Bevölkerung dazu aufruft, mit ihm in den Krieg zu ziehen.«

Barrasch war ein guter Mann für seinen Posten, für den er alle erforderlichen Eigenschaften mitbrachte. Nur, wenn es darum ging, ein Motiv oder eine versteckte Andeutung zu erkennen, wäre es einfacher gewesen, einem Ork Tischmanieren beizubringen.

»Tu es einfach«, unterstrich Lord Felton seine Anweisung.

»Gut, Eure Lordschaft. Ich suche sie sofort auf.«

»Nein, erst morgen früh.«

Man konnte in Barraschs Gesicht sehen, wie die Puzzlestücke, die er mühsam zusammengesetzt hatte, wieder auseinanderbrachen. »Lord Felton, erlaubt mir eine Frage. Gibt es irgendetwas, das ich wissen sollte?«

Felton schaute übertrieben nachdenklich zum Fenster hinaus. »Na ja, bevor du es von jemand anderem hörst; in der Stadt wird gemunkelt, dass der Sohn der Schneiderin dir wie aus dem Gesicht geschnitten ist.«

Barrasch atmete enttäuscht und zugleich verständnisvoll aus.

»Ich verstehe, Eure Lordschaft.« Er machte auf dem Absatz kehrt und verließ das Arbeitszimmer.

Am nächsten Morgen war die Stadt in heller Aufregung. Es gab nur ein Gesprächsthema.

Schwer gerüstete Stadtwachen stürmten kurz vor Sonnenaufgang eine Gaststätte. Sie nahmen dreißig Männer fest, die sich als Königstruppen ausgegeben hatten und die Bevölkerung dazu aufwiegelten, in den Krieg zu ziehen. Man fand bei ihnen keinerlei Hinweis auf eine Order des Königs und auch die Rangabzeichen an ihren Uniformen fehlten, genau wie bei unehrenhaft entlassenen Soldaten. Die Brandzeichen an den Pferden schienen nachträglich angebracht zu sein. Und im Gepäck eines Anführers fand man ein Schriftstück in orkischer Sprache. Die Anklage gegen sie lautete auf Verrat.

Lord Felton saß am Morgen schon früher als gewohnt hinter seinem Schreibtisch. Seine Miene verriet Zufriedenheit, und der Anflug eines Lächelns huschte über sein Gesicht.

»Komm herein, Barrasch, und drück dich nicht so vor meiner Tür herum, sonst müsste ich annehmen, dass du ein Spion bist«, rief er durch die geschlossene Tür.

Barrasch betrat mit einem Räuspern das Arbeitszimmer. Mit einer Hand korrigierte er noch schnell den Sitz seiner Uniform.

»Ihr habt es schon gehört, oder?«, fragte er.

»Natürlich. Ein ausgezeichneter Einsatz. Ich gratuliere«, antwortete Lord Felton.

»Eure Lordschaft, mir ist nicht ganz wohl bei der Sache. Die vermeintlichen Verräter fordern die Benachrichtigung des Königs, um ihre Unschuld zu beweisen.«

Felton stand auf und ging zum Fenster.

»Das ist auch ihr gutes Recht. Und natürlich werden wir ihrem Gesuch nachkommen. Gibt es zufällig einen neuen Rekruten in der Wache?«

Barrasch blickte verstört im Raum umher, als ob er in den Winkeln nach einer Antwort suchen würde.

»Ja ... äh ... natürlich«, gab er stockend zu Antwort.

»Gut, dann schick ihn bitte mit einem Sendschreiben nach Lorast zum König und bitte darin um Aufklärung. Und gebt ihm dieses Pferd.«

Felton zeigte aus dem Fenster nach unten auf den Marktplatz. Barrasch trat zu ihm und schaute hinab. Er sah einen alten Bauern, der verloren auf dem Markt umherlief und versuchte, sein in die Jahre gekommenes Arbeitspferd zu verkaufen. Der Rücken des Pferdes war durchgebogen, die Mähne zerzaust, die Ohren krümmten sich zur Seite und der Gang des Tieres zeugte von Müdigkeit und Erschöpfung.

»Mit dem Klepper braucht er Wochen bis nach Lorast, wenn der Gaul die Reise überhaupt überlebt«, warf Barrasch ein.

»In der Tat.«

27
Die *Sturmwind*

Langsam und ruhig glitt die *Sturmwind* durch die von der Morgensonne beschienene See. Sie war eine Dreimast-Bark in ausgezeichnetem Zustand. An Deck tummelten sich allerhand geschäftige Seeleute. Zwei Mann schrubbten das Vorderdeck, während ein dritter mit dem Ösfass für frisches Wasser sorgte. Mittschiffs waren sechs Seeleute damit beschäftigt, nicht verwendete Segel aufzutuchen und zu zeisen. Hier stimmte jeder Handgriff, die Männer waren aufeinander eingespielt. Immer wieder versuchte der Wind unter die zusammengelegten Segel zu wehen, aber durch geschicktes Ziehen an den Enden legten die Männer das Tuch wieder zusammen und konnten es weiter verstauen.

Am Achterdeck saßen drei Männer auf mehreren Stapeln Tauen und spleißten deren Enden. Ein dumpf gesummtes Lied klang vom Deck her. Jeder stimmte mit ein, aber keiner sang richtig mit. Dafür hatten sie zu viel zu tun. Einer der Seeleute hing von außen mit einer Seilwinde gesichert an der Bordwand. Mit Teer und einer harzähnlichen Masse war er dabei, die Seitenbeplankung zu kalfatern.

Kapitän Londor stand neben seinem Steuermann am Ruder und verzog keine Miene.

Ein schriller Pfiff mit sich verändernder Tonfolge unterbrach die gesummte Melodie der Mannschaft. Londor blickte nach oben zum Mittelmast. Zwischen der Takelage gab ihm eine kleine Gestalt ein Flaggensignal. Das Signal wurde wiederholt. Londor ging zum Heck und stierte mit zusammengekniffenen Augen über die Reling. Er erkannte die schemenhaften Umrisse eines Schiffes mit großen hellen Segeln.

»Holt Ingert herunter und schickt eine Ablösung hoch«, sagte er zu dem Steuermann in befehlsgewohntem Ton. Ein weiteres Signal ließ den Posten im Ausguck seinen Platz verlassen. Der äußerst drahtig wirkende Mann glitt zwischen dem Wirrwarr aus Tauen, Masten und Segeln herunter wie ein Akrobat, der seinen Zuschauern ein Glanzstück seines Könnens darbieten wollte. An Deck angekommen, verlor seine Eleganz rapide durch die gekrümmte Körperhaltung und sein ungepflegtes Äußeres.

»Eine dreimastige Schebecke, ungefähr vier Meilen hinter uns«, meldete er dem Kapitän mit ausdrucksloser Stimme.

»Und?«, fragte Londor nach, der noch nicht wusste, was den Mann dazu veranlasste, dies als Meldung weiterzugeben.

»Sie folgt uns. Jede auch noch so kleine Steuerbewegung ahmt sie nach, und sie holt langsam auf. Weiterhin liegt sie zu hoch im Wasser, um geladen zu haben. Und ich dachte mir, ohne Ladung und auf diesem Kurs, da stimmt was nicht.«

Kapitän Londor nickte gedankenverloren und schaute sich abermals um. Es verging noch einige Zeit, bis er das Achterdeck verließ und wortlos seine Kajüte aufsuchte.

Hier befand er sich im eigenen Reich. Inmitten einer Vielzahl ausgebreiteter Karten, Navigationsgeräte und aufgeschlagener Bücher. Er atmete tief ein, wie jemand, der sich überwinden muss, etwas zu tun, das ihm überhaupt nicht behagt. Und genau so war es auch. Er ging zu dem kleinen Servieraufzug an der Wand, öffnete die Klappe und zog den Lastenkorb nach oben, in dem noch das Geschirr vom Frühstück stand. Dann griff er durch die Öffnung auf die Rückwand und entfernte ein Stück nachträglich eingearbeitetes Holz. Dahinter lag der Lagerraum.

»Hallo, seid ihr da?«, fragte er vorsichtig in die Dunkelheit.

Eine Laterne wurde aufgeblendet, und die groben Züge Mogdas wurden in dem Fenster sichtbar.

»Was dachtest du, wo wir hin sind? Natürlich sind wir da. Was willst du?«

»Nun ja, da ist ein Schiff hinter uns. Es verfolgt uns. Könnt ihr euch vorstellen, wer das ist? Sind sie vielleicht hinter euch her?«

Mogda drehte sich um, sprach aber nicht mit den anderen. Die Blicke allein reichten aus, um ihre Ahnungslosigkeit auszudrücken.

»Na ja, ich will es mal so sagen: Eigentlich sind alle hinter uns her, mit denen wir je zu tun hatten. Aber jemand mit einem Schiff war bis jetzt nicht dabei. Vielleicht ist es eines deiner nicht vorhandenen

Kinder, das seine Ansprüche geltend machen will. Wann, sagst du, wird es uns einholen?«

»So am späten Nachmittag etwa.«

»Sag uns Bescheid, wenn es dichter dran ist.«

Kapitän Londor verschloss die Luke wieder und begab sich zurück an Deck.

Mogda ließ die Laterne noch brennen und setzte sich wieder auf ein leeres Fass, das unter seinem Gewicht beinahe zu zerbersten drohte. Für ihn stand außer Frage, nach wem dieses Schiff suchte, nur konnte er es sich nicht erklären, wie jemand es geschafft hatte, immer wieder auf ihre Spur zu gelangen. Die Leute aus Osberg konnten unmöglich in dieser kurzen Zeit nach Sandleg gereist sein und dort ein Schiff gechartert haben, um sie zu verfolgen. In Sandleg selber hatten sie nur Kontakt zu Londor gehabt. Er hatte sie, während die Mannschaft auf Landgang war, an Bord geschmuggelt und im Frachtraum versteckt. Bis zum heutigen Tag wussten die Seeleute an Bord nicht, was oder wen sie transportierten. Sie wussten noch nicht einmal, wohin die Reise ging. Die Möglichkeit, von einem Schiff verfolgt zu werden, dessen Besatzung aus Orks bestand, war undenkbar und auch ... unmöglich. Des Rätsels Lösung konnte also nur in Sandleg verborgen sein.

Mogda hob die Laterne und leuchtete von einem Kameraden zum nächsten.

»Hat irgendjemand eine Idee? Irgendeiner von euch?«

Rator schüttelte energisch und langanhaltend den Kopf, während Kruzmak nur die Schultern hob. Der Rest der Oger, der nicht tief und fest schlief, hatte mit Übelkeit zu kämpfen. Das leichte Schwanken des Schiffes ließ die Kolosse tatsächlich aussehen wie eine Horde Halbwüchsiger nach einem Trinkwettbewerb. Cindiel, die die Zeit nutzte, solange Mogda noch die Laterne hielt, schaute nur kurz von ihrem Hexenbuch auf und sagte: »In Osberg gibt es keine Schiffe. Von dort kommen sie nicht.«

Das war keine große Hilfe. Es blieb ihnen nichts anderes übrig als abzuwarten. Mogda schloss die Blende der Laterne wieder und hörte, wie Cindiel kurz danach verärgert ihr Buch zuschlug.

»Vielleicht ist Meister aus Sandleg, der verfolgt uns.«

Mogda griff nach der Laterne, und hätte sie beinahe in seiner Aufregung heruntergestoßen. Wieder leuchtete er den Raum ab.

»Wer ... wer hat das gesagt? Wo ... Matscha?«

Hinter einem Haufen zusammengelegter Säcke erschien der Schädel von Matscha. Er zwinkerte verstohlen in das Licht.

»Matscha, gibt es irgendetwas, das du uns sagen möchtest? Wie kommst du darauf, dass es in Sandleg einen Meister gibt?«

»Meister in Drachenhorst mir gesagt«, gab er stolz zur Antwort.

»Und wann, um Tabals willen, wolltest du uns davon erzählen?«

Etwas verschüchtert kratzte sich der andere Oger am Ohr. »Morgen?«

»Erzähl uns alles, was du darüber weißt, und wie es kam, dass der Meister dir so viel davon erzählt hat«, forderte Mogda aufgeregt.

Etwas verstohlen blickte Matscha über die Säcke. Alle Augen ruhten auf ihm.

»Matscha machen Kammer sauber, bei Meister. Meister sehr wütend, wegen Mädchen weg aus Gefängnis. Auf Boden zwei Orks liegen. Beide tot. Kein Fleisch mehr auf Schädel, wie Skelett. Meister sagen, sie tödlich beleidigt. Weiß nicht, was meinte. Matscha wollte nehmen mit, aber einer hielt fest Tischbein. Dann habe heruntergerissen Karte mit kleinen Steinchen. Meister wurde noch viel böser. Er geschrien, Matscha sein dumm wie Qualle, nur zu hässlich um zu leben in Wasser. Dann er gesagt, Karte sehr wichtig, weil seien alle Orte wo tragisch wichtig leben Meister in Städten von Hüttenbauer.«

»Strategisch wichtige Orte«, verbesserte Mogda.

»Ja, genau das haben gesagt. Stragetisch wichtige Ort.«

Brakbar, der genau neben Matscha saß, näherte sich ihm von hinten und nahm ihn in den Würgegriff.

»Du nur denken aus, Krüppel. Willst dich machen wichtig. Du geschickt von Meister.«

Rator stieß einen Angst einflößenden Knurrlaut aus, und Brakbar ließ sofort von Matscha ab.

»Er nicht sagen Wahrheit«, rechtfertigte sich Brakbar.

»Wohl.«

Matscha holte aus seinem kleinen Tragebeutel, den er am Gürtel befestigt hatte, etwas heraus und hob es in die Luft. Der Orkschädel war fein säuberlich von allen Fleischresten befreit worden. Er schien absolut makellos, bis auf die beiden fingerdicken Löcher in der Mitte der Schädeldecke, und sah beinahe künstlich aus.

»Ich glaube, es wäre besser, wir lassen uns etwas einfallen«, gab Mogda zu bedenken.

An Deck ging unterdessen die Routinearbeit weiter. Ingert hatte wieder seinen Posten im Ausguck aufgenommen und beobachtete aufmerksam ihre Verfolger. Londor tigerte derweil ruhelos auf dem Achterdeck umher. Die Anspannung war ihm anzusehen und verursachte Unruhe bei der Mannschaft.

»Kapitän Londor«, sprach ihn der Mann am Ruder vorsichtig an, »haben die da etwas mit unserer Ladung zu tun?« Er deutete nach hinten auf das andere Schiff, das nur noch zwei Meilen entfernt war.

»Das kann schon sein«, antwortete er knapp.

»Was ist, wenn sie die Ladung haben wollen?«

»Wenn sie die Ladung haben wollen?«, fragte Londor beißend. »Dann geben wir sie ihnen und danken den Göttern für diese großzügige und aufopfernde Geste.«

Mordigwel, oder Mo, wie alle den Steuermann nannten, war entsetzt. Er kannte den Käpt'n nun schon seit Jahren und wusste, wie penibel er war, wenn es um seine Ladung ging. Niemals würde er auch nur ein Stück davon freiwillig hergeben. Nicht einmal, wenn sie Rum oder Bier geladen hatten, war es der Mannschaft gestattet, auch nur eine Flasche davon zu nehmen. Jedes Packstück, das in den Laderaum der *Sturmwind* gebracht wurde, kam genauso unversehrt bei seinem Empfänger an. Es gab keine Ausnahme. Bis heute.

Mo wagte es erneut Londor anzusprechen.

»Käpt'n, vielleicht solltet Ihr der Mannschaft sagen, was sich unten im Frachtraum befindet. Die Männer werden zunehmend unruhiger, und Gerüchte machen die Runde. Das ist nicht gut für die Moral.«

Londor drehte sich gereizt um. »Was für Gerüchte, wovon zum Geier sprichst du? Mach das Maul auf.«

Mo druckste herum, und schien sich plötzlich mächtig für die eigenen Zehen zu interessieren.

»Na ja, den Männern ist aufgefallen, dass der Proviant an Bord auffallend weniger wird. Ganze Kisten mit Dörrfleisch verschwinden. Die Wasserreserven gehen so schnell zur Neige, als ob ihr damit einen

Gemüsegarten bewässern würdet. Und dann dieser Gestank, der aus dem Laderaum quillt.«

Londor zog eine Augenbraue hoch und legte den Kopf schräg.

»Und was vermuten die Männer nun?«, fragte er übertrieben verständnisvoll.

»Na ja, die einen sagen, wir bringen Aussätzige auf eine kleine Insel, die anderen meinen, Ihr betreibt Sklavenhandel.«

»Ja, das stimmt«, entgegnete Londor heiter.

»Äh, was davon, Käpt'n?«

»Beides.«

»Käpt'n, die Männer wollen die Wahrheit.«

Neuer Zorn erwuchs in Londor. Er stellte sich Auge in Auge seinem Steuermann gegenüber.

»Dann sag ihnen doch einfach, wir fahren gerade die übelste Abordnung von Tabals Kreaturen auf eine sonnige Insel, weil sie ein wenig ausspannen wollen«, fauchte er ihm flüsternd zu, damit die anderen das Gespräch nicht belauschen konnten.

Mo blickte verängstigt in Londors Augen und erkannte den Ernst seiner Worte. Er entschied sich für eine der ersten Versionen.

Nachdenklich sagte er: »Sklaven also, Käpt'n. Das wird den Männern vielleicht nicht gefallen, aber es wird sie beruhigen.«

»Sklaven klingt gut«, erwiderte Londor.

Das Schiff hinter ihnen hatte weiter aufgeholt. Es machte jetzt mehr Fahrt als zuvor. Ihre Verfolger hatten anscheinend beschlossen, das Tageslicht noch auszunutzen und nicht Gefahr zu laufen, ihre Beute in den Nachtstunden zu verlieren.

Ingert verließ seinen Posten und stand Augenblicke später neben Kapitän Londor am Achterdeck.

»Was konntest du erkennen?«

»Es ist die *Seestern*, Käpt'n. Das Schiff von Unelgh.«

»Käpt'n Unelgh Derring«, wiederholte Londor. »Jemand, der für Geld alles transportieren würde, aber zu dämlich ist, sich mit ehrlicher Arbeit über Wasser zu halten. Entweder er hofft, wir haben reiche Beute, oder jemand hat ihn angeheuert. Danke Ingert, du kannst Pause machen.«

Ingert zögerte. »Da ist noch was, Käpt'n.«

Londor schaute ihn erwartungsvoll an.

»Sie haben zwar keine Rumpfladung, aber Decksladung dafür umso mehr. Sie sind zwar abgedeckt, aber Ballisten erkenne ich auch unter einer Plane.«

Londor nickte und verließ wortlos das Deck, um wieder in seiner Kabine zu verschwinden, und die neueste Entwicklung in den Essenaufzug zu flüstern.

Wenig später stand er wieder an Deck und versammelte seine Mannschaft um sich. Jeder Mann fand sich auf dem Achterdeck ein.

»Männer, hört mir zu. Ich möchte, dass ihr in eure Kabinen geht und dort wartet. Wir lassen das Schiff einfach auf diesem Kurs weiterfahren. Keiner unternimmt irgendetwas. Wenn sie uns plündern wollen, sollen sie das tun. Wir haben keine Bewaffnung an Bord und sind ihnen auch im Kampf unterlegen. Also verhaltet euch ruhig.«

Die Seeleute erkannten den Ernst der Lage und begaben sich ohne große Umschweife in ihre Kajüten. Nur Londor und Mo warteten noch ab und beobachteten das herannahende Schiff.

»Käpt'n, was werden sie finden, wenn sie den Frachtraum öffnen?«

Londor sah gedankenverloren zu Boden, so als ob er durch die schweren Holzplanken hindurchsehen konnte, direkt in den Laderaum.

»Den Tod, Mo. Den Tod.«

»Es stimmt also, Tabals Brut lagert in unserem Schiff. Was habt Ihr mit ihnen besprochen, Käpt'n?«

»Ich habe ihnen erklärt, dass wir langsamer sind als unsere Verfolger und schlechter ausgerüstet. Ich habe ihnen erklärt, dass wir nicht gegen sie kämpfen können.«

»Und?«, fragte Mo.

»Sie sagten nur, sie seien geboren, um zu kämpfen, und wir sollen uns in Sicherheit bringen. Und das solltest du jetzt auch tun. Ich werde sie hier empfangen.«

Mo ging von Deck und ließ Kapitän Londor hinter dem Ruder zurück.

Die *Seestern* kam bis auf zwei Schiffslängen heran. Londor sah, wie Käpten Derring seiner Mannschaft verschiedene Befehle erteilte und diese kurz darauf begannen, die abgedeckten Geschütze an Bord freizulegen und zu besetzen. Londor erkannte drei große Ballisten, neben denen jeweils ein Metallkorb stand, der die verschiedenen Arten von Bolzen enthielt. Mit aufgesetzten Zahnrädern und großen Holzkurbeln begann die Mannschaft, die Sehnen der Geschütze zu spannen.

Londor hatte vor längerer Zeit einmal einer Vorführung beigewohnt, die ein Käpt'n eines großen Handelsschiffes gegeben hatte. Zur Demonstration schoss er damals auf drei hintereinander gestellte Eichenbohlen, die einen Schiffsrumpf darstellen sollten. Der Bolzen mit der sägezahnähnlichen Spitze durchschlug sie mühelos und bohrte sich danach so tief in die Pier, dass man nur den Schaft abbrechen konnte und die Spitze stecken ließ.

Zusätzlich zu diesen drei Ballisten war auf dem Vorderdeck noch ein Katapult zum Verschießen von Brandgeschossen aufgestellt worden.

Derrings Absichten waren damit klar.

Er steuerte die *Seestern* versetzt hinter die *Sturmwind* und nahm ihr damit den Wind aus den Segeln.

Dann gab er den Befehl zum Feuern.

Londor warf sich hinter dem Ruderblock in Deckung. Der erste Schuss zielte über das Achterdeck hinweg, und der Bolzen traf krachend den Hauptmast in halber Höhe. Die Sägezähne des Geschosses rissen einen breiten Keil aus dem Mast. Die *Seestern* kreuzte hinter dem Bug von Steuerbord nach Backbord. Durch den wieder aufkommenden Wind strafften sich die Segel und gaben so viel Druck auf den Mast, dass er vollends brach. Die obere Hälfte hing jetzt in der Takelage fest und verhedderte sich in den übrigen Tauen.

Das zweite und dritte Geschoss schwirrte heran. Beide Bolzen waren mit sichelförmigen Klingen versehen, die auf ihrem Weg sämtliche Seile, Verankerungen und dünnen Verstrebungen durchtrennten. Das obere Ende des Hauptmastes löste sich aus seiner Verstrickung und krachte aufs Mitteldeck, wo es einen Großteil der Reling, die Ladeluken und den Aufgang zum Vorderdeck zerstörte.

Zuletzt feuerte die Mannschaft der *Seestern* ihr Katapult ab, geladen mit Metallresten, und zerfetzte damit die übrigen Segel so stark, dass sie nur noch schlaff im Wind hingen.

Londor war froh darüber, seine Mannschaft unter Deck geschickt zu haben. Der herabstürzende Mast und die abgefeuerten Metallsplitter hätten viele Opfer unter seinen Leuten gefordert. Fassungslos darüber, was eine einzige Angriffswelle aus seinem geliebten Schiff gemacht hatte, blickte er auf die Trümmer. Die *Sturmwind* verlor immer mehr an Fahrt. Kapitän Derring schickte sich an, langsam beizudrehen.

»Londor, das ist nichts Persönliches«, rief er lachend herüber. »Du und deine Leute, ihr könnt in die Beiboote steigen und das Weite suchen. Wir werden euch nichts tun. Nur solltet ihr auf keinen Fall nach Sandleg zurückkehren.«

Londor stand auf, um wenigstens noch einen Rest an Würde zu bewahren. Er klopfte sich übertrieben eifrig die Kleidung ab.

»Was willst du, Derring, und wer hat dich auf uns angesetzt?«

Derring lachte laut auf.

»Du willst es immer ganz genau wissen, was? Na gut, ich werd's dir sagen. Lagorit, der Hafenmeister, hat mir ein schönes Sümmchen versprochen, wenn ich dich und deinen Kahn versenke.«

»Und was hindert dich daran?«, fragte Londor spitzfindig.

»Dein Tiefgang. Mir ist aufgefallen, dass du schwer geladen hast. Und ich dachte mir, es wäre doch schade drum, den ganzen Plunder auf den Meeresgrund zu schicken. Also verschone ich dein Leben und das deiner Leute, und nehme mir bloß deine Waren. Was hältst du davon?«

Was gab es da zu überlegen? Rein gar nichts.

»Abgemacht! Ich hoffe, du hast noch so viel Ehre in dir, dass du dich an deine Abmachungen hältst«, gab er zur Antwort.

»Zweifellos«, rief Derring und verneigte sich dabei wie ein Adliger am Hofe des Königs.

Londor rief seine Mannschaft zusammen und bereitete alles für den Umstieg in die Beiboote vor. Die Seemänner tauschten ängstliche Blicke aus. Sie wussten, dass der Versuch, mit den kleinen Ruderbooten an Land zu kommen, nur geringe Aussicht auf Erfolg hatte. Ein Sturm oder schon allein ablandiger Wind konnten ihr Ende bedeuten. Schweigend ließen sie die Boote ins Wasser und begannen zu rudern.

Unterdessen hatte die *Seestern* beigedreht, und die Mannschaft begann die Bark zu entern. Unter der Anweisung von Kapitän Derring, der mit einigen Männern auf seinem Schiff verblieb, räumten die Seeleute die Trümmer von den Luken. Und dann öffneten sie den Laderaum.

Die beiden schweren Holzflügel waren erst halb geöffnet, als ein Seemann von einer Enterstange in die Brust getroffen und in die

Höhe gedrückt wurde. Der Mann hing zappelnd am Ende und schrie. Die anderen wichen erschrocken zurück und ließen die Lukendeckel wieder los. Aber anstatt zuzufallen, wurden sie von innen aufgedrückt. Unter der Führung von Rator, der die Stange mit dem Seemann wie eine Standarte hielt, stürmte ein Oger nach dem anderen aus dem Lagerraum. Die von Panik erfassten Männer stoben auseinander und suchten ihr Heil in der Flucht.

Ihr Pech war es, dass sie sich auf einem Schiff befanden und nur ein beherzter Sprung ins Wasser, den die wenigsten wagten, sie retten konnte. Rator warf sein erstes Opfer einfach achtlos über Bord. Er griff einen zweiten und dritten Seemann an den Beinen und schleuderte sie mit Wucht gegen den abgebrochenen Hauptmast. Beide rutschten leblos über das Deck und rissen einen weiteren von den Beinen. Brakbar sprang mit wenigen Schritten mitten in eine kleine Gruppe Männer, die versuchten, sich in die Kabinen der Mannschaft zu flüchten. Er griff sich wahllos einen Mann heraus und warf ihn über dreißig Fuß hoch in die Wanten. Der Mann versuchte dort verzweifelt, Halt zu finden, schaffte es aber nicht. Brakbar nahm sich sogar noch die Zeit, seinen tödlichen Sturz aufs Mitteldeck mitzuverfolgen. Dann schlug er wie im Rausch auf die übrigen, zum Teil vor ihm liegenden Männer ein. Er hatte eine Keule als Waffe gewählt, weil sie sich nicht so schnell in den Seilen verhakte wie seine Axt. Immer und immer wieder schlug er auf die hilflosen Männer ein. Mit Fußtritten beendete er ihr Leiden, indem er sie über Bord beförderte.

»Achtung!«, schrie Mogda und zeigte auf das Schiffsdeck der *Seestern*, wo vier Männer dabei waren, die Balliste wieder zu spannen. Er trat zwei Schritt zurück an die Reling und nahm Anlauf. Mit einem weiten Sprung landete er auf dem Deck des anderen Schiffes. In diesem Moment entriegelte sich die Arretierung der ersten Balliste, und der Bolzen schoss auf einen Oger aus Rators Trupp zu, der sich gerade einen flüchtenden Mann vom Vordeck schnappte. Das Geschoss durchschlug den Mann, den er als Schutz vor sich hielt und drang tief in den Körper des Ogers ein, bis es im Rückgrat stecken blieb. Beide gingen über Bord und versanken in den Fluten.

Mogda hielt auf die zweite Kriegsmaschine zu, die auf ihn ausgerichtet war. Kurz bevor er sie erreichte, feuerte der Mann, der sie bediente, auf ihn ab. Die Balliste versagte den Dienst, weil die Sehne riss, und ihr Ende dem Schützen quer über das Gesicht peitschte. Während der Mann auf die Knie ging und sich das Gesicht hielt, streckte ihn Mogda mit einem gezielten Schlag nieder.

Kapitän Derring war mittlerweile zum Vordeck gestürmt, belud das Katapult mit den dafür vorgesehenen Metallsplittern und spannte die Vorrichtung. Mogda war noch zu weit entfernt, um ihn aufhalten zu können, und auch Kruzmaks Wurf mit einem leeren Fass verfehlte ihn.

Krachend schleuderte der Wurfarm des Katapults nach vorne und verstreute seine tödliche Ladung. Durch die Streuwirkung verteilten sich die Splitter quer über das Deck der *Sturmwind*. Mogda war einer der wenigen, die außerhalb der Schusslinie standen. Einer ihrer Kampfgefährten wurde von mehreren Geschossen gleichzeitig im Gesicht getroffen und stürzte über die Reling. Kruzmak steckte ein Splitter im Oberarm und zwei in der Bauchdecke. Sie drangen aber nicht tief genug ein, um ihm wirklich gefährlich zu werden. Rator war an beiden Oberschenkeln getroffen und blutete stark.

Die meisten Menschen, die getroffen wurden, waren auf der Stelle tot, die anderen würden den Tag nicht überleben. Brakbar, der wie durch ein Wunder verfehlt wurde, starrte auf das schwere Mastende, das er in den Händen hielt und auf die drei darin steckenden Metallsplitter, die bis zur Hälfte ins Holz eingedrungen waren. Mit einem wütenden Schrei und zwei Schritt Anlauf schleuderte er den Speerersatz auf Derring. Das fast einen Fuß breite, zersplitterte Ende drang in den Brustkorb des Kapitäns ein, schleuderte ihn rückwärts gegen die Bordwand, durchschlug diese und blieb auf halber Länge in ihr stecken. Mehrere mitgerissene Taue schnürten sich um seinen Körper. Die Hüttenbauer waren wie von Bord gefegt. Entweder lagen sie tot an Deck auf einem der Schiffe oder trieben im Wasser.

Das blutige Schauspiel, das sich der Mannschaft der *Sturmwind* bot, ließ die Männer in der Bewegung erstarren. Kapitän Londor gewährte ihnen noch einen Moment der Ruhe, gab dann aber den Befehl, die Boote zu wenden und zurückzurudern. Er sah, wie sich die Oger wieder zurück in den Laderaum begaben und die Luken schlossen. Das Ganze glich dem grausigen Akt eines Bühnenstückes, bei dem die Schauspieler nach der Vorstellung hinter dem Vorhang verschwanden und den Zuschauer verstört in seiner gewohnten Umgebung zurückließen.

28
Heiße Quellen

Wieder brach die Nacht über Wasserzahn herein. Den Bewohnern der kleinen Inseln an der Südküste von Nelbor war es eigentlich egal, ob es Tag oder Nacht war. Jegliche Form von Zeit hatte für sie so gut wie keine Bedeutung. Wichtig waren nur Ereignisse, vorbestimmte Ereignisse, die sich wahllos auf der Zeitachse der Entwicklungsgeschichte des Landes verteilten. Eines dieser Ereignisse hatte sich erst vor kurzem zugetragen, und sie wussten es.

Die Tunnelröhren, die sich quer durch das Gestein zogen, waren nicht natürlichen Ursprungs. Jeder Zwerg würde beim Anblick dieser Gänge behaupten, sie seien keine handwerkliche Arbeit, sondern eher das Resultat von … »Pfusch am Bau«.

Es gab einen Haupttunnel, von dem mehrere kleine Seitentunnel abzweigten. Einige endeten schon nach wenigen Schritten, weil das Felsmassiv, auf das sie führten, undurchdringlich schien. Andere schraubten sich schier unendlich in die Tiefe. In regelmäßigen Abständen waren wagenradgroße Einbuchtungen in die Seitenwände eingelassen, in denen sich Moosflechten ausbreiteten, die ein schwach grünliches Licht verströmten. Jeder dieser Gänge war groß genug, dass ein Reiter auf einem Pferd in vollem Galopp hätte hindurchreiten können.

Abgesehen von den natürlichen Lichtquellen fehlte es diesen Gängen an jeglicher Art von Verzierung. Nirgends gab es Säulen, das Gestein blieb unbehandelt und rau, die Windungen und Biegungen, welche die Tunnel machten, waren nicht beabsichtigt, sondern folgten den natürlichen Gegebenheiten. Nicht die Baumeister hatten hier bestimmt, wo es langging, es war das Gestein selbst.

Die Luft war schwer und erfüllt von Fäulnisgeruch. Schwefelige Dämpfe krochen über den Boden und verrieten jeden noch so kleinen Luftzug. Je weiter der Nebel nach oben stieg, desto mehr kühlte er ab und kroch durch andere Seitengänge wieder in die Tiefe. Der Nebel kam aus dem Hauptgang, genau dem Gang, aus dem auch der dumpf dröhnende Gesang einer unverständlichen Sprache aufstieg.

Je weiter man nach unten gelangte, desto wärmer und stickiger wurde es. Die Luftfeuchtigkeit vermische sich mit den Schwefeldämpfen und setzte sich als gelbliche Paste an den Wänden ab. Der Gesang wurde zwar lauter, aber nicht unbedingt melodischer.

»Hör endlich mit dem Gegröle auf, Gantruost«, schrie eine raue Stimme aus einem der Seitengänge.

»Truganost mag es, wenn ich singe«, rief jemand erbost aus einer kleinen Seitenhöhle zurück, die der Ursprung des Bodennebels zu sein schien.

In der Mitte dieses Gewölbes ruhte ein vier Schritt großes, naturbelassenes, fast kreisrundes Steinbecken, über dessen Rand der Nebel quoll und sich schwer auf den Boden legte. Der faulige Gestank war kaum auszuhalten.

Am hinteren Beckenrand ragten zwei Ogerköpfe aus diesem ungewöhnlichen Schwefelbad hervor.

»Du magst es, wenn ich singe, nicht wahr? Ich sehe dir an, dass es dich entspannt«, sagte Gantruost zu dem neben ihm schlafenden Truganost.

»Man kann über unser Zuhause sagen, was man will, aber diese Schwefelbäder sind die reinste Wohltat. Die Haut gleicht danach dem Leder eines gut gefetteten Sattels. Ich bin gespannt, was die Natur noch alles für uns bereithält, wenn wir diese Insel endlich verlassen.«

Gantruost schaute träumend über den Beckenrand. Er hatte sich den langen weißen Zopf hochgebunden, um ihn vor den Auswirkungen des Bades zu schützen.

»Hm, was hast du gesagt?«, fragte er.

»Manchmal habe ich den Eindruck, Truganost, es kümmert dich nicht, was um uns herum geschieht. Du tust so, als ob dich die Bestimmung nichts angeht. Dabei bist du es doch, der den größten Nutzen davon hat.« Die ausgesprochen elegante Wortwahl Gantruosts schien ihm keine Anstrengung zu bereiten.

Truganost schlief.

»Du wirst sehen, er kommt. Und er kommt nicht allein, er bringt noch andere mit. Er hat sogar einige Menschen davon überzeugt, ihm zu helfen. Menschen, hörst du? Dieselben, die uns ein Leben lang gejagt, verbannt oder getötet haben. Sie alle werden kommen, um uns zu hören und um sich bei uns Rat zu holen. Und wir werden sie leiten. Das ist unser Schicksal.« Begeistert stimmte Gantruost wieder sein Lied an.

Truganost schlief weiterhin.

»Das musst du dir mal vorstellen, sie reisen mit einem Schiff. Das ist in etwa so, als ob man einem Zwergen Flügel ankleben würde, oder als ob ein Elf sich durch die Erde bohren müsste. Er wird alles verändern, und du wirst dabei sein, mein Freund.«

Im Laufe der Zeit hatte Gantruost eine Vielzahl an Möglichkeiten entwickelt, in die Zukunft, Gegenwart oder Vergangenheit zu blicken. Er hatte seine Fähigkeiten immer weiter ausgebaut und war dabei auf eine Unmenge von Darstellungsmöglichkeiten gestoßen. Die ersten Jahre im Exil hatte er damit zugebracht, unentwegt nach einem Zeichen zu suchen, welches das neue Zeitalter der Oger einleitete, aber er fand keinen einzigen Hinweis auf die Prophezeiung. Er wusste damals noch nicht einmal, wonach er genau suchen sollte. In den späteren Jahren hatte er es aufgegeben, sich damit zu beschäftigen. Vielleicht hatte er sogar aufgegeben, daran zu glauben. Vom einen Tag zum anderen hatte sich alles verändert. Er war dazu übergegangen, vereinzelte Angehörige seines Volkes mit seinen Fähigkeiten zu beobachten, um so jedenfalls einen kleinen Einblick in ihre Welt zu bekommen – die Welt, aus der er verbannt war, wenn auch freiwillig.

Gantruost hatte Spaß daran, ihr Leben zu verfolgen, um seines damit zu bereichern. Er stieß dabei auf einen Oger, der sich nahe der Menschensiedlungen aufhielt, um sich seinen Wintervorrat zu sichern. Gantruost erfreute sich daran, zu sehen, wie es der Oger immer wieder schaffte, entweder mit Glück oder mit Erfahrung den Menschen zu entkommen. Dieser Oger führte das Leben, das er immer führen wollte. In seiner Begeisterung beschloss er, die anderen daran teilhaben zu lassen. Dann geschah das Unvorstellbare. Durch einen Zufall gelangte dieser Oger in den Besitz eines magischen Amuletts. Ein Oger, der es geschafft hatte, Stärke und Intelligenz miteinander zu kombinieren. Das war das Zeichen, nach dem er jahrelang Ausschau gehalten hatte. Das war ihre Bestimmung.

Gantruost senkte den Kopf über das Schwefelbad und sog einen großen Teil der Dämpfe ein. Er schloss die Augen und atmete langsam aus. Die gelblichen Schwaden formten sich zu einem Gebilde. Auf der Oberfläche des Beckens erschien ein Segelschiff. Die Form war zunächst unstet, aber nur Augenblicke später hatte sich das Bild gefestigt und veränderte die Farben. Wenn man davon absah, dass das Schwaden-Gebilde leicht durchscheinend war, hätte man annehmen können, es handele sich um ein kleines Modellschiff. Bei genauerem Hinsehen konnte man sogar kleine Menschen erkennen, die geschäftig über das Deck liefen.

Gantruost öffnete die Augen und erfreute sich seiner erschaffenen Illusion. Plötzlich geriet das Schiff ins Schwanken, und die Segel blähten sich auf. Die kleinen Wesen eilten hin und her und versuchten sich in Sicherheit zu bringen, da stieg neben dem Schiff ein gigantisch aussehender Krakenkopf aus dem Nebel.

Gantruost drehte angewidert den Kopf zu Truganost, der immer noch schlafend neben ihm lag.

»Du und deine albtraumartigen Wahnvorstellungen! Deine Gedanken würden es sogar schaffen, das Volk der Oger zu billigen Lakaien der Orks zu degradieren. Aber das, was ich dir gezeigt habe, war kein Traum, es war die Zukunft, und du wirst ein Teil von ihr sein.«

Gantruost konzentrierte sich wieder auf sein außer Kontrolle geratenes Bild. Die kleinen Ladeluken wurden wie von Geisterhand geöffnet, und ein Dutzend Oger sprangen daraus hervor. Mit Äxten und Schwertern schlugen sie auf die Arme des Krakenwesens ein. Ein Fangarm nach dem anderen wurde abgetrennt und verschwand in den Fluten, bis schließlich das ganze Wesen, zu Tode geschunden, versank. Um das Schiff herum färbte sich der Nebel blutrot.

»Mein Wille ist immer noch stärker als dein Zorn. Es wird geschehen, auch ohne dein Zutun.«

Truganost schlief, aber diesmal schien er dabei zu lächeln.

29
Der Tempel

»Lange können wir uns hier nicht mehr verstecken«, sagte Hagrim. »Es wird nicht ewig dauern, bis sie einen neuen Priester kommen lassen, um die Gemeinde zu übernehmen. Selbst wenn nicht jeder Tempel so einen geheimen Raum hat wie dieser, würden wir schnell entdeckt werden.«

Seitdem sie den Meister gestellt hatten, waren zwei Tage vergangen, und von Stunde zu Stunde wurde Tarbur schweigsamer. Seine meist einsilbigen Antworten erfolgten nur noch nach mehrmaligem Nachfragen ... wenn er überhaupt antwortete.

»Was ist los mit dir?«, fragte Hagrim gereizt. »Willst du nicht auch endlich hier raus und zurück zu deinesgleichen?«

»Hm«, war alles, was Tarbur darauf entgegnete.

In der Nacht, in der sie den Meister getötet hatten, waren sie vor den Stadtwachen in diesen Raum hoch oben im Giebel geflüchtet. Der Zufall wollte es, dass die Tür offen stand, und sie hier Unterschlupf fanden. Zu diesem Zeitpunkt dachten sie, die Götter hätten ihnen geholfen. Sie waren nicht nur in Sicherheit, sie mussten auch weder Hunger noch Durst leiden. Die Regale waren mit Reiseverpflegung, Wasserreserven sowie etlichen Flaschen Rotwein gefüllt. Insbesondere Letzterer gab den Ausschlag für Hagrim, an eine göttliche Vorsehung zu glauben.

Jetzt, zwei Tage später, waren sie davon überzeugt, dass alles nur Zufall gewesen war. Der Weinvorrat neigte sich seinem Ende zu, und sie hatten keinen sicheren Fluchtweg gefunden. Für Hagrim allein wäre es ein Leichtes gewesen, wieder in der Stadt unterzutauchen und mit der Zeit in Vergessenheit zu geraten, aber für Tarbur schien eine Flucht unmöglich. Eine Flucht und ein Plan, der auch sein Überleben sicherte.

Hagrim fühlte sich dem Oger gegenüber verpflichtet. Außerdem verlangte es seine Profession als Geschichtenerzähler, bis zum Ende der Geschichte auszuharren. Hagrim musste eine Möglichkeit finden, Tarbur irgendwie ungesehen aus der Stadt zu bringen. Wieder in die Kanalisation zu gelangen, schien unmöglich, da die Stadtwachen jeglichen Eingang verbarrikadiert hatten. Mit einem Pferd und einem Lastkarren könnte es ihm gelingen, den Oger hinauszuschaffen. Leider waren seine Vermögensverhältnisse jedoch noch nicht einmal ausreichend, um ein Pferd überhaupt beschlagen zu lassen. In der momentanen Situation konnte er sich auch unmöglich längere Zeit in den Straßen zeigen oder eine Schankstube aufsuchen, um ein paar Goldmünzen aufzutreiben. Entweder fanden ihn die Stadtwachen oder, was noch schlimmer wäre, die gegenwärtigen Zwillinge.

Hagrim stand auf, warf sich seinen Mantel über und zog sich die Kapuze tief ins Gesicht. »Ich werde versuchen, einen Weg zu finden, um dich hier herauszubringen. Ich bin nicht lange unterwegs. Bleib hier und rühr dich nicht vom Fleck«, sagte er zu Tarbur.

Mit einem tiefen Brummen gab Tarbur zu verstehen, dass er zwar begriffen hatte, was Hagrim sagte, es ihm aber gleichgültig war, was der Mensch unternahm.

»Kopf hoch, Tarbur! Ich verspreche dir, dass du hier nicht versauern musst.« Hagrim schlüpfte durch die verschiebbare Wand.

Tarbur hockte in der Ecke und lauschte Hagrims Schritten. Ihm wurde erneut bewusst, wie hilflos er ohne sein Augenlicht war. Eingesperrt in einem Raum wie diesem, hatte er gute Chancen, sich zu verteidigen. Das Gebiet war übersichtlich, und der oder die Gegner mussten nahe heran, um ihn zu stellen. In der freien Natur sah das allerdings anders aus. Dort konnte ein Pfeil oder ein Bolzen das Aus bedeuten. Er war sozusagen Freiwild für jeden, der ihn als Gefahr oder Nahrung ansah. Wobei Letzteres eher unwahrscheinlich war, da Oger in der Nahrungskette recht weit oben standen.

Aber es ging nicht nur darum, gejagt und vielleicht getötet zu werden, viel wichtiger waren seine Augen für das tägliche Überleben. Das fing an mit der Suche nach Nahrung und dem Sammeln von Brennholz und endete nach einer schier endlosen Liste mit dem Finden eines Winterquartiers. Tarbur wusste keinen Ausweg aus seinem Dilemma, und er hatte auch die Hoffnung verloren, noch einen zu finden.

Unterdessen schlich Hagrim die schwere mehrstöckige Eichentreppe hinab ins Hauptschiff des Tempels. Er wollte versuchen, über eines der Hinterzimmer durch ein Fenster in eine Seitengasse zu gelangen. Durch die kleinen Fenster, die mit Szenen unterschiedlichster Heldentaten bemalt waren, konnte man am ehesten ungesehen entkommen.

Als Hagrim das feuchte Pflaster zwischen den zwei Häuserfronten betrat, war er sicher, dass niemand ihn gesehen hatte. Die Gasse lag im Dunkeln und war das Verbindungsstück zwischen dem Tempelplatz und der Straße der Händler, die sich quer durch die Stadt zog. Auf ihr würde er nicht sonderlich auffallen, wenn er nicht zu viele Fragen stellte oder auf jemanden traf, der es auf ihn abgesehen hatte. Er mischte sich einfach unter das nächtliche Treiben. Gestalten wie er waren hier keine Seltenheit. An jeder Ecke kauerten irgendwelche Bettler oder Trunkenbolde. Er machte sich nichts vor: Zur Zunft der Geschichtenerzähler gehörte er nicht mehr. Sein tägliches Auskommen erwarb er sich durch Diebstahl oder Bettelei.

Hagrim versuchte gar nicht erst, eine Schwachstelle an den Haupttoren der Stadt zu suchen. Nach den letzten Geschehnissen waren alle Wachen in Hochform. Momentan war nicht mit unbesetzten Posten oder Schlamperei zu rechnen, dafür würde der Hauptmann schon sorgen.

Es zog ihn an einen bestimmten Ort. Einen Ort, der, wenn es darum ging, eine Lösung für ein Problem zu finden, genauso gut war wie jeder andere; nur hier gab es überdies etwas zu trinken.

Als Hagrim die Tür zur Kupfergrotte öffnete, schaute er sich noch einmal um. Niemand schien ihm zu folgen. Mit gesenktem Haupt trottete er auf den Tresen zu.

»He du, hier drin wird nicht gebettelt oder geschnorrt«, schnauzte ihn Meister Ostmir an.

»Auch nicht für eine ganz außergewöhnliche Geschichte?«, entgegnete Hagrim und lupfte seine Kapuze gerade so weit, dass ihn nur der Wirt erkannte.

»Hagrim, bei den Göttern, was machst du hier? Du darfst dich nirgends sehen lassen. Ständig schleichen hier irgendwelche Schläger herein und fragen nach dir. Du musst aufpassen.«

Meister Ostmir schenkte schon ein Glas Rotwein ein, das er vorher auf Flecken überprüft hatte. Nicht, dass es für Hagrim von Bedeutung war, ob das Glas Flecken aufwies oder nicht, aber allein die Geste zeigte ihm, dass er behandelt wurde wie jeder andere Gast auch.

»Ich bin gleich wieder weg«, sagte er. »Ich setze mich nur einen Augenblick hinten in die Ecke und genieße den guten Tropfen. Dafür verspreche ich dir, wenn das hier alles vorüber ist, bekommst du die erstaunlichste Geschichte zu hören, die Osberg je erlebt hat.«

Hagrim wollte sich gerade abwenden, um seinen Platz aufzusuchen, da zupfte Meister Ostmir ihn am Ärmel.

»Ich weiß, ich erzähle nicht so gut wie du, aber ich habe auch eine schöne Geschichte für dich. Vor ungefähr einer Woche kam hier ein kleines Mädchen herein und suchte nach dir. Es war die Enkelin der alten Gerba, Cindiel, deine kleine Prinzessin.«

Hagrim war wie gebannt. Tränen stiegen ihm in die Augen. Er musste erst schlucken, um seine Stimme wiederzufinden.

»Wo ist sie jetzt? Wie ist sie entkommen? Hat sie was gesagt?«

»So viel haben wir nicht gesprochen. Sie suchte einen Kapitän, der sie und einige Freunde einschiffen könnte.«

»Wohin wollte sie?«

»Ich weiß es nicht. Vielleicht hat sie Verwandtschaft im Süden des Landes. Ich habe sie nach Sandleg geschickt, zu Kapitän Londor. Das ist alles, was ich weiß.«

Hagrim zögerte einen Augenblick, ging dann aber doch zu seinem Tisch.

Hauptsache, sie ist diesen Monstren entwischt und in Sicherheit.

Er machte es sich auf seinem Stuhl in der dunklen Ecke bequem. Der Rotwein war ausgezeichnet, nicht der billige Fusel, den Meister Ostmir für gewöhnlich ausschenkte, wenn die Gäste nicht mehr in der Lage waren, zwischen gutem und schlechtem Wein zu unterscheiden. Er betrog die Gäste aber nicht, sondern berechnete auch nur die billigen Flaschen. Ihm kam es nur darauf an, den guten Wein nicht zu vergeuden.

Hagrim lauschte hier und da an den Nachbartischen, um die neuesten Gerüchte aufzuschnappen, als jemand mit einem Verband am linken Ohr die Taverne betrat. Hagrim erkannte ihn sofort wieder. Es war einer der Schläger, die in der Nacht vor den Tempeltoren dabeigewesen waren. Anscheinend hatte ihm ein Streifschlag das Leben gerettet. Er war nicht allein, hinter ihm schlich ein kleiner, übel aussehender Kerl her. Einer von der Sorte, die einem den Dolch in den Rücken rammte und dann wieder im Dunklen verschwand. Sie hielten direkt auf den Tresen zu und wechselten einige Worte mit Meister Ostmir, der zu allen ihm gestellten Fragen kräftig den Kopf schüttelte. Die Schankmaid hatte sofort begriffen und stellte sich so geschickt auf, dass sie Hagrim vor den neugierigen Blicken der beiden Schläger schützte.

In der Vergangenheit hatte er sich immer darüber gefreut, wenn eine Bedienung jung, gut aussehend und schlank war, aber in diesem Fall wäre ihm eine Ogerin lieber gewesen. Als ob sein Gedanke das Unglück herbeirufen konnte, tauchte hinter der jungen Frau der Kopf des Schlägers auf. Hagrim sprang auf und versuchte, durch die Küche zu fliehen, die seitlich an den Schankraum grenzte. Die beiden Schläger stürmten sofort hinterher und rissen dabei mehrere Gäste von den Stühlen. Geistesgegenwärtig stieß die Schankmaid den beiden Verfolgern ihr volles Tablett entgegen. Diese kleine Verzögerung reichte Hagrim, um seinen Häschern zu entkommen. Er rannte zur Küche und durch die Hintertür ins Freie. Mit einem Schlenker umrundete er das Gebäude und versuchte, zwischen den Leuten auf der Straße unterzutauchen. Seine Verfolger waren nur ungefähr fünfzig Schritt hinter ihm. Die alten Verletzungen waren zwar verheilt, aber zu seiner früheren Form hatte Hagrim noch nicht zurückgefunden. Damals wäre es ein Leichtes gewesen, zwei Männern zu entkommen. Momentan musste er sich damit begnügen, sie auf Abstand zu halten.

Immer wieder wechselte er urplötzlich die Richtung und bog in kleine Seitengassen ab, um danach zurück auf größere Straßen zu gelangen, die vielleicht belebter waren. Doch die Menschen stoben auseinander und ließen seine Verfolger ungehindert passieren. In Gedanken überlegte er sich immer wieder neue Strecken, um nicht aus Versehen eine Sackgasse zu erwischen, in der die beiden Meuchler ungestört ihren Auftrag erledigen konnten.

Aber alle Findigkeit half nichts, er wurde sie einfach nicht los, und sein pfeifender Atem verriet ihm, dass er das Spielchen nicht mehr lange durchhalten würde. Außerdem rannte er auf das Westtor zu, vor dem sich ein zweihundert Schritt großer Platz erstreckte. Dort würden ihm sein Alter, die fehlende Ausdauer und seine schlecht verheilten

Verletzungen zum Verhängnis werden. Immer wieder rannte er an Menschen vorbei, die ihn verwundert anstarrten, aber seine Not nicht erkannten oder nicht erkennen wollten. Die allgemeine Neigung, sich für einen zerlumpten Bettler auf ein blaues Auge einzulassen, lag nicht sonderlich hoch.

Hagrim bog in die Weststraße ein. In einiger Entfernung konnte er die Lichter des Stadttores erkennen und zwei Stadtwachen, die davor patrouillierten. Er hatte noch die Möglichkeit, sich ihnen zu stellen, doch das bedeutete auch, Tarbur zu verraten. Am Rand des Platzes erkannte Hagrim eine Ansammlung von Planwagen, die dort abgestellt waren. Aus einigen der Wagen schien schwaches Licht, und leise Musik war zu hören. Zuerst dachte er an eine Karawane, die sich für den nächsten Morgen abfahrbereit machte, doch dann sah er die breiten Aufschriften an den hinteren Gespannen: Meister Mellik – König der Gaukler.

Hagrim rannte auf die Wagen zu und konnte in der Dunkelheit des Platzes seinen Vorsprung auf fast hundert Schritt ausbauen. Ohne abzubremsen, warf er sich zu Boden, schlitterte seitlich abgestützt unter das Fuhrwerk und suchte Schutz hinter den schweren Wagenrädern. Er sah seine Verfolger aus dem Schatten herannahen. Halb gebückt suchten sie nach dem entschwundenen Flüchtling.

»Heda! Auch für Bauerntölpel gibt's hier keine kostenlose Vorstellung«, drang eine resolute weibliche Stimme neben Hagrim aus der Dunkelheit hervor. Er konnte zwischen den Speichen des Rades hindurch zwei schlanke Frauenbeine erkennen, die ansprechenderweise zur Hälfte von geschnürten Schaftstiefeln bedeckt wurden.

»Halt das Maul, du billige Dirne, und mach dich lieber wieder auf die Suche nach einem neuen Freier«, gab einer der Häscher zur Antwort.

»Oh, die edlen Herren kennen mich? Leider ist es mir entfallen, wann und wo ich euch für eure unzureichend große Männlichkeit einen Preisnachlass gewährt habe.«

»Wenn du nicht gleich in die Gosse zurückkriechst, aus der du gekommen bist, werden wir dein hübsches Gesicht so umgestalten, dass du bezahlen musst, um noch einen Kerl ins Bett zu kriegen«, grunzte der andere, offenkundig erfreut von seiner eigenen Schlagfertigkeit.

»Apropos bezahlen, darf ich euch meinen Mann vorstellen?«

Neben ihr erschien ein Paar behaarter Männerbeine in einfachen Sandalen. Aufgrund der Füße und der überaus kräftigen Waden vermutete Hagrim, dass es sich um einen Hünen von Mann handeln musste. Außerdem schien er auf der Deichsel gestanden zu haben, da sich der Wagen fast um einen Fuß hob, als er neben die Frau trat.

»Er kann euch zeigen, was es kostet, so unflätig mit einer Dame zu sprechen.«

»Nur ein Missverständnis, Gnädigste«, hörte er die Männer noch aus einiger Entfernung rufen.

Das Pärchen begab sich feixend zu einem der vorderen Wagen.

Hagrim ließ noch einige Zeit verstreichen, bevor er sich aus seinem Versteck wagte. Als er mühsam darunter hervorkletterte und die Blessuren untersuchte, die er auf der Flucht davongetragen hatte, hörte er ein tiefes Fauchen hinter der gespannten Plane. Neugierig, aber vorsichtig lupfte er den schweren Stoff an der Ecke langsam an. Zuerst fiel sein Blick auf eine Gravur an einem der Spriegel: Der Mantikor.

Hagrim zog weiter an der Abdeckung und konnte im schwachen Mondlicht eine katzenhafte Gestalt erkennen, die in der Mitte des Wagens lag. Er war sich sicher, dass es sich unmöglich um einen echten Mantikor handeln konnte, aber diese Tatsache kümmerte ihn nicht weiter. Ihm war eingefallen, wie er es schaffen konnte, Tarbur aus der Stadt zu bringen. Diese Gaukler würden es sicherlich nicht ablehnen, einen echten Oger als Attraktion ins Programm zu nehmen.

Der Gedanke war brillant. Nun musste er es nur noch schaffen, Tarbur seinen Plan schmackhaft zu machen.

Tarbur kauerte nach wie vor auf dem Boden und döste vor sich hin. In den Bergen hatte er gelernt, sich und seinen Körper zur Ruhe zu bringen und dennoch seine Umgebung aufmerksam wahrzunehmen. Dort oben konnte es überlebenswichtig sein, nicht allzu tief zu schlafen.

So wachte Tarbur sofort auf, als er Schritte auf der schweren Eichentreppe hörte. Eine der unteren Stufen hatte sich gelockert und verursachte ein verräterisches Geräusch beim Darauftreten. Er war gespannt, mit welchen Vorschlägen der Geschichtenerzähler diesmal aufwarten würde, um ihn aus der Stadt zu bringen. Seine Ideen wurden von Mal zu Mal verrückter. Zuletzt hatte er ihm vorgeschlagen in einem Ballon, gefüllt mit heißer Luft, aus der Stadt zu schweben. Wenn Tarburs Gemütszustand es zugelassen und er nicht ohnehin am Boden gesessen hätte, wäre er sicherlich lachend zusammengebrochen. Hagrim meinte es wirklich ernst. Er sagte, die Gnome hätten so einen Ballon erfunden und wären damit wirklich geflogen. Aber Tarbur war kein Gnom. Sein Gewicht überstieg das einer kompletten Gnomenfamilie inklusive ihrer Besitztümer und deren rechtmäßigen Eigentümer.

Das knarrende Geräusch der Stufe wiederholte sich ... nochmal ... und nochmal.

Hagrim und drei Freunde? Nein, er wäre allein gekommen, bevor er ihr Versteck preisgegeben hätte. Es waren Fremde. Feinde.

Vorsichtig krabbelte er auf allen vieren, um sein Gewicht auf dem alten Holzfußboden zu verteilen, hinüber zur Tür. Jede Bewegung hätte sein Versteck verraten können. Die Eindringlinge kamen näher, und sie trugen Waffen. Das metallische Klirren von Schwertern an Rüstungen war zu hören.

Sie tuschelten leise und für Tarbur unverständlich miteinander. Dann hatten sie den obersten Raum neben seinem Versteck erreicht. Langsam und sorgfältig durchstöberten sie jede Ecke. Tarbur hörte, wie sie schwere Truhen und ausrangierte Tempelstühle beiseiteschoben und nach irgendetwas suchten.

Das splitternde Geräusch von Glas erfüllte die Kuppel. Eines der alten Fenster musste sich aus der Verankerung gelöst haben und zu Bruch gegangen sein. Abrupt verstummten die Geräusche im Nebenraum. Dann flüsterte einer: »Da kommt jemand! Bestimmt dieser Hagrim. Versteckt euch, den machen wir fertig!«

Tarbur zweifelte nicht daran, dass es Hagrim war, und auch nicht daran, dass sein Schicksal besiegelt war. Der Oger ließ den Kopf auf die Brust sinken. Er hatte es Hagrim zu verdanken, überhaupt so weit gekommen zu sein, um seine Rache auszuüben. Ohne ihn würde er noch immer hilflos in der Kanalisation festsitzen oder wäre schon verhungert. Nun sollte er einfach hier sitzen und mit anhören, wie sie den Einzigen, der ihm half, umbrachten?

Niemals!

Tarbur tippte in kurzen Abständen mehrmals gegen die verschiebbare Holzwand. Auf der anderen Seite tat sich etwas. Jemand kroch näher, um dem Ursprung des Geräusches auf den Grund zu gehen. Dann rüttelte er zaghaft an dem Holz.

»Psst, hier ist ein verborgener Raum«, zischte er.

Besser einer als keiner, dachte Tarbur und erhob sich leise.

Einen Fuß stellte er unten gegen den Rahmen und schlug dann mit der Faust die Tür aus den Angeln. Sie landete auf dem Eindringling und begrub ihn unter sich. Mit einem Satz sprang Tarbur durch die kleine Öffnung und trat mit aller Wucht auf das Türblatt. Der kippelnde Widerstand zeigte ihm, dass sich der Mann darunter nicht rechtzeitig hatte befreien können.

»Bleibt auf Abstand«, hallte eine Stimme durch den Raum.

Krachend löste sich ein Armbrustbolzen und traf Tarbur seitlich unter die Rippen. Der Schmerz ließ ihn aufbrüllen, und mit einer reflexartigen Bewegung brach er den Schaft ab. Er drehte sich in die Richtung, aus der der Bolzen gekommen war und stürmte los. Eine Wand, die seinem Gewicht glücklicherweise standhielt, brachte ihn nach wenigen Schritten zum Stehen. Zwischen sich und dem Holz fühlte er einen sich windenden Körper. Er griff zu und riss mit aller Gewalt an seinem Gegner. Er konnte in der Schnelle nicht genau ausmachen, welches Körperteil er dem Mann ausriss, aber sein Gegner blieb regungslos liegen, und das war alles, was er wollte.

Ein zweiter Bolzen traf Tarbur von hinten in die Lunge. Die Wucht und der Schmerz des Geschosses ließen ihn herumschnellen. Er tastete nach dem Pfeil, konnte ihn aber nicht erreichen. Regungslos stand er da und lauschte in die Stille. Er hörte das vorsichtige Laden eines Spannarms und hielt auf die Richtung zu. Ein weiterer Bolzen streifte seinen Hals, und er merkte, wie das Blut an seinem Oberkörper herunterlief. Kurz darauf fanden seine weit ausgestreckten Arme das Ziel. Er hatte einen Mann am Bein gepackt und wirbelte ihn umher.

»Lass ihn los, du Scheusal, oder ich setze den nächsten Bolzen in deinen hässlichen Schädel«, hörte Tarbur eine ängstliche Stimme.

Ihm wurde klar, warum Oger nicht so viele Worte machten. Er konnte den Standpunkt des Mannes hervorragend bestimmen. Langsam schritt er auf ihn zu.

»Keinen Schritt näher, oder du bist ein totes Monster«, hörte er die Stimme, die nun noch ängstlicher klang.

Tarbur musste jetzt ungefähr fünf Schritt von ihm entfernt stehen. Er hielt den Mann an den Beinen hängend hoch in die Luft.

»Du kennen kleine Gnome, fliegen in Ballons?«, fragte Tarbur.

»Was?«, ertönte die unsichere Gegenfrage.

»Gnome in Ballons«, wiederholte Tarbur.

»Nein, die gibt es nicht, das sind nur Geschichten.«

»Wohl.«

Tarbur stürmte direkt auf den Mann zu. Ein Bolzen durchschlug seinen Hals, aber er konnte den Angreifer noch packen. Die Armbrust zersplitterte unter seinen Händen. Er rannte weiter und stieß sich ab. Krachend durchbrach er das große bemalte Fenster an der Giebelseite des Tempels und stürzte mit einer Flut an bunten Splittern in die Tiefe.

Hagrim erreichte in diesem Augenblick den obersten Raum und blickte entsetzt auf den halb zusammengestürzten Giebel. Er bewegte sich vorsichtig an den beiden toten Männern vorbei und starrte in die Tiefe. Auf der Straße hatten sich schon etliche Leute versammelt, welche die Unglücksstelle mit ihren Fackeln beleuchteten. Im hellen Schein sah er Tarbur in einem farbenfrohen Spiel aus Lichtern tot auf dem Pflaster liegen. In seinen mächtigen Händen hielt er je einen Zwilling, deren Körper schauderhaft verdreht waren.

»Hier endet unsere Reise also ... Freund«, flüsterte Hagrim nachdenklich und zog sich ins Dunkel zurück.

30
Arkan-Oger

Seit Tagen versuchte Kapitän Londor, Mogda davon zu überzeugen, unbedingt einen sicheren Hafen anzulaufen, um die nötigen Reparaturen an den Schiffen vorzunehmen. Zwar war Londor nach dem Kampf mit seinen Leuten auf das Schiff zurückgekehrt, aber dennoch vertraute Mogda den Seeleuten noch nicht genug, um ihnen einen Landurlaub zu erlauben. Ihre Rückkehr deutete er zu Recht als ein Zeichen für ihren Willen, am Leben zu bleiben, und nicht für die Unterstützung der Oger.

Um Mogda dennoch zu überzeugen, griff Londor zu einer List. Er behauptete, die *Sturmwind* habe ein großes Leck und drohe zu sinken. Angeblich wurde das Leck vom Laderaum aus verursacht und nicht von außen. Mogda verstand zwar, dass Londor damit sagen wollte, ein Oger habe den Schaden verursacht, aber er gab nicht sonderlich viel auf Londors Meinung. Der Kapitän würde alles tun, um sein Schiff und die Mannschaft zu retten. Genau in der Reihenfolge. Da sie ohnehin auf die *Seestern* gewechselt waren und das andere Schiff im Schlepptau hatten, drohte keine Gefahr, außer dem Verlust des Wracks der *Sturmwind*.

Mogda, Rator und die anderen hatten ihren Platz wieder im Laderaum eingenommen. Die Aufregung des Kampfes war den Seeleuten genug; der tägliche Umgang mit Ogern hätte sie sicher überfordert. Nur Cindiel wagte es, ab und zu an Deck zu gehen und sich mit den Seeleuten zu unterhalten.

Die Stimmung unter Deck war gedrückt. Der Verlust von zwei Kameraden und die Tatsache, auf hoher See in einem Schiff gefangen zu sein, setzte den Ogern zu. Die ohnehin schon wortkargen Kolosse wechselten nur noch angespannte Blicke.

Einzig Mogda fiel es schwer, seine Gedanken nicht mit jemandem teilen zu können. Es erstaunte ihn, in wie kurzer Zeit man seine Gewohnheiten ändern konnte. Noch vor einem Jahr hätte er wochenlang in einer Höhle sitzen können und mit niemandem ein Wort gewechselt. Jetzt wurden schon ein paar Tage für ihn zur Qual. Es half nichts, er musste an Deck. Er öffnete die Luken und kletterte nach oben.

Ein Mann, der gerade dabei war seine Posten im Ausguck zu verlassen, änderte schlagartig die Richtung und kletterte wieder in den Korb. Ein aus der Kajüte kommender Seemann vollführte eine elegante Drehung, um kurz darauf wieder hinter der Tür zu verschwinden. Der Rest der Mannschaft blickte kurz und verängstigt zu Mogda und suchte dann Schutz im unbeteiligten Vor-sich-Hinarbeiten.

Cindiel stand bei Kapitän Londor und winkte Mogda lächelnd zu. Er gesellte sich zu ihnen, wobei er auf dem Mitteldeck stehen blieb und den Oberkörper leicht über die Brüstung des Vorderdecks lehnte.

»Na, Käpt'n, wie sieht es aus?«, fragte Mogda mit betonter Freundlichkeit in der Stimme.

»Gut.«

»Wie viele Tage brauchen wir noch bis Wasserzahn?«

»Drei.«

»Ist die Mannschaft wohlauf und hat sich von dem Schrecken erholt?«

»Ja.«

»Was meint Ihr, könnt Ihr den alten Kahn noch einmal reparieren? So ein Schiff ist doch bestimmt eine Menge wert, oder?«

»Vielleicht ... ja.«

»Meint Ihr damit, dass Ihr es vielleicht reparieren könnt, oder dass es vielleicht viel wert ist?«, fragte Mogda ein wenig spöttisch.

»Ähh ... beides.«

Jetzt kam der Moment, an dem Mogda sich fragte, warum er eigentlich an Deck gekommen war. So eine wortkarge Unterhaltung hätte er sogar mit Brakbar führen können, während dieser schlief. Jeder Bauer, dem er das Vieh in den letzten Jahren gestohlen hatte, konnte mehr Verwünschungen im Angesicht des Todes loswerden, als dieser Londor Informationen in einem Gespräch.

Cindiel bemerkte die angespannte Situation und versuchte sie ein wenig aufzulockern.

»Käpt'n, erzählt doch bitte noch mal die Geschichte mit dem Troll, den ihr aus dem Wasser gefischt habt«, bat sie.

»Die, äh ... äh ... interessiert den, äh ... Herrn Oger bestimmt nicht«, stotterte Londor.

So, jetzt reichte es. *Herr Oger!* Was war aus dem wortgewandten, prahlerischen, selbstverliebten Kapitän Londor aus Sandleg geworden? Hatte er bei dem Kampf vielleicht doch einen Schlag auf den Kopf abbekommen?

»Erzählt! Natürlich interessiert es mich«, sagte Mogda mit Nachdruck in der Stimme.

Londor schluckte.

»Wir waren mit der *Sturmwind* nordwestlich der Zwergenesse unterwegs und sahen in einiger Entfernung etwas im Wasser schwimmen. Wir steuerten darauf zu und erkannten eine Zwergenlore, die im Riff trieb. Als wir näher kamen, erkannten wir den Troll, der darin lag. Wir schafften ihn samt Lore an Bord und übergaben beides den Wachen in Sandleg.«

Londor überlegte einen Moment und fügte dann hinzu: »Der Troll war schon tot, als wir ihn fanden.«

Mogda grinste breit. »Ich mag auch keine Trolle.«

Londors Blick sprang von Mogda zu Cindiel und wieder zurück, und er schien zu überlegen, ob Mogda ihm eine Falle stellen wollte.

»Aber er war schon tot«, sagte er noch einmal mit Nachdruck.

»Ganz schön aufregend, was ihr so alles erlebt«, erklärte Mogda. »Nach so viel Aufregung werde ich mich besser ein wenig ausruhen.«

Cindiel folgte ihm.

»Glaubst du ihm das mit dem Troll?«, fragte sie.

»Kein Wort.«

Sie verschwanden zur Erleichterung der Mannschaft wieder unter Deck.

Drei Tage später wurde Mogda von einem schrillen Pfiff und dem Gebrüll von Anweisungen geweckt. Er hatte sich schon oft darüber gewundert, warum ein und derselbe Befehl immer wieder von verschiedenen Leuten wiederholt wurde, anstatt dass der Kapitän ihn einmal laut und verständlich erteilte. Vielleicht hatten seine Untergebenen somit auch das Gefühl, etwas zu sagen zu haben.

Wenige Augenblicke später öffnete sich die kleine Luke zur Kapitänskajüte. Londor schaute hindurch und sagte mit deutlicher Erleichterung in der Stimme: »Wir sind da. Wasserzahn ist in Sicht.« Gleich darauf schloss er die Luke wieder.

»Endlich geschafft. Freust du dich gar nicht, Mogda?«, fragte Cindiel und knuffte ihm in die Seite.

»Geschafft haben wir es noch lange nicht. Erst einmal wollen wir sehen, ob es diese Arkan-Oger wirklich gibt. Bis dahin erfreue ich mich daran, dass Londor in ganzen Sätzen gesprochen und nicht nur einfach ›Da‹ gerufen hat.«

Cindiel lief voraus aufs Deck, gefolgt von Mogda, Rator und den restlichen Ogern. Die Mannschaft hatte sich, bis auf die Leute in den Masten, auf dem Achterdeck versammelt. Sie hatten sich auf das Treffen mit ihrer Ladung vorbereitet und sich Plätze gesucht, die ihnen sicher schienen.

Wasserzahn lag rund zwei Meilen vor ihnen. Dutzende kleiner Inseln stachen aus dem Meer wie Flammen, die auf brennendem Öl tanzten.

»Käpt'n Londor, haltet auf die große Insel zu«, rief Mogda und zeigte in die entsprechende Richtung. »Wie weit kommen wir mit dem Schiff heran?«

»Bis auf zweihundert Schritt. Auf die Insel selbst gelangt man nur mit den Beibooten.«

»Dann hoffe ich, dass Eure Männer gut im Rudern sind«, antwortete Mogda mit einem zufriedenen Grinsen.

Beim Ankern ergaben sich die ersten Autoritätsprobleme von Kapitän Londor. Keiner seiner Leute war bereit, an den Ogern vorbei zum Vorderdeck zu gehen, um den Anker herabzulassen. Rator erkannte den aufkommenden Unmut der Seeleute. Wortlos schritt er aufs Vorderdeck und entlastete die schwere Eisenkette mit der bloßen Hand, ohne das Ankerspill zu verwenden. Laut rasselnd zog der Anker die Ketten vom Deck hinter sich her, bis er den Grund erreichte.

Die Fahrt mit den Ruderbooten gestaltete sich ähnlich schwierig. Jeweils vier Seeleute sollten mit einem Oger zur Insel rudern, da die kleinen Boote nicht mehr Gewicht trugen. Leider beschränkte sich die Zahl der Freiwilligen allein auf Londor. Erst als Brakbar andeutete, dass Seeleute, die nicht rudern wollen, nur zu Proviantzwecken taugen, konnte das Problem gelöst werden.

Schließlich waren alle Seeleute und Oger samt Cindiel auf der Insel. Zurück blieben nur zwei Mann Bewachung auf dem Schiff. Somit bestand auch keine Gefahr, von Londors Crew auf der Insel zurückgelassen zu werden.

Im oberen Drittel der fast hundert Fuß hohen Insel entdeckte Mogda einen breiten Spalt, der als Zugang ins Innere diente. Gemeinsam mit Rator machte er sich auf die Suche nach ihren geheimnisvollen Verwandten und ließ die übrigen Oger mit der Mannschaft zurück.

Der Spalt entpuppte sich als Durchbruch in einer Höhlendecke. Nur durch ihre Kraft und ihre Größe war es ihnen möglich, ohne entsprechende Ausrüstung Zugang zur Höhle zu finden.

Im Inneren der Höhle krochen Nebelschwaden um ihre Beine und verdeckten sie bis auf Kniehöhe.

»Gestank fürchterlich«, bemerkte Rator, der die Beine abwechselnd anhob, um zu sehen, ob der dichte Schleier sich wieder von seiner Haut löste oder wie eine klebrige Masse daran hängen blieb.

»Das ist Schwefel. Er ist immer da, wo es Vulkane gibt, und er riecht nach verfaulten Eiern«, erklärte Mogda. »Ich habe da ein Buch gelesen ...«, begann er, besann sich dann aber eines Besseren.

Mogda ging vor und stieß als Erstes gegen ein hölzernes Hindernis, das unter dem Nebel verborgen lag. Er beugte sich hinunter und pustete die Schwaden auseinander. Darunter kam ein Tisch zum Vorschein, auf dessen Platte wahllos Gegenstände verstreut lagen. Neben einem Federkiel und einem umgestürzten Tintenfass entdeckten sie noch einige Goldmünzen, eine leere Flasche Wein und ein angelaufenes Medaillon zum Aufklappen, das in der Innenseite die Gravur von zwei Gesichtern zeigte, eine junge Frau und einen jungen Mann. Auf dem Tisch war in großen Buchstaben der Name »Gischtkrone II« mit Intarsien eingearbeitet worden.

»Auf jeden Fall sind wir nicht die Ersten hier unten«, sagte Mogda beruhigt.

»Reinkommen immer leicht. Rauskommen schwierig«, stellte Rator daraufhin fest und blickte nach oben.

Sie ließen die Habseligkeiten auf dem Tisch unberührt. Niemand war froh darüber, Besucher zu haben, die sich zuerst die Taschen mit fremdem Eigentum füllten.

Mogda und Rator folgten einem fünfzehn Fuß hohen Tunnel, der sie gewunden in die Tiefe führte. Sie bestaunten das leuchtende Moos an den Wänden, das phosphorisierendes Licht abgab und in regelmäßigen Abständen an der Wand platziert schien.

Rator hatte seine Waffe griffbereit in der Hand, während Mogda darauf verzichtete, einen feindlichen Eindruck zu machen.

»Du schon mal etwas gesehen wie hier?«, fragte Rator.

Mogda schüttelte nur den Kopf. Ihm war es unverständlich, was einen Oger dazu bewegen könnte, sich hier unten zu verkriechen. Hier musste das ohnehin schwere Leben noch schwieriger sein. Man war auf das Wohlwollen von Tabal angewiesen, wenn man längere Zeit überleben wollte. Es gab so gut wie nichts zu essen, keinerlei Vegetation bis auf die leuchtenden Pflanzen und so gut wie kein Trinkwasser. Wer es schaffte, in diesen Höhlen zu überleben, hatte sicherlich kein Übergewicht.

Immer weiter folgten sie den Tunneln in die Tiefe. Etliche Male mussten sie umkehren, weil sie einen Gang genommen hatten, der urplötzlich im Fels endete.

»Na ja, auf jeden Fall haben sie sich in den letzten Jahren nicht so stark vermehrt, dass sie Platzprobleme bekommen hätten«, sagte Mogda grimmig, der an einer Kreuzung stand und sich nicht für eine Richtung entscheiden konnte.

»Vielleicht alle schon tot«, erwiderte Rator.

»Keinesfalls!«, kam eine tief dröhnende Antwort aus dem Gang gegenüber. »Wir vermehren uns nicht, und wir sterben auch nicht. Es sei denn durch fremde Hand.«

Mogda stierte in den Nebel, der, je länger der Gang wurde, umso undurchdringlicher schien. Rator hob seine große Doppelaxt vor die Brust und brummte. Vorsichtig tasteten sie sich voran. Der Gang öffnete sich in eine größere Halle, deren genaue Ausmaße jedoch vom Nebel verborgen blieben. Mit jedem Schritt fiel es ihnen schwerer, zu atmen. Das Schwefelgas kratzte im Hals und ließ ihre Augen tränen.

Unerwartet durchstießen sie die Nebelbarriere. Wie durch eine unsichtbare Wand wurde der weißgelbliche Qualm auf der anderen Seite gehalten. Sie standen in einer riesigen zerklüfteten Halle, deren längliches Ende im Dunkeln lag. Fünfzig Schritt vor ihnen stand ein breiter Thron aus Felsgestein mit dem Rücken zu ihnen. Über die Lehnen hingen zwei kräftige Arme fast bis zum Boden herab. Sonst war von der Gestalt auf dem Thron nichts zu erkennen. Mogda und Rator begaben sich vorsichtig im großen Bogen zur Vorderseite des Herrschersitzes. Die Kreatur saß regungslos da und wartete ab.

Mogda hielt mitten in der Bewegung inne, als sein Blick seitlich auf das Wesen im Thron fiel. Ein Schauer der Ehrfurcht den Blick abzuwenden, betrachtete er es. Mit seinen elf Fuß Größe überragte es jeden Oger, den Mogda kannte, um mindestens einen Kopf. Der Körper des Wesens strotzte nur so vor Kraft. Selbst die kleinsten Bewegungen wie das Drehen des Kopfes ließen die Muskelstränge unter seiner gelblich-braunen Haut tanzen. Es trug gebundene Lederstiefel, eine grüne Hose mit übergeworfenem Kettenrock, sowie zwei Kettenarmschoner und einen Kreuzgürtel mit Schulterschutz. Zwischen seinen Beinen lehnte ein Breitschwert von der Länge eines Menschen. All diese Sachen nahm Mogda aber nur nebensächlich wahr, denn sein Hauptaugenmerk lag auf etwas anderem: Das Wesen hatte zwei Köpfe.

Es stand außer Frage, dass es sich um einen Oger handelte, wenn nicht …

»Zwei Köpfe«, sagte der Oger vom Thron herab mit dumpfer Stimme. »Sprecht es ruhig aus, dann ist es einfacher zu verkraften. Das ist das Geschenk von Tabal an uns für unseren Hochmut, ihn um mehr Intelligenz zu bitten. Er versteht es, mit Unverschämtheiten ihm gegenüber umzugehen.«

Nur der Kopf, dessen langer Haarzopf über seine Schulter hing, sprach zu ihnen. Der andere, haarlose Schädel schien zu schlafen und kippte dabei leicht vornüber.

»Entschuldigt meine fehlende Gastfreundschaft. Mein Name ist Gantruost und zu meiner rechten Seite schläft Truganost. Wir sind die, die ihr Arkan-Oger nennt, und wir haben dich erwartet, Mogda.«

Mogda stand noch immer wie angewurzelt da, genauso wie Rator. Er wusste nicht genau, ob ihm nicht die Stimme versagen würde vor diesem Hünen … diesem zweiköpfigen Hünen. Er nahm seinen Mut zusammen, um nicht so begossen dazustehen wie eine alte Bauersfrau beim Anblick eines gewöhnlichen Ogers.

»Wir sind gekommen, um euch einige Fragen zu stellen und um Hilfe zu bitten.«

Gantruost hob abwehrend die Hand, um Mogda zum Schweigen zu

bringen. Verunsichert wechselten Mogda und Rator Blicke miteinander und bekundeten ihre Verwirrung mit einem Achselzucken.

»Es tut mir leid, dein Anliegen unterbrechen zu müssen, aber zuerst musst du die Prophezeiung erfüllen. Erst dann sei dir gewährt, wonach du trachtest.« Gantruost zeigte auf eine eingelassene Steintafel vor seinem Thron. Zögerlich näherte sich Mogda der Schrift und drehte den Kopf, um besser sehen zu können. Halblaut las er die Inschrift vor:

»Die Gemeinschaft der Ettins, gefangen im Fels, den Wasser umrinnt,
durch Feuer geknechtet, wartet auf Rettung, geleitet vom Wind.
Viel gemeinsam und doch verschieden, wurden sie in ihr Schicksal getrieben.
Sein Haupt tritt an die Stelle von zwei, die Gemeinschaft der Ettins lebt wieder frei.«

Nachdem Mogda den Text gelesen hatte, schaute er wieder zu Gantruost hoch.

»Das ist die Prophezeiung?«, fragte er.

»Nein«, sagte Gantruost, »das ist nur ein kleiner Ausschnitt. Die komplette Schrift haben wir gut verwahrt. Es ist nicht vonnöten, dir alles preiszugeben.«

»Woher wollt ihr wissen, dass ich dieser Jemand bin?«, wollte Mogda wissen.

»Wie viele Oger kennst du denn, die diese Schrift überhaupt lesen können?«

Der Einwand war berechtigt, aber er konnte sich nicht mit dem Gedanken anfreunden, dieser Befreier zu sein. Und auf gar keinen Fall wollte er in eine Gemeinschaft eintreten, in der es außer ihm lediglich Wesen gab, die nicht nur einen Kopf größer waren als er, sondern auch noch ein Haupt mehr hatten.

»Was ist, wenn ich mich weigere?«

»Dann bist du kein Teil der Prophezeiung, sondern eine Abwechslung auf dem Speiseplan«, sagte Gantruost.

»Wir sind nicht allein gekommen. So einfach lassen wir aus uns kein Abendessen machen«, wandte Mogda mit fester Stimme ein.

Gantruost erhob sich von seinem Thron und reckte das Breitschwert in die Höhe.

»Hört her, meine Freunde«, brüllte er, »wir werden lange Zeit keinen Hunger leiden müssen.«

Aus allen erdenklichen Richtungen drangen Jubelschreie zu ihnen vor. Scheppernd wurden Waffen gegen Rüstungsteile geschlagen. Jeder Tunnel, jede Halle füllte sich mit dem Brüllen der Ettins. Ihre Zahl abzuschätzen, hielt Mogda für überflüssig, da sie selbst einer Hand voll dieser Wesen hoffnungslos unterlegen wären. Rator hingegen schien zwar verwundert, aber keinesfalls eingeschüchtert. Er hielt seine Breitaxt zum Schlag erhoben und wartete ab.

»Schon gut, schon gut«, lenkte Mogda ein. »Ich werde eure Prophezeiung erfüllen und mich dem Schicksal beugen. Was muss ich tun?«

Sichtlich zufrieden setzte sich Gantruost wieder.

»Im hinteren Teil dieser Halle befindet sich ein Abstieg zu einer Grube. Gehe hinunter und hole dir das Runenschwert. Dann kehrst du hierher zurück. Das ist alles.«

Mogda ahnte, dass das sicherlich nicht alles war, aber er hatte ja ohnehin keine Wahl. Um sich möglichst unbeeindruckt zu zeigen, sagte er: »Bei solch unglaublich schweren Aufgaben kann ich nur von Glück sagen, dass es nicht schon jemand vor mir probiert hat, sonst wäre der Posten des Befreiers bestimmt schon besetzt.«

Gantruost zeigte ihm mit ausgestrecktem Arm die Richtung an.

»Du brauchen Axt?«, fragte Rator.

Mogda schüttelte den Kopf. »Nein, du hast ja gehört, ich bekomme gleich eine neue Waffe, bis dahin komme ich bestimmt ohne aus.«

Ohne sich noch einmal umzuschauen, ging er zügig in die Richtung, die ihm der Ettin gezeigt hatte. Er versuchte, dabei einen unerschrockenen Eindruck zu hinterlassen. Es geziemte sich schließlich nicht für prophezeite Helden, wimmernd und schluchzend ihrem Schicksal entgegenzukriechen. Nach etwas über hundert Schritt konnte er die Grube sehen. Dieser Teil der Halle war wesentlich spärlicher beleuchtet, aber der weiße Nebel, der die Grube füllte, machte sie gut sichtbar.

Sie hatte einen Durchmesser von fünfzig Schritt und war fast kreisrund. An ihrer Außenwand führte eine gewundene Treppe in die

Tiefe. Ihr Ende verlor sich im Nebel. Mogda betrat die erste Stufe und setzte vorsichtig einen Fuß nach dem anderen auf die nachfolgenden Steinquader. Jetzt abzurutschen und in die Tiefe zu stürzen würde wohl unumstritten als die peinlichste Heldentat aller Zeiten in die Geschichte der Oger eingehen. Nach kurzer Zeit wurde er vollends vom Nebel geschluckt. Drei Mal umrundete er den Wendel, dann gelangte er zum Fuß der Treppe.

Seiner Meinung nach musste er jetzt ungefähr dreißig Schritt in der Tiefe sein. Der Schwefeldampf war so dicht, dass man bei ausgestrecktem Arm die eigene Hand nicht mehr erkennen konnte.

Mogda tastete sich langsam vor. Er versuchte, ins Zentrum der Grube vorzudringen, da er dort weitere Anhaltspunkte vermutete. Nichts.

Er lauschte in den wallenden Nebel hinein, aber außer ihm schien sich hier niemand aufzuhalten. War das alles vielleicht nur ein Spiel oder ein Rätsel?

»Hallo, ist da jemand? Ich bin gekommen, um das Runenschwert zu holen«, rief er mit erstickter Stimme, da die Schwefelgase stark in seinem Hals kratzten und ihm das Atmen erschwerten.

Das Rasseln einer Kette erklang, verstummte aber sofort wieder. Entweder war hier eine grobe Mechanik am Werk, oder er war doch nicht allein. Vorsichtig versuchte er, sich dem Ursprung des Geräusches zu nähern. Seine Augen begannen zu tränen, und seine Orientierung verschlechterte sich abermals. Er riss sich einen Fetzen Stoff aus der Hose und stopfte sich den Lumpen in den Mund. Damit hoffte er, einen großen Teil der Gase zu filtern.

Plötzlich sah er etwas vor sich aufblitzen und hielt darauf zu. Er streckte die Hände vor, um etwaige Hindernisse frühzeitig ausmachen zu können. Dann ertastete er ein Stück kühles Metall – so unglücklich, dass er sich daran tief zwischen Zeigefinger und Daumen schnitt. Schmerzerfüllt zog er die Hand zurück und fluchte. Mit vorgestrecktem Kopf und zusammengekniffenen Augen durchforstete er den Nebel. Direkt vor ihm tauchte die Klinge aus dem Dunst auf und schien regungslos in der Luft zu schweben. Er besah sich die runenverzierte Schneide des Schwertes und folgte ihrem Verlauf bis zum Griff.

Zu spät erkannte er, dass die Klinge nicht in der Luft schwebte, sondern von einer großen, behaarten Hand gehalten wurde. Die Pranke schnellte vor und verpasste ihm einen Kinnhaken, der ihn rückwärts taumeln ließ und zu Boden schickte. Kurz darauf sprang eine Gestalt breitbeinig über ihn und holte zum Schlag aus. Mogda drehte reflexartig den Kopf zu Seite, und die Spitze des Runenschwertes bohrte sich neben ihm in den vom Schwefel zerfressenen Stein. Er schaute nach oben, konnte aber nur die Beine seines Gegners ausmachen, da der Rest vom Nebel verschluckt wurde. Die Größe und seine Kraft ließen nur den Schluss zu, dass es sich bei seinem Widersacher um einen der Ettins handelte. Mogda ballte die Hände zu Fäusten und schlug, so hart er konnte, gegen das Knie seines Gegners, der dadurch zwei Schritte zurückwankte und ihm erlaubte, sich wieder aufzurichten. Breitbeinig und die Arme zur Abwehr erhoben starrte er in die Richtung, aus der er einen Angriff vermutete, aber außer der gelblich wallenden Wand zeigte sich niemand.

Mogda versuchte seine eigene Atmung so flach wie möglich zu halten, um seine Position nicht zu verraten und stattdessen die des Ettins ausmachen zu können. Seitlich von ihm hörte er wieder die Kette über den Boden schleifen. Er drehte seinen Oberkörper. Ein stechender Schmerz fuhr durch seinen Oberschenkel und hinterließ eine klaffende, stark blutende Wunde. Alles, was er sah, war die Hand und das Schwert, die im Nebel verschwanden. Jetzt unüberlegt hinterherzustürmen konnte fatale Folgen haben. Sein Gegner war sicherlich darauf gefasst, und sein Angriff sollte womöglich genau das herausfordern.

Mogda zwang sich zur Ruhe und konzentrierte sich auf seine Umgebung. Wieder hörte er die Kette. Das Geräusch schien immer vom selben Punkt aus zu kommen. Er ging in die Knie und presste eine Hand gegen seine Wunde, da die Gase sich anscheinend mit dem Blut vermischten und eine Säure entstehen ließen. Die ätzende Wirkung brannte wie Feuer. Er nahm seine Wasserflasche vom Gürtel und träufelte ein wenig auf den tiefen Schnitt. Der unerwartete Schmerz ließ ihn aufschreien und das Gleichgewicht verlieren. So furchtbar diese Erfahrung auch war, sie rettete sein Leben. Er lag auf dem Rücken, das verletzte Bein angewinkelt, und sah, wie der Ettin mit einem machtvollen Schwung des Schwertes an ihm vorbeihechtete. Im aufrechten Zustand hätte sich der Stahl tief in Mogdas Taille gebohrt. Sein Gegner verschwand wieder im Dunst.

Mogda musste so schnell wie möglich seine Lage ändern, da der Ettin ihn sicher hilflos am Boden hatte liegen sehen. Er rollte sich mehrmals um die eigene Achse, als er hart mit dem Kopf an einen Steinblock stieß. Hier endete die Kette, mit der der Ettin gefangen gehalten wurde. Ein Steinmetz musste sich viel Mühe gegeben haben, Metall und Stein so miteinander zu verbinden, dass sie nicht gelöst werden konnten, selbst nicht von einem Oger mit zwei Köpfen. Straff gespannt verlor sich das andere Ende drei Fuß über dem Boden vor Mogda im Nebel. Er griff danach und hielt die Kette in Händen, ohne daran zu ziehen. Dann entlastete sich die Kette und sank zu Boden. Leise zog Mogda daran, nahm sie in beide Hände und legte sie zu einer Schlaufe auf den Boden, ohne sie loszulassen. Aus dem Nichts tauchte die Gestalt des Ettins vor ihm auf. Er stand mit dem Rücken zu ihm. Ihn zu überwältigen schien aussichtslos. Der zweiköpfige Riese würde ihn zu Boden werfen und zu Tode trampeln.

Mogda kam lautlos auf die Füße und wollte seinem Gegner gerade die Kette um den Hals legen, als der sich abrupt umdrehte. Mogda sah die beiden Köpfe direkt vor sich. Dem einen war ein großes Stück aus dem Gesicht gebissen worden, was ihn die Wange und ein halbes Ohr hatte einbüßen lassen. Der eine Kopf lag leblos zur Seite geknickt auf der Schulter. Der andere sah ihn mit gelb funkelnden Augen hasserfüllt an. Sein offen stehender Mund entblößte eine Vielzahl von messerscharfen Reißzähnen. Das Gesicht des lebendigen Kopfes erinnerte nur entfernt an einen Oger. Es sah eher aus wie eine Mischung aus Oger und Dämon, wobei der Dämon vielleicht Dreiviertel der Erbanlagen bestritt.

Zielgenau schlug der Ettin auf Mogda ein, der zur Abwehr die Kette hob und damit den Schlag blockte. Die Kettenglieder rutschten durch Mogdas Hand und ließen das Schwert gegen seine Schulter prallen, ohne ihn jedoch ernsthaft zu verletzen. Die Kette zog sich im unteren Teil um die Beine seines Gegners und schnürte dessen Füße zusammen. Mogda wand sich unter dem Schwert heraus und wickelte einige Eisenglieder um das Handgelenk des Schwertarmes. Dann wagte er einen Hechtsprung an dem Ettin vorbei, um sich außer Reichweite zu begeben.

Doch sein Gegner wollte ihn nicht so einfach entkommen lassen und setzte nach. Die Kettenglieder spannten sich weiter und brachten ihn zu Fall. Mogda hörte das Runenschwert vor sich auf den Stein aufschlagen. Das war seine Chance. Wenn er zuerst an die Waffe käme, wäre der Kampf in etwa ausgeglichen. Er kroch vorwärts in die Richtung, in der er das Schwert vermutete. Plötzlich packte ihn der Ettin aus dem Nebel kommend am Fuß und zog ihn langsam zurück. Mogda trat mit aller Kraft zu, konnte sich aber nicht aus dem Griff lösen.

Er wurde immer weiter zurückgezogen. Sein Gewicht und seine Kraft reichten einfach nicht aus, um sich aus den Klauen des Gegners zu befreien. Ohne sich festhalten zu können, hatte er den Angriffen nichts entgegenzusetzen. Ein unbeschreiblicher Schmerz durchfuhr sein Bein. Der Ettin hatte ihn zu sich herangezogen und ihm sein Raubtiergebiss in die Wade geschlagen. Mit einem Ruck hatte er ein Stück herausgerissen und spukte es angewidert zur Seite aus.

Vor Schmerz verlor Mogda beinahe das Bewusstsein. Da kam ihm der rettende Einfall. Er griff nach seiner Wasserflasche und nahm einen großen Schluck daraus. Noch immer wehrte er sich gegen den Griff des Ettins. Leider traf er mit dem freien Fuß nur den ohnehin schon leblosen Kopf der Bestie. Mogda zog die Beine an und richtete den Oberkörper auf. Der Ettin brüllte ihn hasserfüllt an und zeigte ihm seinen ganzen Zorn. Das war der richtige Zeitpunkt. Mogda spuckte ihm das Wasser ins Gesicht und hoffte, dass es seine Wirkung tat. Wasser und Schwefeldampf vermischten sich und benetzten das Gesicht des Ettins. Er schrie auf und fauchte. Er krümmte sich vor Schmerzen und ließ Mogda aus der Umklammerung.

Mogda hechtete zurück und suchte mit weit ausgebreiteten Armen den Boden nach dem Runenschwert ab. Da lag es! In dem Moment, als er den Griff in die Finger bekam, hörte er den Ettin hinter sich brüllend auf ihn zustürmen. Er rollte sich auf den Rücken und streckte das Schwert empor. Sein Gegner warf sich auf ihn. Die Schneide des Schwertes durchschnitt seinen Hals und trennte den lebendigen Kopf beinahe ab. Nach wie vor fauchte der Ettin ihn bösartig an, bis die Augen sich verdrehten und nur noch das Weiße darin zu sehen war. Dann erschlaffte sein Körper. Mogda kroch unter dem Koloss hervor und zog das Schwert aus dem Gegner. Humpelnd tastete er sich an der Wand entlang zum Treppenaufgang. Seine Wunden bluteten stark, und er konnte kaum noch etwas sehen. Am Grubenausgang empfing Rator ihn, der ihm hilfreich unter die Arme griff.

»Du siegreich?«

»Sieht so aus«, stammelte Mogda. »Aber wenn du mir nächstes Mal deine Waffe anbietest, sei ein wenig beharrlicher.«

»Ich merken«, sagte Rator und klopfte ihm anerkennend auf die Schulter.

Auf das Runenschwert gestützt, begaben sie sich zurück zum Thron, auf dem Gantruost nach wie vor saß. Doch diesmal lächelte er zufrieden.

»Ich wusste, dass du es schaffst«, sagte er mit einem anerkennenden Lächeln.

»Was sollte das alles? Das war doch einer von euch.«

»Richtig. Die Gemeinschaft kann nur ein neues Mitglied aufnehmen, wenn ein anderes dafür ausscheidet. Sitallgort war nicht mehr zu bändigen. Somit mussten wir ihn für dich opfern.«

»Ich will aber keiner von euch sein, hier unten sitzen, meine Köpfe kratzen und verrotten«, sagte Mogda trotzig.

»Das wirst du auch nicht«, sagte Gantruost beschwichtigend. »Du wirst weiterreisen und deine Bestimmung erfüllen. Dadurch wirst du eine neue Ära für die Oger und für uns einläuten.«

»Moment mal, das geht mir alles zu schnell«, knurrte Mogda verwirrt. »Erst einmal solltest du uns einige Fragen beantworten, dann können von mir aus alle möglichen Zeiten eingeläutet werden.«

Beschwichtigend hob Gantruost wieder die Hand.

»Ich kenne deine Fragen, ihre Antworten und noch vieles mehr. Hört mir gut zu.« Gantruost beugte sich vor und sah erst Mogda und dann Rator tief in die Augen. »Ihr habt gut daran getan, den Nesselschrecken zu entfliehen. Sie sind keine Geschöpfe Tabals, und sie empfangen auch nicht seinen Willen. Die angeblichen Artefakte, die ihr von ihnen erhalten habt, sind nur magischer Firlefanz.«

»Wertlos«, erklärte Mogda Rator beiläufig.

»Sie haben euch und die anderen Kreaturen Tabals nur für ihre eigenen Zwecke benutzt. Sie wollen ihren Gott auf diese Welt bringen. Um das zu erreichen, müssen sie ihm huldigen. Das kann nur geschehen, indem sie ihm ein Opfer bringen, das einem Gott würdig ist und gleichzeitig einen anderen brandmarkt. Erst nach diesem Opfer kann er diese Welt betreten. Und glaubt mir, es wird nicht damit getan sein, Wein zu vergießen oder zwei Schafe zu schlachten.«

Ein unbehagliches Gefühl beschlich Mogda. Die Aufgaben hatten sich ein wenig geändert. Zuerst wollte er eigentlich nur nicht in den Krieg ziehen, dann wollte er die Meister als Betrüger entlarven. Aber jetzt sollte er plötzlich Götter verjagen? »Was sollen wir gegen sie tun? Wie können wir Oger sie aufhalten? Wir sind nicht viele.«

»Ihr werdet sie töten. Aber ihr werdet nicht nur ein paar sein. Viele tausende werden kommen, um in den Krieg zu ziehen«, sagte Gantruost.

»Ich dachte, wir können mit eurer Hilfe einen Krieg verhindern?«, sagte Mogda enttäuscht.

»Entweder es gibt einen Krieg und tausende werden sterben, oder es gibt keinen und zehntausende lassen ihr Leben. Die Entscheidung liegt bei euch.«

»Können wir auf eure Hilfe vertrauen?«

»Wenn es zur Schlacht kommt, stehen wir auf eurer Seite und die, die nicht verblendet sind, werden wissen, was zu tun ist.«

Mogda verzog unzufrieden das Gesicht.

»Was sollen wir als Nächstes tun?«

»Das kann ich euch auch nicht sagen. Ihr müsst euren Weg selbst finden. Ich kann euch nur noch einen Rat geben. Das Amulett, das du um den Hals trägst, hat dich verändert. Jemand aus eurer Gruppe wird versuchen, es zu stehlen. Einer von euch ist ein Spion der Meister. Ich weiß selbst nicht, wer es ist, aber ihr solltet es schnell herausfinden. Geht nun.«

Ein Verräter? Das war unmöglich! Das konnte nicht sein. Wer sollte sie verraten haben? Zu viele komplizierte Fragen stürzten auf Mogda ein; er musste die neue Situation erst einmal in Ruhe überdenken. Er beschloss, sich mit den anderen zu beratschlagen.

Auf keinen Fall durften sie erwähnen, dass ein Verräter unter ihnen war. Die meisten von Rators Kampfgefährten hatten sich nicht gut genug unter Kontrolle. Erst würde es gegenseitige Beschuldigungen geben, und dann ein Blutvergießen. Im Besonderen dachte er dabei an Brakbar, dessen Zorn nur allzu leicht überkochte.

Nachdem sie Gantruost und die Seinen verlassen hatten, folgten sie den Tunnelröhren zurück zum Ausgang. Auf dem Weg waren beide Oger schweigsam. Mogda wurde das Gefühl nicht los, dass die Ettins ihm nicht alles erzählt hatten, was sie wussten. Wieder zurück in der Höhle mit dem alten Tisch, wollten die Gefährten gerade mit dem

Aufstieg beginnen, als Mogdas Blick von etwas Blitzendem abgelenkt wurde. Sein Blick fiel auf das Medaillon mit dem Pärchen. Jemand hatte die Innenseite blank poliert. Mogda klappte es zusammen und ließ es in seiner Tasche verschwinden.

»Warte, Rator!«, hielt Mogda seinen Kameraden zurück. Rator war schon einige Fuß an der kalten Steinwand emporgeklettert und drehte ihm den Kopf zu.

»Ich glaube, Gantruost hatte Recht«, begann Mogda. »Das Schiff aus Sandleg hatte uns zu schnell eingeholt. Sie wussten, was wir vorhatten. Und dann ist mir noch eingefallen, was Londor uns über den zerstörten Laderaum erzählt hat. Es passt alles zusammen. Einer von uns unterrichtet die Meister von unseren Plänen, und ich weiß auch schon, wie wir ihn überführen.«

Rator nickte ihm nur zu. Seitdem die Ettins ihnen die Wahrheit über die Meister erzählt hatten, schien Rator in Gedanken versunken zu sein. Vielleicht machte er sich Sorgen, ob Tabal ihn überhaupt noch als eines seiner Kinder sah.

Mogda erklärte ihm seinen Plan beim Aufstieg.

31
Schlimme Vorahnung

»Ich verlange, freigelassen zu werden«, schrie Hagrim und schlug mit der Faust auf den Tisch. »Warum werde ich hier gefangen gehalten?«

»Du bist kein Gefangener. Wir haben dich nur in Sicherheit gebracht«, beruhigte Lord Felton ihn und schob die Flasche quer über den Tisch, damit der Bettler sich nachschenken konnte.

»Wenn ich nicht gerade auf einen guten Tropfen eingeladen werde und mit Euch ein Schwätzchen halten darf, sitze ich unten im Kerker mit irgendwelchem Gesindel und bekomme einen Fraß vorgesetzt, mit dem man sämtliche Kreaturen Tabals ausrotten könnte. Nennt Ihr das etwa Freiheit?«

Sie saßen zusammen in Lord Feltons Arbeitszimmer. An der Stirnseite des Tisches hatte sich Barrasch auf einem einfachen Hocker niedergelassen und hörte ihnen geduldig zu. Er hatte sich während der letzten zwei Stunden nur ein einziges Mal ein Glas Wein eingeschenkt, an dem er noch immer nippte. Hagrim hatte derweilen schon die zweite Flasche in Angriff genommen. Im hinteren Teil des Zimmers stand eine mit Stoff bespannte Wand und trennte eine Ecke des Raumes ab. Dahinter saß jemand, auf den Lord Felton nur kurz hingewiesen hatte, ohne seinen Namen zu nennen.

Hagrim vermutete, dass Felton den Namen noch nicht einmal selbst kannte oder kennen wollte. Er hatte schon davon gehört, dass Lordschaften und Könige manchmal Leute unterhielten, die gewisse sensible Aufgaben für sie erfüllten, mit denen man sie nicht in Verbindung bringen sollte. In vornehmen Kreisen nannte man sie dunkle Vertraute. Auf der Straße hießen sie eher Meuchler.

»Wir fangen noch einmal von vorne an«, sagte Lord Felton. »Erzähl deine Geschichte noch einmal von dem Punkt an, als du den Oger in der Kanalisation gefunden hast.«

Hagrim zweifelte mittlerweile mehr als nur ein wenig an sich und seiner Erzählkunst. Es konnte doch nicht sein, dass er sich bislang so unverständlich ausgedrückt hatte. Nach dem dritten Mal hätte selbst ein volltrunkener Zwerg begriffen, worum es ging. »Denkt Ihr etwa, ich verschweige Euch etwas?«, fragte er misstrauisch.

»Nein, natürlich nicht«, versicherte Lord Felton mit einem Ausdruck rückhaltloser Ehrlichkeit, der höchstens ein klein wenig aufgesetzt wirkte. »Vielleicht fällt dir aber dennoch etwas Neues ein. Du solltest das Erzählte ein wenig ausschmücken. Mit Tatsachen.«

Hagrim schüttelte resignierend den Kopf.

»Warum habt Ihr nicht einfach die kleine Cindiel gefragt? Die weiß wahrscheinlich viel mehr über die Oger zu berichten als ich.«

Felton und Barrasch sahen sich an, als ob man ihnen gerade mitgeteilt hätte, dass sie ihre Existenz ein und demselben Erzeuger verdankten. Hagrim war nicht bewusst, was er nun schon wieder falsch gemacht hatte. Sie mussten doch wissen, wie die Kleine befreit wurde und wohin sie abgereist war.

»Was weißt du über Cindiel und ihre Großmutter?«, fragte Lord Felton mit einem Hauch Argwohn in der Stimme.

»Was soll ich schon wissen? Wahrscheinlich weniger als Ihr. Cindiel wurde in der besagten Nacht entführt, und ich war bei ihr. Die Narben in meinem Gesicht habe ich einem Oger zu verdanken: Ich zog sie mir zu, als ich mich und die Kleine in Sicherheit bringen wollte. Das Nächste, wovon ich hörte, war der Mord an der alten Gerba. Und kurz bevor Ihr mich gefangen genommen habt, erzählte mir jemand, dass Cindiel wieder in der Stadt gewesen sei und nun mit Freunden nach Sandleg reise.«

»So könnte man es auch ausdrücken – mit Freunden verreist.« Barrasch hatte sich das erste Mal seit Stunden in die Unterhaltung eingebracht. »Nur, dass ihre Freunde dreimal so groß und zwanzigfach schwerer sind als sie.«

Hagrim musste die Worte erst einmal auf sich wirken lassen. Er schaute Lord Felton ungläubig an.

»Keine Angst, Geschichtenerzähler, sie haben sie nicht entführt. So wie es aussieht, ist sie freiwillig bei ihnen.«

»Das passt zu ihr«, murmelte Hagrim.

»Nun, also noch Mal zurück zu dem Priester.«

»Es war kein Priester«, unterbrach Hagrim Lord Felton genervt.

»Wahrscheinlich gab es nie einen Priester, immer nur dieses Monster.«

»Das sagst du, aber könnte man das auch vor Gericht beweisen?«

Jetzt erkannte Hagrim endlich, wo das Gespräch hinführen würde. Sie suchten einen Schuldigen, dem sie alles in die Schuhe schieben konnten. Dafür war er genau der Richtige. Ein alter Geschichtenerzähler ohne feste Bleibe. Niemand würde sich für ihn einsetzten, und niemand würde ihn vermissen.

Es half alles nichts, er musste seinen letzten Trumpf ausspielen. Er griff in eine kleine Gürteltasche an seinem Hosenbund und zückte die Phiole, die er dem toten Priester abgenommen hatte.

»Eigentlich wollte ich sie gegen etwas zu trinken eintauschen, da ich hier aber so äußerst gut bedient werde, lasse ich sie Euch umsonst zukommen.«

Er legte die Phiole auf den Tisch. Barrasch betrachtete sie von seinem Platz aus und blickte dann zu Lord Felton, der seinen Blick wie gebannt auf den Trank gerichtet hielt. Er formte Worte mit seinen Lippen, aber es drang kein Laut aus seinem Mund. Plötzlich erhob er sich, sah zu Hagrim und sagte: »Ich werde sehen, was ich für dich tun kann. Momentan wirst du allerdings noch ein Weilchen unser Gast bleiben müssen. Barrasch, bring ihn zurück in seine Zelle!«

Der Befehl kam für den Hauptmann aus heiterem Himmel, und Barrasch zuckte regelrecht zusammen.

»Natürlich, Eure Lordschaft«, erwiderte er verdattert, erhob sich und geleitete Hagrim aus dem Raum.

So unerwartet die Sitzung abgebrochen wurde, so unerwartet erklang auch die Stimme hinter der Stoffwand.

»Ihr habt einen Hinweis?«, ertönte eine dunkle männliche Stimme.

»Nein, eher eine übelriechende Vermutung«, sagte Lord Felton grantig.

Er ging zu seinem Schreibtisch und nahm die Phiole in die Hand. Er hielt sie ins Licht und drehte sie in den Fingern hin und her. Er atmete schwer aus und ging zurück zur Stoffwand, unter der er sie durchrollte.

»Erkennt Ihr das kleine Siegel am Korken? Es ist nur noch schwach zu sehen, aber es ist da.«

»Wer meiner Profession angehört, weiß was das ist. Die Schlange um den Stamm. Edder Listante, der Alchimist am Königshofe in Lorast. Enger Vertrauter und Freund von König Wigold. Und Ihr glaubt, dass er ...«

»Ich glaube gar nichts«, unterbrach Lord Felton den Mann hinter dem Vorhang ruppig. »Ich weiß nur, dass ein hochgestellter Bürger unserer Stadt nicht das war, was er zu sein vorgab, und er hat Einfluss auf wichtige politische Entscheidungen genommen. Und ich sage nur, es ist vielleicht möglich, dass sich so etwas in anderen Städten auch abspielen könnte.«

Lord Felton wusste, wie dünn das Eis war, auf dem er sich gerade bewegte. Unmut gegen den König oder einen seiner Getreuen zu äußern, blieb niemals ohne Folgen.

Der Mann hinter dem Paravent ließ Lord Felton einige Zeit, um darüber nachzudenken.

»Ich soll nach Lorast gehen und es herausfinden, sagt es ruhig. Ich muss nur wissen, wie weit ich gehen darf«, meinte er schließlich ruhig.

Lord Felton schien zu zögern, fasste dann aber einen Entschluss.

»Geht so weit Ihr gehen müsst, um alle Zweifel auszuräumen.«

Der Mann hinter der Wand verschwand durch die geheime Tür, die zum Friedhof führte, ohne etwas zu erwidern.

32
Verräter

Es war Nacht, als Mogda und Rator endlich aus der Höhle kletterten. Die Schiffsbesatzung hatte es sich nicht nehmen lassen, ein Feuer zu entfachen. Sie saßen eng nebeneinandergedrängt um die wärmenden Flammen und machten sich über ihre mitgebrachten Vorräte her. Kapitän Londor und Cindiel standen bei ihnen. Das Lager der Oger war kaum auszumachen. Man sah nur ihre beeindruckenden Silhouetten, die sich gegen das Mondlicht abzeichneten.

Rator ging voraus, und Mogda humpelte hinter ihm her und stützte sich dabei auf das Runenschwert, welches er in alte Tücher eingewickelt hatte. »Du könntest mir ruhig ein wenig helfen«, brüllte er hinter ihm her.

Rator reagierte nicht darauf. Er lief auf seine Kameraden zu, die ihn erwartungsvoll anstarrten. Cindiel hatte die beiden nun auch bemerkt und hielt auf Mogda zu.

»Was ist passiert? Bist du schwer verletzt?«, fragte sie aufgeregt.

Mogda schüttelte den Kopf. »Nein, nein, halb so schlimm. Ich bin in der Höhle ... hingefallen.«

Seine Wunden hatte er inzwischen verbunden, aber die Blutungen wollten nicht nachlassen. Wenn jemand anderer sie zu Gesicht bekäme, wäre sofort klar, dass sie nicht von einem Sturz herrührten. Er brauchte dringend die Hilfe eines Heilers.

»Was ist, habt ihr sie gefunden? Leben die Arkan-Oger dort unten?«, fragte Cindiel und stand hilflos neben ihm, da sie ihn schließlich nicht stützen konnte, ohne selbst dabei umzufallen.

»Gibt keine Zauberoger«, schrie Rator. »Er uns angelogen. Wir Tabal erzürnt. Mogda schuld. An allem!«

»Wohl!«, schrie Mogda zurück und humpelte auf ihn zu.

»Du dämlicher Trampel hast sie wahrscheinlich verjagt. Du und deine Horde mordlustiger Kumpanen. Du bist doch nicht wirklich der

Meinung, dass sich Tabal für dich oder deinesgleichen interessiert? Du hast es nicht anders verdient, als auf dieser Insel zu verrotten.«

Mogda kam langsam richtig in Rage. Rator stand nur da und suchte nach Worten. Der Redeschwall machte es ihm unmöglich die richtigen Worte zu finden.

»Du ... du ... du ... schwach«, polterte es aus ihm heraus.

»Ich bin schwach? Ich? Du zurückgebliebener Misthaufen. Du bist ja sogar zu dumm, um deinen eigenen Namen zu schreiben. Das Einzige, was dich von einem Troll unterscheidet, ist dein Körpergewicht. Glaube mir, Tabal kann beruhigt auf deine Dienste verzichten.«

Es war für die Menschen klar zu erkennen, dass die Meinungsverschiedenheit zu eskalieren begann. Rator stürmte aus der Gruppe Oger hervor und stieß seine Kameraden grob beiseite. Er hastete auf Mogda zu, der aufgrund seiner Verletzungen nicht in der Lage war, sich zu verteidigen. Cindiel empfand es als äußerst klug, zur Seite zu hechten und sich den Streithähnen nicht in den Weg zu stellen.

Schließlich waren das hier keine Straßenkinder mehr, sondern zwei Naturgewalten, die den zierlichen Körper des Mädchens noch nicht einmal als Puffer bemerken würden. Rators Ellenbogen schnellte nach vorn und grub sich tief in Mogdas Magen. Dessen Oberkörper krümmte sich vor, und der nachgesetzte Schlag mit dem Knie gegen Mogdas Kinn schleuderte ihn rückwärts zu Boden. Mogda lag besinnungslos zwischen den Felsen, als Rator sich über ihn kniete.

»Wenn fertig mit dir, du auch nicht wissen, wie schreiben Namen. Ohne Zauber du auch nur Oger, der frisst Vieh von Hüttenbauer.«

Rator fasste mit einer Hand in Mogdas Nacken und hob seinen Kopf ein wenig an. Jetzt zeigte sich seine ganze körperliche Überlegenheit. Die durch unzählige Kämpfe gestählten Muskeln traten hervor. Hals und Schultern spannten sich so stark an, dass seine Muskeln übergangslos an seinen Wangenknochen anzusetzen schienen. Sein Kopf stieß nach vorn und seine Stirn traf Mogdas Nase mit einem krachenden Geräusch. Mogdas Schädel fiel kraftlos zur Seite.

Rator erhob sich und riss dabei das Amulett um den Hals seines Widersachers ab. Er warf es ein Stück weit zwischen die Felsen, wo es klimpernd in einem Spalt verschwand. Niemand war dazu gekommen, in den Kampf einzugreifen, oder es hatte ihm an Mut gefehlt.

Rator ging schweigend zu seinen Leuten zurück, die ihn fassungslos ansahen.

»Jemand denkt, war falsch? Dann sagen«, brüllte er sie an. Niemand wagte es, etwas zu entgegnen. Der augenfällige Zorn, den er verströmte, warnte die anderen davor ihr Leben leichtsinnig aufs Spiel zu setzten.

Cindiel krabbelte vorsichtig zu Mogda hinüber, der noch immer regungslos zwischen den Felsen lag. Sie sah, dass seine Nase mehrfach gebrochen war, und der Nasenrücken mindestens zwei Mal die Richtung wechselte. Blut lief ihm in mehreren Rinnsälen über die Wangen. Cindiel sprach hastig einige Zauber, um seine Blutungen zu stillen. Nachdem sie ihn untersucht hatte, entschloss sie sich, ihn in Ruhe zu lassen und erst morgen früh weiter zu behandeln.

Mogdas Bewusstlosigkeit ging übergangslos in einen tiefen Schlaf über. Die tiefe Schwärze in ihm wich den ersten Gedanken eines Traumes, aber im Gegensatz zu sonst, wusste er, dass es ein Traum war. An die meisten nächtlichen Gedanken konnte er sich beim Aufwachen am nächsten Morgen schon nicht mehr erinnern, und die, die nicht vor den ersten Sonnenstrahlen geflohen waren, drehten sich meist um dieselbe Sache. Entweder saß er in einer Höhle vor dem Feuer und grillte sich eine Ziege, oder er bereitete ein halbes Schwein zu. Die Umgebung konnte von Traum zu Traum wechseln. Manchmal lagerte er am Wasser, manchmal im Wald, oder eben in besagter Höhle. Er spürte die Wärme des Feuers und roch den köstlichen Duft des gegrillten Fleisches. Nur kam es niemals so weit, dass er von den Köstlichkeiten aß. Vorher erwachte er immer mit einem Gefühl der Leere im Magen.

Doch heute war alles anders. Er stand inmitten der Roten Wüste. Nirgendwo war ein Anhaltspunkt zu erkennen, wo er sich genau befand. Die Zwergenesse war nicht in Sicht, genauso wenig wie der Drachenhorst oder das Moor. Seiner Meinung nach gab es keine Stelle, an der nicht wenigstens einer dieser Punkte sichtbar war. Die Sonne stand genau über ihm und konnte ihm deshalb auch keine Richtung weisen, trotzdem lief er zielstrebig los. Seine Beine bewegten sich nur langsam, dennoch kam er mit einer weit höheren Geschwindigkeit voran, als er zu Fuß jemals hätte erreichen können. Plötzlich stand er vor Gantruost – und nur vor Gantruost. Von dem anderen Kopf konnte er keine Spur entdecken.

»Da bist du ja endlich, ich dachte schon, wir finden nicht zueinander«, sagte der Ettin.

Mogda blickte sich verstört um.

»Was ist das hier? Ein Traum?«

»Ja, so etwas Ähnliches. Es ist eine Art von Vision. Die Mitglieder der Gemeinschaft können durch die Macht des Runenschwertes untereinander telepathisch kommunizieren. Es gibt bestimmte Dinge, die ich dir nur unter vier Augen mitteilen kann. Die Gemeinschaft war der Meinung, ich sollte dir nicht so viel von unserem Wissen preisgeben. Sie hatten Angst, dass wir dadurch in die Bestimmung eingreifen könnten. Ich war anderer Meinung.«

Mogda war das alles nicht geheuer. Er hatte das Gefühl, völlig die Kontrolle verloren zu haben. Er wollte sich aus dem Traum lösen, fand aber keinen Weg, das zu bewerkstelligen. Er schloss für einen Moment die Augen, um sie kurz danach wieder zu öffnen. Gantruost stand immer noch vor ihm.

»Keine Angst, dir wird nichts passieren«, sagte er beruhigend.

»Was ist mit Truganost?«

»Truganost hat seine eigenen Gedanken. Er ist in einer anderen Vision, von der ich dir wünsche, dass du sie niemals kennen lernst. Aber jetzt hör mir gut zu, wir haben nicht viel Zeit, und was ich dir zu sagen habe, ist wichtig. Die Zwerge sind der Schlüssel zu deiner Aufgabe. Deine Gefährten sollen das Kleine Volk suchen und mit ihnen reden. Du selbst solltest dich aber auf einen anderen Weg begeben. Suche das Seelengefäß der Nesselschrecken und zerstöre es. Dieses Gefäß speist ihre Macht. Das ist alles, was ich dir momentan mitteilen kann.«

Obwohl sich keiner der beiden bewegte, entfernten sie sich langsam voneinander. Mogda blickte der kleiner werdenden Gestalt des Ettins nach. Er hatte noch so viele Fragen. Was sollte er jetzt tun?

»Wie komme ich hier wieder heraus?«, rief er Gantruost hinterher.

»Gehe zurück, um die Vision zu beenden oder verweile dort, wo du bist, um jemand anderen zu treffen. Wenn du deinen Weg fortsetzt, sei dir gewiss, dass du ...«, die Stimme verebbte und endete mit einem kaum hörbaren Hall.

Sei dir gewiss, dass ... sei dir wessen gewiss?

Mogda stand unentschlossen im Nirgendwo. Die Ettins hätten ihn ruhig besser vorbereiten können. So war er auf sich allein gestellt. Er stand auf der Stelle und begann sich langsam um sich selbst zu drehen. Vielleicht gab es doch einen Anhaltspunkt? Hinter ihm erstreckte sich das endlose Rot der Wüste. Als er sich, noch immer unentschlossen, wieder nach vorn wandte, stand er auf einmal direkt vor dem Drachenhort. Er sah zum Eingang hinüber, konnte aber niemanden ausmachen; keine Orkarmee, keine Oger und keine Drachen.

Wenn er sich entschlösse zurückzugehen, dann würde die Vision enden und seine Fragen blieben unbeantwortet. Hier stehen zu bleiben und darauf zu warten, dass jemand anders mit ihm Kontakt aufnahm, erschien ihm jedoch ziemlich unheimlich. Da er darauf verzichten konnte, Bekanntschaft mit Truganost und dessen Gedanken zu machen, entschloss er sich, den Drachenhort zu betreten. Kaum hatte er die Entscheidung getroffen, glitt er auf den Eingang zu.

Wie bequem. Wenn das auch in Wirklichkeit funktionieren würde, dann hätte ich mir einige Blasen an den Füßen erspart.

In Gedanken versuchte er sich auszumalen, was ihn erwartete. Am liebsten wäre ihm gewesen, er käme in eine große Höhle und säße mit Gantruost am Feuer und sie brieten etwas Lamm. Dabei hätten sie alle noch offenen Fragen besprechen können, und zum Schluss hätten sie sich die Bäuche voll geschlagen, und er wäre mit einem wohlig satten Gefühl aufgewacht.

Doch schon beim Betreten der Tunnel überfiel Mogda ein ungutes Gefühl. Er war nur einige Schritte gegangen, als er beschloss, diesem Albtraum zu entfliehen. Doch hinter ihm lag nicht mehr der Eingang, sondern ein weit verbreitetes Netz an Gängen. Umzudrehen schien ihm ziemlich sinnlos, also setzte er seinen Weg fort und folgte einer Biegung, die abrupt vor der Haupthöhle des Drachenhortes endete. Die Halle lag fast gänzlich im Dunkeln. Nur durch das Mondlicht waren die einzelnen Umrisse schemenhaft zu erkennen.

»Ich freue mich, dich endlich einmal kennen zu lernen«, dröhnte eine Stimme aus dem Zentrum der Höhle. Ohne weiter nachzudenken, nahm Mogda Reißaus. Das war die Stimme eines Meisters. Egal, ob Wirklichkeit oder Traum, so etwas konnte nicht gut ausgehen. Vielleicht hatten die Nesselschrecken sogar die Möglichkeit, ihn in einem Traum zu töten. Es wäre schon schlimm genug, wenn sie seine Gedanken lasen. Er rannte immer weiter und änderte an jeder Weggabelung die Richtung. Am Ende eines langen Gangstückes öffnete sich der Tunnel wieder zur Haupthöhle. Im Durchbruch konnte er schemenhaft die Umrisse des Meisters erkennen.

»Es hat lange gedauert, bis sich unsere Wege endlich trafen.«

Mogda machte auf der Stelle kehrt und probierte eine andere Strecke aus. Seine Bewegungen schienen immer schneller zu werden. Er konnte weder bremsen noch anhalten. Die Tunnelwände rasten an ihm vorbei. Mit schier unglaublicher Geschwindigkeit hechtete er durch einen Durchbruch und gelangte wieder in den Hort. Nur diesmal nicht zu ebener Erde sondern in fast vierzig Fuß Höhe. Sein Fall war unaufhaltsam. Er versuchte, sich zu wenden und zu drehen, um möglichst auf den Beinen zu landen, aber er bekam keine Kontrolle über sich. Zehn Fuß vor dem Aufprall stand er kurz still in der Luft, um seinen Sturz danach ungehindert fortzusetzen. Bäuchlings krachte er auf die Erde.

Zum Glück hatte das Schicksal sich für eine kleine Mulde entschieden, in der sich der rote Wüstensand gesammelt hatte, um seinen Sturz etwas aufzufangen. Zwei Schritt neben ihm ragte eine Gruppe spitzer Felsen in die Höhe, und direkt vor ihm lagen die Gruben der Gefängniszellen. Mogda blieb einen Augenblick liegen, um sich zu besinnen. Anscheinend hatte er sich nichts gebrochen. Langsam erhob er sich und klopfte den Staub von sich herunter. Außer einer unangenehmen Verspannung war er unverletzt. Nicht einmal die kleinste Abschürfung war zu sehen.

»Ich sehe schon, du hast einen Sinn für dramatische Auftritte. Ich bin beeindruckt. Deinen Artgenossen ist vollkommen fremd, sich richtig in Pose zu werfen, aber anscheinend hast du, dank deines neuen Halsschmuckes einiges dazugelernt.«

Die Stimme kam aus einer der Gefängnisgruben vor ihm.

Nun kam es darauf an. Entweder er befand sich in einem Traum, und der Meister konnte ihm nichts anhaben, oder ... oder aber er war verloren.

Die erste Möglichkeit gefiel ihm wesentlich besser.

»Na, da wollen wir doch mal sehen, was für einen Halsschmuck ich dir verpassen kann. Meine Hände würden sich sicherlich gut um deinen dünnen Hals machen. Oder was meinst du, Fischgesicht?«

Mogda ging furchtlos auf eine der Gruben zu, in der er den Meister vermutete. Am Rand blieb er stehen und sah die ausgestreckte Hand des Nesselschreckens auf sich gerichtet. Aus seinen Fingern züngelten kleine Flammen, die sich zu einem Strahl verbanden und ihm entgegenschossen. Innerhalb eines Augenblickes war Mogda von einem regelrechten Inferno eingehüllt. Er spürte die unsagbare Hitze auf seiner Haut und schrie peinerfüllt auf.

Eine volle Ladung kühles Salzwasser brachte ihn zurück in die reale Welt. Noch immer hatte er den Geruch von sengendem Fleisch in der Nase, doch die Vision begann bereits zu verblassen. Seine Verwundungen schmerzten wie am Tag zuvor. Mit zusammengekniffenen Augen blinzelte er in seine Umgebung. Er blickte in die Gesichter von Cindiel und Rator. Im Hintergrund lugte der Kopf von Kapitän Londor hervor, in sicherem Abstand.

»Mogda, wir sind hier. Du hattest einen Albtraum. Komm zu dir.« Cindiel tupfte ihm das Gesicht ab. Rator stellte den leeren Eimer ab.

»Das war kein Traum. Das war eine Vision«, wisperte er kaum verständlich.

»Was hast du gesehen?«, wollte Cindiel begierig wissen.

»Frischen Braten«, entgegnete er lächelnd.

»Er fantasiert. Vielleicht ist er verrückt geworden«, rief Londor von hinten mit aufgeregter Stimme.

Cindiel machte sich daran, ihre Hände auf Mogdas Verletzungen zu legen, und summte dabei eine sich immer wiederholende Melodie. Mogda sah die Anstrengung in ihrem Gesicht. Der Schmerz der Schnittwunden verging in kürzester Zeit, und übrig blieb nur ein dumpfes Pochen. Ein Gefühl, das zwar unangenehm war, ihn aber nicht in seiner Bewegung einschränkte.

»Cindiel, bringst du mir etwas zu essen? Und nimm den Kapitän mit. Er kann dir tragen helfen.«

Cindiel verstand sofort.

»Und?«, fragte Mogda, als er mit Rator allein war.

Rator schaute zornig zu ihm herab.

»Ettins hatten Recht. Verräter unter uns. Matscha in Falle getappt, hat genommen falsches Amulett. Hat auch genommen falschen Dolch. Dann er davongeschlichen wie Dieb.« In seiner Stimme lagen Verachtung und Enttäuschung. Er zeigte in Richtung des Festlandes.

»Wissen es die anderen schon?«

»Ja, musste sagen. Sie nicht verstanden, warum wir kämpfen.«

»Gut«, sagte Mogda und stand vorsichtig auf. Mit der Hand tastete er nach dem echten magischen Amulett, das er, durch sein gewaltiges Kinn kaum sichtbar, nach wie vor um den Hals trug. »Die Ettins haben mir einige Dinge erklärt. Wir sollten das gemeinsam besprechen.«

Rator blickte ihn ungläubig an. Die Träume, die er hatte, verliefen für gewöhnlich anders. Als Mogda aufstand, kam Cindiel ihm schon mit einen übervollen Teller Essen vom Vorabend entgegen.

Sie versammelten alle um sich, sogar die Seeleute: Ihre Angst, sich unter die Oger zu mischen, war nicht so groß wie die, sich einem ihrer Befehle zu widersetzen.

»Wir müssen uns aufteilen«, begann Mogda. »Wie ihr wisst, haben wir die Arkan-Oger oder Ettins, wie sie sich nennen, gefunden. Sie haben heute Nacht im Traum noch einmal zu mir gesprochen. Sie sagten, das Kleine Volk in den Bergen spielt eine wichtige Rolle in den Plänen der Meister. Wir sollen mit ihnen sprechen. Ihr müsst herausfinden, was das Kleine Volk weiß. Ich kann euch leider nicht weiter begleiten. Mein Weg führt mich woandershin. Wenn ihr wisst, was dort vorgeht, dann sendet einen vom kleinen Volk in die Stadt der Hüttenbauer, um sie zu warnen. Wir dürfen keine Zeit verlieren. Der Krieg wird bald beginnen, und ich möchte dann nicht auf der falschen Seite stehen.«

Rator nickte nur und gab so seinen Leuten das Zeichen zum Aufbruch. In Londors Gesicht war deutlich zu sehen, dass es ihm nicht gefiel, die Oger wieder zurückzufahren. Aber wen scherte schon Londors Gesichtsausdruck.

Mogda sammelte noch ein wenig Proviant ein und belud eines der Rettungsboote mit den Bündeln. Cindiel und Rator kamen auf ihn zu. Beide trugen einen Beutel über den Rücken, der zu ihrer jeweiligen Körpergröße passte.

»Keine großen Abschiedsworte«, mahnte Mogda sie. »Ich freue mich, dass ihr euch Gedanken um meinen Proviant macht, aber ich habe alles dabei. Ich werde euch bestimmt bald wiedersehen.«

»Gewiss«, sagte Cindiel, »es sei denn, du sitzt beim Rudern hinten. Wir kommen mit dir mit.«

»Ich schulde ihr. Gehe hin, wo geht sie hin«, erklärte Rator kurz.

Mogda war erleichtert, nicht allein reisen zu müssen. Außerdem kannte er die Beharrlichkeit der kleinen Cindiel. Sich momentan auf eine Auseinandersetzung mit ihr einzulassen, würde zu viel Zeit kosten und Matscha einen zu großen Vorsprung ermöglichen. Bei Rator und ihm war sie sicher. Jedenfalls im Augenblick.

33
Strafexpedition

Ursadan saß etwas erhöht zwischen den Felsen und schaute dem geschäftigen Treiben unten im Tal zu. Der Platz war nicht unbedingt der bequemste, aber von hier aus hatte er den besten Überblick. Die achtzig Orks und zwei Dutzend Oger waren nicht gerade die Elitekrieger, die er gern befehligt hätte, aber laut seinem Meister konnte er froh sein, überhaupt noch ein Kommando zu haben. Mit dem zusammengewürfelten Haufen Orks aus verschiedenen Rotten konnte er leben, aber die Fleischberge, die sich selbst Oger nannten, waren wirklich das Allerletzte. Sie kamen aus den verschiedensten Randgebieten von Nelbor. Die einzigen Waffen, mit denen sie umgehen konnten, waren primitive Keulen, die sie für gewöhnlich dazu einsetzten, verängstigte Bauern des Hüttenvolkes zu vertreiben. Bei einer richtigen Schlacht würden die Oger in der ersten Angriffswelle sterben.

Gemeinsam waren Orks und Oger abgestellt worden, um Bäume für Belagerungsmaschinen und andere Kriegsgeräte zu fällen. Aber in Wirklichkeit hatte der Meister sie hierher geschickt, um sie zu demütigen. Fast jeder in seinem Kommando, einschließlich ihm, hatte sich etwas zuschulden kommen lassen. Und die, die nichts auf dem Kerbholz hatten, teilten ihr Schicksal mit ihnen, weil sie zu dämlich waren, um etwas anderes zu tun.

Das Fällen der Bäume war nicht das eigentliche Problem. Die Kraft der Oger machte es möglich, selbst mit stumpfen Werkzeugen einen Baum in wenigen Augenblicken zu Fall zu bringen. Die Schwierigkeiten begannen erst danach. Die Bäume stürzten unkontrolliert in alle Richtungen. Entweder sie krachten in die Kronen von anderen und verkeilten sich, fielen über große Felsbrocken und brachen mitten entzwei, was sie unbrauchbar machte, oder sie begruben Orks und Oger unter sich, die nicht rechtzeitig flüchten konnten. Zwischen dem ganzen Abschaum, den Ursadan dort unten beobachten konnte, gab es keinerlei Zusammenarbeit und nicht das geringste bisschen Sachverstand für das, was sie taten.

Er hatte inzwischen sechs seiner Krieger abgestellt, um die nähere Umgebung zu erkunden. Hier an der Grenze zu Nelbor, inmitten des Bergwalls, konnte man immer wieder auf vereinzelte Hüttenbauer stoßen. Sie waren darauf angewiesen, ihren Lebensunterhalt den Bergen abzuringen. Von Holzfällern über Edelsteinsammler bis hin zu Goldschürfern war hier alles vertreten. Wer sein Glück nicht im Land fand, versuchte es eben an dessen Grenzen. Ursadan hatte zwar keine Angst vor ihnen, befürchtete aber, dass ein guter Beobachter erkennen würde, was sie hier machten. Schließlich sollte man in einem Krieg so wenig Informationen wie möglich in die Hände des Feindes fallen lassen.

Was für ein Unsinn! Jeder wusste, dass die andere Seite über Katapulte, Ballisten und Rammen verfügte. Die einzige Überraschung, mit der sie den Feind verblüffen konnten, war, dass sie so gut wie keine Munition für derlei Konstruktionen hatten. Aus diesem Grund empfand Ursadan den ganzen Auftrag auch als nutzlos und verschwendete Zeit.

Die Zeit war es auch, die ihm am meisten Sorgen bereitete. Die Meister schienen keinerlei Vorbereitungen zu treffen oder sich um die Ausbildung der Neuankömmlinge zu kümmern. Sie planten einen der größten Kriege, den die Welt je gesehen hatte und ließen doch einfach alles schleifen. Sie kümmerten sich nur um ihre eigenen Belange und erteilten Aufträge, die jedem anderen sinnlos erschienen. Wenn er das Sagen hätte, würde hier einiges anders laufen. Zum Beispiel würde er diesen fetten Ogern erst einmal das Kämpfen beibringen.

Ursadan beobachtete Oglar. Oglar war das typische Beispiel für eine Kreatur Tabals, die nicht einmal genau wusste, wer Tabal war, und was er wollte. Seine Fettwülste um Bauch, Beine und Arme schlackerten bei jeder Bewegung, die er machte. Er kam aus einem Gebiet Nelbors, in dem niemand ein Schaf auf der Weide vermisste, und wenn doch, niemand verrückt genug war, dafür einen Oger zu verfolgen. Bislang hatte er die vergeudete Zeit seines Lebens offenbar mit Essen totgeschlagen. Eigentlich müsste er sich freuen, aus seinem armseligen Dasein befreit worden zu sein. Aber anstatt ein bisschen Dankbarkeit zu zeigen oder wenigstens Ehrfurcht vor denen, die ihm um einiges voraus waren, schrie er ständig …

»Oglar Pause. Trinken, haben viel Durst.«

Dieser arbeitsscheue Fleischkloß, dachte Ursadan angewidert und überlegte, wie er etwas daran ändern konnte. Ein Lächeln huschte über sein Gesicht. Dann griff er nach seinem Wasserschlauch und band ihn von seinem Gürtel los. Er rief nach einem Ork, der vor ihm in den Felsen kauerte und Wache hielt.

»Ja, Hauptmann Ursadan«, meldete sich der Ork übereifrig.

»Hier, fang!«, rief Ursadan und warf ihm den Wasserschlauch zu.

»Setz deine Marke hinein!«, befahl er.

»Was soll ich Hauptmann?«

»Du sollst Wasser lassen gehen, in den Schlauch.«

Die Orkwache schaute Ursadan leicht verwirrt an, ging dann aber einige Schritte hinter einem Felsen in Deckung. Es dauerte nur einen Augenblick, dann trat er wieder hervor.

»Hauptmann Ursadan, ich kann leider nicht«, sagte er in weniger eifrigem Tonfall.

Augenblicklich schmerzte Ursadans Wunde über seinem Auge wieder. Er spürte, wie die Hitze in sein Gesicht stieg.

»Das ist ein Befehl. Falls es dir einfallen sollte, den Schlauch lediglich halb voll zu machen, werde ich dich von deinem guten Stück befreien und daraus einen Wasserschlauch für Kobolde machen. Haben wir uns verstanden?«

Schweigsam verschwand der Ork wieder hinter dem Felsen.

Ursadan wunderte sich über seine eigenen Worte. Sie glichen schon fast der Art und Weise, in der die Meister sprachen.

»Randvoll, Hauptmann«, meldete sich die Wache stolz zurück.

»Gut gemacht!«, lobte Ursadan ihn. »Jetzt geh da runter und gib den Schlauch dem fetten Oger da unten auf dem Baumstamm.«

Der Ork setzte ein gehässiges Lächeln auf, aber in seinen Augen spiegelte sich auch ein Funken von Angst wider. Angst davor, von dem Oger für die Gemeinheit bestraft zu werden, bevor er ihm sagen konnte, dass der Befehl von Hauptmann Ursadan gekommen war. Oger waren hinsichtlich ihrer Gewaltbereitschaft nicht besonders zimperlich.

Ursadan beobachtete, wie der Ork den Wasserschlauch nach unten brachte. Er wechselte einige Worte mit Oglar, der nicht sonderlich schnell reagierte. Doch dann nahm der Oger den Schlauch mit einer

Dankesgeste entgegen und leerte ihn in einem Zug. In wenigen Augenblicken war die Orkwache zurückgekehrt.

»Was hat er gesagt?«, wollte Ursadan wissen.

»Soweit ich es verstanden habe, Hauptmann, hat er sich für den Wein bedankt.«

Das war nicht zu fassen. Diese Kreaturen waren selbst zu dumm, als dass man ihnen einen Denkzettel verpassen konnte. Wie sollte man so jemandem Disziplin beibringen? Schlimm genug, dass sie die Hälfte der Befehle nicht verstanden. Aber eine so raffinierte Demütigung nicht zu erkennen, wies auf Schwachsinnigkeit hin. Ursadan merkte, wie der Druck in seinem Kopf wieder anstieg. Seine Wunde begann zu nässen.

Er schickte die Wache missmutig zurück und setzte sich, um erst einmal wieder zur Ruhe zu kommen. Der Ärger über den misslungenen Streich wollte aber nicht aus seinem Kopf weichen.

Von der Bürde der Verantwortung erschöpft, schloss er die Augen und döste vor sich hin.

»Hauptmann Ursadan, wir haben fünf Gefangene gemacht«, riss ihn eine Stimme aus dem sanften Schlaf.

Es dauerte einen Moment bevor er aus seinen Gedanken wieder zurück in die Wirklichkeit gelangte und die Zusammenhänge begriff. Verärgert schaute er hoch.

Agrunth, einer der fähigsten Orks, die ihn hierher begleitet hatten, stand vor ihm und machte Meldung. Er bildete mit fünf weiteren die Patrouille, die Ursadan ausgeschickt hatte.

»Was für Gefangene?«, fragte Ursadan.

»Alles Hüttenbauer, Hauptmann. Drei Männchen, ein Weibchen und ein Junges. Sie waren dabei, Edelsteine aus dem Fluss zu schürfen. Wir haben sie ohne Widerstand festnehmen können. Sollen wir sie töten?«

»Ja, macht das«, antwortete Ursadan rasch. Doch dann kam ihm eine bessere Idee.

»Warte noch«, rief er Agrunth zurück. »Bring sie her zu mir. Ich will sie vorher noch befragen.«

Die Gefangenen wurden ihm vorgeführt. Man hatte sie an den Händen provisorisch mit einem Strick zusammengebunden.

Vor Ursadan wurden die fünf Gefangenen aufgereiht. Sie waren dreckig und trugen abgerissene Kleidung. Einer der Männer hatte eine stark blutende Platzwunde an der Stirn.

»Widerstandslos?«, fragte Ursadan.

»Ein Unfall, Hauptmann«, antwortete Agrunth mit unbewegter Miene.

Ursadan betrachtete seine Beute, einen nach dem anderen. Die drei Männchen schienen recht kräftig gebaut zu sein, zumindest für Hüttenbauer. Die anderen beiden waren Weibchen, wovon die eine noch sehr jung war und die andere trächtig zu sein schien.

Ursadan packte einen der Männer am Unterkiefer und drückte seine Wangen zusammen. Er überprüfte sein Gebiss wie ein Händler auf dem Viehmarkt.

»Ihr seht kräftig aus«, sagte er zu den Männern und inspizierte einen nach dem anderen. »Seid ihr Jäger?«

Die Männer schüttelten die Köpfe.

»Ist auch egal«, sagte Ursadan. »Seht ihr den fetten Oger dort unten, der es sich auf dem Stamm gemütlich gemacht hat?«

Zögernd blickten die Männer den Hang hinunter und suchten nach dem angegebenen Ziel, das sich der Aufmerksamkeit eines Zuschauers durch seine Größe nicht entziehen konnte. Oglar saß nach wie vor auf dem Stamm und war dazu übergegangen, sich die schmutzigen Füße zu reiben.

»Was würdet ihr mit jemandem machen, der seine Aufgaben nicht ernst nimmt und jede Gelegenheit nutzt, sich vor der Arbeit zu drücken?«, fragte Ursadan und labte sich an ihrer offensichtlichen Angst.

Die Männer zuckten die Achseln. Ursadans Geduld neigte sich dem Ende zu. Er verabscheute jeden, der es nicht fertigbrachte, seine Meinung zu äußern, egal, ob der Grund dafür Angst oder Speichelleckerei war. Sein eigenes Verhalten in Gegenwart der Meister klammerte er großzügig aus dieser Betrachtung aus.

»Wenn ich noch ein einziges Mal keine vernünftige Antwort von euch bekomme, werde ich die beiden Weibchen vor euren Augen töten«, drohte er. »Also.«

Die Männer suchten verzweifelt nach einer Antwort, mit der sie sich selbst keinen Strick drehen würden. Einer der Männer nahm all seinen Mut zusammen und sagte im Flüsterton: »Ich würde ihn auf halbe Ration setzen.«

»Das nützt nichts, dann stiehlt er den anderen das Essen«, tat Ursadan den Vorschlag ab. »Weiter!«

Ein anderer fasste sich ein Herz. »Ich würde ihn fortschicken.«

»Hüttenbauer, was seid ihr nur für armselige Kreaturen. Kennt man bei euch keine vernünftigen Methoden, jemanden zu bestrafen?«

Die drei Männer schauten zu Boden.

»Ich sage euch was. Diese Oger sind so dickhäutig, dass nur Schmerz für sie eine Bestrafung darstellt. Alles andere prallt an ihnen einfach ab. Ich gebe euch eine Chance, die Freiheit wiederzuerlangen. Jeder von euch bekommt eine Armbrust mit einem Bolzen. Jeder, der einen Oger trifft, kann gehen und die Weibchen mitnehmen. Die, die nicht treffen, verfüttere ich an die Oger.«

Ursadan gab Anweisung, den Männern Armbrüste zu übergeben. Eine Traube von Orks stand um die Gefangenen herum. Sie waren begierig darauf, sich das Schauspiel mit anzusehen.

Die Männer nahmen die Waffen entgegen. An ihren verunsicherten Blicken erkannte man, dass sie nie zuvor so eine Art Waffe in den Händen gehalten hatten.

»Ich gebe euch den Rat, näher heranzugehen. Der Oger da ist zwar groß, aber lasst euch nicht von dem massigen Körper täuschen. Oger können sehr flink sein.«

Die Männer beherzten diese Worte und schlichen, zwischen den Steinen Deckung suchend, nach unten.

Oglar hatte seinen Platz noch immer nicht verlassen und machte auch keine Anstalten dazu.

Die Armbrustschützen näherten sich unter gegenseitiger Absprache bis auf dreißig Schritt. Hier konnten sie hinter einem Stapel mit rund einem Dutzend Baumstämmen in Deckung gehen. Die Orks spielten mit. Niemand verriet die drei. Nur die anderen Oger wunderten sich über die Hüttenbauer mit ihrer Bewaffnung, aber nicht so sehr, dass sie etwas gesagt hätten.

Die Männer tauschten untereinander Blicke aus, um sich zu vergewissern, dass alle bereit waren loszuschlagen. Sie wussten, sie hatten nur diese eine Chance, und sie mussten gleichzeitig angreifen. Es war so gut wie unmöglich, mit den schweren Armbrüsten auf einen anstürmenden Oger anzulegen und dabei noch genug Ruhe zu bewahren, um den Bolzen ins Ziel zu bringen. Sie teilten sich hinter den Stämmen auf und stützten die Waffen beim Anlegen auf die Stämme. Unvermittelt und wahrscheinlich aus Versehen löste sich bei einem der Männer die Arretierung der Waffe, und der Bolzen krachte los. Für den Schützen fast unverständlich, traf er sein Ziel.

Der Bolzen bohrte sich tief in Oglars Hüfte und ließ ihn herumfahren. Mit schmerzverzerrtem Gesicht machte er den Schützen ausfindig und rannte humpelnd auf ihn zu. Der Mann stieß die Armbrust weg und erklomm in seiner Panik den Stapel Holzstämme. Oglar war fast heran, als ein weiterer Bolzen dicht neben seinem Kopf in die Stämme einschlug. Der andere Schütze hatte sich auf der gegenüberliegenden Seite zwischen einigen Felsen in Deckung gebracht.

Oglar schenkte ihm keine weitere Beachtung und setzte dem Mann über ihm nach, der gerade versuchte, die andere Seite des Stapels zu erreichen. Er bekam den Fuß des Mannes zu fassen und zog ihn wieder herunter. Oglar hob ihn am Fußgelenk in die Höhe und schleuderte ihn mehrmals mit Wucht auf den Stapel. Schon nach dem ersten Aufprall verstummten die panischen Schreie des Mannes, aber seine Wut ließ den Oger weitermachen.

Gerade, als er sein Opfer wieder zu Boden schleudern wollte, bohrte sich ein weiterer Bolzen von hinten in sein Schulterblatt. Der Treffer ließ die Muskeln in seinem Arm erschlaffen, und sein Opfer löste sich aus der Umklammerung. Der Leichnam des Mannes flog zehn Schritt weit in die spitzen Felsen und blieb dort verkrümmt liegen. Oglar konnte den Schützen nicht ausfindig machen und verharrte dort, wo er stand. Sein rechter Arm hing schlaff an ihm herab, und der Ärmel seines Hemdes tränkte sich nach und nach mit Blut. Der Mann, der ihn verfehlt hatte, lag auf halber Höhe am Hang. Zwei Orks standen über ihm und zogen ihre Breitschwerter aus seinem geschundenen Körper. Oglar sah, wie drei Orks, bewaffnet mit Armbrüsten, auf ein Ziel in den nahe gelegenen Baumkronen anlegten. Ihre Bolzen lösten sich fast zeitgleich. Es gab einen erstickten Aufschrei, und kurz danach stürzte der letzte der Männer aus den Ästen in die Tiefe. Zwei Bolzen steckten in seinem Rücken und hatten seinen Tod durch den Sturz vorweggenommen.

Oglar verstand nicht, was hier vorgegangen war. Die Hüttenbauer hätten es nicht gewagt, ihn so unterlegen und schlecht ausgerüstet anzugreifen. Ihm war rätselhaft, wie sie es geschafft hatten, überhaupt so weit ins Lager einzudringen.

»Waren Gefangene. Ursadan hat geschickt«, sagte ein anderer Oger zu ihm und legte den Toten zu seinen Füßen.

»Hab gesehen. Wusste nicht, was tun«, entschuldigte er sich bei Oglar.

Oglar sah den Hang hinauf zu Ursadan. Neben dem Orkhauptmann lagen die zwei Frauen regungslos auf den Felsen. Große, kreisrunde Blutflecke zeichneten sich auf ihrer Kleidung ab. Ursadan lächelte hämisch und hob in geheuchelter Ahnungslosigkeit die Arme.

Oglar wusste, dass der Hauptmann die Oger nicht mochte, aber sie zu einer Zielscheibe für ihre Feinde zu machen, stand auf einem anderen Blatt.

»Du hast lassen entkommen. Ich sagen Meister, du unfähig«, brüllte er und wandte sich ab.

Bei dem Wort Meister entglitten Ursadan die Gesichtszüge. Was nahm sich dieser dumme Fleischkloß eigentlich heraus? Wutentbrannt nahm er sich die schwere Streitaxt, die vor ihm am Felsen lehnte, und stieg den Hang herab. Oglar bemerkte nicht, dass sich der Hauptmann näherte. Er war dabei, sich den Bolzen aus der Hüfte zu ziehen. Ursadan fing an zu rennen. Zehn Schritt hinter Oglar schleuderte er die Streitaxt beidhändig in den Rücken des Ogers.

Der Schrei des Ogers füllte die Schlucht vollständig aus und übertönte jeden anderen Laut. Mit Entsetzen in den Augen drehte er sich um und sah seinen Mörder an. Dann wurde sein Blick trübe, und er brach zusammen. Ursadan drehte sich unbeteiligt um und ging. Am Holzstapel angekommen, durchtrennte er die Seile, die die Stämme zusammenhielten und schaute zu, wie sie über den toten Oglar hinwegrollten und ihn unter sich begruben.

»Ein bedauernswerter Unfall«, rief er den Zuschauern zu. Niemand wagte es, ihm zu widersprechen.

34
Dicht auf den Fersen

Das Meer lag vollkommen ruhig da, und die Sterne spiegelten sich im Wasser. Rund um das kleine Ruderboot konnte man Verwirbelungen an der Oberfläche erkennen. Ein Fischschwarm folgte dem Fremdkörper, in der Hoffnung, hier den einen oder anderen Leckerbissen erhaschen zu können. Das Rettungsboot der *Seestern* glitt fast geräuschlos dahin. Rator ruderte allein, während Cindiel und Mogda nach dem Festland Ausschau hielten. Es konnte nicht mehr weit entfernt sein.

Seit drei Tagen steuerten sie nun schon auf die Küstenregion Nelbors zu. Kein einziges Schiff hatte ihren Weg gekreuzt. Die Gewässer waren für größere Schiffe unpassierbar, da an vielen Stellen kurz unter der Wasseroberfläche vulkanische Felsen nur darauf warteten, den Rumpf eines verirrten Kahns aufzuschlitzen und die Mannschaft in die Tiefe zu ziehen.

Das Gewicht der beiden Oger ließ die Wasserlinie nur eine Handbreit unter dem Bootsrand enden. Jede noch so kleine Welle schwappte ins Innere und musste per Hand mit einem kleinen Holzbecher ausgeschöpft werden. Wenn einer der beiden sein Gewicht verlagerte, drohten sie zu kentern. Auf hoher See, ohne den Schutz von Wasserzahn als Wellenbrecher, hätten sie sich keinen Tag über Wasser halten können, aber Rator hatte notgedrungen einen eigenen Ruderstil entwickelt, der das Boot dennoch gleichmäßig durchs Wasser gleiten ließ, auch wenn er dabei einen äußerst angespannten Gesichtsausdruck zur Schau stellte.

»Rator, willst du abgelöst werden?«, fragte Cindiel mitleidig.

Er schüttelte nur behutsam den Kopf und zog die Ruder wieder an sich heran. Sein Blick suchte forschend die Wasseroberfläche nach Bewegungen ab.

»Du brauchst keine Angst zu haben, es gibt keine Fische, die Oger fressen. Die meisten sind winzig klein und leben von Algen. Sie haben mehr Angst vor dir als du vor ihnen.«

»Ich nicht Angst«, erwiderte er.

Mogda wusste es besser als die beiden, entschloss sich aber, sein Wissen für sich zu behalten. Rator hatte Angst, genau wie er, und das auch nicht ohne Grund. Mogda erinnerte sich an Zeichnungen und Berichte über monströse Ungeheuer, die nur auf einen Oger zu warten schienen, weil an Menschen zu wenig dran war. *Octocephallodon*, flüsterte er leise vor sich hin. Er hatte in einem Buch ein Bild gesehen, das ein Wesen mit dem Hinterkörper eines Kraken und dem Vorderkörper eines Haies zeigte. Es verschluckte ein ganzes Ruderboot samt Insassen wobei es ihm egal zu sein schien, ob es sich dabei um menschliche Seeleute oder Oger handelte. Im Text darunter stand geschrieben, dass der Octocephallodon mit seinen Armen Fischschwärme an der Wasseroberfläche imitierte, um so Seeleute anzulocken und sie dann zu fressen. Der Schreiber hatte jedoch darauf hingewiesen, dass es sich um ein extrem seltenes Exemplar handelte. Mogda war sich jedoch sicher, dass es nicht selten, sondern mindestens einmal zu häufig existierte.

Über sich selbst erschrocken zog er die Hand aus dem Wasser, die er gedankenlos über die Bootswand gehalten hatte, um die Schwellungen von der Ruderei abzukühlen.

»Nun fang du nicht auch noch an«, knurrte Cindiel mit bösem Blick.

»Ich hab doch keine Angst vor Fischen!«, protestierte Mogda heftig. »Sie sind klein, glitschig und unbewaffnet. Was sollen sie mir schon tun können?«

Etwas stieß im Dunkeln gegen das Ruderboot und brachte es leicht zum Schaukeln, wobei ein wenig Wasser ins Innere gelangte und den dreien über die Füße schwappte. Mogda und Rator reagierten sofort. Sie zogen ihre Füße an, als ob das Wasser kochend heiß wäre. Beide starrten einen Augenblick ins Innere des Bootes, als ob aus der Pfütze jeden Moment ein Ungeheuer entsteigen könnte. Dann lehnten sie sich, einer nach links, der andere nach rechts, über den Bootsrand hinaus und schauten ängstlich ins Wasser. Cindiel hatte unterdessen eilig begonnen, mit dem Holzbecher das Wasser wieder auszuschöpfen, um das Boot vor jeder zusätzlichen Belastung zu bewahren.

»Dort«, schrie Mogda angsterfüllt auf. »Das ist ein Octocephallodon. Er wird uns angreifen.« Er zog sein Runenschwert und richtete es auf einen dunklen Umriss im Wasser. Rator versuchte, das Gleichgewicht wiederherzustellen und lehnte sich mit angespannten Blicken ein Stück weiter aus dem Boot.

Cindiel stand auf und fuchtelte mit hoch erhobenen Armen herum, als wolle sie ein schlechtes Omen abwehren. »Die Götter stehen uns bei, das ist ein Toobsgnutter. Wir sind verloren.«

Die beiden Oger blickten sie erschrocken an. Cindiel hielt sich die Hände vor den Mund, konnte aber ein Kichern nicht unterdrücken.

»Was sein Toobsgnutter?«, fragte Rator mit unsicherer Miene.

»Ein umgedrehtes Rettungsboot, ihr alten Waschweiber«, meinte sie lachend.

Sichtlich erleichtert, aber peinlich berührt lenkten die Oger zum Wrack hinüber. Mogda griff nach dem Rumpf des Bootes und drehte es zu sich hin.

Es ist von der *Seestern*. Das Boot, das Matscha genommen hatte. Es ist leckgeschlagen.«

»Dann müssen wir aufpassen«, sagte Cindiel. »Die Küste scheint nicht mehr weit entfernt zu sein. Wir wollen doch nicht das gleiche Schicksal erleiden, oder?«

Eine halbe Stunde später erreichen sie den Strand und liefen zwischen einigen Felsen auf dem Sand auf. Unbeschadet und sichtlich erleichtert zogen sie ihr Boot weiter an Land. Rator stampfte mehrmals mit dem Fuß auf den Sand, um sich zu vergewissern, dass er wieder festen Boden unter den Füßen hatte.

Mogda schnallte sich seinen Proviantsack um und übergab die anderen beiden seinen Gefährten. Cindiel überzeugte sich schnell, ob das Buch ihrer Großmutter die Reise unbeschadet überstanden hatte und verstaute es dann wieder.

»Wir sollten uns beeilen und Matschas Spur suchen, bevor er zu viel Vorsprung hat«, ermahnte Mogda seine Begleiter. Es war schwer im Dunkeln eine Spur auszumachen, aber sie hofften, dass Matschas Gewicht und der feine Sand ihnen hilfreich zugutekommen würden.

Die Strömung war nicht besonders stark, sodass ihnen der Fundort des gesunkenen Ruderbootes einen ungefähren Hinweis darauf gab, wo sie suchen mussten.

Zuerst fanden sie die beiden Ruder, die an den Strand gespült worden waren, und danach einen Proviantrucksack, der sich zwischen den Felsen verkeilt hatte. Nicht weit davon entfernt konnten sie die ersten Fußspuren ausmachen.

Die Größe der Fußspuren, und Matschas verkrüppelter Fuß machten es leicht, der Spur zu folgen. Sie führte vom Strand aus geradewegs nach Norden Richtung Lorast. Matscha schien keinen Hehl daraus machen zu wollen, welches Ziel er hatte. Die Spuren waren noch nicht einmal ansatzweise verwischt. Entweder er vertraute darauf, dass ihm niemand ins Landesinnere folgte, oder er hoffte, genügend Abstand zwischen sich und seine Widersacher gebracht zu haben.

Rator, Mogda und Cindiel erklommen einen sandigen Steilhang, der zu einer breiten Ebene aus Grasland führte und ihnen auf ihrem Weg kaum Deckung bot.

Mogda hatte Cindiel wieder huckepack genommen und war schon einige Schritte vorausgegangen, als er bemerkte, wie Rator stumm am Hang stand und den schmalen Küstenstreifen beobachtete.

»Rator, komm schon. Der Tag bricht bald an, und wir haben in dieser Gegend kaum Schutz. Wir müssen uns beeilen«, forderte Mogda seinen Kameraden auf.

Rator antwortete nicht, machte aber auch keine Anstalten, sich vom Fleck zu rühren. Mogda ging zurück, stellte sich neben ihn und schaute auch hinunter zum Strand. Die Sonne tauchte das Meer bereits in eine blutrote Farbe.

»Was ist los?«, fragte Cindiel. »Habt ihr noch nie einen Sonnenaufgang gesehen?«

Mogda blickte zu Rator, der mit gebanntem Blick einen Punkt am Strand zu beobachten schien. Langsam, wie in Trance, hob der Kriegsoger seinen Arm und zeigte zu der Stelle im Sand, wo ihr Boot lag. Dort unten warf sich ein kleiner Sandhügel auf, der von einer nahenden Welle weggespült zu werden drohte. Kurz bevor das Wasser ihn verschlang, wich er zwei Schritte zurück. Dann brach die obere Sandschicht auf, und mit einem kreischenden Ton zeigte sich ein Sandläufer. Weitere kleine Erhebungen bewegten sich auf ihn zu, als wollten sie sich versammeln. Ein Chor aus Kreischlauten erklang, wie sie ihn bereits auf Usils Hof gehört hatten, als ihnen der Schattenwurm dicht auf den Fersen gewesen war.

Fassungslos starrten die drei in die Tiefe und beobachteten das unheilbringende Spektakel. Die übergroßen asselartigen Wesen warteten auf die Ankunft des Schattenwurms, um ihm den Weg zu seinem Ziel zu weisen. Nun beschränkte sich der Kreis der möglichen Opfer für den Rachedämon nur noch auf Mogda und Rator. Cindiel hatte noch nie jemanden getötet und schied damit als Ziel für den Zauber aus.

Ohne ein weiteres Wort zu verlieren, machten sie kehrt und traten die Flucht an. Sie hetzten im Morgengrauen über die flache Ebene und hofften, bald geschütztes Terrain zu erreichen. Zusätzlich noch von einer Meute aufgebrachter Hüttenbauer gejagt zu werden, wäre eindeutig zu viel. Noch bevor die Sonne sich vom Rand des Horizontes gelöst hatte, erreichten sie ein nahes Waldstück, wo sie endlich ihr Tempo verlangsamen konnten. Matscha hatte den gleichen Weg genommen, wie seine auffälligen Spuren ihnen verrieten. Sie führten in Richtung Nordwesten, direkt auf Lorast zu. Sie konnten es sich nicht erlauben, Matschas Weg genau zu verfolgen, dafür war ihnen der Schattenwurm zu dicht auf den Fersen. Sie konnten nur hoffen, dass er nicht plötzlich die Richtung geändert hatte, sonst würden sie die Verfolgung aufgeben müssen.

»Wir können so nicht weitermachen«, stöhnte Mogda außer Atem. »Wenn wir auf offenes Gelände kommen und rennen wie eine Herde Schafe auf der Flucht vor einem Wolf, wird uns ganz Nelbor folgen. Wir müssen die Überraschung nutzen, wenn wir herausbekommen wollen, was Matscha vorhat, aber mit einer Armee von Hüttenbauern und einem Dämon im Rücken könnte uns das schwerfallen.«

»Und was Vorschlag?«, fragte Rator kurz angebunden, um Luft zu sparen.

»Vielleicht sollten wir versuchen, die Sandläufer zu töten. Mit etwas Glück verliert der Schattenwurm dann unsere Fährte.«

Rator blieb abrupt stehen. Er blickte zu Mogda, schien aber durch ihn hindurchzusehen. Sein Blick fing sich auf Cindiel, die über Mogdas Kopf hinwegschaute.

»Idee schlecht. Du nicht kennen Schattenwurm. Er sehr mächtig. Sandläufer nicht zeigen ihm Weg zu Opfer. Sie nur Ungeziefer um ihn herum. Zauber leitet ihn.«

Rators Blick verriet ihnen, dass er sich nicht viel Hoffnung machte, dieser Bestie zu entkommen.

»Ich gehen anderen Weg. Vielleicht ich Ziel von Zauber. So ihr ohne Gefahr.«

Mogda schüttelte den Kopf.

»Das ist sehr ehrenhaft von dir, Rator, aber was, wenn er hinter mir her ist? Dann stehe ich hier mit der kleinen Prinzessin im Regen.«

Rator stutzte und zog nachdenklich die Augenbrauen zusammen.

»Nein, Wetter gut. Aber auch ohne Regen Kampf zu schwer für euch allein.«

»Genau das ist es, was ich sagen wollte«, seufzte Mogda. »Wir brauchen dich.«

Cindiel klopfte mit ihren Fingerknöcheln auf Mogdas Haupt, was ein dumpfes Pochen ertönen ließ. Er zuckte zusammen und folgte mit dem Blick der Richtung, in die sie über seinen Kopf hinweg zeigte. Kleine bewegte Erdhügel hielten direkt auf sie zu.

»Diese elenden Viecher lassen einem keine Zeit, einen Augenblick zu verschnaufen«, murmelte er und fügte einen saftigen Fluch hinzu.

Sie nahmen ihre Flucht wieder auf. Cindiel hatte Schwierigkeiten, sich auf Mogdas Schultern zu halten. Sie umschlang mit ihren Armen seinen Hals und erschwerte ihm so das ohnehin nicht einfache Luftholen.

Nach wenigen hundert Schritt brachen sie aus dem Unterholz hervor und gelangten auf ein weites Kornfeld. Ohne Rücksicht auf ihre Deckung rannten sie querfeldein.

»Dort rüber, zu den Felsen«, rief Cindiel in ihrer Panik. Da sie keinen besseren Vorschlag hatten, steuerten die Oger auf den Steinhügel zu. Sie erklommen die Felsen und suchten zwischen ihnen Deckung. Die Felsformation war nicht natürlichen Ursprungs, sondern das Resultat vieler Dutzend Bauern, welche die Steine in mühsamer Handarbeit aufeinandergeschichtet hatten. Die Größe der Steine reichte von faustgroß bis mannshoch. Nachdem sie einen Augenblick verschnauft hatten, setzte Mogda sich vorsichtig auf und schaute über den Rand eines großen Felsens. An der Bewegung der Kornhalme konnte er fünf verschieden Ziele ausmachen, die ihrer Spur folgten und sich unaufhaltsam näherten.

»Jetzt sitzen wir in der Falle«, sagte er frustriert. »Sie kreisen uns ein.«

Mogda und Rator lösten ihre Ausrüstung und machten sich bereit, ihrem Gegner ins Auge zu sehen ... wenn er denn Augen hatte.

»Wenn der Wurm einen von uns verschlingt, muss der andere mit der Kleinen flüchten. Vielleicht verfolgt er ihn nicht«, gab Mogda Anweisung.

Rator nickte wortlos und schwang die Breitaxt hin und her, um sich aufzuwärmen. Cindiel hatte sich auf den Boden gekniet und durchwühlte ihren Rucksack. Das Zauberbuch ihrer Großmutter lag aufgeschlagen vor ihr.

»Vergiss es, Prinzessin. Du wirst nicht da hinuntergehen und dich dem Dämon stellen. Du bleibst schön hier oben und wartest darauf, dass einer von uns beiden dich in Sicherheit bringt. Falls wir es nicht schaffen sollten, wartest du, bis jemand anders kommt. Hast du verstanden?«

Cindiel reagierte gar nicht auf Mogdas Worte, sondern blätterte in dem Buch mehrere Seiten vor und zurück und las konzentriert verschiedene Passagen.

»Das Schicksal hat etwas gegen mich«, sagte sie schließlich. »Jeder Zauber, der uns helfen könnte, benötigt irgendetwas, das wir nicht haben. Entweder meine Erfahrung reicht nicht aus, um den Zauber zu wirken, oder man benötigt seltene Ingredienzien dafür. Ich hatte gehofft, den Zauber umlenken zu können, aber dafür benötige ich etwas von jemandem, der gewaltsam gestorben ist. Ich dachte, vielleicht reicht es aus, einen Gegenstand von einem Ermordeten zu nehmen. Etwas von den Waffen, ein Stück Kleidung oder Ausrüstung, die wir einem Toten abgenommen haben.«

Sie atmete schwer aus und schluchzte. »Das reicht aber nicht aus, es muss etwas von seinem Körper sein.«

Sie brach nun vollends in Tränen aus und sackte zusammen. Das Gesicht hatte sie tief in den Händen vergraben.

»Nicht so schlimm, Prinzessin«, versuchte sie Mogda zu beruhigen und tätschelte behutsam ihren Kopf. »Es kann nicht für alles einen Zauber geben. Manchmal benötigt man einfach nur rohe Gewalt, um ein Problem zu lösen. Und glaub mir, mit roher Gewalt kennen wir uns aus.«

Rator zwängte sich zwischen die beiden und ging in die Hocke. Unsicher wühlte er in seinem Beutel herum und kramte etwas hervor. Er hielt Cindiel einen blank polierten Orkschädel vor die Nase, die Finger in die Augenhöhlen gesteckt.

»Vielleicht helfen das. Sicher gestorben mit Gewalt. Orks niemals sterben weil alt.«

Cindiel traute ihren Augen nicht. Fassungslos starrte sie auf den skelettierten Schädel.

»Rator, wo hast du den her? Das ist genau das, was ich suche.«

Mogda beugte sich von oben über die beiden und tippte vorsichtig mit dem Finger auf die brüchige Schädeldecke.

»Den hast du Matscha auf dem Schiff gestohlen«, rief Mogda vorwurfsvoll. »Du hast ihn beklaut.«

»Hab nicht gestohlen, hat verloren«, rechtfertigte Rator sich beleidigt. »Wollte geben zurück.«

»Erzähl mir nichts von zurückgeben. Er hat dir gefallen, und du wolltest ihn haben. Du wolltest ihn nicht zurückgeben.«

»Wohl«, erwiderte Rator trotzig und umklammerte den Schädel so fest, als ob es der wertvollste Schatz in Nelbor war.

»Regt euch wieder ab«, fuhr Cindiel dazwischen. »Vielleicht rettet dieser alte Ork unser aller Leben, und ihr streitet darüber, ob der rechtmäßige Besitzer derjenige ist, der uns verraten hat.«

»Sie Recht«, lenkte Rator ein.

»Trotzdem hat er einen Kumpel bestohlen«, brummte Mogda, noch nicht vollständig besänftigt.

Cindiel überging die letzte Äußerung großzügig und begann, beide in die Vorbereitungen zu ihrem Zauberspruch einzubinden. Mogda bekam die dankbare Aufgabe, den Schädel erst zu zerbrechen und danach zu pulverisieren, was ihm einen wirklich traurigen Blick Rators einbrachte. Um aus den Bruchstücken Knochenmehl zu gewinnen, zerrieb Mogda die Splitter zwischen zwei großen flachen Steinen. Immer wieder rief er Cindiel hinzu, um sich zu vergewissern, ob der Staub fein genug war, und immer wieder schüttelte sie den Kopf. Fünf Durchgänge benötigte er, um ein zufriedenstellendes Resultat zu erhalten.

Rator sollte das Feld beobachten, um eine freie Stelle für den Zauber ausfindig zu machen. Wie er an der Bewegung der Kornähren erkennen konnte, hatten sich die Sandläufer zwar aufgeteilt, sie aber noch nicht richtig eingekreist. Im Nordosten machte er endlich einen sicheren Platz aus. Mit ein wenig Ablenkung würde es ihnen gelingen, Cindiel genug Zeit zu verschaffen, den Spruch vorzubereiten.

Währenddessen studierte Cindiel die Formeln und stimmte von Zeit zu Zeit einen monotonen Singsang an. Immer wieder brach sie ab und änderte den Klang ihrer Stimme. Ihre Anspannung schlug in Nervosität um, aber sie versuchte, sich nichts anmerken zu lassen.

»Ich bin so weit«, erklärte sie nach einiger Zeit mit gespielt munterer Stimme und kaum verhohlener Unsicherheit.

»Und wie geht es nun weiter?«, erkundigte sich Mogda. »Was sollen wir genau tun, und wie wirkt sich der Bannzauber aus?«

Cindiel suchte nach beschönigenden Worten, fand aber auf die Schnelle keine.

»Nun ja, ihr lauft so lange durchs Feld, um die Sandläufer und den Schattenwurm abzulenken, bis ich den Bannkreis aus dem Knochenmehl gezogen und die Zauberformel aktiviert habe. Dann kommt ihr so schnell wie möglich in den Bannkreis. Wenn der Dämon den Kreis berührt, sollte der Zauber auf den Mörder des Orks abgelenkt werden. Das ist alles.«

An den Gesichtern der beiden Oger erkannte sie, dass es besser gewesen wäre, noch länger nach beschönigenden Worten zu suchen.

»Das ist alles?«, fragte Mogda entsetzt. »Die Idee ist nicht nur ehrlos, sondern auch noch zum Scheitern verurteilt. Ich würde mich dem Wurm lieber in einem richtigen Kampf stellen. Da weiß man jedenfalls, woran man ist.«

»Oger nicht für Weglaufen gemacht«, fügte Rator mit Überzeugung hinzu.

Cindiel wusste, dass ihnen gar nichts anderes übrig blieb, aber um die Abneigung gegen ihren Plan nicht noch weiter zu schüren, entschied sie sich, diesmal ihre Argumente besser zu verpacken.

»Ihr sollt auch gar nicht vor ihnen fliehen, ihr sollt sie bloß erst … ablenken und dann zu mir führen. Dafür muss man sehr mutig sein. Und ehrenhaft ist es auch. Und was die Chancen für den Erfolg angehen, würde ich sagen, je schneller wir handeln, desto größer sind sie. Vielleicht ist der Schattenwurm noch nicht in der Nähe, sondern hat nur die Sandläufer vorausgeschickt.«

»Sie vielleicht Recht«, lenkte Rator als Erster ein.

Mogda schien überrascht zu sein, seinen Fürsprecher so schnell an die Gegenseite zu verlieren. Aber auch er sah seine Aufgabe jetzt aus einem anderen Blickwinkel. Es waren weniger die Argumente, die Cindiel anführte, als mehr der Klang ihrer Stimme, der ihn dazu veranlasste, Vertrauen in sie zu setzen. Ihr melancholischer Singsang lullte einen so herrlich ein und hinterließ ein Wohlgefühl.

»Der Plan ist gut, wir machen es so, wie Cindiel gesagt hat«, platzte es zu seiner Verwunderung aus ihm heraus. Eigentlich wollte er die Situation noch einmal überdenken, doch sein vorschnelles Mundwerk hatte seine Pläne durchkreuzt. Irgendetwas stimmte hier nicht, aber er konnte sein Misstrauen nicht in Worte fassen.

Cindiel war eifrig damit beschäftigt, den Knochenstaub auf einen alten Lappen zu häufen. Dabei gab sie Acht, dass nicht das kleinste Bisschen verloren ging. Mogda und Rator hatten sich darauf geeinigt, den Ablenkungslauf gemeinsam zu bewältigen. In Gedanken gingen sie die einzelnen Stationen durch, die sie anlaufen wollten. Wie oft sie die Strecke zurücklegen mussten, hing jetzt nur noch davon ab, wie gut Cindiel unter schwierigen Bedingungen zu zaubern vermochte.

Die beiden Oger waren bereit und warteten auf ein Zeichen von Cindiel. Sie stand am gegenüberliegenden Rand des Felsenhügels und hielt Ausschau nach einem Platz, der sich für den Bannkreis eignete. Gespannt starrten sie auf das kleine Mädchen und versuchten zu erahnen, was in ihr vorging. Unverhofft drehte sie sich zu ihnen und nickte ihnen mit ernster Miene zu. Das war ihr Zeichen. Mogda und Rator sprangen mit einem Satz vom Felsen und sprinteten los. Ihr Gepäck hatten sie zurückgelassen, nur die Waffen hielten sie kampfbereit in den Händen. Zuerst schien es, als ob sie unbehelligt durch das halbhohe Kornfeld rennen könnten, doch dann sah man die Bewegungen der Ähren im Feld sternförmig auf sie zulaufen.

»Sie kommen!«, schrie Mogda, weniger, um Rator zu warnen, sondern um Cindiel Bescheid zu geben. Die Sandläufer konnten mit der Geschwindigkeit der Oger nicht mithalten, aber ihr Instinkt, im Rudel zu jagen, machte es ihnen möglich, Wegstrecken abzukürzen und so immer wieder nah an ihre Beute heranzukommen. Vom Schattenwurm war keine Spur zu sehen.

Sie hatten beinahe die Hälfte der Strecke hinter sich gebracht, als Mogda direkt vor sich eine erhöhte Baumwurzel ausmachte, auf der sich ein Sandläufer platziert hatte. Mit einem kurzen Warnruf setzte er zum Sprung an und überwand das Hindernis mit Leichtigkeit. Er sah, wie das Wesen sich auf mehreren Paaren seiner Hinterfüße abstützte und die Zangen nach oben streckte, um ihn zu erreichen. Rator hatte die Warnung entweder nicht gehört oder nicht verstanden, denn er geriet im vollen Lauf mit einem Fuß unter die Wurzel und wurde zu Fall gebracht. Beim Sturz begrub er den Sandläufer unter sich. Mogda sah, wie Rator auf dem Rücken lag und dem riesigen Ungeziefer mit der Breitseite seiner Axt zu Leibe rückte, um wieder auf die Beine zu kommen. Kaum zehn Schritt entfernt waren ihnen schon drei weitere Verfolger auf den Fersen. Rator ging in die Hocke und ließ seine Axt auf den Sandwurm niederschnellen, der gerade wieder heran war und seine Kiefer in seinen Fuß rammen wollte. Die Axt glitt seitlich vom Panzer des Tieres ab und grub sich tief in den Boden, wobei sie einige Beine des Sandläufers abtrennte. Durch den wuchtigen Schlag ging der Biss ins Leere. Ein Schmerzempfinden schien das Geschöpf nicht zu haben, da es sofort einen weiteren Angriff begann, der aber aufgrund seiner körperlichen Beeinträchtigung ebenfalls misslang. Rator sprang auf und schaffte es dadurch gerade noch, der übrigen Meute zu entkommen.

Ihres Vorsprungs beraubt, hetzten die Oger nebeneinander her durchs Feld. Sie rannten in einem halbkreisförmigen Bogen wieder auf die Felsen zu, hinter denen Cindiel noch immer mit den Vorbereitungen für ihren Zauber beschäftigt war.

Ein dumpfes Grollen erklang. Erst war es nur ein leiser Unterton in der Luft, doch dann wurde das Geräusch immer stärker. Es schien direkt aus dem Boden zu kommen. Die Erde bebte unter ihren Füßen. Zu spät sahen die beiden nach hinten, um dem Ursprung auf den Grund zu gehen. Eine Welle aus Sand, fruchtbarer Erde und Geröll hatte sich hinter ihnen aufgetan und verfolgte sie. Die Sandläufer krabbelten in sicherem Abstand neben der Welle her, verfolgten aber dennoch weiter ihre Beute. Der Sand bewegte sich schneller vorwärts, als die Oger laufen konnten. Dann brach die Erde unter ihnen auf und schleuderte die beiden massigen Oger wie Leichtgewichte durch die Luft.

Sie stürzten hart zu Boden und lagen einige Schritt voneinander entfernt, als direkt neben Rator der Kopf eines gigantischen Insekts aus der Erde brach. Der Körper des Schattenwurmes reckte sich weiter und weiter in die Höhe. Schließlich bäumte er sich dreißig Fuß hoch über ihm auf und gab einen ohrenbetäubenden Kreischlaut von sich. Der insektenartige Kopf des Dämons, der entfernt an den eines Tausendfüßers erinnerte, glich denen der Sandläufer. Aus dem Kopf ragten zwei monströse Greifzangen hervor, die sein Maul umfassten. In der Mundöffnung sah man rotierende Zahnkränze, die alles zerstückelten, was sie zu fassen bekamen. Die zwei rot leuchtenden Facettenaugen suchten den Boden nach angreifbaren Zielen ab, wobei der mit Chitinplatten besetzte Leib sich wie eine angriffslustige Schlange hin und her wand.

Rator lag noch immer am Boden, hob aber die Axt, zur Abwehr bereit. Er wartete auf einen geeigneten Augenblick. Die Aussichten, einen Treffer zu landen, waren verschwindend gering. Wenn der Wurm zuschnappte, konnte er einen ganzen Oger samt Ausrüstung und Waffen verschlucken.

Aber anstatt Rator, der direkt vor ihm lag, mit einem vernichtenden Schlag zu töten, suchte er nach dem Ziel seines Rachezaubers … und fand es.

Mogda hatte sich gerade wieder aufgerichtet und seine Waffe vom Boden aufgenommen, da schnellte der Körper des Schattenwurmes auf ihn zu. Mit einem Hechtsprung rollte sich Mogda zur Seite ab und entrann knapp dem alles verschlingenden Maul. Der schuppige Kopf des Dämons bohrte sich zwei Schritt neben ihm in den Boden und fraß sich regelrecht in den steinigen Untergrund.

Gebannt von der rohen Gewalt dieses Wesens lag Mogda regungslos da. Er riss sich erst von dem Anblick los, als er den gellenden Aufschrei Rators hörte. Auf allen vieren umrundete Mogda den Steinkrater, in dem gerade das letzte Stück des Schattenwurmes verschwand, als er Rator sah, der mit dem Axtstiel versuchte, einen Sandläufer von seinem Bein zu hebeln. Das Vieh hatte sich mit seinem Kiefer tief in Rators Wade gebohrt und wollte nicht wieder loslassen. Rator sprang hilflos umher. Mit seinen eigenen Waffen war er nicht imstande, den Sandläufer abzuschütteln, ohne sich selbst schwer zu verletzen.

Mogda eilte ihm zu Hilfe und sah, wie zwei weitere Sandläufer auf Rator zuhielten.

Da erklang die rettende Stimme Cindiels.

»Der Bannkreis ist gezogen. Beeilt euch!«

Das ließen sich die beiden nicht zweimal sagen. Rator flüchtete mit dem Sandläufer am Bein auf die Felsen, und Mogda stützte ihn. So schafften sie es in den fünf Schritt großen Kreis aus Knochenmehl. Der Sandläufer an Rators Wade presste ätzenden Speichel in die Wunde. Unter grauenvollen Schmerzen verlor Rator die Besinnung. Er brach zusammen, lag aber im Bannkreis. Der Sandläufer machte keine Anstalten, von seinem Opfer abzulassen.

»Der Zauber wirkt nicht«, rief Mogda erschrocken. »Das Vieh lässt nicht locker.«

»Sie sind von dem Bannzauber nicht betroffen. Er wirkt nur auf den Dämon«, erklärte Cindiel und hoffte inständig, dass sie damit richtiglag.

Mogda zog einen Dolch aus dem Gürtel und setzte ihn unter einer Schuppe nahe am Kopf des Sandläufers an. Mit einem Stoß des Handballens auf das Griffende des Dolches trieb er die Klinge tief in den Körper des Insekts. Das klammernde Gebiss löste sich, und der Sandläufer fiel zu Boden und rollte sich zu einer Kugel zusammen. Mit einem mächtigen Tritt schoss Mogda das Wesen weit ins Kornfeld hinein. Cindiel hatte unterdessen einen Wasserschlauch geöffnet und reinigte Rators Wunde. Während Mogda die Umgebung beobachtete, sprach Cindiel einen Zauber auf den bewusstlos daliegenden Rator. Wieder bebte die Erde, begleitet von dem Ton der rotierenden Zahnreihen, die sich durch den Boden fraßen.

»Jetzt werden wir sehen, wie gut du als Hexe bist, Prinzessin«, sagte Mogda und blickte das kleine Mädchen hoffnungsvoll an. Breitbeinig stand er im Zentrum des Kreises, bereit, seine Runenklinge in den Rachen des Ungetüms zu stoßen, sobald es auftauchte. Kurz bevor der Augenblick gekommen war, verebbte das Beben. Fassungslos, aber sichtlich erleichtert, blickte er Cindiel an.

»Ich glaube, das war schon alles. Der Bannkreis erstreckt sich auch tief in das Erdreich. Vielleicht hat er ihn schon berührt«, sagte sie.

35
Lorast

Die in unregelmäßigen Abständen angebrachten Fackeln schafften es nicht, den Gang vollständig zu erhellen. Die Steinquader, aus denen der Tunnel sich zusammensetzte, waren nur grob behauen und die Zwischenräume lieblos mit Ton abgedichtet. Der einzige Unterschied zu einem Bergwerkstunnel lag in der eigensinnigen Form. Der Gang war nur einen Schritt breit, dafür aber mindestens sechs Schritt hoch. Jeder Schritt, den Matscha machte, hallte durch den schier endlos wirkenden Grat.

In der einen Hand hielt er einen zusammengeschnürten Lederbeutel, der in seiner Hand an einen zu klein geratenen Proviantbeutel erinnerte. In der anderen führte er eine gewaltige Keule, gespickt mit scharfkantigen Metallsplittern, die gewiss allein aufgrund ihrer Größe erheblichen Schaden anrichten konnte.

Die lange Reise, die er hinter sich gebracht hatte, machte ihm zu schaffen. Sein Bein schmerzte stark, und er zog lahmend den Fuß nach. Bei jeder Fackel, die er passierte, schlug er mit dem Keulenende leicht gegen die Wand und zählte halblaut. Ein ungutes Gefühl stieg in ihm auf. Die Siedlungen der Menschen waren ihm zuwider. Alles dort war eng und klein. Jede Ecke, jeder Raum wirkte wie ein Stück aus einem Labyrinth, in dem man gefangen war. Überall konnte man einem Hüttenbauer über den Weg laufen. Ihren Augen entging nur wenig. Sobald sie einen Eindringling in ihrem Bau entdeckt hatten, setzten sie alles daran, ihn so schnell wie möglich daraus wieder zu vertreiben … oder gleich zu töten. Er wusste genau, wie es hier ablief, oder zumindest glaubte er, das zu wissen.

Es konnte nicht mehr weit sein, bis er endlich am Ziel seiner Reise angelangt wäre. Hier würde sich alles entscheiden. Hier würde sich alles ändern. Nur noch wenige Schritte trennten ihn von seinem neuen Leben.

»Da bist ja«, murmelte er leise. »Die siebzehnte Fackel. Wollen sehen, welches Geheimnis du verbergen.«

Ein schwacher Schlag mit der Keule gegen die Wand erbrachte den lang ersehnten Ton: dumpfer Hall – ein Hohlraum. Hinter der Wand war die Kammer des Meisters, der dafür sorgen würde, dass Matscha endlich das Leben führen konnte, das er wollte. Mit festem Griff umklammerte er die Fackel und zog sie samt Halterung nach unten. Der Mechanismus bewegte sich in der Wand und unter leichtem Druck öffnete sich die Geheimtür.

Der schwere Duft von Koqualwurzel und einem Gemisch aus Kräutern lag in der Luft. Matscha betrat vorsichtig die große Halle, die nur teilweise einzusehen war, da eine Vielzahl von steinernen Säulen die kuppelförmige Decke in fast zwölf Schritt Höhe stützte. Ein farbenprächtiges Gemälde mit Szenen aus den Trollkriegen zierte den glatten Putz der Kuppel. Überall im Raum standen verstreut große Schränke und andere seltsam aussehende Möbelstücke. Jedes Fach, jedes Regal und jede Schublade schien vollgestopft mit Unterlagen, Büchern und Manuskripten zu sein.

Angestrengt horchte Matscha in die Stille der Halle, konnte aber nichts hören. Nachdem er die Geheimtür wieder zugezogen hatte, tastete er sich langsam zur Mitte des Saales vor. In einem nahen Kamin brannten die Reste eines Feuers, die den darüber hängenden Kessel nur noch spärlich wärmten. Vor der einzigen Wand, die nicht mit Mobiliar vollgestellt war, fiel ihm ein großer halbrunder Bogen auf, dessen Enden auf skurrilen Krallenfüßen standen. Der Bogen war aus zwei Teilen zusammengesetzt, und jedes von ihnen erinnerte entfernt an eine gewaltige Rippe.

Matscha wollte sich gerade dem seltsamen Gebilde nähern, als er ein leises Husten in seinem Rücken vernahm. Rasch drehte er zunächst den Oberkörper, dann zog er sein lahmes Bein nach. Er konnte noch immer niemanden sehen, aber ein hin und her schwankender Schatten zeichnete sich an der gegenüberliegenden Wand ab.

»Meister? Meister, hier Matscha. Ich Sachen mitgebracht, die Ihr wollen. Leider hatte keine Gelegenheit, das ... Meister?«

Niemand antwortete ihm. Ein leises Quietschen, wie von einer Kette, war das Einzige, was die Stille hergab. Er folgte dem Geräusch bis zu einer Säule, nahm eine Fackel von der Wand und erleuchtete die Nische dahinter. Von der Decke hing eine schwere Eisenkette herab. An ihrem Ende war ein Käfig befestigt, der einen Schritt über dem Boden hing und leicht schaukelte. In seinem Inneren saß die gepeinigte Gestalt eines Hüttenbauers. Man hatte ihn seiner Kleidung entledigt und ausgepeitscht. Zwischen den blutigen Striemen auf dem Rücken sah Matscha frisch zugefügte Brandwunden. Der Mann im Käfig hatte sich auf dem Gitterboden zusammengerollt. Seine Hände umklammerten die Stäbe, vor Schmerz verkrampft. Unter den Käfig hatte jemand einen Laib Brot und eine Karaffe mit Wasser gestellt, unerreichbar für ihn.

Alles sah danach aus, als ob der Meister versuchte, dem Mann irgendwelche Geheimnisse zu entlocken, die er nicht preisgeben wollte. Matscha wusste, dass der Mann noch nichts verraten hatte, sonst wäre er schon tot. Er empfand ein wenig Mitgefühl für diese Kreatur, und ein bisschen bewunderte er auch die Willensstärke, mit der sie ihr Geheimnis bewahrte. Doch sein Zorn auf alles Menschliche überwog seine anderen Gefühle bei weitem. Menschen waren für ihn nicht nur wertlos, sondern auch verachtenswert. Er hasste sie. Er hasste alles an ihnen … und einen Teil von sich selbst.

Matscha drehte den Käfig spielerisch um die eigene Achse, um zu sehen, ob der Hüttenbauer noch bei Bewusstsein war. Der Gefangene reagierte nicht, aber sein Körper passte sich der Drehung des Käfigs an, was Matscha vermuten ließ, dass sich der Mann nur tot stellte. Er griff durch die Gitterstäbe und packte den Gefangenen am Schopf. Er zog ihn an den Haaren hoch und spuckte ihm ins Gesicht. Pupillen und Augenlider reagierten sofort. Der Mann war ein guter Schauspieler, aber nicht gut genug, um einen Oger hinters Licht zu führen.

»Wo ist Meister?«, fragte Matscha.

Nervös bewegten sich die Pupillen unter den Lidern hin und her.

»Ich weiß, dass du mich hören, also antworten mir. Wo ist Meister hin?«

Der Mann vertraute weiterhin auf seine darstellerischen Fertigkeiten.

»Wenn du nicht öffnen Maul, ich dir stechen mit glühendem Eisen Augen aus. Ihr das mit Kriegern aus meinem Volk getan, um sie in eure

Hütten bringen ... und dort ausstellen. Danach durften eure Weibchen und die Jungen Steine auf sie werfen.«

Die Worte taten ihre Wirkung. Blinzelnd öffnete der Mann die Augen und schaute Matscha ohne Furcht ins Antlitz. Er hatte schon öfter dem Tod gegenübergestanden und wusste, dass Angst ihm nicht helfen würde. Genau studierte er Matschas Gesichtszüge, bevor er antwortete.

»Du bist ein Mischling, halb Oger halb Mensch. Du solltest am besten wissen, warum wir die Kreaturen Tabals fürchten.«

Es erstaunte Matscha nicht sonderlich, von dem Gefangenen als Halboger entlarvt zu werden. Die Hüttenbauer kannten ihre Gegner genau. Aus diesem Grunde waren sie auch so gefährlich, und man konnte ihnen nicht vertrauen.

»Ich dich etwas gefragt. Erwarten Antwort«, drohte Matscha, ohne auf seine Bemerkung einzugehen.

»Der, den du Meister nennst ...«, begann der Mann, als eine Stimme aus dem Hintergrund ihn unterbrach.

»... ist wieder zurück.«

Aus einem Schatten im Hauptgang trat ein Meister ins Licht der Fackel. Er trug einen langen schwarzen Brokatmantel mit dunkelgrünen Runenstickereien. Der Kragen war hoch aufgestellt und verdeckte den Hinterkopf fast vollständig. Langsam schritt er auf sie zu und begrüßte sie mit einer überschwänglichen Geste. Zehn fingerdicke Nesselarme entsprangen dem Bereich seines Kiefers. Seine schmalen Lippen konnten die papageienartigen Zangen in seinem Mund nicht ganz verbergen.

Seine Augen waren starr wie die eines Fisches. Auch der Kopf schien unbeweglich, da er mit dem Rücken durch eine Hornplatte verbunden war. Die äußerst hölzerne Art ließ den Meister unnahbar und arrogant wirken, was die kreisrunden emotionslosen Augen zusätzlich unterstützen. Die flachen Muskelstränge unter der durchscheinenden Haut vibrierten leicht. Nach wenigen Sekunden verfärbte sich sein Körper zu einem Bräunlich-Schwarz, ähnlich den Möbelstücken in seiner Umgebung.

»Wie ich sehe, habt ihr euch schon angefreundet und einen kleinen Plausch gehalten. Ich hoffe, ich habe nichts Wichtiges verpasst?«

Der Meister sah sie nacheinander fragend an, bekam aber keinerlei

Antwort auf seine Frage. »Ich verstehe. Vielleicht ein kleines Bündnis unter Feinden? Wie ihr wollt. Aber denkt immer daran, ein Geheimnis ist immer nur so wichtig, wie die Person, die es verbirgt. Und da einer von euch nur ein Puzzleteil ist und der andere nur ein entbehrliches Randstück, könnte es sein, dass ihr es mit ins Grab nehmt.«

Die einschüchternden Worte verfehlten ihre Wirkung, aber der Meister ließ es auf sich beruhen, wenn auch sichtlich verärgert.

»So, Matscha, ich hoffe du hast getan, worum ich dich gebeten habe«, fragte er in täuschend nachlässigem Tonfall.

Matscha wirkte ein wenig verlegen, wollte es sich aber nicht anmerken lassen.

»Ich alle Sachen dabei, die Ihr gewollt, aber Matscha nicht an Mädchen herankommen. Rator und Mogda unentwegt gut aufpassen. Sie kleines Mädchen mögen.«

»Ich habe mir schon gedacht, dass du mit dieser Aufgabe überfordert bist. Dann zeig mir, was du mitgebracht hast.«

Der Meister streckte die Hand aus, um den Beutel entgegenzunehmen, doch Matscha versteckte ihn hinter seinem Rücken.

»Zuerst du mir geben, was versprochen. Du gesagt, du machen mein Blut sauber, damit ich zu dem werden, was ich schon immer wollen sein. Ganz normaler Oger. Oger mit gesunden Armen und Beinen. Oger, der frei von Gedankengängen der Hüttenbauer. Ein Oger, den sein Volk mögen, und kein schwachsinniger Krüppel.«

Der Meister blieb unbeeindruckt vor ihm stehen und hielt nach wie vor seine Hand ausgestreckt. Von unten nach oben musterte er ihn, wobei sein Blick jeweils einen Moment auf seinen deformierten Gliedern ruhte.

»Du sollst bekommen, wonach du verlangst«, sagte er nachgiebig, drehte sich um und ging auf eine kleine Kommode zu, die direkt unter einer Halterung mit brennender Fackel stand. Er sortierte mehrere kleine Phiolen von links nach rechts und betrachtete dabei nachdenklich deren Etiketten. Er schnappte sich eine, warf sie hoch und fing sie mit einer Hand wieder auf. Dann drehte er sich um und kam zurück.

»Hier habe ich das Ziel deiner Wünsche. Diese wunderbare Tinktur wird all deine Erwartungen übertreffen.«

Er reichte Matscha die Phiole, aber kurz bevor dieser sie greifen konnte, ließ er sie zu Boden fallen. Der Oger versuchte sie noch im Fallen zu erreichen und beugte sich vor. Genau in diesem Moment griff der Nesselschrecken an. Er umklammerte mit der flachen, spinnenartigen Hand das Gesicht des Ogers und drückte zu. Jegliche Bewegung Matschas kam zum Stillstand. Er verharrte in halb gebückter Stellung mit weit aufgerissen Augen und offen stehendem Mund. Sein Speichel tropfte in langen Fäden zu Boden. Der Meister trat einige Schritte zurück und betrachtete zufrieden das Werk seines Zaubers.

»Das hast du nun von deiner Gier, ein besserer Diener Tabals sein zu wollen. Du musstest dich ja unbedingt auf ein Spiel einlassen, dessen Regeln du nicht kennst. Ich weiß zwar nicht, wie Tabal darüber denkt, aber ich glaube, ein Halboger mit dem Verstand eines Menschen wäre ihm lieber als noch ein zu groß geratener Ork. Du solltest mal darüber nachdenken, ob es nicht besser wäre, so zu bleiben, wie du bist. In der Zwischenzeit werde ich mir mal anschauen, was du mitgebracht hast.«

Der Meister näherte sich ihm vorsichtig und zog ihm den Beutel aus den Fingern. Dann breitete er den Inhalt auf der Kommode aus und betrachtete den Dolch und das Amulett, ohne sie zu berühren.

Der Mann im Käfig hockte an den Gitterstäben und versuchte zu erkennen, was der Meister tat, als eine Bewegung des Ogers ihn ablenkte. Sie war nur minimal, aber unverkennbar. Matscha bewegte die Finger. Anscheinend hatte der Meister die Willensstärke des Ogers unterschätzt. Sein Innerstes sträubte sich erfolgreich gegen den Lähmungszauber.

»Du schwachsinniger Krüppel«, schrie der Nesselschrecken aufgebracht und fuhr herum. »Sie haben dich reingelegt. Das Amulett ist wertlos und ohne Zauberkraft. Sie haben dir eine Falle gestellt, und du bist prompt darauf hereingefallen.«

Der Meister kniete sich vor Matscha, um ihm in die Augen sehen zu können.

»Sag mir, haben sie die Arkan-Oger gefunden? Gibt es etwas, das ich wissen sollte? Ein Oger mit Grips und eine Hand voll wilder Barbaren unter der Führung eines kleinen Mädchens können unmöglich denken, dass sie unsere Pläne durchkreuzen können.«

Der Meister beugte sich weiter nach unten und schaute auf Matschas Lippen, die versuchten, Worte zu formen.

»Oh, du brauchst nicht zu reden. Es reicht, wenn du die Antwort denkst«, flüsterte der Meister ihm zu. »Ich kann in deinem Kopf lesen wie in einem Buch.« Der Meister schwenkte sein Haupt hin und her. »Du erstaunst mich immer wieder«, sagte er nach einem Augenblick. »So lange Zeit, die du mit den Verrätern verbracht hast und alles, was du herausbekommst, ist weniger als jemand, der zufällig ein Kneipengespräch belauscht. Aber am meisten erstaunt mich, dass ich bei dir ein Gefühl der Sympathie für unsere Widersacher spüre.«

Der Meister erhob sich und lief nachdenklich und ab. »Wisst ihr was? Ich habe es satt, mich weiter mit euch zu beschäftigen. Das bedeutet natürlich, so leid es mir tut, euren Tod. Aber das ist ohnehin nur ein vorgezogenes Ende.

Der Tag rückt näher, an dem sich die Welt verändern wird. Wenn wir unser Opfer dargebracht haben, ist es endlich so weit. Illistanteè der Großmeister, Vater aller Teudraeden wird seinen rechtmäßigen Platz an der Tafel der Götter einnehmen. Es wird niemanden mehr geben, der sich seiner Macht und seinem Einfluss entziehen kann. Die übrigen Götter werden ihm den Respekt zollen müssen, der ihm zusteht. Er wird die Welt nach seinen Wünschen neu formen, und er wird bestimmen, wer auf ihr wandeln darf und wer nicht. Hütet euch vor seiner Missgunst, denn er kennt kein Erbarmen.«

Mit erhobenen Armen und weit aufgerissenem Mund, der eine Vielzahl von nadelspitzen Zähnen entblößte, schritt er auf Matscha zu.

Dann passierte es. Matscha bäumte sich mit schmerzverzerrtem Gesicht auf, griff zur Seite und packte seine Stachelkeule. Mit einem weit ausholenden Schlag traf er den Meister, dem keine Zeit zu reagieren blieb, auf Kniehöhe. Der Nesselschrecken wurde durch die Luft geschleudert und krachte auf die Kommode, die unter seinem Gewicht zusammenbrach. Ein Bein wurde ihm unterhalb des Kniegelenkes durch die Wucht des Schlages und die langen scharfkantigen Splitter abgetrennt, das andere war grauenvoll verdreht und zeigte mehrere offene Brüche. Aber anstatt leblos liegen zu bleiben und sich seinem Schicksal zu ergeben, stützte er sich auf die Arme und lehnte sich gegen einen Pfeiler. Kein Ausdruck des Schmerzes lag auf seinem Gesicht, nur lodernder Zorn.

Mit einer kurzen Handbewegung und einem gemurmelten Wort

löste sich ein Blitzstrahl aus seinen Fingern und raste Matscha entgegen. Der Oger wurde vollends von dem Strahl eingehüllt, der sich spiralförmig um seinen Körper schlang. Die Energie verbrannte ihn immer weiter, bis Matscha schließlich tot zusammenbrach, bis zur Unkenntlichkeit verbrannt. Der Meister krallte die Finger in die Fugen der Bodenplatten und zog sich vorwärts. Nach einem Augenblick hielt er inne und blickte zurück. Er hinterließ eine Spur gelber Flüssigkeit, die aus seinem Beinstumpf sickerte.

»Ach, dich hätte ich beinahe vergessen«, sagte er mit schwächer werdender Stimme und löste einen zweiten Strahl aus, der sich um den Mann im Käfig schlängelte. Ohne dem Schauspiel, das der brennende Gefangene bot, weiter Beachtung zu schenken, kroch der Nesselschrecken weiter durch den Saal.

36
Die Seestern

Das Wetter war ihnen wohlgesonnen, und die *Seestern* machte seit etlichen Tagen gute Fahrt. Nicht nur die Sonne und der günstige Wind leisteten ihnen gute Dienste, sondern auch der Umstand, dass sich das Wrack der *Sturmwind* in der ersten Nacht ihrer Reise wie von Geisterhand von ihnen gelöst hatte und gesunken war.

Natürlich bestritten die Oger, etwas damit zu tun gehabt zu haben, und da die Mannschaft über jeden Zweifel erhaben war, legte Londor die Untersuchung nieder und gab sich allein mit der Tatsache zufrieden, jetzt ein Schiff weniger zu besitzen. Das weit schnellere Reisetempo schmälerte seinen Verlust enorm. Jeder an Bord wurde dieser Reise langsam überdrüssig. Die Mannschaft sehnte den Tag herbei, an dem sie ihren Passagieren Lebewohl sagen konnten, und die Oger warteten auf den Augenblick, an dem sie wieder festen Boden unter den Füßen haben würden.

Londor verbrachte den Großteil seiner Zeit an Deck der *Seestern*. Immer wieder überprüfte er sämtliche Rettungsboote und die Takelage auf reparaturbedürftige Stellen. Er ordnete viele zusätzliche Arbeiten an, die auch ausgeführt wurden, obwohl sie der Mannschaft zum Teil seltsam vorkamen.

Der einzige Oger, der sich von Zeit zu Zeit an Deck blicken ließ, war Kruzmak. Er war es auch, der die Führung der anderen in Abwesenheit von Rator und Mogda übernommen hatte. Auch er konnte es nicht erwarten, endlich wieder zurück an Land zu kommen. Seine Kameraden setzten ihm jeden Tag aufs Neue zu. Die Verpflegung wurde knapp, und sie waren gezwungen, einige Fässer zu öffnen, deren Inhalt ausschließlich aus Pökelfisch bestand. Nicht ein einziger Oger hielt die salzige Mahlzeit für echte Nahrung.

»Du gedacht an Vorschlag, Kruzmak?«, fragte Brakbar, der es sich auf einem Stapel alter Säcke im Laderaum gemütlich gemacht hatte.

Er sah völlig entspannt aus, so wie er dalag. Aber jeder, der ihn kannte, wusste, dass dieser Eindruck täuschte. Sobald er auch nur den Hauch einer handfesten Auseinandersetzung spürte, wäre er nicht mehr zu halten.

»Ich schon gesagt«, erklärte Kruzmak. »Wir so lange hier, bis gesegelt zu Zwergenesse. Kein Hafen, kein Ärger, kein Essen.«

Kruzmaks Worte duldeten keine Widerrede. Er führte die Oger mit strenger Hand und besann sich allein auf die Aufgaben, die Rator und Mogda ihnen zugeteilt hatten. Brakbar beugte sich vor und stützte sich auf dem Ellenbogen ab.

»Nicht wegen Essen. Ich meine Vorschlag mit Meister in Sandleg. Wir können nicht lassen entkommen.«

Kruzmak erinnerte sich noch gut an den Vorschlag, den Brakbar ihm vor zwei Tagen unterbreitet hatte, aber er hatte die Idee wieder verworfen, weil er nicht wusste, ob sie überhaupt durchführbar war, und ob Kapitän Londor dabei mitspielen würde. Jetzt kreisten all diese Gedanken wieder in seinem Kopf.

Verwirrt schüttelte er den Kopf und langte in das Fass mit dem Pökelfisch. Als er gerade seine Hand zum Munde führte, stellte er fest, keinen Fisch geangelt zu haben, sondern einen kleinen Kraken, der ganz mit Salz überkrustet war.

Brakbar lachte begeistert auf. »Vielleicht Bruder von dem in Sandleg. Siehst du, ganz einfach.«

Kruzmak warf den Tintenfisch angewidert zurück ins Fass.

Die Mannschaft warf sich belustigte Blicke zu, als Kapitän Londor jetzt zum dritten Mal an diesem Tag zur Backbordseite des Schiffes ging und abermals die Rümpfe der Rettungsboote auf etwaige Schäden untersuchte. Hinter seinem Rücken machten sie sich über seine neue Eigenheit lustig und nannten ihn leise »Käpt'n Ruderboot«, aber nur, wenn er nicht in der Nähe war.

Erschrocken fuhr Londor herum, als die Ladeluke neben ihm von innen aufgestoßen wurde, und der Kopf von Kruzmak erschien. Die Mannschaft hatte sich an die täglichen Rundgänge des Ogers gewöhnt und beachtete ihn kaum. Er nahm immer denselben Weg zum Kapitän, mit dem er stets einige Worte wechselte. Niemand hätte es gewagt, den Vergleich auszusprechen, aber es war offensichtlich. Der Kapitän und Kruzmak wurden sich in ihrem Verhalten von Tag zu Tag ähnlicher.

Als Kruzmak sich Kapitän Londor näherte, sah man ihm die Anstrengung an, mit der er in Gedanken versuchte, die richtigen Worte zu finden.

»Londor leben in Sandleg?«, fragte Kruzmak schließlich.

»Lebte«, berichtigte Londor, der weiterhin versuchte, eine Schwachstelle an den Rettungsbooten zu finden. »So wie es aussieht, hat der Hafenmeister mich auf dem Kieker. Mir ist zwar unklar, warum das so ist, aber allein die Tatsache hat mich vor einer Weile dazu bewegt, mir eine andere Bleibe zu suchen. Alles, was ich besitze, ist ohnehin auf diesem Schiff. Am meisten tut es mir um meine Verträge mit den Händlern in Sandleg leid. Sie waren eine gute Einnahmequelle, aber nicht gut genug, als dass ich dafür mein Leben aufs Spiel setzen müsste. Da ich Lagorit, dem Hafenmeister, nichts beweisen kann, und Derring tot ist, bleibt mir keine andere Möglichkeit, als das Weite zu suchen. Ein Hafenmeister hat alle Macht der Welt, dir das Leben als Seemann schwerzumachen. Wenn du nicht genug Leute hast, die dir treu ergeben sind, stehst du auf verlorenem Posten. Glaub mir, mit fünfzig guten Leuten an meiner Seite würde ich mir mein Recht schon erkämpfen und Lagorit auf den Grund des Hafenbeckens schicken.«

Kruzmak schaute den Kapitän ungläubig an und wartete einen Moment ab, ob dieser auch wirklich fertig war. Er hatte nicht viel von dem verstanden, was Londor gesagt hatte, aber er hatte den Eindruck, dass sie beide von denselben Dingen sprachen.

»Hm, haben Vorschlag«, begann er verunsichert und wartete auf eine Reaktion des Kapitäns. Londor drehte sich um und sah Kruzmak misstrauisch an.

»Glauben, dein Meister auch Meister von Oger. Können sehen anders aus. Auch wie Hüttenbauer. Wir wollen Rache für Freunde gestorben wegen Meister. Du uns können sagen, wo wir finden Meister?«

Kapitän Londor wandte sich wieder ab und schüttelte verständnislos den Kopf. Er verzurrte eines der Rettungsboote und deckte es mit der Plane ab. »Lagorit soll in Wirklichkeit ein Oger sein, der sich in Menschengestalt verwandeln kann? Das kann nicht euer Ernst sein.«

»Nicht Oger«, stellte Kruzmak richtig. »Meister ist mächtiges Zauberwesen. Ist Meister von vielen Kreaturen Tabals. Von Orks, von Trollen und von Ogern.«

Londor wandte sich ruckartig Kruzmak zu und zupfte sich nachdenklich an der Unterlippe. »Das ergibt vielleicht doch Sinn«, überlegte der Kapitän halblaut. »Als wir damals den Troll aus dem Wasser fischten, ist der sicherlich noch am Leben gewesen. Zwar bewusstlos, aber am Leben. Dann hat der Hafenmeister mit seinen Leuten das Vieh in Gewahrsam genommen und den Stadtwachen Bescheid gegeben. Später sagte man mir, dass der Troll schon tot gewesen sei, als die Stadtwachen ihn abholen wollten. Vielleicht wusste der Troll etwas, was den Meister verraten hätte, und musste deswegen sterben.«

Kruzmak, der hoffte, alles verstanden zu haben, nickte vorsichtig.

»Meister nicht kennen Gnade. Haben alle zu Fackel geführt.«

»Hinters Licht geführt«, schmunzelte Londor. »Lass mir einen halben Tag Zeit, ich werde einen Plan ausarbeiten, wie wir uns rächen können.«

Der Oger machte einen zufriedenen Eindruck. Er nickte Londor zu und verließ das Deck, um seinen Kameraden die Neuigkeiten zu berichten und sie auf die Möglichkeit eines Kampfes vorzubereiten.

Londor verschwand derweil mit Mordigwel, seinem Steuermann, in der Kapitänskajüte.

Erst am frühen Abend kamen Londor und der Steuermann zurück an Deck. Der Kapitän hatte sich einen Stapel Karten unter den Arm geklemmt. Er beachtete die neugierigen Blicke seiner Leute nicht weiter und steuerte direkt auf den Laderaum zu. Mordigwel begleitet ihn und half ihm beim Öffnen der Luke. Zusammen kletterten sie hinunter zu den Ogern. Die Ratlosigkeit stand der Mannschaft ins Gesicht geschrieben, und schnell rotteten sie sich zu kleinen Gruppen zusammen und tuschelten miteinander – allerdings nur so lange, bis Londor und sein Begleiter wieder an Deck kamen

Kapitän Londor rief alle Männer zusammen, die abkömmlich waren und verteilte eine Reihe von Aufgaben. Unsicherheit machte sich unter den Leuten breit, aber sie gehorchten aufs Wort und erledigten ihre Arbeiten bereitwillig. Mordigwel machte sich daran, alles an Bord fest zu vertäuen oder unter Deck zu bringen. Zwei Seeleute spannten am Bug ein breit gefächertes Fangnetz zwischen Bordwand und Klüverbaum. Die anderen wurden unter Deck geschickt, um in den Kabinen alles zu befestigen, was beschädigt werden könnte, wenn das Schiff unsanft andockte.

Eine Stunde später war alles erledigt, und Kapitän Londor unterrichtete seine Leute, dass sie in der Nacht kurz in Sandleg anlegen würden, um, so wie er sagte »... alte Geschäftsbeziehungen wieder aufzunehmen«.

Er wusste, dass viele seiner Männer noch Habseligkeiten in Sandleg hatten, und dass die eine oder andere Hafenschönheit auf die Rückkehr seiner Mannschaft wartete, aber dennoch verbot er seinen Leuten einen Landgang, was zu allgemeinem Unmut führte.

»Ihr solltet der Mannschaft diese Sache ein bisschen versüßen«, flüsterte Mordigwel ihm zu. »Die Männer haben viel durchgemacht in der letzten Zeit.«

Londor wiegte den Kopf nachdenklich hin und her, nickte aber schließlich zustimmend. »Männer«, rief er ihnen zu, »ich erhöhe euren Sold um das Doppelte für jeden weiteren Tag, den wir noch auf See sind!«

Die Männer jubelten unverhohlen und begannen eilends damit, sich die Möglichkeiten zum Ausgeben auszumalen, wobei die meisten einen bemerkenswerten Mangel an Phantasie aufwiesen.

Weit nach Mitternacht erreichten sie die Küstenregion von Sandleg. Londor gab den Befehl, alle Laternen an Deck zu löschen und die Luken zu den Kabinen zu schließen. Ihre Route führte sie nahe der Küste entlang, um zu vermeiden, dass sie mit einem Fischerboot kollidierten. Wie von ruhiger Hand gezogen, schwebte die *Seestern* durch die Nacht.

Die ersten Lichter von Sandleg wurden sichtbar. Eine Hafenstadt wie diese war niemals völlig ruhig. In der Zeit, in der die letzten betrunkenen Seeleute die Tavernen verließen, standen die ersten Fischer auf, um ihre Boote für den morgendlichen Fang vorzubereiten. Angespannt starrte Kapitän Londor in die Dunkelheit, um weitere Einzelheiten im nahenden Sandleg auszumachen.

»Genau, wie ich gesagt hatte«, lobte er sich brummend selbst. Dann eilte er zum Laderaum und stierte in die Dunkelheit, die sich unter der Luke ausbreitete.

»Es ist so weit«, rief er zu den Ogern hinunter. »Der Hafenmeister sitzt in seinem Kabuff. So wie wir es erwartet hatten. Vergesst nicht, wir haben nur eine Chance.«

Dann ging er zum Achterdeck und löste Mordigwel am Ruder ab.

»Pass gut auf, hier kannst du noch etwas lernen«, sagte er zu ihm. Mordigwel stand neben ihm und beobachtete jede seiner Bewegungen am Ruder.

Die ächzende Treppe zum Laderaum verriet, dass sich die Oger an Deck postierten, obwohl die Dunkelheit sie fast vollends verschluckte. Kruzmak ging auf den Kapitän zu, der am Ruder stand, und ihn erst im letzten Moment wahrnahm. »Du denken Plan gut? Vielleicht besser gehen doch an Land und erledigen Meister, wie wir gelernt«, sagte er.

»Nein, nein, nein«, entgegnete Londor hastig und riss das Ruder herum. »Wir machen es so wie besprochen. Wenn ihr an Land geht, gibt es ein Gemetzel. Die Bürger würden die Stadtwachen rufen, und viele Unschuldige müssten sterben. Vielleicht sogar Angehörige von den Leuten an Bord. Fangt jetzt nicht an, alles noch mal durchzukauen. Kümmer dich lieber darum, dass dein Freund seine Sache so gut macht, wie er sagt.«

Schweigend ging Kruzmak zu Brakbar, der auf dem Mitteldeck stand und auf ihn wartete.

»Was hat gesagt?«, brummte Brakbar.

»Machen so, wie besprochen, aber ... aber sollen nicht essen dabei? Nicht verstanden, was will. Du glauben, du schaffen?«

Brakbar nickte. »Auch ohne Essen. Meister schon tot, weiß nur noch nicht.«

Londor umschiffte die Spitze des Hafenbeckens in einer engen Kurve. Die nicht seetauglichen Oger hatten Schwierigkeiten, sich auf den Beinen zu halten und umklammerten in ihrer Hilflosigkeit Taue, Belegnägel oder die Masten. Einen Moment später richtete sich die *Seestern* wieder auf. Brakbar hing ungalant an einer der Ballisten und hatte Mühe, sich wieder zu erheben.

»Soll lieber üben fahren, nicht geben Ratschläge für Kampf«, brummte er abermals.

Noch einmal legte sich das Schiff hart in den Wind, doch diesmal waren Passagiere und Mannschaft besser darauf vorbereitet. Die *Seestern* segelte jetzt parallel zur Stadt, direkt auf die vorgelagerte Mole zu, an deren Ende das Häuschen des Hafenmeisters stand. Unter vollen Segeln hielt Kapitän Londor auf den Steg zu.

Brakbar postierte sich hinter der Balliste und spannte die grobe Mechanik mit bloßer Hand, so wie ein Mensch einen Kurzbogen gespannt hätte. Dann legte er einen Ankerbolzen auf und richtete die Schleppleine zu seinen Füßen.

»Käpt'n, das schaffen wir nicht. Ihr könnt im Hafenbecken nicht halsen«, gab Mordigwel aufgeregt zu bedenken und krallte sich an einer Ruderpinne fest.

»Ich will auch nicht halsen. Wir brechen durch den Hafensteg«, erwiderte Londor angespannt. »Einundzwanzig Fuß von Bordwand zu Bordwand«, sagte er, »und sieben Schritt Platz zwischen den Stützpollern. Da passt an jeder Seite noch ein Hering durch. Das reicht.«

Londor fixierte das Licht am Hafenhäuschen und korrigierte die Ruderstellung leicht. Nur noch hundert Schritt trennten sie vom Steg.

»Hoffentlich hat Lagorit, die Ratte, noch genügend Zeit, um unser Einlaufen zu notieren, zum Kassieren wird es wohl nicht mehr reichen«, meinte er hämisch.

Totenstille legte sich über das Schiff. Nur der Klang der Tempelglocken und das Bellen eines Hundes drangen schwach zu ihnen herüber. Unter vollen Segeln und mit fünf Knoten brach das Schiff in den Hafensteg. Die Stegplanken barsten unter ohrenbetäubendem Lärm und wurden etliche Schritte weit ins Hafengebiet geschleudert. Überall flogen Trümmer umher. Die *Seestern* bebte, als sie mit einem Poller seitlich kollidierte und unter grauenvollem Quietschen daran entlangschabte. Das massige Gewicht des Schiffes setzte seinen Weg aber ungehindert fort.

Brakbar stand mit den Füßen gegen die Bordinnenwand gestützt und hielt die Balliste fest im Griff, als die *Seestern* das kleine Fenster des Hafenmeisters passierte. Nur ein einziger Augenblick blieb ihm, den tödlichen Schuss abzugeben. Das Fenster maß kaum mehr als zwei mal zwei Fuß und war von einer Kreuzsprosse durchbrochen. Nur das Licht im Inneren des Raumes ließ es als lohnendes Ziel erkennen. Alles, was Brakbar ausmachen konnte, war eine Gestalt, die vom Lärm hochgeschreckt war und mit offen stehendem Mund ins Dunkel hinausstarrte. Der Bolzen löste sich krachend vom Schaft der Waffe und durchschlug das Fenster zielgenau. Das splitternde Geräusch des Glases ging im Lärm des zerberstenden Steges unter. Schon zog das Heck der *Seestern* am Haus des Hafenmeisters vorbei und löste sich vollends aus den Trümmern der Hafenanlage. Unbeeindruckt setzte das Schiff seinen Kurs fort und steuerte wieder aufs offene Meer hinaus. Nur das sich schnell abwickelnde Seil des Bolzens und dessen Verlauf durch das geborstene Fenster deuteten noch auf die Bluttat hin.

Kruzmak tauchte neben Brakbar aus der Dunkelheit auf.

»Und?«, fragte er.

Brakbar zeigte wortlos auf die letzten Schlaufen des Seils, das sich ruckartig anspannte und über die Reling schabte, bis es am Übergang zum Achterdeck hängen blieb. Die *Seestern* zog ihr Opfer mit sich aufs Meer hinaus. Aus dem kleinen Haus am Hafen wurde ein komplettes Holzelement mit anliegendem Fenster herausgerissen und versank in den Fluten. Der getroffene Körper des Mannes wurde durch die Öffnung mitgeschleift und konnte sich einige Momente durch die schnelle Fahrt über Wasser halten, bis auch er versank. Eine umgestürzte Öllampe hatte anscheinend das Gebäude in Brand gesetzt, das jetzt bereits den Flammen zum Opfer fiel. Im Durchbruch des Hauses stand eine schmale, kindlich wirkende Gestalt, deren Umriss von den Flammen beschienen wurde. Londor trat zu den beiden Ogern an der Backbordseite des Schiffes und betrachtete das Schauspiel ebenfalls.

»Wer das?«, fragte Brakbar und deutete auf die Person in den Flammen.

»Das ist bestimmt Lagorits Gehilfe, ein Junge aus der Stadt. Recht schweigsamer Typ.«

Sie sahen, wie die Gestalt die Arme hob und gestikulierte.

Wie aus dem Nichts erhob sich dreißig Fuß hinter der *Seestern* eine Feuersäule aus dem Wasser. Sie wuchs stetig an, bis sie eine Höhe von vierzig und eine Breite von vier Fuß erreicht hatte. Dann begann die Säule, um sich selbst zu rotieren und bewegte sich wie ein drohender Wirbelsturm auf das Schiff zu. Unverzüglich brüllte Londor eine Reihe von Kommandos über das Deck und begann selbst damit, die Laternen wieder zu entzünden.

Brakbar kappte das Seil, mit dem sie den toten Körper hinter sich herzogen. Dieser Ballast konnte die *Seestern* zwar nicht wirklich verlangsamen, aber wie es aussah, kam es nun auf jeden Bruchteil eines Knotens an. Die Feuersäule näherte sich unaufhörlich. Sie beugte und krümmte sich. Im Zickzackkurs schloss sie immer weiter zur *Seestern* auf. Die Oger wichen zurück aufs Vorderdeck. Jede Art von Magie war ihnen unheimlich.

Kapitän Londor brüllte seinen Leuten immer neue Kommandos zu, die daraufhin zusätzliche Segel setzten und andere neu ausrichteten. Doch es half alles nichts. Die Feuersäule schien ihnen den Wind zu rauben. Wenige Augenblicke später erreichte sie das Achterdeck. Zuerst fingen die Segel Feuer, dann durchtrennte die Hitze Teile der Takelage, die brennend aufs Deck fielen. Überall regnete es kleine glühende Stofffetzen, die in der Luft einem Schwarm Glühwürmchen glichen.

Sofort waren Seeleute heran und versuchten mit Wasser aus Schöpfeimern und nassen Lappen die in Brand geratenen Aufbauten des Schiffes zu löschen. Die Feuersäule knickte seitlich ein und erfasste zwei Männer, die laut schreiend in Flammen gehüllt über Bord gingen. Die Säule reagierte auf jeden, der den Flammen zu nahe rücken wollte, und agierte wie ein intelligentes Lebewesen. Kein Mittel schien den Flammen gewachsen zu sein. Plötzlich fiel die Säule zurück und bahnte sich ihren Weg über das Achterdeck zurück ins Wasser, wo sie zwanzig Schritt hinter dem Schiff in den Fluten erlosch. Mit vereinten Kräften brachten die Seeleute auch die Brände an Bord unter Kontrolle

Erschöpft blickte die Mannschaft in Richtung Sandleg. Am Ufer hatte sich eine große Menschentraube versammelt, die eine Löschkette bildeten, um das Gebäude des Hafenmeisters zu retten. Von Lagorits jungem Gehilfen fehlte jede Spur.

Obwohl stark beschädigt, war das Schiff noch seetüchtig. Londor klopfte seinem Steuermann anerkennend auf die Schulter.

»Da hatten wir noch mal Glück. Wenn die Reichweite des Zaubers länger gewesen wäre, hätten uns selbst die Götter nicht mehr helfen können.«

37
Gewagte Pläne

Nichts deutete mehr darauf hin, dass sie verfolgt wurden. Trotzdem hatte Rator das Gefühl, sich ständig umsehen zu müssen. Keiner von ihnen konnte sich dem Gefühl völlig entziehen, doch war Rator der Einzige, der ihm voll und ganz nachgab.

»Du machst uns noch ganz verrückt mit deinem ständigen Nach-hinten-Sehen«, giftete Mogda ihn schließlich an.

Rator wandte den Blick wieder nach vorn. Aus dem Dickicht des Waldes schaute er über die freien Felder vor ihnen. Ein knackendes Geräusch im Unterholz, und schon fuhr Rators Kopf wieder herum.

»Rator!«, ermahnte Mogda ihn abermals.

»Was, wenn Zauber nicht gelungen?«, versuchte sich sein Gegenüber zu rechtfertigen.

Jeder von ihnen hatte schon darüber nachgedacht, aber es half alles nichts, sie mussten sich jetzt auf andere Sachen konzentrieren.

»Wenn der Zauber nicht funktioniert?«, wiederholte Mogda. »Dann werde ich gefressen, du hast eine Halsstarre, und Cindiel geben wir die Schuld. Du hast doch gesehen, auf wen der Schattenwurm angesetzt war. Der Einzige, der hier Angst haben muss, gefressen zu werden, bin ich. Wenn es dazu kommt, musst du eben mit Cindiel allein weiterreisen. Aber viel wichtiger ist es im Moment, dass wir auf Matschas Fährte bleiben, und so, wie es aussieht, ist er geradewegs nach Lorast hineinspaziert.«

Mit der flachen Hand deutete er über das weite Feld, an dessen Ende die Stadtmauer der Hauptstadt zu sehen war.

Die Sonne sandte ihre letzten Strahlen über das Land und tauchte die hohen Dächer von Lorast in eine blutrote Farbe. Bis hierhin hatte der lichte Laubwald ihnen genügend Deckung geben können, aber jetzt lag über eine Meile freies Feld vor ihnen.

»Wie hat Matscha das bloß geschafft?«, murmelte Cindiel.

»Indem er genau einen Tag Vorsprung hatte«, sagte Mogda. »Er hat genau wie wir die Dunkelheit genutzt, um in die Stadt zu gelangen.«

»Ja und dann? Die Tore sind verschlossen und auf den Zinnen stehen überall Wachen. Wie ist er hineingelangt?«

Ratlosigkeit machte sich breit. Wenn sie dieses Geheimnis nicht lüften konnten, endete ihre Reise hier. Ein kleines Mädchen hätte sich vielleicht an den Posten tagsüber vorbeischleichen können. Mit zwei ausgewachsenen Ogern sah das schon anders aus.

»Vielleicht hat der Meister ihm hineingeholfen?«, überlegte Cindiel.

»Dann können wir nur hoffen, dass er nicht so gemein ist und uns draußen stehen lässt«, murmelte Mogda.

Sie mussten noch einige Zeit in ihrem Versteck ausharren, damit die Dunkelheit ihnen genügend Schutz bot. Dreimal schaffte Rator es noch, sich nach hinten umzusehen, bis Mogda endlich zum Weitergehen aufrief. Der weiche Boden gestattete es ihnen, Matschas Fährte selbst im Dunkeln zu folgen, doch ihre Spuren waren für jeden anderen genauso gut sichtbar.

Unbemerkt erreichten sie die Stadtmauer und folgten den Spuren entlang in westlicher Richtung.

»Er gesucht nach etwas. Abstände von Füßen kleiner als sonst«, verkündete Rator. »Hier hat Halt gemacht«, sagte er und blieb stehen.

»Mag sein. Weiter!«, drängte Mogda im Flüsterton.

»Nicht weiter. Hier endet Spur.«

Mogda drehte den Kopf und sah Cindiel an, die wieder einmal auf seinen Schultern Platz genommen hatte.

»Du mit deinen Prophezeiungen. Nun stehen wir hier.«

Er ging in die Hocke und ließ Cindiel heruntersteigen. Sie tastete die Steinmauer ab und blickte nach oben. Achselzuckend hockte sie sich zu den beiden Ogern. Mogda kritzelte enttäuscht mit einem Stock in den Überbleibseln von Matschas Spuren. In dem feinen Sand wühlte er ein kleines Stück Fuge aus der Stadtmauer hervor. Er hob es auf und rollte es nachdenklich zwischen den Fingern hin und her. Dann legte er den Kopf weit in den Nacken und sah hoch zu den Zinnen. Frustriert warf er den kleinen Tonklumpen nach oben gegen die Wand. Nichts geschah. Der Stein machte kein Geräusch, und er kam auch nicht wieder herunter.

Erstaunt blickte Mogda nach oben und versuchte des Rätsels Lösung zu ergründen. Er konnte keine Absonderlichkeiten entdecken und begann die Steine abzutasten. Er rüttelte und klopfte an jedem einzelnen von ihnen. Etwas oberhalb seines Kopfes tauchte seine Hand plötzlich in den Stein ein und verschwand. Mogda griff einfach durch den massiven Fels hindurch. Er ertastete eine runde Öffnung von drei Fuß Durchmesser. Dahinter war ein Hohlraum. Cindiel und Rator sahen ihn verblüfft an.

»Eine Art Zauber«, kommentierte er. »Vielleicht sind ihnen hier die Steine ausgegangen.«

»Das ist eine dauerhafte Illusion, so etwas beherrschen nur große Magier. Der Meister hat für Matscha extra diesen Durchgang geschaffen«, sagte Cindiel.

Mogda verschränkte die Hände, damit Rator sie als Trittleiter nutzen und durch die Öffnung klettern konnte. »Und jetzt ist es unser Durchgang«, erklärte Mogda zufrieden grinsend.

Der schmale Durchgang innerhalb der Stadtmauer war unbeleuchtet und roch nach kaltem Qualm. Unaufgefordert sprach Cindiel einen Lichtzauber auf ihre Hand und erhellte damit ihre nähere Umgebung.

»Was haben wir nur vorher ohne dich und deine Zauberei gemacht?«, fragte Mogda mit einiger Erleichterung im Blick.

»Schafe gestohlen und roh gegessen«, gab Cindiel ungerührt zurück.

Rator untersuchte unterdessen den Tunnel nach Spuren. Die Fackeln waren schon seit Stunden heruntergebrannt und nicht erneuert worden. Der Gang wirkte, als ob er nur selten genutzt wurde.

»Dort«, sagte Rator und zeigte den Tunnel entlang in westlicher Richtung.

»Woher willst du das wissen? Sag nicht, du kannst auch auf Steinen Spuren lesen«, fragte Mogda verblüfft.

Rator schüttelte den Kopf. »Kämpfer schlecht, Waffen zu groß, schleifen auf Boden.« Er deutete auf einige Kratzspuren an der Wand und auf dem Fußboden, die von einem großen, stumpfen Gegenstand herzurühren schienen, einer Keule zum Beispiel.

Nach etlichen hundert Schritt machte Rator Halt. Er schaute sich um, sah zur Decke, die im Dunkeln lag, und suchte stampfend den Boden ab. Er schaute Mogda an, zog eine Augenbraue hoch und schlug mit der Faust gegen die Steinwand. Ein wenig Putz rieselte aus den Fugen. Rator betrachtete mit schmerzverzerrtem Gesicht seine blutigen Fingerknöchel.

»Das wäre auch zu einfach gewesen«, meinte Mogda sanft.

Nach einiger Zeit, allerlei unnützen Versuchen und einem zufälligen, glücklichen Handgriff fanden sie den Öffnungsmechanismus an der Fackel und öffneten die Geheimtür.

Vorsichtig schlichen sie in den dahinter liegenden Saal. Mogda gab Cindiel zu verstehen, sie solle an der Geheimtür auf sie warten, bis sie den Raum durchsucht hatten. Widerwillig hockte sie sich an die Wand.

Rator und Mogda teilten sich auf und gingen parallel zueinander durch zwei von Säulen flankierte Abschnitte. Der Raum glich eher einer Lagerhalle für kunstvolles Mobiliar. Nichts deutete darauf hin, dass die Einrichtung zur Bequemlichkeit der Bewohner arrangiert worden wäre. Was aber noch weit mehr auffiel, war die Tatsache, dass alle Möbel bis auf einige zufällig abgestellte Kleinigkeiten ausgeräumt waren.

Kurz bevor die Oger das Ende der Halle erreichten, stieß Rator einen Brummlaut aus, an dem Mogda zweierlei erkannte: Zum einen hatte sein Freund etwas gefunden, und zum anderen war er sich offenbar sicher, dass außer ihnen niemand zugegen war. Mogda eilte zu ihm. Vor Rators Füßen lag die halb verkohlte Leiche eines Ogers.

»Matscha«, sagte er und deutete auf den verkrüppelten Fuß der Leiche. »Meister hat gemerkt Falle.«

»Sieht so aus«, stimmte Mogda bedrückt zu. »Vielleicht wollte Matscha uns nicht verraten. Es könnte sein, dass der Meister ihn dazu zwingen wollte.«

Egal, wie es aussah, er konnte einfach nicht glauben, dass Matscha sie freiwillig den Nesselschrecken ausgeliefert hätte. Er kannte die Macht der Meister und wusste, wozu sie imstande waren. Ein Oger verrät niemals einen anderen Oger, das war ihm schon in seiner frühen Jugend eingebläut worden, und daran glaubte er noch immer.

»Was ist das?«, fragte er, während er an Rator vorbeiblickte.

Von der Decke hing ein eiserner Käfig, auf dessen Boden ein zusammengekrümmter, rußgeschwärzter Körper lag. Die Gestalt war vollkommen entblößt.

»Hüttenbauer«, sagte Rator, ohne auch nur einen Blick auf die verschmorten Überreste zu verschwenden.

Cindiel drängte sich plötzlich zwischen den beiden Ogern hindurch. Verängstigt starrte sie auf Matschas Leiche. Das Mädchen wandte sich ab und sah sich weiter um. Sie ging auf eine große ovale Tafel zu und nahm das weiße Laken ab, das als Tischdecke diente. Dann kam sie zurück, beugte sich über Matschas Leichnam und deckte ihn mit dem Tuch ab.

»Wofür das gut?«, wunderte sich Rator.

Cindiel antwortete nicht, sondern hob den Arm und zeigte zu einer Kommode, die ihr direkt gegenüberstand. Mogda ging darauf zu und öffnete die Türen.

»Nicht da, unter der Kommode«, wies sie ihn an.

Mogda tastete den Boden darunter ab. Mit angewidertem Gesicht zog er einen Fuß samt Unterschenkel hervor.

»So, wie es aussieht, war Matscha doch nicht ganz so hilflos. Er hat dem Meister ordentlich zugesetzt. Wahrscheinlich ist dieser Mistkerl geflohen, um in Ruhe seine Wunden zu lecken.«

Achtlos ließ er die abgetrennte Gliedmaße fallen und stieß sie mit dem Fuß zurück unter die Kommode.

»Wie sollen wir jetzt beweisen, dass die Meister einen Hinterhalt planen?«, fragte Cindiel bestürzt. »Unsere Truppen werden ahnungslos in die Falle laufen, genauso wie euer Volk. Dann haben die Meister alles erreicht, was sie wollten. Ohne einen von ihnen überführt zu haben, können wir den König und seine Generäle nicht warnen. Auf mich würden sie niemals hören. Ich bin nur ein kleines Mädchen aus Osberg, und ihr würdet wahrscheinlich sofort hingerichtet werden, ohne dass man euch anhört.«

Mogda wusste, dass sie Recht hatte, aber es gab noch mehr zu tun als nur die eine Seite zu warnen. Er sollte die andere aufhalten. »Ich muss herausfinden, wohin der Meister gegangen ist. Und ihr könnt mich dabei nicht weiter begleiten. Ihr solltet trotzdem versuchen, einen Beweis zu finden. Außerdem sind Kruzmak und die anderen in den Bergen und werden ihr Möglichstes tun, um Unheil abzuwenden.«

Cindiel konnte nicht fassen, was sie da hörte.

»Um Unheil abzuwenden? Brakbar ist bei ihnen. Das ist bereits großes Unheil. Wir können froh sein, wenn er nicht einen eigenen Krieg mit den Zwergen beginnt. Wir müssen zusammenbleiben und die Menschen warnen. Wir brauchen einander.«

»Man kann die Menschen nicht warnen«, erklang eine erstickte Stimme aus dem Käfig an der Decke. »Man muss sie lenken.«

Sofort fuhr Rator herum, die Axt zum Schlag bereit. Niemand hatte es für nötig erachtet, den verrußten Körper des Mannes näher zu untersuchen.

»Der Mann lebt«, rief Cindiel und eilte zu ihm. »Vielleicht kann er uns weiterhelfen.«

Cindiel schob ihre Hand zwischen den Gitterstäben hindurch und bereitete einen Heilzauber vor. Ihre Finger glitten über die rußige Stirn des Mannes, und aus ihrem Mund erklang eine seltsame melancholische Melodie. Sie wusste, dass sie den Mann nicht auf die Schnelle vollständig heilen konnte. Doch sollte er die nächsten Stunden über eine Linderung seiner Schmerzen erfahren. Nach einigen Augenblicken entkrampfte sich der Körper des Mannes. Langsam tasteten seine Finger nach den Gitterstäben des Käfigs. Unter enormer Anstrengung zog er sich daran hoch und setzte sich auf. Sein Körper war schwer geschunden, aber in seinen Augen leuchtete die Kraft eines jungen Mannes.

»Bring mir einige der Laken da drüben«, ordnete Cindiel an. Ihr Befehlston war den Ogern nicht mehr fremd, und so gehorchten sie ihrer Anweisung ohne Widerrede.

»Wird nicht wieder gesund?«, fragte Rator und warf dem Mann die Laken durch die Gitterstäbe über den Kopf.

»Wie kommst du denn darauf?«, fragte Cindiel ärgerlich.

Rator zeigte etwas unsicher auf den abgedeckten Leichnam von Matscha.

Cindiel kniff die Augenbrauen zusammen. »Rator, das da ist ein erwachsener, *nackter* Mann und ich bin ein Kind. Wofür tragt *ihr* eigentlich eure Kleidung?«

Rator schaute an sich herab und überprüfte seine Sachen.

»Schuhe für spitze Steine. Beinschienen Schutz. Gürtel zum Tragen. Armschienen gegen Schlag …«, zählte er auf, bis Cindiel ihn unterbrach.

»Ist schon gut. Nimm es einfach so hin. Und zieh dem Mann das Laken vom Kopf. Ich glaube, er hat gute Chancen, zu überleben.«

Nachdem der Mann im Käfig die Laken um sich geschlungen hatte, bog Mogda das Schloss mit bloßer Hand auf und half ihm heraus.

Cindiel reichte ihn einen Wasserschlauch und einen Kanten Brot aus ihrem Proviantbeutel. Gierig schlang er die kleinen Happen hinunter, während ihr Zauber das Übrige tat.

»Du bist die Nichte der alten Gerba aus Osberg, stimmt's?«, fragte der Mann, als er satt genug war, um sie zu mustern.

»Ja, genau«, sagte Cindiel erstaunt. »Bist du auch aus Osberg? Wie ist dein Name?«

Der Mann leerte den letzten Schluck aus dem Wasserschlauch und drehte diesen dann in den Händen.

»Ja, ich wurde aus Osberg hierhergeschickt. Mein Name ist Haran.«

Cindiel und Mogda warfen sich fragende Blicke zu. Sie wussten beide, dass diese Antwort etwas zu einsilbig war. Sie waren sich nur nicht sicher, ob sie wirklich alles wissen wollten.

»Wie meintest du das vorhin, man kann sie nur lenken?«, fragte Mogda und beugte sich zu dem ehemaligen Gefangenen hinunter. Der Umstand, dass ihn der Anblick zweier Oger in Begleitung eines kleinen Mädchens ziemlich kaltließ, deutete auf eine Zusammenarbeit mit Lord Felton hin, dem Einzigen, der von ihnen wusste.

»Um eine Entscheidung von einem König zu bekommen, müsst ihr zuerst Dutzende von Generälen und noch mehr Berater überzeugen. Dann erst werden die Angelegenheiten im Rat besprochen, und wenn sie dort abgesegnet werden, dann gelangen sie an das Ohr des Königs. Die ganze Angelegenheit dauert länger als eine Schwangerschaft. Bis eine Entscheidung fällt, ist der Krieg schon längst vorüber.«

Haran erhob sich und war jetzt auf gleicher Höhe mit Mogda.

»Wir wollen den Krieg nicht verhindern«, sagte Mogda. »Wir wollen ihn nur so lange hinauszögern, bis wir wissen, was die Meister planen. Die Nesselschrecken spielen die Armeen beider Seiten gegeneinander aus, um ihrem eigenen Gott zu huldigen. Das wollen wir verhindern.«

»Der Meister, der mich hier gefangen hielt, hat von seinem Gott gesprochen«, fügte Haran hinzu. » Er sagte, alle würden in seinem Namen sterben. Vielleicht planen sie, mit einem gewaltigen Zauber die Armeen beider Seiten zu opfern.«

Einen Moment herrschte Schweigen, während alle über diese ungeheuerlichen Worte nachdachten. Keiner der Anwesenden konnte sich vorstellen, was für ein Zauber solche Macht haben könnte.

»Hast du gesehen, wohin der Meister verschwunden ist?«, fragte Mogda schließlich Haran.

»Er ist dort drüben durch das Tor verschwunden. Von Zeit zu Zeit benutzen sie es, um in andere Regionen des Landes zu reisen. Leider ist es von hier aus nicht zu aktivieren.«

Cindiel erhob sich und blickte an der Säule vorbei zu dem torähnlichen Gebilde. Ihr fiel die verkrustete hellgrüne Blutspur auf, die direkt bis vor das Tor verlief und dann abrupt endete.

Langsam ging sie darauf zu. Mogda folgte ihr wortlos. Vorsichtig betastete sie den gekrümmten Torbogen.

»Das ist ein Dimensionstor«, erklärte sie Mogda. »Es gibt Tore, die immer geöffnet sind. Man kann von einem Tor zum anderen springen. Dieses hier ist ein Runentor. Ein Tor steht im Zentrum und ist der Knotenpunkt für alle anderen Tore. Erst durch das Haupttor öffnet sich der andere dazugehörige Durchgang und bleibt nur für eine bestimmte Zeit geöffnet. Wenn die Zeit verstrichen ist, verschließt es sich und ...

»... man muss zu Fuß laufen«, vollendete Mogda den Satz. Rator sah aus, als habe er direkt nach den Worten »Das ist« den Faden verloren.

Langsam fuhr Cindiel die Vertiefungen im Bogen mit ihren Fingern ab.

»O S B E R G«, buchstabierte Mogda zögerlich.

Verwundert sah Cindiel ihn an.

»Jetzt sag nicht, du kannst die Runen lesen. Du wirst mir langsam unheimlich, Mogda.«

Der Oger zuckte mit den Schultern.

»Für mich ist es eine Schrift wie jede andere. Soweit ich es beurteilen kann, macht mein Amulett keinen Unterschied zwischen Schriftzeichen, Symbolen oder Runen. Es erscheint mir alles verständlich.«

Cindiel schüttelte den Kopf. »Wo warst du, als mir meine Großmutter ständig mit den Natursymbolen und Zauberrunen auf die Nerven gegangen ist? Ich habe mir diese Schnörkel nie merken können, und du erzählst mir, du liest sie einfach so.«

Wieder zuckte Mogda mit den Schultern, diesmal aber entschuldigend.

Nach und nach gingen sie die Runensymbole durch. Die Tore waren quer über das Land verteilt. Osberg, Lorast, Jahalka im Lande Nelbor, und Grindmoor und Drachenhorst außerhalb. Nachdenklich schauten sie auf die fünf Namen.

»Es muss ein weiteres geben, das nicht mit aufgeführt ist«, sagte Cindiel. »Die Runentore sind als Pentagramm verteilt. Das Haupttor ist im Zentrum.«

Sofort zückte Mogda eine Karte, die er damals aus einem der Bücher im Turm herausgerissen hatte. Er breitete das verknüllte Papier vor sich auf dem Boden aus. Mit einem Stück Kohle zeichneten sie die Verbindungslinien zwischen den Orten ein. Das Zentrum lag in einem kleinen Waldgebiet südwestlich der Ortschaft Pagusit.

»Dort befindet sich das Haupttor«, sagte Cindiel zuversichtlich. »Wenn wir es bis dahin schaffen und herausfinden, wie es funktioniert, können wir mit seiner Hilfe weiterreisen.«

Rator hatte sich zu ihnen gesellt und schaute über Mogdas Schultern auf den Fetzen Pergament.

Cindiel wollte sich bei Haran nach einer Reiseroute erkundigen, als ihr auffiel, dass der Mann verschwunden war. Niemand hatte ihn weggehen sehen.

»Wo ist er hin?«, fragte Mogda zornig. »Wir kennen ihn nicht gut genug. Wir können ihm nicht trauen.«

»Das braucht ihr auch nicht«, erwiderte Haran, der sich rückwärts durch die Tür der Halle zurück ins Innere schob. Er zog einen Wachsoldaten hinter sich her. Er hatte den Mann schon teilweise entkleidet und sich seiner Sachen bemächtigt.

»Mein Weg führt mich zurück nach Osberg. Ich muss dort melden, was hier geschieht. Mit etwas Glück bekommt ihr von dort Unterstützung.«

»Ist er tot?«, fragte Cindiel entsetzt und starrte auf den Wachsoldaten.

»Nein, er hat im Moment nur dienstfrei. In zwei, drei Stunden wird er wieder auf dem Posten sein«, beruhigte Haran sie. »Ich weiß zwar nicht, ob ihr gewillt seid, meinen Vorschlägen zu folgen, aber dieser umsichtige Soldat, der mir netterweise seine Kleidung geliehen hat, war im Besitz eines Schreibens vom König. Er wollte es wohl bei Wachablösung morgen früh dem Hofmagier und jetzt geflohenen Meister übergeben.«

»Sag schon, was steht drin?«, drängelte Cindiel.

Haran rollte den kleinen Zettel aus und las vor. »An den Hofmagier Edder Listante. Bin mit den Generälen und dem Heer auf dem Weg nach Turmstein. Sammeln unsere Truppen dort, um einen vernichtenden Schlag gegen die Kreaturen Tabals auszuführen. Treffe Euch in drei Tagen morgens im Gasthof »Zum Trollkönig«. Erbitte Eure Hilfe und Euren Rat. Gezeichnet König Wigold.«

Mogda und Cindiel sahen sich erstaunt an.

»Was soll uns das helfen?«, fragte Mogda.

»Ganz einfach«, erwiderte Haran. »Ihr wollt die Vorbereitungen für den Krieg verzögern? Dann bringt den König in eure Gewalt. Bis sie den Schock überwunden, Befreiungspläne geschmiedet und ihre Zuständigkeiten untereinander geregelt haben, sind mindestens zwei Wochen vergangen.«

Von allen in den letzten Monaten aufgestellten Plänen war dieser hier der unglaublichste. Der unglaublich Dümmste, fand Mogda.

»Habt ihr Menschen eigentlich eine besondere Begabung, blödsinnige Pläne zu erfinden, oder müsst ihr euch das im Laufe der Zeit erst schwer erarbeiten? Zwei Oger und ein Mädchen können ja wohl schlecht den König eines Landes aus der Mitte seines Heeres entführen. Oder?«, fragte Mogda fassungslos.

»Normalerweise wäre das schwierig«, grinste Haran. »Aber was ist, wenn ich euch sagen würde, dass der König nicht bei seinem Heer übernachtet, weil sein Alter und sein Rücken ihn dazu zwingen, in einem Bett zu schlafen und er deshalb heimlich mit einer kleinen Abordnung seines Gefolges jeden Abend in ein nahe gelegenes Wirtshaus einkehrt? Am nächsten Morgen ist er wieder zurück, und keiner hat etwas bemerkt.«

Mogda sah, dass Cindiel ebenso wie er bezweifelte, dass diese Information den Plan ausführbarer machte. Nur Rator nickte mit zuversichtlicher Miene. »Plan gut. So wir machen.«

»Plan gut? Ja, vielleicht für jemanden, der es gewohnt ist, sich mit einer Hand voll unausgebildeter Kämpfer einem Heer entgegenzustellen, das Oberhaupt des Landes zu entführen und sich den Weg wieder freizukämpfen, während jedes atmende Wesen in tausend Meilen Umkreis Jagd auf ihn macht.«

»Ja, Plan gut. So machen wir«, wiederholte Rator grinsend, dem dieses Vorgehen offenbar genau richtig erschien.

»Ich glaube, ich muss da noch mal einiges richtigstellen«, begann Haran. »Die Informationen, die ich euch gegeben habe, würde von mir niemand bekommen, dem ich nicht vorbehaltlos vertraue. Ich kenne eure Pläne wahrscheinlich schon länger als ihr selbst. Es gibt Leute in Osberg, die daran glauben, dass ihr das Richtige tut. Einflussreiche Leute. Wenn ich euch einen solchen Plan vorschlage, dann bin ich auch davon überzeugt, dass er gelingen kann. Mir und einigen Leuten in Osberg ist bekannt, dass die Nesselschrecken etwas planen und sich deshalb in die Städte eingeschmuggelt haben. Deshalb hat man sich entschlossen, euch zu unterstützen.

Und jetzt noch einmal zurück zu meinem Vorschlag. Ich habe gesagt, der König ist mit wenigen Bediensteten im Gasthaus. Das heißt, ihr müsst nicht gegen Soldaten kämpfen. Wenn ihr es schafft, ihn in eure Gewalt zu bringen, muss sichergestellt sein, dass er unbeschadet zurückkehrt. Wenn das nicht gelingt, ist euer Ausflug umsonst gewesen. Die Truppen von Osberg werden den Vormarsch so lange verzögern wie möglich. Ich werde einige von meinen Leuten losschicken, um Informationen zu sammeln und an die richtigen Stellen zu verteilen.«

Mogda wirkte nachdenklich. Einen König zu entführen war schließlich etwas anderes als ein paar Schafe zu stehlen, auch wenn Harans Plan unbestreitbar ein paar Vorteile bot. Auf der einen Seite gab es ihnen die Gelegenheit, dem König selbst die Vorgehensweise der Nesselschrecken vor Augen zu führen und zusätzlich noch ein wenig Zeit zu schinden. Auf der anderen Seite wusste niemand genau, wie die Menschen reagieren würden, wenn man ihnen den Anführer raubte. Wenn der König stürbe, während er sich in ihrem Gewahrsam befand, würden alle Menschen nach Rache schreien und überall im Land Jagd auf Oger machen. In diesem Fall würde auch ein neues Zeitalter für die Oger anbrechen, nämlich ihr letztes.

»Wo ist das Haus, in dem der König übernachtet?«, fragte er.

Haran markierte einen Punkt auf der Karte. Mogda drückte die Daumen auf das Pergament: zwei Daumenbreiten bis zu dem Punkt, an dem sie das Haupttor des Dimensionszaubers vermuteten.

»Drei Tagesreisen«, sagte er. »Mit ein wenig Glück können wir es schaffen, wenn uns der König nicht allzu sehr aufhält und unsere Verfolger unsere Spur nicht sofort finden. Wir machen es.«

Haran schien damit zufrieden zu sein, und auch Rator und Cindiel waren froh, nicht allein weiterreisen zu müssen.

Sie wollten keine weitere Zeit verlieren. Solange es noch dunkel war, gab es für sie eine gute Chance, unerkannt aus der Stadt zu flüchten. Haran schien mindestens genauso viel daran zu liegen, nicht gesehen zu werden. Kaum hatten sie sich entschlossen, den Plan auszuführen, machte er sich schon zum Haupttor der Halle auf. Mogda ging noch einmal zur Leiche von Matscha und deckte einen unter dem Laken hervorschauenden Fuß zu.

»Ich glaube, du hattest keine andere Wahl«, flüsterte er ihm zu. Bevor er zu den anderen zurückging, packte er das falsche Artefakt und das Amulett aus Wasserzahn wieder in seinen Rucksack, und nach kurzem Zögern nahm er auch noch einige Phiolen mit, die der Meister bei seiner Flucht zurückgelassen hatte.

»Los geht's, besorgen wir uns einen König«, sagte er und ging durch die Geheimtür in der Stadtmauer. Cindiel warf noch einmal einen Blick zu Haran, der gerade durch das Haupttor verschwand und ihr bekräftigend zunickte.

38
Ein kleines Bauerndorf

Es war sicherlich nicht einfach, die vier Katapulte durch das unwegsame Gelände zu ziehen, aber Ursadan war guter Dinge, da jeder sein Bestes gab. Die Einschüchterungen der letzten Tage taten ihre Wirkung. Von den offenen Feindseligkeiten der Oger war nur noch ein leises Getuschel untereinander geblieben. Sein Führungsstil hatte sich wieder einmal bewährt.

Sechs Oger zogen jeweils an einem der vier Belagerungsgeräte. Durch einen tragischen Unfall war eine Ogergruppe nun leider gezwungen, nur zu fünft das schwere Katapult zu ziehen. Und wie das Schicksal es wollte, war es gerade dieses, bei dem die hölzernen Räder ein wenig oval geraten waren. Ursadan hatte ihnen eingebläut, sich nicht ständig zu beschweren, sondern ihre Kraft lieber für ihre Aufgabe zu nutzen. Immer öfter fielen die fünf innerhalb des Trecks zurück, aber durch geschickte Drohungen schlossen sie schnell wieder auf.

Ursadan hatte jeden Ork angewiesen, sich nicht um den Transport der Kriegsmaschinerie zu kümmern. Jeder, der es doch wagte, den Ogern zu helfen, musste mit schmerzhaften Bestrafungen rechnen. Der Hauptmann hatte seine Leute gut im Griff, und da Selbstlosigkeit bei Orks ohnehin nicht gerade als Tugend galt, gab es keine Verstöße gegen seine Befehle.

Ursadan gönnte seinen Leuten keine Pause. Unermüdlich trieb er sie an, bis die Erschöpfung es nicht mehr zuließ, weiterzumarschieren. Während einer kurzen Rast konnten alle etwas trinken und von den knappen Vorräten essen. Ursadan wollte diese lächerliche Mission endlich beenden, und es machte ihm zu schaffen, seit so langer Zeit nichts von der Truppe gehört zu haben.

In diesem Moment auf einen größeren Trupp Hüttenbauer zu stoßen könnte das Ende bedeuten, genauso wie in einer Schlacht mit Reservetruppen aus der falschen Richtung zu kommen.

Brochqnat, einer der Orkspäher, scharwenzelte schon seit einiger Zeit um Ursadan herum. Er suchte nach dem richtigen Augenblick, um den Hauptmann anzusprechen. Ein äußerst mühsames Unterfangen.

»Herr Hauptmann«, sagte er schließlich unentschlossen und wartete auf ein Zeichen, dass Ursadan ihm gnädig erlaubte, das Wort an ihn zu richten.

Ursadan winkte genervt mit zwei Fingern.

»Herr Hauptmann, zwei Meilen vor uns haben unsere Späher einen einzelnen Ork gesichtet. Es könnte ein Bote aus dem Hauptlager sein, der neue Order für uns hat. Sollen wir ein Zeichen geben?« Ursadan traute seinen Ohren kaum. Ihm wurde schlagartig klar, wieso die meisten seiner Rasse nicht für höhere Dienste taugten, falls sie überhaupt lange genug im Kampf überlebten, um ihr Können unter Beweis zu stellen.

»Sollen wir ein Zeichen geben?«, wiederholte er spöttisch. »Das kann doch wohl nicht dein Ernst sein. Wir befinden uns in Feindesland. Was glaubst du, wer uns eher erreicht, die Ritter Nelbors oder der Bote mit der Nachricht, dass wir vorsichtig sein sollen?« Er wartete keine Antwort ab.

»Schick drei von uns los, die ihn einsammeln. Nimm aber welche, die auch den Rückweg finden. Ich habe keine Lust, nach dem Krieg in ganz Nelbor überall kleine Siedlungen zu finden, weil drei Orks, die sich verlaufen haben, nichts anderes eingefallen ist, als einen neuen Stamm zu gründen.«

Für Ironie schien Brochqnat wenig Sinn zu besitzen, denn er wollte gerade anfangen aufzuzählen, wen er ausgesucht hatte. Ursadan winkte ab, schickte Brochqnat zur Erledigung seiner Befehle aus und ließ die Truppe halten.

Sofort und größtenteils erleichtert stoppte der Tross. Die Oger suchten sich sofort einen Platz, an dem sie sich ausruhen konnten, da niemand wusste, wie lange sie Rast machen würden.

Tastmar und Rolgist, zwei junge Oger aus den östlichen Randbereichen Nelbors, legten sich in den Schatten der Katapulte.

Stillschweigend reichte Tastmar einen halb gefüllten Holzkrug, den er zuvor selbst angesetzt hatte, an Rolgist. Dieser schüttelte abweisend den Kopf.

»Du krank?«, fragte Tastmar. »Du nicht trinken, nicht essen und nicht reden seit drei Tagen.«

»Ich nicht krank. Bin schuldig«, erwiderte Rolgist.

Tastmar beugte sich vor, um in das Gesicht seines Bruders sehen zu können, doch der wendete sich weiter ab.

»Du nicht schuld am Tod von Bruder Oglar. Ursadan hat getötet. Er allein schuld, du hast gesehen.«

Rolgist wandte sich ab und ballte die Hand so verkrampft zur Faust, dass ihm die Fingernägel tief ins Fleisch schnitten und Blut zwischen seinen Fingern hervorquoll. »Ich hätte rächen müssen Tod von Oglar. Hätte Ursadan besser mit Axt aus totem Bruder zerhackt«, presste er hervor.

Betrübt senkte auch Tastmar den Kopf. »Du nicht können. Sie dich auch getötet. Wir nicht stark genug«, sagte er.

»Wohl! Wirst sehen«, erwiderte Rolgist.

Nach einiger Zeit bedrückenden Schweigens, aber angenehmer Abkühlung, fiel Tastmars Blick auf die Hügelkette vor ihnen. Im leichten Laufschritt näherte sich ein kleiner Trupp Orks ihrem Zug.

Er tippte Rolgist gegen die Schulter, um ihn aus seinem Dösen zu wecken. »Da sind wieder«, deutete er nach vorn. »Gleich geht weiter.«

Die beiden beobachteten, wie sich der Trupp eilig auf Hauptmann Ursadan zubewegte und Meldung machte.

Es war merkwürdig, obwohl die Brüder sich nicht sonderlich beeilten, um zurück an ihre Zugstangen zu kommen, und sie viel Zeit benötigten, das schwere Ledergeschirr anzulegen, machten die Orks noch immer Meldung, während sie auf das Signal zum Aufbruch warteten. Eine Lagemeldung dauerte normalerweise nur ein paar Augenblicke. Und bis jetzt war es jedes Mal so gewesen, dass Rolgist und Tastmar angeschrien wurden, weil sie nicht rechtzeitig fertig waren. Nur diesmal nicht.

Sie beobachteten, wie die Späher militärisch grüßten und Ursadan ihnen den Rücken zukehrte und sich vor der Truppe auf einem Felsen postierte. Er blickte auf die Reihe erschöpfter Krieger herunter.

»Hört mir zu, Krieger!«, begann er seine Ansprache. »Tabal hat uns eine neue Aufgabe zugedacht. Die Hüttenbauer reagieren nicht so, wie wir es erwartet hatten. Wir sind dazu auserkoren worden, ihrem mangelnden Antrieb ein bisschen nachzuhelfen. Fünfzehn Meilen von hier in südlicher Richtung befindet sich ein kleines Dorf namens Bergbach. Wir ziehen dorthin und machen es dem Erdboden gleich. Mal sehen, ob die Hüttenbauer dann immer noch beratschlagen, oder ob sie endlich Manns genug sind uns entgegenzutreten.«

Vereinzelte Jubelschreie wurden laut, doch für größere Freudenbekundungen waren die Krieger zu erschöpft.

»Beeilen wir uns. Bis zum Anbruch der Nacht wollen wir dort sein«, erklärte Hauptmann Ursadan und setzte sich an die Spitze der Truppe. Folgsam schwenkte der Trupp Richtung Süden.

Hauptmann Ursadans Laune verbesserte sich von Schritt zu Schritt, die sie dem kleinen Städtchen näher kamen. Im Angesicht des bevorstehenden Kampfes ließ er sogar einige seiner eigenen Weinreserven an die Truppe austeilen. Rolgist und Tastmar lehnten angewidert ab.

Weit nach Mitternacht hatten sie den Punkt ihrer geplanten Stellung erreicht. Fünfhundert Schritt vor ihnen lag Bergbach mit seiner hölzernen Palisadenwand, die kaum die Höhe eines Ogers erreichte. Das Dorf bestand aus gerade mal dreißig Häusern und einem alten Schrein. Vielmehr als zweihundert Seelen konnten hier nicht wohnen, und entsprechend schlecht wurde das Dorf bewacht.

Das Ganze hatte nichts mit einer kriegerischen Herausforderung zu tun, es war eher ein Übungsschießen für die neu gebauten Katapulte und deren Schützen.

Ursadan schickte einen kleinen Trupp Orks näher heran, um auf etwaige Hinterhalte vorbereitet zu sein. Nur noch vereinzelt brannten Lichter in den Häusern. Der Hauptteil der Bevölkerung schien zu schlafen und nichts von dem bevorstehenden Unheil zu ahnen.

Die Oger begannen, die schweren Katapulte auszurichten und für den ersten Schuss vorzubereiten. Als Munition verwandten sie schwere Gesteinsbrocken, die sie unterwegs aufgesammelt hatten. Um Brandgeschosse herzustellen fehlte ihnen sowohl das Öl als auch die Zeit.

Der Morgen dämmerte bereits, als die Katapulte abschussbereit waren, und jeder auf das Signal des Angriffs wartete. Dann ertönte endlich der langgezogene Ton aus dem Orkhorn. Mit unglaublicher Gewalt lösten sich die Arretierungen der Katapulte und schleuderten ihre zerstörerische Ladung in das kleine, schlafende Dorf. Eins der Geschosse traf die Holzbarrikade und drückte vier der in die sandige

Erde vergrabenen Stämme heraus. Ein Spalt, groß genug für einen Oger, klaffte in dem Schutzwall auf. Zwei weitere Geschosse gingen mitten im Dorf nieder und zerstörten ein aus Backstein gefertigtes Haus und eine Scheune. Nur das Katapult von Tastmar und Rolgist verfehlte sein Ziel um einige Schritt. Die Gesteinsbrocken schlugen harmlos vor der Stadt in den Boden ein.

Schon gaben die Rottenführer brüllend das Kommando zum Nachladen. Im Gegensatz zu den Hektik verbreitenden Orks blieben die Oger gelassen. Und äußerst ruhig, schon fast gelangweilt, machten sich Tastmar und Rolgist wieder ans Aufmunitionieren.

In Bergbach stiegen die ersten Rauchsäulen auf, und der schwache Schein eines Feuers erhellte die Silhouetten vereinzelter Gebäude. Eine Glocke wurde geläutet, und »Feuer!«-Rufe wurden laut. Nach wie vor nicht ahnend, von wo die Gefahr drohte, eilten die ersten Personen durch die Straßen, um das Übergreifen des Brandes auf andere Gebäude zu verhindern.

Drei Katapulte feuerten ihre Gesteinsbrocken Richtung Bergbach. Rolgist stand wartend am Wurfarm und blickte zu Tastmar, der gerade dabei war, den letzten Stein in den Schleuderkorb zu legen. Mit einem gelangweilten Nicken gab er den Abschuss frei. Der Wurfarm schnellte in die Höhe, blockte am Wendepunkt und schleuderte die Geschosse in Richtung des kleinen Dorfes. Zwanzig Schritt vor der Befestigungsmauer schlugen sie auf und rollten kraftlos bis kurz vor die Stadttore, ohne weiteren Schaden anzurichten. Bevor die beiden Oger den Blick von ihrem Fehlschlag abgewendet hatten, traf ein Stein Rolgist an der Schulter. Zornig sah er nach hinten und erblickte Brochqnat, der breitbeinig mit in die Hüfte gestützten Armen dastand und sie anbrüllte. »Ihr nichtsnutzigen Tölpel, seid ihr denn für gar nichts zu gebrauchen? Spannt den Wurfarm gefälligst etwas kräftiger. Wenn ich beim nächsten Schuss nicht irgendetwas zersplittern sehe, lernt ihr mich richtig kennen. Nun fangt schon an, den Korb neu zu beladen, und gafft nicht so blöde.«

Widerwillig machten sich die beiden Oger ans Werk. Rolgist zog den Wurfarm herunter und begann, die Zurrbänder nachzuspannen. Tastmar schleppte währenddessen Stein für Stein in den Wurfkorb.

In Bergbach liefen die Löscharbeiten auf Hochtouren. Jeder, der den Trupp von Orks und Ogern erkannt hatte und ein Pferd besaß, trat die Flucht durch das Südtor an, gefolgt von denen, die in der Stadt nichts außer ihrem Leben zu verlieren hatten.

Ursadan würde kein Risiko eingehen. Er würde noch etliche Salven auf das Dorf abfeuern, um jeden möglichen Widerstand zu brechen. Sobald er dann gefahrlos einmarschieren konnte, würde er mit den Plünderungen und Brandschatzungen beginnen.

Erneut kam der Befehl, zu feuern. Drei Katapulte setzten ihr Vernichtungswerk fort, nur bei Rolgist und Tastmar blieb der Wurfarm unten. Achselzuckend und mit verwundertem Blick schaute Tastmar zu Brochqnat.

»Ihr dämlichen Idioten«, schnauzte er sie an. »Was ist nun schon wieder?«

»Klemmt«, sagte Rolgist.

Sofort stürmte Brochqnat nach vorn zum Katapult.

»Ihr habt es kaputt gemacht, ihr Dummköpfe. Ihr seid eine Schande für Tabal.«

Er ging in die Hocke und schob sich unter den Wurfkorb. Vorsichtig trat Tastmar von hinten an ihn heran und hakte den schweren Gurt seines Orkpanzers hinter den Korb. Brochqnat war so damit beschäftigt die Arretierung zu überprüfen, dass er nichts davon bemerkte. Tastmar nickte Rolgist lächelnd zu. Der Wurfarm schnellte nach oben und riss den Ork mit sich. Er gab keinen Laut von sich. Entweder war er zu überrascht, oder die Wucht des Katapultes hatte ihm sofort das Rückgrat gebrochen. Die zweite Möglichkeit wurde jedoch sofort widerlegt, als Tastmar und Rolgist sahen, wie er im Flug mit Armen und Beinen zappelte. Den ersten Abschnitt der Strecke flog er noch gemeinsam mit den Felsen, doch dann fiel er langsam zurück.

Die Gesteinsbrocken flogen in hohem Bogen über das Dorf hinweg, doch Brochqnat schlug direkt im Zentrum des kleinen Dorfes auf. Niemand hatte bemerkt, was geschehen war, und auch niemand bemerkte das zufriedene Grinsen auf den Gesichtern der Oger.

Nachdem Ursadan und seine Truppe die Stadt geplündert und die Bewohner, die nicht geflüchtet waren, getötet hatten, kamen sie zurück. Sie trugen den Leichnam von Brochqnat. Alles, was die beiden Oger zum Tod ihres Rottenführers sagten, war: »Ist Unfall gewesen.«

39
Das Kleine Volk

Kapitän Londor stand beängstigend nah am Rand der Klippen und ließ seinen Blick über den Horizont schweifen. Die *Seestern* war nur noch ein kleiner Punkt in der Unendlichkeit des Meeres. Er hatte schon hier gestanden und zugeschaut, als seine Mannschaft den Anker lichtete. Seitdem verfolgte er ihre Fahrt, aber nun war es an der Zeit, weiterzuziehen und seinen Leuten alles Gute zu wünschen. Sein Weg würde ein anderer sein.

Den Blick mit einem Seufzen abwendend, verließ er den Ausguck. Er zwängte sich zwischen den Felsen hindurch und bestieg den schmalen Bergpfad, der hinauf zu den Zwergenminen führte. Kurz vor einer Wegbiegung stoppte er, als er die brummige Sprache seiner neuen Reisegefährten hörte.

»Wir nicht brauchen«, vernahm er Brakbars Stimme. »Er klein und schwach. Er keine Hilfe.«

»Wir nicht brauchen für Kampf«, erwiderte Kruzmak. »Hüttenbauer Recht, kleines Volk nicht trauen uns. Sie fürchten Oger. Er kann sprechen mit ihnen und erzählen Wahrheit.«

Als Londor den Ogern von seinem Plan berichtet hatte, sie zu begleiten, war er keinesfalls nur auf Zustimmung gestoßen. Er musste es dennoch wagen. Ihm blieb keine andere Wahl. In Sandleg lauerte noch immer dieses Wesen, das seinen Kopf wollte, und zu allem Überfluss hatte er auch noch den Hafenmeister auf dem Gewissen. Dort gab es für ihn nichts mehr zu holen, bis die Sache aus der Welt geschafft war. Die einzige Chance, die er sah, lag darin, dafür zu sorgen, dass diese Nesselschrecken, oder wie sie sich auch immer schimpften, aus dem Land verschwanden.

Und was gab es da Besseres zu tun, als eine Gruppe von riesigen Muskelprotzen zu unterstützen, die nichts anderes im Sinn hatten, als aus diesen Monstren ein Hauptgericht zu machen? Das kleine Problem, dass Londors Leben ihnen auch nicht allzu sehr am Herzen lag, überging er großzügig.

Vorsichtig schlich er ein Stück des Weges zurück, um einen neuen Anfang zu wagen, diesmal erheblich schlurfender. Zusätzlich räusperte er sich, damit sie ihn kommen hörten. Entweder zählten Oger nicht zu den aufmerksamsten Reisenden, oder es gab nichts, wovor sie sich in den Bergen fürchteten.

»Du nicht rumschleichen wie Dieb«, fauchte ihn Brakbar an. »Nie laufen in Rücken, sonst ...«

Er sprach nicht weiter, aber der Fingerstrich über die Schneide seiner Breitaxt ließ keine Vermutung offen.

»Ich werde es mir merken«, gab Londor äußerst trocken zurück, in der Hoffnung, über seine Verängstigung hinwegtäuschen zu können. Er versuchte selbstsicher zu wirken und setzte sich zusammen mit Kruzmak an die Spitze der acht Oger.

Londor hatte Schwierigkeiten, mit den Ogern Schritt zu halten, aber er betrachtete es als Prüfung seiner neuen Gefährten: Er sollte sich als würdig erweisen. Der Pfad wurde enger und steiler, bis sie schließlich gezwungen waren, im Gänsemarsch hintereinander herzulaufen. Immer wieder brachen Geröllstücke ab und stürzten lautstark in die Tiefe. Londor wunderte sich über die Oger, denen die Höhe überhaupt nichts auszumachen schien, die aber an Bord seines Schiffes keinen Moment ihren Unmut über die Nähe zum Wasser überspielen konnten. Er hingegen würde lieber über den Grund des Meeres laufen, als diese Gipfel zu besteigen. Erst als Londor kurz davor war, vor Erschöpfung zusammenzubrechen, beschloss Kruzmak, ein Lager aufzuschlagen. Ein nicht mehr genutzter Probestollen der Zwerge sollte ihnen als Nachtlager dienen. Überall in den Bergen fand man solche nur etwa fünfzig Schritt lange Tunnel. Das Gebirge erweckte den Eindruck eines verlassenen Ameisenbaus.

Londor empfand es als unangebracht, sich einen Lagerplatz abseits der Oger zu suchen, und somit legte er seine Decke mitten zwischen ihnen ab. Zu spät erkannte er, dass Brakbar genau neben ihm saß, aber er wollte die Abneigung des Ogers nicht zusätzlich schüren, indem er gleich wieder aufstand und das Weite suchte.

Überaus geschäftig packte der Kriegsoger ein Stück Dörrfleisch aus seinem Proviantbeutel. Die Größe des Stückes war besorgniserregend.

Londor kannte kein Stück Vieh, aus dem man so einen großen Lappen hätte herausschneiden können. Er selbst entfaltete seinen schmalen Beutel Wachspapier und legte eine Hand voll kleiner getrockneter Fische frei. Äußerst sorgfältig filettierte er die kleinen Tiere und führte die Stücke zum Mund, während Brakbar gierig in sein Dörrfleisch biss und ein großes Stück herausriss.

Von ihren gegensätzlichen Essgewohnheiten verwundert, trafen sich ihre Blicke. Londor reichte Brakbar einen ganzen Fisch, der nicht auffallend größer als ein Finger des Ogers war. Mit gerümpfter Nase hielt Brakbar diesen angeblichen Leckerbissen vorsichtig in der Hand und betrachtete ihn. Dann warf er ihn sich in den Mund und zermalmte ihn genüsslich zwischen den Kiefern.

»Gut«, sagte er, noch bevor er schluckte. »Wie heißt?«

»Das ist ein Ruderfisch. Er ist sehr nahrhaft und gut zu trocknen. Wir nehmen ihn als Reiseproviant mit, wenn wir länger auf See sind«, sagte Londor.

Brakbar riss ein Stück von seinem Mahl ab und reichte es dem Kapitän. Das zähe Fleisch war eine wirkliche Herausforderung für das menschliche Gebiss. Londor kaute darauf herum wie auf einem Stück gegerbtem Leder. »Auch lecker«, sagte er mit vollem Mund, ohne zu wissen, ob er es überhaupt herunterschlucken konnte. »Und was ist das?«

»Drache. Macht satt, aber schwer zu töten«, grinste ihn Brakbar an und entblößte dabei seine spitzen Hauer. Die anderen hatten die Szene erwartungsvoll beobachtet, und nun ertönte verhaltenes Gelächter. Nachdem Londor das Stück Drachenfleisch unbemerkt hinter sich gespuckt hatte, stimmte auch er in ihre Heiterkeit ein. Wenig später lagen sie auf ihren Schlafplätzen und wurden einer nach dem anderen von der Müdigkeit überwältigt.

An nächsten Morgen drängte Kruzmak zum schnellen Aufbruch. Den anderen Ogern fiel es nicht schwer, ihre wenigen Habseligkeiten zusammenzukramen und sich reisefertig zu melden.

Londors Knochen schmerzten, und er hatte Blasen an den Füßen. Nun war er auch noch gezwungen, sich ohne ausgiebiges Frühstück weiter an den Aufstieg zu machen. Ohne eine richtige Mahlzeit am Morgen war er unausstehlich, aber keiner seiner Reisegefährten fühlte sich dadurch sonderlich gestört. Eigentlich nahmen sie seine Laune überhaupt nicht zur Kenntnis. Das Gros der Oger schien ohnehin die meiste Zeit ihres Daseins schlecht gelaunt zu sein ... oder müde ... oder hungrig.

»Aufwachen, Hüttenbauer«, brummte Brakbar und schnippte Londor mit dem Zeigefinger auf den Hinterkopf.

»Ich schlafe nicht. Ich habe nachgedacht«, erwiderte Londor trotzig.

»Denken lass die machen, die größeren Kopf«, lachte Brakbar.

Londor verdrehte die Augen und setzte sich in Bewegung.

Alle reihten sich wieder in ihre alte Marschordnung ein und bemühten sich, Kruzmaks Tempo zu halten.

Bis zum frühen Nachmittag folgten sie dem schmalen Bergpfad. Langsam wurde spürbar, dass die Luft hier oben dünner war. Die Oger schienen damit besser zurechtzukommen als Londor, der schon seit zwei Stunden Seitenstiche verspürte. Kurz hinter einer Wegbiegung erschwerte eine vor kurzem herabgestürzte Geröllawine ihren Weg. Sie waren gezwungen, zwischen den lockeren Schuttmassen herumzuklettern, um wieder auf den dahinter liegenden Pfad zu gelangen. Inmitten des Gerölls lagen riesige Haufen Exkremente.

»Bei den Göttern«, rief Londor aus, »das ist nicht mein Tag. Auf meinem Schiff liegt jedenfalls keine Ziegenscheiße herum, in die man treten könnte.«

Kruzmaks Kopf zeigte sich zwischen den Felsen, und sein Arm steckte sich helfend dem Kapitän entgegen. Etwas mehr als hilfreich zog er Londor zwischen den Felsen hindurch und setzte ihn auf der anderen Seite ab.

»Ist nicht Ziege«, grollte Kruzmak.

»Ach, sind wir jetzt neuerdings Fachmann für Exkrementhaufen«, rief Londor ärgerlich aus. »Ist doch egal, es stinkt erbärmlich und klebt an meinem Schuh. Das tut meiner Meinung nach auch Ziegenmist, oder?«

»Ziege nicht fressen Leute von Kleinem Volk«, erwiderte Kruzmak und hielt Londor eine abgenagte Hand inklusive Elle und Speiche unter die Nase.

Londor musste sich augenblicklich übergeben.

»Ist von Troll«, erklärte Kruzmak.

Er rief Brakbar zu sich und zeigte ihm den seltsamen Fund. Sie kamen überein, dass es noch keinen Tag her sein konnte, als der Troll hier seine Mahlzeit zu sich genommen hatte. Gemeinsam schauten sie nach oben, von wo sich die Geröllmassen gelöst haben mussten. Etwa fünfzig Fuß über ihnen klaffte der halb abgesackte Eingang zu einem Stollen.

»Vielleicht dort noch Überlebende vom Kleinen Volk«, sagte Kruzmak.

»Und Trolle«, fügte Brakbar hinzu.

»Ich denke, Oger und Trolle haben den gleichen Gott«, mischte sich Londor in das Gespräch ein.

»Trolle auch beten zu Tabal. Oger nur sorgen, Trolle gehen früh zu ihm«, erklärte Brakbar mit breitem Grinsen.

»Manchmal Freunde, manchmal Feinde aber sonst gehen aus Weg«, beendete Kruzmak die Ausführungen seines Gefährten.

Die Oger versammelten sich und beratschlagten ihre weitere Vorgehensweise. Sie legten alle überflüssigen Ausrüstungsgegenstände ab, um ungehindert den Steilhang zu erklimmen. Dann machten sie sich auf den Weg. Londor folgte ihnen in gebührendem Abstand, um nicht Gefahr zu laufen, als Erster auf einen Troll zu treffen. Er hatte genug über Trolle gehört, um eine Begegnung für wenig wünschenswert zu halten.

Äußerst vorsichtig erklommen sie den Hang, um den Überraschungsmoment nicht zu verlieren. Brakbar war der Erste, der den Stollen betrat. Das Tageslicht fiel so weit ein, dass man auch hinter dem Eingang etwas sehen konnte. Nach fünfzig Schritt endete der Tunnel abrupt in einem Geröllhaufen, in dem sich zwei Trolle zu schaffen machten und versuchten, die Gesteinsbrocken umzuschichten.

Die Oger näherten sich lautlos bis auf zwanzig Schritt. Die Trolle waren zwar etwas größer als sie, aber ihre Körperfülle reichte bei weitem nicht an die ihrer Glaubensbrüder heran. Ihre Gliedmaßen waren äußerst lang, und ihre Arme reichten durch ihren gebückten Gang fast bis zum Boden. Sie machten einen drahtigen Eindruck, und durch die grünliche Hautfarbe ähnelten ihre Muskelstränge kräftigen Baumwurzeln. Ihre Haut war mit Warzen übersäht, und Letztere machten auch vor den Gesichtern nicht halt.

»Ihr graben Loch für verstecken, weil so hässlich?«, brüllte Brakbar in den Gang hinein.

Die Trolle fuhren fauchend herum, beide mit einem Gesteinsbrocken bewaffnet.

»Das nenne ich diplomatisch«, flüsterte Londor von hinten.

Die Trolle richteten sich auf und kamen auf sie zu.

»Was wollt ihr hier? Solltet ihr nicht bei den Orks sein, und ihnen folgen?«

»Wir euch suchen«, sagte Brakbar, ohne eingeschüchtert zu wirken.

»Jetzt habt ihr uns gefunden. Und nun?«

»Wollen wissen, was machen mit Kleinem Volk.«

Die beiden Trolle fixierten Brakbar und schienen ergründen zu wollen, worum es hier eigentlich ging.

»Ihr meint die, die wir nicht sofort fressen? Sie helfen uns, Löcher zu graben, in denen wir die toten Oger nach dem Krieg begraben werden. Gemeinsam mit denen, die zu viele lästige Fragen stellen.«

Brakbar verstand nicht alles von dem, was die beiden von sich gaben, aber er wusste, dass die Antwort nicht auf seine Frage passte. Er bewegte sich weiter auf sie zu.

»Wenn nicht gleich reden, dann wir euch töten.«

Kapitän Londor wunderte sich, wie schnell so eine Unterhaltung doch zu einem tödlichen Streit ausarten konnte. Die Trolle schienen noch immer nicht besonders beeindruckt zu sein.

»Das sieht euch ähnlich, ihr vollgefressenen Feiglinge. Acht gegen zwei; aber das wird euch trotzdem nichts nutzen.«

Brakbar wusste, dass die Trolle den Kampf üblicherweise mieden, aber unter allen Umständen ihr Gesicht wahren wollten, doch sie hatten nicht mit seiner schlechten Laune gerechnet. Er ließ den Axtstiel durch seine Finger gleiten, und die Waffe zu Boden fallen. Anschließend stürmte er auf die beiden Trolle zu, die sofort versuchten, in den Tunnel auszuweichen, nachdem sie ihren Schrecken überwunden hatten.

Der Tunnel war jedoch zu kurz und Brakbar zu schnell. Augenblicklich hatte er einen Troll an der Kehle gepackt, hob ihn von den Füßen und drückte ihn zu Boden. Der andere Troll peitschte mit den Armen und schlug seine langen Nägeln tief in Brakbars Schulter. Einer der Oger wollte ihm zu Hilfe eilen, doch Kruzmak hielt ihn mit einem beruhigenden Kopfschütteln zurück. Brakbar löste seinen Griff vom Hals des Trolls und trat ihm stattdessen mit dem Fuß auf die Kehle, um ihn am Boden zu halten. Halb aufgerichtet sah er, wie der andere Troll ihn von hinten attackierte.

Mit einem gewaltigen Sprung hechtete er auf Brakbars Rücken und schlug seine Krallen in das Fleisch Ogers. Dann schnappten seine Kiefer nach dessen Kehle. Brakbar packte den Troll fest am Unterkiefer, wobei zwei seiner Finger tief im Schlund des Trolls verschwanden. Er zog ihn über die Schulter nach vorn, wobei die scharfen Krallen tiefe Schnitte im Ogerrücken hinterließen. Mit einem Ruck presste er ihn gegen die Felswand, und mit der Stirn hämmerte er auf das Gesicht des Trolls ein. Immer und immer wieder stieß er mit dem Kopf zu. Der am Boden liegende Troll hatte genug Bewegungsfreiheit, um seine Krallen in Brakbars Waden zu graben. Scheinbar ohne auf die Schmerzen zu achten, erhöhte der Kriegsoger den Druck auf den Hals seines Opfers, während er mit dem Kopf noch immer den anderen Troll malträtierte, bis dieser die Besinnung verlor. Mit einer Drehbewegung der Ferse brach er auch endgültig den Widerstand seines zweiten Angreifers. Nach einem Moment der Stille ging Brakbar auf die Knie und fasste mit beiden Händen in das Maul des Trolls und riss Ober- und Unterkiefer mit einem knackenden Geräusch auseinander.

»Was du tun?«, rief Kruzmak ihm zu, der anscheinend von der Schändung Toter nicht viel hielt.

»Troll hat gebissen Finger ab und verschluckt«, antwortete Brakbar gelassen.

»Lass sein, Finger wachsen nach«, beruhigte Kruzmak ihn.

Londor stand gebannt da und versuchte das geschehene Spektakel zu begreifen. Geistesabwesend sagte er: »Finger wachsen nicht nach.«

Ärgerlich drehte Kruzmak ihm den Kopf zu. »Dann du sagen ihm.«

Als Londor die blutüberströmte Gestalt Brakbars näher kommen sah, entschied er sich, lieber den Mund zu halten.

Kruzmak ging seinem verletzten Kampfgefährten entgegen und flüsterte ihm etwas zu, wobei er ihm anerkennend auf die Schulter klopfte.

Er wies die anderen Oger an, den versperrten Durchgang freizulegen. Brakbar setzte sich daneben und verband seine Wunden. In kürzester Zeit hatten sie einen kleinen Tunnel geschaffen, durch den ein Mensch spielend hindurchklettern konnte, um tiefer in die Gänge vorzudringen.

»Londor, du suchen Zwerge und bringen hierher«, befahl Kruzmak.

»Ich?«, fragte Londor erschrocken. »Was soll ich machen, wenn dahinter wieder Trolle lauern?«

Kruzmak packte ihn am Mantel und zog ihn zum Durchbruch.

»Wenn sehen Trolle, dann laut brüllen.«

Verwundert sah Londor zu dem Hünen auf.

»Vor dem Gebrüll haben sie Angst und flüchten ... stimmt's?«, fragte er erwartungsvoll.

»Nein, werden dich töten. Brüllen nur Warnung für uns.«

Wenig ermutigt ging Londor auf die Knie und robbte durch den schmalen Spalt kurz oberhalb der Tunneldecke. Der Kapitän war schon bis zu den Knien zwischen den Felsen verschwunden, als auf der anderen Seite eine Lichtquelle entzündet wurde.

»Oh, hallo! Ich komme, um ...«, sagte Londor, bis der Satz durch , ein blechernes Schlaggeräusch beendet wurde. Als Kruzmak sah, dass Londor regungslos dalag, und das Geräusch noch einmal ertönte, zog er ihn wieder heraus. Londor lag bewusstlos zu seinen Füßen, mit zwei schmutzverkrusteten Blessuren an Stirn und Wange. Es dauerte einige Zeit, bis er wieder zu sich kam und sich aufsetzte. Nach wie vor leicht dämmerig massierte er sich die Verletzungen. Dann sprang er plötzlich auf.

»Diese miesen, dreckigen, kleinen Löcherbuddler. Erst grinsen sie einen an und im nächsten Moment ziehen sie dir eine Schaufel über.«

Er kroch wieder zum Durchbruch und spähte auf die andere Seite. »Wir sind gekommen, um euch zu helfen und das ist nun der Dank dafür?«

Wieder erhellte sich der Tunnel. Am anderen Ende sah Londor einen schmutzig aussehenden Zwerg mit einer Laterne, der den Eindruck machte, eine strapaziöse Reise hinter sich zu haben. »Wir haben euer Spiel durchschaut. Die Oger zwingen dich dazu. Du sollst uns herauslocken, damit sie uns wieder zu den Trollen bringen können«, rief der Zwerg mit erstickter Stimme.

»Was für ein Unsinn! Ich war ja schon fast bei euch drüben. Wie hätten mich die Oger dann zwingen sollen?«

»Ich weiß nicht, vielleicht bist du ein Spitzel der Kreaturen Tabals.«

»Ich? Ein Spitzel? So ein Quatsch! Bis vor ein paar Tagen war ich noch ein angesehener Kapitän auf hoher See. Diese Oger sind vor den Truppen Tabals geflohen. Es sind Deserteure. Sie versuchen, uns zu helfen. Ich komme jetzt wieder rüber zu euch und bin unbewaffnet, deshalb würde ich dich bitten … leg endlich die Schaufel weg«, schrie er.

40
Die Königstreuen

Der Tagesanbruch war nah, und Cindiel und die Oger mussten schnellstens einen Unterschlupf finden, der sie vor neugierigen Augen schützte. Nicht weit von hier musste ein kleines Wäldchen liegen, in dem sie lagern konnten. Auf ihrer Karte war es mit dem Namen Siegeshain und einem X markiert.

Noch bevor die Sonne sich vollends vom Horizont lösen konnte, erreichten sie die schützenden Bäume. Dieser Wald war anders als die, die Mogda kannte. Er war bei weitem nicht so alt wie das Tannenverlies und nicht annähernd so groß. Die Bäume hatten eine fast unnatürliche Art zu wachsen. Sie standen alle in Reih und Glied und wurden allem Anschein nach regelmäßig beschnitten. Dieser Hain, der größtenteils aus Laubbäumen bestand, glich eher einem Garten. Kreuz und quer wurde er von schmalen Pfaden durchzogen, die sorgfältig mit Pflastersteinen gesäumt waren.

»Am besten, wir gehen in die Mitte des Waldes. Die Bäume am Rand bieten nicht genug Schutz für ein Lager«, sagte Mogda.

»Ganzer Wald kein Schutz«, brummte Rator. »Ist wie Ork geben Schutz vor Pfeilhagel. Ork verwundet, Oger tot.«

»Wenn wir in der Mitte sind, sehen wir weiter«, sagte Mogda.

Sie folgten den Pfaden weiter ins Innere. Der Wald thronte auf einem Hügel, dessen Wege spinnennetzartig verliefen. Es gab keinen Baum, der nicht von den Wegen aus zu erreichen war.

»Warte Mogda!«, rief Cindiel von seinem Rücken. »Da sind überall Namen in die Stämme eingeritzt. Ich dachte vorhin, es sei Zufall, aber an jedem Baum steht einer.«

Sie zeigte schräg nach oben an den Stamm einer Esche.

»Brandig Vandal«, las Mogda vor.

»Wer soll das sein, ein Held der Menschen?«

»Ich weiß nicht«, antwortete Cindiel. »Ich kenne den Namen nicht.«

»Vielleicht Hüttenbauer, verzaubert von böser Hexe«, brummte Rator.

»Quatsch«, fuhr Cindiel ihn an. »Solche Hexen gibt es nicht. Und selbst wenn, dann hätte eine gute Hexe ihn schon lange in einen Menschen zurückverwandelt.«

»War nur Gedanke«, beruhigte Rator sie.

Die lange Reise und das ewige Marschieren bei Nacht schlugen sich langsam auf die Gemüter nieder. Mit bedrücktem Schweigen folgten sie dem Weg weiter. Mogda versuchte seit Tagen den richtigen Zeitpunkt zu finden, den anderen von seiner Vision zu erzählen.

»Dort auf der Höhe!«, sagte er und zeigte auf eine Lichtung nicht weit vor ihnen. »Dort laufen alle Pfade zusammen. Sie führen auf das große steinerne Denkmal zu. Was ist das ... ein König?«

Wenig später war ihnen allen klar, was die Statue darstellte.

»Ein Troll!«, sagte Cindiel erstaunt.

Das Gestein war nur grob behauen, und nicht alle Einzelheiten waren herausgearbeitet, doch das Bildnis ließ keinen Zweifel zu. Der Griff eines Schwertes, auch aus Stein gearbeitet, ragte ihm aus der Brust.

»Ich hatte nicht gedacht, dass Trolle so groß sind«, sagte Cindiel nach einem Augenblick ehrfürchtig.

Die Statue überragte Mogda und Rator noch um über vier Fuß, obwohl das Ungetüm nicht einmal aufrecht stand.

»Trolle kleiner als Oger«, murmelte Rator.

»Einige jedenfalls«, fügte Mogda hinzu. »Das hier ist kein gewöhnlicher Troll. Das ist Grind, der Trollkönig. Er soll fast doppelt so groß gewesen sein wie der Rest seiner Rasse. Man sagte, er hat nur Troll- oder Menschenfleisch gegessen. Mit dieser Angst im Rücken war sein Volk immer darauf bedacht, genügend Beute vorrätig zu haben, um nicht selbst verspeist zu werden.«

Bedrückt schauten sie auf das Monstrum und malten sich in Gedanken seine Schreckensherrschaft aus.

»War nicht so groß«, brummte Rator unvermittelt. »War nur wenig größer als wir.«

Ungläubig schauten Mogda und Cindiel zu ihm.

»Du kanntest Grind?«, fragte Mogda ungläubig.

»Hab gesehen in Schlacht. In Schlacht am Bergrücken. Er getötet alles. Getötet Sklaven, Hüttenbauer, Freunde, Trolle, alles. Er war ... Trollkönig.« Rator spuckte angewidert vor dem mächtigen Monument aus.

Mogda hatte wenig Lust, das Thema zu vertiefen. Er schämte sich dafür, seinen Glauben mit den Trollen zu teilen.

Cindiel klopfte auf Mogdas Stirn, um dessen Aufmerksamkeit zu gewinnen.

»Was ist, Prinzessin?«

»Sieh mal dort«, sagte sie und zeigte an ihm vorbei auf den Boden zwischen den Trollbeinen.

»Da ist ein Eingang.«

Der Oger ließ Cindiel zu Boden gleiten und kniete sich vor die zwei großen, in die Erde eingelassenen Türen. Mit der Hand fegte er Sand und Blätter, die sich im Laufe der Zeit darauf gesammelt hatten, beiseite und legte zwei grob geschmiedete Eisenringe frei.

»Na, da bin ich ja mal gespannt, was wir in so einem Keller mitten im Wald finden«, sagte Mogda und zog einen Türflügel auf. Muffige Luft strömte ihnen entgegen. Sie sahen eine Steintreppe, die hinunter in ein gruftartiges Gewölbe führte. Vorsichtig kletterten sie die schmalen Stufen hinab. Die Decke war nicht hoch genug, dass die Oger aufrecht stehen konnten. Somit zwängten sie sich in gebückter Haltung ins Innere. Cindiel sorgte mit einem Lichtzauber für genügend Helligkeit.

Sie befanden sich in einem Raum mit sechs Schritt Durchmesser, gepflastertem Boden und lehmbeschichteten Wänden. Keinerlei Einrichtung zierte den Raum. Auf dem Boden häuften sich menschliche Knochen. Zum Teil fügten sie sich noch zusammen, aber die meisten lagen einzeln verstreut. Hier und da waren noch komplette Schädel zu erkennen.

»Das ist eine Grabkammer«, stieß Cindiel angewidert hervor. »Ein Massengrab. Hier haben sie alle hingebracht, die keine Angehörigen hatten oder nicht mehr zu erkennen waren.«

»Das ist gut, dann kommen auch keine Besucher hierher«, erklärte Mogda.

»Ich werde auf keinen Fall hier schlafen, zwischen all den Toten«, sagte Cindiel. »Ihr könnt es euch ruhig bequem machen. Ich bleibe draußen.«

Mit energischem Blick drehte sie sich um und verließ das Gemäuer, ohne Mogda und Rator die Möglichkeit zu geben, sie umzustimmen.

»Lass sie«, beruhigte Mogda seinen Weggefährten. »Sie ist draußen genauso sicher wie hier drinnen. Falls doch etwas passieren sollte, kann es nur von Vorteil sein, wenn man uns noch nicht entdeckt hat.«

Mogda folgte ihr bis zum Aufgang und sah ihr noch einen Augenblick nach.

»Geh nicht so weit weg, Prinzessin. Wenn du Hilfe brauchst, ruf einfach.«

Sie nickte ihm missmutig zu, während Mogda die Flügeltüren zur Gruft hinter sich schloss.

Cindiel war zwar auch sehr müde, aber zu viele Gedanken schwirrten ihr durch den Kopf. Mochte es wohl richtig sein, den König zu entführen, und konnte das überhaupt gelingen? Wie würde man auf sie und ihre Tat reagieren, wenn alles vorbei war? Würden die Menschen es verstehen, oder bliebe sie bis in alle Ewigkeit in Geschichten die böse Hexe, die mit den Kreaturen Tabals gemeinsame Sachen gemacht hatte?

Verunsichert und verängstigt hockte sie sich an einen nahe gelegenen Baum. Sie beobachtete einen kleinen, grünlich glänzenden Käfer, der sich an einem heruntergefallenen Blatt zu schaffen machte. In Gedanken versunken merkte Cindiel nicht, wie die Zeit verstrich. Es musste bereits Mittag sein, als sich ein Schatten über sie warf, und eine Frauenstimme sie hochschrecken ließ.

»Was machst du denn hier, Kleine? Ist er dein Großvater gewesen?«

Cindiel wollte zuerst um Hilfe rufen, verwarf den Gedanken aber, als sie ihr Gegenüber genauer betrachtete. Eine alte Frau mit gekrümmten Rücken stand vor ihr. Ihre Kleidung war die einer Bäuerin, und die schweren Wanderschuhe schienen einem Mann zu gehören.

»Wer soll mein Großvater gewesen sein?«, fragte sie, als sie sich am Baum hochstemmte.

Die alte Frau beugte sich vorsichtig vor. »Keine Angst, Kleine. Ich meine ... ähh ... Grundert Jachok, wenn mich meine Augen nicht im Stich lassen.«

Cindiel sah nach oben und bemerkte den Namen, der im Stamm

eingeritzt war. »Ach so«, sagte sie, »nein, er war kein Verwandter. Ich habe nur einen Augenblick Rast gemacht. Ich suche die Truppen des Königs.«

Ungläubig schaute die Alte Cindiel an. »Was willst du denn von denen? Ist dein Vater beim Heer, als Soldat?«

Cindiel liebte es, wenn man ihr die Antworten schon in den Mund legte, und sie sich keine eigenen Lügen ausdenken musste. In diesem Fall war es auch noch eine ganz hervorragende Geschichte. »Ja, unsere Mutter ist krank, und ich will ihn zurück nach Hause bringen. Er muss sich um uns kümmern und einen Heiler holen.«

Die Alte schien gerührt zu sein.

»Ich mache mich gleich wieder auf den Heimweg. Wenn du willst, kannst du mich begleiten. Die Truppen sind zwar weiter im Landesinneren, aber ich bin heute Morgen an einem Rasthaus vorbeigekommen, wo einige Pferde von Königstreuen in den Ställen standen. Vielleicht findest du dort jemanden, der dir weiterhilft.«

Cindiel war begeistert. Manchmal half es mehr, ein Kind zu sein, als ein Gespräch mit Zauberei zu lenken.

»Wie weit ist es bis zum Rasthaus?«, fragte sie.

»In zwei Stunden müssten wir es erreicht haben. Von dort sind es etwa noch einmal zehn Meilen bis zum Heerlager. Du wirst sehen, du bist schneller bei deinem Vater, als du glaubst.«

Die Alte streichelte ihr über den Kopf.

Zwei Stunden hin, zwei Stunden zurück und eine Stunde dort, das wird reichen, dachte Cindiel. *So lange werden die beiden bestimmt noch schlafen. Wenn sie wieder aufwachen, hab ich schon alles ausgekundschaftet.*

»Sie sind sehr freundlich. Warten Sie, ich helfe Ihnen beim Tragen«, sagte sie und nahm der Alten einen Weidenkorb ab, in dem eine kleine Pflanzschaufel und eine Hacke lagen. So machten sie sich auf den Weg gen Osten. Unterwegs erzählte ihr die alte Frau, dass sie einmal in der Woche zum Siegeshain pilgerte und dort den Trauerbaum ihres Mannes besuchte. Er war im siegreichen Kampf gegen die Trolle gefallen. Für jeden der Krieger wurde ein Baum gepflanzt und mit seinem Namen versehen. Die Angehörigen pilgerten von Zeit zu Zeit in den Hain, um sie zu ehren. Mit Blumen oder anderen Opfergaben erwiesen sie ihnen ihren Respekt oder ihre Liebe, je nachdem.

Die alte Frau war gut zu Fuß und hatte für ihr Alter eine beachtliche

Ausdauer. Lange erzählte sie Cindiel von den vergangenen Schrecken der Trollkriege. Weitgehend stimmten ihre Erinnerungen mit den Geschichten Hagrims überein.

Alles in allem fand Cindiel die Alte nett, und sie war erleichtert, dass deren Redefluss sie zugleich daran hinderte, unangenehme Fragen zu stellen.

Ohne dass Cindiel auch nur eine einzige Antwort geben musste, dichtete die Frau ihr ein komplettes Leben an.

Schneller als erwartet, erreichten sie das Gasthaus. Das recht großzügig gebaute, zweistöckige Holzhaus mit dem einprägsamen Namen »Zum Trollkönig« war gut besucht. Im nahe gelegenen Stall standen rund ein halbes Dutzend Pferde mit dem Wappen des Königs, und vor dem Haus waren vier weitere leichte Reitpferde angebunden. Hinter dem Haus standen zwei große Planwagen von Händlern, die ihre Ware gut versteckt vor neugierigen Augen im Inneren eingeschlossen hatten.

»So, Kleine«, sagte die Alte, »hier ist bestimmt jemand, der deinen Vater kennt, oder weiterhelfen kann, ihn zu finden. Ich muss gehen. Du kommst bestimmt auch ohne mich zurecht.«

»Ich wünsche Ihnen alles Gute, und passen Sie auf sich auf«, verabschiedete sich Cindiel von ihr. Sie schaute der Alten noch einen Augenblick hinterher, doch die Frau drehte sich nicht mehr um, sondern folgte stur dem Weg.

Beim Betreten der Gaststube wunderte sich Cindiel über die Ruhe im Inneren. Niemand saß an den Tischen oder der Theke. Nur der Schankwirt stand hinter dem Tresen und polierte eifrig seine Gläser. Mit einem Blick gegen das Licht kontrollierte er ihren Glanz. Er machte den Eindruck eines gebildeten, wohlhabenden Mannes, der auf sein Äußeres großen Wert legte. Seine Kleidung war sauber und die Schankschürze nicht älter als wenige Wochen. Sofort fiel sein Blick auf Cindiel, die wie angewurzelt vor dem Tresen stand und darauf wartete, angesprochen zu werden.

»Na, Kleines, wie kann ich dir helfen?«

Cindiel hatte sich ihre Geschichte schon zurechtgelegt. Mit einem feuchten Glanz in den Augen trat sie an die Theke.

»Zwei Tage hab ich an der Straße gewartet, und als sie vorbeizogen, bin ich vor Erschöpfung eingeschlafen«, weinte sie.

»Na, na, was ist denn passiert?«, beruhigte sie der Wirt.

»Ich wohne auf einem Hof, westlich des Siegeshaines«, erzählte sie. »Mein größter Wunsch ist es, einmal den König zu sehen. Ich habe so lange darauf gewartet, und dann habe ich ihn verpasst. Nun bin ich auf dem Weg zum Heerlager, weiß aber nicht, wie es weitergeht.«

Der Wirt lächelte verständnisvoll und füllte ein Glas mit Holunderbeerensaft.

»Das Heerlager ist zehn Meilen von hier entfernt, in nördlicher Richtung. Das ist zu weit für ein kleines Mädchen wie dich.«

Schluchzend kullerten Cindiel die ersten Tränen über die Wangen.

»Vielleicht kann ich dir helfen«, sagte der Wirt mitleidig.

Hoffnungsvoll schaute Cindiel zu ihm auf.

»Von mir weißt du das nicht, aber es könnte sein, dass der König heute Abend hier in dieses Gasthaus kommt und in unserem besten Zimmer übernachtet«, flüsterte er ihr zu und zeigte dabei die Treppe hinauf.

»Du darfst durchs Fenster sehen, wenn er hier unten seine Mahlzeit zu sich nimmt. Du musst aber draußen bleiben, der König mag nicht unaufgefordert angesprochen werden. Ich lasse den Fensterladen einen Spalt offen.«

»Meint Ihr das ernst?«, stammelte Cindiel.

»Wie ich gesagt habe, aber von mir weißt du das nicht. Haben wir uns verstanden?«

Mit einem glücklichen Gesichtsausdruck wischte sich Cindiel die Tränen aus dem Gesicht.

»Danke, Herr Wirt«, sagte sie, nahm einen großen Schluck Saft und verließ den Schankraum.

Verunsichert durch den schnellen Stimmungswandel und den übereilten Aufbruch sah der Wirt ihr nach.

Der Rückweg war trotz ihrer Hochstimmung äußerst anstrengend, und sie kam langsamer voran, als sie sich erhofft hatte. Sie war noch eine Viertelmeile entfernt von dem Mahnmal des Trollkönigs, als sie die verängstigten Hilferufe eines Mannes hörte. Der Mann schien in Lebensgefahr zu sein, und Cindiel ahnte auch schon in welcher. Mit letzter Kraft rannte sie auf die Lichtung zu. Im Unterholz verlor sie einen Schuh, den sie achtlos liegen ließ, um keine Zeit zu verlieren.

Ein Ast peitschte ihr ins Gesicht und hinterließ einen blutigen Striemen auf ihrer Wange. Sie erreichte die Lichtung und konnte kaum fassen, was sie dort sah. Rator stand neben dem steinernen Denkmal und hielt einen jungen Mann am Fußgelenk in die Höhe. Mogda kniete vor ihm und drangsalierte den Mann, indem er ihm mit dem Zeigefinger zwischen die Rippen stach. Völlig außer Atem schrie sie die Oger an. »Ihr barbarischen Unholde, lasst sofort den Mann in Ruhe.«

Noch bevor sie weiter Anweisungen geben konnte, fiel ihr der Jüngling ins Wort. »Bring dich in Sicherheit, Kleine. Lauf, so schnell du kannst. Ich werde versuchen, sie aufzuhalten.«

Schallend lachend ließ Rator den Mann zu Boden fallen, der daraufhin unsanft aufschlug. Mogda lief Cindiel entgegen, doch das kleine Mädchen rannte an ihm vorbei, auf den Mann am Boden zu.

Sie hockte sich neben ihn und sah zu, wie er sich die schmerzende Schulter hielt und ängstlich Rator anstarrte.

»Was habt ihr mit ihm gemacht?«, schrie sie den Oger an. Der zuckte nur verständnislos mit den Achseln.

»Wir dachten, er hat dir etwas angetan«, mischte sich Mogda ein. »Wir sind aufgewacht und wollten nach dir schauen. Aber der Einzige, der hier umherschlich, war dieser Bursche.«

»Seid ihr nicht ganz bei Trost? Die Einzigen, die hier Leute entführen, seid ihr. Ich habe mich nur ein wenig umgesehen.«

»Was jetzt machen mit Hüttenbauer?«, fragte Rator verwirrt.

»Was sollen wir schon mit ihm machen? Wir lassen ihn wieder gehen ... und entschuldigen uns bei ihm«, ordnete Cindiel an und warf Mogda einen erwartungsvollen Blick zu.

»Schon gut«, beruhigte er sie. »Ich mache das schon.«

Cindiel zerrte Rator beiseite, weil der Mann in Gegenwart zweier Oger nicht imstande schien, mit Mogda zu reden.

Mogda setzte sich vor ihm ins Gras und blickte ihm in die angsterfüllten Augen. »Du hast gehört, was die Herrin befohlen hat«, sagte er grinsend. »Es tut uns leid, dass wir dich so grob angefasst haben. Das musst du verstehen. Sie ist unsere kleine Halbschwester ... mütterlicherseits. Man muss ständig auf sie aufpassen, dass sie keine Leute anfällt. Man sieht es vielleicht nicht, aber in ihr stecken Bärenkräfte, und sie hat einige Schwierigkeiten, sich überhaupt im Zaum zu halten. Deshalb begleiten wir sie morgens immer zur Schule. Und wie das so ist mit kleinen Schwestern: Als ihre Brüder sind wir ein bisschen empfindlich. Also, wie gesagt, es tut uns leid.«

Der Mann blickte verstört in Mogdas Gesicht, nickte aber fortwährend.

»So, jetzt kannst du wieder spielen gehen. Ich würde dir aber raten, nichts von diesem Vorfall weiterzuerzählen. Wenn doch, kommt Rator dich besuchen und erklärt dir die ganze Sache noch mal. Willst du das etwa?«

Der Mann brach sein noch immer beständiges Nicken abrupt ab und schüttelte stattdessen schnell den Kopf.

»Verzieh dich«, sagte Mogda, und im gleichen Augenblick sprang der Mann auf und nahm Reißaus. In wenigen Augenblicken war er zwischen den Bäumen verschwunden.

»Was hast du zu ihm gesagt?«, fauchte Cindiel ihn aus einiger Entfernung an.

»Nichts«, entgegnete Mogda mit Unschuldsmiene. »Ich habe ihm nur erklärt, dass wir uns um dich sorgen, dass wir aber auf keinen Fall gewalttätig sind. Dann hab ich mich entschuldigt, und er ist losgerannt.«

Ungläubig schaute Cindiel ihn an.

Sie konnte Mogdas Gesichtsausdruck nicht richtig deuten, wollte aber keine Zeit darauf verschwenden, nachzuhaken. Schließlich hatte sie etwas Wichtiges zu erzählen.

»Ich habe das Gasthaus gefunden, wo der König heute Abend übernachtet«, erklärte sie stolz.

Dann erzählte sie von der alten Frau und dem redseligen Gastwirt. Sie war entschlossen, in den Abendstunden zurückzukehren und unterwegs einen Plan zu entwerfen.

Cindiel durfte sich auf dem Weg zum Gasthaus wieder auf Mogdas Schultern ausruhen. Nachdem sie einen Plan gefasst hatten, dauerte es nicht lang, bis sie einschlief. Mogda hielt ihre Hände auf seiner Brust fest, damit sie nicht herunterfiel.

Eine Meile vor ihrem Ziel legten sie noch eine Rast ein, um Cindiel etwas mehr Schlaf zu gönnen.

Es war kurz vor Mitternacht, als sie das Mädchen wieder weckten.

»Wach auf, Prinzessin! Deine Schauspielkunst ist gefragt.«

Cindiel brauchte noch einen Augenblick, um völlig zu sich zu kommen. »Ich bin gleich so weit«, stammelte sie.

Mogda nahm sie hoch und setzte sie sich auf die Schultern.

»Lass dir noch einen Moment den Wind um die Nase wehen, bis wir da sind«, sagte er und trabte los.

Wenig später sahen sie die Lichter des Gasthauses. Nach Cindiels Beschreibung musste der König im oberen Stockwerk sein. Am Stall angekommen, teilten sie sich auf. Mogda und Rator gingen auf die Rückseite des Gebäudes, Cindiel schlich zum Vordereingang.

»Vergesst nicht, niemanden töten«, flüsterte sie den Ogern zu, bevor sie in der Dunkelheit verschwanden.

Mogda und Rator hatten ihren Platz am Hinterausgang der Schankstube eingenommen, gleich bei den Stallungen. Mit lautem Krachen brach Mogda ein dickes Brett aus der Stallwand. Verwundert drehte er sich zu Rator um. »Das ist nicht wahr. In meinem ganzen Leben habe ich mich noch nie einem Tier genähert, das nicht vor mir gescheut hat. Und jetzt, wo sie lärmen und wiehern sollen, stehen sie ruhig da und gaffen einen an.«

»Pferde dressiert für Kampf«, brummte Rator. »Haben nicht Angst vor Oger.«

»Gut zu wissen, dann werde ich dazu übergehen nur noch Pferde der Königsgarde zu essen. Dann habe ich weniger Ärger.«

»Glauben nicht«, sagte Rator ruhig und langte durch das Loch in der Wand. Er gab dem Pferd einen Faustschlag gegen die Schläfe, das daraufhin in sich zusammensackte. Das Tier schnaubte nur schwach, die restlichen Pferde jedoch begannen zu wiehern und zu stampfen.

Die beiden Oger traten in den Schatten des Stalles und warteten auf eine Reaktion.

Kurz darauf flog die Hintertür zur Gaststube auf, und der Wirt trat ins Freie, um nach den Tieren zu sehen. Aus der Dunkelheit heraus traf ihn ein Holzbrett am Kopf und raubte ihm die Sinne.

»Mist, ich glaube das war zu stark«, flüsterte Mogda.

Rator kniete bereits über dem Wirt. »Lebt noch.«

Er zog den reglosen Körper hinter sich her und lehnte ihn gegen die Hauswand. Nun schauten Rator und Mogda hoch zu dem beleuchteten Fenster im ersten Stock.

»Wie noch genannt Cindiel?«, sagte Rator, ohne den Blick von dem Fenster abzuwenden.

»Räuberleiter«, antwortete Mogda.

Cindiel nutzte die Abwesenheit des Wirtes und schlüpfte in den Schankraum. Die anwesenden Wachen würdigten sie nur eines kurzen Blickes. Sie sahen keine Gefahr in einem kleinen Mädchen und nahmen an, sie gehöre zum Haus. Unsicher durchquerte sie den Raum und stieg die Treppe zum oberen Stockwerk hinauf. Vorsichtig blickte sie um die Ecke und erkannte die zwei Wachtposten vor dem Zimmer des Königs. Die beiden schienen recht gelangweilt zu sein. Mit einem kleinen Singsang auf den Lippen näherte sie sich den Wachen.

»Was willst du, Kleine?«

Cindiel sah den Männern nacheinander tief in die Augen. »Ich wünsche zum König vorgelassen zu werden.«

Einen Moment schienen die beiden irritiert zu sein. Dann wiederholten sie wie in Trance: »Sie wünscht zum König vorgelassen zu werden.«

Einer drehte sich um und öffnete die Tür zur Kammer. Cindiel schlüpfte hindurch, während die Tür hinter ihr sofort wieder geschlossen wurde. Sie sah einen alten Mann, der am Fenster saß und ihr den Rücken zugewandt hatte. Sein ergrautes Haar fiel ihm auf die Schulter. Er hockte an einem kleinen Beistelltisch und zog mit Lineal und Kohlestift Markierungen auf einer Karte.

»Verzeihung, Eure Majestät«, sagte sie mit zitternder Stimme.

Der alte Mann fuhr ruckartig herum und sah Cindiel fragend an. »Wo kommst du her? Wie bist du an meinen Wachen vorbeigekommen?«

»Ich habe Informationen über ...« Sie wurde abgelenkt, als Mogdas Kopf kurz im Fenster erschien. Mit weit aufgerissenen Augen und unsicherer Miene wankte er von links nach rechts und verschwand dann wieder.

»Ich habe Informationen über den bevorstehenden Krieg. Die Kreaturen Tabals handeln nicht auf eigene Veranlassung. In den Städten ...«

Wieder tauchte Mogda kurz am Fenster auf und verschwand gleich darauf. Cindiels Irritation veranlasste den König dazu, sich zum Fenster umzudrehen, doch er konnte nichts entdecken.

»In den Städten gibt es Verräter, die Einfluss auf …«

In diesem Augenblick zersplitterte das Fenster, und Mogdas lange Arme griffen nach dem König. Er schien so geschockt zu sein, dass er nicht einmal um Hilfe rief. Sofort eilte Cindiel zu ihm und blieb inmitten der Glassplitter stehen, die den Boden übersäten. Mogdas Arm streckte sich ihr entgegen und nahm sie sicher in Empfang.

Als die ersten Gesichter im Zimmer des Königs am Fenster erschienen und hinausblickten, waren die drei mit ihrer Beute schon hundert Schritt in der Dunkelheit verschwunden.

41
Kleine und große Entscheidungen

Kruzmak umrundete das Lager. Seine Sinne waren wie stets geschärft. Wenn er eines wusste, dann, dass man beim Wachelaufen nicht nur für sich selbst Verantwortung trug, sondern auch für die Gefährten im Lager. Dabei machte es keinen Unterschied, wer in diesem Lager war. Egal ob Oger, Hüttenbauer oder Angehörige des Kleinen Volkes so wie heute Nacht.

Kruzmak versuchte den Patrouillenabstand zum Lager so gleichmäßig wie möglich einzuhalten. Das unwegsame Gelände jedoch stellte ihn bei seiner verantwortungsvollen Aufgabe immer wieder vor Probleme. Er kletterte über Felsvorsprünge, sprang über kleinere Kluften oder drängte sich an Steilhängen vorbei, und das alles in der Dunkelheit.

So weit oben in den Bergen drohte den Ogern kaum Gefahr. Dennoch bestand zumindest die Möglichkeit, dass eine Zwergenpatrouille ihr friedliches Zusammensein falsch deutete und sie angriff. Ebenso war es möglich, dass andere Trolle ihre toten Mitstreiter fanden und auf Rache sannen.

Kruzmak war auf alles vorbereitet ... das dachte er jedenfalls.

Zwischen zwei gewaltigen Felsbrocken hindurch sah er das beleuchtete Lager. Im Zentrum der Senke loderte ein stattliches Feuer, jedoch erhellten die Flammen nur eine einzelne Person, die auf einem Stein direkt davorhockte. Anhand der Silhouette folgerte der Oger, dass es sich um Kapitän Londor handeln musste. Von den anderen fehlte jede Spur. Besorgt kürzte Kruzmak seine Runde ab, um schnellstmöglich zurück ins Lager zu gelangen.

Vorsichtig näherte er sich der sitzenden Gestalt des Kapitäns. Mit einem Zischlaut machte er auf sich aufmerksam.

Verwundert, aber keineswegs ängstlich, drehte sich Londor um.

»Wo Brakbar und die anderen?«

Stumm zeigte Londor in die westliche und die östliche Richtung des Lagers.

Mit zusammengekniffenen Augen folgte Kruzmaks Blick Londors ausgestrecktem Arm.

Schemenhaft erkannte er die Umrisse der Oger, die fast vollends mit der Dunkelheit verschmolzen und zwischen den Felsen kauerten. In entgegengesetzter Richtung erkannte er den Schein einer halb abgeblendeten Zwergenlaterne.

Den Gedanken daran, zu seinen Freunden zu gehen und sie zur Rede zu stellen, tat er eben so schnell ab, wie die Idee, sich eine Erklärung bei den Zwergen zu holen. Der Einzige, von dem er eine halbwegs vernünftige Antwort erwarten konnte, saß direkt vor ihm und schaute ihn mit einem wenig glücklichen Ausdruck an.

»Londor, was sollen das?«

Der Kapitän zuckte mit den Achseln und sah zu beiden Seiten in die Dunkelheit. »Zuerst war alles wie immer. Wir saßen gemeinsam ums Feuer und schwiegen uns gegenseitig an. Dann rief plötzlich einer deiner Gefährten: ›Kleines Volk sein nur vertrocknete Oger!‹, woraufhin die Zwerge ihr Lager dort drüben aufschlugen. Dann schien es mir so, als wenn Brakbar und die anderen nicht genau wussten, wie sie darauf reagieren sollten und so hockten sie sich dort drüben ins Dunkel. Seitdem sitze ich hier und bete darum, dass es irgendwann beginnt, Verstand zu regnen.«

Erleichtert hockte sich Kruzmak mit ans Feuer. »Du Vorschlag, was machen?«, fragte er dann.

»Wieso fragst du mich? Auf diesem Berg bist du doch der Kapitän. Wenn meine Männer so rummaulen, dann befehle ich ihnen einfach, sich wieder zu vertragen.«

»Das helfen?«

»Ja, solange ich in der Nähe bin.«

»Und wenn nicht da?«

Londor blickte Kruzmak verwundert an. »Keine Ahnung, aber ist doch egal, dann sehe ich es ja nicht.«

Kruzmak nickte nachdenklich. Ein Gebaren, dessen nur wenige Menschen je ansichtig wurden.

»Ich holen Oger, du kümmern um Zwerge«, sagte er.

»Wieso ich?«, entfuhr es Londor.

»Ich Kapitän und befehlen. Du laufen und machen.«

Manchmal erstaunte es Londor, wie schnell die Auffassungsgabe der Oger funktionieren konnte, wenn dabei ein Vorteil für sie heraussprang.

Ohne große Begeisterung machte sich der Kapitän auf den Weg, während Kruzmak schon mit den ersten Ogern zurück ans Feuer kam.

Fast eine halbe Stunde dauerte es, bevor Londor das Dutzend dickköpfiger Zwerge davon überzeugt hatte, dass die Zusammenarbeit mit den Ogern nun einmal unerlässlich sei.

Kruzmak sah in die grimmigen Mienen beider Parteien. Eine einfache Lösung schien nicht greifbar, und eine komplizierte fiel ihm nicht ein. Und selbst wenn ihm eine eingefallen wäre, würde sicherlich zumindest eine Seite kein Wort davon verstehen. Kruzmak musste etwas sagen, sonst würde in kürzester Zeit wieder eine Streiterei beginnen. Damals war er stolz gewesen, als Rator ihm die Führung der Oger überlassen hatte; heute war es so weit, dass er sich Rator dringend zurückwünschte.

Plötzlich ergriff Kapitän Londor das Wort. »Hört mal her, ich weiß, dass es schwerwiegende Unterschiede zwischen unseren Völkern gibt, aber das sollte uns nicht daran hindern, einen gemeinsamen Feind zu bekämpfen.«

»Wer sollte das sein? Vielleicht die Sprachbeherrschung?«, rief einer von den Zwergen lachend, und die anderen schlossen sich ihm an.

Die Oger hatten Schwierigkeiten, dem Zwergenhumor zu folgen und sahen sich verständnislos an.

»Hey«, rief Londor dem Zwischenrufer ärgerlich zu. »Es geht auch um dein Volk, oder hast du schon vergessen, wie viele von euch bei den Trollen in Gefangenschaft sind? Außerdem hat Brakbar euch gerade erst davor bewahrt, als Trollmahlzeit zu enden. Wir sollten zusammenarbeiten, um es diesen Bestien zu zeigen.«

»Wie soll das denn gehen?«, fragte einer der Zwerge. »Mit einer Hand voll Oger wollt ihr mindestens dreihundert schwer bewaffnete Trolle töten?«

»Wir nicht Hand voll«, unterbrach Kruzmak. »Wenn treffen auf Trolle, wir zehn mal so viele wie zwei Hände. Viele von uns verstreut im Gebirge, genau wie Kleines Volk.«

»Wir sind nicht verstreut. Fast alle haben sich in der Zwergenbinge in Sicherheit gebracht. Nur die, die flüchten konnten, haben sich woanders verschanzt. Leider sind die Tore zur großen Mine verschlossen und werden erst in einigen Wochen wieder geöffnet.«

»Wie viele von euch haben sich hier im Gebirge versteckt und warten darauf?«, fragte Londor.

»Vielleicht fünfzig?«, antwortete der Zwerg.

»Und wie viele sind noch in der Gefangenschaft der Trolle?«

»Wenn die Trolle so weitergewütet haben wie zuvor, vielleicht noch einmal hundertzwanzig.«

»Das reicht doch«, erwiderte Londor. »Wo ist also das Problem?«

»Wir trauen euch nicht«, rief wieder ein anderer Zwerg aus der zweiten Reihe.

Londor wollte gerade auf ihn zutreten, um ihm die Meinung zu sagen, als er plötzlich gebannt innehielt und auf die große schlaksige Gestalt starrte, die sich aus dem Dunkeln löste.

»Ihr solltet die Zwerge und den Menschen lieber anketten, bevor ihr sie verhört«, sagte der Troll und setzte sich in die Reihe der Oger. Londor wich einige Schritt vor dem Monstrum zurück und trat zwischen die Zwerge.

»Seht ihr, was ich meine?«, sagte der Troll und wartete auf Zustimmung.

Geistesgegenwärtig antwortete Kruzmak: »Wollen zwingen sagen, wo sind andere Zwerge.«

»Die könnt ihr vergessen. Die, die nicht hinter den großen Toren der Zwergenbinge hocken und darauf warten, dass bessere Zeiten für sie kommen, streunern halb verhungert in den alten Schächten umher. Nicht mal mehr als Nahrung taugen die.«

»Meister gesagt, mehr vom Kleinen Volk für Trolle bringen.«

Abschätzend schüttelte der Troll den Kopf.

»Ach, mach keinen Aufstand. Die Arbeiten im Fels sind so gut wie abgeschlossen. Die einzigen Zwerge, die wir noch benötigen, sind fette Zwerge für das Festmahl.«

»Wofür brauchen Meister Tunnel?«, fragte Kruzmak beiläufig.

»Das sind keine Tunnel. Das ist ein Zugang zum Meer. Die Meister wollen damit die Rote Wüste fluten und den Drachenhorst zu ihrer Festung machen.«

»Wann?«

»Wie, wann? Natürlich wenn wir die Menschen vernichtet haben, oder glaubst du, die Meister wollen ihre eigene Armee ersäufen?«, erklärte der Troll fassungslos.

Londor bedeutete den Zwergen unterdessen, so zu tun, als ob sie eingeschüchterte Gefangene wären, um dem Troll keinen Anlass zu Misstrauen zu geben. Zumindest hoffte er, dass sie seine Handzeichen richtig auslegten.

Aufmerksam beobachtete und belauschte der Kapitän das Gespräch. Der Troll war selbst für einen Angehörigen seiner Rasse riesig. Eine Ausgeburt an Kraft und Wendigkeit. Zahlreiche Narben deuteten auf unzählige Kämpfe hin. Ein Wesen, das Brakbar in nichts nachstand.

Jetzt fiel es Londor erst auf ... Brakbar war nirgends zu sehen.

Vielleicht wusste der Troll schon, was hier vor sich ging, hatte Brakbar auf der Wache getötet und ihre Gespräche belauscht? Und nun wartete er nur noch den richtigen Zeitpunkt ab, um zuzuschlagen.

Londors Furcht löste sich in dem Moment auf, als er Brakbar aus dem Dunkeln auftauchen sah. Die Bewegungen des Ogers zeigten deutlich seine Entschlossenheit. Trotz seiner schweren Verletzungen rannte er mit hoch erhobener Axt auf den Troll zu, der ihm den Rücken zukehrte. Die Oger, die Brakbars Nahen noch rechtzeitig bemerkten, rückten vorsichtig von dem Troll ab, der ahnungslos in seinem Proviantbeutel herumkramte.

Wie ein Rachegott, der vom Himmel herabfuhr, stieß Brakbar sich von einem Felsen ab und flog förmlich auf sein Opfer zu. Die Axt trat im Rücken des Trolls ein, und dann brach die geschärfte Klinge durch den Brustkorb. Die ganze Szene lief lautlos ab. Selbst der tödlich getroffene Troll kippte einfach nur stumm vornüber.

Brakbar rollte sich ab. Erhobenen Hauptes trat er dem Troll in den Rücken, um die Waffe aus dessen Körper zu ziehen. Kruzmak klopfte ihm anerkennend auf die Schulter. Die anderen Oger taten es ihm nach.

»Nun zu euch«, wandte Londor sich wieder an das Kleine Volk. »Traut ihr uns noch immer nicht? Wie es mit den kämpferischen Fertigkeiten eurer neuen Verbündeten aussieht, habt ihr ja eben gesehen. Und wir wollen euch an dem großen Sieg über die Trolle teilhaben lassen.«

Einer der Zwerge stand auf und löste sich aus der Gruppe. »Ich bin Dagholin Steinschmelzer«, sagte er mit herausgestreckter Brust. »Ihr habt unser Vertrauen gewonnen. Unsere Waffen für euren Kampf.« Und mit diesen würdevollen Worten hob er eine verrostete Schaufel.

42
Den König im Nacken

»Das könnt ihr auf keinen Fall machen«, protestierte Cindiel.

»Wieso nicht?«, fragte Mogda verwundert, obwohl er die Antwort schon kannte.

»Er ist der König«, fauchte Cindiel entrüstet. »Einen König behandelt man so nicht.«

»Er ist nicht unser König. Er ist vielleicht dein König.«

Cindiel trommelte mit beiden Fäusten auf Mogdas Unterarm herum, um ihn davon abzuhalten, König Wigold weiter zu fesseln und zu knebeln.

»Lass das sein, Prinzessin! Wenn der Alte noch einen ganzen Tag in meinem Nacken hockt und um sich schlägt und beißt, dann platzt mir der Geduldsfaden.«

Verärgert schaute Cindiel zu Mogda hoch. »Es heißt, ›mir platzt der Kragen‹ oder ›mir reißt der Geduldsfaden‹.«

»Na, dann pass mal auf, du kleine Besserwisserin.«

Mogda zog Cindiel am Arm in die Höhe.

»Siehst du den alten Mann?«

Cindiel nickte ängstlich.

»Ich kann machen, dass er nicht noch älter wird. Möchtest du das?«

Cindiel schüttelte den Kopf.

»Gut, dann lass ihn mich weiter verschnüren.«

Rator mischte sich lieber nicht in den Streit ein. Er wusste, dass seine Fähigkeit, Meinungsverschiedenheiten zu schlichten, nicht besonders ausgeprägt war. Er hätte den König schon vor Stunden ruhiggestellt . . . aber ohne einen Knebel.

Cindiel beugte sich den barschen Drohungen Mogdas, sprach aber stundenlang kein einziges Wort mehr.

Sie hatte sich im Laufe der letzten Wochen an ihre spezielle Art zu reisen gewöhnt, und war nun sogar in der Lage, auf den Schultern der Oger ein kurzes Nickerchen zu halten. König Wigold war noch nicht so weit. Mogda hatte sich ihn einfach wie einen Sack Kartoffeln über die Schulter geworfen und hielt mit einer Hand seine Fußgelenke gepackt, damit er nicht hinunterstürzte. Nun musste sich seine Atmung dem Lauftempo der Oger anpassen, da Mogdas Schulter ihm bei jedem Schritt die Luft herauspresste. Außer Stöhnen und schwerem Schnaufen drangen keine weiteren Geräusche aus seinem geknebelten Mund.

Kurz nach einer kleinen Talsenke machte Rator Halt und drehte sich um. Die hinter ihnen liegende Steppenlandschaft bot einen weiten Ausblick.

Mogda erkannte erst einen Moment später, dass Rator angehalten hatte, und kam in einer Schleife zurückgelaufen. »Worauf wartest du?«

Angespannt suchte Rator den Horizont ab. Er hob den Arm und zeigte auf einen sich bewegenden Punkt zwei Meilen vor ihnen.

»Zwei Reiter«, sagte er, ohne auch nur einen Hauch von Verwunderung.

»Ritter des Königs?«, fragte Mogda nach, der schon Schwierigkeiten hatte, die zwei Punkte überhaupt als Pferde auszumachen.

»Vorhut. Ritter kommen, wenn sie uns gefunden.«

Mogda legte den gefesselten König Wigold ins Gras, der den Moment der Ruhe sichtlich genoss. »Was machen wir nun?«

»Du gehen weiter. Nehmen Cindiel und König. Treffen bei Wald in zehn Meilen, wenn dunkel.«

Es war nicht nötig nachzufragen, was Rator vorhatte. Cindiel kletterte von seinem Rücken und zog so lange an seiner Provianttasche, bis er zu ihr heruntersah.

»Bitte töte sie nicht. Sie wollen nur ihren König befreien. Sie sind nicht böse.«

Wortlos hob Rator wider den Blick zum Horizont.

Mogda nahm König Wigold in eine Armbeuge, und Cindiel setzte sich wie gewohnt auf seine Schultern. In wenigen Augenblicken waren sie hinter dem nächsten Hügel verschwunden. Rator schaute ihnen nicht hinterher.

Es dauerte lange, bis die Reiter so weit herangekommen waren, dass Rator sie erkennen konnte. Es waren Fährtenleser in der Tracht der

Königsgarde. Ihre Pferde schienen müde und durstig zu sein, was darauf hinwies, dass sie weit von der Truppe entfernt waren. Dennoch musste er vorsichtig sein. Die Signalhörner, die sie geschultert hatten, waren meilenweit zu hören und würden alle verfügbaren Truppen innerhalb weniger Stunden auf ihre Fährte locken. Die beiden Reiter waren mit Langbögen bewaffnet, die an der Seite des Pferdes befestigt waren, und an ihren Gürteln hingen Kurzschwerter. Dennoch würden sie nur kämpfen, wenn sie angegriffen wurden. Sie waren nicht darauf aus, ihre Beute zu stellen, sie würden Verstärkung rufen.

Sobald sie Rator entdeckten, würden sie kehrtmachen und das Horn blasen. So weit durfte es nicht kommen. Mehrfach wechselte Rator seine Position, um sicherzustellen, dass sie direkt auf ihn trafen, wenn sie über den Hügel kamen. Ein paar Schritt Abstand zu viel, und der Angriff würde scheitern. Schließlich hockte er sich auf den Boden und drückte den Fuß gegen einen Felsen, um mehr Halt zu bekommen. Dann wartete er ab und lauschte dem sich nähernden Pferdegetrampel.

Die Pferde witterten den lauernden Oger zuerst und schnaubten unruhig. Ihre Schrittfolge wurde ungleichmäßig, und die Tiere waren schwieriger im Zaum zu halten. Die Reiter jedoch erkannten die drohende Gefahr zu spät. Parallel zueinander kamen sie über den Hügel. Rator stieß sich ab und stürmte auf die scheuenden Pferde zu. Dem ersten Pferd schlug er den Ellenbogen auf die Nüstern und rammte es mit vollem Körpereinsatz, sodass auch das dahinter stehende Tier mitgerissen wurde. Beide Pferde konnten sich nicht auf den Beinen halten und brachen zur Seite weg. Der erste Reiter wurde unter seinem Pferd begraben. Der zweite Reiter schaffte es irgendwie, sein Tier wieder auf die Beine zu bekommen und sich dabei im Sattel zu halten. Er zog sein Kurzschwert.

Rator breitete die Arme aus und brüllte das Tier an. Die Geste verfehlte ihre Wirkung nicht. Das Tier scheute, und der Späher drohte aus dem Sattel zu stürzen. Rator ergriff die Zügel und versuchte, das Pferd am langen Arm herumzuschleudern. Seitlich galoppierend umrundete ihn das Tier fast einmal, bis es endlich stürzte und den Mann abwarf. Sofort war Rator heran und beugte sich über ihn. Dem Mann war die Waffe aus der Hand geglitten, und nun tastete er danach; den Oger ließ er dabei nicht aus den Augen. Mit der einen Hand drückte

Rator auf seinen Brustkorb, mit der anderen hob er das Kurzschwert auf. Vor den Augen des Mannes legte er die Waffe zwischen Finger und Daumen und brach die Klinge mühelos am Schaft ab. In der sicheren Erwartung seines Endes schloss der Späher die Augen. Rator riss ihm das Horn vom Leib und zertrat es am Boden. Dann drehte er sich um und näherte sich dem noch immer am Boden liegenden Pferd und brach ihm das Genick. Ohne große Eile ging er auf das erste Tier zu und zog es von dem bewusstlosen Reiter herunter. Das Pferd hatte den Zusammenstoß nicht überlebt, und im Fallen dem Späher das Bein gebrochen. Der Oger machte Horn und Waffen unbrauchbar. Dann wandte er sich ab und verließ das Schlachtfeld.

Die Dunkelheit hatte eingesetzt, und Mogda überlegte, ob er es wagen konnte, ein kleines Feuer zu entzünden. Cindiel saß mit gesenktem Kopf neben ihm und schmollte. Seit sie Rast machten und auf Rators Rückkehr warteten, hatte sie darauf gedrängt, König Wigold die Fesseln abzunehmen. Beim dritten Anlauf ihrerseits hatte Mogda es aufgegeben, seine Entscheidung zu erklären und schüttelte nur den Kopf, sobald das Thema wieder aufkam. »Na gut, Prinzessin, du kannst ihm den Knebel aus dem Mund nehmen und die Königliche Hoheit füttern. Aber ich warne euch beide: Wenn er wieder anfängt herumzuschreien, stopfe ich ihm das Maul mit seiner vornehmen Robe.«

Sofort besserte sich Cindiels Laune wieder ein wenig. Sie sprang auf und lief zum König, der an einen alten Baumstamm gelehnt dasaß. Es war das erste Mal, dass sie ihn genau betrachten konnte. Er hatte nichts mit jenem König zu tun, den sie sich immer in Gedanken ausgemalt hatte. Ein großer, stattlicher Mann mit breiten Schultern und einem Blick, der jedem das Blut in den Adern gefrieren lassen konnte. Nein, König Wigold war ein Mann um die sechzig. Sein ergrautes Haar lag auf seinen Schultern, und die Partie um seinen Mund wurde von einem sauber geschnittenen Vollbart geziert. Seine kleine Gestalt und der weit vorstehende Bauch hatten nichts Heroisches. Ein Detail jedoch hatte in Cindiels Vorstellungen nie eine Rolle gespielt, ein Detail, das dieser Mann aufwies und das ihm mehr Würde und Stolz verlieh als selbst dem größten Feldherrn: seine Augen. Sie strahlten, zeigten Güte und waren freundlich, dennoch konnte man in ihnen auch Tatendrang und Wachsamkeit erkennen. Diese Augen waren wahrhaftig die Augen eines großen Königs!

»Eure Hoheit«, sagte Cindiel, bevor sie den Knebel löste, »Ihr müsst tun, was er sagt. Wir wollen Euch nichts Böses, wir wollen Euch nur die Wahrheit zeigen. Habt Ihr das verstanden?«

König Wigold nickte gelassen und ruhig. Cindiel öffnete den Knoten des Knebels, und der König spuckte den Stofffetzen aus. Er zog einige Grimassen, um die angespannten Muskeln um die Mundwinkel wieder zu lockern.

»Ich bin ganz ruhig«, sagte er und schaute Cindiel mit seinen müden Augen an. »Könnte ich etwas zum Essen und zu Trinken haben?«

Cindiel förderte etwas Proviant und eine Wasserflasche aus ihrem Rucksack zutage. Entschuldigend breitete sie die kleine Mahlzeit vor dem König aus.

Sie schaute verstohlen zu Mogda, der in die Richtung blickte, aus der er Rator erwartete. Lächelnd öffnete sie die Handfesseln des Königs. Gierig stopfte er sich einige Scheiben getrockneten Schinken in den Mund und spülte sie mit dem Wasser herunter.

»Es ist erstaunlich, dass man den Geschmack von etwas vergessen kann«, wunderte er sich. »Ein Stück Speck habe ich das letzte Mal in meiner Kindheit gegessen, seither nicht wieder.«

»Warum?«, fragte Cindiel verblüfft. »Mögt Ihr keinen Speck?«

»Er schmeckt gut, ist aber nicht vornehm genug, um bei Hofe serviert zu werden.«

Das war eine Aussage, die Cindiel nur schwer nachvollziehen konnte und die das Weltbild eines Ogers gewiss zerstören könnte.

»Gebt Mogda die Gelegenheit, die Gründe für Eure Entführung zu erklären, Eure Majestät ... bitte«

Verunsichert nickte König Wigold.

»Mogda«, rief Cindiel, »der König hört dir jetzt zu.«

Langsam und bedächtig erhob sich Mogda.

»Na, hoffentlich hält er sich jetzt ein wenig mit seinen Verwünschungen zurück, sonst ist das Gespräch schneller zu Ende, als ihm lieb sein kann«, brummte er beim Näherkommen.

Mogda setzte sich vor den König auf den feuchten Waldboden und begann mit seinen Ausführungen. Ungläubig starrte König Wigold ihn an. Mogda konnte nicht aus der Miene des Mannes herauslesen, ob ihn der Inhalt des Gespräches so verblüffte oder das Gespräch an sich. Von Zeit zu Zeit nickte der Herrscher verständnisvoll, jedoch stets an eher unpassenden Stellen von Mogdas Ausführungen, was den Oger immer stärker irritierte. Er erzählte ihm alles, was er über die Nesselschrecken und deren Pläne wusste.

Ab und zu warf Cindiel aus Verständnisgründen etwas ein, das aber beim König nur wenig Beachtung zu finden schien. Kurz vor dem Ende seiner Ausführungen wurde Mogda von einem beunruhigenden Geräusch unterbrochen. Sofort sprang er auf und eilte einige Schritt auf ein nahes Gebüsch zu. Angespannt lauschte er in die Dunkelheit, bis Cindiel neben ihm auftauchte.

»Ist nur ein Rudel Wölfe«, beruhigte er sie.

Für Cindiel wäre es vor einiger Zeit noch unvorstellbar gewesen, dass man sie mit den Worten »Ist nur ein Rudel Wölfe« hätte in Sicherheit wiegen können.

»Was ist, wenn sie uns angreifen?«

Lächelnd sah Mogda zu ihr herab.

»Sie würden nicht seit Anbeginn aller Zeiten auf dieser Welt leben, wenn sie so dumm wären. Viele Oger lieben ihr warmes Fell. Das wissen auch die Wölfe.«

In diesem Augenblick stellte Mogda das Unfassbare fest.

»Er ist weg!«, rief er aus. »Das ist doch wohl nicht möglich. Einen Augenblick passt man mal nicht auf, und schon schlägt der Greis Haken wie ein Hase.«

Mogda überquerte mehrmals die kleine Lichtung, um irgendeine Spur des Königs zu finden.

»Du bleibst hier und wartest auf Rator«, wies er Cindiel an. »Klettere auf einen Baum, falls die Wölfe es sich anders überlegen. Ich mache mich auf die Suche, bevor die wilden Tiere des Waldes an dem zähen Fleisch ersticken.«

Noch bevor er den Satz zu Ende gesprochen hatte, war er in der Dunkelheit und im Dickicht verschwunden. Cindiel hörte nur noch die knackenden Äste, die unter dem schweren Gewicht des Ogers brachen.

Als Cindiel nach einigen Stunden noch immer auf dem Baum hockte, hatte sich ihre Laune merklich verfinstert. Ihre Glieder schmerzten, und die Muskeln verkrampften sich von Minute zu Minute mehr, dennoch wagte sie nicht herunterzuklettern, da sie befürchtete, dass in der Dunkelheit die Wölfe auf ein lohnendes Mahl lauerten. Jedes noch so kleine Geräusch ließ sie zusammenzucken. Das Feuer war vor einer Weile ausgegangen, und sie befürchtete, dass Mogda oder Rator in diesem Zustand das Lager und somit auch sie nicht wiederfinden würden.

Schließlich nahm sie all ihren Mut zusammen und kletterte langsam vom Baum herunter. Bei jedem Ast, den sie erreichte, hielt sie einen Moment inne und lauschte in die Schwärze der Nacht. Unten angekommen, eilte sie auf das Lagerfeuer zu und legte hektisch neue Äste auf die fast erloschene Glut. Das trockene Holz flammte ohne Schwierigkeiten auf und erhellte ihre Lagerstätte. Dicht an die Flammen gekauert, massierte Cindiel ihre Waden, die schmerzhaft von Krämpfen durchzogen wurden.

Sie hörte das Geräusch brechenden Holzes, zu laut, um von einem kleineren Wild hervorgerufen worden zu sein. Nur ein schweres Wesen würde so einen Ast zum Brechen bringen, entweder ein Oger oder ein Bär, wobei ihr die erste Variante deutlich besser gefiel. Ängstlich starrte sie in die Richtung, aus der das Geräusch kam. Stark humpelnd und mit schmerzverzerrtem Gesicht trat König Wigold in den Feuerschein. Hinter ihm tauchte die massige Gestalt Rators auf, der den König mit zwei Fingern vor sich hertrieb.

»Den Göttern sei Dank!«, rief Cindiel. »Da bist du wieder, und du hast auch noch König Wigold gefunden.«

Erschöpft sank der König am Feuer nieder und krempelte sich die Hose am rechten Bein hoch. Mehrere kleine Schnitte zogen sich rund um seine Wade. Die Wunden bluteten und sahen schmerzhaft aus.

»Was ist mit Euch passiert?«, fragte Cindiel. »War das Rator?«

König Wigold antwortete nicht, sondern schloss die Augen und biss die Zähne zusammen, wohl, um den Schmerz zu bekämpfen.

Rator trat vor die beiden und hob den Fuß ein wenig. Eine Wolfskralle hatte sich um den Fuß des Ogers geklammert. Die beiden Eisenbügel der Falle waren nicht groß genug, um sich über seinem Spann schließen zu können. Die Konstruktion saß eher wie eine eiserne Sandale an seinem Fuß.

»König hat gefunden Falle zuerst. Hockte an Baum und jammerte wie alte Frau. Hab befreit, dann gefunden andere Falle. Kann nicht nehmen weg ... Finger zu groß.«

Cindiel wusste, wie hart die Oger für gewöhnlich im Nehmen

waren, deshalb entschied sie sich, zuerst dem König zu helfen. Mit einem Zauberspruch und einigen improvisierten Bandagen konnte sie die Blutung stoppen. Ein weiterer Zauber linderte die Schmerzen.

»König, Ihr müsst mir helfen die Falle von Rators Fuß zu entfernen«, sagte sie dann.

König Wigold sah sie ungläubig an.

»Du bist eine Hexe, stimmt's?«

»Ja. Aber ich bin auch ein kleines Mädchen, und deshalb brauche ich Eure Hilfe. Bitte, Eure Majestät.«

Zusammen brachten sie genug Kraft auf, um die Klammern die Eisenschienen so weit nach hinten zu biegen, dass die gehämmerten Nieten brachen und aus dem Metall sprangen. Achtlos warf er die beiden Hälften der Falle ins Feuer.

»Wertlos«, war der einzige Kommentar, den er dazu abgab.

Wie aus dem Nichts tauchte Mogda hinter ihnen auf. »Na, das nenne ich Gelassenheit. Ihr sitzt hier gesellig am Feuer und lasst mich durch den Wald streunen.«

Ärgerlich drehte sich Rator zu ihm um.

»Wie konnte entkommen?«

Nachdenklich schaute Mogda zu Cindiel, die den Blick gesenkt hielt.

»Er ist uns nicht entkommen, wir haben ihn zum Holzsammeln geschickt, und dabei muss er sich dann verlaufen haben.«

Eine Erklärung, die noch nicht einmal der Überprüfung durch ein schlichtes Ogergemüt standhielt, aber Rator unterließ es, weiter darauf einzugehen.

»Wir sollten uns jetzt ein wenig ausruhen. Es sind noch knapp zwei Tage Fußmarsch bis zum Tor«, sagte Mogda.

Nach einer kleinen Stärkung legten sie sich hin und versuchten, wenigstens noch bis zum Sonnenaufgang zu schlafen. Mogda drehte sich auf die Seite und musste grinsen, als er König Wigold an einen Baum gelehnt sah. Der König war gefesselt und geknebelt und zwar so, dass er in dieser Nacht wohl reichlich Gelegenheit haben würde, über seine Verfehlungen nachzudenken.

43
Überzeugungskraft

Behutsam robbte Kruzmak weiter über den felsigen Untergrund. Die spitzen Steine hinterließen Abschürfungen an seiner Haut, aber er unterdrückte jeden Schmerzenslaut. Er wusste, wie wichtig es war, eine Situation vorher auszukundschaften. Seine Begleiter, der Kapitän und fast fünfzig Zwerge warteten eine halbe Meile bergab auf ihn. Auf Erkundung zu gehen bedeutete auch, auf sich allein gestellt zu sein.

Noch zwei Schritte, dann hatte er den Rand der Passstraße erreicht. Vorsichtig zog er sich die letzten Ellen heran, um zu vermeiden, auch nur den kleinsten Stein zu lösen, der hinunter ins Tal rollen könnte. Dann hatte er es geschafft.

Er sah zwanzig Schritt hinunter in die Senke. Vor ihm lag das Lager einer Gruppe Kriegsoger, die es sich hier bequem gemacht hatten. Das Feuer brannte hell und war meilenweit zu sehen. Auch die Unterhaltungen wurden nicht gedämpft geführt, Anzeichen dafür, dass sie anscheinend alles im Griff zu haben glaubten. Es waren acht Oger, und zu seiner Freude stellte Kruzmak fest, dass er zumindest einen von ihnen kannte. Es war Zagat: einer der ersten Kriegsoger, der sich dem Kampf für Tabal angeschlossen hatte. Er war ein enger Freund von Rator und würde sich sicherlich an ihn, Rators rechte Hand, erinnern. Wie es mit den anderen stand, wusste er nicht, aber man musste auf alles gefasst sein. Rator selbst würde ihm diesmal nicht zur Seite stehen, aber vielleicht öffnete allein sein Name einige Türen.

Vorsichtig schob er sich zurück. Er hatte genug gesehen.

Kruzmak umrundete das Lager, um sich von Osten her zu nähern. Vor der Öffnung zur Senke blieb er kurz stehen und überlegte seine Vorgehensweise. Es hatte nur diesen einen Versuch. Eine bessere Chance würde sich ihm nicht bieten. Er wusste, wie wichtig es war, mehr Oger um sich zu scharen. Je mehr sie waren, desto leichter würde es ihnen nachher fallen, den Rest seines Volkes von ihrem Vorhaben zu überzeugen. Das Schwierigste war der Anfang.

Ohne jede Vorsicht – und somit auch ohne verdächtig zu wirken – trat er auf das Lager zu. Als er bemerkt wurde, griffen die ersten Oger gleich zu ihren Waffen und warfen ihm misstrauische Blicke zu. Zagat erhob sich und stellte sich ihm entgegen.

Dass Zagat der Truppführer war, erleichterte Kruzmaks Aufgabe, und als er bemerkte, dass er ihn wiedererkannte, fühlte er sein Ziel in greifbare Nähe rücken.

»Du Kruzmak, Freund von Rator, stimmt?«

»Wohl«, erwiderte Kruzmak und setzte ein Lächeln auf, von dem er hoffte, dass es vertrauenerweckend wirkte.

»Ihr Ärger, wo Rest von Trupp?«

Zagat bedeutete ihm, sich zu den anderen ans Feuer zu setzen.

»Ich dir lieber allein erzählen.«

»Gibt nicht Heimlichkeiten zwischen Ogern. Wir alle große Familie. Setz, und erzähl was passiert.«

Da Kruzmak dem kaum widersprechen konnte, nahm er nahe des Feuers zwischen zwei Kriegsogern Platz. Erwartungsvoll richteten sich alle Augen auf ihn.

»Wir im Dienst für Tabal«, begann er.

»Wohl«, stimmten mehrere der Oger nickend zu und prosteten in seine Richtung, während ihm Zagat einen Trinkschlauch reichte.

»Wir gewesen in Osberg. Wir unterstellt Meister in Drachenhort.«

Beeindrucktes Gemurmel ertönte.

»Wir geflohen aus Drachenhort«, sagte Kruzmak. »Geflohen vor Meister.«

Das Gemurmel verstummte. Verwirrung zeigte sich auf den Gesichtern.

»Das Verrat an Gott Tabal«, schrie einer der jüngeren Oger und sprang auf, als ob er befürchtete, mit einer ansteckenden Krankheit in Kontakt zu geraten. Eilig stürmte er auf seine Waffe zu und hob sie gen Himmel. »Tabal nicht dulden Verrat«, rief er den anderen zu.

Unbeeindruckt von dem jugendlichen Ausbruch behielten die anderen Oger Platz und schauten fragend zu Kruzmak hinüber.

Kruzmak schüttelte abweisend den Kopf. »Tabal nicht denken, wir Verräter. Tabal nicht wissen, wir führen Krieg«, erklärte er.

Blankes Entsetzten stand nun in den Gesichtern der Oger. Kruzmak wartete ab, bis sich der erste Schock gelegt hatte, und erzählte dann ihre Geschichte: wie sie das falsche Artefakt entdeckten und zu den Arkan-Ogern reisten. Immer wieder wurde Kruzmak von Zwischenrufen unterbrochen, die ihn als Lügner beschimpften, aber je länger er sprach, desto leiser wurden die Stimmen. Zum Ende hin war es totenstill und nur das knisternde Feuer begleitete den Klang seiner tiefen Stimme.

»Ihr nicht glauben. Er Verräter«, schrie abermals der junge Oger und suchte nach Zustimmung bei seinen Kameraden. Er sprang auf und stieß mit dem Fuß so in den sandigen Boden, dass Kruzmak Erde und kleine Steine ins Gesicht flogen. Hasserfüllt drehte sich der junge Oger um und stampfte durch das Lager.

Kruzmak sah ihm mit traurigem Blick nach. Er wusste, wie schwer die Erkenntnis sein konnte, jahrelang dem falschen Weg gefolgt zu sein.

»Er jung«, erklärte Zagat. »Er verloren Freunde bei Trollhöhlen.«

»Wir alle verloren Freunde durch Meister«, sagte Kruzmak ruhig.

Nachdenklich nickte Zagat und senkte den Blick zu Boden.

»Du schwören, alles wahr, was sagen?«

Kruzmak sah zu Zagat hinüber und verzog keine Miene.

»Schwören bei Gott Tabal und Gemeinschaft von Kriegsoger«, sagte er feierlich.

Das schien Zagat jedoch noch nicht zu genügen. Er griff nach seinem Beutel und suchte etwas darin. Dann streckte er den Arm vor und hielt Kruzmak die Faust entgegen. Langsam öffnete er die Finger, und zum Vorschein kam ein großer Saphir, der in Herzform geschliffen war. Die Makellosigkeit dieses Steines hätte jedem Zwerg die Tränen in die Augen getrieben. Der Edelstein hatte einen enormen Wert für jedermann, aber für die Oger war er unbezahlbar. Kruzmak wusste, was er war oder besser, was er sein sollte.

»Das Herz Tabals«, flüsterte er.

Ihm war nicht bekannt, dass Zagat und seine Leute im Besitz des angeblich mächtigsten Artefaktes ihres Gottes waren, aber wie jeder andere Oger kannte er die Prophezeiung. Wenn die Zeit gekommen war, und alle Relikte des Gottes zusammengetragen wurden, würde sich Tabal aus der Erde erheben.

In seinen Körper sollte dann der Edelstein gesetzt werden, um ihn wieder auf Erden wandeln zu lassen. Tabal würde alle Ungläubigen vernichten und zu allerletzt die Götter töten, um allein zu herrschen. Und die Kriegsoger würden an seiner Seite stehen, bis ans Ende aller Zeiten. Jeder unwürdige Körper, der den Stein in sich aufnahm, würde sofort zerfallen, und die Seele des Verräters wäre für alle Zeiten verdammt.

»Du beweisen Ehrlichkeit«, sagte Zagat und hielt ihm drängend den Stein entgegen.

Noch bevor Kruzmak sich überlegen konnte, ob sein Körper das Verschlucken eines Steines dieser Größe überhaupt verkraftete, war der junge Oger heran und trat Zagat mit dem Fuß in die Seite. Zagat rollte gefährlich dicht ans Feuer und konnte nur mit Glück den Flammen ausweichen. Schnell kam er wieder auf die Beine und stellte sich seinem Widersacher.

»Ich habe Kommando und sagen, was machen«, schrie er den jungen Oger an.

Anscheinend von seinem eigenen Tun überrascht, aber unnachgiebig drehte er Zagat den Rücken zu.

»Ich gehen zu Meister und sagen ihr Verräter«, brüllte er.

Unsicher sah Zagat Kruzmak an, der warnend mit dem Kopf schüttelte. Er wusste, dass alles auf dem Spiel stand. Wenn die Meister jetzt von ihren Plänen erfuhren, wäre alles verloren. Zagat sprang über das Feuer hinweg und folgte dem jungen Oger. Von hinten trat er an ihn heran und nahm ihn in den Schwitzkasten. Dieser konnte der Kraft des Anführers nichts entgegensetzen. Zagat ging in die Knie und drückte damit das Gesicht seines Gegners auf den felsigen Grund.

»Du tun was ich sage. Verstanden?«

Die Antwort kam nur unverständlich, aber die Absicht einzulenken, war dennoch klar. Zagat lockerte seinen Griff allmählich, bis er schließlich ganz von dem Oger abließ. Gerade hatte er ihm wieder den Rücken zugekehrt, da sah Kruzmak die lange Klinge hinter Zagat aufblitzen. Es blieb keine Zeit, den Anführer zu warnen. Die Klinge sauste auf ihn zu, bis sie wie von Geisterhand stockte und zu Boden fiel.

Der junge Oger taumelte an Zagat vorbei, verlor die Kontrolle über seine Beine und stürzte der Länge nach mit dem Gesicht voran ins Feuer. Eine Zwergenaxt ragte aus seinem kahl geschorenen Hinterkopf. Die Waffe war mit solcher Wucht geschleudert worden, dass die Klinge fast ganz im Schädel verschwand. Zwei der Oger zogen ihren Kameraden sofort aus den Flammen. Die anderen hatten augenblicklich die Waffen gezogen und hielten Ausschau nach dem versteckten Gegner. Kruzmak starrte in die Richtung, aus der die Waffe geworfen worden war. Aus dem Schatten einiger Felsen trat eine hochgewachsene, kräftige Gestalt hervor.

»Brakbar, was du hier machen?«, rief Kruzmak.

Noch immer stark humpelnd und ziemlich angeschlagen, schritt Brakbar an der Reihe Oger vorbei und zog die Axt aus dem Schädel seines Gegners.

»Waffe von Kleinem Volk schlecht für Kampf. Nur gut für werfen«, sagte er vollkommen gelassen.

Schnell begann Kruzmak Zagat und den anderen Ogern zu erklären, wer alles mit ihm reiste, und dass sie nicht weit von hier ihr Lager aufgeschlagen hatten.

Niemand sprach es aus, aber alle dachten an das ungeschriebene Gesetz: Oger töten niemals Oger. Nur die Umstände dieser ungewöhnlichen Situation brachten ihm ein wenig Verständnis ein. Aber jeder wusste, dass Tabal es nicht so sehen würde.

Unbeeindruckt schritt Zagat auf Kruzmak zu und hielt ihm den Smaragd hin. Ohne zu zögern, ergriff er den Stein und steckte ihn sich in den Mund. Schwer lag das Kleinod auf seiner Zunge, und er überlegte, wie er es schaffen konnte, ihn herunterzuschlucken. Er kannte sich mit Edelsteinen nicht aus, aber er wusste, dass sie ziemlich hart waren. Ärgerlich riss Brakbar einem Oger den Trinkschlauch aus der Hand und reichte ihm seinen Kameraden. Unsicher griff Kruzmak danach und spülte den Stein mit einem großen Schluck hinunter. Im ersten Moment hatte er das Gefühl, ersticken zu müssen, aber als er bemerkte, dass der Stein seinen Weg weiter in seinen Magen fand, atmete er erleichtert aus.

Alle Augen ruhten auf ihm, aber die befürchtete Prophezeiung trat nicht ein.

»Wir mit euch«, sagte Zagat. »Meister büßen für Verrat.«

Kruzmak horchte nach wie vor in sich hinein, konnte aber noch nicht einmal ein Sättigungsgefühl feststellen. Aus den Augenwinkeln sah er Brakbar breit grinsen.

»Was du lachen?«, fragte Kruzmak empört.

»Nicht lachen«, sagte Brakbar nach wie vor mit undurchschaubarer Miene. »Stein nicht seien von Tabal, aber Stein bestimmt wertvoll. Ich jetzt überlegen, ob lohnt Suche danach.«

44
Das Tor

»Mogda langsam wird unheimlich«, flüsterte Rator. »Du nicht finden auch?«

Cindiel wusste nicht genau, was sie antworten sollte. Es war noch nicht lange her, da fand sie allein schon den Umstand unheimlich, dass es Oger überhaupt gab. Jetzt streifte sie gemeinsam mit ihnen durchs Land, hatte den König entführt und war auf der Suche nach einer dämonischen Rasse, die sie aufzuhalten gedachten. Und da sollte nun Mogda besonders unheimlich sein? Was meinte Rator damit bloß?

»Ja«, wisperte sie vorsichtig.

Dann blickten sie beide wieder zu Mogda, der sein Runenschwert vor sich in die Erde gestoßen hatte und mit ihm zu reden schien.

König Wigold hatten sie – noch immer gut verschnürt – etwas abseits an einen Baum gesetzt. Seine Verletzung heilte dank Cindiels Zauber schnell. Die Wunde schien ihm weniger auszumachen als seine Reisegesellschaft, aber seit seiner Flucht hatte er sich nicht mehr beschwert.

Mogda hatte sein Gespräch mit den Ettins beendet. Sein Gesichtsausdruck verriet, dass sie ihm nur wenig oder gar nicht geholfen hatten. Ungestüm riss er das Schwert aus dem Boden. Die Klinge durchpflügte die Erde, ohne auch nur die kleinsten Brocken aufzuwirbeln. Sofort verstaute er die Waffe wieder und begab sich zu seinen Reisegefährten, die seinen Gesichtsausdruck nur allzu gut deuten konnten.

»Name nur für erschrecken«, sagte Rator zu ihm. »Arkan-Oger. Sind nur Oger auf Insel. Wissen nicht, wie Welt ist hier.«

Mogda klopfte ihm freundschaftlich auf die Schulter.

»Es war nicht ganz so schlimm. Sie haben bestätigt, was uns Cindiel auch schon gesagt hat. Das Tor muss hier irgendwo sein. Wo es jedoch genau liegt . . .«, Mogda zuckte die Achseln.

Entmutigt packten sie ihre paar Habseligkeiten zusammen und machten sich erneut auf die Suche. Das Wäldchen, das sie auf ihrer Karte markiert hatten, war kleiner als zunächst vermutet. Außer einem Tümpel in der Mitte und einigen Bäumen wurde einem hier nicht viel geboten. Keine Höhle und keine Schlucht deutete auf einen Eingang.

»Wir haben alles abgesucht«, murrte Mogda. »Vielleicht sind unsere Berechnungen zu ungenau, und wir suchen an der falschen Stelle.«

Noch einmal breitete Cindiel das Stück Pergament vor sich aus und verband die Punkte in Gedanken miteinander. Immer wieder kam sie auf denselben Punkt. Dieser Wald musste es sein.

»Wir beeilen«, warf Rator ein. »Verfolger nicht weit. Sie unsere Spur sicher gefunden. Hier wir nicht haben genug Deckung.«

»Genug Deckung?«, fuhr Cindiel hoch. »Das ist alles, woran ihr denkt? Ihr wollt jede Gelegenheit für einen Kampf nutzen. Euch ist die Bedeutung dieses Platzes vollkommen egal. Hier gibt es eine Quelle der Magie und einen Ausweg, einen Ausweg für uns alle.«

Beleidigt blickte Rator zu Boden. »Quelle von Magie. Hier gibt nicht mal Quelle von Wasser. Kleine Pfütze sogar versalzen.«

»Was hast du gesagt?«, fragte Cindiel überrascht.

»Quelle von Magie«

»Nein, danach«, drängte sie

»Wasser schmeckt wie Salz.«

Ein triumphierendes Grinsen machte sich auf Cindiels Gesicht breit. Sofort rannte sie los, ohne auf die anderen zu warten.

Als die Oger sie eingeholt hatten, hockte sie schon an dem kleinen Weiher und rupfte einige Kräuter von der karg bewachsenen Uferböschung. Eilig stopfte sie sich die Blätter in die Tasche. »Ich habe es doch gesagt, die Götter sind uns wohlgesonnen«, rief sie den beiden Ogern entgegen.

»Wie kann sein, Götter für uns, nur weil Wasser salzig?«, fragte Rator Mogda beim Näherkommen.

»Salzwasser gib es nur im Meer und nicht in Seen und kleinen Tümpeln«, erklärte Mogda. »Trotzdem ist dieses Wasser salzig.«

»Dann dies vielleicht Meer«, wandte Rator ein.

Zuerst wollte Mogda sich über die einfältige Antwort lustig machen, aber dann fiel ihm ein, dass er selbst vor nicht allzu langer Zeit genauso gewesen war.

»Es ist kein Meer, es ist ein Tümpel, glaub mir«, sagte er deshalb ernsthaft. »Aber wie uns das weiterhelfen kann, weiß ich auch nicht genau. Der Gesichtsausdruck der Prinzessin sagt mir allerdings, dass sie es uns gleich verraten wird.«

Mit einer weit ausholenden Geste zeigte Cindiel über das Wasser und über das angrenzende Ufer. Erwartungsvoll sah sie Rator und Mogda an, die aber nicht zu wissen schienen, worauf sie hinauswollte. Verunsichert sahen die beiden Oger sich an und beschlossen, ihr Gepäck abzulegen. Rator warf die Proviantsäcke auf das anliegende Grün, und Mogda setzte König Wigold an die Böschung.

»Versteht ihr nicht?«, rief Cindiel aufgeregt. Die Oger schüttelten mit den Köpfen, und Mogda bewegte den geknebelten Kopf von König Wigold zur moralischen Unterstützung ebenfalls hin und her.

»Dieser Tümpel ist künstlich erschaffen worden. Sein einziger Zweck ist es, das Tor zu verstecken. Die Nesselschrecken können wahrscheinlich im Salzwasser genauso leben wie an der Luft. Alle anderen Wesen meiden diesen Tümpel sonst, nicht einmal Tiere kommen zum Trinken her. Somit besteht keine Gefahr, dass jemand außer den Meistern das Tor benutzt.«

Rator drehte sich um und stapfte davon.

»Wo willst du hin?«, fragte Cindiel.

»Gehen durch Wald, suchen Tor.«

»Warte«, hielt Mogda ihn zurück. »Was Cindiel sagt, klingt richtig. Ich werde zuerst im Teich nachschauen, ob es dort unten ein Tor gib. Wenn ich es finde, sage ich euch Bescheid.«

Beeindruckt von Mogdas Tatendrang sah Rator ihn an und kehrte zurück.

Vorsichtig schritt Mogda zum Rand des Weihers und starrte auf dessen kaum bewegte Oberfläche. Es beruhigte ihn, dass der Tümpel nicht groß genug war, um Fische zu beherbergen, die Oger verschlucken konnten. Besonders dachte er dabei an den Octocephallodon.

»Das Wasser ist eiskalt«, rief er, nachdem er mit einem Fuß hinein getreten war.

»Ein Grund mehr, den Teich zu untersuchen«, sagte Cindiel drängend.

Der Ufergrund führte steil nach unten, und Mogda war nach wenigen Schritten bis zum Oberkörper im Wasser verschwunden. Er holte noch einmal tief Luft und versank dann. Nur die aufsteigenden Luftblasen verrieten seine Anwesenheit.

Kurz darauf tauchte er schon wieder auf und trat den Rückweg an. Frierend kletterte er zurück an Land.

Erwartungsvoll sahen ihn seine Begleiter an.

»Ja, das Tor ist da. Du hast Recht gehabt. Jetzt, wo wir wissen, wo es ist, sollten wir keine Zeit verlieren.«

Rator schien sich mit der Tatsache, dass er ins Wasser musste, nur schwer abfinden zu können. Mehrmals ging er vor dem Teich auf und ab und brummte unverständliche Worte vor sich hin.

»Es ist nicht besonders tief«, beruhigte ihn Mogda. Es waren jedoch weder Mogdas Bekundungen, noch Cindiels Zuversicht, die ihn dazu veranlassten schließlich doch ins Wasser zu gehen. Es war allein sein Stolz.

Mogda trug diesmal das Gepäck und Rator den König, nachdem sie ihm erklärt hatten, was sie vorhatten. König Wigold machte keinen sehr verständnisvollen Eindruck, aber wegen der Fesseln und Knebel war das schwer zu beurteilen.

Als Mogda bereits untergetaucht war, holte Rator noch einmal kräftig Luft. Cindiel folgte ihnen als Letzte.

Das Wasser war kristallklar, und die Sonnenstrahlen reichten bis auf den Grund. Mogda sah das Tor direkt vor sich. Es ähnelte dem Portal in Turmstein, nur dass sich um dieses schon allerlei Grünzeug gesammelt hatte. Was ihn ein wenig beunruhigte, war die Tatsache, dass das Tor genauso wenig aktiv zu sein schien wie das andere.

Zwei weitere Schwimmzüge beförderten ihn hindurch. Aus Selbstschutz schloss er die Augen. Erst als er sicher war, das Tor passiert zu haben öffnete er sie wieder. Nichts schien sich verändert zu haben. Er war noch immer in dem Tümpel. Seine letzte Luft verbrauchend, drehte er sich um und blickte zum Tor. Es war nach wie vor da. Beim Auftauchen überkam ihn ein ungutes Gefühl, weil er Cindiel und Rator nicht hatte sehen können. Als er die Wasseroberfläche durchbrach, wusste er, was nicht stimmte. Er war zwar weiterhin in dem Weiher, aber der Weiher nicht mehr in dem Wald. Sein Blick fiel auf das Innere einer Höhle.

Wände und Decke machten einen lehmig nassen Eindruck. Die Kaverne war wenig breiter als der gesamte Tümpel. Rundherum verlief ein schmaler Weg, gesäumt von zahlreichen Fackeln. Ein einzelner Gang führte weiter, tiefer in diese unwirkliche Behausung. Mogda beeilte sich, mit dem König aus dem kalten Wasser zu kommen um Platz für Cindiel und Rator zu schaffen. Er wischte sich gerade das Wasser vom Körper, als er aus dem kurzen Gangstück Schritte vernahm. Es waren langsame, bedächtige Schritte. Schritte ohne Kraft und Elan. Augenblicklich zog er das Schwert und nahm Kampfhaltung ein. Er behielt die Wasseroberfläche im Auge, um notfalls seine Freunde zu warnen, dann schaute er wieder zum Gang.

Wie in Trance kam die abgemagerte, gebückte Gestalt eines jungen Mannes um die Ecke. Er hatte die Augen geschlossen, die Arme hingen leblos herab, und er schlurfte langsam an den Rand des Teiches. Das feuchte Haar hing ihm ins Gesicht, und seine zerrissene Kleidung triefte vor Nässe. Regungslos stand Mogda an seinem Platz und wusste nicht, wie er sich verhalten sollte. Er konnte noch nicht einmal sagen, ob der Mann ihn entdeckt hatte. Noch immer hoffte Mogda, dass seine Gefährten auftauchten … vergebens. Nach einer Reihe von Überlegungen sprach Mogda die Kreatur an, die unverändert am Rand des Wassers verharrte.

»Hallo«, sagte er, auch wenn er sich selbst nicht sonderlich originell dabei vorkam.

Schlagartig drehte sich der Kopf des Mannes in Mogdas Richtung. Die Augen hatte er weit aufgerissen, sie waren tiefschwarz wie blank polierter Onyx. Die Adern an seinem Hals und in seinem Gesicht begannen sich dunkel zu färben und zeichneten sich immer deutlicher ab. Der Mund verzog sich zu einer kreisrunden, lippenlosen Öffnung, in der eine Vielzahl spitzer Zähne aufblitzte. Kurz oberhalb des Mundes sah Mogda Ansätze von kleinen Nesselsträngen. Noch immer stand die Kreatur an ihrem Platz, doch anstatt teilnahmslos auszuharren, bewegte sie jetzt den Oberkörper hin und her, wie eine Katze, die ihre Beute fixiert.

Ein gespenstischer Fauchlaut entfuhr ihr. Fast ansatzlos machte die Kreatur einen Sprung von mehr als sechs Schritt auf Mogda zu und kam direkt vor ihm zum stehen. Wie ein Raubtier schlug sie die Hand in Mogdas Oberschenkel und hinterließ beim Zurückziehen lange Schnitte im Fleisch. Mogda reagierte zu spät, um den Angriff abzuwehren. Verunsichert von der Verwandlung und der plötzlichen Bewegungsfreudigkeit des Wesens, wich er zwei Schritte zurück. Mit einem Satz war die Kreatur wieder heran, nur blockte Mogda diesmal den Angriff mit seinem Runenschwert. Mit einem Tritt auf den Oberkörper hielt er sich seinen Gegner vom Leib. Doch anstatt zu stürzen, fing das Wesen den Tritt elegant ab und behielt seine Angriffspose bei. Abermals setzte es zum Sprung an und hechtete auf Mogda zu. Doch statt wieder zurückzuweichen, trat Mogda einen Schritt vor und fing seinen Gegner noch im Flug ab.

Sein Vielfaches an Gewicht erlaubte es ihm, die kreischende Kreatur mit ausgestecktem Arm gegen die Wand zu pressen und dort für einen Moment festzuhalten. Mit der anderen Hand stieß er das Runenschwert in das Geschöpf. Die Klinge durchdrang ohne Schwierigkeiten den Körper und bohrte sich zwei Fuß tief in die dahinter liegende Wand. Mit einem entsetzlichen Kreischen beendete die Kreatur ihre Gegenwehr und hing nun leblos an die Wand genagelt. Die grauenvollen Missbildungen in seinem Gesicht schwanden, und nach wenigen Momenten hatte die Kreatur nichts Dämonisches mehr an sich. Übrig blieb der geschundene Körper eines jungen Mannes.

Mogda wurde unruhig. Er verstand nicht, wo die anderen blieben. Als er durch das Tor geschwommen war, hatte er Rator direkt hinter sich gespürt. Irgendetwas musste passiert sein. Etwas, bei dem sie vielleicht seine Hilfe benötigten. Unsicher schaute er in den Teich. Nichts war zu erkennen, nicht einmal die kleinste Bewegung auf der Oberfläche.

Eine ganze Weile verging, und Mogda malte sich allerhand Szenarien aus, die das Verschwinden seiner Kameraden erklären konnten. Leider fand er nur wenige, die ihn beruhigten. Leise Schritte ließen ihn aus seinen Gedanken hochschrecken. Schritte, die so gar nicht zu der Kreatur passten, die er getötet hatte. Dies waren lange schnelle Schritte. Sofort fiel sein Blick auf den toten Mann. Mit einem Griff hatte Mogda den Leichnam hochgehoben und ließ ihn langsam in den Teich gleiten. Mit einem Klatschen verschwand der Körper in der Tiefe. Hinter ihm wurden die Schritte lauter und endeten abrupt.

»Was hast du hier zu suchen?«, fuhr ihn eine krächzende Stimme an.

Mogda versuchte, ruhig zu bleiben und drehte sich langsam um. Vor ihm stand einer der Meister. Seine Haut war nicht schwarz glänzend, sondern hatte einen matt gräulichen Ton angenommen. Einer Gesichtshälfte fehlte das Auge, sowie zwei Nesselstränge und ein Stück vom Mund. Die offenen Stellen waren komplett zugewachsen.

»Meister geschickt aus Turmstein«, antwortete Mogda, der unbedingt einen dümmlichen Eindruck erwecken wollte. Es fiel ihm keinesfalls leicht, seine alten Sprachgewohnheiten wieder anzunehmen. »Meister hat gegeben Zaubertränke für Euch.«

Der Nesselschrecken wirkte überrascht, aber keineswegs misstrauisch. Mit einer Handbewegung deutete er an, dass der Oger ihm die Sachen übergeben solle. Mogda machte zwei Schritte auf seine Tasche zu, in der er die Phiolen aus Turmstein verstaut hatte. Als er sich umdrehte, stand der Meister direkt vor ihm.

»Was soll das?«, fragte der Meister, der den Inhalt der Tasche selbst durchwühlte. »Seit dreihundert Jahren bewache ich die Brut, und noch nie hat sich jemand dafür interessiert, was ich hier mache oder mir gar seine Hilfe angeboten.«

Mit dem gebührenden Respekt musterte Mogda sein Gegenüber. Der Meister schien alt zu sein, wesentlich älter als die Nesselschrecken, die Mogda bislang kennen gelernt hatte. Seine Verletzungen hatten ihn schwer gezeichnet, aber in dem verbliebenen Auge konnte Mogda noch immer die Kraft und den Hass auf alle anderen Kreaturen erkennen. Das hohe Alter beeinträchtigte jedenfalls in keiner Weise die Arroganz des Meisters.

»Was soll ich mit dem Zeug?«, fragte der Meister ärgerlich.

Mogda wandte den Blick ab, und versuchte nachzudenken, als er einen Haarschopf durch die Oberfläche des Teiches brechen sah. Ganz langsam entstieg der Kopf Rators dem Wasser.

»Meister gesagt, Zauber für Schutz«, begann Mogda auf den Nesselschrecken einzureden. »Meister macht Sorge, Ihr nicht sicher hier. Hüttenbauer wissen Versteck von hier.«

»Halt, halt, halt«, unterbrach ihn der Meister. Inzwischen ragte Rator in voller Größe hinter ihm auf.

»Woher sollten die Menschen von den Toren wissen, und wie sollte es ihnen gelingen, sie zu benutzen?«

»Wir haben es ihnen gezeigt, und sogar ihren König mitgebracht«, sagte Mogda klar und deutlich. Er blickte dem Meister fest in die Augen.

Der einäugige Blick des Meisters zeigte erst Überraschung und nur einen Moment später Entsetzen. Dann verlor er seinen Glanz und wurde trüb. Mogda sah die Spitze eines Dolches, die von vorn aus der Brust des Meisters ragte. Grünliches Blut rann an ihr herab.

Rator presse seinen Kopf gegen den des Meisters und flüsterte ihm zu: »So viel Macht, so viel Zauber, doch Stahl töten euch doch.«

Dann drehte er den Kopf des Meisters herum und brach ihm das Genick.

»Bei Tabal, wo wart ihr so lange?«, rief Mogda, der eilig seine Tasche wieder an sich nahm.

Verwundert sah Rator ihn an. »Waren hinter dir.«

»Seit Stunden warte ich hier auf euch.«

In Rators Augen sah Mogda, dass er nicht wusste, wovon er redete.

»Wo ist der König? Wo ist Cindiel?«

Rators Augen weiteten sich. Er ließ seine Klinge fallen und stürmte zurück in den Teich.

Er griff ins Wasser und zog den König hervor. Schnell übergab er den leblosen Körper an Mogda, der ihn auf den Boden legte und ihn von den Fesseln und dem Knebel befreite. Wasser spuckend kam König Wigold nach einem Moment wieder zu sich.

»Ich hätte nicht gedacht, mich über etwas zu freuen, das aus seinem Mund kommt«, sagte Mogda erleichtert.

Mogda packte den erschöpften Körper des Königs und zerrte ihn zu der Leiche des Meisters. Noch einmal erzählte er ihm ihre Geschichte und hoffte, dass der tote Nesselschrecken das Seinige dazu beitragen würde, den König von ihren lauteren Absichten zu überzeugen. Das Ergebnis war jedoch zunächst ein hustender König, der hoffnungslos überfordert wirkte.

Nachdem Mogda seine Ausführungen beendet hatte, verbrachten sie noch eine Weile schweigend am Tümpel.

Laut pustend durchbrach schließlich Cindiel die Wasseroberfläche. Erleichtert, sie zu sehen, halfen die Oger ihr aus dem Wasser. Mogda verlor keine Zeit, ihr die jüngsten Ereignisse zu schildern. Dann machten sie sich auf, tiefer in die Gänge hinein.

45
Die Trolle

Der Tag neigte sich seinem Ende zu, und die Sonne war nur noch als schmales Halbrund am Horizont zu erkennen. Hoch oben in den Bergen schafften es einzelne Sonnenstrahlen noch, für ein wenig Licht zu sorgen, aber unten auf der Wüstenebene hatte die Dunkelheit bereits die Oberhand gewonnen. Kruzmak und Brakbar spähten über den Felsrand hinunter in die Finsternis auf einen mit Fackeln beleuchteten Höhleneingang.

»Ich habe es euch doch gesagt«, flüsterte Dagholin Steinschmelzer, der sich flach auf den Boden gedrückt zwischen die beiden Oger drängte, um auch einen Blick in die Tiefe zu werfen. »Der Eingang ist nie unbewacht. Sobald die Wachen ihren Posten verlassen, kommen die nächsten, um sie abzulösen. Das geht die ganze Zeit so, Tag und Nacht. Es sind immer sechs, und zwei von ihnen haben ein Signalhorn, um die anderen vor Gefahren warnen zu können.«

»Unsinn, Trolle faul. Bald werden schlafen und vergessen Wache«, brummte Rator ungehalten.

Der Zwerg robbte wieder zurück und baute sich hinter den Ogern auf. An das Liegen auf einem Felsvorsprung war er gewöhnt, und auch die Höhe machte ihm nichts aus, aber er wusste, dass auch Gestein keine unendliche Tragkraft besaß. Er wollte die Götter nicht unnötig herausfordern, indem er sich selbst mit dem Gewicht von zwei ausgewachsenen Ogern an den Rand eines Berges stellte und darauf hoffte, dass dieser jahrtausendealte Vorsprung der Belastung trotzte. Kopfschüttelnd sah er auf Brakbar hinunter.

»Glaubt mir, diese hier sind pflichtbewusst und unermüdlich. Sie werden den Eingang nicht unbewacht lassen«, sagte Dagholin.

Einige Zeit verging, und Brakbar und Kruzmak beobachteten nach wie vor den Eingang, der rund fünfzig Schritt unter ihnen lag. Dagholin Steinschmelzer hatte sich zurück ins Lager begeben, denn er spürte, dass seine Anwesenheit nicht weiter erforderlich und auch nicht erwünscht war.

»Krieger vom Kleinen Volk Recht«, brummte Kruzmak.

»Wohl«, stimmte Brakbar zu. »Aber muss nicht wissen das.«

Behutsam zogen sie sich vom Rand der Felsen zurück. Ihr Lager lag nur wenige hundert Schritt weiter in die Berge hinein.

Als Kruzmak auf die verschiedenen Krieger blickte, die er zum Kampf gegen die Trolle vereinigt hatte, empfand er Stolz. Was würde er darum geben, dass Rator ihn so sehen könnte. Er hatte sich würdig erwiesen, ein echter Anführer zu sein. Hundertzwanzig Kämpfer seines Volkes hatte er zusammengetrommelt, und noch einmal halb so viele vom Kleinen Volk. Mehr, als er zu hoffen gewagt hatte, und hoffentlich genug für ihre bevorstehende Aufgabe.

Die Ausrüstung der Zwerge ließ zwar zu wünschen übrig, aber Kruzmak wusste, wie zäh das Kleine Volk im Kampf sein konnte. Er hoffte, noch einmal mindestens fünf Dutzend der Zwerge befreien zu können, bevor ihr Eindringen in die Minen auffiel und die Trolle Jagd auf sie machten.

»Hört Krieger!«, rief er von oberhalb des Lagers. »Zeit ist gekommen für Kampf.«

Leiser Jubel und verschiedene Zusprüche ertönten. Kruzmak rief die Anführer der Ogertrupps zu sich, zusammen mit den Vertretern der Zwergenclans.

Zwei Dutzend Oger sollten die Zwerge an den Eingang der Mine führen. Es musste so aussehen, als ob die Oger weitere Zwerge für die Sklavenarbeit herbeischafften. Die Trolle am Eingang mussten abgelenkt werden, damit die restlichen Oger aus den Bergen hinter ihnen herabsteigen konnten, um sie unschädlich zu machen. Es war wichtig, dass keiner der Trolle flüchten konnte oder imstande war, Alarm zu schlagen. Jede Möglichkeit musste bedacht werden, und was noch mehr Zeit in Anspruch nahm: Jede Vorgehensweise musste besprochen werden. Nicht alle Oger waren in der Lage, den Taktiken von Kruzmak zu folgen. Immer wieder kamen Nachfragen und unsinnige Vorschläge, die die Lagebesprechung unnötig in die Länge zogen. Die Zwerge fingen an, untereinander zu tuscheln, und Kruzmak bemerkte ihre plötzliche Heiterkeit.

»Warum lachen?«, fuhr er einen der Clanführer an.

Der Zwerg versuchte, sein breites Grinsen zu unterdrücken. Kapitän Londor, der auch mit an der Besprechung teilnahm, stieß dem Zwerg in die Seite. »Was ist, hat dich der Mut verlassen kleiner Mann?«, spottete er.

Mürrisch sah der Zwerg den Kapitän an und wandte sich dann Kruzmak zu. »Wir haben uns nur gefragt, ob ihr genauso gut kämpft wie jammert«, antwortete der Zwerg mit einem unbehaglichen Gesichtsausdruck.

Von hinten packte ihn eine riesige Hand am Kragen und hob ihn über seine Zwergenkameraden hinweg. Brakbar fühlte sich dazu auserkoren, die Frage des Zwergs zu beantworten. Er drehte ihn so, dass er ihm genau ins Gesicht sehen konnte.

»Nein, Oger nicht kämpfen gut. Wir lieber schreiben Gedicht mit Blut von Zwerge.« Brakbar zeigte sein breitestes Grinsen und ließ den Zwerg wieder zu Boden. Nach einem Moment der Verunsicherung verzog sich auch das Gesicht des Zwerges zu einem Lächeln. Schallendes Gelächter machte sich erst unter den Ogern breit und erfasste nach und nach auch die Clanführer der Zwerge. Es gab kein besseres Ende für die Besprechung einer Kriegsvorbereitung, als gemeinsam zu lachen.

Zwei Stunden vor Sonnenaufgang trottete die Gruppe Oger mit ihren zwergischen Gefangenen durch den kalten roten Sand auf den Eingang der Höhle zu. Schon von Weitem hatten die Trolle sie ausmachen können. Der Lärm, den sie beim Marschieren machten, war nicht zu überhören. Lauthals wurden Kommandos zwischen den Ogern ausgetauscht, und immer wieder ertönten derbe Beschimpfungen, die an das Kleine Volk gerichtet waren.

Die seltsame Truppe hielt im Lichtkegel der großen Fackeln vor einer Gruppe schwer gerüsteter und bewaffneter Trolle an. Zwei der mächtigen Kreaturen nahmen Fackeln aus den steinernen Halterungen im Fels und schritten auf die Neuankömmlinge zu. Ihre übermäßig langen Arme und der gebückte Gang erlaubte es den Trollen, sich beim Gehen mit den Händen aufzustützen. Die Axt in der einen Faust, die Fackel in der anderen, drückten sie ihre warzenübersäten Knöchel in den Sand.

»Halt!«, brüllte ein Troll und brachte den Zug damit zum Stehen. »Was wollt ihr hier?«

Kruzmak musste sich erst nach vorne durcharbeiten und stieß dabei einige Zwerge grob beiseite.

»Ich Kruzmak«, stellte er sich vor. »Wir gebracht entlaufene Zwerge.«

Als ob er Zweifel an der Richtigkeit dieser Meldung habe, nahm der Troll die Fackel und schwenkte sie über den Gefangenen hin und her.

Ängstlich wichen die Zwerge zurück, da von der Pech getränkten Fackel immer wieder brennende Tropfen zu Boden fielen. Beruhigt wandte er sich wieder an Kruzmak.

»Ja, ich erkenne einige von ihnen wieder. Das sind die Ausreißer. Ihr kommt aber zu spät, der Bau ist fertig. Geht zurück in die Berge und tötet sie dort. Wir brauchen sie nicht mehr.«

Was würde Kruzmak dafür geben, jetzt so wortgewandt zu sein wie Mogda. Ihm musste etwas einfallen ... und zwar schnell.

»Meister hat gesagt, doch brauchen.«

»Wieso? Außer zur Arbeit taugen sie für nichts«, grollte der Troll. »Man kann sie noch nicht einmal essen. Das Fleisch ist so zäh wie meine Sandalen.«

An der Felswand sah Kruzmak die schwingenden Schatten der Seile. Eins nach dem anderen erreichte lautlos den Boden, und an ihnen bewegten sich die Silhouetten seiner Mitstreiter.

»Du meinen, wissen besser als Meister?«, antwortete Kruzmak in leicht gereiztem Ton. »Vielleicht du gehen zu ihm und fragen.«

Der Troll stutzte.

Aus den Augenwinkeln verfolgte Kruzmak den Abstieg seiner Kameraden weiter. Es mussten schon mindestens zwei Dutzend sein, die sich hinter den Trollen versammelt hatten und auf das Signal zum Angriff warteten.

Ganz so einfach wollte der Troll jedoch nicht nachgeben.

»Wann hat der Meister dir den Auftrag gegeben, die Zwerge einzusammeln und hierher zu bringen? Wir wissen nichts von einem neuen Befehl.«

Kruzmak legte ein breites Grinsen auf. »Du fragen Brakbar, der wissen.«

»Wer soll dieser Brakbar sein, und wo ist er?«, fragte der Troll, der anscheinend keine Lust mehr verspürte, ausgerechnet mit einem Oger Spielchen zu spielen.

Kruzmak machte einen Schritt zur Seite und gab den Blick auf seinen Kameraden frei, der eine gespannte Zwergenarmbrust auf den Troll richtete.

»Das Brakbar«, sagte er in dem Moment, als sich der Bolzen löste und dem Troll tief in die Brust fuhr. Aber anstatt tödlich getroffen zusammenzubrechen, taumelte der Troll nur zwei Schritte rückwärts und hob seine Axt. Brakbar und Kruzmak stürmten auf ihn zu, während ihre Kameraden aus dem Dunkel der Felsen über die anderen Wächter herfielen.

Kruzmak war zu schnell heran, als dass ihn die herabsausende Axt des Trolls hätte treffen können. Stattdessen krachte der sehnige Unterarm auf seine Schulter und Kruzmak spürte, wie die Wucht des Schlages den Griff der Waffe seines Gegners lockerte. Sofort drückte er den Arm des Trolls zur Seite und schlug mit dem Schwert gegen den Axtstiel. Beim Nachsetzen hieb er dem Gegner die Waffe aus der Hand. Brakbar kam seinem Gefährten zu Hilfe und stieß dem Troll das Heft seines Schwertes unter den untersten Rippenbogen.

Der Troll ging zu Boden und krümmte sich schwer verletzt im Sand. Er griff nach dem Signalhorn am Gürtel und umklammerte es wie ein Verdurstender einen Wasserschlauch. Bevor er es aber zum Mund führen konnte, trat Kruzmak ihm auf das Handgelenk, das gleich knackend brach. Brakbar stand über dem Troll und hieb ihm den Arm ab, kurz unterhalb des Schultergelenks. Mit einem tödlichen Stich beendete Kruzmak das Leben des Trolls.

Als er aufblickte, erkannte Kruzmak, dass seine Kameraden den Kampf dominierten. Die meisten Trolle waren durch die Übermacht der Oger bereits gefallen, und der letzte Überlebende schlug hoffnungslos unterlegen in Panik um sich, bis ihn ein Speer im Rücken zu Fall brachte.

Die Zwerge standen noch genau in Reih und Glied, wie sie vor die Höhle geführt worden waren, an ihren Plätzen. Nicht einer hatte in den Kampf eingegriffen.

Kruzmak befahl ihnen, sich mit den kleineren Waffen der Trolle auszurüsten. Er wusste, dass die Zwerge keine Feiglinge waren und im Kampf erbitterte Feinde sein konnten. Er wusste aber auch, wie eine Horde Oger im Kampf auf andere Wesen wirkte. Nicht einmal ein anderer Oger würde sich in den Kampf mit Brakbar und ihm einmischen. Sich in die Nähe einer solchen Urgewalt zu bringen, bedeutete, sein eigenes Leben allzu leichtfertig aufs Spiel zu setzen.

Der Eingang lag jetzt frei und unbewacht vor ihnen, nachdem sie die toten Trolle am Gebirgsrand zwischen große Felsen geschleift hatten.

Die Zwerge hatten Kruzmak erklärt, wie das Höhlensystem aufgebaut war. Eine Reihe von riesigen, wabenförmigen Kammern war mit kleinen Gängen verbunden. In der Mitte dieser Hallen stand immer eine pyramidenförmige Konstruktion aus Holz, welche die Decke stützte. Von diesen Ebenen gab es jeweils drei Stück, die mit Lastenaufzügen verbunden waren. Auf den oberen Ebenen hielt sich aber niemand mehr auf, seit sie fertiggestellt worden waren.

Wichtig war es, auf die Holzpyramiden Acht zu geben. An ihnen waren leere Fässer angebracht, die beim langsamen Fluten der Hallen Keile aus der Konstruktion ziehen würden und sie somit zum Einsturz brächten. Damit würde eine Kettenreaktion in Gang gesetzt, die den Berg in sich zusammenfallen lassen konnte und den Weg für die Wassermassen des Meeres freigäbe. Die enorme Energie des Wassers würde den Rest besorgen.

Es war geplant, den Berg auf drei Meilen Länge zum Einsturz zu bringen. Nach Aussagen der Zwerge befand sich das Gros an Trollen in der nördlichsten Kammer. Dort lagerten an die zweihundert von ihnen. Die restlichen hundert patrouillierten ständig in den Gangsystemen. Die Zwerge, die nicht zur Arbeit eingeteilt waren, wurden in einer Halle südlich des Eingangs gefangen gehalten. Insgesamt mussten vielleicht hundert Zwerge hier Dienst in den Stollen tun. Kruzmak hoffte nur, dass sie nicht zu erschöpft und ausgelaugt wären, um zu kämpfen, denn genau das müssten sie tun, um ihre Freiheit zu erlangen.

»Wir zuerst gehen holen Gefangene von Kleinem Volk«, erklärte Kruzmak den Zwergen, um sie zu motivieren.

Zum Beweis ihres Kampfwillens hoben die Zwerge die Waffen über die Köpfe, zumeist Schaufeln und Hacken. *Das werden ungleicher Kampf*, dachte der Oger.

Sie schritten durch den Eingang und betraten die erste große Halle. Kruzmak wusste um das Geschick der Zwerge im Bauhandwerk, aber was er zu sehen bekam, überstieg seine Erwartungen bei weitem. Die

Halle war unvergleichlich. Selbst der Drachenhort wirkte gegen dieses Bauwerk wie eine überdimensionierte Erdhöhle. Die Kaverne maß fünfhundert Schritt in alle Richtungen, und ihre Höhe konnte man nur erahnen. Die vereinzelt angebrachten Fackeln erhellten jeweils nur einen kleinen Bereich, dazwischen herrschte Dunkelheit.

»Wo ist Sand aus Höhle?«, fragte Kruzmak Dagholin, der ebenfalls ehrfürchtig das Bauwerk bewunderte.

»Den haben wir mit Loren zur anderen Seite gebracht und ins Meer geschüttet.«

»Ist Wasser so tief?«, fragte Kruzmak fassungslos.

»Dort ist es so tief, dass man den ganzen verdammten Bergrücken darin versenken könnte.«

Langsam tasteten sie sich zur Mitte der Halle vor. Im leichten Dämmerlicht erkannten sie das gewaltige, pyramidenförmige Holzgerüst, von dem die Zwerge gesprochen hatten. In drei Fuß Höhe waren die Stützbalken in einem verkeilten Trichter eingelassen. An jedem Keil waren mit Tauen mehrere große Weinfässer angebracht und lagen fein säuberlich aneinandergereiht auf dem Boden.

»Wie soll gehen?«, fragte Kruzmak den Mann aus dem Kleinen Volk.

»Ganz einfach«, erklärte Dagholin. »Der Fuß der Pyramiden liegt in einer kleinen Senke. Wenn die Mulde mit Wasser gefüllt wird, heben sich die Fässer und ziehen die Keile heraus. Dadurch verliert der Bau sein Fundament und bricht zusammen. Danach stürzt die Decke ein und so weiter und so weiter.«

»Das funktionieren?«, fragte Kruzmak ungläubig.

»Sicher«, antwortete Dagholin mit einer Überzeugung in der Stimme, die keinen Zweifel zuließ. »Aber wenn du mir nicht glaubst, kannst du ja warten, bis sie das Wasser einlassen.«

Kruzmak glaubte ihm. So ein Bauwerk entstand nicht aufgrund von bloßen Vermutungen.

Kruzmak wandte sich an Brakbar und Zagat.

»Wir müssen aufteilen«, sagte er. »Nicht wissen, wie Befehl für Trolle. Wenn spüren, dass Gefahr, vielleicht bringen Berg zum Einsturz.«

»Das ist eine gute Idee«, lobte Kapitän Londor, der sich zwischen den Ogern hindurchdrängte.

»Ich bleibe bei Kruzmak und Brakbar. Wenn es irgendwo sicher ist, dann hinter den beiden.«

Brakbar hob Londor am Kragen in die Luft und klemmte sich den strampelnden Kapitän unter den Arm. »Wenn Plan schlecht, bauen schnell Boot für alle«, grinste er.

Kruzmak teilte Zwerge und Oger zusammen in ein halbes Dutzend Gruppen ein, die in alle Richtungen ausschwärmen sollten, um die Patrouillen unschädlich zu machen.

Danach würden sie sich in der Halle vor dem Trolllager wieder versammeln, um sich den Übrigen zu stellen.

46
Der Ältestenstamm

»Ich gehe keinen Schritt weiter«, sagte König Wigold, und die Niedergeschlagenheit in seiner Stimme war nicht zu überhören. »Das hat doch alles keinen Sinn. Hier unten gibt es nichts. Nichts außer diesen kahlen, lehmigen Gängen.«

Unter anderen Umständen hätte Mogda ihn einfach am Knöchel gepackt und ihn hinter sich hergeschleift. Diesmal hatte der alte Mann aber ausnahmsweise Recht. Der Tunnel schien nirgendwo hinzuführen, und was noch schlimmer war, er schien auch nirgendwo herzukommen. Vor vier Stunden hatten sie kehrtgemacht, um wieder an das Tor zu gelangen, aber gefunden hatten sie es nicht. Der Gang hatte keine Abzweigung, machte keine Biegungen und tat auch sonst nichts, außer einfach da zu sein.

In mehr oder weniger regelmäßigen Abständen tauchten willen- und seelenlosen Geschöpfe auf, die so lange keine Notiz von ihnen nahmen, bis sie ein Geräusch hörten. Rator ging zum Schutz aller zwanzig Schritt voran und hatte die unangenehme Aufgabe übernommen, den »Wanderern«, wie er sie nannte, den Garaus zu machen.

Bei jedem Gefecht mit diesen leicht berechenbaren Gegnern stimmte Rator seinen Kampfstil weiter auf sie ab. Der letzte ging an Rator vorbei, ohne ihn zu bemerken, und wurde von dem Oger mit einem Schlag niedergestreckt, ohne seine sonderbare Verwandlung durchgemacht zu haben.

Die Wanderer zu töten, bereitete ihm sichtliches Unbehagen. Der mächtige Oger, der es gewohnt war, sich furchtlos in die Schlacht zu stürzen, zeigte plötzlich Skrupel, diese ihres Willens beraubten und so gut wie unbewaffneten Gegner zu töten.

»Er hat Recht, egal wohin wir gehen, es bringt uns anscheinend nicht näher an unser Ziel.« Mogda bückte sich und kratzte mit den

Nägeln auf dem Boden herum. Er knetete einen Brocken Lehm zwischen seinen Fingern und warf ihn dann achtlos weg.

»Nicht Spuren hier. Boden zu weich«, sagte Rator, und ließ Mogda damit aus seinen Gedanken hochschrecken.

Mogda stemmte sich hoch und zog das Runenschwert. Er stach mit der Spitze in den Boden und drückte die Klinge mit Hilfe seines Gewichtes bis zum Griffansatz in den Lehm und zog es wieder heraus.

»Genau das ist es, was mich stört. Es gibt hier nichts. Keine Baumwurzeln, keine kleinen Steine und nirgends eine Spur. Im ganzen Tunnel ist nicht die geringste Unebenheit. Dieser ganze Ort hat etwas Unwirkliches ... etwas Magisches.«

Da sie jedoch keine anderen Optionen hatten, folgten sie dem Gang in die Richtung, die sie vorher auch eingeschlagen hatten. Sie hatten ihre Geschwindigkeit stark verlangsamt, um ihre Kräfte zu schonen. Man konnte nie wissen, was am Ende des Ganges auf sie wartete, wenn er irgendwo endete.

Cindiel fiel etwas zurück. Mogda bemerkte es erst, als sie schon fast aus seiner Sicht verschwunden war. Er vergewisserte sich, dass keiner von den Wanderern in der Nähe war, dann rief er nach ihr. Cindiel reagierte nicht, sondern hockte auf der Erde und kratzte mit den Fingern im Lehm, wie Mogda es zuvor getan hatte.

Mogda machte kehrt und ging ihr entgegen, die beiden anderen folgten ihm. Er schaute zu ihr hinab und wartete ab, was ihre Untersuchungen wohl ergeben würden.

»So viel Macht können sie nicht haben«, murmelte sie gedankenverloren.

»Was meinst du?«, fragte Mogda vorsichtig nach, da er nicht wusste, ob sie ihn bemerkt hatte.

»Der Zauber ist verboten, und viel zu mächtig, als dass jemand ihn unbemerkt wirken könnte.«

Mogda stupste sie an der Schulter.

»Wovon redest du, Prinzessin?«

Cindiel sah ihn ungläubig an, fast so, als ob sie eben aus einem Traum erwacht wäre. »Das kann nicht sein.«

»Bei den Göttern, wovon redest du?«

Cindiel zog sich an seinem Arm hoch und sah nacheinander Mogda,

Rator und König Wigold an, denen die Neugier ins Gesicht geschrieben stand.

»Das Verlies und die Unwirklichkeit, über die du vorhin gesprochen hast – es gibt da so einen Zauber.«

»Und?«, fragte Mogda drängend.

»Der Zauber ist sehr mächtig. Er kann nur gewirkt werden, wenn sich mehrere Magiekundige zusammenschließen. Er nennt sich astraler Kerker. Der Spruch wurde vor sehr langer Zeit vom Rat der Magier verboten und alle existierenden Formeln wurden vernichtet.«

Mogda sah Cindiel an und hob dabei eine Augenbraue, so als ob er auf die Antwort einer unausgesprochenen Frage wartete. Nach einer Weile drehte sich Mogda zu König Wigold um. »Alter Mann, kann es sein, dass der Hofmagier, den wir für einen Meister halten, im Rat der Magier sitzt?«

Jetzt wurden die Zusammenhänge selbst König Wigold klar. »Ja, Edder Listante hat sogar den Vorsitz über den Rat.«

Mogda atmete schwer aus, wie jemand, dem eine schlechte Nachricht überbracht worden war, vor der er sich lange gefürchtet hatte.

»Erzähl uns alles, was du über diesen astralen Kerker weißt«, bat er Cindiel.

»Da gibt es nicht viel«, sagte sie. »Ein kleiner Raum kann mittels Magie so verändert werden, dass er in die astrale Ebene wechselt. Innerhalb dieses Raumes kann man sich nur bewegen, wenn man den Auftrag dazu von den Erbauern bekommt. Ansonsten irrt man endlos in Gängen umher, die es gar nicht wirklich gibt, ohne jemals irgendwo anzukommen. Dadurch, dass sich das Gefängnis auf einer anderen Ebene befindet, wird auch die Zeit verzerrt. Einen Tag außerhalb des Kerkers ist eine Woche in ihm.

Nur die schlimmsten Verbrecher wurden früher dorthin verbannt, aber viele von ihnen tauchten nie wieder auf, obwohl ihre Strafe abgegolten war. Das Gefängnis war sicher, *zu* sicher. Es gab kein Entkommen daraus, auch für Begnadigte nicht. Und weil die Strafe so unmenschlich war, haben sie es verboten.«

König Wigold lehnte sich an die Wand und sackte in sich zusammen, Rator ließ seine Waffe fallen und Mogda sagte: »Das kann nicht sein.«

Stumm teilte Mogda ihre letzten Reserven Dörrfleisch aus und reichte einen Schlauch mit Wasser herum.

Schweigend saßen sie sich gegenüber und grübelten über ihre Situation nach. Die Aussicht, hier in diesem magischen Verlies für alle Ewigkeit gefangen zu sein, oder, was wahrscheinlicher erschien, in den nächsten Tagen zu verdursten, schlug allen nicht unbeträchtlich aufs Gemüt.

Rator war der Erste, der das Schweigen brach. Plötzlich stand er auf und schaute angestrengt den Gang hinunter. »Wanderer.«

Er griff nach seiner Axt und wischte die letzten Lehmreste und das angetrocknete Blut von der Klinge.

»Wenn sollen sein letzte Gegner, hoffen Tabal schicken reichlich«, sagte er und schritt den Gang entlang.

Mogda blickte Rator hinterher und entschied, dass er keine Hilfe benötigen würde, egal wie viele von den Wanderern dorthinten im Gang lauerten. Er fragte sich, welchen Zweck diese Wesen wohl erfüllten. Wozu brauchte man wortkarge Patrouillen, wenn es ohnehin kein Entrinnen gab? Und wie konnten sie es schaffen, sich in dem Labyrinth so gezielt zu bewegen? Anscheinend befürchteten die Meister, dass sich jemand hier unten einschleichen könnte, der ihnen gefährlich werden würde. Sie hatten Angst vor jemandem, der den Zauber brechen und ihr Geheimnis lüften konnte. Deshalb hatten sie die Wanderer geschickt ... geschickt?

»Halt, Rator, lass einen am Leben!«, rief Mogda seinem Kameraden aufgeregt hinterher, der bereits in der Dunkelheit verschwunden war.

Ein kurzer Fauchlaut hallte durch den Gang, gefolgt von einem Quieken, das entfernt an ein Schwein auf der Schlachtbank erinnerte. Dann verstummten alle Geräusche.

»Rator«, rief Mogda erneut.

Weiter hinten im Tunnel machte er die massige Gestalt Rators aus, die etwas hinter sich herzog. Als er näher kam, erkannte Mogda den Wanderer, den Rator am Fußknöchel gepackt hatte und über den Boden schleifte. Das andere Bein war in Höhe des Knies abgetrennt. Verzweifelt versuchte der Wanderer, seine krallenartigen Finger in den lehmigen Boden zu graben und Halt zu finden.

»Du Glück«, sagte Rator, als er vor Mogda stand und das halb menschliche Wesen nach vorn zog und einen Fuß auf seinen Rücken stellte, um ihn am Boden zu halten. »Drei Wanderer schlecht treffen mit einem Schlag. Stehen zu weit auseinander.«

Die Kreatur vor ihnen hatte noch immer ihre verwandelte Gestalt und fauchte ungeachtet ihrer schweren Verletzung hasserfüllt.

»Lass es los«, wies Mogda Rator an.

»Besser gleich töten«, wandte Rator ein. »Nicht wissen, wie schnell heilen Wunden.«

»Was hast du vor, Mogda?«, fragte Cindiel ängstlich. »Rator hat Recht, vielleicht fällt es uns später in den Rücken.«

»Nein, ich will es nicht entkommen lassen, ich will sehen, wohin es geht«, erwiderte Mogda. »Du hast gesagt, man kann sich in diesem Gefängnis nur bewegen, wenn man den Auftrag dazu erhalten hat. Irgendwie schaffen diese Wesen es immer wieder, uns zu finden. Wenn sie geschickt worden sind, um Eindringlinge aufzustöbern, haben sie sicherlich auch Anweisungen bekommen, was zu tun ist, wenn sie welche gefunden haben. Sie müssen zu einem Ort zurückkehren, an dem sie neue Befehle erhalten können.«

Niemand sagte ein Wort, während alle Mogdas Überlegungen bedachten. Der Wanderer hatte mittlerweile tiefe Furchen in den Lehmboden gekratzt. Sein Beinstumpf blutete nicht so stark, wie man es von solch einer Wunde erwartet hätte, und auch sein Schmerzempfinden schien eingeschränkt. Ein Mensch hätte schon lange das Bewusstsein verloren. Die Kreatur jedoch hatte nur ihr Entkommen im Sinn.

Rator hob den Fuß vom Rücken des Wanderers und machte einen Satz zurück, als dieser mit einer Kralle nach seinem Schenkel schlug. Dann kroch das Wesen im Eiltempo davon. Die Krallenhände hackten sich abwechselnd in den Boden und zogen den schwer geschundenen Körper hinter sich her. Die Geschwindigkeit, mit der es sich trotz seiner Behinderung vorwärts bewegte, war beeindruckend. Der Körper des Wanderers schlängelte sich zur Unterstützung hin und her, wie ein Fisch auf dem Trockenen.

Nach rund zweihundert Schritt gabelte sich der Gang plötzlich. Es war noch nicht lange her, da hatten sie diese Stelle bereits passiert, aber keinen Seitengang gesehen.

Der Wanderer schien auf seiner Flucht das Labyrinth neu zu formen und zu verändern. Knochige Baumwurzeln ragten nun plötzlich aus der Decke und streckten sich nach unten, wie skelettierte Finger, die einen Weg aus ihrem sandigen Grab suchten. Die vormals kargen Wände wurden jetzt von allerhand verschiedenen Steinen und vereinzelten Tierknochen geziert, die die lehmige Erde unter dem Moor im Laufe der Jahrhunderte verschluckt hatte.

Zwei weitere Kreuzungen passierten sie auf ihrem Weg, bis sie nach rund einer Meile wieder an dem Tor ankamen, an dem ihre Reise in das Labyrinth begonnen hatte. Sie gingen an dem Raum mit dem Wasserbecken vorbei und betraten einen kurzen Gang, der nach fünfzig Schritt vor einer schweren Eichentür endete. Der Wanderer wurde sichtlich unruhig und erhöhte sein Tempo abermals. An der Tür angekommen, versuchte er, sie zu öffnen, scheiterte aber an den Auswirkungen seiner Verletzung. Die Kraft, sich aufzurichten, besaß er nicht mehr.

Mogda gab Rator ein Zeichen, dem Wanderer behilflich zu sein. Rator näherte sich vorsichtig von hinten und stieß mit dem Axtkopf auf die Türverriegelung, die daraufhin aufsprang. Für mehr als ein schwaches Fauchen und eine angedeutete Angriffspose reichte es bei dem schwer verletzten Wanderer nicht. Mit letzter Kraft zwängte er sich durch den schmalen Spalt der Tür und gab damit den Blick auf die dahinter liegende Halle frei.

Das riesige Gewölbe war in bläuliches Licht getaucht. Licht, das aus einem See emporstieg, der in der Mitte der Kaverne lag und von einer Reihe größerer Felsen gesäumt wurde. Der See lag rund hundertfünfzig Schritt entfernt und zwischen ihm und dem Eingang ragten mehrere mannshohe Lehmhügel auf, die entfernt an Baumstümpfe oder Termitenhügel erinnerten. Wie viele von diesen abstrakten Bauwerken es wirklich gab, konnte man nur schätzen, da der größte Teil der Halle im Dunkeln lag.

Der Wanderer hatte schon einige Schritte Vorsprung und kroch geradewegs auf den beleuchteten See zu, als Rator seine Axt zog und ihm nachlief.

»Halt«, rief König Wigold. »Dieses Wesen beherbergt eine gequälte Seele aus meinem Volk. Ich werde ihn erlösen. Das Letzte was er sieht, soll nicht das Antlitz seines Feindes sein.«

Der König trat auf Rator zu und zog dem Oger einen Dolch aus dem Hosenbund. Dann eilte er auf den kriechenden Wanderer zu. Rator wollte ihm nachsetzen, doch Mogda hielt ihn zurück.

König Wigold packte den Wanderer am Fuß und drehte ihn auf den Rücken. Seine Ehre verbot es ihm, jemanden von hinten zu töten wie ein feiger Meuchler.

»Diese Kreatur war früher ein junger Mann aus meinem Volk, und der Mensch in ihrem Inneren war es auch, der uns den Weg aus diesem unheiligen Labyrinth gewiesen hat. Er hat einen anständigen Tod verdient. Ich hoffe nur, dass der Tod ihm auch die verdiente Erlösung bringt.«

König Wigold beugte sich über die leblos daliegende Kreatur und wollte gerade zum tödlichen Stich in die Brust ansetzen, als er einen Moment stockte. Das Wesen hatte nun wieder vollends menschliche Gestalt angenommen. Genau dieses Zögern wurde dem König zum Verhängnis. Der Wanderer schnellte hoch und griff nach Wigolds Arm. Im Bruchteil eines Augenblicks nahm die Kreatur wieder ihre veränderte Form an und stieß die Fangzähne in den Unterarm des Königs. Dem fiel sogleich der Dolch aus der Hand. Sofort hatte der Wanderer die Oberhand gewonnen und zwängte sein Opfer zu Boden, um einen tödlichen Biss zu vollführen.

Rator war bereits heran und zog die fauchende Kreatur am Haarschopf in die Höhe. Er hielt den Wanderer am ausgestreckten Arm, während er mit dem anderen nach dem am Boden liegenden Dolch griff. Ein tiefer Schnitt durch die Kehle trennte den Kopf vom Rumpf. Gleichgültig warf Rator den Schädel einige Schritt von sich und seinen Begleitern fort. Cindiel eilte heran und hockte sich neben König Wigold, der am Boden saß, sich den Arm hielt und die Blutung zu stoppen versuchte. Mit einem Heilzauber unterstützte sie ihn in seinen Bemühungen. Mogda half dem König auf die Beine.

»Komm, Cindiel«, sagte Mogda, »wir setzen ihn da hinüber an den Erdhaufen, da kann er sich ausruhen, während wir dieses Gemäuer erkunden.«

Schon als sie sich den Lehmgebilden näherten, hatte Cindiel ein mulmiges Gefühl. Irgendetwas stimmte nicht mit ihnen. Etwas lauerte darin, etwas Fremdes. Einen Moment später lüftete Mogda das Geheimnis, indem er eine Fackel entzündete.

Der Fuß der Lehmsäule wurde von menschlichen Körpern gesäumt, die zur Hälfte darin feststeckten. Sie saßen aufrecht an der Säule, die Arme nach hinten angewinkelt. Die Gesichter lagen frei, während ihre Hinterköpfe im Lehm verschwanden. Ihre nackten Oberkörper gingen nahtlos in die Säule über. Durch jeden Körper war in Schulterhöhe ein Holzpflock getrieben. Einer der Männer hatte die Augen geöffnet und starrte ausdruckslos ins Leere. Das leichte Heben und Senken des Brustkorbes bestätigte jedoch, dass er noch lebte.

Cindiel ließ König Wigold in Mogdas Obhut und beugte sich in sicherem Abstand zu dem Mann hinunter. Sie wirkte mehrere Zauber und nahm dann ihren Rucksack ab. Sie holte das Zauberbuch ihrer Großmutter hervor, blätterte darin und wirkte schließlich einen weiteren Zauber. Mogda hörte sie schluchzen.

»Was ist mit dir Prinzessin?«

»Sie sind alle tot«, antwortete sie mit erstickter Stimme.

»Ich kann sie aber atmen sehen«, warf Mogda ein.

»Es sind nur noch Hüllen. Sie leben nicht mehr wirklich. Sie werden am Leben gehalten, bis sie getan haben, was immer die Meister mit ihnen bezwecken.«

Rator ging auf den Torso des toten Wanderers zu und riss ihm das Hemd vom Leib.

»Gestalten im Lehm auch werden Wanderer.«

Rator deutete auf die kreisrunde Narbe an der Schulter des Toten.

»Wie lange wird es dauern, bis sie sich verwandeln?«, fragte Mogda und sah dabei zu Cindiel. Cindiel saß nur da und zuckte mit den Schultern. Tränen rannen ihr über das Gesicht.

»Es ist zu unsicher hier, Prinzessin«, sagte Mogda. »Am besten gehst du mit dem König wieder zurück in den Raum mit dem Tor. Dort kannst du dich dann weiter um ihn kümmern. Wenn wir hier fertig sind, stoßen wir wieder zu euch.«

Mogdas Sorge galt aber nicht allein ihrer Sicherheit. Ihm war klar, was sie zu tun hatten, und es war besser, wenn die beiden davon nicht allzu viel mitbekämen. Niemand, egal ob mit kindlichem Gemüt oder mit königlicher Würde, war darauf erpicht mit anzusehen, wie Dutzende von seinesgleichen abgeschlachtet wurden. Auch nicht, wenn es sich nur noch um leere Hüllen handelte.

Cindiel durchschaute Mogdas fadenscheinigen Vorschlag sofort. Sie konnte sich aber auch vorstellen, was die beiden vorhatten, und um ihr eigenes Seelenheil nicht zu gefährden, stimmte sie zu.

Mogda und Rator warteten mit ihrem blutigen Handwerk ab, bis Cindiel und König Wigold verschwunden waren und die Tür hinter sich geschlossen hatten.

Cindiel kümmerte sich um den sichtlich erschöpften König. Sie erneuerte ihre Zauber und verband die Wunden abermals mit Stofffetzen, die sie aus ihrer Kleidung trennte.

König Wigold war in schlechter Verfassung. Er war schon alt und zusätzlich zu seiner Verletzung bekam er auch noch Fieber. Für einen weiteren Zauber hatte das Mädchen nicht genug Kraft. Somit musste sie auf herkömmliche Hausmittel zurückgreifen. Sie kramte in ihrem Beutel und förderte einige getrocknete Blätter zutage. Sie zerrieb sie in der hohlen Hand und gab sie König Wigold, der sie mit angewidertem Gesicht und etwas Wasser hinunterspülte. Cindiel ging zum Rand des ummauerten Weihers und wusch die alten Verbände aus, um damit die Stirn des Königs zu kühlen. Als sie die blutgetränkten Tücher auswrang, zogen lange rote Schleier durchs Wasser, die mit der Zeit an Intensität verloren und dann schließlich vollends verschwanden. Cindiel hoffte, dass die schrecklichen Erinnerungen der letzten Zeit genauso verblassen würden wie das Blut im Wasser. Cindiel wollte gerade wieder zum König hinübergehen, als sie einen Schatten im Wasser wahrnahm. Ein dunkler Schatten, der nicht von den kleinen Wellen getrieben wurde, sondern aus eigenem Antrieb. Noch bevor sie erkennen konnte, was es war, schoss der Schatten auf sie zu und durchbrach die Wasseroberfläche.

Sie hatte nicht die geringste Chance, zu entkommen. Der hagere alte Mann mit dem dunkelblauen Brokatumhang brach mit solch einer Gewalt aus dem Wasser, dass er mit einem Satz an Cindiel vorbei war und hinter der Brüstung landete. Seine langen Arme griffen nach dem Mädchen und zogen sie an sich. Eine Hand legte der Mann fest über ihren Mund, und mit der anderen verdrehte er ihren Arm so weit, dass sie sich nicht mehr aus seinem Griff befreien konnte, ohne sich die Knochen zu brechen.

»Eure Majestät, geht es Euch gut?«, fragte der Mann mit einer unwirklich dunklen Stimme.

»Meister Listante, wie habt Ihr uns gefunden?«, fragte König Wigold röchelnd.

Edder Listante, der Hofmagier, ging nicht auf die Frage des Königs ein, sondern betrachtete die Überreste des toten Nesselschreckens und runzelte nachdenklich die Stirn.

»Schnell, Eure Majestät, Ihr müsst diesen Ort verlassen. Wenn Ihr wieder zurück durch das Tor geht, werdet Ihr von Eurer Leibgarde erwartet. Sie werden sich um Euch kümmern. Wartet, bis ich zurück bin! Ich kümmere mich um alles weitere.«

Zögerlich erhob sich König Wigold und begab sich zum Rand des Weihers.

»Wo ist der Dolch, dem ich dem Oger vorhin abgenommen habe?«, fragte der König in leicht verwirrtem Ton.

»Das ist unwichtig, Majestät. Ihr braucht ihn jetzt nicht mehr«, entgegnete Listante beschwichtigend.

»Kann ich ihn mir nicht wiederholen?«

»Natürlich, später. Erst einmal solltet Ihr Euch in Sicherheit begeben.«

»Nein!«, schrie Cindiel. »Eure Majestät, habt Ihr vergessen ... Ihr könnt doch nicht ...«

Cindiel stockte der Atem. Sie war dem Magier hoffnungslos unterlegen. Jedes weitere Wort konnte ihr Leben kosten und das des Königs. Wenn Listante auch nur ahnte, dass sie hinter sein Geheimnis gekommen waren, würde er kurzen Prozess mit ihnen machen.

»Was kann er nicht?«, wiederholte der Magier Cindiels letzte Worte.

»Er kann nicht gehen, bevor wir die Wahrheit herausgefunden haben«, stotterte sie. »Dann war alles umsonst.«

»Das war es von Anfang an, aber es wird nicht ohne Konsequenzen bleiben, junges Fräulein. Am besten führst du mich jetzt zu deinen Freunden«, sagte Listante mit energischer Stimme.

Einen Augenblick stockte der König, doch dann ließ er sich hinab und verschwand im Wasser, ohne sich umzusehen.

»So, nun zu dir, du kleine Hexe«, grollte der Magier. »Wo sind die beiden Oger? Haben sie es schon zur Quelle geschafft, oder irren sie immer noch durch die Gänge?«

Er nahm die Hand von Cindiels Mund, aber nur, um ihr kurz danach einen langen Krummdolch an die Kehle zu setzen.

»Sprich schon! Oder glaubst du etwa, dass ich nicht imstande bin, ein Kind zu töten?«

Cindiel vermied jede ruckartige Bewegung, da sie die kalte Klinge auf der Haut spürte.

»Dazu seid Ihr bestimmt fähig«, flüsterte sie. »Ihr könnt ruhig Eure gewohnte Gestalt annehmen. Ich weiß, wer Ihr in Wahrheit seid.«

Edder Listante drängte sie in den Gang hinein.

»Das ist nicht gut, aber dann werde ich jetzt wohl dafür sorgen müssen, dass du es niemandem weitererzählst. Komm schon, wir werden bestimmt erwartet.«

Es war offensichtlich, dass der vorgebliche Magier sich hier auskannte. Zielstrebig nahm er den Gang zur Halle, in der Mogda und Rator geblieben waren. Er führte Cindiel vor sich her. Als sie an der Tür ankamen, stieß er sie beiläufig mit dem Fuß auf.

Die Umrisse der beiden Oger waren in der Mitte der Halle zu erkennen. Tief gebückt stachen sie auf etwas ein, das am Fuß einer Lehmsäule zu liegen schien. Cindiel wusste, was sie taten, und auch Listante schien es zu ahnen.

»Halt!«, schrie er. »Ihr undankbaren Nichtsnutze.«

Cindiel sah, wie die beiden Oger innehielten und sich aufrichteten. Listante schob sie weiter in die Halle hinein, vorsichtig auf Mogda und Rator zu. Beide Oger hatten die Waffen gezogen und standen kampfbereit da, doch keiner wagte den Angriff, solange das Mädchen in der Gewalt des Nesselschreckens war.

»Seid ihr euch überhaupt im Klaren darüber, was ihr da macht?«, rief Listante ihnen entgegen. »Wir sind eine Rasse, die schon lange vor den Ogern und den Menschen gelebt hat. Wir sind dazu bestimmt, über das Land zu herrschen. Die Wesen, die ihr hier getötet habt, wären einmal so geworden wie ich. Sie waren unsere Kinder.«

Mogda machte einen Schritt auf Listante zu, der sogleich den Druck des Dolches auf Cindiels Hals verstärkte. Der Oger hielt sofort inne und hob beruhigend die Hände. »Aber sie waren hässlich, genau wir ihr, und sie wären genauso falsch geworden wie ihr«, sagte er ruhig.

»Dann will ich euch etwas zeigen«, sagte Listante. »Geht langsam zur leuchtenden Quelle hinüber, dann werdet ihr vielleicht verstehen.«

Vorsichtig bewegten sich Mogda und Rator rückwärts auf den leuchtenden See zu. Auf keinen Fall wollten sie Listante den Rücken zukehren. Sobald er eine Möglichkeit sah, sie zu töten, würde er sie wahrnehmen, das war beiden Ogern klar.

Der See war künstlich angelegt worden und nicht besonders tief. An der tiefsten Stelle maß er kaum mehr als zwei Schritt bis zum Grund. Über der Mitte hing ein einzelner riesiger Stalaktit, von dem kontinuierlich Wasser ins Becken lief.

»Schaut es euch ruhig an«, sagte Listante, der etwa zehn Schritt von den Ogern und dem Becken entfernt stehen blieb.

Rator machte nicht die geringsten Anstalten, der Aufforderung nachzukommen. Keinen Augenblick ließ er den Nesselschrecken und Cindiel aus den Augen. Mogda jedoch wagte einen kurzen Blick in das leuchtend blaue Wasser. Ein riesiger Schatten bewegte sich langsam unter der Wasseroberfläche. Die Umrisse glichen der einer Insektenlarve. Die langsamen Bewegungen ließen das Wesen unbeholfen erscheinen. Außerhalb des Wassers konnte es sich sicherlich nicht fortbewegen.

»Und was soll das sein?«, fragte Mogda unbeeindruckt.

»Das ist der Grund, weshalb ihr hier seid. Das ist unser Ältestenstamm. Er beherbergt das Wissen aller bis jetzt verstorbenen Teudraeden und versorgt uns damit. Mit seiner Macht sind wir in der Lage, uns mittels Gedankenübertragung zu verständigen und unsere Zauber zu wirken.«

Mogda wandte den Blick wieder ab und sah den Meister an. Dessen Augen zeigten nicht mehr die Entschlossenheit und Überheblichkeit, die die Meister sonst an den Tag legten. Etwas verunsicherte ihn, und zwar nicht nur die Tatsache, dass die Oger es bis hierher geschafft hatten.

»Dann bist du sicherlich stolz darauf, dass du auch gleich ein Teil davon sein wirst«, forderte Mogda ihn heraus. Doch der Meister blieb ruhig.

»Nein, ich bin gespannt darauf, welche Veränderung ihr durchmachen werdet, wenn wir euch unsere Kinder nennen. Das hat es bis jetzt noch nicht gegeben. Ein Kind und zwei Oger, die die Verwandlung zur Vollkommenheit durchleben. Ich bin gespannt, was ...«

Listante brach mitten im Satz ab. Cindiel spürte, wie der Druck des Dolches an ihrer Kehle nachließ. Kurz darauf fiel er zu Boden. Sie bemerkte, wie sich die Hand veränderte, die ihr Kinn hochhielt. Die Finger wurden länger und knochiger. Spitze Fingernägel ritzten ihre Haut. Dann zuckte Listante mehrmals zusammen. Cindiel wand sich aus seinem Griff und hob entsetzt den Blick.

Edder Listante hatte sich in einen Nesselschrecken zurückverwandelt. Seine Augen waren weit aufgerissen und starrten trüb in Richtung See. Dann öffnete er den Mund und schien etwas sagen zu wollen, aber außer einem schrillen Krächzlaut brachte er nichts heraus. Cindiel sah gelbliche Flüssigkeit an seinem Mundwinkel herabrinnen. In seinem geöffneten Mund erkannte sie die Spitze eines Bolzens. Erschrocken riss sie sich los und trat drei Schritte zurück.

Edder Listante geriet ins Schwanken und fiel dann kerzengerade vornüber zu Boden. Aus seinem Hinterkopf ragte der Schaft eines Bolzens, und in seinem Rücken steckten vier weitere. Ungläubig schaute Cindiel in die Dunkelheit, aus der die Geschosse abgefeuert worden waren.

Im schwachen Licht erkannte sie König Wigold und fünf seiner Leibwächter, die langsam auf sie zuschritten. Mogda kam herbei und stellte sich schützend vor das Mädchen. Rator tat es ihm gleich, die Waffe noch immer kampfbereit.

»König Wigold, wie habt Ihr es geschafft, wieder zu uns zu finden?«, fragte Mogda.

Der König wies seine Leute an, zurückzubleiben und kam langsam auf Cindiel und die zwei Oger zu. Dann griff er sich den Dolch aus Rators Gürtel und zeigte ihn Mogda.

»Edder Listante hat gesagt, ich soll ihn mir später holen. Und da bin ich.«

Mogda hätte den alten Mann umarmen können, wusste aber nicht, ob eine solche Geste seitens eines Ogers vielleicht von seiner Leibwache missverstanden werden könnte. So beließ er es bei einem breiten Grinsen und einer angedeuteten Verneigung.

»Nun tut schon, wofür ihr gekommen seid«, sagte der König und verneigte sich ebenfalls. Er nahm Cindiel in den Arm. »Oder braucht ihr dafür vielleicht auch die Hilfe eines alten Mannes und eines kleinen Kindes?«

»Ich glaube, das schaffen wir auch so.«

Rator ging zur Böschung des Sees und begann, mehrere große Felsen herauszureißen. Das Wasser bahnte sich schnell einen Weg hinaus und riss ein immer größer werdendes Loch. Bald lag das Wesen, das die Meister Ältestenstamm nannten, auf dem Trockenen. Nicht mehr vom Wasser getragen, hatte es kaum noch eine definierbare Form. Es sah aus, wie ein übergroßer Hummer mit dem Kopf einer schwarzen Qualle. Nichts regte sich an dem Geschöpf, aber es war noch am Leben. In dem langsam austrocknenden Schlamm sahen sie zahlreiche blutegelartige Wesen, die hilflos zappelten, wie Fische auf dem Trocknen. Mogda drehte sich der Magen um bei der Vorstellung, dass so ein Vieh in ihm saß und ihn langsam verwandelte, wie es bei den armen Kreaturen der Fall war, die sie getötet hatten. Niemals hätten sie aus Mogda einen Wanderer gemacht. Lieber wäre er gestorben ... wenn er die Wahl gehabt hätte.

Rator wollte schon ins Becken steigen, um dem Wesen ein Ende zu bereiten, doch Mogda hielt ihn zurück. Er nahm sich einen Felsbrocken und visierte den Stalaktiten an. Dann holte er aus und warf auf den Fels. Nur um Haaresbreite verfehlte er ihn, und der Stein schlug in den Schlamm.

»Du schlecht kämpfen, du schlecht werfen«, murmelte Rator und schnappte sich auch einen Stein. Mit einen Schrei urtümlicher Wut beförderte er den Fels direkt auf den Haltepunkt des Stalaktiten, der aus der Decke brach und in die Tiefe stürzte. Mit der Spitze schlug er direkt auf das leblos daliegende Wesen ein und bohrte sich tief in dessen Körper. Nun verlor es gänzlich seine Form und lief langsam aus. Schwarzer Schleim bedeckte den Boden des Sees.

47
Der Bergrücken

Die große Halle lag vollends im Dunkeln, nur am äußeren Ende war der Schein zweier Fackeln zu sehen, die sich langsam vor dem Trolllager hin und her bewegten.

»Dort Lager von Trollen?«, fragte Kruzmak, der sich neben Dagholin Steinschmelzer gehockt hatte.

Der Zwerg hatte es wie die meisten seiner Kameraden geschafft, eine der Waffen zu ergattern, die sie den toten Trollen abgenommen hatten. Auf ihren Streifzügen durch die Hallen hatten sie mit Hilfe der Oger sechs Troll-Patrouillen töten können.

Die in den Klauen der Trolle eher klein wirkenden Waffen hatten genau die richtige Größe für Zwergenkämpfer; schließlich waren diese dafür bekannt, mit Breitäxten zu kämpfen, die sie nicht selten überragten.

Die Befreiung ihrer Kameraden gestaltete sich einfacher als erwartet. Durch die Fertigstellung des Baues waren die Trolle dazu übergegangen, die Zwerge nur notdürftig bewacht in ihre Käfige zu sperren. Sie selbst gaben sich lieber dem Feiern und Faulenzen hin. Nach außen hin wirkten sie zwar straff durchorganisiert, doch in Wirklichkeit frönten sie in den Hallen ihren Lastern. Die Trolle waren einfach zu überheblich, um nur stur Befehlen zu folgen.

»Ja, das ist die letzte Wache«, flüsterte Dagholin. »Dahinter ist ihr Lager. Ungefähr zweihundert Trolle, die damit beschäftigt sind, zu trinken, zu schlafen oder ihre Feinde über dem Feuer zu rösten.«

»Zwei Wachen sind nur«, brummte Kruzmak

»Nein, es sind vier. Die anderen beiden lauern in der Dunkelheit«, berichtigte ihn Dagholin.

»Woher du wissen?«

»Zwerge können im Dunkeln sehen«, erklärte er ihm. »Und außerdem kann ich sie bis hierher riechen.«

Kruzmak hatte sich bereits gewundert, wie es die Zwerge schafften, sich ohne Fackelschein so sicher in den Stollen zu bewegen.

»Ist noch weiterer Eingang zum Lager?«

Ja, nach Westen hin gibt es noch einen weiteren«, erklärte Dagholin.

Das war auf jeden Fall einer zu viel, das wusste Kruzmak. Sie konnten unmöglich an zwei Fronten zugleich kämpfen. Sie würden schon alle Hände voll damit zu tun haben, den Ausbruch der Trolle an diesem schmalen Durchgang zu stoppen. Ein offener Schlagabtausch kam nicht in Frage. Die Gefahr, den Kampf zu verlieren und zu scheitern, war zu groß.

»Können Kleines Volk anderen Eingang zerstören?«, fragte Kruzmak Dagholin, der noch immer gebannt die Trolle am Eingang beobachtete.

»Natürlich«, sagte er, fast schon beleidigt, dass so etwas überhaupt zur Debatte stand. »Zwerge können alles mit dem Fels machen. Sie können etwas erschaffen, aber genauso können sie es auch wieder zerstören.«

»Gut«, brummte Kruzmak zufrieden, »nehmen so viele wie brauchen, töten die Wachen und zerstören Eingang. Töten mit Armbrust aus dem Dunkel heraus. Wenn Eingang verschlossen, wir greifen an.«

Der Plan kam Dagholin ganz recht. Er fürchtete sich zwar nicht vor einem offenen Streit mit den Trollen, aber je mehr die Oger taten, umso weniger Männer musste er opfern. Die Wachen hinterhältig mit Armbrüsten zu töten, war auf jeden Fall einfacher, als die Trolle offen zu bekämpfen. Er empfand es auch nicht als ehrlos, die Kreaturen Tabals zu meucheln, denn der Gott der Zwerge hatte ihnen die Gabe, bei Dunkelheit zu sehen, schließlich nicht ohne Grund gegeben.

»Ich nehme zehn Männer mit, das müsste reichen. Ihr werdet es hören, wenn der Durchbruch zerstört ist. Es wird etwas dauern, bis wir da sind. Ich hoffe, ihr habt bis dahin Ruhe.« Dagholin wandte sich ab und ging zu seinen Männern, die in der Halle auf ihn warteten.

»Ich wünsche euch viel Glück«, hörte Kruzmak den Zwerg aus der Dunkelheit flüstern.

»Oger nicht brauchen Glück. Tabal immer auf Seite von Ogern«, gab er zur Antwort, ohne dass der Zwerg ihn hören konnte.

Kruzmak beschloss, erneut ihre Kampfstärke zu überprüfen. Zuerst stellte er drei Zwerge ab, die den Eingang weiter beobachten und Meldung machen sollten, wenn ein Troll das Lager verließ. Weiterhin benötigte er ein Dutzend Zwerge, um die Wachposten vor dem Durchgang auszuschalten, wenn es zum Angriff käme. Zu seiner Erleichterung fanden sich genügend Armbrüste, um die Männer des Kleinen Volkes auszurüsten. Die Oger, die an vorderster Front kämpfen sollten, bekamen die besten Waffen und zusätzlich sämtlichen Körperschutz, der zu finden war. Kruzmak wusste, dass es nur wenige Überlebenschancen für sie gab, dennoch scheute er sich nicht, den ersten Vorstoß selbst anzuführen.

Brakbar war einer der Ersten, die sich zu ihm gesellten, als er die Auswahl traf. Der vielfach kampferprobte Oger wartete noch nicht einmal ab, bis Kruzmak seinen Namen aufrief. Er stellte sich einfach dazu, und sein Gesichtsausdruck verriet, dass ihn nichts davon abhalten würde, der Erste zu sein, der einem Troll eine Handspanne Stahl in den Körper rammte.

Zwei Dutzend Oger wurden aufgestellt, um den Durchbruch zu verteidigen. Die anderen hatte Anweisung bekommen, die gefallenen Kameraden aus dem Kampfgeschehen zu ziehen, sich deren Rüstung anzulegen und dann ihren Platz einzunehmen. Kruzmak war sich sicher, dass keiner der Oger auch nur einen Augenblick zögern würde, sein Leben für den Sieg zu opfern. Mit Stolz betrachtete er die erfahrene Truppe, und ebendiesen Stolz sah er auch in ihren Gesichtern. Nach so vielen Jahren des Kämpfens, das wurde ihm mit einem Mal bewusst, würden sie nun endlich das Richtige tun. Die Oger hatten jetzt die Möglichkeit, ihrer Bestimmung zu folgen und den Willen Tabals zu erfüllen. Nichts stand mehr zwischen ihnen und ihrem Glauben. Sie hatten die Chance, sich aus ihrer Knechtschaft zu lösen und in Zukunft so zu leben, wie sie das wollten.

Als Kruzmak sicher war, alles vorbereitet zu haben, führte er die Oger und Zwerge im Schutz der Dunkelheit in die Mitte der Halle. Dort warteten sie auf den Angriff von Dagholins Truppe und den Einsturz des westlichen Durchgangs.

Kruzmak hatte das Gefühl, eine Ewigkeit dort gewartet zu haben, als er endlich die Erschütterung im Berg spürte und das grollende Geschrei der anstürmenden Trolle vernahm.

Augenblicklich rückten die Zwerge vor und gingen in zwanzig

Schritt Entfernung wieder neu in Stellung. Sie entriegelten ihre Armbrüste und gaben eine erste Salve ab. Drei Trolle brachen tot zusammen. Ihre Fackeln fielen zu Boden und loderten auf der feuchten Erde weiter. Kruzmak rückte mit seinen Leuten vor und versuchte, den letzten Posten auszuschalten, bevor dieser Alarm schlagen konnte. Noch bevor sie den Durchbruch erreicht hatten, verschwand der Troll im Inneren der dahinter liegenden Halle. Kruzmak hörte seine Warnschreie, und die hörte er ganz bestimmt nicht als Einziger ...

Sie hatten sich gerade links und rechts vom Durchgang postiert, als die ersten Trolle auf sie zustürmten. Bewaffnet mit ihren Kriegsäxten rannten sie geradewegs in die Stellung der Oger. Kruzmak hatte seine Krieger angewiesen, sich so spät wie möglich zu erkennen zu geben. Je mehr Trolle sie töten konnten, bevor sie entdeckt wurden, desto besser. Ihre Stellung schützte sie außerdem hervorragend vor Fernwaffenangriffen.

Schon waren die ersten Trolle heran. Kruzmak schlug aus seiner Deckung zu und rammte dem ersten Gegner sein Breitschwert in die Brust. Die Überraschung war auf ihrer Seite, der Troll konnte seine Axt noch nicht einmal zur Abwehr heben. Er starb, ohne zu wissen, wer seine Gegner waren. Als Kruzmak ihn zu Boden drückte und das Schwert aus dem blutüberströmten Körper zog, hatte das Herz des Trolls schon aufgehört zu schlagen.

Die anderen Oger nutzten die Situation ebenfalls. Brakbar tötete einen weiteren mit einem langen Krummdolch, den er ihm seitlich in die Kehle rammte. Ein einzelner Troll schaffte es, die Barrikade zu durchbrechen, wurde aber wenige Schritt später von den Armbrustschützen der Zwerge erledigt. Eine weitere Welle Angreifer näherte sich und erblickte die am Boden liegenden und getöteten Mitstreiter. Sofort waren sie gewarnt, doch waren sie bereits zu nah heran und ihr Tempo zu hoch, als dass sie den Angriff noch hätten abbrechen können.

Kruzmak stieß eine auf ihn gerichtete Hellebarde beiseite und rammte seinem Gegner den Schwertgriff ins Gesicht. Der harte Treffer brach dem Troll einen seiner lang vorstehenden Hauer aus dem Kiefer und brachte ihn zu Fall. Sofort war Kruzmak über ihm und wollte mit der Klinge nachsetzen. Doch die langen Gliedmaßen des Trolls erlaubten diesem, gegen den Schwertarm des Ogers zu treten und den Angriff zu vereiteln. Kruzmak wurde zurückgedrängt und stieß gegen einen seiner Kameraden. Der Troll rollte sich zur Seite und war im Begriff aufzustehen, als ihn ein Axthieb am Bein streifte und eine tiefe Schnittwunde hinterließ. In Panik wich er zurück, um sich vor einem weiteren Treffer in Sicherheit zu bringen. Kruzmak schnellte vor und trieb ihm das Breitschwert von hinten durch die Lunge. Wie erstarrt stand der Troll da und umklammerte die Klinge der Waffe, die aus seiner Brust ragte. Von vorn sprang Brakbar auf ihn zu und durchtrennte seine Kehle mit einem Streich. Dann packte er den Troll, zog ihn von Kruzmaks Klinge und ließ ihn achtlos zu Boden fallen. Mit einem lauten Brüllen verkündete er seinen Sieg.

Die Trolle brachen ihren Angriff ab und zogen sich ein Stück zurück. Dies gab den Ogern genug Zeit, sich neu zu formieren, und die beiden gefallenen Kameraden durch zwei andere zu ersetzen. Kruzmak hatte nicht gesehen, wie sie umgekommen waren, doch er wusste, dass sie ihr Bestes gegeben hatten. Tabal würde gewiss stolz auf sie sein.

Die Ungewissheit, mit wie vielen Gegnern sie es zu tun hatten, ließ die Trolle zögern, einen neuen Angriff zu wagen. Kruzmak sah, wie Trolle mit Stangenwaffen vorrückten um das Einfallen der Oger ins Lager zu verhindern. Er konnte nur vier Gegner ausmachen, die mit Armbrüsten bewaffnet waren, die anderen trugen ihre persönlichen Handwaffen. Am anderen Ende der Halle sah Kruzmak, wie sich mehrere Trolle vergeblich an dem zusammengestürzten Durchbruch zu schaffen machten. Die Gesteinsbrocken waren zu groß und zu verkantet, als dass man sie mit bloßer Hand hätte bewegen können.

Die ersten Bolzen flogen heran, und ein Geschoss traf den Oger neben Kruzmak in die Schulter. Schnell verließ er seine Stellung, um den Bolzen zu entfernen und die Wunde zu verbinden. Sogleich nahm ein anderer Oger seinen Platz ein. Zwei Fackeln wurden geworfen, wobei die eine oberhalb des Durchgangs gegen die Wand prallte und erlosch, und die andere genau zwischen ihnen landete. Sofort sprang Brakbar vor und trat sie mit bloßen Füßen aus. Zwei Bolzen schlugen neben ihm gegen die Wand und zerbarsten am Fels. Augenblicklich hechtete Brakbar zurück in Deckung.

Die Trolle rückten erneut vor, diesmal in einer dichten Formation von Hellebardenträgern.

Kruzmak sah die Entschlossenheit in den Gesichtern der Trolle und die Mordgier in ihren Augen. Diese Wesen waren nicht so schnell einzuschüchtern wie Orks. Sie würden so lange kämpfen, bis keiner von ihnen mehr aufrecht stünde.

Sie rückten vor, die Hellebarden mit beiden Händen fest umklammert. In ihren Körpern saß so viel Kraft und Spannung, dass man die langen Stangenwaffen nur mit Mühe beiseiteschlagen konnte, um nicht von den sichelförmigen Klingen durchbohrt zu werden.

Die Trolle im hinteren Teil der Höhle stimmten ihre Schlachtrufe an. Was zuerst nur vereinzelte Schreie waren, schwoll nach und nach zu einem richtigen Chor an. Sie waren im Kampfesrausch, daran gab es keinen Zweifel. Seit vielen Wochen, ja sogar Monaten, waren sie hier eingesperrt und hatten nur über die ihnen hoffnungslos unterlegenen Zwerge zu wachen, für einen Troll einen demütigende Aufgabe.

Die ersten Klingen trafen in der Dunkelheit aufeinander. Kruzmak und seine Krieger mussten schnell vorstoßen. Die Reichweite der Hellebarden war zu groß, als dass die Oger ihre Stellung dagegen verteidigen konnten. Kruzmak gab den Befehl zum Angriff. Mit kräftigen Schlägen drängten die Oger die langen Stangenwaffen zur Seite und versuchten, an die Trolle heranzukommen. Immer wieder schnellten Klingen aus der zweiten und dritten Kampfreihe der Trolle hervor und machten ein Näherkommen so gut wie unmöglich.

Der Oger neben Kruzmak wurde von einer Klinge am Hals getroffen und ließ seine Waffe fallen, um die Blutung mit den Händen zu stillen. Kurz darauf drang eine Speerspitze in seine Brust, und er sank tödlich getroffen zu Boden. Kruzmak selbst schlug eine Hellebarde zur Seite, machte einen Ausfallschritt und rammte seinem Widersacher das Schwert in die Schulter. Doch bevor er nachsetzten konnte, um seinen Gegner zu töten, wurde er wieder zurückgedrängt. Brakbar stieß wilde Verwünschungen aus, während er die Klinge einer auf ihn gerichteten Waffe vom Schaft trennte und seinem Gegner das blitzende Eisen ins Gesicht schleuderte, wo es sich einige Zoll tief in dessen Stirn grub.

Vier ihrer Kameraden waren schon gefallen, und nur Brakbar hatte es bis jetzt geschafft, einen Troll zu töten.

»Lanzentritt«, brüllte Kruzmak seinen Männern zu.

Dies war normalerweise ein Manöver für den offenen Kampf auf freiem Gelände. Trotz ihrer Verwunderung reagierten die Oger prompt und griffen nach den langen hölzernen Schäften, auf denen die sichelförmigen Klingen saßen.

Normalerweise entwaffneten sie so vorstürmende Reiter, doch auch gegen die Trolle erwies sich die Taktik als erfolgreich. Nach mehrmaligem Vorstoßen und Zurückziehen der Stange hatte Kruzmak seinem Gegner die Waffe aus der Hand gerissen, wendete sie über dem Kopf und schlug damit auf die Trolle ein. Seine Kameraden bewiesen ähnliches Geschick und drängten nun die erste Angriffswelle zurück. Die entwaffneten Trolle flohen nach hinten und behinderten ihre Mitstreiter so sehr, dass sie den Angriff abbrechen mussten, um sich neu zu formieren.

Schnell zogen sich die Oger zurück und postierten sich wieder neu im Durchbruch. Kruzmak blickte auf die fünf gefallenen Kameraden, die vor ihm im Staub lagen. Die Trolle hatten ihre Gefallenen und Verwundeten sofort nach hinten weggezogen und durch neue Streiter ersetzt. Auch Kruzmaks Reihen wurden wieder aufgefüllt.

Er gab den Neuankömmlingen Anweisung, sich im Hintergrund zu halten, bis sie mehr von den Hellebarden ergattern konnten. Sieben der äußerst wichtigen Waffen konnten sie bis jetzt ihr Eigen nennen. Wieder rückten die Trolle vor.

Diesmal waren ihre Angreifer schlauer. Sie zielten auf die Beine der Oger und machten damit das Ergreifen der Waffen so gut wie unmöglich. Kruzmak wurde schwer am Oberschenkel getroffen und konnte gerade noch im letzten Moment einem Hieb auf seinen Schädel ausweichen. Der Oger hinter ihm hatte nicht so viel Glück und wurde von der Klinge direkt auf Augenhöhe getroffen.

Neben Kruzmak fiel ein weiterer Oger den Angriffen der Trolle zum Opfer. Hinter dem gefallenen Kämpfer erkannte er einen von Dagholins Zwergen, der einen Krug an ihm vorbeischleuderte. Das Tongefäß traf einen Troll am Schädel, verletzte ihn aber kaum. Leicht irritiert wischte er sich die Flüssigkeit vom Gesicht und lachte höhnisch. »Kämpft ihr feigen Verräter jetzt schon wie Weiber und werft mit Geschirr?«, brüllte er seinen Gegnern zu.

Kurz darauf flogen weitere Krüge in die Menge der Trolle, und ihre Belustigung wuchs. Drei Zwerge, die sich zwischen den Ogern hindurchdrängten, entzündeten Fackeln und schleuderten sie den

Trollen entgegen. Als die ersten von ihnen in Flammen aufgingen, brach Panik aus. Sie stürzten wild durcheinander und versuchten, sich gegenseitig zu löschen. Einige wurden mit schweren Verbrennungen in die eigenen Reihen gezogen und versorgt, andere schlugen wild um sich und töteten oder verletzten jeden, der ihnen zu nahe kam.

Schreiend brachen einige Trolle nach wenigen Momenten zusammen und starben dort, wo sie zu Boden gefallen waren. Hohe Flammen loderten vor dem Durchbruch und machten einen weiteren Angriff der Trolle unmöglich. Kruzmak wies einen seiner Kameraden an, seinen Platz einzunehmen, damit die Wunde an seinem Bein versorgt werden konnte. Auch Brakbar hatte etwas abbekommen. Durch die Stofffetzen, die er um seine Schulter wickelte, sickerte dickes Blut und lief an seinem Bauch herunter.

»Verletzt schwer?«, fragte Kruzmak ihn, als sie sich weiter hinten nach anderen Waffen umsahen.

»Nur kleiner Schnitt«, sagte Brakbar mit erschöpfter Stimme. Kruzmak kannte seinen Kameraden gut genug, um zu wissen, dass er eine schwere Verletzung ohnehin nicht zugeben würde, aber allein der Umstand, dass er überhaupt darauf einging, zeigte ihm, wie schlimm es sein musste.

Dagholin näherte sich mit mehreren Zwergen aus dem hinteren Teil der Halle. Sie zogen eine große hölzerne Maschine hinter sich her, die entfernt an eine Balliste erinnerte. Immer wieder trieb er seine Leute an. Kruzmak und Brakbar liefen auf ihn zu.

»Was ist Ding?«, fragte Kruzmak, der sich auch ohne Kenntnis der Funktion hinter die Konstruktion begeben hatte und mithalf, sie zu schieben.

»Das ist ein Felsenanker«, erklärte Dagholin schnaufend. »Wir benutzen ihn, um lose Gesteinsschichten aus dem Berg zu brechen. Wir müssen ihn zum Durchbruch bringen.«

Kruzmak rief drei weitere Oger herbei, um das schwere Gerät zu bewegen. »Was du vor?«, fragte er Dagholin verwundert.

»Ihr werdet es nicht schaffen, die Trolle zurückzudrängen«, sagte der Zwerg.

»Wir werden halten Stellung«, brüllte Brakbar ihn empört an und unterließ es demonstrativ, weiter zu schieben.

»Er nur helfen«, beruhigte Kruzmak ihn wieder und drängte ihn zurück an den Felsenanker.

Mit finsterer Miene nickte Dagholin den beiden Ogern zu. »Wir werden versuchen, mit dem Ankerhaken die Stützpyramide in der Mitte des Trolllagers wegzureißen, dann bricht die Decke ein und begräbt diese Bestien darunter.«

Kruzmak blieb stehen und überlegte einen Moment. Kopfschüttelnd und mit einer abwehrenden Handbewegung lief er auf Dagholin zu. »Nein, nicht machen«, rief er aufgeregt. »Wenn stürzen zusammen, alle ertrinken. Dann alles umsonst und Krieg verloren.«

»Nein, nein«, beruhigte ihn der Zwerg. »Das Trolllager ist ein Blindstollen.«

Ungläubig starrte ihn Kruzmak an.

»Ein Blindstollen ist eine einzelne Halle«, erklärte Dagholin. »Darüber sind nur Felsen. Das Wasser kann dort nicht eindringen. Die Trolle hatten zu wenig Vertrauen und wollten deshalb eine einzeln angelegte Halle haben. Wenn sie gewusst hätten, dass gerade dies ihr Ende sein wird, würden sie sich vor Wut ihre Hauer rausreißen«, meinte er und lachte bitter.

Kruzmak war noch unsicher, aber er wies seine Kameraden an, den Zwergen weiter zu helfen. Sie schoben die schwere Maschine bis zum Durchbruch. Die Zwerge hatten ihre letzten Krüge mit Alkohol wenige Schritt hinter den Durchgang geworfen. Eine grelle Feuerfront tat sich vor ihnen auf, und in der Luft lag ein beißender Geruch.

Der Felsenanker war kaum zur Ruhe gekommen, da machten sich die Zwerge auch schon daran, die groben Zahnräder ineinanderzuschieben und den Mechanismus für die Spannvorrichtung zu betätigen. Das Gerät verschoss eine Metallstange mit einer extra gehärteten Spitze. Hinter der Spitze saßen einige aufklappbare Widerhaken, die das Geschoss fest im Stein verankern sollten. Der Bolzen zog eine verhältnismäßig dünne, wenn auch feste Kette aus einem merkwürdig hellen Metall hinter sich her, mit deren Hilfe die Zwerge normalerweise den Bolzen samt Gesteinsplatten aus den Wänden zogen.

Immer wieder justierten die Zwerge das große Geschütz neu. Die Flammen waren fast erloschen, und die Trolle sammelten sich gerade für einen neuen, noch massiveren Angriff, als die Zwerge mit ihren

Vorbereitungen fertig waren. Mit einem Blick auf Dagholin, der stumm nickte, feuerten sie das Geschoss ab. Rasselnd zog der Bolzen die Kette vom Wickelblock hinter sich her. Mit einem lauten Krachen durchschlug er einen Stamm der Stützpyramide. Sofort begannen die Zwerge, die Kette mittels des Wickelblocks wieder einzuholen.

Kruzmak, der hinter dem Geschütz in Stellung gegangen war, konnte beobachten, wie die Trolle auf die Glieder der Kette einschlugen, um sie zu kappen. Anscheinend hatten sie die List der Zwerge durchschaut.

»Zieht Geschütz weg«, rief er seinen Kameraden zu und begann, den Felsenanker zurück in die Halle zu ziehen. Vier weitere Oger kamen ihm zu Hilfe und rissen den Wagen aus dem Durchbruch. Die Kette spannte sich, und mit einem Ruck riss der Bolzen einen Stamm aus der Stützpyramide und zog ihn hinter sich her. Dennoch brach die Konstruktion nicht zusammen.

Eilig holten die Zwerge den Rest der Kette samt Holzstamm wieder ein. Die Trolle stürmten mit lautem Gebrüll auf das Kleine Volk zu, das versuchte, sich hinter den Ogern in Sicherheit zu bringen. Brakbar und Kruzmak stellten sich den Angreifern, gefolgt von zwei Dutzend weitern Ogern. Das Schlachtfeld war äußerst schlecht gewählt. Der Durchbruch öffnete sich hier schon in das Lager der Trolle und gab den Angreifern die Gelegenheit, auf breiter Front zu kämpfen und ihre geballte Übermacht einzusetzen.

Wild um sich schlagend trafen Oger und Trolle aufeinander. Schon beim ersten Schlagabtausch brachen etliche Kameraden Kruzmaks tödlich getroffen zu Boden. Kruzmak selbst konnte zwar einem Widersacher das Schwert in den Bauch treiben, aber sofort stürmten zwei weitere Trolle auf ihn zu. Aus dem Augenwinkel sah er Brakbar, der wie ein Berserker auf seine Feinde einschlug und einen Troll nach dem anderen tot hinter sich ließ. Blutüberströmt hackte er auf alle Arme und Beine ein, die ihm in die Quere kamen. Kruzmak selbst war nur damit beschäftigt, sich die Feinde vom Leib zu halten, die ihn Schritt für Schritt zurückdrängten. Brakbar stieß einen grollenden Schrei aus, als ein Speer sich durch seine Schulter bohrte. Mit einem Schlag durchtrennte er den Schaft der Waffe und rammte dem Gegner seine Klinge in den Schädel. Kruzmak sah, wie sein Kampfgefährte sich gegen zwei weitere Trolle warf und sie von den Füßen hob. Er kämpfte sich immer weiter ins Lager der Trolle vor und machte sich damit jede Chance auf Rückkehr zunichte.

Kruzmak wurde von zwei Ogern mit Hellebarden unterstützt und hatte so die Möglichkeit, kurz durchzuatmen. Er wollte Brakbar gerade befehlen umzukehren, als er sah, wie sein Kamerad die Klinge tief in die Brust eines Trolls trieb und einfach stecken ließ. Brakbar begann zu rennen, aber nicht in Richtung Durchbruch und somit in Sicherheit, sondern mitten ins Lager der Trolle. Er stieß die Trolle einfach beiseite und trampelte über die Körper von gefallenen Feinden und Freunden. Die Richtung, die er einschlug, führte ihn geradewegs auf die Stützpyramide zu. Ein Bolzen traf ihn in die Brust, doch anstatt ihn zu verlangsamen, spornte ihn diese Verletzung anscheinend noch an. Mit lautem Gebrüll bahnte er sich seinen Weg durch die Feinde.

»Rückzug«, brüllte Kruzmak, um seine Freunde in Sicherheit zu bringen, falls Brakbar bis zur Stütze durchkam und die Höhle zum Einsturz brachte. Langsam bewegte sich Kruzmak, rückwärts gehend und nach vorne schlagend, zum Durchgang. Er sah, wie zwei weitere Bolzen sich in Brakbars Rücken bohrten, ihn aber dennoch nicht zu Fall brachten. Ein Troll mit einer gewaltigen Breitaxt baute sich nur wenige Schritt von der Holzpyramide auf und versperrte Brakbar den Weg. Wie im Blutrausch stürmte der Oger auf den Troll zu und duckte sich unter einem mächtigen Schlag weg. Mit vollem Körpereinsatz riss er am Waffenarm seines Gegners und drückte ihn zwischen die Balken der Holzstütze.

Fünf Schritt vor der Konstruktion setzte Brakbar zum Sprung an und warf sich zwischen die Holzverstrebungen, die unter dem Gewicht des Ogers barsten. Wie in Zeitlupe klappten die langen Stämme zusammen und begruben Brakbar unter sich. Die Stütze fiel komplett in sich zusammen. Alle Blicke ruhten auf der zusammengestürzten Konstruktion. Eine Menge Staub wurde aufgewirbelt und verbarg das Schicksal Brakbars. Gerade wurden die erste Rufe der Erleichterung unter den Trollen laut, weil sie nicht unter Felsen begraben worden waren, da brach Brakbar mit barbarischem Gebrüll unter den Trümmern hervor und streckte die Axt seines letzten Gegners in die Höhe. Begleitet wurde der Schlachtruf von einem dunklen Grollen aus dem Berg.

Riesige Felsbrocken lösten sich aus der Decke und stürzten in die

Tiefe. Brakbar wurde von drei weiteren Bolzen in die Brust getroffen, als direkt vor ihm die ersten Trümmer zu Boden gingen und die Sicht auf ihn versperrten.

Immer mehr Steine lösten sich aus der Decke und begruben die ersten Trolle unter sich. In wenigen Augenblicken regnete es Felsen von bis zu drei Schritt Durchmesser, die alles zermalmten, auf das sie trafen. Kruzmak konnte sich gerade noch rechtzeitig in Sicherheit bringen, um nicht von herabstürzenden Trümmern getroffen zu werden. Einige Trolle flüchteten in Richtung Ausgang, als sie von den Armbrustschützen der Zwerge erwischt wurden. Dann versank alles in einer mächtigen Staubwolke, die jeden Kämpfer bedeckte und jedes Geräusch verschluckte.

Es dauerte einige Zeit, bis die ersten Bewegungen unter der dünnen rötlichen Sandschicht erkennbar wurden. Kruzmak hob den Kopf, den er zum Schutz unter die Arme gelegt hatte, und sah in das rötlich gepuderte Gesicht von Dagholin, das direkt vor ihm erschien.

»Plan gut«, prustete er dem Zwerg entgegen und spuckte dabei kleine Steine aus.

»Vielleicht war es doch mehr Glück, dass wir überlebt haben«, antwortete Dagholin erschöpft. »Glück, und die Heldentat deines Freundes.«

48
Der Rückweg

Das Zelt, das König Wigold von seinen Männern hatte aufbauen lassen, war nicht sonderlich groß. Der Stoff machte den Eindruck, schon etliche Jahreszeiten erlebt zu haben. Seine vormals wohl satte braune Farbe war längst einem schlichten Beige gewichen, das durchzogen war von welligen Linien, die vom übereilten Zusammenlegen bei Nässe zeugten. An einigen Stellen war die Plane mürbe geworden und wies erste Risse auf.

Der Eingang war verhangen, und zwei Wachen hatten sich davor postiert. Ihre ausdruckslosen Gesichter verrieten keine Gemütsregung. Der leicht schräge Untergrund am Weiher ließ das Zelt etwas windschief wirken, ein Eindruck, der durch die zwei Ausbeulungen an der Ostseite noch verstärkt wurde.

Mogda und Rator saßen im Inneren des Zeltes auf dem Boden, dicht an die Wand gedrängt, während König Wigold, Cindiel und drei königliche Berater auf kleinen Holzschemeln hockten und über einer Landkarte brüteten.

»Ihr sagt also, eure übrigen Kämpfer sind hier«, sagte König Wigold und tippte mit dem Finger auf die Karte. Erwartungsvolle Blicke richteten sich auf Mogda, der in der Enge des Zeltes noch immer abgelenkt schien.

»Äh, wie?«, stammelte er und beugte sich vor, wobei er die Zeltverstrebungen mit dem Kopf anstieß und dabei aus ihrer Verankerung im Dach riss. Die Holzleiste baumelte vor Rators Kopf hin und her.

Mogdas Blick wanderte zur Karte.

»Ja, irgendwo da. Sie versuchen, Kontakt mit den Zwergen aufzunehmen«, sagte er und lehnte sich zurück. Diesmal gab der Zeltstoff hinter ihm nach und riss mit einem ächzenden Geräusch der Länge nach auf. Mit einer gekonnt aufgesetzten Unschuldsmiene behielt

Mogda Platz, obwohl er genau wusste, dass sein Hinterteil in diesem Moment durch die Außenwand des Zeltes ragte.

»Was macht euch so sicher, dass eure Oger den hinterhältigen Plan dieser Kreaturen aufdecken werden?«, hakte König Wigold nach.

»Äh, ja«, sagte Mogda und warf einen Blick zu Rator, der gebannt auf die Zeltverstrebung schaute, die vor seinen Augen hin und her pendelte, als ob sie ihn in Trance versetzen wolle. Mogda stieß ihn in die Seite, um seine Aufmerksamkeit zu erregen.

»Brakbar«, war alles, was Rator von sich gab.

»Äh, ja, wir haben unseren besten Mann geschickt, Brakbar. Der ist darauf trainiert, solche Hinterhalte aufzudecken. Wenn sie die Lage gesichert haben, wollten sie einen Zwerg nach Osberg senden, der Meldung macht.«

»Und wie kommt ihr auf die Idee, dass die Zwerge bei eurem Plan mitmachen?«, fragte ein Berater des Königs in nicht eben zuversichtlichem Tonfall. »Die Zwerge sind bekannt für ihre äußerst starrsinnige Haltung anderen Völkern gegenüber. Sie haben es sogar geschafft, die Elfen aus dem Land zu vertreiben. Warum also im Namen der Götter sollten sie auf ein paar Oger hören und sie auch noch unterstützten?«

Hilfesuchend blickte Mogda abermals zu Rator, der jetzt wie hypnotisiert die Strebe nur noch mit seinen Augen verfolgte.

»Brakbar.«

»Ja, darum kümmert sich auch Brakbar«, sagte Mogda seufzend.

»Euer Anführer Brakbar scheint ja allerlei Talente zu besitzen«, sagte der Berater mit einem ironischen Unterton in der Stimme.

»Brakbar ist kein Anführer«, berichtigte Mogda ihn. »Er hat ein Problem mit dem, was ihr Selbstbeherrschung nennt.«

Mit hochgezogenen Augenbrauen fragte der Berater noch einmal nach. »Und wie nennt *ihr* dieses Problem?«

»Gesteigerter Tatendrang«, gab Mogda zur Antwort. »Aber in Brakbars Fall ist sein Zustand eher ein Problem für seine Gegner. Ihr scheint mir in der theoretischen Kampfkunst gut geschult, doch euer Körperbau verrät mir, dass ihr die letzten Jahre damit verbracht habt, hinter den Karten zu hocken und kleine Steinchen darauf hin und her zuschieben. Vielleicht solltet ihr besser kein Urteil über die fällen, die täglich auf einem Schlachtfeld aufwachen.«

Brüskiert und mit offenem Mund starrten die Berater Mogda an.

König Wigold blickte mit einem verschmitzten Lächeln auf die Karte.

Mogda konnte nicht verstehen, was es bei einem fertigen Plan noch zu beratschlagen gab. Man musste ihn nur strikt einhalten und dafür sorgen, dass jeder seine Aufgabe erfüllte. Warum also mussten sie hier hocken, zusammengekauert wie kleine Kinder unter einer Bettdecke? Das dämliche Zelt bot weder Schutz noch Bequemlichkeit.

»Wenn ihr so weise seid«, fiel Mogda den Beratern ins Wort, die gerade lautstark gegen die Respektlosigkeit des Ogers protestieren wollten, »sagt mir, wozu braucht ihr dieses Zelt?«

»Zum Schutz natürlich«, antwortete einer.

»Und was für Gegner haben die Menschen, die sich von einem Zelt abhalten lassen?«

»Nein, es schützt davor, belauscht zu werden«, sagte ein zweiter.

»Aha, also winzige, schwerhörige Gegner«, kombinierte Mogda.

»Mann kann uns hier drin nicht beobachten«, schloss der dritte die Diskussion.

»Was sollte man beobachten können? Ich sitze zwei Schritt entfernt von der Karte und kann nichts erkennen, außer ein paar Wichtigtuern, die um einen Tisch hocken und sich gegenseitig auf die Schultern klopfen. Am besten, ihr denkt noch ein bisschen nach. Bis dahin atme ich frische Luft.«

Mogda rollte sich seitlich ab und riss damit eine komplette Zeltwand heraus, was die Stabilität des Zeltes enorm schwächte. Rator zog die herabhängende Verstrebung herunter, brach sie mehrfach durch und warf sie auf den Tisch.

»Gut für Feuer«, sagte er und folgte Mogda hinaus.

Die beiden Oger gingen zum Weiher und beobachteten Cindiel, die die prachtvollen Uniformen der königlichen Garde bewunderte. König Wigold folgte den Ogern in einigem Abstand und schloss rasch zu ihnen auf. »Ihr dürft es ihnen nicht verübeln«, sagte er. »Meine Berater sind schon alt und haben ihre Pflicht seit langer Zeit getan. Sie wissen nicht mehr, wie es ist, auf einem Schlachtfeld zu stehen.«

»Wären sie öfter dort gewesen, wären sie nicht so alt geworden«, erwiderte Mogda und drehte sich breit grinsend herum. Dann wurde er schlagartig wieder ernst. »Wichtig ist, dass Ihr ihnen erklärt, die Truppen nicht in die Wüste zu schicken, bevor wir wissen, was Kruzmak und Brakbar erreicht haben.«

»Ich habe schon begriffen, worum es geht«, sagte der König. »Ich bin zwar alt, aber noch nicht senil, denn ich stehe jeden Tag auf dem Schlachtfeld der Intrigen und Lügen bei Hofe. Glaubt mir, wer dort nicht ständig auf der Hut ist, stirbt schneller durch ein falsches Wort als durch eine Klinge.«

Mogda warf einen Stein ins Wasser und beobachtete, wie sich die Wellen ringförmig zum Ufer hin ausbreiteten.

»Was ist mit der Prinzessin?«

»Cindiel?«, fragte der König und hob eine Augenbraue. »Ihr kennt sie besser als ich. Was soll ich sagen? Sie beharrt darauf, uns zu begleiten. Sie sagt, sie könne uns allerhand Informationen geben, die für die Schlacht wichtig seien. Aber keine Angst, meine Leibgarde wird sie bewachen und vom Geschehen fernhalten, so gut es geht.«

Nachdem der König in das ramponierte Zelt zurückgekehrt war, begannen Mogda und Rator damit, ihren Proviant wieder aufzufüllen, und Ausrüstungsgegenstände einzupacken, die sie für wichtig erachteten. Die Essensrationen der Menschen erschienen ihnen sehr klein, und die meisten Speisen, die die Leute des Königs ihnen mitgeben wollten, kannten sie gar nicht.

Also stopften sie sich die Taschen mit allem voll, das ihnen vom Geruch her zusagte. Rator machte sich einen Spaß daraus, sämtliche Vorräte an Blutkartoffeln, wie die Soldaten sie nannten, einzupacken. Er roch daran und kostete von dem dunkelroten Saft, in dem die kleinen runden Dinger schwammen: ein grässlich säuerlicher Geschmack! Rator wollte die Kartoffeln gerade zurück in den Bottich werfen, als er das empörte Getuschel der Kämpfer bemerkte. Anscheinend war dieses Gemüse etwas Besonderes und in den Augen der Gardisten viel zu schade, um sie den Ogern vorzusetzen. Kurz entschlossen fischte Rator mit den bloßen Händen eine nach der anderen aus dem Fässchen und legte sie in ein ausgebreitetes Tuch, das sich von dem Saft blutrot färbte.

»Lecker«, brummte er und beobachtete die entsetzten Gesichter.

Mogda beobachtete das Geschehen belustigt. Er beugte sich zu Rator hinüber und flüsterte ihm etwas ins Ohr. Rator öffnete daraufhin sein Bündel wieder, nahm eine einzelne Blutkartoffel heraus und versenkte sie wieder im Bottich.

»Wir jetzt Freunde«, sagte er mit übertrieben verständnisvollem Blick. »Oger auch können geben, wenn haben genug.«

Mogda bedauerte es, die Entrüstung der Gardisten nicht weiterverfolgen zu können, doch er musste los: Die Eskorte der Oger war bereits aufgesessen und bereit zum Aufbruch. Der König hatte acht Soldaten zu ihrem Schutz abgestellt, aber Mogda las in seinen Augen, dass die Männer eher zum Schutz der Bevölkerung bis zum Rand des Gebirges mitreisen würden. Auf jeden Fall würde es in Begleitung von Königstruppen weniger Reibereien geben.

Cindiel stand vor der Reiterei und verabschiedete sie gemeinsam mit dem König. Die Berater hatten darauf verzichtet, den beiden Ogern alles Gute zu wünschen.

»Ich komme auch mit in den Krieg«, verkündete das Mädchen stolz.

»Was für eine Überraschung«, heuchelte Mogda.

Die beiden Oger beugten sich nacheinander zu Cindiel hinunter und drückten sie vorsichtig an sich.

»Wir sehen uns doch wieder, oder?«

»Natürlich, wenn alles vorbei ist, werden wir ein großes Fest feiern. Rator hat schon allerlei Leckereien eingepackt. Aber du versprichst mir, dich während der Schlacht etwas zurückzuhalten. Du weist ja, wir Oger lassen uns ungern die Feinde vor der Nase wegschnappen.« Mogda hoffte, dass es wirklich so einfach werden würde, doch seine Kenntnis der Prophezeiung ließ ihn zweifeln. Er wollte keinen langen Abschied nehmen. Es würde ohnehin so kommen, wie es vorherbestimmt war, und wenn sein Tod schon feststand, wollte er wenigstens der Erste sein, der davon wusste. Mogda erhob sich, ging zu den Reitern und schnappte sich die Zügel eines Pferdes. Dann sah er die Männer der Eskorte nacheinander an. »Auf jeden Fall haben wir genug Proviant«, sagte er und tätschelte dem Pferd beruhigend den Hals. Das gut ausgebildete Tier blieb ruhig stehen und schnaubte nur zweimal kurz. Die berittenen Soldaten nahmen den Ausspruch nicht so gelassen hin und schnappten hörbar nach Luft.

»Keine Sorge«, beruhigte Mogda sie, »das war nur ein Witz. Oger essen keine Menschen.«

Einige Soldaten rangen sich ein Lächeln ab.

»Es sei denn, die Blutkartoffeln schmecken nicht.«

Rator hockte noch immer vor Cindiel. Er zog seinen langen Dolch hervor und überreichte ihn dem kleinen Mädchen. Die Waffe wirkte in ihrer Hand eher wie ein Schwert, und sie hob die Klinge stolz in die Luft. »Wenn Feind kommen zu nah, töten mit Stich zwischen Beine«, sagte er. »Wenn bei Schlacht brauchen Hilfe, laufen dorthin, wo Orks werden geworfen am höchsten. Dort du mich finden.«

Ein erleichtertes Lachen löste sich aus Cindiels Kehle, doch sie unterdrückte es gleich wieder, als sie bemerkte, dass Rator eigentlich nicht scherzte.

Als er aufstand, nickte der Oger dem König zu. Dann gesellte er sich zu Mogda und den Soldaten und klopfte einem der Reittiere auf den Hintern. »Hm, lecker, Pferd.«

Schnell waren sie außer Sicht und hinter den nächsten Hügeln verschwunden. Die Soldaten waren dennoch ständig darauf bedacht, genügend Abstand zwischen sich und den Ogern zu halten. Mogda war aber recht zuversichtlich, dass sie sich im Laufe der nächsten Tage aneinander gewöhnen würden.

Am späten Abend hatten sie schon ein gutes Stück des Weges hinter sich gebracht. Es war an der Zeit, das Lager aufzuschlagen. Zwei Lager. Nicht so weit, dass Menschen und Oger einander nicht mehr sehen konnten, aber weit genug, um bei Missverständnissen in Verpflegungsfragen rechtzeitig flüchten zu können.

Am frühen Morgen machten sich Mogda und Rator ausgeruht zusammen mit den Soldaten wieder auf den Weg. Die Gardisten hatten es sich nicht nehmen lassen, die ganze Nacht abwechselnd Wache zu halten. Die Oger hatten diesen seltenen Umstand für ein ausgiebiges Schläfchen genutzt. Sie kamen schneller voran als gedacht, und die wenigen Menschen, denen sie begegneten, machten einen großen Bogen um sie.

Rator wagte einen Versuch, das Eis zwischen Menschen und Ogern zu brechen, indem er während der mehr oder weniger gemeinsamen Mahlzeiten vereinzelt Blutkartoffeln an die Soldaten verteilte. Der Plan ging auf. Die Gardisten dankten es ihm mit einer Verringerung des Sicherheitsabstandes. Am Nachmittag des vierten Tages erreichten sie die ersten Ausläufer der Berge und hielten auf einen Pass zu.

Mogda sah den Soldaten an, wie erpicht sie darauf waren, wieder den Rückweg anzutreten und in gewohnte Umgebung zu kommen. Er wollte sie schon aus ihrer Pflicht entlassen, als Rator ihm zuvorkam und voller Tatendrang auf die Männer zuging. Mit einem Ruck zog er ein triefend rotes Bündel aus seinem Beutel hervor und hielt es den Gardisten vor die Nase. Einen Moment dachte Mogda, einen Anflug von Panik in den Augen der Männer aufblitzen zu sehen, doch als Rator den Beutel öffnete und den Blick auf die restlichen Blutkartoffeln freigab, entspannte sich die Situation. Würdevoll, wie man es von Gardisten des Königs erwartete, nahmen sie das Geschenk entgegen und bedankten sich. Dann machten sie sich auf den Rückweg, und die beiden Oger folgten weiter dem Weg in die Berge.

Die sorglose Reise bis hierher und die kräfteschonenden Ruhepausen veranlassten Mogda und Rator zu dem Plan, die Nacht durchzumarschieren; so würden sie den Gang über den Pass in nur einem Tag bewältigen. Die Berglandschaft war menschenleer, und auch die Tiere hielten sich fern. Kurz vor Sonnenuntergang und auf halber Höhe zum Bergpass, fiel Mogdas Blick auf das Hinterland von Nelbor. Im Nordwesten erkannte er schemenhaft lange dünne Rauchwolken, die kerzengerade in den Himmel zogen. Ein Feuer konnte er zwar nicht mehr ausmachen, aber es war dennoch offensichtlich, dass es an mehreren Stellen gebrannt hatte. Die einzelnen Rauchsäulen hatten einen großen Abstand zueinander.

Mogda machte Rator mit einer Kopfbewegung auf den Rauch aufmerksam.

»Hab schon gesehen.«

»Ein Heerlager?«, wollte Mogda wissen.

»Nein, brennendes Dorf von Hüttenbauer«, antwortete Rator, ohne stehen zu bleiben und die Ereignisse weiterer Blicke zu würdigen.

Für Rator mochte der Anblick brennender Städte im Laufe seines kriegerischen Lebens normal geworden sein, doch Mogda erkannte mehr darin. Für ihn war es eine übertriebene Art von Brutalität. Niemand musste ein ganzes Dorf auslöschen, um seine Bedürfnisse zu befriedigen, es sei denn, die Bedürfnisse lagen in der Ausrottung einer ganzen Rasse.

Betrübt und mit der Gewissheit, nichts mehr für diese Leute tun zu können, drehte sich Mogda um und folgte seinem Kameraden weiter ins Gebirge. Schweigend stapfte er hinter ihm her. Er verübelte es Rator nicht, so wenig Mitleid zu zeigen. Er erinnerte sich daran, wie er früher über Menschen gedacht hatte. Wenn sie starben, ob durch ihn oder jemand anderen, war es so, als ob ein Tier getötet worden war. Man fühlte nichts bei ihrem Ableben. Man nahm es einfach hin. Jetzt war das anders. Seit er sich verändert hatte, dachte er mehr darüber nach, was andere empfanden, was sie bewegte. Ob sich sein neues Gewissen mit dem arrangieren konnte, was er war oder wie er lebte, würde die Zeit zeigen.

Am frühen Morgen des nächsten Tages hatten sie den Pass überquert. Nun würde es nur noch wenige Stunden dauern, bis sie den Rand der Roten Wüste erreichten.

Sie erhöhten ihr Lauftempo abermals, um die kühleren Stunden des Tages bestmöglich zu nutzen.

Als die Sonne noch nicht am höchsten Punkt des Firmaments stand, hatte sich der Sand unter ihren Füßen schon so stark erhitzt, dass sie ihn ohne Schuhwerk kaum betreten konnten.

Nachdem die Oger die ersten Meilen der Wüste durchquert hatten, suchten sie nach einem geschützten Platz, um der Mittagssonne zu entgehen. Schließlich fanden sie eine kleine Felsformation und die Überreste eines verdorrten Baumes. Der Platz war nicht optimal, aber die Wüste bot nicht sonderlich viele Möglichkeiten.

Anscheinend waren sie nicht die Einzigen, die zu diesem Schluss gekommen waren. Gleich hinter den Felsen entdeckten sie eine verlassene Lagerstätte. Drei Feuer hatten dort gebrannt, und sie konnten Fußabdrücke von Orks und Ogern ausmachen, sowie Radspuren von schwerem Belagerungsgerät.

»Spuren halber Tag alt«, schloss Rator nach eingehender Untersuchung.

»Dann sollten wir lieber keine Rast machen, sondern versuchen, sie einzuholen, um uns ihnen anzuschließen«, sagte Mogda. »Es wird leichter für uns sein, ins Heerlager zu kommen, wenn wir uns unter sie mischen.«

Rator schien nicht begeistert von der Aussicht, wieder unter dem Kommando der Orks dienen zu müssen. Ihm missfiel die rücksichtslose Art, mit der die Orks ihre eigenen Leute und die Krieger der anderen Völker führten. Er wusste, dass er nie wieder jemandem folgen wollte, der ihn für die falsche Sache in den Tod schicken würde, und genau das war es, was die Orks ständig taten. Leider hatte Rator in diesem Fall auch keine bessere Idee und stimmte Mogda mürrisch zu.

Die sengende Hitze setzte den beiden stark zu, und die Vorstellung, bald ein schweres Katapult oder eine ähnliche Kriegsmaschine durch die erbarmungslose Wüste zu ziehen, steigerte ihre Vorfreude nicht gerade. Dennoch bemühten sie sich nach Kräften, die Orks einzuholen.

Die Spuren verrieten Rator, dass die Orks ihre Leute zur Eile antrieben. Die Fußabdrücke der Oger waren schräg in den Sand gesetzt, das hieß, sie zogen mit vollem Körpereinsatz eine schwere Last.

Eine halbe Meile vor ihnen tauchten plötzlich die Wurfarme von vier Katapulten auf. Die hölzernen Kriegsgeräte standen hinter einer kleinen Hügelkette. Von den Orks und Ogern war noch nichts zu sehen. Eine bedrohliche Stille ging von dem Ort aus. Ein Lager, so weit ab vom Feindesland, war normalerweise alles andere als ruhig. Meistens krakeelten die Orks lautstark herum und brüsteten sich mit ihren eigenen, meist erfundenen Heldentaten, oder sie organisierten Schaukämpfe, bei denen sie sich von den anderen bewundern ließen. Oger gingen die Sache ruhiger an, aber nicht unbedingt unauffälliger. Sie entfachten große Lagerfeuer, an denen sie Unmengen an Proviant zubereiteten und genüsslich verspeisten.

Doch hier war alles anders. Kein Laut drang zu Mogda und Rator herüber, und auch kein Rauch von Lagerfeuern lag in der Luft. Vorsichtig näherten sie sich dem Hügelkamm und spähten auf die andere Seite. Dort standen sie, die vier gigantischen Holzgebilde. Vier Katapulte, die über viele Meilen durch die Wüste transportiert wurden, um an einem Krieg teilzunehmen, in dem gar keine Stadt belagert werden sollte. Im Schatten der Geräte drängten sich die Orks und Oger dicht zusammen, um nicht unmittelbar der sengenden Hitze ausgesetzt zu sein. Sie kauerten dort am Boden und warteten offenkundig auf irgendetwas.

»Ist jemand dabei, der dich erkennen würde?«, fragte Mogda.

Rator schüttelte nur den Kopf und fixierte dabei weiter das Lager.

»Dann gehen wir zu ihnen. Überlass mir das Reden.«

Vorsichtig überquerten sie die Hügel. Ihre Annäherung wurde rasch bemerkt: Drei der Orks sprangen auf und liefen ihnen entgegen.

»Hoffentlich haben sie noch nichts von uns gehört«, flüsterte Mogda.

»Bleibt stehen!«, schrie ihnen einer der Orks zu.

Mogda und Rator folgten der Aufforderung. Die Orks schienen durch ihren Anblick verunsichert zu sein.

»Wir kommen vom Drachenhorst«, erklärte Mogda. »Die Meister haben uns geschickt, um zu sehen, wo ihr bleibt.«

Ungläubig musterten die Orks die beiden Oger.

»Der Drachenhorst ist im Norden. Aber ihr kommt aus dem Süden. Wieso?«, fragte der kleinere der beiden.

»Wir haben euch umrundet. Wir haben gesehen, dass ihr hier festsitzt und wollten nicht in eine Falle laufen. Gibt es einen Grund für eure Verzögerung? Was können wir den Meistern sagen, ohne dass sie euch wegen Befehlsverweigerung töten?«

Mogda erkannte die unruhige Anspannung bei seinem Gegenüber. Die Drohung mit der schlechten Laune der Meister tat seine Wirkung. Er merkte, wie seine flüssige Aussprache den Ork erstaunte, aber die Angst vor Strafe ließ ihn offenkundig darüber hinwegsehen.

»Wir, wir haben keine Schuld«, stotterte der andere Ork, wohl der Anführer. »Zwei Oger sind desertiert und Hauptmann Ursadan ist mit zehn von uns auf ihrer Fährte, um sie zurückzuholen.«

Rators Augen verengten sich, und er packte den Stiel der Waffe so fest, dass man das Leder knarren hören konnte.

»Wo sind hin?«, fragte Rator drohend.

Der Ork zeigte Richtung Osten ins Gebirge. »Sie sind noch nicht lange weg. Hauptmann Ursadan hat ihnen sofort nachgesetzt.«

Rator trat auf die Orks zu und entriss ihnen die Wasserschläuche und ein Stück Dörrfleisch, das einer von ihnen in der Hand hielt. »Wir gehen suchen.« Er blickte ihnen fest in die Augen. Ein Blick, der keine Widerrede duldete.

Mogda hatte Schwierigkeiten, seinem Kumpan zu folgen. Schnell hatten sie die Spur der Orks gefunden. »Du hast es aber eilig, deinen alten Truppführer wiederzusehen«, spottete Mogda.

»Fünf Orkspäher holen zurück. Zehn Orkkrieger töten Oger«, rechtfertigte Rator sein Verhalten.

»Ursadan wird dich wiedererkennen. Wir müssen sie alle ausschalten, damit sie uns nicht verraten können.«

Rator hielt an und drehte sich zu Mogda um. »Nicht ausschalten. Alle töten. Du Angst?«

Mogda schüttelte den Kopf.

Die Spuren waren leicht zu finden, da die Orks sich keine Mühe gaben, sie zu verwischen. Rator schätzte ihren Vorsprung auf weniger als drei Meilen. Wenn sie auf Ursadan und seine Leute trafen, brauchten sie einen guten Plan oder viel Glück – und am besten beides. Ein Plan wollte Mogda einfach nicht einfallen, und an seinem Glück zweifelte er spätestens seit den Ereignissen des letzten Winters. Doch Rators Hass auf den Ork-Hauptmann ließ ihnen keine Zeit. Der Oger war wie besessen davon, Ursadan zu töten. Sein Zorn drängte ihn weiter und weiter, und riss Mogda wie in einem Strudel mit.

Plötzlich verharrte Rator und legte die Hand auf den Boden. Mogda stand hinter ihm und beobachtete ihn. Dann nahm auch er es wahr. Die Erde erbebte, ganz leicht und gleichmäßig. Weniger stark als bei den Bergarbeiten der Zwerge, aber dennoch zu stark, um es auf die behäbigen Schritte von Orks zurückzuführen. Rator sah zu Mogda und nickte bestätigend auf die Frage, die ihm offenbar auf den Lippen lag. Schleichend erklommen sie einen kleinen Sandhügel und legten sich auf die Lauer.

Vor ihnen befand sich eine Senke. Fast zweihundert Schritt von ihnen entfernt standen sechs Orks. Vier lagen reglos am Boden. Die anderen standen um die zwei gesuchten Oger, die gefesselt und mit Seilen und Holzpflöcken am Boden verankert waren. Ursadan liebte solche Spielchen. Er genoss es, Gefangene zu quälen und zu foltern, bevor er sie tötete.

Das Quälen und Foltern hatte er offenbar schon abgeschlossen. Die Körper der Oger waren übersät von langen Schnitten, und an den Beinen hatten sie schwere Verbrennungen. Die erloschenen Fackeln lagen zu ihren Füßen. Aber noch lebten sie, einen Zustand, um den Mogda sie nicht unbedingt beneidete.

Er wollte gerade mit Rator ihr Vorgehen besprechen, als dieser aufstand und seine Waffe zückte.

»Keine Armbrüste«, war alles, was er sagte. Dann schritt er gelassen den Hügel hinunter und hielt auf die Gruppe Orks zu. Fassungslos folgte Mogda ihm erst, als Rator schon fast den Hügel hinab war. Die Orks erblickten sie, als sie nur noch hundert Schritt entfernt waren;

sie waren zu sehr mit ihren Gefangenen beschäftigt gewesen. Sofort griffen die Orks zu den Waffen, als sie Rator erkannten, der ihnen unaufhaltsam entgegenging.

»Wen haben wir denn da?«, rief Ursadan ihnen entgegen. »Ich hatte gehofft, dich nie wieder zu sehen, auf jeden Fall nicht lebendig.«

Er trat hinter seine Männer, die es gewohnt waren, für ihn die Drecksarbeit zu erledigen. Rator zögerte keinen Moment und schritt unbeeindruckt weiter auf die Orks zu.

»Ich könnte für dich ein gutes Wort bei den Meistern einlegen, vielleicht fällt dann deine Bestrafung etwas milder aus«, rief Ursadan, dem die Chancen für einen erfolgreichen Schlagabtausch gegen die beiden Oger anscheinend nicht gut genug standen.

Rator reagierte überhaupt nicht auf die Worte des Hauptmanns. Im Gegenteil, er verfiel sogar in leichten Trab.

»Tötet sie beide«, schrie Ursadan seinen Männern zu, als er erkannte, dass er den Oger nicht umstimmen würde. Der Auftrag ließ zwar keine Fragen offen, aber der Wunsch der Orkkrieger, sich einem achthundert Pfund schweren und äußerst entschlossenen Gegner in den Weg zu werfen, war nur schwach ausgeprägt. Wie angewurzelt standen sie da und ließen Rator heranstürmen, dicht gefolgt von Mogda.

Kurz bevor Rator mit den Orks zusammenstieß, ließ er sich auf die Seite fallen und schlitterte mit den Beinen voran und auf einen Arm gestützt in seine Gegner. Drei der Orks wurden von den Beinen gerissen, die anderen wichen entsetzt zurück. Sofort schlug Rator zu. Einem am Boden liegenden rammte er den Ellenbogen auf die Brust und einem anderen trieb er die Axt in den Unterleib.

Mogda, von Rators Aktion überrascht, stürmte auf zwei schwer bewaffnete Orks zu und konnte mit seinem Runenschwert gerade noch rechtzeitig deren Äxte beiseiteschlagen, um nicht von ihnen getroffen zu werden. Die Orks sprangen auseinander und setzten sofort nach. Nur um Haaresbreite verfehlten sie ihr Ziel. Ursadan wollte sich nicht mehr allein auf die Kampfkraft seiner Leute verlassen und zog sein Breitschwert. Er attackierte Rator, der erfolglos versuchte, einem angeschlagenen Ork den Garaus zu machen. Auf allen Vieren krabbelte der Ork aus der Gefahrenzone. Eine Tat, die nicht gerade ruhmreich aussah, ihm aber vorerst das Leben rettete.

Rator sprang auf und musterte prüfend seine Gegner. Er wollte nicht warten, bis sie ihn attackierten. Ihm war es lieber, wenn er seine Feinde mit einem Schlaghagel in die Enge treiben konnte. Mit einem Ausfallschritt auf den flüchtenden Ork zu und einer plötzlichen Richtungsänderung griff er Ursadan an, der nur noch sein Breitschwert hochreißen konnte, um den Schlag abzublocken. Die Wucht des Aufpralls ließ ihn taumeln und zu Boden stürzen.

Bevor Rator nachsetztzen konnte, sprang der dritte Ork zwischen ihn und den Hauptmann. Die Kriegsaxt zum Schlag erhoben, wartete der Ork darauf, dass Rator in Reichweite kam. Rator streckte die eigene Axt vor und vollführte eine komplette Drehung um die eigene Achse. Der Schlag zielte auf die Beine seines Gegners, der allerdings gewandt über den Hieb hinwegsprang. Die zweite Attacke am Ende der Drehung überraschte jedoch seinen Widersacher vollends. Mit gewaltiger Wucht, rammte Rator die Breitseite seiner Waffe gegen den Brustkorb des Orks, der regelrecht von den Füßen gehoben wurde und einige Schritt weit entfernt im roten Staub der Wüste landete, wo er reglos liegen blieb.

Mogda hatte unterdessen mehr Schwierigkeiten, seine beiden Gegner unter Kontrolle zu halten. Die Orks waren gut aufeinander abgestimmt. Sie griffen grundsätzlich von verschiedenen Seiten an. Sobald er auf einen zustürmte, versuchte der andere, ihn von hinten zu attackieren.

Nach mehreren erfolglosen Versuchen und zwei unangenehmen Schnittwunden in der Schulter, war Mogda dazu übergegangen, sich langsam im Kreis drehend zu bewegen, um seine Deckung zu bewahren. Er war nicht so kampferfahren wie die anderen Gefährten von Rator, aber während ihrer gemeinsamen Reise hatte er sich die eine oder andere Taktik abschauen können. Nun wurde es Zeit, sie zu testen. Mogda stellte sich seitlich zu seinen Gegnern und beobachtete ihre Bewegungen aus den Augenwinkeln. Dann hob er das Runenschwert hoch über den Kopf. Mit einem Ausfallschritt führte er einen Angriff auf den Ork rechts von sich aus. Während der eine Gegner zurückwich, näherte sich der andere, um Mogda seine Axt in die Seite zu treiben.

Doch anstatt den Schlag ganz durchzuziehen, drehte Mogda die Klinge und führte sie unter seiner Achsel hindurch nach links. Der

Ork rannte ungebremst in die Spitze des Schwertes und bohrte sich den Stahl direkt ins Herz. Mogda trat ihm in den Bauch, um ihn von der Waffe zu lösen und führte sein Schwert halbkreisförmig zurück.

Der andere Ork, der den Tod seines Kameraden mit einem wütenden Angriff rächen wollte, sprang mit dem Hals in die Klinge ... und wurde fein säuberlich geköpft. Der Körper stand noch einen Moment mit steifen Beinen da, als ob er den Tod noch nicht fassen konnte, dann kippte er schließlich vornüber.

Rator drängte Ursadan immer weiter zurück. Der körperlich unterlegene Ork hatte den mächtigen Schlägen des Ogers einfach nichts entgegenzusetzen. Der Hass auf den Hauptmann ließ Rator jedoch einen Augenblick unaufmerksam werden. Der letzte Ork hatte sich ihm von hinten genähert und setzte zum Schlag an. Die Axt fuhr ihm tief in die Schulter. Rator schrie auf, ließ Ursadan aber dennoch nicht aus den Augen. Er griff hinter sich nach der Waffe und bekam den Arm des Angreifers zu fassen. Er riss die Axt aus der Wunde und schleuderte sie samt Ork auf den Hauptmann.

Ursadan riss das Schwert im Reflex hoch, um sich zu schützen. Die Klinge bohrte sich in den Körper seines Untergebenen. Hauptmann Ursadan trat nach dem sterbenden Ork, als ob er ihn zusätzlich für seine Achtlosigkeit bestrafen wollte. »Was ist?«, schrie er Rator an. »Glaubst du, dass mit meinem Tod für euch alles ausgestanden ist? Eure Knechtschaft wird ewig dauern. Ihr seid einfach zu dumm, um über euch selbst zu bestimmen. Mein Tod wird daran nichts ändern.«

Rator rannte dem Hauptmann entgegen. Mit aller Kraft holte er aus und schlug zu. Ursadan hob die Waffe zur Abwehr. Rators Hieb fiel derart schwungvoll aus, dass Ursadans Klinge zersplitterte und Rator die eigene Waffe aus der Hand flog; rund dreißig Schritt weit entfernt grub sie sich in den Sand. Sofort zog Rator einen Dolch, den er Ursadan in den Magen rammte.

Der Hauptmann zeigte zunächst keinerlei Reaktion. Er stand nur da und starrte Rator in die Augen. Dann blickte er an sich herab und erkannte die Klinge. Tabals Fluch. Langsam begannen die Adern an seinem Hals, sich schwarz zu färben. Nach und nach verwandelte sich Hauptmann Ursadan in Stein, den Blick noch immer auf das Artefakt gerichtet. Rator wartete noch einen Augenblick, um sicher zu sein, dass die Verwandlung vollendet war. Dann griff er unter das Kinn des versteinerten Orks und brach ihm mit einem Ruck den Kopf ab. Wie eine Trophäe hielt er ihn vor sich.

»Doch verändert«, sagte Rator triumphierend, »Murmelan stinkt nicht mehr.« Dann nahm er den Kopf und schleuderte ihn mit aller Kraft von sich.

Jetzt sah er das erste Mal zu Mogda hinüber, um sich zu vergewissern, dass dieser sich seiner Gegner ebenfalls entledigt hatte. Beruhigt stellte er fest, dass kein Ork mehr stand.

Mogda ging zu den gefesselten Ogern hinüber und befreite sie. Sie waren bei Bewusstsein, doch ihre Verletzungen waren so schwer, dass sie nur mit einiger Hilfe auf die Beine kamen. Mogda gab ihnen etwas zu trinken und säuberte so gut er konnte ihre Wunden. Cindiel hätte ihnen bestimmt besser helfen können, aber so musste es auch gehen. Die beiden waren robust und hatten einen starken Willen: die einzigen Heilmittel, auf die alle Oger zurückgreifen konnten. Mehr bedurfte es meistens auch nicht.

Rator stand hinter ihnen und beobachtete Mogda ungeduldig. »Wie Plan weiter?«, fragte er.

Mogda warf einen blutverschmierten Lappen in den Sand.

»Jetzt bringen wir sie zurück und melden, dass die anderen von einem Octocephallodon gefressen wurden.«

Rator kratzte sich am Hinterkopf.

»Octo ... Octopal ... ist doch Fisch.«

»Das weißt du doch nur, weil ich es dir erzählt habe. Gegenüber den Orks werde ich einfach einige Details weglassen.«

Rator wiegte zweifelnd den Kopf hin und her, doch schließlich nickte er. »Wie eure Namen?«

»Rolgist und Tastmar«, gaben sie zur Antwort.

»Gut ihr beiden«, mischte sich Mogda ein. »Am besten ihr erzählt uns auf dem Rückweg, was hier passiert ist. Es könnte sein, dass wir eure Hilfe noch brauchen.«

49
Vorbereitungen

»Und das ist wirklich alles so passiert?«, fragte der Ork, der auf einer Strebe im Katapult saß, weil er es leid war, neben Mogda herzulaufen, bis dieser auf seine Fragen antwortete. Soweit Mogda sich erinnerte, hieß er Grommak. Mogda war sich aber nicht ganz sicher, da er nicht sonderlich interessiert zugehört hatte, als der neue Truppführer sich ihm vorstellte.

»Ich muss das fragen. Das ist alles für den Bericht.«

Mogdas Hände und Schultern schmerzten. Die Sonne brannte ihm auf den Nacken. Je länger er dieses Ding schob, umso mehr hasste er es. Dennoch konnte er sich ein Grinsen nicht verkneifen. Mit gesenktem Blick räusperte er sich und brummte: »Genau wie ich es gesagt habe.«

Jetzt wusste er, was die Gelehrten der Menschen meinten, wenn sie sagten, die wahre Macht liege im Wissen. Sobald das Wissen dann auch noch auf die Dummheit der anderen und deren überhebliche Ignoranz stieß, konnte man sich die Welt zurechtbiegen, wie man wollte.

Bei Grommak hieß das, er war froh, Ursadan los zu sein, in der Rangfolge aufzusteigen, und eine plausible Erklärung zu haben, warum er keine Schuld am Geschehenen hatte.

Es waren zwar noch immer etliche Meilen bis zum Drachenhorst, aber Mogda konnte bereits den Berg und die grauen Massen erkennen, die sich davor versammelt hatten. Es mussten tausende von Kriegern sein. Rator hatte den langen Fußmarsch angenehmer bewältigen können. Grommak hatte ihn zusammen mit vier Orks als Vorhut eingesetzt, damit sie nicht noch einmal von diesem Octo-wie-auch-immer überrascht wurden. Daher hatte Rator so gut wie nichts auszustehen, bis auf die Gesellschaft der Orks. Sie schlenderten eine halbe Meile voraus und vertilgten in aller Ruhe die restlichen Vorräte. Eine Aufgabe, um die Mogda sie beneidete.

Der Marsch würde noch einige Stunden dauern. Trotz der kräftezehrenden Aufgabe empfand Mogda es als äußerst beruhigend, erst bei Nacht zu den Truppen zu stoßen. Je mehr Krieger schliefen, desto weniger Aufsehen würden die Neuankömmlinge erregen.

Rolgist und Tastmar waren an einem anderen Katapult festgekettet worden. Zur Strafe für ihren Fluchtversuch mussten sie es ganz allein schieben. Eine Strafe, die zwar unangenehm war, aber selbst einen verletzten Oger nicht zugrunde richten konnte. Mogda war sich sicher, dass die Orks in Hinsicht auf den nahenden Krieg von weiteren Strafen absehen würden.

Spät in der Nacht erreichten sie die ersten Ausläufer des Heerlagers. Die Orks, auf die sie dort stießen, nahmen nur wenig Notiz von ihnen. Vereinzelt wurden Beifallsbekundungen laut, die von den zahlreichen Betrunkenen stammten. Die Freude galt aber eher den großen Katapulten als dem Trupp, der sie meilenweit durch die Wüste gebracht hatte.

Grommak gab Anweisung, ein Lager aufzuschlagen und bei dem schweren Gerät zu bleiben, bis er am nächsten Morgen seinen Bericht abgegeben hatte. Doch trotz seiner neuen Befehlsgewalt und des überaus eifrig angewandten Befehlstones konnte er sich nicht durchsetzen. Die meisten seiner Kameraden hatten ihn schon als jungen Krieger gekannt; daher fiel es ihnen nun schwer, ihn als Truppführer zu akzeptieren. Als dann auch noch Mogda anfing, seine Befehle in Zweifel zu ziehen, und sich einfach auf den Weg machte, das Heerlager zu erkunden, zerbrach Grommaks neugewonnene Autorität. Er blieb zusammen mit den beiden Ogerbrüdern Tastmar und Rolgist zurück, die es sich an einem der Katapulträder gemütlich machten.

Mogda suchte nach Rator. Er hatte Schwierigkeiten, den Kriegsoger in dem Gewirr von Zelten und Lagerfeuern wiederzufinden. Nur dank seiner Größe fiel er zwischen den Orks auf.

Rator stand auf einer Anhöhe und sprach mit einem Ork, den Mogda an der Rüstung als Offizier erkannte. Rator zeigte während des Gesprächs mehrfach auf ein breites Plateau, das direkt am Drachenhorst lag. Der Ork nickte zustimmend und gab einige Befehle an seine Soldaten weiter. Der Oger nahm sich, wie selbstverständlich, etwas zu Essen von einem kleinen Tisch und spülte es mit einem gefüllten Becher Wein hinunter. Dann verabschiedete er sich von dem Offizier und verließ das Lager. Mogda rannte hinter ihm her, um ihn nicht wieder aus den Augen zu verlieren.

»Warte, warum hast du es so eilig?«, rief er ihm nach.

Rator hielt an und drehte sich um. »Nicht wissen, wie lange dauert bis Krieg beginnt. Viel tun bis dahin.«

Mogda trat dichter zu ihm. So wenige Ohren wie möglich sollten ihre Unterhaltung mitanhören. »Was wolltest du von dem Ork?«

Rator rang sich ein Lächeln ab. »Er bringen Katapulte und Ogerbrüder in unser Lager. Machen auf Anweisung Meister. Ich nur überbringen Befehl.«

Mogda erstaunte es, dass Rator sich solch eine Hinterlist hatte einfallen lassen. Bis jetzt hatte er ihn eher als Mann fürs Grobe angesehen.

Grübelnd lief er weiter hinter ihm her. Sie folgten einem Weg kreuz und quer durch das Lager. Immer wieder hielten sie an, und Rator tuschelte mit Ogern, die ihn kannten. Dann hielten sie auf das Plateau zu, auf das Rator bei dem Gespräch mit dem Orkoffizier gedeutet hatte.

Mogda konnte sich ein Lachen nicht verkneifen, als er sah, wie eine ganze Rotte Orks versuchte, ein Katapult die kleine Anhöhe hinaufzuschieben. Rolgist und Tastmar hatten das ihre schon hinaufgeschafft und beobachteten das peinliche Versagen der Orks mit wachsender Begeisterung. Rator wollte die Orks so schnell wie möglich wieder loswerden und entschloss sich dazu, ihnen zu helfen.

Mit vollem Körpereinsatz stemmte er sich gegen das Holz und bewegte den Koloss die Anhöhe hinauf. Die Orks waren von der fremden Hilfe so überrascht, dass sie gänzlich vergaßen, mit anzupacken. Ganz allein drückte Rator das Katapult an seinen Platz. Die Verstrebungen knarrten bedrohlich, als Rator oberhalb der Plattform in die Balken griff, um die Position des Katapults zu korrigieren.

Schnell machten sich die orkischen Helfer aus dem Staub, um nicht länger dem Spott der anderen ausgesetzt zu sein. Mogda eilte zu Tastmar und Rolgist, um sie von ihren Ketten zu befreien. Die geschmiedeten Eisen hatten für die Oger eher symbolischen Charakter, als dass sie sie wirklich gefangen hielten. Dennoch wagten die beiden es nicht, die Ketten selbst zu lösen. Erst als Mogda einen von ihnen befreite, riss auch der andere sich die Schellen von den Handgelenken.

»Hört mir zu«, sagte Mogda. »Ich weiß, dass ihr müde und verletzt seid, aber wir haben keine Zeit zu verlieren. Ihr wisst, was ihr den anderen erzählen sollt. Also geht los und sagt es jedem aus unserem Volk, aber passt auf, dass ihr nicht von Fremden belauscht werdet.«

Rolgist und Tastmar hatten verstanden. Sie wussten, was auf dem Spiel stand, und begriffen, dass auch ihr Leben davon abhing. Das Einzige, worüber Mogda sie nicht informierte, war das Zeichen, auf das sie und die anderen warten sollten, bevor sie zuschlugen. Mogda hatte ihnen mit Absicht nichts davon erzählt. Er befürchtete, sie würden es noch nicht verstehen, oder das Wissen darum würde ihnen Angst einjagen. Auf jeden Fall, würden sie es erkennen, wenn sie es sähen.

Die beiden Oger verschwanden zwischen den Lagerfeuern, und Mogda blickte ihnen nach, bis er sie aus den Augen verlor.

»Was nun?«, fragte Rator, der neben ihm auftauchte.

»Nichts mehr. Wir gehen schlafen und sehen, was morgen passiert.«

»Vielleicht wir auch gehen durch Lager«, schlug Rator vor.

»Nein«, widersprach Mogda. »Wir sollten uns im Hintergrund halten. Es gibt zu viele, die uns wiedererkennen könnten. Wir bleiben hier.«

Dann richteten sie ihre Nachtlager ein und legten sich zur Ruhe.

Am nächsten Tag erwachte Mogda kurz nach Sonnenaufgang. Sein Blick fiel auf Rators leeren Schlafplatz. Der mächtige Kampfoger stand am Rande des kleinen Plateaus und blickte über die Massen an Kriegern, die sich vor dem Drachenhorst versammelt hatten. Mogda stand auf und trat neben ihn.

Neben einer Reihe von Ogern, die in ihrer Nähe lagerten, war die Ebene mit Orkkriegern übersät. Zigtausende warteten hier auf das Zeichen zum Angriff. Sie hatten sich in Gruppen zu zwei bis drei Dutzend zusammengerottet, und ihre provisorischen Zelte aufgeschlagen. Überall brannten und schwelten noch Feuer, Waffen wurden geschliffen und Rüstungen gefettet. Zwischen all diesen Kriegern konnte Mogda kleine, zierlich wirkende Zweibeiner mit grünbrauner Haut erkennen, die flink umherhuschten: Goblins.

Sie waren ein unberechenbares und angriffslustiges Völkchen, und ebenso feige und hinterhältig. Die Aufgabe von Goblins im Krieg war es, hinter den Kämpfern herzulaufen und alle Feinde abzustechen, die nur verwundet am Boden lagen. In Mogdas Augen waren sie Aaskriecher ohne Ehre.

Rolgist und Tastmar bahnten sich ihren Weg durch die Orks. Sie wirkten vergleichsweise ausgeruht. Mogda stieß Rator an und zeigte auf die beiden.

Schnell waren sie heran und erklommen die sandige Böschung.

»Was ist los mit euch?«, grollte Mogda. »Ihr könnt doch niemals schon alle informiert haben.«

Rolgist und Tastmar sahen sich erstaunt an.

»Du nicht gesagt, wir Oger formieren. Du gesagt wir reden.«

»*Informieren!* Ihr solltet alle informieren. Das ist dasselbe, wie mit ihnen reden.«

Die beiden Oger schüttelten verständnislos die Köpfe. »Warum nicht sagen? Immer sprechen anders.«

Niedergeschlagen dachte Mogda, dass er zwar alle möglichen Sprachen sprach, ihn die Oger aus seinem Volk aber trotzdem nicht verstanden. »Sagt einfach, wie es gelaufen ist.«

»Oger schon wussten, was wir sagen.«

»Sie wussten es schon?«, wiederholte Mogda. »Woher?«

Rolgist schien von Mogda zu eingeschüchtert zu sein, um zu antworten, aber Tastmar fasste sich ein Herz. »Oger hat gesagt. Kam aus Westen, von Bergen. Kam vor vier Tagen mit vielen anderen. Hat gesagt, er Freund von Rator.«

»Wie Name?«, unterbrach Rator ihn.

»Kruzmak Name.«

Erleichtert schlug Rator Mogda auf die Schulter.

»Hab gesagt, Kruzmak wird schaffen«, lachte er.

Mogda gab den beiden Anweisung, nach Kruzmak zu suchen und ihn zu ihm zu bringen. Verständnislos schüttelten Tastmar und Rolgist die Köpfe und machten sich wieder auf den Weg.

Rator war sichtlich bester Laune. Er suchte sich einen Platz und setzte sich in aller Ruhe hin, um einige Speisen aus seinem Proviantsack zu vertilgen. Der sonst so pflichtbewusste Oger leerte einen Ziegenschlauch voll Wein in einem einzigen Zug. Dann lehnte er sich zufrieden zurück und rülpste genüsslich. Mogda wollte seine Hochstimmung nicht mit voreiligen Bedenken zerstören und ließ ihn deshalb in Ruhe. Stattdessen begann er damit, sich die einzelnen Stellungen der

Truppen einzuprägen. Sobald sie sich gegen ihre jetzigen Verbündeten stellten, wäre es sicherlich von Vorteil zu wissen, mit wem sie es zu tun bekämen. Nur eine Kleinigkeit beunruhigte ihn. Genauer gesagt, war die Kleinigkeit über drei Schritt groß: Egal, wo Mogda hinsah, nirgends konnte er einen Troll entdecken, nicht einen einzigen. Er hatte Hochachtung vor dem, was Kruzmak geleistet hatte, doch dass es ihm gelungen sein sollte, sämtliche Trolle auszurotten, hielt Mogda für unwahrscheinlich. Etwas stimmte nicht. Etwas, dessen Erklärung er ungern erst ergründen wollte, wenn sie sich ihren Feinden gegenübersahen.

Mogda wusste nicht, wie lange er in Gedanken versunken war, aber die überschwängliche Begrüßung zwischen Rator und Kruzmak brachte ihn augenblicklich ins Hier und Jetzt zurück. Die beiden klopften sich mit einer Innigkeit gegenseitig auf Rücken und Schultern, dass Mogda nur hoffte, dieses Prozedere nicht am eigenen Leib erleben zu müssen.

Die Begrüßung dauerte länger – so vermutete Mogda – als jemals einer von den beiden für einen Zweikampf benötigt hatte. Nachdem Kruzmak auch ihn gebührlich begrüßt hatte, setzten sie sich zusammen und tauschten ihre Erlebnisse miteinander aus. Kruzmak erzählte von den Ereignissen in den Bergen; wie sie die Zwerge getroffen hatten und die anderen Oger von ihrer Sache überzeugen konnten. Ausführlich schilderte er den Kampf mit den Trollen und den Tod Brakbars, der sich geopfert hatte. Mit finsterer Miene lauschte Rator, und Mogda sah ihm an, dass er den Tod eines Kameraden nicht leichtnahm.

Dann erzählte Mogda, was ihnen alles widerfahren war, und wie sie den Meistern einen herben Schlag versetzt hatten. Bis spät in die Nacht hockten die drei Oger beisammen und tauschten ihre Erfahrungen aus, schmiedeten Angriffspläne und sorgen nebenbei für ihr körperliches Wohlergehen. Kurz vor Morgengrauen machte sich Kruzmak wieder auf den Weg zu seinen Kameraden, um ihnen zu berichten und die Vorbereitungen in Gang zu bringen.

Mogda hätte gern noch geschlafen, doch seine Gedanken waren so aufgewühlt, dass er keine Ruhe fand. So saß er neben Rator und beobachtete, wie die rote Scheibe der Sonne am Horizont emporkletterte. Ein tiefer Schatten verdunkelte kurz den Himmel, und Mogda spürte einen kalten Lufthauch. Erschrocken blickte er auf und sah einen Lindwurm über sich hinweggleiten. Der Reiter auf dem Rücken war nur als Umriss zu erkennen, doch wusste er, wer diese Tiere befehligte. Mit einem unguten Gefühl sah er, wie die Flugechse auf das Gebirge im Westen zuhielt und langsam an Höhe gewann, bis sie nicht mehr zu erkennen war.

»Was jetzt sollen tun?«, fragte Rator, dem Lindwurm und Reiter natürlich nicht entgangen waren.

»Nichts«, sagte Mogda. Nach einem Augenblick fügte er hinzu: »Wenn er wiederkommt, hat das Kleine Volk versagt.«

»Und?«

Mogda blickte Rator in die Augen. »Dann würde ich mir einen etwas höher gelegenen Platz suchen, oder schnell schwimmen lernen.«

50
Die Schlacht

Zwei weitere Tage verstrichen, aber der Lindwurm und sein Reiter blieben verschwunden.

Mogda schien der Einzige, der in dieser Nacht nicht schlief. Er saß an dem fast erloschenen Lagerfeuer und kaute lustlos an einem Stück Dörrfleisch herum. Die Anspannung ließ ihm keine Ruhe.

Immer wieder dachte er darüber nach, ob es das Richtige war, was sie taten – sich gegen die Meister zu stellen und ihrer Knechtschaft ein Ende zu machen. Vielleicht war es den meisten seines Volkes egal, ob sie für die falsche Sache eintraten, Hauptsache sie blieben am Leben. Dieser Krieg würde viele Leben fordern. Was, wenn sie nicht bereit dazu waren, ihr Leben gegen eine ungewisse Freiheit einzutauschen?

Ohne das magische Amulett, das ihm die Intelligenz verlieh, würde er jetzt auch in Ruhe schlafen können, voller Vorfreude darauf, sich demnächst in einer großen Schlacht beweisen zu können. Verunsichert hielt er den blauen Anhänger zwischen den Fingern. Mit einem kleinen Ruck könnte er die ganze Last von sich nehmen und morgen früh wieder ein einfacher Oger sein. Ein Oger, der sich um nichts scherte, außer um Nahrung und einen Schlafplatz.

»Das wird dir nichts nutzen«, sagte eine Stimme aus dem Dunkel hinter Mogda.

Erschrocken drehte er sich um und griff zu seinem Runenschwert. Irgendetwas Vertrautes lag in der Stimme, doch Mogda konnte es nicht zuordnen.

»Zeig dich! Nur Feiglinge schleichen sich von hinten an«, knurrte Mogda in die Richtung, in der er den unsichtbaren Besucher vermutete.

»Das ist gut!«, grollte es. Nur diesmal schien die Stimme aus verschiedenen Richtungen zu kommen. »Behalte deinen Zorn aufrecht, bis der Krieg losbricht, und bewahre solange auch deine Zweifel.

Genau das macht aus dir einen großen Krieger. Eine entfesselte Urgewalt, die Verstand besitzt. Etwas mehr, als ich bin.«

Wie aus dem Nichts trat Gantruost hervor. Seinen Oberkörper hatte er in ein grobes Kettenhemd gezwängt, und auf Schultern und Ellenbogen hatte er metallische Dornen mit Lederbändern befestigt. An den Beinen trug er Plattenschienen, die ihn von den Knien abwärts schützten. Auf seinem Kopf saß ein einfacher Helm mit Nasenschutz. In seiner Linken hielt er ein breites Runenschwert, das dem von Mogda ähnelte.

»Wie seid ihr ... äh bist du hierher gekommen?«, stammelte Mogda, der die Augen nicht von Truganost, dem zweiten Kopf, abwenden konnte. Truganosts Haupt war leicht nach vorne gebeugt. Sein Mund stand halb auf und offenbarte eine Reihe scharfer Reißzähne. Die Augen waren geschlossen.

»Schläft er noch?«, fragte Mogda unsicher.

»Natürlich«, antwortete Gantruost. »Wenn er wach ist, schleichen wir uns nicht mehr von hinten an wie Feiglinge, wie du es auszudrücken beliebtest.«

»Dann ist es also so weit?«

Gantruost nickte stumm.

Mogda blickte in Richtung Süden, um festzustellen, ob man das Heer der Menschen schon sehen konnte.

»Wann werden sie zum Angriff blasen?«, fragte er

»Gar nicht. Dies ist unser Krieg. Truganost und ich werden ihn beginnen, und wir werden ihn beenden. Die anderen werden nur entscheiden, wie er ausgeht.«

Allein das Aussehen des Ettins verunsicherte Mogda, aber das, was er von sich gab, verwirrte ihn vollends. Gantruost tat beinahe so, als ob er dies alles geplant habe, und die Meister, die Oger, Menschen und Orks seien nur seine Marionetten. Doch einem Teil seines Selbst tat es gut, die Worte zu hören. Er fühlte sich durch sie nicht mehr allein verantwortlich für alles, was passieren würde.

»Sind die anderen deines Volkes auch hier?«, fragte Mogda, die Antwort schon vorausahnend.

»Es ist *unser* Volk«, berichtigte Gantruost ihn. »Ja, sie warten auf das Zeichen zum Angriff.«

Mogda konnte nicht fassen, dass Gantruost so ruhig war. Seit Jahren saßen die Ettins nun schon auf dieser kleinen, kargen Insel fest und warteten auf die Möglichkeit, etwas zu verändern. Nun, wo es endlich so weit war, saß der Ettin nur da und stocherte mit einem Stock im Feuer herum, als ob heute ein ganz gewöhnlicher Tag sei.

»Wäre es nicht besser, Truganost auch einen Helm aufzusetzen?«, fragte Mogda vorsichtig.

Gantruost schüttelte den Kopf. »Nein, er mag keine Rüstungen. Er sagt, Metall behindert ihn nur. Und ehrlich gesagt, gibt es nicht viel an seinem Kopf, was zu Schaden kommen könnte.«

Der Ettin grinste leicht, aber Mogda war im Moment nicht zu Scherzen aufgelegt und nickte deshalb nur mitfühlend. Der Sonnenaufgang war vielleicht noch eine Stunde entfernt. Plötzlich erhob sich Gantruost. »Es ist so weit«, sagte er und zog das Runenschwert.

»Warte, warte!«, versuchte Mogda ihn aufzuhalten.

»Ist es nicht besser, wir warten, bis es hell geworden ist? Wir sind noch nicht vorbereitet, und vielleicht sind die Menschen auch noch nicht in Stellung gegangen.«

Gantruost machte keine Anstalten, auf Mogdas Vorbehalte einzugehen. »Die Menschen wissen schon Bescheid, und die meisten Oger sind wach und warten auf Befehle. Nur die kleine Gruppe hier schlummert noch ahnungslos, und das wird sie auch noch weiter tun, wenn du sie nicht gleich weckst.«

Mit diesen Worten rammte Gantruost das Runenschwert vor einem großen Felsen in die Erde, löste einen Lederbeutel vom Gürtel und öffnete ihn vorsichtig. Er verstreute den Inhalt vor dem Felsen. »Verlier keine Zeit! Wir müssen die Überraschung nutzen, wenn wir einen Vorteil haben wollen, denn das Zentrum der Schlacht wird hier sein.«

Hastig machte sich Mogda daran, seine Kumpane zu wecken. In groben Zügen erklärte er ihnen die Situation. Die geringe Aufmerksamkeit, die ihm dabei entgegengebracht wurde, lag weniger an dem Umstand, dass er die Oger aus dem Tiefschlaf geweckt hatte, sondern eher an der Anwesenheit des Ettins. Noch nie zuvor hatten sie ein Wesen gesehen, das ihnen so ähnelte und zugleich so fremd war. Nur Rator blieb bei dem Anblick gelassen und stellte sich neben ihn.

»Krieg beginnt?«, fragte er unbeeindruckt.

»Ja«, bestätigte Gantruost, ohne den Blick zu heben. »Jetzt ist unsere Zeit gekommen … oder abgelaufen.«

Rator, der nur wenig von solchen Floskeln hielt, drehte sich um und stellte sich an den Rand der Erhebung. Er starrte in die Dunkelheit, genau wissend, dass dort Tausende lagerten, die ihnen in wenigen Augenblicken als Feind gegenübertreten würden. »Die ewige Schlacht Tabals«, murmelte er.

Im selben Augenblick wurde die Anhöhe in gleißendes Licht getaucht. Die Quelle des weißlichen Scheins war der Felsen, an dem Gantruost kurz zuvor gesessen hatte. Das Licht strömte wie in Wellen über die Ebene. Langsam fügten sich die einzelnen Lichtebenen zusammen und bildeten einen in den Himmel gerichteten Trichter, der sich schließlich zu einem Strahl zusammenschloss. Das Licht durchbrach den Dunstschleier und schien nach und nach die diesigen Schwaden aufzufressen, die an ihm vorbeizogen.

»Katapulte bereit!«, schrie Mogda, der den Blick nur schwerlich von dem Schauspiel abwenden konnte.

Sofort machten sich die eingeteilten Oger daran, die Wurfschalen mit klobigen Gesteinsbrocken zu füllen. Jede Schale fasste ein Dutzend der zentnerschweren Felsen. »Feuer!«, befahl Mogda.

Mit ungeheurer Wucht wurden die Wurfarme von den schweren Gewichten in die Höhe gerissen. Unter lautem Ächzen arretierten die Katapulte und gaben ihre Last in fast senkrechter Richtung frei. Ein kurzer Augenblick der Stille trat ein. Dann prasselten die ersten Geschosse zu Boden. Nur etwa hundert Schritt vor ihnen schlugen sie in die Lager der Orks ein. Man konnte die Treffer an den angsterfüllten Schreien ausmachen.

Mogda schaute zu Gantruost, der sich umgedreht hatte, das Schwert gen Himmel gerichtet, und auf den Drachenhorst starrte. Gebannt wandte Mogda sich um und erkannte die hünenhaften Gestalten, die sich aus dem Felsen zu lösen schienen. Mit lautem Gebrüll zeigten sich immer mehr von ihnen im schwachen Schein der aufgehenden Sonne. Nur zufällig nahm Mogda die Bewegungen am Fuß des Berges war. Gesteinsbrocken wurden beiseitegerollt, und lange Arme und Beine kletterten in Panik über sie hinweg. Kaum auszumachen waren die Geschöpfe, die sich dort verschanzt hatten. Aber ihre Bewegung verriet sie. Trolle!

Das pure Entsetzen scheuchte sie aus ihren Stellungen. Mogda erkannte, wie sie sich in ihrer Furcht gegenseitig niedertrampelten oder mit Waffengewalt einen Weg bahnten. Und sie flüchteten genau auf die Anhöhe zu.

»Seid ihr denn total verrückt, ihr dämlichen Fleischklöße«, bellte eine heisere Stimme.

Rator blickte zu dem anstürmenden orkischen Offizier hinunter.

»Ihr habt Dutzende von meinen Männern getötet. Was denkt ihr, was ihr da macht?«

Mit einem Sprung war Rator neben ihm. »Gehen los und töten alle.« Mit diesen Worten packte er den Ork an Hals und Oberschenkel, hob ihn über den Kopf und rammte ihn auf sein Knie, sodass sein Rückgrat zerbarst. Tot fiel der Ork zu Boden. Zu spät eilten seine Leute dem toten Offizier zu Hilfe. Rator empfing sie mit gezückter Klinge.

Mogda wies die Oger an den Katapulten an, die Wurfschalen neu zu füllen und zu feuern. Alle übrigen ließ er in gleichmäßigen Abständen am Rande des Plateaus Aufstellung nehmen und gab Anweisung, jeden zu töten, der es wagte, sich ihnen zu nähern.

Aus nördlicher Richtung ertönten die ersten Kriegshörner. Mogda sah Schwärme von Brandpfeilen, die sich vom Himmel herab über ihre Feinde ergossen. König Wigolds Truppen hatten die Gelegenheit zum ersten Schlag genutzt.

Gantruost packte Mogda am Arm und zeigte zur Spitze des Drachenhorstes. »Jetzt wissen sie Bescheid, mit wem sie es zu tun haben.«

Wie aus einem Vulkan, der Feuer spie, schoss ein Lindwurm nach dem anderen aus der Spitze des Berges. Auf ihnen ritten die Meister, mit Schwertern aus Flammen bewaffnet. Wild stoben sie auseinander und schossen im Sturzflug auf die Fronten zwischen Menschen und Orks zu.

»Dort!«, warnte Mogda und zeigte auf eine der geflügelten Echsen, die sich aus dem Pulk gelöst hatte und frontal auf ihre Stellung zuraste. Gantruost stieß Mogda beiseite, um mehr Bewegungsfreiheit zu bekommen. Dann bückte er sich und nahm einen schädelgroßen Stein auf, den er mit Pulver aus seinem Lederbeutel bestrich. Die berieselten Stellen leuchteten auf und dehnten sich immer weiter über die Oberfläche des Steines aus, bis nur noch eine strahlende Kugel aus Licht übrig blieb.

»Lavakäfer gegen Lindwurm«, flüsterte Gantruost. »Was für ein ungleicher Kampf.«

Er konzentrierte sich ganz und gar auf den Meister, der auf seinem geflügelten Reittier immer näher kam. Gantruost schien nichts mehr um sich herum wahrzunehmen, auch nicht die Stimme Mogdas, die ihn drängend dazu aufforderte, den Stein zu werfen und in Deckung zu gehen. Er wartete. Wartete auf den Moment, seinen Zauber sicher ins Ziel zu bringen. Dann war es so weit. Er schleuderte den glühenden Stein mit aller Kraft dem Lindwurm entgegen.

Wie von Geisterhand geführt, raste der Brocken durch die Luft und hinterließ einen schmalen Schweif, ähnlich einer Sternschnuppe. Ohne an Wucht zu verlieren, schraubte er sich immer höher seinem Ziel entgegen. Funken stoben auf, als er den Kopf der Bestie traf. Der Schädel des Lindwurmes wurde in grelles Licht getaucht. Das Licht und der harte Schlag ließen die geflügelte Echse in der Luft taumeln.

Mogda sah, dass sich der Meister nur mit Mühe im Sattel halten konnte, aber sein Reittier nicht mehr unter Kontrolle bekam. Sie stürzten vom Himmel, hielten dabei aber nach wie vor auf Gantruost zu. Keine Handbreit bewegte sich der Ettin von der Stelle, sondern stand wie angewurzelt da und beobachtete das Spektakel. Mogda schrie Gantruost an, er solle in Deckung gehen. Dann schlug der Lindwurm auf. Kaum zehn Schritt vor Gantruost prallte er gegen die Böschung des Plateaus und wirbelte eine Wolke aus rotem Sand auf. Noch immer stand der Ettin da, durch die Staubwolke immer schlechter zu sehen. Erst, als die Wolke sich legte, rannte Mogda zu der Stelle, wo der Meister und sein Reittier lagen. Gantruost stand auf dem verdrehten Körper des Lindwurmes und zog einen mehrfach gebrochenen Flügel in die Höhe. Darunter lag der Meister. Er war eingeklemmt zwischen Felsen und dem geschundenen Körper der Echse. Aber er lebte noch.

Gantruost beugte sich zu ihm hinunter. Ächzende Laute und gelblicher Lebenssaft troffen aus seinem verzerrten Mund.

»Egal, wie viele Köpfe ihr habt, ihr werdet immer ungezähmte Tiere bleiben«, stöhnte der Nesselschrecken.

Ein sanftes Lächeln huschte über Gantruosts Gesicht. »Und eines dieser Tiere möchte ich dir jetzt vorstellen, Meister einer sterbenden Rasse. Sieh auf zu meinem Bruder. Truganost hat lange darauf gewartet, dich kennen zu lernen.«

Ein tiefes Grollen entstieg dem Brustkorb des zweiköpfigen Ogers. Gantruost erhob sich, wandte den Kopf dem Haupt von Truganost zu und blies ihm ins Gesicht. Der schlafende Oger sog die Luft durch den halb geöffneten Mund, und der Brustkorb blähte sich fast bis zum Bersten auf. Dann sprangen urplötzlich Truganosts Lider auf und zeigten zwei gelbliche Augen mit einer sichelförmigen Iris. Langsam drehte er den Kopf und blickte misstrauisch in alle Richtungen. Er schaute zu Gantruost, zu dem schwer verletzten Meister und auf die tobende Schlacht.

Dies war auch der Augenblick, in dem Mogda sich endlich wieder von dem Anblick des Ettins und dessen Feind losreißen konnte. Die Schlacht tobte, nur der Fleck, an dem sie sich aufhielten, blieb von ihr verschont. Der fremdartige Ettin und die Tatsache, dass er einen Meister bezwungen hatte, ließ jeden einen großen Bogen um sie machen. Wie eine unsichtbare Barriere hielt der Anblick jeden zurück, der in die Nähe kam.

Das einsetzende und markerschütternde Gebrüll Truganosts verstärkte diese Barriere noch. Wutentbrannt starrte er Gantruost an und blies ihm den fauligen Atem ins Gesicht. Dann schoss sein Kopf vor und zertrümmerte mit der Stirn die Nase seines Bruders. Mit blutüberströmtem Gesicht verdrehte Gantruost, fast ohnmächtig, die Augen und flüsterte Mogda zu: »Bleib fern von uns.«

Der Ettin bückte sich ungelenk, als ob der Körper noch nicht wusste, welchem Kopf er gehorchen solle. Aber jeder, der den Ettin sah, wusste, dass Truganost die Kontrolle übernommen hatte.

Er beugte sich über den Nesselschrecken, der ihn mit weit aufgerissenen Augen anstarrte. Truganost riss sich die Beinschiene herunter, hob sie hoch über den Kopf und rammte sie dem Meister in die Brust. Gelbliches Blut quoll durch den schweren Stoff des Umhanges und versickerte gleich darauf wieder in den Nähten. Truganost riss das Maul auf und entblößte seine messerscharfen Zähne. Dann stieß er herab und biss dem Nesselschrecken in den Hals. Dabei riss er einen großen Brocken Fleisch heraus, den er gleichgültig ausspuckte. Die Augen des Meisters wurden starr und leblos.

Truganost zog das Schwert des Meisters aus der Scheide. Die Klinge flammte im gleichen Moment auf. Ihr Feuer spiegelte sich in den Augen des Ettins wider. Mit zwei Schwertern bewaffnet, stürmte er los in die Menge von Orks und Goblins. Der Stahl durchschnitt mühelos Fleisch und Knochen. Die sengende Klinge hinterließ einen Geruch von verbranntem Fleisch.

Ein Speer bohrte sich vor Mogdas Füßen tief in die Erde. Die Trolle aus den Bergen waren herangekommen und versuchten, jeden zu töten, der sich ihnen bei ihrer Flucht vor den Ettins in den Weg stellte. Die Aussicht, sich in die tobende Schlacht mit den Menschen zu begeben und dort ihren zweiköpfigen Häschern zu entkommen, wog anscheinend mehr, als sich den Ettins direkt zu stellen.

»Verteidigt die Katapulte«, schrie Mogda und hetzte zurück auf das Plateau.

Mit einem Fußtritt stieß er einen Troll zurück und setzte mit dem Schwert nach. Der Schlag verfehlte den panischen Gegner nur knapp, doch in seiner Furcht griff der Troll erneut an. Er wollte die scheinbare Sicherheit der erhöhten Stellung erreichen. Mit einem geraden Stoß durchbohrte Mogda seine Brust, und der Troll rutschte den Hang hinab.

Immer mehr Feinde stürmten herbei, und bald sahen die Oger sich einer erdrückenden Übermacht gegenüber. Zu ihrem Glück hielt sich kein weiterer Troll länger mit dem Versuch auf, die Stellung zu erklimmen. Zu groß war die Gefahr, die Anhöhe zu erreichen und dabei von den Ettins hinterrücks überrannt zu werden. Sie suchten ihr Heil lieber in der Flucht.

Weiter hinten erkannte Mogda, wie die ersten Trolle von den Ettins eingeholt wurden. Die zweiköpfigen Riesen packten ihre Gegner einfach an den Gliedmaßen und schleuderten sie mehrmals gegen die Felsen, bis sie tot waren. Dann machten sie Jagd auf den nächsten.

Ein Stein traf Mogda an der Schulter, und das Schwert entglitt ihm. Sein Arm war wie taub. Er hatte Schwierigkeiten, ihn zu strecken, und musste sich bücken, um die Waffe wieder aufzuheben. In diesem Moment warf sich ein Troll über ihn. Er war unbewaffnet, doch Mogda wusste, was er allein mit seinen klauenartigen Händen anrichten konnte. Zwei Schläge auf die Brust raubten Mogda den Atem. Sein Schwert lag nur einen Schritt entfernt, aber das war genau ein Schritt zu viel. Die Pranke des Trolls umklammerte Mogdas Kehle und würgte ihn. Ein Tritt in den Unterleib ließ den Troll aufstöhnen, lockerte aber nicht seinen Griff. Fast schwanden Mogda die Sinne, als der Troll plötzlich von ihm heruntergerissen wurde. Der Troll versuchte sich in Panik an den Füßen des Ogers festzuhalten, da wurde plötzlich ein breites Runenschwert durch sein Rückgrat getrieben, und er hauchte mit einem gurgelnden Laut sein Leben aus.

Blinzelnd schaute Mogda in die aufgehende Sonne und sah davor die Umrisse eines Ettins. »Für die Gemeinschaft der Ettins, Bruder«, raunte dieser, dann stürmte er zurück ins Schlachtgetümmel, ohne dass Mogda ihn genau erkennen konnte. Er nahm sein Schwert unter Schmerzen auf und hechtete zur Südseite des Hügels. Die Angriffe auf ihre Stellung ließen bereits nach. Die Krieg tobte jetzt weiter in südlicher Richtung, wo der Hauptteil des menschlichen Heeres focht.

Weiter vorn sah Mogda, wie die Meister auf ihren Lindwürmern Feuerbälle vom Himmel in die Reihen der Soldaten sandten. Der Pfeil einer schweren Balliste bohrte sich in die Brust eines der Tiere und zwang es zur Landung. Sofort hetzte eine Schar von Reitern der Echse entgegen und attackierte sie samt Reiter. Mogda gab Anweisung, die Katapulte zu verlassen und den Orks nachzusetzen.

Hundert Schritt vor sich entdeckte er Rator, der inmitten einer Gruppe Orks wütete. Ein Bolzen ragte aus seiner Schulter und ein weiterer steckte in seinem Bein. Dennoch kreiste seine Klinge durch die Luft und hielt ein halbes Dutzend Orks von ihm fern. Lange würde er sich der Übermacht allerdings nicht mehr erwehren können. Mogda stürmte los, das Runenschwert hoch über dem Kopf schwingend. Mit Gebrüll brach er in die Gruppe der Widersacher ein. Sein Schwert fuhr herab und durchschnitt einen Ork von der Schulter bis zu Hüfte. Einen weiteren Gegner riss er im Vorbeilaufen einfach von den Füßen. Wie im Rausch fuhr er herum und setzte den in Panik flüchtenden Orks nach.

Der Gehorsam der Orks ihren Offizieren gegenüber löste sich in Nichts auf. Immer mehr Ork-Soldaten brachen zu den Flanken aus und suchten ihr Heil in der Flucht. Die, die noch kämpften, rauften sich zu kleinen Gruppen zusammen und suchten sich Ziele aus, denen sie deutlich überlegen waren. Zu Dutzenden fielen sie über schwer verwundete Oger her und schlachteten sie ab, oder sie verfolgten einzelne Reiter der Menschen, die sich aus der Truppe gelöst hatten.

Immer wieder zuckten Blitze und Feuerbälle vom Himmel und

gaben einen Moment lang den Blick auf das grausige Treiben frei, bis die Szenerie wieder in Rauch und Dämmerlicht verschwand.

Kruzmak und sechs Gefolgsleute bahnten sich einen Weg durch die Reihen der Orks. Sie hielten auf Mogda zu, der nun an Rators Seite stand. Der Oger stützte sich keuchend auf ein Bein und riss den Bolzen aus seiner Schulter.

Schnell gelang es Kruzmak mit seinen Kriegsogern alle Gegenwehr auf ihrem Weg im Keim zu ersticken. Wie Mogda feststellte, eskortierten sie jemanden: einen jungen Soldaten des Königs, der schließlich keuchend und mit Angst in den Augen vor Mogda stand.

»Mein Herr«, begann er zögerlich, anscheinend unsicher, welche Anrede für den Oger unter diesen Umständen angemessen war. »König Wigold hat mich geschickt. Das kleine Mädchen, das euch begleitet hat, es ... es ...«

»Was ist mit Cindiel?«, fauchte Mogda den Mann an.

»Sie ist ... einer der fliegenden Dämonen hat sie gepackt und mitgenommen.«

»Fort, wohin?«

Zitternd zeigte der Soldat auf die Spitze des Drachenhorstes.

»Ihr bleibt hier und beendet, was ihr begonnen habt«, sagte Mogda mit fester Stimme zu Kruzmak und Rator. Er sah, wie Rator etwas einwenden wollte, doch nicht die Kraft fand, die Worte auszusprechen.

Unbehelligt rannte Mogda auf den verlassenen Eingang des Berges zu.

51
Die Prophezeiung

Die glühende Scheibe der Sonne hatte sich noch nicht ganz vom Horizont lösen können und warf Mogdas Schatten tief in den Drachenhorst hinein. Beim Betreten der Tunnel hörte er die dumpfen Klänge der Schlacht in seinem Rücken. Schreie von Verletzten und barbarisches Angriffsgebrüll paarten sich mit dem Scheppern von Rüstungen und dem Bersten von Knochen.

Der Krieg wurde ohne ihn entschieden. Die Zukunft seiner Rasse und das Geschick der Menschen lag nun in den Händen der anderen. Er dagegen kannte seine Bestimmung und folgte ihr, wie von einem Seil gezogen.

Immer wieder entfalteten sich die Bilder in seinem Kopf. Von Mal zu Mal brannte sich die Vision tiefer ein und verursachte einen stechenden Schmerz in seiner Stirn. Und jedes Mal endeten die Bilder in einem Flammenmeer. *Es ist nur mein Ende, das ich sehe*, versuchte er sich selbst zu beruhigen.

Vielleicht konnte er damit viele andere Leben retten ... viele unschuldige Leben, das Leben von Cindiel und den anderen Kindern. Es hatte keinen Sinn, darüber nachzugrübeln. Wenn das Schicksal es so bestimmt hatte, wollte er jedenfalls bis zum Ende Herr seiner eigenen Entscheidungen bleiben.

Mogda steckte das Runenschwert zurück in die Scheide und nahm eine Fackel aus der Wandhalterung. Er wusste, wo er hingehen musste.

Er rannte einen Seitentunnel entlang, in der Hoffnung, sich den richtigen Weg eingeprägt zu haben. Überall stieß er auf verlassene Schlafstellen der Orks. Niemand war zurückgeblieben, doch zeugten die Lagerstätten davon, dass ihre Besitzer damit rechneten, wieder hierherzukommen. Vereinzelte Weinkrüge lagen auf den unbequemen Bastmatten, die darauf warteten, nach erfolgreicher Schlacht geleert zu werden. Hier und da lagen Schmuckstücke herum, die ihre

Besitzer vorsichtshalber abgenommen hatten, um sie im Kampf nicht zu verlieren. Sogar ein gefüllter Geldbeutel lugte unter einem provisorischen Kopfkissen hervor.

Mogda lief an den Besitztümern vorbei, ohne auch nur in Versuchung zu kommen, etwas davon einzustecken. Er hatte Wichtigeres zu tun. Immer häufiger erkannte er Tunnelabschnitte und Felsformationen wieder, die ihn auf den richtigen Weg leiteten.

Vor ihm tat sich ein Blindgang auf, an dessen Ende eine größere Höhle lag. Hier waren damals Cindiel und die anderen Kinder eingesperrt gewesen, doch etwas bereitete Mogda Unbehagen. Er blieb stehen und lauschte in die Stille. Nichts war zu hören, kein Weinen, kein Wimmern, noch nicht einmal schweres Atmen. Aber irgendetwas hielt Mogdas Anspannung aufrecht.

Es waren die Fackeln. Sie waren allesamt gelöscht worden. Niemand machte sich grundlos die Arbeit, Fackeln zu löschen. Man ließ sie einfach ausbrennen oder nahm sie mit.

Vorsichtig leuchtete er in den Gang hinein. Niemand war zu sehen ... dennoch spürte er, dass er nicht allein war.

Lautlos zog Mogda seine Waffe und tastete sich langsam vor. Jeden Moment rechnete er damit, hinterrücks angegriffen zu werden. Doch nichts geschah. Niemand fiel von hinten über ihn her oder wagte es, sich ihm in den Weg zu stellen. So stand er vor der Höhle, und die Fackel gewährte ihm einen kleinen Einblick auf die verlassenen Räumlichkeiten. Doch das Gefühl, nicht allein zu sein, wollte einfach nicht schwinden. Worauf wartete sein Gegner? Der Zeitpunkt würde nicht besser werden.

Kurz entschlossen schleuderte Mogda die Fackel weit ins hintere Ende der Höhle, wo sie liegen blieb und mit ihrer unruhigen Flamme Schattenspiele an die Wände zeichnete. Er wollte sich gerade abwenden, als er vor sich den Schatten eines Kopfes auf dem Boden bemerkte. Offenbar stand sein Gegner direkt neben dem Eingang!

Orks, überlegte Mogda. Niemand sonst wäre so feige, ewig im Dunkeln zu warten, um dann einen hinterhältigen Angriff gegen ihn zu führen. Und es war sicher nicht nur einer. Sobald Mogda die Höhle beträte, würden sie über ihn herfallen.

»Nein, sie sind nicht mehr hier, Rator«, brummte Mogda mit tiefer

Stimme. »Wir müssen wieder zurück und sie woanders suchen. Ach Brakbar, gib mir mal den Weinschlauch rüber, ich habe Durst.«

»Hier du hast«, antwortete sich Mogda hinter vorgehaltener Hand selbst.

»Kruzmak, du kannst ruhig deine Balliste runternehmen. Hier ist niemand.«

»Hmm, Hmm, Hmm«.

»Rolgist und Tastmar, ihr geht vor.«

»Warum immer wir?«, dröhnte es aus Mogdas Kehle.

»Weil die drei Ettins sich hier nicht auskennen und außerdem noch den Drachen im Schlepptau haben«, antwortete er entrüstet und unterdrückte gerade noch ein verdächtiges Prusten.

Mogda konnte sich ein breites Grinsen nicht verkneifen, als er sah, wie der Schatten zu seinen Füßen sich zusammenkauerte.

Mit einem Satz sprang Mogda in die Höhle, drehte sich und schlug mit dem Runenschwert zu. Der am Boden hockende Ork hatte keine Gelegenheit, den Schlag abzuwehren und wurde kurz oberhalb des Brustbeines tödlich getroffen. Zwei weitere Orks lauerten im Halbschatten auf Mogda. Gleichzeitig stürmten sie auf ihn zu. Der erste machte den Fehler, beiläufig den Gang zu inspizieren, um nach dem erwähnten Drachen Ausschau zu halten. Mogda schlug das Schwert des Gegners so schwungvoll zurück, dass dieser sich mit der eigenen Klinge die Kehle aufschlitzte. Der letzte Gegner war etwas geschickter, aber weniger selbstsicher. Nachdem er Mogda eine Wunde am Oberschenkel zugefügt hatte, zog er sich wenige Schritte zurück, um einen neuen Angriff vorzubereiten. Mogda ging frontal auf ihn zu und schwang das Breitschwert von links nach rechts. Die übermächtige Reichweite des Ogers drängte den Ork immer weiter zurück, bis er schließlich rückwärts über einen Stein stolperte und seine Deckung verlor. Diesen Moment nutzte Mogda aus und stieß mit dem Schwert zu. Die Klinge durchdrang seinen Körper, und die Wunde ließ ihn in wenigen Augenblicken verbluten.

Mogda humpelte ein wenig, als er erleichtert, aber nicht zufrieden den Raum verließ.

Er hatte keine Wahl, er musste wieder nach unten in die zentrale Kammer, den Drachenhorst selbst betreten. Wenn er dem Meister entgegentreten wollte, dann nur dort, wo auch die Visionen der Prophezeiung ihn hinführten. Weiter die unendlichen Tunnelsysteme zu durchforsten hatte keinen Sinn, und es kostete Zeit, Zeit die den Kindern vielleicht nicht mehr blieb. Den richtigen Weg zu finden war einfach, ihm zu folgen nicht.

52
Der Meister

Wie angewurzelt stand Mogda vor dem Durchbruch. Hier würde also alles zu einem Ende kommen. *Egal, wie es ausgeht*, dachte Mogda, *leicht mache ich es ihm nicht*.

Mit erhobener Fackel betrat er das riesige Gewölbe. Den Blick nach vorn gerichtet, bewegte er sich weiter in die Mitte. Der Fackelschein reichte nicht aus, um das Innere des Berges vollständig zu erhellen, deshalb versuchte Mogda erst gar nicht, nach dem Meister zu suchen. Der Nesselschrecken würde ihn finden ... oder hatte ihn bereits gefunden. Mogda stand direkt vor den Gefängnisgruben, dem Ort aus seinen Visionen, als die dröhnende, dunkle Stimme des Meisters erklang.

»Da bist du ja endlich. Du, der du denkst, dich über eine Rasse erheben zu können, die schon existiert hat, als deinesgleichen noch als kleine behaarte Vierbeiner durch die Gegend irrten. Wie ich sehe, konnten dich auch meine Sklaven nicht aufhalten, sie haben dich nur verletzt. Ich hoffe, es schmerzt.«

Gelassen drehte sich Mogda in die Richtung, aus der die Stimme kam. »Ach, das ist nur ein Kratzer. Sie hatten keine Chance, wir waren einfach zu viele«, sagte Mogda lächelnd.

»So. Und was hast du jetzt vor?«

Mogda versuchte, die Gestalt des Meisters in der Dunkelheit auszumachen, aber es gelang ihm nicht. »So wie es aussieht, haben wir uns doch weiterentwickelt. Jetzt irren wir umher und schlachten deinesgleichen ab.«

Durch Mogdas Worte herausgefordert, trat der Meister in den Schein der Fackel. Der hohe Kragen bedeckte die Hälfte seines Hinterkopfes und der untere Teil seines Gewandes schleifte zwei Fuß hinter ihm über den Boden. Er hielt einen Stecken aus Wurzelholz in den Händen, dessen Spitze ein großer Rubin zierte.

»Mach dir über uns und unsere zukünftige Existenz keine Gedanken. Die meisten meiner Rasse haben sich schon zurückgezogen und in Sicherheit gebracht.«

»Zurückgezogen?«, lachte Mogda. »Sie sind in Panik geflohen. Seitdem wir euch die Kraft genommen haben, unseren Geist zu kontrollieren, seid ihr weitgehend machtlos. Du selbst musst ja schon auf Orks und solch magische Artefakte wie das in deiner Hand zurückgreifen, um dich gegen einen einzelnen Oger zur Wehr zu setzen. Bestimmt ist es am besten, du kommst erst wieder, wenn du in deinen Umhang gewachsen bist.«

Jetzt verlor der Meister die Beherrschung. Die Nesselstränge flatterten aufgeregt, und er stampfte mit dem Fuß auf den Boden. »Das ist kein Umhang, es ist eine Robe, und diese zeichnet mich als ranghöchsten Mystiker der Nesselschrecken aus, du dämlicher Fleischberg.«

Mogda hatte sein erstes Ziel erreicht. Der Meister hatte die Fassung verloren. Jetzt lag es an ihm, diesen Vorteil zu nutzen. »Wie selbst dir aufgefallen sein sollte, bin ich gar nicht so dämlich. Dieses wunderbare Schmuckstück hier um meinen Hals hat ...«

»... keine Macht mehr«, vollendete der Meister seinen Satz. »Anscheinend bist du doch dumm genug, nicht zu bemerken, dass das Kleinod um deinen Hals wertlos ist, seitdem du das Grindmoor verlassen hast. Der, den ihr als Edder Listante kanntet, hat den Zauber gebannt. Was sagst du nun? Die Magie des Steines hat lediglich alles ins Rollen gebracht. Dein Gehirn hat das neue Wissen in sich aufgesogen wie ein trockener Schwamm die Feuchtigkeit.

Aber jetzt bist du auf dich allein gestellt und kannst auf deine Erfahrungen zurückgreifen. Wenigstens so lange, wie ich dir noch erlaube zu leben.«

Das war wirklich eine Neuigkeit, doch Mogda bemühte sich verzweifelt, sich die Überraschung darüber nicht anmerken zu lassen. Er musste den Zorn des Meisters für sich nutzen.

»Na gut«, setzte Mogda erneut an, »dann scheinen wir uns ja ebenbürtig zu sein. Lass uns die Sache zu Ende bringen. Ich will endlich wieder an die frische Luft.«

Mogda hob die Arme und fuchtelte wild herum. Dazu intonierte er ein unverständliches Kauderwelsch.

Der Meister schien von der gebotenen Vorstellung mehr belustigt als eingeschüchtert.

»Lauf Mogda! Renn um dein Leben. Er wird dich töten«, schrie plötzlich eine Kinderstimme aus der Dunkelheit. Es war Cindiel.

Der Meister ließ sich nicht aufhalten. Sein Stab zuckte vor, und aus dem Kristall an der Spitze löste sich eine flammende Kugel, die auf dem Weg zu ihrem Ziel ständig anwuchs. Und das Ziel war Mogda.

Als der Zauber ihn traf, stand er noch immer da und murmelte seine unsinnigen Formeln. Er hörte Cindiels Stimme, die in einem Schluchzen unterging. Mogda stürzte in Flammen gehüllt rückwärts in eine der Gefängnisgruben.

»Du stinkende Missgeburt«, schrie der Meister euphorisch. »Du hast doch nicht wirklich geglaubt, gegen mich bestehen zu können? Ich werde dein geröstetes Fleisch an die Orks verfüttern.«

Mogda hörte die Stimme des Meisters wie aus weiter Ferne. Die Luft um ihn war stickig und sengend heiß. Er musste sich zusammenreißen, um nicht zu husten. Nur noch einen Augenblick, dann bekäme er seine Chance.

Die Erde zitterte, und kleine Steine stürzten in die Grube. Ein Effekt, der nicht von dem Feuerzauber herrühren konnte. Leider blieb ihm keine Zeit herauszufinden, wer oder was die Erschütterungen verursachte. Er hörte, wie sich die Schritte des Meisters näherten.

»Wo bist du, tumber Tor?«, zischte der Nesselschrecken. Das war Mogdas Stichwort. Er rappelte sich mit letzter Kraft auf und zog das Schwert; im gleichen Moment beugte sich der Meister tief über der Erdkuhle. Mogda zielte auf seinen Hals. Kurz bevor er den tödlichen Treffer anbringen konnte, rollte der Meister zur Seite weg und blieb auf der rötlich staubigen Erde liegen. »Was soll das?«, fragte er heiser. »Willst du mich mit billigen Gauklertricks täuschen?«

Wieder bebte die Erde.

Mogda hatte seine Chance vergeben. Er war in einer aussichtslosen Lage. Bevor er es schaffen konnte, aus der Grube zu entkommen, würde der Meister ihn mit seinen Zaubern töten.

Die Erde grollte erneut. Der Meister lag nach wie vor auf dem Rücken und wollte sich gerade erheben, als der Boden unter ihm wegbrach und seine Beine bis zur Hälfte im roten Gestein versackten. Der Aufschrei des Meisters erstickte in seiner Kehle. Dann tat sich die

Erde erneut auf, und der Schattenwurm erhob sich hinter dem Meister. Sein weit aufgerissenes Maul offenbarte unzählige Zahnreihen. Von oben herab schlug der Dämon zu und stülpte das Maul über den Nesselschrecken, bevor er wieder in der Erde verschwand. Alles, was übrig blieb, war ein kleiner Fleck gelblicher Flüssigkeit, die an einem Stein klebte.

Mogda stand fassungslos da und starrte auf die spärlichen Überreste des Meisters. Zwischen den Felsen im hinteren Teil der Höhle wurde ein Licht entzündet. Cindiel trat aus den Gesteinsmassen hervor und weitere Kinder folgten ihr ängstlich. Immer mehr von ihnen kletterten ins Freie. Cindiel rannte mit tränenüberströmtem Gesicht auf den Oger zu und klammerte sich an sein Bein.

»Wie hast du das geschafft? Ich dachte, du wärest tot. Ich hab gesehen, wie der Feuerball dich getroffen hat.«

Mogda hatte die Kontrolle über seine Stimme noch nicht ganz zurückgewonnen. Wortlos öffnete er die Hand und ließ drei kleine Phiolen zu Boden fallen. Cindiel bückte sich und griff nach einer. Der fein säuberlich geschriebene Aufdruck lautete: TRANSLOKATION.

Gleichzeitig lachend und weinend drückte Cindiel sich wieder an ihn.

»Das Zeug hat mich geschützt. Ich ... ich wusste nicht, ob eine reicht. Deshalb hab ich ... ich sie alle genommen«, stammelte Mogda. »Es war, als wäre ich nicht an diesem Ort. Das Feuer hat mich nicht richtig verbrennen können.« Er seufzte. »Hast du das eben gesehen?«, fuhr er fort. »Das war der Schattenwurm. Er hat ihn einfach verschlungen.«

»Und ihr habt die ganze Zeit an meinen Zauberkünsten gezweifelt. Das ist der Beweis, dass der Bannspruch funktioniert hat«, sagte Cindiel.

»Du hattest Recht! Für mich bist du ab sofort die größte Hexe der Welt«, erwiderte Mogda lachend.

Um die zweihundert Kinder standen mittlerweile im Kreis um die beiden herum. Sichtlich erschöpft und ängstlich hielten sie Abstand zu Mogda.

Die Tunnelzugänge zur Haupthöhle erhellten sich, und Mogda

erkannte den Schein von Fackeln. Als Erster betrat Kruzmak die Grotte, dicht gefolgt von Rator, der schwer angeschlagen schien. Ihnen folgten einige Menschen, Hauptmann Barrasch aus Osberg, der von etlichen Soldaten begleitet wurde. Schnell erkannten die Kinder ihresgleichen und flüchteten sich zu den Gardisten. Die anderen blieben zurück, nur Rator humpelte weiter auf Mogda und Cindiel zu.

»Und?«, fragte Mogda

»Sieg!«, rief Rator, erschöpft, aber stolz. »König will dich sehen. Wir dich bringen.«

»Was ist mit unseren Freunden?«, wollte Mogda wissen.

»Viele sterben. Viele leben.« Die beiden Oger sahen sich an und nickten in stummem Verständnis.

Zusammen verließen sie den Drachenhorst. Als sie den Eingang erreichten, strahlte ihnen die Sonne entgegen. Sie traten hinaus auf das Plateau, und die Kinder rannten an ihnen vorbei ins Freie.

Das Schlachtfeld sah entsetzlich aus, aber immer mehr Menschen und Oger erhoben sich und schauten in ihre Richtung, bis alle Blicke auf ihnen ruhten. Dann brach der Jubel los.

Epilog

Die Schlacht war gewonnen und der Krieg vorbei. Zahlreiche Trolle waren gefallen, doch einige wenige konnten vor den Angriffen der zweiköpfigen Oger zurück in die Berge flüchten. Die überlebenden Orks und Goblins zerstreuten sich in alle Winde. Zwei der Meister hatte man auf ihren geflügelten Reittieren im Nordhimmel verschwinden sehen.

Nur über den Verbleib der Ettins wusste niemand etwas Genaues zu berichten. Einige behaupteten, sie seien in der Schlacht umgekommen, aber auf dem Schlachtfeld fand man keine ihrer Leichen. Andere sagten, sie seien nach Wasserzahn zurückgekehrt. Doch niemand hatte sie abziehen sehen. Nur Mogda schien etwas über ihren Verbleib zu wissen, doch verlor er nie ein Wort darüber. Ab und an konnte man ihn jedoch beobachten, wie er zu seinem Runenschwert sprach.

Mogda hatte so manchen Kameraden verloren, aber auch neue Freunde gewonnen, und er war vielleicht der erste Oger, dem die Menschen Respekt und Zuneigung entgegenbrachten.

Die Nesselschrecken hatten viel Leid über die Welt gebracht. Dennoch hatte dieser Krieg auch etwas Gutes zur Folge. Die Knechtschaft der Oger war beendet, und die Pläne der Meister durchkreuzt.

Dieser Tag, an dem zwei Rassen, die verschiedener nicht sein konnten, sich zusammen gegen einen gemeinsamen Feind erhoben hatten, würde lange in Erinnerung bleiben, egal ob in Büchern niedergeschrieben, auf Steinwände gemalt oder durch Geschichten von Generation zu Generation weitergetragen. Der Pakt, der sie verband, war nur mit dünner Schnur geknotet, doch sie hatten nun die Gelegenheit, daraus ein festes Seil zu flechten.

Was aber noch wichtiger schien, war die Tatsache, dass das Volk der Oger von nun an selbst bestimmen konnte, wie seine Zukunft aussah.

König Wigold sprach den Ogern in einer feierlichen Zeremonie das Land nördlich Nelbors zu, bekannt als die Rote Wüste. Mithilfe der Zwerge gelang es ihnen, die Ebene großflächig zu bewässern. Seit diesen Tagen nennen die Oger den Drachenhorst ihr Zuhause.

Durch den Abbau von rotem Granit begann der Handel mit Zwergen und Menschen.

Mogda wurde zum Botschafter zwischen den Völkern ernannt.

Aber auch an den anderen Völkern Nelbors ging dieser Krieg nicht spurlos vorbei. Dörfer wurden zerstört, und viele Menschen und Zwerge beklagten den Verlust eines geliebten Familienmitgliedes. Der Sieg über den Feind konnte ihre Trauer nur lindern, doch die Furcht vor neuen Übergriffen blieb.

Cindiel kehrte zurück nach Osberg und nahm das Erbe ihrer Großmutter an. Sie studierte weiter die Hexerei und verfeinerte ihre Kunst, um den Menschen in ihrer Umgebung Gutes zu tun. Sie nahm sich Hagrims an und bot ihm eine Unterkunft, wann immer der stromernde Geschichtenerzähler ein Dach über dem Kopf brauchte.

Kapitän Londor hatte sich beim Kampf mit den Trollen einige Verletzungen zugezogen. Die daraus resultierenden Narben zeigte er noch Monate lang stolz jedem, der sie sehen wollte. Innerhalb von wenigen Jahren schaffte er es, durch den regen Handel mit den Zwergen eine kleine Flotte von sechs Handelsschiffen sein Eigen zu nennen.

Zu Ehren der Oger schufen die Zwerge zwei Statuen. Eine krönte die Spitze des Bergrückens und war ein Abbild des Kriegers Brakbar. Die andere wurde auf dem Pass zur Roten Wüste aufgestellt und ähnelte entfernt Mogda. Doch jedes Mal, wenn er auf die Ähnlichkeiten angesprochen wurde, winkte er ab und sagte: »Der ist doch viel zu dick.«

In der Geschichte aller großen Abenteuer waren die Goblins bislang nichts als eine Fußnote. Bis jetzt …

Jim C. Hines
DIE GOBLINS
Roman
352 Seiten
ISBN 978-3-404-28512-9

Die GOBLINS ist das gefährlichste Abenteuer, das ein hilfloser Goblin je erleben sollte …
Jig ist ein Goblin. Ein kleiner, schwächlicher Goblin. Wenn er eines nicht sein will, dann ein Held. Eines Tages jedoch fällt er einigen Abenteurern in die Hände, die in seine Heimat eindringen. Sie verlangen, dass er sie zu einem magischen Artefakt führt. Dumm nur, dass sich das Artefakt in den Tiefen eines höchst gefährlichen Höhlensystems befindet, in den Klauen eines Drachen. Um dieser misslichen Lage zu entfliehen, bleibt dem bibbernden Jig nur eine Wahl: Er muss zum Helden werden … irgendwie.